I0574017

ଯଦି... କିନ୍ତୁ... ତଥାପି...

ଯଦି... କିନ୍ତୁ... ତଥାପି...

ସ୍ନେହସୁଧା ମିଶ୍ର

ବ୍ଲାକ୍ ଇଗଲ୍ ବୁକ୍ସ

ଭୁବନେଶ୍ୱର, ଓଡ଼ିଶା

BLACK EAGLE BOOKS

Dublin, USA

ଯଦି... କିନ୍ତୁ... ତଥାପି... / ସ୍ନେହସୁଧା ମିଶ୍ର

ବ୍ଲାକ୍ ଇଗଲ୍ ବୁକ୍ସ : ଭୁବନେଶ୍ୱର, ଓଡ଼ିଶା ● ଡବ୍ଲିନ୍, ଯୁକ୍ତରାଷ୍ଟ୍ର ଆମେରିକା

 BLACK EAGLE BOOKS

USA address:
7464 Wisdom Lane
Dublin, OH 43016

India address:
E/312, Trident Galaxy, Kalinga Nagar,
Bhubaneswar-751003, Odisha, India

E-mail: info@blackeaglebooks.org
Website: www.blackeaglebooks.org

First edition in 1997, Shriparsu Prakasani,
Publisher: **Dr. Prafulla Chandra Mishra,** Berhampur

First International Edition Published by
BLACK EAGLE BOOKS, 2023

JADI...KINTU...TATHAPI
by **SNEHSUDHA MISRA**
AnandRutu, M.I.G-2, Laxmi Sagar,
Bhubaneswar-751006, Mob: 9438976796

Copyright © **Snehsudha Misra**

All rights reserved. No part of this publication may be reproduced, stored in a
retrieval system, or transmitted, in any form or by any means, electronic,
mechanical, photocopying, recording or otherwise without the prior permission
of the publisher.

Cover art : **Shourya Snata Misra**
Back Cover art : **Pragnya Ananda Misra**
Interior Design: Ezy's Publication

ISBN- 978-1-64560-397-9 (Paperback)

Printed in the United States of America

ଉତ୍ସର୍ଗ

ନିଜ ପିତାମାତାଙ୍କ ପ୍ରତି
ଆପଣା କୃତଜ୍ଞତା ପ୍ରକାଶ କରିବା
ପାଇଁ ଜଣେ ସନ୍ତାନ ପୃଥିବୀର ସମସ୍ତ
ଭାଷାକୁ ଏକତ୍ରିତ କରି ମଧ୍ୟ ଯଥେଷ୍ଟ ଶବ୍ଦାବଳୀ
ପାଇପାରିବ ନାହିଁ।

ଏହା ଏକାନ୍ତ ସତ୍ୟ।

ଏଣୁ ଏ ବହିଟିକୁ ମୋର ପରମ ପୂଜ୍ୟ
ନନା ଶ୍ରୀ ତୁମ୍ବନାଥ ମିଶ୍ର ଓ ବୋଉ ଶ୍ରୀମତୀ ଶାନ୍ତଶୀଳା ମିଶ୍ରଙ୍କୁ ଉତ୍ସର୍ଗ
କରିବାବେଳେ ମୋର ଯେ ବାକ୍‌ରୁଦ୍ଧ ହେଉଛି
ଏହା ସେହି ସତ୍ୟର ହିଁ ସ୍ୱୀକାରୋକ୍ତି ବୋଲି
ହୃଦୟଙ୍ଗମ କରି ବହିଟିକୁ ମୁଁ ନୀରବରେ
ବଢ଼ାଇ ଦେଉଛି ମାତ୍ର।

ତୁମ ଦୁହିଁଙ୍କ ଶ୍ରୀଚରଣ ତଳେ-

ସୁଧା

କୃତଜ୍ଞତା

ଡାର୍ଲିଂ...

୧୯୬୯ ମସିହାରେ ଆମେ ଯେତେବେଳେ ଘରସଂସାର କରିବା ଆରମ୍ଭ କଲେ, ସେତେବେଳେ ଶାଶୂଘରର ଗୁରୁଜନମାନଙ୍କ ନାମ ଉଚ୍ଚାରଣ କରିବା ସ୍ତ୍ରୀମାନଙ୍କ ଅଧିକାରରେ ନଥିଲା।

ସ୍ୱାମୀଙ୍କୁ ନାଁ ଧରି ଡାକିବା ତ ବହୁ ଦୂରର କଥା।

ତେବେ ନାଁ ଧରି ତୁମକୁ ନ ଡାକିବାଟା ମୋତେ ଅସୁବିଧାରେ ପକାଉଥିଲା। ଏଣେ ପରମ୍ପରାର ଚାପ।

ଏଣୁ ମୋର ତତ୍କାଳୀନ ଆଧୁନିକତା ତୁମକୁ ଡାର୍ଲିଂ ଓ ହବି ଏ ଦୁଇଟି ନାଁରେ ଡାକିବା ଆରମ୍ଭ କରିଥିଲା।

କିନ୍ତୁ ଧୀରେଧୀରେ, ସେ ସମୟର ତରୁଣ ଗୋଷ୍ଠୀ ଯେପରି ନିଜ ବୟସର ସାଙ୍ଗସାଥୀଙ୍କ ନାମ ନ ଧରିବାର ସଂକଳ୍ପ ନେଇ ପରସ୍ପରକୁ ସଙ୍ଗାତ, ମଇତ୍ର ବା ମକର, ବଉଳ ଆଦି ନାମରେ ଡାକି ଆଜୀବନ ବନ୍ଧୁ ହୋଇ ରହିବା ପାଇଁ ପ୍ରତିଜ୍ଞାବଦ୍ଧ ରହୁଥିଲେ, ଆମେ ଦୁହେଁ ମଧ୍ୟ ସେମିତି ପରସ୍ପରକୁ ଡାର୍ଲିଂ ନାମରେ ହିଁ ଡାକିବା ଆରମ୍ଭ କରିଦେଲେ। ମୋତେ ସିନା ଆମ ସମାଜ, ପରମ୍ପରା, ଆଖିଦେଖାଇ ଆକୁଟୁଥିଲା ତୁମକୁ ନାଁ ଧରି ନ ଡାକିବା ପାଇଁ, କିନ୍ତୁ ତୁମ ପାଇଁ ତ ଏ ଆକଟର ଅର୍ଗଳୀ ନ ଥିଲା। ତଥାପି ତୁମେ ମଧ୍ୟ ମୋତେ ଡାର୍ଲିଂ ବୋଲି ହିଁ ଡାକିବା ଆରମ୍ଭ କରିଦେଲ। ଆମେ ପରସ୍ପର ପାଇଁ ସର୍ବତ୍ର, ସର୍ବକାଳେ, ଏକାନ୍ତରେ, ସର୍ବସମକ୍ଷରେ, ସ୍ୱଚ୍ଛନ୍ଦରେ, ଡାର୍ଲିଂ ହୋଇ ହିଁ ରହିଗଲେ। ଆମ ପାଇଁ ଏ ଇଂରାଜୀ ଶବ୍ଦଟି ଓଡ଼ିଆ ବଉଳ, ମକର, ସଂଗାତ, ମୈତ୍ରର ରୂପାନ୍ତର ହୋଇଗଲା।

ଆଜି ତୁମ ଡାର୍ଲିଂର ଏ କ୍ଷୁଦ୍ରଗଳ୍ପ ସଂକଳନର ପରିବର୍ଦ୍ଧିତ ଦ୍ୱିତୀୟ ସଂସ୍କରଣ ପ୍ରକାଶ ପାଇବାକୁ ଯାଉଛି। ଯଦିଓ ଏହାର ପ୍ରାୟ ଅଶୀଏ ଭାଗ ପ୍ରଥମ ସଂସ୍କରଣରେ ନଥିଲା, ତଥାପି ପ୍ରଥମ ସଂସ୍କରଣରେ ଥିବା 'ଉତ୍ସର୍ଗ'ଟିକୁ ମୁଁ ତୁମ ନାମରେ କରିପାରୁନି। ଯଦିଓ ଏହା ଏକ ସମ୍ପୂର୍ଣ୍ଣ ନବକଳେବରର ପରିବର୍ଦ୍ଧିତ ରୂପ, ତଥାପି ପ୍ରଥମ ସଂସ୍କରଣର 'ଉତ୍ସର୍ଗ'ରୁ ନନା, ବୋଉଙ୍କ ନାମକୁ ବାଦ୍‌ଦେଇ ସେଇଠି ତୁମ ନାମ ଲେଖିବାକୁ ବିବେକ ଆଦୌ ଅନୁମତି ଦେଉନାହିଁ, ଏଣେ ତୁମକୁ ଏଡ଼ାଇ ଆଗକୁ ବଢ଼ି ଯିବାକୁ ମଧ୍ୟ ହୃଦୟ ବାଟ ଛାଡୁ ନାହିଁ।

ତେବେ ମୋର ସୌଭାଗ୍ୟ, ଏ ସମସ୍ତ ଗଳ୍ପ ତୁମର ବେଶ୍ ପରିଚିତ।

ମୋ ବୋଉ ଥିଲେ ମୋ ଗଳ୍ପର ପ୍ରଥମ ପାଠିକା।

ଆଉ ତୁମେ ଥିଲ ମୋ ଗଳ୍ପର ପ୍ରଥମ ଶ୍ରୋତା। ଗଳ୍ପଟିଏ ଲେଖିଲେ, ମୁଁ ତୁମକୁ ପଢ଼ିବାକୁ ଦେଉ ନ ଥିଲି, ନିଜେ ପଢ଼ି ଶୁଣାଉଥିଲି। ଗଳ୍ପ ପଢ଼ି ଶୁଣାଇବା ବେଳେ ମଝିରେ ମଝିରେ ତୁମ ମୁହଁର ଭାବାନ୍ତର ଦେଖୁଥିଲି। ସେଥିରେ ଏକାଗ୍ରତା ଫୁଟି ଉଠିଲେ ଗଳ୍ପଟିର କଳା କୌଶଳ ଠିକ୍ ରାସ୍ତାରେ ଚାଲିଛି ବୋଲି ବୁଝିପାରୁଥିଲି। ତୁମେ ମୁହଁର ଅନ୍ୟମନସ୍କତା ଗପଟି ଉପସ୍ଥାପନା କୌଶଳରେ ବାଟ ହୁଡୁଛି ବୋଲି ମୋତେ ଜଣାଉଥିଲା। ଏଣୁ ସଙ୍ଗେ ସଙ୍ଗେ ତାକୁ ବଦଳାଇ ଦେଇ ପୁଣି ତୁମକୁ ଶୁଣାଉଥିଲି। ଏଥର ତୁମ ମୁହଁରେ ଏକାଗ୍ରତା ଫୁଟି ଉଠିବା ସହିତ ଯେଉଁ କୌତୁହଳ 'ତା'ପରେ କ'ଣ ହେଲା ?'ର ଉତ୍କଣ୍ଠାକୁ ନେଇ ତୁମ ମୁହଁରେ ଏକ ସଜଳ ସୁନ୍ଦର ମେଘଟିଏ ପରି ଧୀରେଧୀରେ ଛାଇ ଯାଉଥିଲା, ତାହା ମୋତେ ଜଣାଉଥିଲା ଯେ, ଏଯାବତ୍ ସବୁ ଠିକ୍ ଅଛି। ଆଉ ଗପଟି ଶେଷ ହେଲା ପରେ ତୁମ ଆଖି ଯଦି ଚକ୍‌ଚକ୍ ନହେଲା, କିମ୍ବା ଛଳଛଳ ହେଲା ନାହିଁ, ତୁମେ କେତେ ଜୋର୍ ଦେଇ 'ଭଲ ହୋଇଛି' କହିଲେ ମଧ୍ୟ ମୁଁ ବୁଝୁଥିଲି, ଗପଟି ମୋର ବାଞ୍ଛିତ ରାସ୍ତାରେ ଯାଉଯାଉ ଠିକ୍ ଶେଷ ବେଳକୁ ଗାତରେ ପଡ଼ିଯାଇଛି। ବାଟ ହୁଡ଼ିଛି।

ସେଇ ସେଇ ଗଳ୍ପମାନଙ୍କୁ ମୁଁ ଏ ସଂସ୍କରଣରୁ ବାଦ୍ ଦେଇଛି।

ଅଥଚ ଗୋଟିଏ ଗଳ୍ପର ଏମିତି ଦୁଇ ତିନୋଟି ପରିବର୍ତ୍ତିତ ରୂପକୁ ତୁମକୁ ଥରକୁ ଥର ଶୁଣାଇବା ବେଳେ ଦିନେ କେବେ କହି ନ ଥିଲ ଯେ, 'କେତେଥର ଆଉ ଯାକୁ ଶୁଣାଇବ ?' 'ସେଇ ସେଇ ଗପ କେତେଥର ଶୁଣିବି ?'

ସବୁଥର ସଜାଡ଼ି ହୋଇ ବସି ଯାଉଥିଲ, ସେଇ ଆଗ୍ରହ, ସେଇ ଧୈର୍ଯ୍ୟ ନେଇ ଗପଟିକୁ ପୁଣିଥରେ ମୂଳରୁ ଶୁଣିବା ପାଇଁ। ଆଉ କିଏ ହୋଇଥିଲେ ହୁଏତ

କହିଥାନ୍ତା, "ଆଉ ନୂଆ ଗପ କ'ଣ ଲେଖିପାରୁନାହଁ କି ? ସେଇ ସେଇ ଗପ ବାରମ୍ବାର ଶୁଣାଉଛ ଯେ ?"

କିନ୍ତୁ ତୁମେ ଏକଥା କେବେ କହି ନ ଥିଲ। ହୁଏତ ଭଲ ଅଭିନେତାଟିଏ ଥିଲ, ଯାହା ମୁଁ ଜାଣିପାରୁ ନ ଥିଲି। ପରିବର୍ତ୍ତିତ ଗପଟିକୁ ମୂଳରୁ ଶେଷ ପର୍ଯ୍ୟନ୍ତ ଏମିତି ଆଗ୍ରହରେ ଶୁଣୁଥିଲ, ସତେ ଅବା ନୂଆ ଗପଟିଏ ପ୍ରଥମ ଥର ହିଁ ଶୁଣୁଛ।

ସେ ମୁହୂର୍ତ୍ତ ଯେ ମୋ ପାଇଁ ଅମୃତକ୍ଷଣ ଥିଲା, ତୁମ ବର୍ତ୍ତମାନରେ ମୁଁ ତାକୁ ବୁଝିପାରୁ ନ ଥିଲି। ଆଜି ତୁମ ଅବର୍ତ୍ତମାନରେ ମୁଁ ସେକଥା ବୁଝିପାରୁଛି।

ଏଣୁ ଏ ସଂକଳନର ସମସ୍ତ ଶ୍ରେୟ ତୁମର।

ମୁଁ କେବଳ ମୋର ଗଭୀର କୃତଜ୍ଞତାକୁ ତୁମକୁ ବଢ଼ାଇ ଦେଉଛି ମାତ୍ର।

ପ୍ରାକ୍ କଥନ

ଯେତେବେଳେ ପୃଥିବୀରେ ମୋବାଇଲ ଫୋନ୍ ନଥିଲା, ଧୂସର ପୃଥିବୀ ତ ଧୂସର ଥିଲା, ସବୁଜ ଧରିତ୍ରୀ ମଧ୍ୟ ସବୁଜ ହିଁ ଥିଲା, ଆକାଶ ବି ଆଜି ପରି ରଙ୍ଗ ବଦଳାଉଥିଲା, ଋତୁ ମଧ୍ୟ ଠିକ୍ ଏମିତି ବଦଳୁଥିଲା, ଝରଣା କୁଳୁକୁଳୁ ହୋଇ ବହି ଚାଲିଥିଲା। ଶାନ୍ତ ସମୁଦ୍ର ଲୋକେ ଦେଖୁଛନ୍ତି ବୋଲି ନିଜ ବେଳାଭୂମିରେ ଅଶାନ୍ତ ହେବାର ଅଭିନୟକୁ ବି ବେଶ୍ ଜାରି ରଖିଥିଲା।

ସବୁକିଛି ଆଜିପରି ଥିଲା।

ଖାଲି ମୋବାଇଲ ଫୋନ୍ ନ ଥିଲା।

ଏବଂ ଏ ଧରା, ଏ ଆକାଶ, ଏ ଋତୁ, ଏ ଝରଣା, ଏ ସମୁଦ୍ର ନିଜ ନିଜ ଜାଗାରେ ହଜାର ହଜାର ବର୍ଷ ଧରି ଅଚଳ ଥିଲେ, ଆଞ୍ଚଳିକ ଥିଲେ ଓ ଅନେକଟା ଦୂରସ୍ଥ ମଣିଷ ପାଇଁ ଅଜ୍ଞାତ ଥିଲେ ମଧ୍ୟ।

କିନ୍ତୁ ମୋବାଇଲ ଫୋନ୍ ନିଜର ଧରାବତରଣ ପରେ ଏହି ଅଚଳ, ଆଞ୍ଚଳିକ ଓ ସମ୍ୟକ୍ ଅଜ୍ଞାତ ବାତାବରଣକୁ ନିଜର କାଉଁରୀ କାଠି ଛୁଆଇଁ ସଚଳ, ସର୍ବବିଦ୍ୟମାନ ଓ ବେଶ୍ ପରିଚିତ କେବଳ କଲାନାହିଁ, ଲୋକପ୍ରିୟ ମଧ୍ୟ କରିଦେଲା। ଦୁବାଇର ବିସ୍ତୃତ ମରୁଭୂମିରେ ଭୂମି ଖୋଳୁଥିବା ପାଇପ୍ ମିସ୍ତ୍ରୀଟି ଚେରାପୁଞ୍ଜିରେ ତା'ର କୁନି ଗେଲାଝିଅଟି ଘୋର ବର୍ଷାରେ ନାଚୁଥିବା ଦେଖି ଉଲ୍ଲସିତ ହେଲା, ନିଜ ପରିଶ୍ରମ ସାର୍ଥକ ହେବାର ଆନନ୍ଦରେ ବର୍ଷାର କୋମଳତାକୁ ଅନୁଭବ କରି ପ୍ରଚଣ୍ଡ ଉତ୍ତାପର ଦଣ୍ଡକୁ ଭୁଲିଗଲା। ଫ୍ରାନ୍ସର ମୂକ ବଧିର ମହିଳାଜଣକ ବାନ୍ଧବୀର ମୋବାଇଲରେ ଓଡ଼ିଶାର ମଙ୍ଗଳଜୋଡ଼ିରେ ପକ୍ଷୀମାନଙ୍କର ଅପୂର୍ବ ସମାବେଶକୁ ପ୍ରଥମଥର ପାଇଁ ଦେଖି,

ନିଜେ ଆସି ମଙ୍ଗଳଜୋଡ଼ିରେ ପହଞ୍ଚି ପକ୍ଷୀମାନଙ୍କ ସାନ୍ନିଧ୍ୟକୁ ପ୍ରାଣଭରି ଉପଭୋଗ କରିପାରିଲେ ।

ଏଇ କୁହୁକ ଦର୍ପଣର ଏହି ମଧୁର ସାମର୍ଥ୍ୟ ଆଜି ଆମ ଜୀବନରେ ଖାଦ୍ୟ, ବସ୍ତ୍ର, ଗୃହ ପରି ଏକ ଅପରିହାର୍ଯ୍ୟ ଆବଶ୍ୟକତା ପାଲଟି ଯାଇଛି ।

କିନ୍ତୁ ଦିନ ଥିଲା ଏହି ଅତ୍ୟାବଶ୍ୟକ ବସ୍ତୁଟି ଆମ ଜୀବନରେ ନଥିଲା ।

ଏଇ ସଂକଳନର ସମସ୍ତ ଗଳ୍ପ ସେଇ ସମୟର କାହାଣୀ, (୧୯୯୦ରୁ ୧୯୯୪ ମସିହା ପର୍ଯ୍ୟନ୍ତ) ଯେତେବେଳେ ମନୁଷ୍ୟ ସଭ୍ୟ, ଶିକ୍ଷିତ ଓ ଜାଗ୍ରତ ତ ହୋଇ ସାରିଥିଲା, କିନ୍ତୁ ଏହି ବ୍ରହ୍ମାସ୍ତ୍ରଟି ତା'ହାତରେ ପଡ଼ି ନଥିଲା । ହାତରେ ମୋବାଇଲ ଫୋନ୍‌ଟିଏ ଥିଲେ, ଏଠାରେ ପରିବେଷିତ ଗଳ୍ପମାନଙ୍କର ପରିବେଶ, ପରିବେଷ୍ଟନୀ ଓ ପରିଣାମ ନିଶ୍ଚିତ ଭାବରେ ଅଲଗା ପ୍ରକାରେ ହୋଇଥାନ୍ତା ।

ଏହାର ସମସ୍ତ ଚରିତ୍ର ଭିନ୍ନ ଆଚରଣ କରିଥାନ୍ତେ ।

ସେତେବେଳେ, ଏ ଗଳ୍ପମାନଙ୍କରେ ଘଟିଥିବା ଘଟଣାମାନଙ୍କ ପରି ଯାହା, ଯେଉଁଠି, ଯେତେବେଳେ ଅକସ୍ମାତ୍ କିଛି ଘଟୁଥିଲା, ସେସବୁକୁ ଦୈବୀକୃତ ବୋଲି ହିଁ ଧରି ନିଆଯାଉଥିଲା । ମଣିଷ ଏଇ ଦଇବ ଦଉଡ଼ିରେ ବନ୍ଧା ଗାଈଟିଏ ହୋଇ ଯେଣିକି ଟାଣିଲେ ତେଣିକି ହିଁ ଚାଲି ଯାଉଥିଲା ।

ହଁ, ଏବେ ବି ଦଇବ ହିଁ ଦଉଡ଼ି... ମଣିଷ ହିଁ ଗାଈ...

କିନ୍ତୁ ମୋବାଇଲ ଫୋନ୍ ଏ ଦଉଡ଼ିକୁ ମଣିଷ ଗାଈର ବେକରେ କିଛିଟା ଢ଼ୁଗୁଲା କରିଦେଇଛି... ଓ ବେଶ୍ କିଛି ଲମ୍ବା କରି ମଣିଷକୁ ଦେଇଛି ଆଉ କିଛି ଅଧିକ ସ୍ୱାଧୀନତା ଓ ଅଧିକ ପାରଙ୍ଗମତା, ଏଥିରେ ତ ଆଉ ସନ୍ଦେହ ନାହିଁ ।

ସେଥିପାଇଁ ସେହି ସମୟର ବଶମ୍ବଦ ମଣିଷର ନିରୂପାୟ ଜୀବନରେ ଘଟୁଥିବା ଆକସ୍ମିକ, ଦୁର୍ଦ୍ଦାନ୍ତ ଘଟଣାମାନଙ୍କୁ ଏବଂ ସେ ସବୁକୁ ସାମ୍ନା କରୁଥିବା ବେଳେ ମଣିଷ ମନକୁ ଦଳିଚକଟି ପକାଉଥିବା ଯଦି.. କିନ୍ତୁ.. ତଥାପି..ର ଅହରହ ଦ୍ୱନ୍ଦ୍ୱର ଯନ୍ତ୍ରଣାକୁ ଏଠାରେ ଥିବା ସମସ୍ତ ଗଳ୍ପ ତୋଳି ଧରିବାର ପ୍ରୟାସ କରିଛନ୍ତି ମାତ୍ର ।

ତା ୦୩.୦୫.୨୦୨୩ **ସ୍ନେହସୁଧା ମିଶ୍ର**

ଭୁବନେଶ୍ୱର

ସୂଚିପତ୍ର

ଯଦି... କିନ୍ତୁ... ତଥାପି...

୧୯୯୦

ଚିଠିଟିକୁ ପୁଣି ଥରେ ଆମୂଳଚୂଳ ପଢ଼ିନେଲା ଅଶୋକ।

ତିନିଧାଡ଼ିର ଏଇ ଛୋଟିଆ ଚିଠିଟିକୁ ସେ ଏତେବେଳକୁ ମିଶାଇ ଦଶଥର ପଢ଼ି ସାରିଲାଣି, ଅଥଚ ଚିଠିଟା ତାକୁ ଏବେ ବି ଅବୋଧ ମନେ ହେଉଛି।

ଆଉ ଯଦି ଏ ଚିଠିଟିକୁ ସେ ବୁଝିପାରୁଛି ବୋଲି ଧରିନିଏ, ତେବେ ତା'ର ଚଉତ୍ରିଶ ବର୍ଷର ବୟସରୁ, ଅନ୍ତତଃ ତିରିଶ ବର୍ଷ ଧରି ଯେଉଁ ସୁଖକୁ ସେ ଖୋଜି ଆସିଛି, ଯେଉଁ ସୁଖକୁ ଆକଣ୍ଠ ପାନ କରିବାର ଲୋଭରେ ସେ ଦେଶ ଛାଡ଼ି ବିଦେଶ ଯାଇଛି ଓ ପୁଣି ବିଦେଶରୁ ଏଠାକୁ ଅଳ୍ପଦିନ ପାଇଁ ଆସି ସେଇ ସୁଖର ସନ୍ଧାନରେ ହିଁ ବ୍ୟସ୍ତ ରହିଛି, ତାହା ଆଉ ତାକୁ କେବେ ବି ମିଳିବ ନାହିଁ।

ଏଣୁ କାହାକୁ ସେ ସ୍ୱୀକାର କରିବ ? ଏଇ ଚିଠିଟିକୁ ? ନା ଆପଣା ଜୀବନର ବହୁ ପ୍ରତୀକ୍ଷିତ ଏଇ ନିର୍ଦ୍ଦିଷ୍ଟ ସୁଖକୁ ?

ଜୀବନରେ, ଯିଏ ଆପଣା ପ୍ରିୟଜନକୁ ହରାଇବାର ଦୁଃଖ ଓ ଦୁର୍ଯୋଗକୁ କେବେ ବି ସାମ୍ନା କରିନି, ସେ ବରଂ ଏ ଗଳ୍ପଟି ନ ପଢ଼ିବା ଉଚିତ। ଏ ଗଳ୍ପଟି ସେମାନଙ୍କୁ ସମର୍ପିତ, ଯେଉଁମାନେ ନିଜର ପ୍ରିୟଜନଠାରୁ ଦୂରେଇ ଯାଇ ବା ପ୍ରିୟଜନକୁ ହରାଇ ମରିପାରନ୍ତି ନାହିଁ ସତ, ଅଥଚ ବଞ୍ଚି ବି ନ ଥା'ନ୍ତି।

ପିଲାଟି ଦିନରୁ ଅଶୋକ ଅନାଥ, ଏଣୁ ନିଃସ୍ୱ ମଧ୍ୟ। ସମ୍ବଳ ବୋଲି ଯଦି କିଛି ତାକୁ ଭଗବାନ ଦେଇଥିଲେ, ତେବେ ସେ ଥିଲା ତା' ନିଜର ପ୍ରଖର ବୁଦ୍ଧି ଓ ଉଦାର ହୃଦୟ। ସେଇଥିପାଇଁ ହେତୁ ପାଇବାଦିନୁ ଏଠି ସେଠି କାମ କରି, ନିଜର ମଧୁର ବ୍ୟବହାର ଦ୍ୱାରା ସମସ୍ତଙ୍କ ମନ କିଣି, ନିଜ ପାଇଁ ନିଜେ ହିଁ ସେ ରାସ୍ତା ତିଆରି କରି ବଢ଼ିଥିଲା।

କଲେଜରେ ପଢୁଥିବାବେଳେ ଜଣେ ଶୁଭାକାଂକ୍ଷୀ ଅଧ୍ୟାପକଙ୍କ ସହାୟତାରେ ବିଦେଶରେ ସେ ଏକ ବୃତ୍ତି ପାଇଗଲା। ଆମେରିକାର ଅଲମ୍ପିଆ ନଗରୀ ନିକଟରେ ଥିବା ସିଏଟଲ ସହରଟି ତାକୁ ସତେଅବା କେଉଁଦିନୁ ଅପେକ୍ଷା କରି ରହିଥିଲା। ପଢ଼ା ସରୁ ସରୁ ମନଲାଖି ଜୀବିକାଟିଏ ବି ବଢ଼େଇ ଦେଇ ଅଶୋକକୁ ସବୁଦିନ ପାଇଁ ସେ ନିଜ କୋଳକୁ ଟାଣିନେଲା। ଜୀବନର ରାସ୍ତାରେ ଏ ପର୍ଯ୍ୟନ୍ତ ଅଣନିଃଶ୍ୱାସୀ ହୋଇ ଆଗକୁ ଦୌଡୁଥିବା ଅଶୋକ ଏଥର ଠିଆହୋଇ ଟିକିଏ ଦମ୍ ନେଲା। ପରମ ଆଶ୍ୱସ୍ତିରେ ନିଜକୁ ଚାହିଁଲା ସେ... ନା, ଆତ୍ମପରିଚୟରେ ସେ ଆଉ ନିଃସ୍ୱ ନୁହଁ। ଏଣିକି ଘର ସଂସାର କରି ସେ ନିଜର ପାରିବାରିକ ସ୍ନେହମମତାର ନିଃସ୍ୱତାକୁ ବି ଦୂର କରିବ।

ଘର-ସଂସାର କରିବା କଥା ଆଜିଯାଏ ତା'ର ମନକୁ ଯେ ଛୁଇଁ ନ ଥିଲା, ସେ କଥା ନୁହଁ। କିନ୍ତୁ ପ୍ରଥମେ ଜୀବିକାଟିଏ ପାଇଁ ଉପଯୁକ୍ତ ଶିକ୍ଷାଗତ ଯୋଗ୍ୟତା ଓ ଜୀବିକାଟି ପାଇ ସାରିବା ପରେ ସେଥିରେ ନିଜକୁ ଭଲ ଭାବରେ ପ୍ରତିଷ୍ଠା କରିବା, ଏ ଉଭୟ ତା' ପାଇଁ ଗୁରୁତ୍ୱପୂର୍ଣ୍ଣ ଥିଲା। ସେ ଚାହୁଁ ନ ଥିଲା ଯେ, ଯେଉଁ ନିଃସ୍ୱତା ତାକୁ ଏ ପର୍ଯ୍ୟନ୍ତ ଭିତରେ ଓ ବାହାରେ ଦହନ କରିଆସିଛି, ପରବର୍ତ୍ତୀ ଜୀବନରେ ତା'ର ସାମାନ୍ୟତମ ଅବଶେଷ ମଧ୍ୟ ରହୁ। ଏ ପର୍ଯ୍ୟନ୍ତ ସେ କେବଳ ଏକା, ସମ୍ପୂର୍ଣ୍ଣ ଭାବରେ ଏକା ହୋଇ ହିଁ ଜୀବନ ବିତାଇ ଆସିଛି। ଏଣିକି ସେ କୋଳାହଳ ଚାହେଁ। ହଁ, କୋଳାହଳ। ସ୍ତ୍ରୀ, ସନ୍ତାନ କେବଳ ନୁହଁ, ବନ୍ଧୁବାନ୍ଧବ ଆତ୍ମୀୟସ୍ୱଜନଙ୍କୁ ନେଇ ନିଜ ଚାରିପଟେ ବେଢ଼ି ରହିଥିବା ଏକ ପରିପୂର୍ଣ୍ଣ କୋଳାହଳ।

ତେଣୁ ସେ ସ୍ଥିର କରିଥିଲା ଯେ ସେ ସେଇଠି ବିବାହ କରିବ, ଯେଉଁଠି ଏକ ବଡ଼ ପରିବାର ତାକୁ ମିଳିବ। ତା' ସ୍ତ୍ରୀର ମା'ବାପା, ଭାଇଭଉଣୀ, ମାମୁଁମାଇଁ, ମଉସାମାଉସୀ, ଦାଦାଖୁଡ଼ୀ, ପିଉସୀପିଉସା ଇତ୍ୟାଦି ସମସ୍ତେ ତା'ର ଚାରିପଟେ ଘେରି ରହିଥିବେ। ଅଶୋକକୁ ଦେଖିଲେ ଆନନ୍ଦରେ ଉଛୁଳି ଉଠୁଥିବେ।

ହାୟ, ଜୀବନଟିଏ ଭଗବାନ ତାକୁ ଦେଲେ ସତ, କିନ୍ତୁ ଏ ଆନନ୍ଦ କାହିଁକି ଦେଲେ ନାହିଁ ?

କାହିଁକି ସେ ଜୀବନରେ କାହାକୁ ମା' ବାପା ନ ହେଲେ ନାହିଁ, ମାମୁଁ କି ଦାଦା, ମାଉସୀ କି ପିଉସୀ, ଅଜା ଆଈ କି ଜେଜେ-ମା', ଜେଜେବାପା ବୋଲି ମଧ୍ୟ ଡାକି ପାରିଲା ନାହିଁ !

ବାପା, ମା' ନଥିଲେ ବି ଲୋକେ ଏଇମାନଙ୍କ ସ୍ନେହ ପ୍ରେମ ପାଇ, କଷ୍ଟେମଷ୍ଟେ ହେଉ ବା ହସିହସି ହେଉ, ନିରାପଦରେ ବଡ଼ ହେବା ସେ ଦେଖିଛି। ରାକ୍ଷୀ ପର୍ବରେ

ତା'ର ସାଙ୍ଗସାଥୀମାନେ ହାତରେ ମାଳ ମାଳ ରାକ୍ଷୀ ବାନ୍ଧି ବୁଲିବାବେଳେ, କେମିତି ସମସ୍ତଙ୍କ ଜାଣତରେ ହେଉ ବା ଅଜାଣତରେ ହେଉ, ତା' ହାତ ରାକ୍ଷୀଶୂନ୍ୟ ହୋଇ ରହିଆସିଛି ?

ସତ କହିବାକୁ ଗଲେ ଯେତେଦିନ ସେ ଓଡ଼ିଶାରେ ଥିଲା, ତା' ହୃଦୟରେ ଅନବରତ ଏଇ ପ୍ରଶ୍ନ ସବୁ ଉଠି ଛାତିକୁ ବିଦାରି ପକାଉଥିଲା। ତା' ଜୀବନକୁ ଦୁଃଖୀ ହାହାକାରମୟ କରିଦେଉଥିଲା। ଓଡ଼ିଆ ଘରର ପାରିବାରିକ ସମ୍ପର୍କର ଯେଉଁ ଘନିଷ୍ଠତା, ଯେଉଁ ମାଧୁର୍ଯ୍ୟ, ଯେଉଁ ବ୍ୟାପକତା ସେ ପାଦେ ପାଦେ ଦେଖି ଆସିଛି, ଅନୁମାନରେ ତାକୁ ଉପଲବ୍ଧି କରି ସେ ନିଜର ଏହି ନିଃସ୍ୱତାକୁ ହିଁ ଅଧିକରୁ ଅଧିକ ଅନୁଭବ କରିପାରୁଥିଲା ଯାହା।

ହଁ, ଦୁଃଖୀ ତ ସତରେ ସେମାନେ, ଯେଉଁମାନେ ନିଜ ଦୁଃଖର ଗଭୀରତାକୁ ମର୍ମେ ମର୍ମେ ଉପଲବ୍ଧି କରିପାରନ୍ତି।

ଦୁଃଖୀ ତ ପୁଣି ସେମାନେ, ଯେଉଁମାନେ ନିଜର ଦୁଃଖଦାୟକ ପରିସ୍ଥିତିକୁ ବଦଳାଇ ନ ପାରି, ଦୁଃଖରୁ ଦୁଃଖ ଢାଳି ଚୁପ୍‌ଚାପ୍ ପିଉଥାନ୍ତି କେବଳ, ସୁରେଇରୁ ପାଣି କାଢ଼ି ପିଇବା ପରି।

ଆଉ ଦଳେ ବୋକା ଦୁଃଖୀ ବି ଥାଆନ୍ତି, ଯେଉଁମାନେ ଭାଗ୍ୟ ଦେଇଥିବା ସୁଖକୁ ସୁଖ ବୋଲି ବୁଝିପାରନ୍ତି ନାହିଁ। ହାତରେ ଐଶ୍ୱର୍ଯ୍ୟ ଧରି ମଧ୍ୟ ତାକୁ ଉପଭୋଗ ନ କରି ଅନ୍ୟର ତୁଚ୍ଛ ସମ୍ପତ୍ତି ଦେଖି ହାୟ ହାୟ କରି ମରୁଥାନ୍ତି।

ଏ ତିନିପ୍ରକାର ଦୁଃଖୀଙ୍କ ତାଲିକାରେ, ଅଶୋକ ନିଜକୁ ହେତୁ ପାଇବା ଦିନୁ ଖୋଜି ଆସିଛି ଓ ନିଜକୁ ପ୍ରଥମ ଗୋଷ୍ଠୀର ବୋଲି ଜାଣି ଆଶ୍ୱସ୍ତ ମଧ୍ୟ ହୋଇଛି। ତୃତୀୟ ଗୋଷ୍ଠୀର ଦୁଃଖୀ ତ ସେ କେବେ ନ ବି ନଥିଲା କି ନିଜକୁ ସେପରି ହେବାକୁ ଦେବନି ମଧ୍ୟ। ବାକି ଦ୍ୱିତୀୟ ଗୋଷ୍ଠୀର ହେବା ପରି କାପୁରୁଷ ବା ଉଦ୍ୟୋଗହୀନ ମଧ୍ୟ ସେ ନୁହଁ।

ଏଣୁ ଆପଣାର ଭାଗ୍ୟ, ତାକୁ ନେଇ ଯେଉଁ ପ୍ରଥମ ତାଲିକାରେ ରଖିଛି, ଆପଣା ଉଦ୍ୟମ ବଳରେ ସେ ନିଶ୍ଚୟ ନିଜ ପରିସ୍ଥିତିକୁ ପରିବର୍ତ୍ତନ କରି ସୁଖର ସାମ୍ରାଜ୍ୟରେ ଜବରଦଖଲର ସୁଯୋଗ ନେବ ହିଁ ନେବ।

ସେଥିପାଇଁ ବୃତ୍ତି ପାଇ ଯେତେବେଳେ ସେ ବିଦେଶକୁ ଚାଲିଗଲା, ସେତେବେଳେ ସିଏଟଲ୍‌ରେ ସେଠାକାର ପରିସ୍ଥିତି ତା'ର ହୃଦୟର କ୍ଷତକୁ ଅନେକ ପରିମାଣରେ ଆପେ ଆପେ ଉପଶମ କଲା।

ହଁ,ଏଠାରେ ପାରିବାରିକ ଜୀବନରେ ସେଇ ଘନିଷ୍ଠତା, ସେଇ ମାଧୁର୍ଯ୍ୟ ବା ସେଇ ବ୍ୟାପକତା ନାହିଁ। ଏଠାରେ ସେ ରହୁଥିବା ହଷ୍ଟେଲ୍‌ର ଅନ୍ୟ ସହପାଠୀମାନଙ୍କ ପାଖକୁ ଘରୁ ବରାବର ଚିଠିପତ୍ର, ଡାକଖବର ଆସୁ ନାହିଁ କି ଆରିଷା ପିଠା କି ରାଶିଲଡ୍ଡୁର ଡବା କି ଘରତିଆରି ଆଚାରର ବୋତଲ ଆସି ପହଞ୍ଚୁ ଯାଉନାହିଁ। କିମ୍ବା ତା'ସାଙ୍ଗରେ 'ମନେକରି ଖାଇବୁ', 'ଭୋକରେ ରହିବୁ ନାହିଁ' ଇତ୍ୟାଦିର ତାଗିଦା ମଧ୍ୟ ଥରକୁଥର ପହଞ୍ଚୁ ଯାଉନାହିଁ। ଅବା, 'ଭାଇନା, ଆସିବାବେଳକୁ ମୋ ପାଇଁ ଏୟା ଏୟା ଆଣିଥିବ' ବୋଲି ସାନ ଭାଇଭଉଣୀଙ୍କ ଅଳିଅର୍ଦ୍ଦଳିର ତାଲିକା ବି ତା'ର ସହପାଠୀମାନଙ୍କୁ, ସେମାନଙ୍କ ନିଜ ନିଜର ଆଜେବାଜେ ଖର୍ଚ୍ଚରୁ କଟାକଟି କରି କିଛି ପଇସା ବଞ୍ଚାଇ ରଖିବାରେ ଉତ୍ସାହିତ କରୁ ନାହିଁ।

ଏଠାରେ ସମସ୍ତେ ମୁକ୍ତ, ସ୍ୱୟଂ ସଂପୂର୍ଣ୍ଣ, ପୂର୍ଣ୍ଣ ସ୍ୱାଧୀନ।

ବାଃ ରେ, ସ୍ୱାଧୀନତା !!

ସତେଅବା ପୂରା ଏଇ ଦେଶଟା ଏକ ବଡ଼ ଅନାଥାଶ୍ରମ, ଏଇଠି କାହାର କେହି ନାହାନ୍ତି। କେହି କାହା ପାଇଁ କିଛି କରିବାର ନାହିଁ।

ଏଇଟା ଜୀବନ ନା ଜେଲ୍ ?

ଏଇଥିପାଇଁ ଏହି ପାଶ୍ଚାତ୍ୟ ଦେଶ ପ୍ରତି ତା' ମନରେ ଥିବା ଏଇ ବିତୃଷ୍ଣା ପାଇଁ, ସୁନ୍ଦର ରୂପ ଓ ସବୁପ୍ରକାର ନିଜର ରମଣୀରଞ୍ଜନ ଗୁଣାବଳୀ ଥିବା ସତ୍ତ୍ୱେ, ଅଶୋକ ପାଶ୍ଚାତ୍ୟ ସୁନ୍ଦରୀ ତରୁଣୀମାନଙ୍କ ମଧୁର ଛାୟାରୁ ନିଜକୁ ଦୂରରେ ରଖିଥିଲା। ନିଜ ଚାରିପଟରେ ସେ ଏପରି ଏକ ସୁଦୃଢ଼ ଜାଲ ତିଆରି କରି ରଖିଥିଲା ଯେ, ଚାହୁଁଥିଲେ ବି ସେମାନଙ୍କର ସହସ୍ର ଚେଷ୍ଟା ସତ୍ତ୍ୱେ, କୌଣସି ନାରୀ ସେ ଭିତରକୁ ପଶି ପାରୁ ନ ଥିଲେ।

ନା, ଯେଉଁ ପ୍ରେମ ବିବାହରେ ପରିଣତ ହୁଏ ନାହିଁ ସେ ତ ପ୍ରେମ ନୁହଁ, ଛଳନା ମାତ୍ର। ଏବଂ କୌଣସି ପ୍ରକାର ଛଳନା କୌଣସି ନାରୀ ସହିତ କରିବା ପରି ନୀଚ ମଧ୍ୟ ସେ ନୁହଁ।

ସେ ଆମେରିକାନ୍ ପତ୍ନୀ ଚାହେଁନା, କାରଣ ଯେଉଁ ଝିଅ ନିଜେ, ଆପଣା ଜୀବନରେ ପରିବାରର ମାଧୁର୍ଯ୍ୟ କେବେ ବି ଉପଭୋଗ କରିନି କି ଉପଲବ୍ଧି କରିନି, ସେ ପୁଣି ଅଶୋକର ଶୂନ୍ୟ ଜୀବନକୁ କିପରି ବା ପୂର୍ଣ୍ଣ କରିପାରିବ ?

ଏଣୁ ଅଶୋକ ଚାହେଁ ଭାରତୀୟ - ଖାଣ୍ଟି ଓଡ଼ିଆ ଘରର ଝିଅଟିଏ, ଯିଏ ନିଜ ପ୍ରିୟତମ ସ୍ୱାମୀର ମଧୁର ପ୍ରେମରେ ଉବୁଟୁବୁ ହେଉଥିବାବେଳେ ହିଁ ଲୁହ ଛଳଛଳ

ଆଖିରେ ସ୍ୱାମୀ ପାଖରେ ଅଳିକରି କହୁଥିବ- 'ଚାଲନା, ମୋତେ ଟିକିଏ କିଛିଦିନ ପାଇଁ ଆମ ଘରେ ଛାଡ଼ିଦେଇ ଆସିବ। ନହେଲେ ଚାଲନା, ଆମ ଘରଆଡ଼େ ଥରେ ବୁଲିଦେଇ ଆସିବା। ଆମ ଘରେ ସମସ୍ତଙ୍କୁ ଟିକିଏ ଦେଖିବା ପାଇଁ ମନ ବଡ଼ ଅଥୟ ହେଉଛି।' ସ୍ୱାମୀକୁ ଛାଡ଼ି ଦଣ୍ଡେ ସେ ଜୀଇଁ ପାରୁ ନ ଥିବ, ଅଥଚ ପ୍ରତି ମୁହୂର୍ତ୍ତରେ ବାପ ଘରକୁ ଯିବା ପାଇଁ ମଧ୍ୟ ପ୍ରସ୍ତୁତ ହୋଇ ରହିଥିବ।

ଏମିତି ଦୁଇ ବିପରୀତମୁଖୀ ପ୍ରେମ ଭିତରେ ଟାଣି ଓଟାରି ହେଉଥିବା ପତ୍ନୀଟିଏ ତା'ର ଦରକାର। ଯାହାର ଏ ଦ୍ୱନ୍ଦ୍ୱ, ଏ ଟଣା-ଓଟରା, ଜୀବନର ପରିପୂର୍ଣ୍ଣତାକୁ ଏପରି ଫୁଟାଇ ଦେଇପାରିବ ଯେ, ଅଶୋକ ଯେ କେବେ ଦିନେ ଏକା ଏକା ଶୂନ୍‌ଶାନ୍ ଜୀବନଟାଏ ବିତାଉଥିଲା, ତା'ର ଚିହ୍ନ ମଧ୍ୟ ରହିବ ନାହିଁ।

ନିଜର ଭାବୀ ପତ୍ନୀକୁ ନେଇ ଏତେ ସବୁ କଳ୍ପନା ଜଳ୍ପନା କରି କରି, ଏଇ ପରିକଳ୍ପନାକୁ ହିଁ ନିଜର ପ୍ରେରଣା ରୂପେ ଗ୍ରହଣ କରି ଶେଷରେ ସଫଳତାକୁ ମୁଠାଇ ଧରିପାରିଛି ଅଶୋକ। ବର୍ତ୍ତମାନ ଏଇ କଳ୍ପନାକୁ ସାକାର କରିବାକୁ କିଛିଦିନ ଛୁଟି ନେଇ ପତ୍ନୀ ସନ୍ଧାନରେ ସେ ଆସି ପହଞ୍ଚିଛି ଓଡ଼ିଶାରେ।

ତେବେ, ଛୁଟି ଆସି ଅଧାଅଧି ସରିବାକୁ ବସିଲାଣି ଅଥଚ ଅଶୋକ ମନଲାଖି ପାତ୍ରୀଟିଏ ପାଇବା ତ ଦୂରର କଥା ଭଲ ପ୍ରସ୍ତାବଟିଏ ମଧ୍ୟ ପାଇ ପାରିଲା ନାହିଁ। ଟିକିଏ ବିଳମ୍ବରେ ସେ ହୃଦୟଙ୍ଗମ କଲା ଯେ, ଏଠାରେ ତା'ର ପିତାମାତା କି ଜ୍ଞାତି-କୁଟୁମ୍ବ କେହି ନ ଥିବାରୁ କନ୍ୟାପିତାମାନେ ତା' ଉପରେ ଭରସା କରିପାରୁ ନାହାନ୍ତି। କିଏ ଜାଣେ, ଭଦ୍ରଲୋକ ହୁଏତ ସେଠାରେ ଆମେରିକୀୟ ପତ୍ନୀଟିଏ ରଖି ତା' ପାଇଁ ଚାକରାଣୀ ନେବା ପାଇଁ ଏଠାରେ ବିବାହର ଆଳରେ ଝିଅଟିଏ ଖୋଜୁଛନ୍ତି। ଏମିତି ଘଟଣା ତ ଆଖି ଆଗରେ ପ୍ରତିଦିନ ଘଟୁଛି। କାହା ଉପରେ ନିର୍ଭର କରି ଝିଅକୁ ଏତେ ଦୂରକୁ, ଅଜଣା ଜାଗାକୁ ସେମାନେ ଛାଡ଼ିଦେବେ?

ଛୁଟି ସରିବାକୁ ଆଉ ମାତ୍ର କେତୋଟି ଦିନ ବାକି ଅଛି। ଅଶୋକର ଦେଖା ହୋଇଗଲା ପୁରୁଣା ବନ୍ଧୁ ସୁବୋଧ ସହ। ସ୍ଥାନୀୟ କୌଣସି ଏକ ବଡ଼ ଖବରକାଗଜରେ ସେ ସହ-ସମ୍ପାଦକ ଭାବରେ କାମ କରେ। ଅଶୋକଠାରୁ ସବୁକିଛି ଶୁଣି ସେ ପ୍ରସ୍ତାବ ଦେଲା, 'ଠିକ୍ ଅଛି, ଖବରକାଗଜରେ ବିଜ୍ଞାପନଟିଏ ବାହାର କରିଦେବା। ଦେଖାଯାଉ, କ'ଣ ହେଉଛି।'

ବିଜ୍ଞାପନ କଥା ଅଶୋକ ମନକୁ ଯେ ଆସି ନ ଥିଲା, ସେକଥା ନୁହଁ, କିନ୍ତୁ

ସେ ଭଲ ଭାବରେ ବୁଝିଥିଲା ଏଇଟା ଓଡ଼ିଶା, ଆମେରିକା ନୁହଁ। ଏଠି ବିବାହ ପରି ଗୁରୁତ୍ୱପୂର୍ଣ୍ଣ ବ୍ୟାପାର, ବିଜ୍ଞାପନ ଉପରେ ନିର୍ଭର କରେନା।

କିନ୍ତୁ ତା'ର ଏ ଧାରଣା ଭୁଲ୍ ପ୍ରମାଣିତ କରି ବିଜ୍ଞାପନର ଉତ୍ତରରେ ଗୁଡ଼ାଏ ଚିଠି ସେ ପାଇବାକୁ ଲାଗିଲା। ପୁଣି ଉତ୍ସାହରେ ଭରି ଉଠିଲା ଅଶୋକର ମନ। ସୁବୋଧ ଓ ସେ ମିଳିତ ଭାବରେ ଚିଠିଗୁଡ଼ିକ ପଢ଼ି ଶୀଘ୍ର ପରବର୍ତ୍ତୀ ପଦକ୍ଷେପ ପାଇଁ ପ୍ରସ୍ତୁତ ହେବାକୁ ଲାଗିଲେ। କାରଣ, ହାତରେ ଆଉ ବେଶି ଦିନର ଛୁଟି ନାହିଁ ଯେ। ଦିହେଁ ବଛାବଛି କରି ସେ ଭିତରୁ କେତୋଟି ପ୍ରସ୍ତାବକୁ ଆଗକୁ ନେବାକୁ ଯୋଜନା କରିବା ବେଳକୁ ଆଜି ସକାଳର ଡାକରେ ଅଶୋକ ଏ ଚିଠିଟା ପାଇଲା।

ଛୋଟିଆ ଚିଠିଟି। କିନ୍ତୁ ଅଶୋକ ଅନୁଭବ କଲା ତା'ର ବର୍ତ୍ତମାନ ଓ ଅତୀତର ସମସ୍ତ ପରିକଳ୍ପନାକୁ ଏ ଚିଠିଟି ପୂରାପୂରି ଦୋହଲାଇ ଦେଉଛି।

ସୁବୋଧ ସହିତ ଆଜିର ଦେଖା ହେବାର ବେଳ ଆଉରି ଆସିନାହିଁ। ଅଶୋକ ବୁଝିପାରୁଥିଲା, ସେ ଆସିବା ପୂର୍ବରୁ ତାକୁ କିଛି ଗୋଟାଏ ନିଷ୍ପତ୍ତିରେ ପହଞ୍ଚିବାକୁ ହିଁ ପଡ଼ିବ।

କାହାକୁ ସେ ସ୍ୱୀକାର କରିବ?

ଏଇ ଚିଠିର ନିମନ୍ତ୍ରଣକୁ ନା ତା'ର ଆପଣା ପରିକଳ୍ପିତ, ବହୁ-ଇପ୍‌ସିତ ସୁଖକୁ?

ଆଉ ଥରେ ଚିଠିଟିକୁ ପଢ଼ିଲା ଅଶୋକ। ଲେଖା ଥିଲା, 'ଆପଣଙ୍କୁ ବିବାହ ନ କଲେ ମୋ ଜୀବନ ଛାରଖାର ହୋଇଯିବ। ଦୟାକରି ମୋତେ ବିବାହ କରନ୍ତୁ, ପ୍ଲିଜ୍। ନିମ୍ନରେ ଠିକଣା ଦେଇଛି। ଶୀଘ୍ର ଯୋଗାଯୋଗ କରନ୍ତୁ।'

ଆଶ୍ଚର୍ଯ୍ୟ ହେଉଥିଲା ଅଶୋକ।

ଝିଅଟି ବୋଧହୁଏ ତା'ରି ପରି ଅନାଥ, ଅଭିଭାବକ ଶୂନ୍ୟ। ନହେଲେ ଓଡ଼ିଶାର ପରମ୍ପରା ତ ଅଶୋକର ନିଜର। ସେ ଜାଣେ, ଏଠାରେ ଝିଅମାନେ ନିଜ ବିବାହ ବିଷୟରେ, ତା' ପୁଣି ଏପରି ଶୈଳୀରେ, ଜଣେ ସମ୍ପୂର୍ଣ୍ଣ ଅଜଣା ଲୋକକୁ ଲେଖି ଜଣାଇବା ଅସମ୍ଭବ।

ତେବେ ଝିଅଟି ଯଦି ସତରେ ଅନାଥ ଓ ପରିବାରଶୂନ୍ୟ ହୋଇଥାଏ? ତେବେ... ତେବେ ତ ତାକୁ ବିବାହ କଲେ ଅଶୋକର ଅଧାଅଧି ସ୍ୱପ୍ନ ଚୁରମାର ହୋଇଯିବ। ଜୀବନରେ ପୁଣି ଦ୍ୱିତୀୟଥର ପାଇଁ ସେ ଆତ୍ମୀୟସ୍ୱଜନହୀନ ହୋଇପଡ଼ିବ। କେବଳ ସେଇ ସ୍ୱାମୀ-ସ୍ତ୍ରୀ, ସେଇ ନିଜ ପିଲା ଦିଓଟି।

ହାଃ ! ବୋର୍ ।

ନା, ନା, ଆତ୍ମୀୟସ୍ୱଜନ ନ ଥିବା ଝିଅଟିଏ ସେ କଦାପି ବାହା ହୋଇପାରିବ ନାହିଁ। ସେ ଯୌତୁକ ଆଦୌ ଚାହେଁନା ସତ; କିନ୍ତୁ ଆତ୍ମୀୟମାନଙ୍କ ଭରପୂର ମମତା ତାକୁ ନିଶ୍ଚୟ ଦରକାର। ଏହି ସ୍ୱାଭାବିକ ପାରିବାରିକ ସ୍ନେହ, ମମତା ପାଇବା ପାଇଁ ତ ସେ ଆଜିଯାଏ ବ୍ୟାକୁଳ, କାଙ୍ଗାଳ ଓ ତୃଷାର୍ତ୍ତ ହୋଇ ରହିଆସିଛି।

ଠିକ୍ ସେଇ ମୁହୂର୍ତ୍ତରେ, ତା' ମନ ଭିତରେ ନିଜ ଜୀବନରେ ଆଜିଯାଏ ସେ ବିତାଇଥିବା ଏକାକୀତ୍ୱ, ହାହାକାରମୟ, ଶୂନ୍ୟତା ସତେ ଅବା ସାକାର ହୋଇ ଠିଆହୋଇ ପଡ଼ିଲା। ଆଉ ତାକୁ ଦେଖୁ ଦେଖୁ ଅଶୋକର ସ୍ୱାର୍ଥକୁ ଦବାଇ ମାନବିକତା ମଧ୍ୟ ସଦମ୍ଭ ମୁଣ୍ଡ ଟେକି ଉଠିଲା- ଆହା, ପୁରୁଷ ହୋଇ, ସ୍ୱଜନ-କୁଟୁମ୍ବ ହରାଇ କେତେ ହଇରାଣ ସେ ନ ହୋଇଛି !

ଆଉ ଝିଅଟି ତ କେଜାଣି କେତେ ନିର୍ଯ୍ୟାତନା ସହିଥିବ, ସହୁଥିବ ମଧ୍ୟ। କେଡ଼େ ଆଶାରେ ଏ ଚିଠି ସେ ଲେଖିଥିବ। କେତେ କଡ଼ା ନଜରକୁ ଏଡ଼ାଇ କି କି ବାଧାର ସମ୍ମୁଖୀନ ହୋଇ ଏ ଚିଠିଟିକୁ ସେ ପୋଷ୍ଟ କରି ନ ଥିବ !!

ନା, ଏ ଝିଅଟିକୁ ହିଁ ସେ ବିବାହ କରିବ। ଠିକଣାଟିକୁ ପୁଣିଥରେ ପଢ଼ିଲା ସେ। ଠିକଣାଟି ସ୍ଥାନୀୟ, ଏଇ ସହରରୁ ହିଁ ଆସିଛି।

ଅବଶ୍ୟ ଏଇ ନିଷ୍ପତ୍ତି ନେଇ, ଦୀର୍ଘଦିନ ଧରି ଦେଖି ଆସିଥିବା ଏକ ସ୍ୱପ୍ନକୁ ସେ ନିଜେ ଭାଙ୍ଗିରୁଜି ଯେ ଫିଙ୍ଗିଦେବାକୁ ବସିଛି, ଏକଥା ସେ ଜାଣିପାରୁଛି ସତ। ତଥାପି ଆଉ ଏକ ନିରାନନ୍ଦ, ପୀଡ଼ିତ ପ୍ରାଣରେ ତ ସେ ଆପଣା ପ୍ରୀତି ଦେଇ ପୁନର୍ଜୀବନ ଆଣିଦେଇ ପାରିବ। ସ୍ନେହ-ମମତାରୁ ବଞ୍ଚିତ, ତା'ରି ପରି ଆଜୀବନ ଶୁଷ୍କ, ପିପାସିତ ଆଉ ଏକ ହୃଦୟକୁ ନିଜର ଅନାବିଳ ମଧୁର ପ୍ରେମଧାରା ଦେଇ ସେ ପୁନଶ୍ଚ ଶ୍ରୀ-ଶ୍ୟାମଳ ତ କରିଦେଇପାରିବ।

ଏ ଆନନ୍ଦ ବି ତ କିଛି କମ୍ ନୁହଁ !

ସେଦିନ ସୁବୋଧ ଆସିବା ପରେ ତାକୁ ଏ ଚିଠି ବିଷୟରେ କିଛି କହିଲା ନାହିଁ ଅଶୋକ। କିନ୍ତୁ କଥା ଛଳରେ ପଚାରିଲା, 'ଆଚ୍ଛା, ଏଠାରେ ରାମ ନାରାୟଣ ବାବୁଙ୍କ ନାମରେ ଏଇ ଠିକଣାରେ- କେହି ଅଛନ୍ତି ? ମୁଁ ଶୁଣୁଥିଲି ତାଙ୍କର ମଧ୍ୟ ବରପାତ୍ରଟିଏ ଦରକାର ?'

ଛୋଟ କାଗଜଟିଏରେ ଟିପା ହୋଇଥିବା ଅଶୋକର ହାତଲେଖା ଠିକଣାଟିକୁ ଚାହିଁ ଦେଇ ସୁବୋଧ ଚମକି ପଡ଼ିଲା। କହିଲା, 'ଆରେ, ସତେ ତ, ମୁଁ ତ ତାଙ୍କ

କଥା ପୂରା ଭୁଲିଯାଇଛି। ଆରେ ଆମର ଏତେ ବିଜ୍ଞାପନ ଦେବା କିଛି ଦରକାର ନ ଥିଲା। ଏ ପରିବାରଟି ବହୁତ ଭଲ। ରାମ ନାରାୟଣ ବାବୁ ଖାଲି ଜଣେ ଅମାୟିକ ଭଦ୍ରଲୋକ କେବଳ ନୁହଁନ୍ତି, ମୋର ବେଶ୍ ଚିହ୍ନାଜଣା ମଧ୍ୟ। ଚାଲ୍, ଆଜି ହିଁ ମୁଁ ତାଙ୍କୁ ଏ ପ୍ରସ୍ତାବ ନେଇ ଦେଉଛି। ଗୋଟିଏ ନୁହଁ, ତାଙ୍କ ଘରେ ସୁନ୍ଦର ସୁନ୍ଦର ଦୁଇଟି ବିବାହଯୋଗ୍ୟା କନ୍ୟା ଅଛନ୍ତି।'

'ଦୁଇଟି ?'

'ହଁ, ବଡ଼ ଝିଅଟି ତାଙ୍କ ନିଜ ଝିଅ ନୁହଁ, କେଉଁ ଦୂର ସମ୍ପର୍କର ଭଉଣୀର। ବାପା ମା' କେହି ତା'ର ନାହାଁନ୍ତି। ପିଲାଦିନରୁ ତାକୁ ଆଣି ଏମାନେ ପାଳିଛନ୍ତି, ଆଉ ସାନଟି ତାଙ୍କର ନିଜ ଝିଅ।'

'ଆଚ୍ଛା ? ତେବେ... ଆଚ୍ଛା ଦିହିଁଙ୍କ ମଧ୍ୟରୁ କିଏ ବେଶି ସୁନ୍ଦର ?'

'ବଡ଼ଟି। ଗୋଟିଏ ଚାଉଳରେ ଗଢ଼ା। ସାନଟି ବି ଦେଖିବାକୁ ବେଶ୍ ଭଲ। ଆମେ ସେଇ, ତାଙ୍କ ନିଜ ଝିଅ ପାଇଁ ପ୍ରସ୍ତାବ ଦେବା।'

'ଆରେ ନା, ନା, ବୁଡ଼ାଇବୁ କି ମୋତେ ? ଏଣେ କହୁଛୁ ବଡ଼ଟି ବେଶି ସୁନ୍ଦର। ପୁଣି କହୁଛୁ ସାନଟି ପାଇଁ ପ୍ରସ୍ତାବ ଦେବା। ମୋ ସାଙ୍ଗରେ ପୁଣି ଦୁଶ୍ମନୀ !'

ଦୁଇ ବନ୍ଧୁଙ୍କ ଉଚ୍ଛୁଳା ହସରେ ସ୍ଥାନଟି ମୁଖରିତ ହେଲା।

'କିନ୍ତୁ ଦେଖ, ମୁଁ ଆଗରୁ କହିଛି, ବଡ଼ଟି ତାଙ୍କ ନିଜ ଝିଅ ନୁହଁ। ଅନାଥ ପିଲାଟିକୁ ଆଣି ଏମାନେ ପାଳିଛନ୍ତି।' ସୁବୋଧ ଚେୟାର ଛାଡ଼ି ଉଠୁ ଉଠୁ କହିଲା।

ଛାତି ଭିତରଟା ରକ୍ କରିଉଠିଲା ଅଶୋକର। ଏଇ 'ଅନାଥ' ଶବ୍ଦଟି ଶତ୍ରୁ ପରି ତା'ର ପିଛା କରି ବୁଲୁଛି !

କିନ୍ତୁ ନିଜ ମନୋଭାବକୁ ଲୁଚାଇ, ସ୍ୱାଭାବିକ ଭାବରେ ସେ କହିଲା- 'ଅନାଥ କେମିତି ? ରାମନାରାୟଣ ବାବୁ ତାକୁ ପାଳିଛନ୍ତି ଯଦି; ସେ ତ ତା'ର ବାପା। ଅନାଥ ତ ମୁଁ ଥିଲି। ମୋତେ ପାଳିବାକୁ ମଧ୍ୟ କିଏ ନଥିଲେ। ଆରେ ଭାଇ, ମୋତେ ଫୁଲଟିଏ ଦରକାର। କିଏ ମାଳୀ, ମୋତେ ସେଥିରୁ କ'ଣ ମିଳିବ ?'

ତା' ଆରଦିନ ହିଁ ସବୁକିଛିର ଆୟୋଜନ ହୋଇଗଲା। ଝିଅଟିକୁ ତ ମନେମନେ ଗ୍ରହଣ କରିସାରିଥିଲା ଅଶୋକ, ତଥାପି ଯିବା କଥା। ବଡ଼ ଝିଅଟିକୁ ଅଶୋକ ବିବାହ କରିବାକୁ ଚାହେଁ, ସେକଥା ସୁବୋଧ ସେମାନଙ୍କୁ ଜଣାଇ ସାରିଥିଲା। ଏଣୁ ଆଗ୍ରହରେ ସେମାନେ ଏ ଦୁଇ ବନ୍ଧୁଙ୍କ ବାଟ ଚାହିଁ ବସିଥିଲେ।

ଦୁହେଁ ଠିକ୍ ସମୟରେ ଝିଅଘରେ ପହଞ୍ଚିଗଲେ। ଝିଅଟି ବାସ୍ତବିକ ଖୁବ୍ ସୁନ୍ଦରୀ।

ନାଆଁଟି ବି ବେଶ୍ କୋମଳ- ଉଷା। ପ୍ରଥମ ଶ୍ରେଣୀରେ ଏମ୍.ଏ. ପାଶ୍ କରିଛି। ଆଉ ଭାଗ୍ୟରେ ଥିଲେ ଏମିତି ଭଦ୍ର, ସ୍ନେହୀ ପରିବାରଟିଏ ମିଳେ। ଅଶୋକକୁ ସ୍ୱାଗତ କରିବାକୁ ରାମନାରାୟଣ ବାବୁ ଓ ତାଙ୍କ ସ୍ତ୍ରୀ ସେମାନଙ୍କର ଏକମାତ୍ର ପୁତ୍ର ମନୋଜ ଓ ସାନଝିଅ ରାତ୍ରି ସହ ବେଶ୍ ଉତ୍‌ଫୁଲ୍ଲ ଭାବରେ ଅପେକ୍ଷା କରୁଥିଲେ। ଆଉ ଅଶୋକ ଦେଖି ଖୁସିହେଲା ଯେ, ପରିବାରର ଏହି ପ୍ରଥମ ମାଙ୍ଗଳିକ କାର୍ଯ୍ୟକୁ ସାକାର କରିବା ପାଇଁ ସେହି ସହରରେ ରହୁଥିବା ରାମନାରାୟଣ ବାବୁଙ୍କ ଶାଳକ ଓ ସାନଭାଇ ମଧ୍ୟ ସେତେବେଳେ ସେଇଠି ଉପସ୍ଥିତ ଅଛନ୍ତି।

ଏ ଆୟୋଜନ ଦେଖି ଅଶୋକ ବୁଝିପାରିଲା ତା'ର ଭାବୀପତ୍ନୀ, ରାମନାରାୟଣ ବାବୁଙ୍କ ପାଳିତ କନ୍ୟା ନୁହେଁ, ଆଦରରେ ପାଳିତ କନ୍ୟା- ଏହାଠାରୁ ଆଉ ଅଧିକ କ'ଣ ସେ ଚାହିଁପାରେ ?

ବର୍ତ୍ତମାନ ନିଜ ପସନ୍ଦକୁ ନିଜ ମୁହଁରେ ଘୋଷଣା କରି ବିଦାୟ ନେଇ ଆସିବା କଥା। ସେକଥା ସେ କିପରି ଭାବରେ ଉପସ୍ଥାପନ କରିବ, ଏୟା ଠିକ୍ କରିବା ବେଳକୁ, ରାମନାରାୟଣ ବାବୁଙ୍କ ସ୍ତ୍ରୀ ତାଙ୍କୁ କିଛି ଗୋଟାଏ ଧୀରେ କରି କହିଲେ। ସଙ୍ଗେ ସଙ୍ଗେ ରାମନାରାୟଣ ବାବୁ ଠିଆହୋଇ ଯାଇ କହିଲେ, 'ଆଚ୍ଛା, ଏଥର ଆମେ ଚାଲ ଟିକିଏ ବାହାରକୁ ଯିବା- ସେମାନେ ନିଜେ କିଛି କଥାବାର୍ତ୍ତା କରନ୍ତୁ।'

ଆରେ ବାଃ! ଅଶୋକ ତ ଏମିତି ସୁଯୋଗଟିଏ ଆସିବ ବୋଲି ଆଶା କରି ନ ଥିଲା। ସେ ମୃଦୁ ହସି ଝିଅଟି ମୁହଁକୁ ଚାହିଁଲା। ଉଷାର ଗୋରା ତକତକ ସୁନ୍ଦର ମୁହଁଟିରେ ମୁଠାଏ ଫଗୁ କିଏ ଫିଙ୍ଗିଦେଲା କି ଆଉ! ଲାଜରେ ମୁଣ୍ଡଟିକୁ ପୋତି ଦେଉ ଦେଉ ହସ ଚେନାଏ ଖେଳିଗଲା ମୁହଁରେ ତା'ର।

ଅଶୋକକୁ ଭାରି ଭଲ ଲାଗିଲା ଝିଅଟିର... ଉଁ... ହଁ... ଉଷାର ସେ ହସ, ସେ ସଙ୍କୁଚିତ ଭାବ। ହଁ, ଏଇ ସୁଯୋଗଟିର ସଦ୍‌ବ୍ୟବହାର ସେ କରିବ। କହିବ, 'ଦେଖୋଜୀ, ଆପନେ ପୁକାରା ଔର୍ ହମ୍ ଚଲେ ଆୟେ...'

ଅନ୍ୟମାନେ ସେ କୋଠରୀ ଛାଡ଼ିବା ଆଗରୁ ଟ୍ରେ ଭର୍ତ୍ତି କରି ଚା' କପ୍‌ଗୁଡ଼ିଏ ଧରି ଶାଳିକା ମହାଶୟା... କ'ଣଟି ନାଆଁଟି ତା'ର... ହଁ ରାତ୍ରି... କପେ ଲେଖାଏଁ ଚା' ସମସ୍ତଙ୍କ ହାତରେ ଧରାଇଦେଲା। ହୁଁ... ଉଷା ପରି ଗୋରା ତକ୍‌ତକ୍ ନ ହେଲେ ବି ବେଶ୍ ସୁନ୍ଦର ଝିଅଟିଏ। ତା'ରି ମୁହଁକୁ ଅନାଇ ଆଉଥରେ ଉଷା ମୁହଁକୁ ଚାହିଁବା ବେଳକୁ ଅଶୋକ ଶୁଣିଲା, ଚା' କପ୍‌ଟି ତା' ହାତରେ ଧରାଇଦେଇ ଚାଲି ଯାଉ ଯାଉ ରାତ୍ରି ଧୀର ଗଳାରେ କହୁଛି, 'ଦେଖନ୍ତୁ... ପ୍ଲେଟ୍‌ରେ କ'ଣ ଅଛି ?'

ହାତର ପ୍ଲେଟ୍‌କୁ ଚାହିଁଲା ଅଶୋକ- ଚା' କପ୍ ତଳେ ଚାପିହୋଇ ପ୍ଲେଟ୍ ଉପରେ ରହିଛି ଛୋଟ କାଗଜ ଖଣ୍ଡେ। ପରିଷ୍କାର ଅକ୍ଷରରେ ଲେଖା ହୋଇଛି: 'ଚିଠି ଆପଣଙ୍କୁ ମୁଁ ଦେଇଥିଲି। ଆପଣଙ୍କୁ ବିବାହ କରିବାକୁ ମୁଁ ଚାହେଁ... ପ୍ଲିଜ୍।'

ହତଚକିତ ହୋଇ ଅନ୍ୟମାନଙ୍କୁ ଚାହିଁଲା ଅଶୋକ।

ଉଷାର କକା ଓ ମାମୁଁ, ସୁବୋଧ ସହ କଥା ହେଉ ହେଉ, ବାହାରପଟର ବଗିଚା ଆଡ଼କୁ ଆଗେଇ ଯାଉଛନ୍ତି। ରାମନାରାୟଣ ବାବୁ ଅନେକବେଳୁ ସେ କୋଠରୀ ଛାଡ଼ି ଚାଲିଗଲେଣି। ତାଙ୍କ ସ୍ତ୍ରୀ ଚାପାଗଳାରେ ଚାକରାଣୀକୁ ନିର୍ଦ୍ଦେଶ ଦେଉଛନ୍ତି ଅଇଁଠା ଜଳଖିଆ ପ୍ଲେଟ୍ ସବୁ ଚଟାପଟ ସେ କୋଠରୀରୁ କାଢ଼ି ନେବା ପାଇଁ। ଆଉ ଉଷା... ମୁଣ୍ଡକୁ ତଳକୁ ପୋତି ପ୍ରତୀକ୍ଷା କରି ବସିଛି, ଏଇ ଆସନ୍ନ ନିରୋଳା ମୁହୂର୍ତ୍ତରେ ଅଶୋକ ତାକୁ କ'ଣ ପଚାରିବ... ସେମିତି ସତେଜ ସୁନ୍ଦର ଚେହେରା ନେଇ।

ଆହା, କେତେ ସୁନ୍ଦର ସେ ଦିଶୁଛି !

କେହି ବି ଦେଖି ନାହାନ୍ତି, କେହି ବି ଜାଣି ନାହାନ୍ତି, ଘଡ଼ିକ ଭିତରେ କ'ଣ ସବୁ ଏଇଠି ଘଟିଗଲା !

ଅଶୋକ ବୁଝିପାରିଲା ନାହିଁ- ଏବେ ସେ କ'ଣ କରିବ ? ସତ କହିବାକୁ ଗଲେ, ଏପର୍ଯ୍ୟନ୍ତ ସବୁକିଛି ସେ ଯୋଗାଡ଼ କରି ଆସିଥିଲା ଚିଠିର ଲେଖିକାକୁ ହିଁ ବିବାହ କରିବା ପାଇଁ। ଚିଠିରେ ରାତ୍ରି ନିଜର ନାଆଁ ମଧ୍ୟ ଲେଖି ନ ଥିଲା। ଏଣୁ ମନକୁ ସମ୍ପୂର୍ଣ୍ଣ ଭାବରେ ପ୍ରସ୍ତୁତ କରି, ଉଷାକୁ ହିଁ ଚିଠିର ଲେଖିକା ବୋଲି ଭାବି, ତାକୁ ଏକରକମ ଦେଖୁ ଦେଖୁ ହିଁ, ଆପଣାର ବୋଲି ଗ୍ରହଣ କରିନେଇଥିଲା ମଧ୍ୟ।

ଏବେ ହଠାତ୍ ଏମିତି ଭାବେ ଭାଗ୍ୟ ତାକୁ ହତଚକିତ କରି ଦୋଛକିରେ ନେଇ ଠିଆ କରାଇଦେଲା !

ଚାରିଆଡ଼କୁ ଚାହିଁଲା ସେ। ଆରଘରେ ସମସ୍ତଙ୍କ ନଜରକୁ ଏଡ଼ାଇ ରାତ୍ରି ଠିଆ ହୋଇଛି। ଆଖିରେ କେଜାଣି କେଉଁ ଯୁଗର କରୁଣତା ନେଇ ଅଶୋକକୁ ଚାହିଁ ରହିଛି ସେ। ତା'ର ସେ କରୁଣ ଚାହାଣୀ ଅଶୋକ ଦେହରେ ଚୁପ୍‌ଚାପ୍ ହୋଇ ଗଳିଗଲା କି ଆଉ !

ମୁହଁ ଫେରାଇ ଉଷା ଆଡ଼କୁ ଚାହିଁଲା ଅଶୋକ, ପୁଣି ଥରେ ଚାହିଁଲା ରାତ୍ରି ଆଡ଼କୁ।

କିନ୍ତୁ ରାତ୍ରି ଆଉ ସେଠାରେ ନ ଥିଲା।

ବର୍ତ୍ତମାନ କୋଠରୀରେ କେବଳ ସେ ଓ ଉଷା।

କେତୋଟି ସେକେଣ୍ଡ ପାଇଁ ମୁଣ୍ଡକୁ ତଳକୁ ପୋତି ବସି ରହିଲା ଅଶୋକ। ତା'ପରେ ଧୀରେ ଧୀରେ ମୁଣ୍ଡ ଉଠାଇ ଉଷା ଆଡ଼କୁ ଚାହିଁ ସେ ନରମ ଗଳାରେ କହିଲା, 'ଉଷା, ମୋତେ ତୁମେ କ୍ଷମା କରିବ ?'

ଉଷା ଚମକି ପଡ଼ିଲା ନିଶ୍ଚୟ। ମୁଣ୍ଡ ଉଠାଇ ସିଧସଳଖ ଅଶୋକ ମୁହଁକୁ ଚାହିଁଲା ସେ। ଆଖିରେ ତା'ର ଆଖିଏ ପ୍ରଶ୍ନ।

'ମୋତେ ତୁମେ କ୍ଷମା କରିବ ଉଷା ? ଯଦି ମୁଁ କହେ... ମୁଁ... ତୁମକୁ ନୁହଁ... ରାତ୍ରିକୁ ହିଁ ପସନ୍ଦ କରିଛି।'

ହଠାତ୍ କଳା ପଡ଼ିଗଲା ଉଷାର ସୁନ୍ଦର ମୁହଁଟି। ଅଶୋକର ଛାତି ବିଦାରି ହୋଇଗଲା ସେ କାଳିମାକୁ ଲକ୍ଷ୍ୟ କରି। କିନ୍ତୁ ମିନିଟିଏ ଭିତରେ ନିଜକୁ ସମ୍ଭାଳି ନେଲା ଉଷା। ମୁହଁରେ ହସ ଚହଟାଇ କହିଲା, 'ଆରେ, ଏଥିରେ କ୍ଷମା କରିବାର କ'ଣ ଅଛି ? ରାତ୍ରି ତ ମୋର ସାନ ଭଉଣୀ। ତେବେ, ଆଗେ ସେ ଚଣ୍ଡୀକୁ ପଚାରି ବୁଝନ୍ତୁ, ତା'ର ମନକୁ ପାଇଲେ ହେଲା।'

'କାହିଁକି, ମୁଁ କ'ଣ ଦେଖିବାକୁ ଏଡ଼େ ଖରାପ ? ତୁମେ... ତୁମେ କ'ଣ ମୋତେ ପସନ୍ଦ କରି ନ ଥାନ୍ତ ?'

ପଚାରିଦେଇ ନିଜେ ଥମ୍ ହୋଇଗଲା ଅଶୋକ। କେମିତି ଏମିତି ପ୍ରଶ୍ନଟିଏ ସେ ପଚାରିପାରିଲା ? କ'ଣ ଭାବିଥିବ ଉଷା ?

କିନ୍ତୁ ଆଶ୍ଚର୍ଯ୍ୟଜନକ ଭାବରେ ସୁନ୍ଦର ହସଟିଏରେ ନିଜ ଚେହେରାକୁ ଝଲସାଇ ସରଳ ଭାବରେ ଉଷା କହିଲା, 'ଆପଣଙ୍କୁ ଯିଏ ନାପସନ୍ଦ କରିବ, ତା'ର ନିଜର ହିଁ ଭାଗ୍ୟ ଖରାପ। ତେବେ, ରାତ୍ରି ଛୋଟ ପିଲା। ତା'ର ବିବାହ କଥା ଉଠିଲେ ସେ ଏତେ ରାଗେ ଯେ ତାକୁ କେହି ତା' ବିବାହ କଥା କହନ୍ତି ନାହିଁ। ହେଉ, ମୁଁ ତେବେ ଏ ସୁଖବରଟି ସମସ୍ତଙ୍କୁ ଜଣାଇଦିଏ।'

ତା'ର ଚାଲିଯାଉଥିବା କମନୀୟ ଚେହେରାଟିକୁ ଅଟକାଇ ଅଶୋକ କହିଲା: 'ଶୁଣ, ମୋତେ କ୍ଷମା କରିଛ ତ ?'

ତା' କଣ୍ଠରେ ଥିବା ନିରୀହତାକୁ ଅନୁଭବ କରିପାରି ଉଷା ଫିକ୍‌କରି ହସିଦେଲା। ମଧୁର ସ୍ୱରରେ ଆଶ୍ୱାସନା ଦେଇ କହିଲା, 'ଆରେ, ଆପଣ ଏତେ ବ୍ୟସ୍ତ ହେଉଛନ୍ତି କାହିଁକି ? ଏ ତ ପସନ୍ଦ-ଅପସନ୍ଦର କଥା। ବିଶ୍ୱାସ କରନ୍ତୁ... ମୋତେ ଜମା ଇଚ୍ଛା ହେଉନାହିଁ ଆପଣଙ୍କ ଉପରେ ରାଗିବା ପାଇଁ।'

ତା'ପରେ ହଠାତ୍ ସ୍ୱରକୁ ବଦଳାଇ ଶାସନ କରିବା ଭଙ୍ଗୀରେ ସେ କହିଲା,

'ଶୁଣନ୍ତୁ ମହାଶୟ... ଏଥର ଆପଣ ଆମ ଘରର ଜ୍ୱାଇଁ, ମାନେ... ମୋର ଭଉଣୀ ଜ୍ୱାଇଁ। ଅର୍ଥାତ୍ ମୁଁ ଆପଣଙ୍କର ଦେଢ଼ଶାଶୂ... ଗୁରୁଜନ। ଏଣୁ ମୋତେ ଏଣିକି ଛୋଟ ବୋଲି ଭାବି ଏମିତି କଥାବାର୍ତ୍ତା କରିବେ ନାହିଁ। ବୁଝିଲେ, 'ଆପଣ' ବୋଲି ସମ୍ବୋଧନ କରିବେ।'

କହିଦେଇ ହସି ହସି ଦଉଡ଼ି ଚାଲିଗଲା ସେ।

ମୁଣ୍ଡପୋତି ବସି ରହିଲା ଅଶୋକ। ବୁଝିପାରିଲା, ଆପେ ଆପେ ତା'ହାତକୁ ଆସିଥିବା ଏଇ ରତ୍ନଟିକୁ ସେ ହରାଇବାକୁ ଯାଉଛି।

କିନ୍ତୁ... ଚିଠିଟି ପାଇ ନ ଥିଲେ ତ ଏ ଘରକୁ ସେ ଆସି ନ ଥା'ନ୍ତା। ରାତ୍ରି ଛଡ଼ା ଏମାନେ କେହି ତ ସେ ବିଜ୍ଞାପନ ଦେଖି ବି ନ ଥିଲେ। ଏଣୁ ରାତ୍ରିର ଚିଠି ହିଁ ତାଙ୍କୁ ଏଠାକୁ ଡାକି ଆଣିଛି। ଜଣକର ନିମନ୍ତ୍ରଣରେ ଆସି ଲୋଭରେ ପଡ଼ି ଆଉ ଜଣଙ୍କୁ ପସନ୍ଦ କରିବା ତ ଧୋକାବାଜି। ଜାଣି ନ ଥା'ନ୍ତା କି ହେଲେ- ଚିଠିଟି କିଏ ଲେଖିଛି। ଚରମ ମୁହୂର୍ତ୍ତରେ ତ ରାତ୍ରି ପୁଣିଥରେ ଚେତାଇ ଦେଇଛି।

ଛାଡ଼, ତା' ଭାଗ୍ୟରେ ରାତ୍ରି ହିଁ ଅଛି, ଉଷା ନାହିଁ।

କିନ୍ତୁ ଏ ରାତ୍ରି ଏମିତି ତା' ପ୍ରେମରେ ପଡ଼ିଗଲା କେମିତି ?

ବେଶ୍ ଧୂମ୍‌ଧାମରେ ବିବାହ ସମ୍ପନ୍ନ ହେଲା। ଛୁଟିର ଅବଶେଷ ଶେଷ କେତୋଟି ଦିନ ଏଇ ବିବାହ ପାଇଁ ଆୟୋଜନ, କିଣାକିଣି, ରାତ୍ରିର ପାଶପୋର୍ଟ, ଭିସା ଓ ବିବାହର ହୋ-ହଲ୍ଲା ଭିତରେ ଏତେ ଶୀଘ୍ର ଚାଲିଗଲା ଯେ ଉଷାକୁ ଦେଖିବାକୁ ଯିବା ଦିନଠାରୁ ରାତ୍ରି ସହିତ ଉଡ଼ାଜାହାଜରେ ବସିବା ପର୍ଯ୍ୟନ୍ତ ଅଶୋକ ନବବଧୂ ସହ ନିରୋଳାରେ ମୁହୂର୍ତ୍ତଟାଏ ବିତାଇବା ତ ଦୂରର କଥା, ଅନ୍ତରଙ୍ଗ ଭାବରେ କଥା ପଦେ ମଧ୍ୟ କହିବାର ସୁଯୋଗ ପାଇ ନ ଥିଲା।

ଚାହିଁଥିଲେ ବି ଅଶୋକ ରାତ୍ରିକୁ ପଚାରି ପାରିଲା ନାହିଁ ଯେ କେମିତି... କେମିତି ହଠାତ୍ ରାତ୍ରି ତା' ପ୍ରତି ଏମିତି ଆକର୍ଷିତ ହୋଇପଡ଼ିଲା ?

ବର୍ତ୍ତମାନ ଉଡ଼ାଜାହାଜରେ ବସିବାର କିଛି ସମୟ ପରେ ସେକଥା ପଚାରିବା ପାଇଁ ରାତ୍ରିକୁ ଚାହିଁ ସେ ଦେଖିଲା, ସେ ବେଶ୍ ଆରାମରେ ଶୋଇ ଯାଇଛି। ଶୋଉ ବିଚାରୀ। ଏଇ ହୈ ଚୈ ଉପାସ ଇତ୍ୟାଦିରେ ସେ କ୍ଳାନ୍ତ ହୋଇ ପଡ଼ିଛି। ତା'ଛଡ଼ା, ଏତେ ତରତର କ'ଣ ?

ସାରା ଜୀବନ ପଡ଼ିଛି, ମନ ଭରି କଥା ହେବା ପାଇଁ।

ସେମାନଙ୍କର ଯାତ୍ରାକୁ ଶେଷକରି ଅଲିମ୍ପିଆ ବିମାନଘାଟୀରେ ତାଙ୍କ ଉଡ଼ାଜାହାଜ ଓହ୍ଲାଇଲା। ଅଲିମ୍ପିଆରୁ ସିଏଟଲ୍ ମାତ୍ର କେତେ ଘଣ୍ଟାର ରାସ୍ତା।

ବୋଧହୁଏ ଉତ୍ତର-ପଶ୍ଚିମ ଆମେରିକାର ସବୁଠାରୁ ମନୋରମ ଏଇ ରାସ୍ତା। ଓକ୍ ଗଛର ଘନ ବନାନୀ ଭିତରେ ପାହାଡ଼ର ବୁକୁ ଚିରି ଚିରି ଏଇ ରାସ୍ତାରେ ଯାଉ ଯାଉ ନୀଳ ସ୍କର୍ଟଟିଏ ପିନ୍ଧିଥିବା ଚପଳ କିଶୋରୀଟିଏ ପରି ସମୁଦ୍ର ମଧ୍ୟ ଅନତିଦୂରରେ କେତେବେଳେ ଦୃଶ୍ୟ ତ କେତେବେଳେ ଅଦୃଶ୍ୟ ଭାବରେ ନାଚି ନାଚି ସଙ୍ଗରେ ସଙ୍ଗରେ ଚାଲିଥାଏ। ଅଲିମ୍ପିଆରୁ ସିଏଟଲ ଓ ସିଏଟଲରୁ ଅଲିମ୍ପିଆ କାର୍ ଚଳାଇ ଆସିବା ଏକ ସୁଖଦ ଅନୁଭୂତି।

ସେଥିପାଇଁ ଅଶୋକକୁ ଯେତେଥର ବିମାନଯାତ୍ରା କରିବାକୁ ପଡିଛି, ସେ ପ୍ରତ୍ୟେକ ଥର ଏହି ଅପୂର୍ବ ଦୃଶ୍ୟ ଉପଭୋଗ କରିବା ପାଇଁ ସିଏଟଲରୁ ଆପଣା କାର୍ ନେଇ ହିଁ ଅଲିମ୍ପିଆ ଆସିଛି। ଅଲିମ୍ପିଆରେ ପହଞ୍ଚି ନିଜ ସହପାଠୀ ପ୍ରିୟବନ୍ଧୁ ଜନ୍ ପାଖରେ ଗାଡିଟିକୁ ଛାଡ଼ି ସେ ସେଠାରୁ ବିମାନଯାତ୍ରା କରିଛି।

ଏଥର ଭାରତ ଯିବା ପୂର୍ବରୁ ମଧ୍ୟ ସେ ସେୟା କରିଥିଲା। ବର୍ତ୍ତମାନ ପତ୍ନୀ ସହ ଅଲିମ୍ପିଆ ବିମାନବନ୍ଦରରେ ପହଞ୍ଚିବା ପରେ ଲାଉଞ୍ଜରେ ରାତ୍ରିକୁ ବସାଇ ସେ ସେହି ପାଖରେ ଥିବା ଏକ ପବ୍ଲିକ ଟେଲିଫୋନ୍ ବୁଥ୍‌କୁ ଯାଇ ଜନ୍‌କୁ ଫୋନ୍ କଲା, ଗାଡ଼ି ନେଇ ଆସିବା ପାଇଁ।

ଦିନର ଏଇ ସମୟଟାରେ ନବବଧୂସହ ଏକାକୀ ଗାଡ଼ି ନେଇ ଅଲିମ୍ପିଆ ନଗରୀର କୋଳାହଳକୁ କ୍ରମଶଃ ଅତିକ୍ରମ କରି ସିଏଟଲ ଅଭିମୁଖରେ ଯାତ୍ରା ବେଶ ରୋମାଣ୍ଟିକ୍ ଲାଗିବ। ତା'ର ବହୁ ପରିଚିତ ସେହି ଲମ୍ବା ଜନଶୂନ୍ୟ ପ୍ରାକୃତିକ ସୌନ୍ଦର୍ଯ୍ୟରେ ପରିପୂର୍ଣ୍ଣ ରାସ୍ତା ମନରୁ ମଧ୍ୟ ସବୁ କ୍ଲାନ୍ତି ଦୂର କରିଦେବ। ଏ ପର୍ଯ୍ୟନ୍ତ ଲଜ୍ଜାବଶତଃ ତା'ଠାରୁ ବେଶ୍ ସନ୍ତର୍ପଣରେ ଦୂରେଇ ରହିଥିବା ନବବଧୂ ରାତ୍ରି ମଧ୍ୟ ବିହ୍ୱଳ ହୋଇ ସେତେବେଳେ ଧୀରେ ଧୀରେ ଅଶୋକର କାନ୍ଧରେ ମୁଣ୍ଡଥାପି ବସି ରହିବ।

ଅଶୋକକୁ ମନେ ହେଉଥିଲା ଏ ତା'ର ନିଜ ଜୀବନ ନୁହେଁ, ଆଉ କାହା ଦେହରେ କାୟା-ପ୍ରବେଶ ମାତ୍ର।

ଜନ୍‌କୁ ଫୋନ୍ କରିସାରି ଲାଉଞ୍ଜ୍‌କୁ ଫେରି ସେ ଦେଖିଲା ସେଠାରେ ରାତ୍ରି ନାହିଁ। ଏଣେତେଣେ ଚାହିଁବାବେଳେ ସେଠାରେ ଥିବା ଲାଉଞ୍ଜ୍ ବୟଟି ତାକୁ ଚୁପ୍‌ଚାପ ହାତଠାରି ଦେଖାଇଦେଲା - ଦୂରରେ ଆଉ ଏକ ଫୋନ୍ ବୁଥକୁ, ଯେଉଁଠି ରାତ୍ରି ଫୋନରେ କାହା ସହିତ କଥା ହେଉଥିଲା।

'ଆରେ, ମୋତେ କହିଥିଲେ ତ ମୁଁ ତୁମକୁ ସାଙ୍ଗରେ ନେଇଥାନ୍ତି ଫୋନ୍

କରିବା ପାଇଁ। କିନ୍ତୁ ଧନ୍ୟ କହିବ ଏ ଝିଅମାନଙ୍କୁ, ପାଦ ମାଟି ଛୁଇଁବା କ୍ଷଣି ଧାଇଁଲ ବାପଘରକୁ ଫୋନ୍ କରିବାକୁ?' ରାତ୍ରି ଫେରିବା ପରେ ହସି ହସି ତାକୁ ଅଶୋକ କହିଲା ଏବଂ ଆଶା କରିଥିଲା, ଏକଥା ଶୁଣି ରାତ୍ରି ଲାଜରେ ଝାଉଁଳି ପଡିବ ବା ଫିକ୍‌କରି ମିଠା ହସଟିଏ ମୁହଁରେ ଖେଳାଇଦେବ।

କିନ୍ତୁ ସେମିତି କିଛି ହେଲାନାହିଁ। ବରଂ ରାତ୍ରିର ହଠାତ୍ ଉଜ୍ଜ୍ୱଳ ଦିଶୁଥିବା ମୁହଁ ପୁଣି ମଳିନ ହୋଇଗଲା। ସେ କହିଲା, 'ମୁଁ ଆମ ଘରକୁ ଫୋନ୍ କରି ନଥିଲି, ଗୋଟାଏ ଲୋକାଲ ଫୋନ୍ କରିବାର ଥିଲା।'

'ଲୋକାଲ୍ ଫୋନ୍? ଅଲିମ୍ପିଆରେ? କାହା ପାଖକୁ? ଏଠି ତୁମର କେହି ଚିହ୍ନା ଅଛନ୍ତି?' ଆଶ୍ଚର୍ଯ୍ୟ ହୋଇ ଅଶୋକ ପଚାରିଲା।

'ମୋର ଆପଣଙ୍କ ସହ କିଛି କଥା ହେବାର ଅଛି। ଏଇଠି ପାଖରେ ରେସ୍ତୋରାଁ କିଛି ନାହିଁ? ଟିକିଏ ବସିଯାଆନ୍ତେ।' ରାତ୍ରି ଗମ୍ଭୀର ହୋଇ କହିଲା।

ଏତେବେଳଯାଏ ସମ୍ପୂର୍ଣ୍ଣ ଚୁପ୍ ହୋଇ ରହିଥିବା ଏଇ ଝିଅଟି ବର୍ତ୍ତମାନ ଗୋଟିଏ ବୟସ୍କା ନାରୀ ପରି ସ୍ୱାଭାବିକ ଭାବରେ କଥାବାର୍ତ୍ତା କରିବା ଦେଖି ଅଶୋକ ଆଶ୍ଚର୍ଯ୍ୟ ହେଲା।

ଜନ୍ ଏବେ ଗାଡ଼ି ନେଇ ଆସୁଥିବ। ଏଣୁ ନିଜର ସ୍ଥିତିର ଠିକଣା ଇନ୍‌କ୍ୱାରୀରେ ଦେଇ ସେ ପହଞ୍ଚିଲା ପତ୍ନୀକୁ ନେଇ ଏକ କଫି ହାଉସ୍‌ରେ।

ସେଇଠି ଅଶୋକର ହାତକୁ ଧରି ପକାଇ ରାତ୍ରି କହିଲା, 'ଅଶୋକବାବୁ, ଆପଣ ମୋତେ କ୍ଷମା କରି ଦେବେ, ଆପଣଙ୍କୁ ମୁଁ ବହୁତ ହଇରାଣ କଲି। ଆପଣଙ୍କ ଋଣ ଏ ଜନ୍ମରେ ମୁଁ ଶୁଝିପାରିବି ନାହିଁ।'

'କିନ୍ତୁ କଥା କ'ଣ? ଓଃ, ଆଚ୍ଛା, ସେ ଚିଠି କଥା ତ? କିନ୍ତୁ ମୁଁ ହଇରାଣ ହେଲି ବୋଲି କାହିଁକି ଭାବୁଛ। ତୁମ ଚିଠି ତ ଆଲ୍ଲାଉଦ୍ଦୀନର କୁହୁକଦୀପ ପରି ତୁମକୁ ଆଣି ମୋ ପାଖରେ ପହଞ୍ଚାଇ ଦେଲା। ନହେଲେ ମୁଁ ତୁମକୁ ପାଇଥାନ୍ତି କୁଆଡୁ?' ରାତ୍ରି ଧରିଥିବା ହାତ ଉପରେ ହାତ ରଖି ସେ ମଧୁର ଭାବରେ, ମୁଗ୍ଧ ନୟନରେ ରାତ୍ରିକୁ ଚାହିଁ ଉତ୍ତର ହେଲା।

ଏଥର ରାତ୍ରିର ଆଖିରେ ଲୁହ ଟଳମଳ ହେଲା। କହିଲା, 'ଆପଣଙ୍କୁ ସେ ଚିଠିଟି ଲେଖିବା ଦିନଠାରୁ ଆଜି ପର୍ଯ୍ୟନ୍ତ ମୁଁ କେବଳ ଜଣକ କଥା ହିଁ ଚିନ୍ତାକରି ଆସୁଛି। ସେ ହେଲେ ଆପଣ... ଆପଣଙ୍କୁ ମୁଁ ଯେପରି ଭାବରେ ପ୍ରତାରିତ କରିଛି, ଯେମିତି ନିର୍ଦ୍ଦୟ ଭାବରେ ଆପଣା ସ୍ୱାର୍ଥରେ ଲଗାଇ ଦେଇଛି, ତା'ର ତୁଳନା ନାହିଁ।

ସେଥିପାଇଁ ମୋତେ ଆପଣ ଯାହା ଦଣ୍ଡ ଦେଲେ ବି, ଯେତେ ଘୃଣା କଲେ ବି କମ୍ ହିଁ ହେବ, କିନ୍ତୁ ଖାଲି ଏତିକି ବିଶ୍ୱାସ କରନ୍ତୁ, ମୁଁ ନିରୁପାୟ, ନାଚାର ଥିଲି। ମୋ ପାଇଁ ଆଉ କିଛି ବାଟ ନଥିଲା।'

ଅଶୋକ ନିଜ ମନ ଭିତରେ ରାତ୍ରିର ଏ ବକ୍ତବ୍ୟକୁ ପୁଣି ଥରେ ଆରମ୍ଭରୁ ଶେଷ ପର୍ଯ୍ୟନ୍ତ ଦୋହରାଇଲା, କିନ୍ତୁ କିଛି ବୁଝିପାରିଲା ନାହିଁ। ପୁଣି ଆଉଥରେ ପ୍ରତ୍ୟେକ ବାକ୍ୟରେ, ପ୍ରତ୍ୟେକ ଶବ୍ଦରେ ତନ୍ନତନ୍ନ କରି ତଲାସ କଲା। କିନ୍ତୁ କେଉଁଠାରେ ବି ରାତ୍ରି କାହିଁ ଏମିତି କିଛି ଅପରାଧ କରିଛି, ସେ ପାଇଲା ନାହିଁ। ଯେଉଁଥିପାଇଁ ରାତ୍ରିକୁ ସେ ଘୃଣା କରିବ ବା ଦଣ୍ଡ ଦେବ।

ଠିକ୍ କିଛି ସେ କହିବାକୁ ଯାଉଛି, ରାତ୍ରିର ପଛପଟେ କଫି ହାଉସର କାଚ କାନ୍ଥ ବାଟେ ସେ ଦେଖିପାରିଲା, ତା' ଗାଡ଼ିର ଚାବିକୁ ଆଙ୍ଗୁଠିରେ ଘୂରାଇ ଘୂରାଇ, ଜନ୍... ତା'ର ପ୍ରିୟବନ୍ଧୁ ଜନ୍... କଫି ହାଉସ୍ ଆଡ଼କୁ ଆସୁଛି। ଅଶୋକ ରାତ୍ରିକୁ କହିଲା, 'ରାତ୍ରି, ଟିକିଏ ବସ। ମୋର ବନ୍ଧୁ ମୋତେ ଖୋଜୁଛି, ମୋ ଗାଡ଼ିର ଚାବି ମୋତେ ଦେବା ପାଇଁ। ମୁଁ ତାକୁ ନେଇ ଏଠାକୁ ଆସୁଛି।'

ଅଶୋକକୁ ଦେଖି ଜନ୍ କୁଣ୍ଢାଇ ପକାଇଲା, 'ହାଓ ଆର୍ ୟୁ ବଡ୍ଡି? ଆର୍ ୟୁ ସକ୍‌ସେସ୍‌ଫୁଲ? ହାଭ୍ ୟୁ ଗଟ୍ ୟୋର୍ ବ୍ରାଇଡ୍?' ଉଚ୍ଛ୍ୱସିତ କଣ୍ଠରେ ସେ ଅଶୋକକୁ ପଚାରିଲା।

ବହୁବର୍ଷ ତଳେ ସିଏଟଲ୍ ୟୁନିଭର୍ସିଟିରେ ନାମ ଲେଖାଇବା ବେଳେ ପ୍ରଥମ ଦିନ ହିଁ ସହପାଠୀ ଜନ୍ ସହ ଅଶୋକର ପରିଚୟ ହୋଇଥିଲା। ଦୁଇ ବନ୍ଧୁ ଗୋଟିଏ ହଷ୍ଟେଲ୍‌ରେ ପାଖାପାଖି କୋଠରୀରେ ରହୁଥିଲେ। ଜନ୍‌ର ଭଦ୍ର ସୁନ୍ଦର ବ୍ୟବହାର ପ୍ରଥମ ଦେଖାରେ ହିଁ ଅଶୋକକୁ ଆକର୍ଷିତ କରିଥିଲା। ଚାହୁଁ ଚାହୁଁ ଦୁହେଁ ଘନିଷ୍ଠ ବନ୍ଧୁ ହୋଇ ଉଠିଥିଲେ। ଅଲିମ୍ପିଆରେ ଜନ୍‌ର ନିଜ ଘର ଓ ସିଏଟଲ୍‌ରେ ହଷ୍ଟେଲରେ ରହି ସେ ପଢୁଥିଲା। ପ୍ରାୟ ସମୟ ପାଇଲେ ସିଏଟଲରୁ ଦୁହେଁ ଅଲିମ୍ପିଆ ଆସି ଜନ୍ ଘରେ ଦିନେ ଦୁଇଦିନ ରହି ବୁଲାବୁଲି କରି ଫେରୁଥିଲେ।

ପଢ଼ାସାରି ସିଏଟଲ୍‌ରେ ଅଶୋକ ଆପଣା ଜୀବିକା ଆଦରି ନେଲା। ଆଉ ଜନ୍ ଅଲିମ୍ପିଆରେ ହିଁ ନିଜକୁ ପ୍ରତିଷ୍ଠିତ କଲା। ଭାରତ ପ୍ରତି ଜନ୍‌ର ତୀବ୍ର ଆକର୍ଷଣ ଓ ସମ୍ମାନ ମଧ୍ୟ ଥିଲା, ଯାହା ଅଶୋକକୁ ଖୁବ୍ ଭଲ ଲାଗୁଥିଲା। କେବଳ ସେତିକି ନୁହେଁ, ଆଦିବାସୀମାନଙ୍କ ସଂସ୍କୃତି ଉପରେ ଗବେଷଣା କରି ଏକ ବୃତ୍ତି ପାଇ ସେ

ବେଶ୍ କିଛିଦିନ ଓଡ଼ିଶାରେ ରହିବାର ସୁଯୋଗ ମଧ୍ୟ ପାଇଥିଲା । ଗତବର୍ଷ ଜନ୍ ଓଡ଼ିଶାରୁ ଫେରିବା ପରେ ଅଶୋକ ବୁଝିପାରିଥିଲା ଓଡ଼ିଶାର ସଂସ୍କୃତି କଳା ଜନ୍‌କୁ ଆକର୍ଷିତ କରିଛି । ଏଣୁ ଅଶୋକକୁ ଜନ୍, ନିଜ ଆତ୍ମୀୟ ପରି ଲାଗୁଥିଲା ।

ଓଡ଼ିଶାକୁ ଏଥର ପତ୍ନୀ ସନ୍ଧାନରେ ଗଲାବେଳେ ଅଶୋକ ଜନ୍‌କୁ କହିଥିଲା ସେ ବିବାହ କରିବାକୁ ଯାଉଛି । ଏଣୁ ଜନ୍ ବେଶ୍ ଆଗ୍ରହର ସହ ଅପେକ୍ଷା କରିଥିବ, ଏକଥା ଅଶୋକକୁ ଜଣାଥିଲା ।

ଆଜି ଜନ୍‌ର ଏ ଉଚ୍ଛ୍ୱସିତ ପ୍ରଶ୍ନରେ ଅଶୋକ ଆପଣା ଆନନ୍ଦ ଚପାଇ ରଖିପାରିଲା ନାହିଁ । ସେ ବି ଗଦ୍‌ଗଦ୍ ହୋଇ କହିଲା, 'ହଁ ଭାଇ, ଭଗବାନଙ୍କ ଦୟାରୁ ମୁଁ ମୋର ମନଲାଖି ପତ୍ନୀଟିଏ ପାଇଛି । କଫିହାଉସ୍ ଭିତରକୁ ଚାଲ, ସେଇଠି ବସି କଥା ହେବା ।"

ପତ୍ନୀକୁ ଯେ ସେଇଠି ବସାଇ ଆସିଛି, ଏକଥା ଜନ୍‌କୁ ସେ ଜାଣି ଜାଣି କହିଲା ନାହିଁ, ଏକ ମଧୁର ବିସ୍ମୟର ଚମକ ଦେବାର କଳ୍ପନାରେ ।

କିନ୍ତୁ ଜନ୍ ଟିକିଏ ବ୍ୟସ୍ତ ଥିଲା । କହିଲା, 'ଅଶୋକ, ତୁ ଟିକିଏ ଏଇଠି ଅପେକ୍ଷା କର । ମୋର ବାଗ୍‌ଦତ୍ତା ବି ଆଜି ଆସିବାର ଥିଲା । ମୁଁ ତାକୁ ନେଇ ସାଙ୍ଗେ ସାଙ୍ଗେ ଏଇଠିକୁ ଆସୁଛି' କହିଦେଇ ସେ ଚାଲିଗଲା ।

ପୁଣି କଫି ଟେବୁଲ ପାଖକୁ ଫେରିଆସିଲା ଅଶୋକ । ତା'ର ମନେପଡ଼ିଲା କ'ଣ ଗୁଡ଼ିଏ ଏଣୁତେଣୁ ରାତ୍ରି ତାକୁ କହୁଥିଲା । ରାତ୍ରିଠାରୁ ସେସବୁ କଥା ଘରକୁ ଗଲା ପରେ ବି ଶୁଣିଲେ ଚଳିବ । ଆଉ କେତୋଟି ମୁହୂର୍ତ୍ତ ପରେ ଜନ୍ ତା'ର ଭାବି ସ୍ତ୍ରୀକୁ ଧରି ଏଠାକୁ ଆସିବ । ଏଠାକର ମହିଳାମାନଙ୍କର, ଭାରତୀୟ ମହିଳାମାନଙ୍କ ଉପରେ ଏକ କିମ୍ଭୂତ କିମାକାର ବିକୃତ ଧାରଣା ଥିବା ସେ କେତେଥର ଲକ୍ଷ୍ୟ କରିଛି । ଏଣୁ ଏତକ ସମୟ ଭିତରେ ବରଂ ସେ ରାତ୍ରିକୁ ବୁଝାଇଦେବ, କି ପ୍ରକାର ଆଚରଣ ବ୍ୟବହାର କରି ଜନ୍‌ର ଭାବୀ ସ୍ତ୍ରୀ ମନରେ ସେ ଏକ ଉତ୍ତମ ଧାରଣା ସୃଷ୍ଟି କରିପାରିବ । ତା'ଛଡା ଜନ୍ ଓ ଅଶୋକ ଘନିଷ୍ଠ ବନ୍ଧୁ । ଏଣୁ ପରସ୍ପର ଘରକୁ ତ ଯିବାଆସିବା ଲାଗିରହିବ ।

ଏଣୁ ଉଭୟଙ୍କ ପତ୍ନୀଙ୍କ ଭିତରେ ବି ସଦ୍‌ଭାବ, ବନ୍ଧୁତ୍ୱ ରହିବା ଉଚିତ ।

କଫି ଟେବୁଲ୍ ପାଖରୁ ପଛକୁ ବୁଲି ରାତ୍ରି, ଏ ଦୁହିଁଙ୍କ କଥାବାର୍ତ୍ତା କରିବା ଦେଖିଥିଲା । ଅଶୋକ ପହଞ୍ଚିବା ମାତ୍ରେ ସେ କହିଲା, 'ମୁଁ ଜାଣେ, ଆପଣ କ'ଣ କହିବାକୁ ଚାହାଁନ୍ତି... ତେବେ, ତା' ଆଗରୁ ମୋ କଥା ଟିକିଏ ଶୁଣନ୍ତୁ ।'

ଧୀର ସ୍ଥିର ଭାବରେ ଅଶୋକ କହିଲା, 'ଶୁଣ ରାତ୍ରି... ଏ ଆମର ବ୍ୟକ୍ତିଗତ କଥାବାର୍ତ୍ତା, ଘରେ ପହଞ୍ଚିବା ପରେ...'

'ଅଶୋକ ବାବୁ, ଘରେ ଆପଣ ପହଞ୍ଚିବେ, ମୁଁ ନୁହେଁ।' ବିନୀତ ଭାବରେ ଅଥଚ ଦୃଢ କଣ୍ଠରେ ରାତ୍ରି ଉତ୍ତର ଦେଲା।

'ବସନ୍ତୁ, ପଦେ କଥା କହିବି। ଯେଉଁ ଭଦ୍ରଲୋକଙ୍କ ସହ ଆପଣ ଏବେ କଥା ହେଉଥିଲେ, ତାଙ୍କ ନାଆଁ ଜନ୍... ଆପଣ ଜାଣିଥିବେ। ଟିକକ ଆଗରୁ ମୁଁ ତାଙ୍କୁ ହିଁ ଫୋନ୍ କରିଥିଲି। ସେ ମୋର ପ୍ରେମିକ, ତାଙ୍କୁ ହିଁ ବିବାହ କରିବା ପାଇଁ ମୁଁ ଏଠାକୁ ଆସିଛି। ଆପଣଙ୍କ ପତ୍ନୀ ହେବାର ସୌଭାଗ୍ୟ ମୋର ନାହିଁ। ସେ ମୋତେ ଲାଉଞ୍ଜରେ ଖୋଜୁଥିବେ। ଏଣୁ ମୋତେ ଏବେ ଆପଣଙ୍କୁ ଛାଡ଼ି ତାଙ୍କ ପାଖକୁ ଯିବାକୁ ପଡ଼ିବ, ସବୁଦିନ ପାଇଁ।'

ଏମିତି ଗୋଟିଏ ଘଟଣା, ଅଶୋକ ସବୁଠାରୁ ଫ୍ଲପ୍ ହୋଇଥିବା ଚଳଚ୍ଚିତ୍ର ବା ପୁରସ୍କାର ପାଇଥିବା ଉପନ୍ୟାସରେ ମଧ୍ୟ ପାଇ ନଥିଲା। ଆବାକାବା ହୋଇ ସେ କେବଳ ରାତ୍ରିର ମୁହଁକୁ ଚାହିଁ ରହିଲା। କିଛି ବୁଝିପାରିଲା ନାହିଁ।

'ଦେଖନ୍ତୁ, ଆପଣ ନିଶ୍ଚୟ ଆଉଥରେ ବିବାହ କରିପାରିବେ। ମୁଁ ଚିଠି ଦେଇ ନଥିଲେ, ଆପଣ କାହାକୁ ମଧ୍ୟ ବିବାହ କରିଥାଆନ୍ତେ। କିନ୍ତୁ ମୁଁ ଜନ୍ ବିନା ବା ଜନ୍ ମୋ ବିନା ବଞ୍ଚିବା ସମ୍ଭବ ନୁହେଁ।'

କେତୋଟି ସେକେଣ୍ଡ ଚୁପ୍‌ଚାପ୍ ହୋଇ ରହିବା ପରେ ଏ ଧକ୍‌କାକୁ ସମ୍ଭାଳି ନେଇ ଅଶୋକ କହିଲା- 'କିନ୍ତୁ ରାତ୍ରି, ତୁମେ ଯଦି ଜନ୍‌କୁ ଏତେ ଭଲ ପାଉଥିଲ, ମୋତେ ଚିଠି ଲେଖିଲ କାହିଁକି? ବିବାହ କଲ କାହିଁକି? ବିବାହ ପରି ଏକ ପବିତ୍ର ବନ୍ଧନକୁ ଏମିତି ଅପମାନିତ କଲ କାହିଁକି?'

'ସେଥିପାଇଁ ମୋତେ ଆପଣ ଯେତେ ଭର୍ତ୍ସନା କରିବାର କରନ୍ତୁ। ମୁଁ ତାକୁ ମୁଣ୍ଡପାତି ଗ୍ରହଣ କରିନେବି। ମୋର କିନ୍ତୁ ଆଉ କିଛି ଉପାୟ ନଥିଲା। ଜନ୍‌ଙ୍କୁ ଆପଣଙ୍କ ସହ ଏବେ କଥାବାର୍ତ୍ତା କରୁଥିବା ଦେଖି ମୁଁ ବି ହତଚକିତ ହୋଇଛି। ଦେଖନ୍ତୁ, ଏସବୁ ଭଗବାନଙ୍କ ଯୋଗାଯୋଗ। ଜନ୍ ଓଡ଼ିଶାରେ କିଛିଦିନ ଥିବା ଆପଣ ନିଶ୍ଚୟ ଜାଣିଥିବେ। ସେତେବେଳେ ମୁଁ ମଧ୍ୟ ସେଇ ଯୋଜନାରେ କାମ କରୁଥିଲି। ସେଇଠି ଆମର ଦେଖାସାକ୍ଷାତ, ପରିଚୟ ଓ ପରେ ଭଲ ପାଇବା ଆରମ୍ଭ ହୋଇଥିଲା। ସେତେବେଳେ ଆମେ ଦୁହେଁ ପରସ୍ପରକୁ ଭଲ ପାଇ ପ୍ରତିଜ୍ଞା କରିଥିଲୁ ଯେ, ପରସ୍ପରକୁ ବିବାହ ନକଲେ ଆମେ ଅବିବାହିତ ରହିବୁ। କିନ୍ତୁ ଆପଣ ଓଡ଼ିଆ ଘରର ଜଣେ ଝିଅର ସ୍ୱାଧୀନତା କଥା ତ ଜାଣିଥିବେ...'

ଅଶୋକକୁ ଇଚ୍ଛା ହେଉଥିଲା ଏଇ ଲୋକ ଗହଳି ଭିତରେ ହିଁ ଚୋ କରି

ଚାପୁଡ଼ାଟାଏ ରାତ୍ରି ଗାଲରେ ସେ ବସାଇ ଦିଅନ୍ତା। ହଁ, ଏବେ ବି ସେ ରାତ୍ରିର ସ୍ୱାମୀ। ଏବେ ବି କ'ଣ? ସେ ହିଁ ତ ରାତ୍ରିର ସ୍ୱାମୀ, କେବଳ ପାସ୍‌ପୋର୍ଟରେ, ଭିସାରେ ନୁହେଁ, ବୈଦିକ ରୀତିରେ ମଧ୍ୟ। ଟାଣି ଟାଣି ନେଇ ଯିବ କି ତାକୁ ଗାଡ଼ି ପାଖକୁ? କହିବ- 'ବସ୍ ବେ ଗାଡ଼ିରେ। ସେ ନାଟକ ବନ୍ଦ୍ କର। ସଳିତା ପରି ମୋର ସାରା ଜୀବନକୁ ପ୍ରତୀକ୍ଷାରେ ଜଳାଇ ଜଳାଇ, ରାମଚନ୍ଦ୍ରଙ୍କ ପରି ନିଜକୁ ପବିତ୍ର ରଖି, ମୁଁ ଅପେକ୍ଷା କରିଥିଲି ମୋ ପତ୍ନୀ ପାଇଁ। ତୋତେ ଆଉ କେହି ମିଳିଲେ ନାହିଁ, ମୋର ସାଥିରେ ଏ ନାଟକ କଲୁ? ବନ୍ଦ୍‌କର ଏ ବକ୍‌ବକ୍... ରାକ୍ଷସୀ!'

କିନ୍ତୁ ଏସବୁ ସେ କିଛି କହିପାରିଲା ନାହିଁ। ସତ କହିବାକୁ ଗଲେ ସେ ତ ଆଉ ରାତ୍ରିକୁ ଛୁଇଁ ବି ପାରିବ ନାହିଁ। ବର୍ତ୍ତମାନ ରାତ୍ରି ତାକୁ ଆଉ କାହାର ପତ୍ନୀ ପରି ହିଁ ଦିଶୁଛି। ତାକୁ ସେ ଘରକୁ ନେବ କିପରି? ତା' ମନରେ ଯେତେବେଳେ ଅଶୋକର ସତ୍ତା ନାହିଁ, ଶବ ପରି ସେ ଦେହଟାକୁ ନେଇ ଅଶୋକ କରିବ କ'ଣ?

ଆଉ ଏମିତି ପତ୍ନୀକୁ ଘରକୁ ନେଇ ସେ କି ପ୍ରକାର ଜୀବନଟାଏ ବି ବିତାଇବ?

ଚୁପ୍‌ଚାପ୍ ମୁଣ୍ଡର ସବୁ ବାଳକୁ ହାତରେ ମୁଠାଇ ଧରି ସେ ଟେବୁଲ ପାଖରେ ମୁଣ୍ଡ ଝୁଙ୍କାଇ ବସି ରହିଲା କେବଳ।

ତା'ର ଏ ପ୍ରତିକ୍ରିୟା ରାତ୍ରିକୁ ଅଛପା ରହିଲା ନାହିଁ। ସେ ଅନୁନୟ ହୋଇ କହିଲା, 'ଦେଖନ୍ତୁ... ଆପଣ ଚାହିଁଲେ ମୋ ଜୀବନ କୂଳରେ ଲାଗିଯିବ, ଆପଣ ଚାହିଁଲେ ଜନ୍ ଓ ମୁଁ ଦିହେଁ ଭାସିଯିବୁ ମଧ୍ୟ। ଆମ-

'କିନ୍ତୁ ରାତ୍ରି...' ତା' କଥାକୁ ରୁକ୍ଷ ଭାବରେ କାଟି ଅଶୋକ କହିଲା, 'ତୁମେ ତ ଜନ୍ ସଙ୍ଗରେ ଘରୁ ପଳାଇ ଆସିପାରିଥାନ୍ତ କିମ୍ବା ନିଜେ ପଳାଇ ଆସି ଏଇଠି ଜନ୍‌କୁ ଭେଟିପାରିଥାନ୍ତ... ତୁମେ... ରାତ୍ରି, ତୁମେ... ମୋ ଜୀବନକୁ ନେଇ, ଏମିତି କଦର୍ଯ୍ୟ... ଏମିତି ନିର୍ଦ୍ଦୟ ଭାବରେ ଖେଳିଲ କାହିଁକି?'

'ଶୁଣନ୍ତୁ... କହୁଛି।' ରାତ୍ରି ତରତର ହୋଇ ଛେପ ଢୋକି ଜବାବ ଦେଲା: 'ଆପଣ ଜାଣିଛନ୍ତି... ବାପା ମରିଯାଇ ଥାଆନ୍ତେ ସିନା ଜନ୍ ପରି ବିଦେଶୀ, ଅନ୍ୟ ଧର୍ମର ଲୋକ ହାତରେ ମୋତେ ଦେଇ ନଥାନ୍ତେ। ମୁଁ ଯଦି ଜନ୍ ସଙ୍ଗରେ ଘର ଛାଡ଼ି ପଳାଇ ଆସିଥାନ୍ତି, କଥାଟା ପ୍ରଘଟ ହୋଇଥାନ୍ତା। ଆମର ଅବଶ୍ୟ କେହି କିଛି କରିପାରି ନଥାନ୍ତେ... ଯାହା ହେଲେ ବି ଆମେ ସାବାଳକ... କିନ୍ତୁ ଉଷା... ଉଷା ଅପା କଥା ଭାବନ୍ତୁ, ତାକୁ ଆଉ କେହି ବିବାହ କରିଥାଆନ୍ତେ କି? ମୋ ବାପା, ଭାଇ ସମାଜରେ ମୁଣ୍ଡ ଟେକି ଚାଲିପାରିଥାନ୍ତେ କି? ମୋ ନିଜର ସୁଖ ପାଇଁ ମୁଁ ଏତେଗୁଡ଼ାଏ ଜୀବନକୁ

କେମିତି ନଷ୍ଟ କରିଥାଆନ୍ତି ? ଏଣୁ ଜନ୍ ସଙ୍ଗରେ ମୋର ପଳାଇ ଆସିବା ସମ୍ଭବ ନ ଥିଲା। ଆଉ ମୁଁ ଯେ ଜନ୍ ଆସିବା ପରେ, ସୁବିଧା ଦେଖି, ଓଡ଼ିଶାରୁ ଅଲିମ୍ପିଆ ନିଜେ ନିଜେ ଆସିପାରନ୍ତି, ଏକଥା ଆପଣ ଚିନ୍ତା କରି ପାରୁଛନ୍ତି କେମିତି ? ଭିସା... ପାସ୍‌ପୋର୍ଟ ଏସବୁ କରିବା ପାଇଁ ଧାଁଦଉଡ଼-ସମସ୍ତଙ୍କ ଆଖିରେ ଧୂଳି ଦେଇ ମୁଁ କ'ଣ ନିଜେ ନିଜେ ଏସବୁ କରିପାରନ୍ତି ? ଆଉ ସବୁଠାରୁ ବଡ଼ କଥା ହେଲା ଟଙ୍କା... ଏତେଗୁଡ଼ାଏ ଟଙ୍କା ମୁଁ ପାଇଥାନ୍ତି କେଉଁଠୁ ? ଏସବୁ ନେଇ ଘାଣ୍ଟି ହେବାବେଳେ ଆପଣଙ୍କ ବିଜ୍ଞାପନରୁ ଜାଣିଲି, ଆପଣ ସିଏଟଲ୍‌ରେ ଚାକିରି କରନ୍ତି। ମୋତେ ଲାଗିଲା, ମୋତେ ଉଦ୍ଧାର କରିବାକୁ ଆପଣ ହିଁ ଦେବଦୂତ ହୋଇ ଆସିଛନ୍ତି।'

ଅଶୋକର ମନେହେଲା, ତା'ର ପୌରୁଷ ସିନା ବାଧା ଦେଉଛି ରାତ୍ରିର ଗାଲରେ ଥାପୁଡାଟିଏ ବସାଇବା ପାଇଁ, କିନ୍ତୁ ନିଜ ଗାଲରେ ତ ସେ ଜୋର୍‌ଦାର ଥାପୁଡାଟିଏ ମାରି ପାରିବ। ସେ କେମିତି ଧରିନେଲା ଭାରତୀୟ ଝିଅମାନେ ନିରୀହ ସରଳ ବୋଲି ?

ବିନା ପଚରାଉଚୁରାରେ ସେ କେମିତି କେବଳ ଚିଠିଟିଏ ପାଇ ଏ ଝିଅଟି ପାଖରେ ନିଜକୁ ସମର୍ପଣ କରିଦେଲା ?

ରାତ୍ରି ଠିଆହୋଇ ସାରିଥିଲା। ହଠାତ୍ ବସିପଡ଼ି ଚାରିଆଡ଼ର ଲୋକଗହଳିକୁ ଉପେକ୍ଷା କରି ଅଶୋକର ପାଦ ଦୁଇଟିକୁ ଧରି ପକାଇଲା। କହିଲା, 'ଅଶୋକବାବୁ, ମୋତେ ଜନ୍ ଖୋଜୁଥିବେ। ସେ ଜାଣନ୍ତି ନାହିଁ, ମୁଁ କେମିତି ଏଠାକୁ ଆସିଛି, ସେ ଜାଣି ନାହାନ୍ତି ମୁଁ ବିବାହିତ, ପୁଣି ଆପଣଙ୍କ ସ୍ତ୍ରୀ। ଜନ୍ ଯଦି ଜାଣିବେ, ମୁଁ... ତାଙ୍କ ବନ୍ଧୁପତ୍ନୀ... ସେ କେବେ ବି ମୋତେ ଗ୍ରହଣ କରିବେ ନାହିଁ, ତାଙ୍କୁ ମୁଁ ଭଲ ଭାବରେ ଜାଣେ। ଏଣୁ ଦୟାକରି... ଦୟାକରି ଏକଥା ତାଙ୍କୁ କହିବେ ନାହିଁ। ଆପଣଙ୍କ ବିନା ସାହାଯ୍ୟରେ ମୁଁ ଆପଣଙ୍କୁ ଡ଼ାଇଭର୍ସ କରିପାରିବି ନାହିଁ। ଏଣୁ ଜନ୍‌ଙ୍କ ଅଗୋଚରରେ ହିଁ ଆପଣ ସେ କାଗଜପତ୍ର ତିଆରି କରି ଆଣନ୍ତୁ... ମୁଁ ସାଇନ୍ କରିବି। ହଁ... ମୋ ପିଛା ଆପଣ ଯାହା ଯେତେ ଖର୍ଚ୍ଚ କରିଛନ୍ତି, ମୁଁ ପଇସା ପଇସା କରି ସେସବୁ ଶୁଝାଇଦେବି। ଆପଣ ଆଉଥରେ ବିବାହ କରନ୍ତୁ, ପ୍ଲିଜ୍।'

ହାୟରେ, ପ୍ଲିଜ୍। ଏହି ପ୍ଲିଜ୍ ପ୍ଲିଜ୍ କରି ଏପର୍ଯ୍ୟନ୍ତ, ଏ ଝିଅଟି ହିଁ ଅଶୋକର ମସ୍ତିଷ୍କର ମାଲିକ ହୋଇ ଆସିଛି। ତାକୁ ନିଜ ଅଧୀନରେ ରଖି ନିଜ ଇଚ୍ଛାମତେ ଚଳାଇ ଆସିଛି। ଆଉ ଅଶୋକ ବି ଏ ପ୍ଲିଜ୍ ପଛରେ ପଡ଼ି ନିଜକୁ ବୋକା ଖେଳନାଟିଏ କରି ନାଚିଛି କେବଳ।

ହାଃ, ପ୍ଲିଜ୍ !

ତଲୁ ରାତ୍ରିକୁ ହାତ ଧରି ଉଠାଇଲା ଅଶୋକ। କେହି ଦେଖୁଥିଲେ ଦେଖୁଥିବେ। ଓଡ଼ିଶା ହୋଇଥିଲେ ଏତେବେଳକୁ ଯାତ୍ରା ପରି ଚାରିଆଡ଼େ ଲୋକ ଘେରିଯାଇ ସାରନ୍ତେଣି।

'କିନ୍ତୁ... ରାତ୍ରି... ତୁମ ବାପା... ମା'... ସେମାନଙ୍କୁ ଏକଥା...।'

ଚଟ୍‌କରି ଅଶୋକର କଥାକୁ କାଟି ରାତ୍ରି ଉତ୍ତର ଦେଲା, 'ସେମାନଙ୍କୁ ଏବେ ସଙ୍ଗେ ସଙ୍ଗେ ଏକଥା ଜଣାଇବା କ'ଣ ଦରକାର ? ଧୀରେ ଧୀରେ ଲେଖି ଜଣାଇଦେବା ଯେ, ଆମ ଭିତରେ ମନାନ୍ତର ସବୁବେଳେ ହେଉଛି। ତା'ପରେ ପୁଣି ଲେଖି ଜଣାଇବା ଯେ ଦିହେଁ ଦିହିଁଙ୍କ ସଙ୍ଗରେ ଚଳିବା କଷ୍ଟକର। ଶେଷରେ ବିବାହ ବିଚ୍ଛେଦ। ଓଃ, ବିବାହରେ ବିଚ୍ଛେଦ ହେବା ଏମିତି କୋଉ ବଡ଼ କଥା କି ?' ଦୃପ୍ତ କଣ୍ଠରେ ରାତ୍ରି ଜବାବ ଦେଲା।

'ଆଚ୍ଛା ? ବିବାହରେ ବିଚ୍ଛେଦ ବଡ଼ କଥା ନୁହଁ ? ଏବେ ତ ତୁମେ ଜନ୍‌କୁ ବିବାହ କରିବାକୁ ଚାହୁଁଛ। ଆଗକୁ ତା' ସହ ବି ତୁମର ବିଚ୍ଛେଦ ହୋଇପାରେ ? ତେବେ ?' ନିଜ ସ୍ୱରରେ ତାଚ୍ଛଲ୍ୟକୁ ରୋକିପାରିଲା ନାହିଁ ଅଶୋକ।

'ନା...ନା... ପ୍ଲିଜ୍ ସେମିତି କହନ୍ତୁ ନାହିଁ।' ରାତ୍ରିର ସେ ଦୃପ୍ତ ଭଙ୍ଗୀ କୁଆଡ଼େ ମିଳାଇଗଲା, ଲୁହ ଛଳ ଛଳ ଆଖିରେ କହିଲା, 'ଜନ୍‌କୁ ମୁଁ ଭଲପାଏ। ଜନ୍ ସହ ମୋର କେବେ ବି ବିଚ୍ଛେଦ ହେବ ନାହିଁ। ଯଦି ହେବ, ମୁଁ ଆଉ ବଞ୍ଚିବି କାହିଁକି ? ମୋତେ କ'ଣ ଅଲିମ୍ପିଆ ପରି ସହରରେ ବିଷ ଟିକେ ମିଳିବ ନାହିଁ ଖାଇବାକୁ ?'

ଚକିତ ହୋଇ ରାତ୍ରି ମୁହଁକୁ ଚାହିଁଲା ଅଶୋକ। ଏଇ ପଦଟିଏ କଥାରେ ରାତ୍ରି ତାକୁ ଟେକି ନେଇ ଆଖିପିଛୁଳାକେ କୋଉ ଅନ୍ଧାରିଆ ଶୂନ୍‌ଶାନ୍ କଣ୍ଟାବଣରେ ଫିଙ୍ଗିଦେଲା କି ଆଉ !

ଭଗବାନ୍... ଏମିତି... ଏମିତି ପଦଟିଏ କଥା, ହଁ... ଏମିତି ଆନ୍ତରିକ ପ୍ରୀତିର ପଦଟିଏ ମିଠାକଥା କହିବାକୁ ଏଡ଼େ ବଡ଼ ପୃଥିବୀରେ ତୁମେ ଜଣେ ହେଲେ କାହାକୁ ମୋ ପାଇଁ ଗଢ଼ିପାରିଲ ନାହିଁ ?

ନିଜ ବିଗତ ସମ୍ପୂର୍ଣ୍ଣ ନିଛାଟିଆ ଖାଁ ଖାଁ ଜୀବନର ସବୁତକ ଜମାଟବନ୍ଧା ଶୂନ୍ୟତା ଧୀରେ ଧୀରେ ସାକାର ହୋଇ ତା' ଆଗରେ ତରଳିବାକୁ ଆରମ୍ଭ କଲା। କିନ୍ତୁ ନା, ସେମାନଙ୍କୁ ରାତ୍ରି ଆଗରେ ନିଜ ଆଖି ଦେଇ ଲୁହ ହୋଇ ବାହାରିବାକୁ ଦେବ ନାହିଁ ଅଶୋକ। ରାତ୍ରିକୁ କାହିଁକି ଆଉ ଅଧିକା ଗ୍ଲାନିବୋଧରେ ସେ ଚାପିଦେବ ?

ରାତ୍ରି ତ ତାକୁ ଏବେ ନିର୍ମଳ ପ୍ରୀତିର ଏକ ପବିତ୍ର ଝରଣାଟିଏ ପରି ଦିଶୁଛି !

ଗଭୀର ସ୍ନେହରେ, ଗଭୀର ଶ୍ରଦ୍ଧାରେ ରାତ୍ରିର ମୁଣ୍ଡ ଉପରେ ହାତ ରଖିଲା ଅଶୋକ।

'ଯାଅ ରାତ୍ରି, ଜନ୍ ତୁମକୁ ଖୋଜୁଥିବ, ଯାଅ। ତୁମର ଦାମ୍ପତ୍ୟ ଜୀବନ ସୁଖମୟ ହେଉ। ଦିନେ ଦୁଇଦିନ ଭିତରେ ଡାଇଭର୍ସର ଆୟୋଜନ କଥା ଜଣାଇବାକୁ ମୁଁ ତୁମ ଘରେ ପହଞ୍ଚିବି। ଏଠାକାର ନିୟମ ପ୍ରକାରେ ଆଠଦିନରେ ହିଁ ଆମେ ପରସ୍ପରଠାରୁ ଆଇନ ଅନୁସାରେ ଅଲଗା ହୋଇଯିବା। କିନ୍ତୁ ମୋର ଗୋଟିଏ କଥା ରଖିବ। ଏତେ ସାହସ କରିପାରିଛ ଯେତେବେଳେ, ଆଉ ଏକ କାମ କରିବ। ଯାହାକିଛି ଏବେ ଘଟିଲା, ଯାହା ସତ, ତାହା ଆଜିହିଁ ସେସବୁ ଲେଖି ତୁମ ମା'ବାପାଙ୍କୁ ଜଣାଇ ମୋତେ ଏ କଳଙ୍କରୁ ଦୂରେଇ ରଖିବ। ଏତିକି କରିପାରିବ?'

ରାତ୍ରି ନୀରବରେ ମୁଣ୍ଡ ଟୁଙ୍ଗାରି ସମ୍ମତି ଜଣାଇଲା।

'ହଉ ରାତ୍ରି, ଏଥର ଯାଅ। ହଁ, ଜନ୍‌କୁ ଏ ବିଷୟରେ ଆମେ କାହିଁକି କିଛି ଜଣାଇବା?'

ପ୍ରଣାମଟିଏ ଜଣାଇ, ପାଶମୁକ୍ତ ହରିଣୀଟିଏ ପରି, ନିଜ ହ୍ୟାଣ୍ଡ ଲଗେଜଟିକୁ ଗଡ଼େଇ ଗଡ଼େଇ ଏକରକମ ଦୌଡ଼ି ଦୌଡ଼ି ଚାଲିଗଲା ରାତ୍ରି।

ତାର ଯିବା ରାସ୍ତାକୁ ମୁହୂର୍ତ୍ତେ ଚାହିଁ ରହିଲା ଅଶୋକ।

ଓଃ ଏଇଥିପାଇଁ ରାତ୍ରି ନିଜର ସବୁକିଛି ଅଶୋକ ସହିତ ଏକା ବାକ୍ସରେ ନ ରଖି ଅଲଗା ଏହି ହ୍ୟାଣ୍ଡ ଲଗେଜରେ ରଖିଥିଲା!

କେଡେ ସହଜରେ ତାକୁ ନେଇ ସେ ଅଶୋକ ଠାରୁ ଅଲଗା ହୋଇ ଚାଲିଗଲା!

କିନ୍ତୁ ପାଶପୋର୍ଟରେ?

ସେଇଠି ତ ସ୍ୱାମୀ ଜାଗାରେ ଅଶୋକର ନାଁ ରହିଛି। ତାକୁ କଣ ଜନ୍ ଦେଖି ପାରିବ ନାହିଁ?

ହୁଁ... ରାତ୍ରିର ଅଭିନୟ ସରିନି ତାହେଲେ!

ଆଉ ଶେଷ ଦୃଶ୍ୟରେ ହୁଏତ ଅଶୋକ ପାଇଁ ମଧ୍ୟ ଭୂମିକାଟିଏ ରହିଛି। କିଛି ସଂଳାପ ସହିତ। ରାତ୍ରି ପାଇଁ ଏକ ସୁଖଦ ଯବନିକା ପତନ ପାଇଁ।

ଏକ ଦୀର୍ଘ ନିଶ୍ୱାସ ଅଶୋକର ବୁକୁ ଚିରି ବାହାରି ଆସିଲା।

ଟେବୁଲ ଉପରୁ ଗାଡି ଚାବିଟା ଉଠାଇ ଆଣି, ଜନ୍ ଉଦ୍ଦେଶ୍ୟରେ ଛୋଟ ଚିଠିଟିଏ ଲେଖିଲା ଅଶୋକ।

– 'ଜନ୍, ଦିନେ ଦୁଇଦିନ ଭିତରେ ଆସି ତୋ' ଘରେ ଦେଖା କରିବି। ଏକ

ଖୁବ୍ ଜରୁରୀ କାମ ଥିବାରୁ, ତୋର ବାଗ୍‌ଦତ୍ତାକୁ ଭେଟିବା ଆଗରୁ ଚାଲିଯାଉଛି। କ୍ଷମା କରିବୁ।'

ଜନ୍‌କୁ ଦେବା ପାଇଁ ହୋଟେଲ୍ ପରିଚାରକଙ୍କୁ ଚିଠି ସହିତ ଆବଶ୍ୟକୀୟ ନିର୍ଦ୍ଦେଶ ଦେଇ ଅଶୋକ କଫି ହାଉସ୍‌ରୁ ବାହାରି ଆସିଲା।

ତରବର ହୋଇ, ନିଜର ବାକି ଲଗେଜ ସହ ପାର୍କିଂ ଗ୍ରାଉଣ୍ଡରୁ ଗାଡ଼ିଟା ବାହାର କଲା ଅଶୋକ। ରାତ୍ରିକୁ ପାଇସାରିବା ପରେ ଜନ୍ କଫି ହାଉସକୁ ଫେରିବ ନିଶ୍ଚୟ। ଆଶା କରିଥିବ, ଅଶୋକର ପତ୍ନୀ ସାଙ୍ଗରେ ତ ଦେଖାହେବ। ଅଶୋକ ଗାଡ଼ିରେ ସେମାନଙ୍କ ସହିତ ନିଜ ବାଗ୍‌ଦତ୍ତାକୁ ନେଇ ସେ ନିଜ ଘରେ ପହଞ୍ଚିବ ମଧ୍ୟ।

ହାୟ, ଆଜି ସେ ଜନ୍‌କୁ ଏତକ ସୁବିଧାରୁ ବି ବଞ୍ଚିତ କଲା।

ସିଏଟଲ୍ ଅଭିମୁଖେ ହାଇରୋଡ଼ରେ ଚୁପ୍‌ଚାପ ଗାଡ଼ି ଚଳାଉ ଚଳାଉ ଆଗକୁ ଚାହିଁଲା ଅଶୋକ। ଆକାଶରେ ବାଦଲ ଖୁନ୍ଦିହୋଇ ରହିଛି... କେଉଁ ମୁହୂର୍ତ୍ତରେ ଟପ୍‌ଟପ୍ ହୋଇ ଝରିପଡ଼ିବ। ଦମକାଏ ଶୀତଳ ପବନ ତା' ମୁହଁରେ ବୋଳି ହୋଇଗଲା। ମନକୁ ଶାନ୍ତ କରିବା ପାଇଁ ଗାଡ଼ିରେ ଥିବା ଷ୍ଟେରିଓ ଅନ୍ କଲା ସେ।

ସଙ୍ଗୀତର ମୂର୍ଚ୍ଛନା ଚାରିଆଡେ ଖେଳାଇହୋଇ ପଡିଲା। ନା, ଆଜି ନୀରବତା ହିଁ ବେଶୀ ଭଲ ଲାଗୁଛି। ହାତ ବଢ଼ାଇ ଷ୍ଟେରିଓ ଅଫ୍ କଲା ସେ।

'ଜନ୍ ସହ ବିଚ୍ଛେଦ ହେଲେ ମୁଁ ବଞ୍ଚିବି କାହିଁକି, ଅଲିମ୍ପିଆରେ ମୋତେ କ'ଣ ବିଷ ଟିକେ ମିଳିବ ନାହିଁ?'

ଅଶୋକକୁ ଲାଗିଲା ଏଇ ପଦକ କଥା ପାଖରେ ସଂସାରର ସମସ୍ତ ସଙ୍ଗୀତର ମାଧୁର୍ଯ୍ୟ କେତେ ମ୍ଳାନ, କେତେ ଗୌଣ।

ଆଖି ଆଗରେ ଲମ୍ବି ଯାଇଥିବା ରାସ୍ତା ଧୀରେ ଧୀରେ ଝାପ୍‌ସା ଝାପ୍‌ସା ଦିଶିଲା ତାକୁ।

ହଁ, ବର୍ଷା ତ ଆରମ୍ଭ ହେଇଗଲା!

■

ଶବ୍ଦର ପୃଥିବୀରୁ... ନିଃଶବ୍ଦ ଆକାଶକୁ

୧୯୯୧

'ଆଚ୍ଛା ରଂଜନା, ମୁଁ ତାହାହେଲେ ଏଥର ଆସୁଛି।'

କହୁ କହୁ ନୀରଜର କଣ୍ଠ ଭାରୀ ହୋଇଗଲା। ଆଖି ଦୁଇଟିରେ ଶତଚେଷ୍ଟା ସତ୍ତ୍ୱେ କୁଆଡୁ କେଜାଣି ଲୁହ ଆସି ଜମିଗଲା।

'ସମ୍ଭବତଃ ଜୀବନରେ ଏହା ଆମର ଶେଷ ଦେଖା!'

ଶବ୍ଦଗୁଡ଼ିକ ତା' ନିଜ କଣ୍ଠରୁ ବାହାରୁ ଥିଲା ସତ, କିନ୍ତୁ ସେ ସବୁ ଏତେ ଓଜନଦାର ଥିଲା ଯେ ସେ ନିଜେ ପରିଷ୍କାର ତାହା ଶୁଣିପାରୁ ନଥିଲା। ଅଥଚ ଛାତିରେ ପ୍ରତିଟି ଅକ୍ଷର ଶକ୍ତ ଭାବରେ ପିଟି ହେଉଥିଲା। ଇଚ୍ଛା ହେଉଥିଲା ଦଉଡ଼ି ଦଉଡ଼ି ସେ ଏଠାରୁ ପଳାଇ ଯାଇଥାନ୍ତା। କିନ୍ତୁ ପାଦରେ ମଧ୍ୟ ସେ ଶକ୍ତି ସତେ ଅବା ନଥିଲା। ଟଳଟଳ ହୋଇ ଦ୍ୱାର ପର୍ଯ୍ୟନ୍ତ ଯାଇ ସେଇଠି ଅଟକି ଗଲା ନୀରଜ। ତା'ର ଆସିବା ଟିକିଏ ଡେରି ହେଲେ ଏଇ ଦ୍ୱାର ପାଖରେ ଘଣ୍ଟା ଘଣ୍ଟା ଠିଆହୋଇ ରଂଜନା ତାର ପଥ ଚାହିଁ ରହୁଥିଲା। ଏଇ କଥା ନୀରବରେ ନିଜେ ଦ୍ୱାରବନ୍ଧ ହିଁ ତାକୁ କହୁଥିଲା ଯେପରି।

ପଛକୁ ଥରେ ଚାହିଁ ଦେଇ ରଂଜନାର ଲୁହଧୁଆ ମୁହଁଟି ଶେଷ ଥର ପାଇଁ ଦେଖିନେବାକୁ ପ୍ରବଳ ଇଚ୍ଛା ହେଲା ତା'ର। ଆଖିରୁ ଲୁହ ପୋଛି ପଛକୁ ବୁଲି-

କିଛି ଗୋଟାଏ ତୀବ୍ର ଦୁର୍ଗନ୍ଧ ସାରା ବାୟୁମଣ୍ଡଳରେ କେତେବେଳୁ ଖେଳି ଖେଳି ହଠାତ୍ ଆସି ଏକ ଶକ୍ତ ଧକ୍‌କା ଦେଲା ତନୁଜାକୁ।

ଚମକି ପଡ଼ି କଳ୍ପନାର ଏଇ ନୀରବ ଅଶ୍ଳୀଳ ବାତାବରଣ ଭିତରୁ ତା'ର ସଂବିତ୍ ବାସ୍ତବତାର ଘୋର ଶବ୍ଦର ତରଙ୍ଗ ଖେଳୁଥିବା ରୋଷେଇ ଘର ଭିତରକୁ ଫେରି ଆସିଲା।

ଆରେ ! ଆରେ !

କାଗଜ କଲମ ଫୋପାଡ଼ି ଦେଇ, ସେ ଦଉଡ଼ି ଗଲା ଚୁଲୀ ପାଖକୁ ।

ହେ ଭଗବାନ ! ଆଉ ନୁହେଁ ! ଆଉ କେବେ ନୁହଁ !

କିନ୍ତୁ ଡେକଚୀରେ ବସିଥିବା ମାଂସ ତରକାରୀ ତା'ର ଏଇ ଆର୍ତ୍ତନାଦକୁ ଭ୍ରୂକ୍ଷେପ ନକରି ପୋଡ଼ାଗନ୍ଧ ସହ ବିକୃତ ରୂପ ଧରି ଏକ କଳିହୁଡୀ ଶାଶୂ ପରି ମୁହଁକୁ ହାଣ୍ଡି କରି ଗ୍ୟାସ ଚୂଲୀ ଉପରେ ବେଶ୍ ଆସ୍ଥାନ ଜମାଇ ବସି ରହିଥିଲା ।

ସେ ଏବେ କରିବ କ'ଣ ?

ତନୁଜାକୁ ବୁଦ୍ଧିବାଟ ଦିଶୁ ନଥିଲା । ତା'ର ମାତ୍ର କେଇଟା ଦିନର ଘରକରଣାରେ ଏହା ତୃତୀୟ ପୋଡ଼ା । ତିନି ସପ୍ତାହ ତଳେ ସଦ୍ୟ ବିବାହିତ ସ୍ୱାମୀଙ୍କ ସହ ଏହି ନୂଆ ସହରଟିକୁ ଆସି ସେ ନିଜର ସଂସାର ଆରମ୍ଭ କରିଛି । ନବବଧୂଟିଏ ହୋଇ ପ୍ରିୟତମ ସ୍ୱାମୀଙ୍କୁ ପୋଡ଼ା ତରକାରୀ ବାଢ଼ିବାର ଯେଉଁ ଲଜ୍ଜାକର ଯନ୍ତ୍ରଣା...

ଛି ! ଛି !

ତନୁଜା ନିଜକୁ ଖାଲି ଧିକ୍‌କାରୁ ଥିଲା ।

ଆଉ କେବେହେଲେ ରାନ୍ଧିଲାବେଳେ ଗପ ଲେଖିବ ନାହିଁ ବୋଲି ଏହା ଆଗରୁ ତ ସେ ପୂର୍ବ ଦୁଇଥରର ପୋଡ଼ା ଘଟଣା ପରେ ଦୃଢ଼ ପ୍ରତିଜ୍ଞା କରି ସାରିଥିଲା । ଅଥଚ...

ଅଥଚ ସେ ଯେ ନିରୁପାୟ, ଏକଥା ସେ ବୁଝି ପାରୁଥିଲା । ଠିକ୍ ଯେତେବେଳେ ରୋଷେଇ ଘରେ ମିକ୍‌ସି ଘଁ ଘଁ ହୋଇ ବୁଲି ନଡିଆ ଚଟଣୀ ବାଟୁଥାଏ, କଟା ପରିବାର ବାଲତି ଉପରେ ଢୋ ଢୋ ହୋଇ ପାଣି ପାଇପ୍‌ରୁ ପଡୁଥାଏ, ଏଣେ ଗ୍ୟାସ୍ ଚୁଲି ଉପରେ ପ୍ରେସରଧରା ଡାଲି ହେଉ କି ତରକାରୀ ହେଉ, ମାଡ଼ ଖାଇଥିବା ରାଗ ଜରଜର ଅବାଧ ଗେଲାପୁଅଟିଏ ପରି କୁହାଟ ଛାଡ଼ି ରଡୁଥାଏ, ଆଉ ସେ ନିଜେ କେତେବେଳେ ପନିକି ପାଖରେ ତ କେତେବେଳେ ଚୂଲୀ ପାଖରେ ପୁଣି କେତେବେଳେ ମସଲା ର୍‍ୟାକ୍ ପାଖରେ ଗୁଣ୍ଡୁଚି ମୁଷା ପରି ଛୋଟ ଛୋଟ ଧାଁ ଧଉଡି କରି ରନ୍ଧାରନ୍ଧି କରୁଥାଏ, ଠିକ୍ ସେତିକିବେଳେ... ଠିକ୍ ସେତିକିବେଳେ ହିଁ ତା' ରୋଷେଇ ଘର କବାଟକୁ ଠକ୍ ଠକ୍ କରି ତା'ର କଳ୍ପନାର ଚରିତ୍ରମାନେ ଧାଡ଼ିବାନ୍ଧି ଠିଆ ହୋଇଯାଆନ୍ତି ।

ସେମାନଙ୍କ ମୁହଁକୁ ରନ୍ଧା ସରିବା ପୂର୍ବରୁ ଚାହିଁବନି ବୋଲି ଭୀଷ୍ମ ପ୍ରତିଜ୍ଞା କରିଥିବା ତନୁଜା ସେମାନଙ୍କ ଜୋରଦାର ଇଶାରାକୁ ଏଡ଼ାଇ ନପାରି କେତେବେଳେ

କେଜାଣି ଟିକିଏ କଣେଇ କରି ଚାହିଁଦିଏ। ବାସ୍... ସେମାନେ ଅନର୍ଗଳ କହିପକାନ୍ତି ଗଳ୍ପର ଆୟୋଜିତ କଥାବସ୍ତୁଟିକୁ। ଆଉ ତନୁଜା... ମୋହାଚ୍ଛନ୍ନ ହୋଇ ସେ ଟାଣି ହୋଇଯାଏ କାଗଜ କଲମ ଆଣିବାକୁ।

ବେଳେବେଳେ, ଏଇ ପରିସ୍ଥିତିକୁ ଏଡ଼ାଇବାକୁ ସେ ନିଜେ ଲୁଚାଇ ଦେଇଥିବା କାଗଜ କଲମ ତାକୁ ଆଉ ଏତିକିବେଳେ ମିଳନ୍ତି ନାହିଁ। ଏଣୁ କାନ୍ଥର କାଲେଣ୍ଡରର ପଛପୃଷ୍ଠା ଠାରୁ ଆରମ୍ଭ କରି ଠୁଙ୍ଗାର କାଗଜ ପର୍ଯ୍ୟନ୍ତ, କ୍ରେଅନଠାରୁ ଆରମ୍ଭ କରି ଆଇବ୍ରୋପେନ୍‌ସିଲ୍ ପର୍ଯ୍ୟନ୍ତ ସବୁ ତାର ଗଳ୍ପଲେଖାର ମାଧ୍ୟମ ହୋଇପଡ଼ନ୍ତି ସେତେବେଳେ।

ଏଣେ ପ୍ରେସର୍ କୁକର୍ ସେମିତି କୁହାଟ ଛାଡୁଥାଏ, ରାଇସ୍ କୁକରର ହ୍ୱିସିଲ୍ ତୀବ୍ରରୁ ତୀବ୍ର ହେଉଥାଏ, ଦୁର୍ଦ୍ଦାନ୍ତ ନଡ଼ିଆଖଣ୍ଡ ଗୁଡ଼ାକୁ ଘର୍ଘର ଶବ୍ଦ ସହ ପେଷି ପେଷି ଗ୍ରାଇଣ୍ଡର ଆପଣା ରାଗ ଶାନ୍ତ କରୁଥାଏ। ଅଥଚ ତନୁଜାର ଚତୁର୍ଦ୍ଦିଗ କେମିତି ଧୀରେ ଧୀରେ ଶବ୍ଦ ଶୂନ୍ୟ ନିଃଶବ୍ଦ ହୋଇଯାଏ। ଛିନ୍‌ଛତ୍ର ହୋଇ ବିଛେଇ ହୋଇ ପଡ଼ିଥିବା ରୋଷେଇ ଘର ଭିତରେ ସେ କେଉଁଠି ଟିକିଏ ଜାଗା କରି ବସିପଡିଥାଏ ଯେ ତା' ଆଗରେ ଦିଶୁଥାଏ ହୁଏତ ଏକ ସୁସଜ୍ଜିତ ଡ୍ରଇଂରୁମ୍, କିମ୍ବା ଏକ ବ୍ୟସ୍ତ ସଂପନ୍ନ ଅଫିସ୍‌ରୁମ୍, ଅଥବା... ଏକ ସୁନ୍ଦର ପାର୍କ କିମ୍ବା ଏମିତି ଆଉ କିଛି। ଏଇ ଛିନ୍‌ଛତ୍ର ଏବଂ ଘୋର ଘର୍ଘର ରୋଷେଇ ଘରର ସତ୍ତା ମଧ୍ୟ ତା' ଆଗରେ ନଥାଏ !

ଗପଲେଖା ଯବନିକା ଟାଣି ଆଣିବାବେଳକୁ ତା'ର ହାତରୁ ରୋଷେଇ ପାଇଁ ଉଦ୍ଦିଷ୍ଟ ସମୟତକ ମଧ୍ୟ ସରିଯାଇଥାଏ। ନିଜ ସଂବିତ୍ ଫେରି ଆସିବା କ୍ଷଣି ତନୁଜା ପ୍ରଥମେ ଗୋଟି ଗୋଟି କରି ନିଜ ଚାରିପଟର ଗ୍ରାଇଣ୍ଡର, ପ୍ରେସରକୁକର ଆଦି ସବୁ ଉପକରଣ ମାନଙ୍କ ଉଚ୍ଚାରିତ କର୍କଶ ଶବ୍ଦମାନଙ୍କୁ ଏଥର ସତରେ ନିଃଶବ୍ଦ କରାଏ। ଆଉ ଦେଖେ, ଖାଇବା ପାଇଁ କ'ଣ ସବୁ ସେ ତିଆରି କରିଛି। ଥାଏ ପୋଡ଼ା ଭାତ, ପୋଡା ଡାଲି, ଗ୍ରାଇଣ୍ଡରରେ ବୁଲିବୁଲି ଥକ୍କା ହୋଇ ଗରମ ହୋଇ ଯାଇଥିବା ନଡିଆ ଚଟଣୀ, ବାଲତିରେ ଘଣ୍ଟା ଘଣ୍ଟା ଧରି ଧୂଆ ହେଉଥିବା କଞ୍ଚା କଟା ପରିବା ଆଉ ବଟା ହେବା ପାଇଁ ଅପେକ୍ଷା କରୁଥିବା ମସଲା ମସଲି।

ଦୀର୍ଘ ନିଃଶ୍ୱାସଟିଏ ପକାଇ ତନୁଜା କଟା ପରିବା ସବୁ ଛାଣି ରଖିଦିଏ ପରବର୍ତ୍ତୀ ଓଳିର ରନ୍ଧା ପାଇଁ। ପୋଡ଼ା ଭାତ, ଡାଲି, ଆଉ ନଡିଆ ଚଟଣୀ ନେଇ ଖାଇ ବସିବାବେଳେ ଭଲ ଭାବରେ ରାନ୍ଧିପାରି ନଥିବାରୁ ତା' ମନରେ ଗ୍ଲାନି ବା ତରକାରୀ ବିହୀନ ଖାଇବା ପାଇଁ ଦୁଃଖ କରିବାକୁ ସମୟ ନଥାଏ। ତରତର ହୋଇ ଖାଇଦେଇ

ସେ ହୁଏତ କଲେଜ ଚାଲିଯାଏ କିମ୍ବା ଆଗାମୀ ପରୀକ୍ଷା ପାଇଁ ପ୍ରସ୍ତୁତ ହେବାକୁ ପଢ଼ା ବହି ଧରି ବସିଯାଏ।

ଏଥିଲା ମାସକ ତଳେ ତନୁଜାର ହଷ୍ଟେଲରେ ବିତୁଥିବା ଛାତ୍ରୀ ଜୀବନ।

ରାନ୍ଧିବା ପାଇଁ ତାକୁ ଭଲ ଲାଗେ ବୋଲି ହଷ୍ଟେଲରେ ରହିବା ଦିନ ଠାରୁ ପଢ଼ା ଶେଷ କରି ହଷ୍ଟେଲ ଛାଡ଼ିବା ପର୍ଯ୍ୟନ୍ତ ନିଜର ଜଣକିଆ ରୁମ୍ ଭିତରେ ରାନ୍ଧିବାର ସମସ୍ତ ଆୟୋଜନ କରି ସେ ନିଜେ ରାନ୍ଧି ଖାଉଥିଲା। ତାଙ୍କ ହଷ୍ଟେଲ ପାଇଁ ମଧ୍ୟ ଏହା ନିୟମ ବହିର୍ଭୂତ ନଥିଲା। ତେବେ ନୂଆ ନୂଆ କରି ଗପ ଲେଖୁଥିବା ତନୁଜା ଗପ ଲେଖିବା ପାଇଁ ନିଜ ପଢ଼ାସମୟ ଖର୍ଚ୍ଚ କରିବାକୁ ଆଦୌ ପ୍ରସ୍ତୁତ ନଥିଲା। ଏଣୁ ତା'ର ଦୈନନ୍ଦିନ ମାପଚୁପର ରୁଟିନ୍ ଭିତରେ ସେ ରୋଷେଇ ଓ ଗଳ୍ପ ଲେଖା ଉଭୟ ପାଇଁ ଯେଉଁ ଦୁଇଘଣ୍ଟା ନିର୍ଦ୍ଦିଷ୍ଟ କରି ରଖିଥିଲା, ସେଥିରୁ ଗଳ୍ପ ଲେଖାର ଚୁମ୍ବକୀୟ ଶକ୍ତି ପାଖରେ ରୋଷେଇର ଆବଶ୍ୟକତା ହାର ମାନୁଥିଲା।

ସେଥିପାଇଁ ଗଳ୍ପ ଲେଖାର ସମୟ ଲମ୍ବିଯାଇ ରୋଷେଇର ସମୟକୁ ଗିଳି ଦେଉଥିଲା।

ଫଳରେ ଯେଉଁ ପୋଡ଼ା କଞ୍ଚା କରି ରୋଷେଇ ହେଉଥିଲା ତାକୁ ଉଦରସାତ୍ କରି ସେ ନିଜର ଅନ୍ୟାନ୍ୟ କାର୍ଯ୍ୟରେ ଏତେ ବ୍ୟସ୍ତ ରହୁଥିଲା ଯେ ଯେଉଁ ଗଳ୍ପଟି ଲେଖିବାକୁ ଯାଇ ତାକୁ ଜିହ୍ୱାର ସ୍ୱାଦକୁ ବିସର୍ଜନ କରିବାକୁ ପଡିଛି, ସେହି ଗଳ୍ପଟିକୁ ଉତାରି କୌଣସି ମାଗାଜିନକୁ ପଠାଇବାର ସଂକଳ୍ପ ବା ସଂଯୋଗ କରିବାକୁ ତା' ପାଖରେ ସମୟ ରହୁ ନଥିଲା। ଏଣୁ ଅଦ୍ୟାବଧି ତା'ର ଗଳ୍ପଟିଏ କୌଣସି ମାଗାଜିନ୍‌ର ପୃଷ୍ଠା ମଣ୍ଡନ କରିପାରି ନଥିଲା।

ତଥାପି ତନୁଜା ଆପଣା ସାମ୍ରାଜ୍ୟର ରାଣ୍ଚୀଭାବେ ତୃପ୍ତ ଥିଲା, ସୁଖୀ ଥିଲା।

କିନ୍ତୁ ଯେଉଁ ଦିନ ଏଇ ସହରରେ ନିଜ ନବବିବାହିତ ସ୍ୱାମୀଙ୍କ ସହ ନିଜର ନୂତନ ସଂସାର ଗଢ଼ିବାକୁ ସେ ପାଦ ଦେଲା, ସେହିଦିନ ତା'ର ସ୍ୱାମୀ ଯେତେବେଳେ ରନ୍ଧାରନ୍ଧି ପାଇଁ ଆବଶ୍ୟକୀୟ ସଉଦା ଓ ପରିବାପତ୍ର ନେଇ ଘରେ ପହଞ୍ଚିଲେ, ତନୁଜାର ତଥାକଥିତ ଏହି ସୁଖୀ ଜୀବନରେ ସେଦିନ ପୂର୍ଣ୍ଣଚ୍ଛେଦ ପଡ଼ିଗଲା ! ପୁରୁଷମାନଙ୍କ ପ୍ରତି ତା'ର ପୂର୍ବ ପ୍ରଚଳିତ ଅଭିଜ୍ଞତା ଅନୁସାରେ ସ୍ୱାମୀ ତା'ର ପରିବା ଆଣିବା ପରେ ପେପର ପଢ଼ିବାକୁ କିମ୍ବା ଫାଇଲ ଦେଖିବାକୁ ନ ବସି, ପରିବାପତ୍ର, ମାଂସ ଓ ସଉଦା ଆଦିକୁ ତନୁଜାକୁ ବ୍ୟାଗ ସହିତ ବଢ଼ାଇ ନ ଦେଇ, ନିଜେ ସେସବୁ ତଳେ ବିଛାଇ ପୁଣି ସେ ସବୁକୁ ଅଲଗା ଅଲଗା କରି ଯେତେବେଳେ

ସଜାଇ ରଖିଲେ ତନୁଜା ବେଶ୍ କୌତୁହଳ ସହ ସ୍ୱାମୀଙ୍କୁ ଲକ୍ଷ୍ୟ କରୁଥିଲା। ଯାହାହେଉ ସ୍ୱାମୀ ତା'ର କାମିକା!

ସେ ଆଶା କରୁଥିଲା ଏଥର ସେ ଚା' କପ୍‌ଟିଏ ମାଗି ଖବରକାଗଜ ପଢ଼ିବାକୁ ବସିଯିବେ। ଏଣୁ ଏକ ଉତ୍ତମ ପତ୍ନୀ ହେବାର ଇଚ୍ଛାରେ ସେ ଆଗରୁ ଖବରକାଗଜକୁ ଡାଇନିଂ ଟେବୁଲ୍ ଉପରେ ଓ ସସ୍‌ପେନ୍‌କୁ ଚୁଲୀ ଉପରେ ରଖିସାରିଥିଲା।

କିନ୍ତୁ କୌତୁହଳ ତା'ର ଆତଙ୍କରେ ପରିଣତ ହେଲା ଯେତେବେଳେ ସେ ଦେଖିଲା, ପରିବାପତ୍ରକୁ ଅଲଗା ଅଲଗା କରି ତଳେ ସଜାଇ ରଖିସାରି ସ୍ୱାମୀ ତା'ର ପନିକି ଧରି ବସିଗଲେ ମାଂସ କାଟିବା ପାଇଁ। ବିବ୍ରତ ହୋଇ ସଲ୍ଲଜ ଭାବେ ସେ ଖାଲି କହିଲା- 'ଥାଉ, ସେ ସବୁ ମୁଁ କରିବି ଯେ; ତୁମ ଅଫିସ ବେଳ ହୋଇଯିବ।'

କାର୍ଯ୍ୟବ୍ୟସ୍ତ ସ୍ୱାମୀଙ୍କ ମୁହଁରୁ ଜବାବ ଆସିଲା, 'ଆଜି ରବିବାର!'

କିଂ କର୍ତ୍ତବ୍ୟ ବିମୂଢ଼ ହୋଇ ତନୁଜା ଠିଆ ହୋଇ ରହିଲା। ବୁଝି ପାରିଲା ନାହିଁ, ବର୍ତ୍ତମାନ ସେ କ'ଣ କହିବ ବା କ'ଣ କରିବ।

ଚାହୁଁ ଚାହୁଁ କାଗଜ ଠୁଙ୍ଗା ସବୁ ଖାଲି ହୋଇ କାଚ ବୋତଲ ସବୁ ଭର୍ତ୍ତି ହେଲା। ଭାତ ଡାଲି ଗ୍ୟାସ୍ ଉପରେ ମନ ଖୁସିରେ ମୁହାଁମୁହିଁ ହୋଇ ବସି ଗପ କରିବାରେ ଲାଗିଲେ। ସେ କେମିତି କି ପ୍ରକାରରେ ସ୍ୱାମୀଙ୍କୁ ସାହାଯ୍ୟ କରିବ ଏ କଥା ଭାବୁ ଭାବୁ ପରିବା ଚୋପା ସବୁ ପନିକି ପାଖରେ ଜମା ନ ହୋଇ ଡଷ୍ଟବିନ୍ ରୂପକ ବାଉଁଶ ଡାଲା ଭିତରକୁ ଖପ୍‌ଖାପ୍ ଡେଇଁ ପଡ଼ିଲେ। ଚାଉଳ ଧୂଆ ହୋଇ ରାଇସ୍‌କୁକର୍ ଭିତରେ ବନ୍ଦୀ ହୋଇଗଲା।

ବାସ୍... ଦେଢ଼ ଘଣ୍ଟା ଭିତରେ ଭାତ, ଡାଲି, ମାଂସ ଓ ସାଲାଡ୍‌ର ଏକ ଶୋଭନୀୟ ପ୍ରଦର୍ଶନୀ ଡାଇନିଂ ଟେବୁଲ୍ ଉପରେ ସଜା ହୋଇଗଲା। ଅଥଚ ରୋଷେଇ ଘର ଯେମିତିକି ସେମିତି ସଫାସୁତୁରା।

ଆଉ ତନୁଜା କେବଳ ଶାଢ଼ୀ ଦୋକାନର ପ୍ରଦର୍ଶିତ ନାରୀ ମୂର୍ତ୍ତିଟି ପରି ସେତେବେଳୁ ନିଜ ଚାରିପଟରେ ହିଁ ଘୂରିବା ଛଡ଼ା ସ୍ୱାମୀଙ୍କୁ ସାହାଯ୍ୟ କରିବାର ସାମାନ୍ୟ ମଉକାଟିଏ ମଧ୍ୟ ପାଇଲା ନାହିଁ!

ସ୍ୱାମୀ ଆଦରରେ ବାଢ଼ିଦେଲେ। ହାତଧରି ପାଖରେ ବସାଇ ଦେଲେ। ମାଂସ ତ ମାଂସ, ଡାଲି ପରି ତୁଚ୍ଛ, ନିୟମିତ ଖାଦ୍ୟଟିଏ ଯେ ଏତେ ସୁସ୍ୱାଦୁ ହୋଇପାରେ ତନୁଜା ଖାଉ ଖାଉ ମଧ୍ୟ ବିଶ୍ୱାସ କରିବାକୁ ନାରାଜ ଥିଲା। ଆଖି ତା'ର ଲୁହରେ ଡବ ଡବ ହୋଇଗଲା। ସେ... କେବେହେଲେ 'ଉଦର ଭିତର ଦେଇ ସ୍ୱାମୀଙ୍କ ହୃଦୟ

ଜିତିବା' ଏଇ ପ୍ରବାଦଟିକୁ ସଫଳ କରିପାରିବ ନାହିଁ! ସ୍ୱାମୀ ତା'ର କେବେ ବି ତା'ର ହାତରନ୍ଧା ପସନ୍ଦ କରିବେ ନାହିଁ।

ଆଉ ଭୋକିଲା ପେଟରେ କେଉଁ ସ୍ୱାମୀ ବା ପତ୍ନୀକୁ ପ୍ରେମ କରିପାରିବ ?

ତନୁଜାର ଆଖିରେ ଲୁହ ଦେଖି ଚକିତ ହୋଇଥିବା ରାଜେଶଙ୍କୁ ଏକଥା ବୁଝିବାକୁ ବେଶି ବିଳମ୍ବ ହେଲା ନାହିଁ। ହୋ ହୋ ହୋଇ ହସିଉଠିଲେ ସେ। ଆଉ କହିଲେ, 'ଚିନ୍ତା କରନା। ମୁଁ ତୁମକୁ ରନ୍ଧା ଶିଖାଇ ଦେବି ଯେ!'

ସତକୁ ସତ ସେ ରାଜେଶଙ୍କ ଠାରୁ ରନ୍ଧା ଶିଖିଲା। ଚଟାପଟ୍ ଶିଖି ଯାଉଥିବାରୁ ପ୍ରଶଂସା ମଧ୍ୟ ପାଇଲା। ତେବେ ବିଗତ ଦୁଇ ଦୁଇ ଥର ଥରଥର ହାତରେ ପୋଡ଼ା ତରକାରୀ ବାଢିବାବେଳେ ସେ ଦେଖିଥିଲା ରାଜେଶଙ୍କ ଭଦ୍ର, ନିହାତି ଭଦ୍ର କପାଳ ମଧ୍ୟ କୁଞ୍ଚିତ ହୋଇ ଯାଇଥିଲା। ତା'ଙ୍କ ରୋଷେଇ ତାଲିକାରେ ତ ପୋଡ଼ା ତରକାରୀ କଦାଚିତ ବି ନଥାଏ!

'ହୁଁ... ଆଜି ରାନ୍ଧିବାବେଳେ ଶୋଇପଡ଼ିଲ ବୋଧହୁଏ!' ହସି ହସି ସେ ଏତକ ମନ୍ତବ୍ୟ ଖାଲି ଦେଇଥିଲେ, ସାମାନ୍ୟତମ ବିରକ୍ତ ମଧ୍ୟ ହୋଇ ନଥିଲେ। ହୁଏତ ବିରକ୍ତ ହୋଇଥିଲେ ତନୁଜାକୁ ଟିକିଏ ଶାନ୍ତି ଲାଗିଥାନ୍ତା। କିନ୍ତୁ ତାଙ୍କର ଭଦ୍ର ମଧୁର ବ୍ୟବହାର ତାକୁ ଲଜ୍ଜା ଓ ଗ୍ଲାନିର ଦଂଶନରେ ଆହୁରି ବିବ୍ରତ କରି ପକାଇଥିଲା।

ଆଜି ପୁଣି ତୃତୀୟ ଥର!

ଆଜି ନିଶ୍ଚୟ ରାଜେଶ ତା' ମୁହଁକୁ କପାଳରେ ପ୍ରଶ୍ନବାଚୀ ଆଙ୍କି ଚାହିଁବେ। କେମିତି... କେମିତି ସେ ଦୃଷ୍ଟିକୁ ସାମନା କରିବ ? ପରିବା ତରକାରୀ ହୋଇଥାନ୍ତା କି, ଏତକ ଲୁଚାଇ ଦେଇ ବା ଫୋପାଡ଼ି ଦେଇ ସେ ଆଉଥରେ ରାନ୍ଧି ଦେଇଥାଆନ୍ତା।

କିନ୍ତୁ ଏ ତ ମାଂସ ତରକାରୀ! କୋଉଠୁ ଏବେ ମାଂସ ଆସିବ ? ନିର୍ଦ୍ଦୋଷ ରାଜେଶଙ୍କ ଉପରେ ସାମାନ୍ୟ ରାଗ ମାଡ଼ିଲା ତାକୁ। ଅଦ୍ଭୁତ ଲୋକ ଯେ ପ୍ରେସରକୁକରରେ ମାଂସ ରାନ୍ଧିଲେ ତାଙ୍କୁ ରୁଚେନା, ସ୍ୱାଦ କମିଯାଏ କୁଆଡ଼େ। ଡେକ୍‌ଚୀରେ ରାନ୍ଧିବାରୁ ସିନା ପୋଡ଼ିଗଲା! କ'ଣ କରିବ... କ'ଣ କରିବ ସେ ଏବେ ଯେ!

'ଏବେ ଆଉ କିଛି କରିବାର ନାହିଁ, ମହାରାଣୀ!' ଚମକି ପଡ଼ି ବୁଲି ପଡ଼ିଲା ତନୁଜା।

'ତେବେ ଟେବୁଲ ଚାମଚରେ ଦୁଇତିନି ଚାମଚ ଗୁଆଘିଅ ଗୋଳାଇ ଦିଅ, ଅନ୍ତତଃ ଗନ୍ଧଟା କିଛି ଘୋଡ଼େଇ ହୋଇଯିବ! ଲଜ୍ଜା, ଅପମାନରେ ତନୁଜାର ନିରୁପାୟ

ଆଖି ଭିତରକୁ ଲୁହଗୁଡାକ ପଶି ଆସୁ ଆସୁ ହଠାତ୍ ଅଟକିଗଲା, ଯେତେବେଳେ ସେ ଦେଖିଲା ସ୍ୱାମୀଙ୍କ ହାତରେ ସେ ଲେଖୁଥିବା ଗପର କାଗଜ ଫର୍ଦ୍ଦଗୁଡିକ ବେଶ୍ ଶୋଭା ପାଉଛି !

'ହୁଁ! ଆମ ମାଡାମ୍ ତାହାହେଲେ ରାନ୍ଧିବାବେଳେ ଗଳ୍ପ ଲେଖନ୍ତି! ଆଚ୍ଛା ମୁଁ କେମିତି ଏକଥା ଆଜିଯାଏ ଜାଣିପାରି ନଥିଲି ?'

ସେଦିନ ଖାଇବା ଟେବୁଲରେ ପ୍ରଥମ କରି ଦହେଁ ଚୁପଚାପ୍ ଖାଉଥିଲେ। ରାଜେଶ ନୀରବ ଥିଲେ କାରଣ ଖାଉ ଖାଉ ସେ ତନୁଜାର ଗଳ୍ପଟିକୁ ପଢ଼ିବାରେ ବ୍ୟସ୍ତ ଥିଲେ। ଆଉ ତନୁଜା ନୀରବ ଥିଲା, କାରଣ କଥା ହେବା ପାଇଁ ତୃତୀୟ ବ୍ୟକ୍ତି ତ ସେଠାରେ ଆଉ କିଏ ନଥିଲେ!!

ରାଜେଶଙ୍କ ଗଳ୍ପପଢ଼ା ଓ ଖାଇବା ଏକାସାଙ୍ଗରେ ଶେଷ ହେଲା।

'ଯାହାହେଉ! ଭଗବାନଙ୍କୁ ଧନ୍ୟବାଦ ଯେ ତରକାରୀ ପୋଡ଼ା ହୋଇ ମଧ୍ୟ ବିନା କଷ୍ଟରେ ତୁମ ଖିଆଟା ହୋଇଗଲା!' ତନୁଜା ଟିକିଏ ମଜା କରି କହିଲା।

'ହଁ, ଭଗବାନଙ୍କୁ ଧନ୍ୟବାଦ ଯେ ମୋତେ ଗୋଟିଏ ଲେଖିକା ପତ୍ନୀ ମିଳିଗଲା।' ହସି ହସି ରାଜେଶ କହିଲେ। 'କାଲି ବି ମୁଁ ପୋଡ଼ା ତରକାରୀ ଖାଇବା ପାଇଁ ପ୍ରସ୍ତୁତ ଅଛି, ଯଦି ଖାଇବାବେଳକୁ ଏମିତି ଆଉ ଗୋଟେ ଗପ ପଢ଼ିବାକୁ ମିଳେ। କିନ୍ତୁ ସର୍ତ୍ତ ଯେ ଗପଟା ସମାପ୍ତ ହୋଇଥିବ। ଆଚ୍ଛା... ତାପରେ କ'ଣ ହେଲା ?'

କୃତଜ୍ଞତା ଆଉ ଆନନ୍ଦରେ ତନୁଜା ରାଜେଶଙ୍କୁ କୁଣ୍ଢାଇ ପକାଇଲା। ଛାତି ତା'ର କୁଣ୍ଢେମୋଟ ହୋଇଗଲା। ସବୁ ଗ୍ଲାନି ଦୂରେଇ ଗଲା। ସେ ବୁଝିପାରିଲା ପୃଥିବୀରେ ଯେଉଁ କେତୋଟି ହାତଗଣତି ଭାଗ୍ୟବତୀ ନାରୀ ଅଛନ୍ତି ସେମାନଙ୍କ ଭିତରେ ତା'ରି ସ୍ଥାନ ହିଁ ପ୍ରଥମରେ।

ଆଉ ସେଦିନ ରାତିରେ ଅସମାପ୍ତ ଗଳ୍ପଟିର ଶେଷ ଅଂଶଟିକୁ ପଢ଼ି ଦୀର୍ଘ ନିଃଶ୍ୱାସଟିଏ ସହ ଭାବ ବିହ୍ୱଳ ରାଜେଶ ଯେତେବେଳେ ତନୁଜାକୁ ଗଭୀର ଆଶ୍ଳେଷ ସହ ଚୁମ୍ବନଟିଏ ଦେଇ କହିଲେ - 'ସତରେ ଖୁବ୍ ଭଲ ହୋଇଛି, ତନୁ! ତୁମକୁ ପାଇ ମୁଁ ବାସ୍ତବିକ ଖୁବ୍ ଗର୍ବିତ!' ଆନନ୍ଦରେ ତନୁଜାର ଆଖି ଛଳ ଛଳ ହୋଇଗଲା। ତା'ର ମନେ ହେଲା ଆଗରେ ବସିଥିବା ଏଇ ପୁରୁଷୋତ୍ତମ ସ୍ୱାମୀଟି ତା'ର ମାତ୍ର ମାସକ ତଳର ପରିଚିତ ନୁହଁନ୍ତି, ବରଂ ଜନ୍ମ ଜନ୍ମାନ୍ତରର ସାଥି, ପ୍ରେମିକ, ପଥ ପ୍ରଦର୍ଶକ ଓ ସହଚର!

କିଛିଦିନ ପରେ ଦିନେ କର୍ମକ୍ଳାନ୍ତ ଅଫିସ ଫେରନ୍ତା ସ୍ୱାମୀଙ୍କ ମୁହଁ ଆନନ୍ଦରେ ଝଟକୁଥିବା ଦେଖି ତନୁଜା ପଚାରିଲା, 'କଥା କ'ଣ ? ଆଜି କ'ଣ ବହୁତ ଖୁସି ଅଛ !'

ସୋଫା ଉପରେ ବସୁ ବସୁ ରାଜେଶ କହିଲେ - 'କ'ଣ ହୋଇଥିବ କୁହ ଦେଖି।'

'ତୁମ ଘରୁ କିମ୍ବା ଆମ ଘରୁ କିଛି ଶୁଭ ସମ୍ବାଦ ?' ଉତ୍କଣ୍ଠିତ ହୋଇ ତନୁଜା କହିଲା।

'ନା, ଭୁଲ ! ସେ ସବୁ କିଛି ନୁହଁ। ତୁମ ପାଇଁ ଉପହାରଟିଏ ଆଣିଛି। ଆଚ୍ଛା, ଏଥର ଅନ୍ତତଃ ଠିକ୍ କରି କୁହ, କ'ଣ ଆଣିଥିବି।'

ଗୋଟି ଗୋଟି କରି କେତେ କଥା କହିଲା ତନୁଜା, ରାଜେଶ ମୁଣ୍ଡ ହଲାଉଥାନ୍ତି ନା, ନା, ନା।

'ବାବା, ଆଉ ପାରୁନି, କୁହନା କ'ଣ ଆଣିଛ ?' - ଅଧୈର୍ଯ୍ୟ ହୋଇ ପଡ଼ିଲା ତନୁଜା।

'ଛବିଟିଏ !'

'ଆରେ ବାଃ ! ପେଣ୍ଟିଂ ନା ପୋଷ୍ଟର ?' ତନୁଜା ଖୁସି ହୋଇ କହିଲା। ଘର ସଜାଇବାରେ ତା'ର ଅନେକ ଆନନ୍ଦ।

'ଏଇ ବ୍ରିଫ୍‌କେଶ୍‌ରେ !' ବ୍ରିଫ୍‌କେଶ୍ ଖୋଲୁ ଖୋଲୁ ରାଜେଶ କହିଲେ। ହସଟା ମଉଳିଗଲା ତନୁଜାର। ପେଣ୍ଟିଂ ହେଉ ବା ପୋଷ୍ଟର ହେଉ, ଆକାର ଛୋଟ ହେଲେ ତାକୁ ଭଲ ଲାଗେନା। ଟେବୁଲ ଉପରେ ସଜାଇବା ଛଡ଼ା ଏତେ ଛୋଟ ଆକାରର ଚିତ୍ରଟିଏ ପାଇଁ ଉପଯୁକ୍ତ ଜାଗା ପାଇବା କଷ୍ଟକର।

କିନ୍ତୁ ରାଜେଶଙ୍କ ହାତରୁ ପ୍ୟାକେଟ୍‌ଟା ନେଇ ଖୋଲି ପକାଇ ସେ ବିସ୍ମିତ ହୋଇଗଲା।

'ଛବି କାହିଁ ? ଏ ତ ମାଗାଜିନଟାଏ।'

'ଅଛି ମହାରାଣୀ, ତା'ର ଭିତରେ ତୁମରି ଛବିଟିଏ ଅଛି। ଚବିଶ ପୃଷ୍ଠା ଖୋଲି ଦେଖ ତ।'

କିଛି ବୁଝି ନପାରି ତନୁଜା ତରତର ହୋଇ ଚବିଶ ନମ୍ବର ପୃଷ୍ଠାକୁ ଖୋଲି ଦେଇ ଚମକି ପଡ଼ିଲା ! ତା'ରି ଏକ ଗଳ୍ପ ! ସୁନ୍ଦର ସାଜସଜ୍ଜା ଓ ଚିତ୍ରବିଚିତ୍ର ହୋଇ ତା'ରି ନାମ ନେଇ ସଗର୍ବରେ ଗଳ୍ପଟି ଆତ୍ମପ୍ରକାଶ କରିଛି !

ନିଜ ଗଳ୍ପ କେବେ ପ୍ରକାଶିତ ଅବସ୍ଥାରେ ତନୁଜା ଦେଖି ନଥିଲା। ପ୍ରଥମ ପ୍ରକାଶିତ ରଚନାକୁ ଆଖି ଆଗରେ ଦେଖିବାରେ ଯେଉଁ ତୃପ୍ତି, ଆନନ୍ଦ ଓ ସୁଖ ରହିଥାଏ, ତାକୁ ହଠାତ୍ ସାମ୍ନା କରି ସେ ହତଚକିତ ହୋଇଗଲା।

ପରକ୍ଷଣରେ ସେ ଆବିଷ୍କାର କଲା ସ୍ୱାମୀଙ୍କ ଛାତିରେ ମୁହଁ ରଖି ସେ କାନ୍ଦୁଛି, ପ୍ରାପ୍ତିର ଆନନ୍ଦରେ, ତୃପ୍ତିର ଆବେଗରେ!!

ବର୍ଷକ ଭିତରେ ତନୁଜାର ଗଳ୍ପ ବିଭିନ୍ନ ପତ୍ରପତ୍ରିକାରେ ଆକର୍ଷଣ ବିନ୍ଦୁ ହୋଇ ଉଠିଲା! ତତ୍ ସହିତ ନିୟମିତ ଭାବରେ ତା ପାଖକୁ ଆସୁଥିବା ଚିଠି, ଅଭିନନ୍ଦନ ପତ୍ର ଓ ମନିଅର୍ଡର ମଧ୍ୟ ଧୀରେ ଧୀରେ ବଢ଼ିବାକୁ ଲାଗିଲା। ତନୁଜା ଅନୁଭବ କଲା ବର୍ତ୍ତମାନ ତା'ର ନିଜର ଏକ ପରିଚୟ, ଏକ ସତ୍ତା ରହିଛି! ଏପରିକି ସହରରେ ଅନୁଷ୍ଠିତ ଗଣ୍ୟମାନ୍ୟ ସାହିତ୍ୟ-ସଭା-ମାନଙ୍କୁ ଅଳଙ୍କୃତ କରିବାର ନିମନ୍ତ୍ରଣମାନ ମଧ୍ୟ ତା' ପାଖକୁ ପହଞ୍ଚିବାରେ ଲାଗିଲାଣି।

ବର୍ତ୍ତମାନ ସେ ଆଉ ନଗଣ୍ୟ ନୁହଁ।

ଆଉ ରାଜେଶ! ଜଣେ ରୁଚିସମ୍ପନ୍ନ ବ୍ୟକ୍ତି ଆପଣା ବଗିଚାର ବିରଳ ଗଛଟିକୁ ଯତ୍ନରେ ବଢ଼ାଇବା ପରି ତନୁଜାର ଅବହେଳିତ ପ୍ରତିଭାକୁ ସମ୍ମାନ ସହ, ଯତ୍ନର ସହ ସେ ଜୀବନ୍ୟାସ କରୁଥିଲେ। ଏପରିକି ଛୁଟି ଦିନମାନଙ୍କରେ ତନୁଜାକୁ ନେଇ ସୁନ୍ଦର ସୁନ୍ଦର ସ୍ଥାନଗୁଡ଼ିକୁ ବୁଲିଯିବା, ଭଲ ଚଳଚ୍ଚିତ୍ରଟିଏ ଦେଖାଇବା ବା ଉଚ୍ଚକୋଟୀର ଉପନ୍ୟାସଟିଏ କିଣିଆଣି ଉପହାର ଦେବା ଇତ୍ୟାଦିର ପ୍ରଯତ୍ନ ଭିତରେ ସେ ଚାହୁଁଥିଲେ ତନୁଜାର ଚିନ୍ତାଧାରା ଆଉରି ବ୍ୟାପ୍ତ ହେଉ, ଗଭୀର ହେଉ, ତେବେ ସିନା ତା'ର ଆତ୍ମପ୍ରକାଶ ଆଉରି ଉଚ୍ଚକୋଟୀର ହେବ।

ତେବେ ଏସବୁ କରି ବାହାବା ନେବା ବା ତନୁଜାର ଆୟକୁ ଦୁଇଗୁଣ ହେବାର ଆଶା ରଖିବା ପରି କୌଣସି ନୀଚ ମନୋବୃତ୍ତି ତାଙ୍କର ଆଦୌ ନଥିଲା। ବରଂ ସେ ଦୁଃଖିତ ହେଉଥିଲେ ଯେ, ତନୁଜା ଘର କାମରୁ ନିଷ୍କୃତି ପାଇ ଲେଖାଲେଖି କରି ବସିବାକୁ ସମୟ ପାଉନି।

ତେବେ, ଏ ସବୁ ସତ୍ତ୍ୱେ ସେମାନଙ୍କ ଦୈନନ୍ଦିନ ଜୀବନରେ ତନୁଜାର ଏହି କ୍ରମବର୍ଦ୍ଧମାନ ସମ୍ମାନ, ଲୋକପ୍ରିୟତା ବା ଆୟ କୌଣସି ପ୍ରକାର ପରିବର୍ତ୍ତନ ଆଣି ନଥିଲା। ରାଜେଶ ସବୁଦିନ ସାଢେ ନ'ରେ ଅଫିସ୍ ଯାଇ ଖରାବେଳେ ଖାଇବାକୁ ଆସୁଥିଲେ। ସେ ଅଫିସ ଗଲା ପରେ ତନୁଜାର ରନ୍ଧାବଢ଼ା ତଥା ଗଳ୍ପଲେଖା ପୂର୍ବପରି ଗୋଟିଏ ସମୟରେ ହିଁ ହେଉଥିଲା! ଠିକ୍ ରନ୍ଧାସରିବାକୁ ରାଜେଶ ଖାଇବା ପାଇଁ

ପହଞ୍ଚି ଯାଉଥିଲେ। ସେ ଖାଇସାରି ଚାଲିଯିବା ପରେ ମଜାଧୁଆ, ଧୁଆଧୋଇ, ଘରସଫା ଏପରିକି ବଗିଚା କାମ ସହିତରେ ସବୁକାମ ଭିତରେ ପୁରା ମଧ୍ୟାହ୍ନଟା ବିତି ଯାଉଥିଲା ତନୁଜାର। ସନ୍ଧ୍ୟାପରେ ରାଜେଶ ଆସିବା ପରେ ଦୁହେଁ ଏକାଠି ଚା ପିଉଥିଲେ। ବାହାରକୁ ବନ୍ଧୁ ଗହଣରେ ବୁଲିଯାଇ ଗପସପ କରିବା ଅପେକ୍ଷା, ଘରେ ଟି.ଭି. ଦେଖି, ଗପ ବହି ପଢ଼ି ବା ମାଗାଜିନ ଦେଖି ସମୟ କାଟିବାକୁ ରାଜେଶ ଅଧିକ ପସନ୍ଦ କରୁଥିଲେ। ପଢ଼ାପଢ଼ି ତାଙ୍କର ସବୁଠାରୁ ବଡ଼ ନିଶା ଥିଲା।

କିଛି ଦିନ ପରେ ରାଜେଶ ଅନୁଭବ କଲେ ତନୁଜାର ଆୟ କିଛି କମ୍ ନୁହେଁ ! ସ୍ୱାମୀର ସ୍ୱଚ୍ଛଳ ଅବସ୍ଥା ସତ୍ତ୍ୱେ ସମସ୍ତ ଘର କାମ ନିଜ ହାତରେ କରି ପୁନଶ୍ଚ ନିଜ ପ୍ରତିଭାରୁ ଆଉ କିଛି ଆୟ କରୁଥିବା ତନୁଜାର ଆପଣାର ଏହି ଅବଦାନ ପ୍ରତି ଉଦାସୀନତା ତଥା ନିସ୍ପୃହତା ତାଙ୍କୁ ଯେତିକି ମୁଗ୍ଧ କରୁଥିଲା, ସେତିକି ବିବ୍ରତ ମଧ୍ୟ କରୁଥିଲା। ସେ ଅନୁଭବ କରୁଥିଲେ ତନୁଜା ଅଧିକ କିଛି ସୁବିଧା ସୁଯୋଗ ପାଇବା ପାଇଁ ହକ୍‌ଦାର। ବିଶେଷ କରି ଘରକାମ ତଥା ରନ୍ଧାବଢ଼ା ପାଇଁ ଚାକରଟିଏ ଏବଂ ଲେଖି ବସିବା ପାଇଁ ଏକ ସ୍ୱତନ୍ତ୍ର କୋଠରୀଟିଏ, ଯେଉଁଠିକି ତା'ର ନିଜସ୍ୱ ଟେବୁଲ, ଚୌକି ଓ ଲେଖନୀ ସରଞ୍ଜାମ କେବଳ ତା'ରି ବ୍ୟବହାର ପାଇଁ ଅପେକ୍ଷାରତ ରହିଥିବ।

ଏତକତ ଆୟୋଜନ କରିବାକୁ ରାଜଶ ନିଷ୍ପତ୍ତି ନେଇ ତନୁଜାର ମତାମତ ଚାହିଁଲେ। ତନୁଜା ବି ଠିକ୍ ଏଇ ଅଭାବ ଦୁଇଟି ଅନୁଭବ କରୁଥିଲା। ରାନ୍ଧିବା ପାଇଁ ଚାକରଟିଏ ସିନା ଆୟୋଜନ କରି ହେବ କିନ୍ତୁ ଆଉ ଏକ ସ୍ୱତନ୍ତ୍ର କୋଠରୀ, ମାନେ ଏଇ ଘରଟିକୁ ବଦଳାଇବାକୁ ପଡ଼ିବ। ଅଧିକା କୋଠରୀଟିଏ ଥାଇ ଘରଟିଏ ନେଲେ ଭଡ଼ା ବି ତ ବେଶ୍ ଅଧିକା ପଡ଼ିଯିବ।

ସେଦିନ ରାଜେଶ ଅଫିସରୁ ବେଶ୍ ଉତ୍‌ଫୁଲ୍ଲ ହୋଇ ଫେରିଲେ। ତନୁଜା କିଛି ପଚାରିବା ପୂର୍ବରୁ ହିଁ ସେ କହି ପକାଇଲେ – 'ତନୁ, ତୁମେ ଚାହୁଁଥିଲ ନା ଆମେ ଏ ଘରଟିକୁ ବଦଳାଇ ଦେବା ?'

'ହଁ, ନୂଆ ଘର ଦେଖି ଆସିଲ କି ?'

ତନୁଜାର ପ୍ରଶ୍ନଟିକୁ ଏଡ଼ାଇ ଦେଇ ସେ କହିଲେ, 'ଆଚ୍ଛା, ଘରଟି ଯଦି ଆମ ନିଜର ହୁଏ, ତୁମେ ଖୁସୀ ହେବ ?"

'ଏଁ ! ନିଜ ଘର ? କ'ଣ କହୁଛ ! ଜାଣିଛ ତ ନିଜ ଘର ମାନେ...'

'କେତେ ଖର୍ଚ୍ଚ ସେ କଥା ମୁଁ ଜାଣିଛି !' କଥା ଛଡ଼ାଇ ରାଜେଶ କହିଲେ।

'ତୁମେ ସେଥିପାଇଁ ଚିନ୍ତା କରନା। ମୁଁ ନିକଟରେ ଜାଗାଟିଏ କିଣୁଛି, ଆଉ ସେଥିରେ ଆମେ ତୁମ ପସନ୍ଦ ମୁତାବକ ଘରଟିଏ ତୋଳି ପାରିବା।'

ତନୁଜା ଆଶ୍ଚର୍ଯ୍ୟ ହୋଇ ଚାହିଁ ରହିଥିବା ଦେଖି ରାଜେଶ ବୁଝାଇଦେଲେ ଘରଭଡ଼ା ବାବଦରେ ପଇସା ଖର୍ଚ୍ଚ କରିବା ଅପେକ୍ଷା ଋଣ କରି ଘରଟିଏ ତୋଳି ଦେବା କଥା ଆଗରୁ ସେ ଚିନ୍ତା କରୁଥିଲେ। ତେବେ ତାଙ୍କର ସଞ୍ଚୟ ଓ ଋଣ ଏ ଉଭୟ ମିଶି ମଧ୍ୟ ଘରଟିଏ ତିଆରି କରିବା ପରି ଆବଶ୍ୟକୀୟ ଅର୍ଥରୁ ବେଶ୍ କିଛି କମ୍ ପଡୁଥିଲା। ତେବେ ଆଜି ବମ୍ବେର ଜଣେ ଚଳଚ୍ଚିତ୍ର ନିର୍ଦ୍ଦେଶକ ତାଙ୍କୁ ତନୁଜାର ଏକ ଉପନ୍ୟାସ ପାଇଁ ଚୁକ୍ତିବଦ୍ଧ କରିଛନ୍ତି। ଏଥିପାଇଁ ସେ ଯେଉଁ ଅର୍ଥ ଦେବେ ସେ ସମସ୍ତ ଆଗତୁରା ଦେବା ପାଇଁ ମଧ୍ୟ ସେ ପ୍ରସ୍ତୁତ ଅଛନ୍ତି। କେବଳ ସର୍ତ୍ତ ହେଲା ସେ ଚାହୁଥିବା ସମୟ ସୀମା ମଧ୍ୟରେ ଉପନ୍ୟାସଟି ତାଙ୍କର ହସ୍ତଗତ ହେବ। ନଚେତ୍ ସମସ୍ତ ଅର୍ଥ ତାଙ୍କୁ ଫେରାଇବାକୁ ପଡ଼ିବ। ଏଥିପାଇଁ ଚୁକ୍ତିପତ୍ରରେ ତନୁଜାର ସ୍ୱାକ୍ଷର ନେବା ପାଇଁ ଆସନ୍ତାକାଲି ତାଙ୍କର ସେକ୍ରେଟାରୀ ଏଠାକୁ ଆସୁଛନ୍ତି।

ତନୁଜା ଖୁବ୍ ଖୁସୀ ହୋଇଗଲା। ଅବଶ୍ୟ ନିର୍ଦ୍ଦିଷ୍ଟ ସମୟ ସୀମା ମଧ୍ୟରେ କିଛି ଲେଖିବାର ଅଭ୍ୟାସ ତା'ର ନଥିଲା। ହେଉ, ଟିକିଏ ପରିଶ୍ରମ କରିଦେଲେ ସବୁ ଠିକ୍ ହୋଇଯିବ।

ଚୁକ୍ତିପତ୍ର ସ୍ୱାକ୍ଷରିତ ହୋଇଗଲା।

ରାଜେଶଙ୍କ କଣ୍ଟ୍ରାକ୍ଟର ବନ୍ଧୁଟିର ସାହାଯ୍ୟ ନେଇ ସହରର ପୂରାପୂରି ଶେଷ ଆଡ଼କୁ ଅପେକ୍ଷାକୃତ ଶସ୍ତାଦରରେ ଜାଗା କିଣା ହୋଇଗଲା। ରାଜେଶ ଓ ତନୁଜା ଦୁହେଁ ଜାଗାଟିକୁ ବେଶ୍ ପସନ୍ଦ କରିଥିଲେ। ଏକେ ତ କୋଳାହଳ ବିଲ୍‌କୁଲ ନାହିଁ; ଦ୍ୱିତୀୟରେ ପ୍ରକୃତିର ସୌନ୍ଦର୍ଯ୍ୟ ଏଇ ଅଞ୍ଚଳରେ ଅକ୍ଷୁର୍ଣ୍ଣ ରହିଛି। ସେଇ କଣ୍ଟ୍ରାକ୍ଟର ବଂଧୁ ଜଣକ ମାତ୍ର ଦୁଇଟି ମାସ ଭିତରେ ଘରଟିକୁ ରହିବା ପରି ଉପଯୁକ୍ତ କରି ତୋଳିଦେଲେ। ବାକି ଯାହା କାମ ରହିଲା ଧୀରେ ଧୀରେ ରହି ସାରିବା ପରେ ମଧ୍ୟ ହୋଇପାରିବ।

ଏ ଦୁଇମାସ ରାଜେଶ ଓ ତନୁଜାକୁ ବେଶ୍ ଦଉଡ଼ଧାପଡ଼ କରିବାକୁ ହୋଇଥିଲା। ନିଜ ଘର ତିଆରିର ଆନନ୍ଦ, ଉତ୍ସାହ, ଜିନିଷ କିଣାକିଣି ଓ ଘର ବଦଳାଇବାର ଜଞ୍ଜାଳ ଭିତରେ ତନୁଜା ଧାଡ଼ିଟିଏ ମଧ୍ୟ ଲେଖିପାରି ନଥିଲା। ତଥାପି ସେ ନିଶ୍ଚିତ ଥିଲା ହେଉ, ଦିନ ପନ୍ଦରଟା ମଧ୍ୟ ଯଦି ସେ କିଛି ଅନ୍ୟକାମ ନକରି କେବଳ ଲେଖିବା ପାଇଁ ପାଇଯାଏ ତେବେ ଉପନ୍ୟାସଟା ସୁରୁଖୁରୁରେ ସାରି ଦେଇ ପାରିବ ଯେ। ଗୋଟାଏ

ଦୁଇଟା କଥାବସ୍ତୁର ପ୍ରାରମ୍ଭିକ ଯୋଜନା ମଧ୍ୟ ବେଳେବେଳେ ତା' ମୁଣ୍ଡରେ ଉଙ୍କି ମାରି କିଛି ସାହାରା ନପାଇ ପୁଣି ଅସହାୟ ଭାବରେ ବୁଡ଼ି ଯାଉଥିଲେ ମଧ୍ୟ।

ଚୁକ୍ତିପତ୍ରର ତାରିଖର ଆଉ ମାତ୍ର ପନ୍ଦରଦିନ ବାକି ଅଛି, ତନୁଜା ଓ ରାଜେଶ ଆପଣା ନୂଆଘରେ 'ଗୃହ ପ୍ରବେଶ' କଲେ। ଚାକରଟିଏ ସବୁଘର କାମ ସହ ରୋଷେଇ କାମ କରିବା ପାଇଁ ଆଗରୁ ଯୋଗାଡ଼ ହୋଇଥିଲା। ବର୍ତ୍ତମାନ ତନୁଜା ନିଜର ସମସ୍ତ ସମୟ ଆପଣା ପଢ଼ାଘରେ ବସି ଲେଖାଲେଖିରେ ବିନିଯୋଗ କରିପାରିବ, ଏହା ଭାବି ଦୁହେଁ ନିଶ୍ଚିନ୍ତ ହେଲେ।

ଏହି ଉଭୟ ସ୍ୱପ୍ନ ସୁରୁଖୁରୁରେ ସଫଳ ହୋଇଯିବା କ'ଣ କମ୍ କଥା!

ଆପଣା ପଢ଼ାଘରେ ଆବଶ୍ୟକୀୟ ସମସ୍ତ ଆୟୋଜନ କରି ମୁଗ୍ଧ ହୋଇ ତନୁଜା ଚାରି ଆଡ଼କୁ ଚାହିଁଲା।

ବିରାଟ ଝରକା ଦେଇ ଦୁଇ ପାହାଡ଼ର କୁଞ୍ଚିତ ରେଖା, ସବୁଜ ବନାନୀର କୋମଳ ଦୃଶ୍ୟ ହୃଦୟକୁ ଏକ ମଧୁର ପ୍ରଶାନ୍ତିରେ ପୂର୍ଣ୍ଣ କରି ଦେଉଥିଲା। ଝରକା ନିକଟରେ ତାଙ୍କର ବଢ଼ି ଉଠୁଥିବା ସୁନ୍ଦର ବଗିଚା ଭିତରେ କିଚିରି ମିଚିରି ହେଉଥିବା ପକ୍ଷୀଙ୍କ କଳରବ, ଅନାବନା ଫୁଲଙ୍କ ସୌରଭ ଓ ସର୍ବୋପରି ଚତୁର୍ଦ୍ଦିଗର ଏକ ଅନାବିଳ ପ୍ରାକୃତିକତା ଓ ନୀରବତା...

ଆଃ! ଜଣେ ଲେଖକ ପାଇଁ ଏହା ଏକ ସ୍ୱର୍ଗ ନୁହେଁତ ଆଉ କ'ଣ?

ଶୀଘ୍ର ଜଳଖିଆ ଖାଇଦେଇ ରନ୍ଧାବଢ଼ା ପାଇଁ ଆବଶ୍ୟକୀୟ ନିର୍ଦ୍ଦେଶ ଚାକରକୁ ଦେଇସାରି କାଗଜ କଲମ ଧରି ଝରକା ପାଖରେ ଟେବୁଲ ପକାଇ ବସିଗଲା ତନୁଜା। ଧୀରେ ଶୀତଳ ପବନ ଝରକା ଦେଇ ତା'ର ସମଗ୍ର ସତ୍ତାକୁ ବିଭୋର କରିଦେଲା।

ଆଃ! କି ଶାନ୍ତି!

ଆଉ ରନ୍ଧାବଢ଼ା କି ଘରକାମ ଚିନ୍ତା ନାହିଁ ଥରକୁ ଥର ଉଠିବାର ଝିଂଝଟ ମଧ୍ୟ ନାହିଁ। ପୋଡ଼ା ସିଝା ଖାଇବାର ସମ୍ଭାବନାର ଆତଙ୍କ ମଧ୍ୟ ବର୍ତ୍ତମାନ ବହୁଦୂରରେ!

କଲିଂବେଲ୍‌ର ଶବ୍ଦରେ ଚମକି ପଡ଼ିଲା ତନୁଜା। ଚାକର ଭୀକୁ କବାଟ ଖୋଲିବାକୁ ଗଲା। କିନ୍ତୁ ଏତିକିବେଳେ କିଏ ଆସିଥିବ? ଘଡ଼ିକୁ ଚାହିଁ ଅବାକ୍ ହୋଇଗଲା ତନୁଜା, ଏ କ'ଣ? ଦିନ ଦୁଇଟା ବାଜି ଗଲାଣି? ରାଜେଶ ବୋଧହୁଏ ଖାଇବାକୁ ଆସିଗଲେଣି! ସେ ସେତେବେଳୁ ଏଇଠି ବସି ପ୍ରକୃତିର ଦୃଶ୍ୟ ଉପଭୋଗରେ ଏମିତି ମଜ୍ଜି ଯାଇଛି ଯେ କେତେବେଳେ ଏତେ ସମୟ ଚାଲିଗଲାଣି ଜାଣି ପାରିନି।

ଧାଡ଼ିଟିଏ ବି ତ ଲେଖା ହୋଇ ପାରିନି!

'ଲେଖିକା ମହାଶୟା ! କେମିତି ଲାଗୁଛି ଏ ପରିବେଶ ? କେତେଦୂର ଗଲାଣି ତୁମ ଲେଖାଲେଖି ?' ଏକା ସାଙ୍ଗରେ ଦୁଇ ତିନୋଟି ପ୍ରଶ୍ନ ପଚାରି ପ୍ରବେଶ କଲେ ରାଜେଶ।

'ପରିବେଶ ତ ଚମତ୍କାର ! ଲେଖାଲେଖି ବି ଚାଲିଛି ତ।' ବାଧ୍ୟ ହୋଇ ଲେଖା ବିଷୟରେ ମିଛ କଥା କହିଲା ତନୁଜା। ଥାଉ, ତାଙ୍କୁ କାହିଁକି ବ୍ୟସ୍ତ କରି ପକାଇବ ସେ ? ଆଜି ସଂଧ୍ୟା ସୁଦ୍ଧା ଉପନ୍ୟାସର ମୂଳଦୁଆଟା ସେ ପକାଇ ଦେଇ ନଥିବ କି ?

'ଯାହାହେଉ, ମୁଁ ଖୁସୀ ଯେ ତୁମକୁ ଏ ପରିବେଶ ଭଲ ଲାଗୁଛି, ଝିଂଝଟ ବି ତ କିଛି ନାହିଁ। ଏଥର ମନଇଚ୍ଛା ଲେଖୁଥାଅ।' ନିଜର ସ୍ୱଭାବସିଦ୍ଧ ମାଧୁର୍ଯ୍ୟ ନେଇ ରାଜେଶ କହିଲେ। କିନ୍ତୁ ସେଥିରେ ସମୟ ନିକଟ ହୋଇ ଆସୁଥିବାର ଉତ୍କଣ୍ଠା ବା ଉପନ୍ୟାସଟିକୁ ଶୀଘ୍ର ସାରିଦେବାର ତାଗିଦା ଲେଶ ମାତ୍ର ନଥିଲା।

ବରଂ ତାଙ୍କର ଉପସ୍ଥିତି ଅଯଥା ତନୁଜା ପାଇଁ ଏକ ବାଧା, ଏହା ମନେକରି ସେ ଶୀଘ୍ର ଖାଇଦେଇ ଚାଲିଗଲେ।

ଖାଇସାରି ପୁଣି ଟେବୁଲ ପାଖକୁ ଫେରି ଆସିଲା ତନୁଜା। ଧୀରେ ଧୀରେ ସନ୍ଧ୍ୟା ମାଡ଼ି ଆସିଲା। ପୁଣି ବିତିଗଲା ଆଉ ଏକ ଦିନ।

ପୁନଶ୍ଚ ସକାଳ ପୁନଶ୍ଚ ସନ୍ଧ୍ୟା !

ଚାହୁଁ ଚାହୁଁ ସପ୍ତାହ ସରିବାକୁ ଆଉ କେତୋଟି ଦିନ ବାକି। ଅଥଚ... ଧାଡ଼ିଟିଏ ଲେଖିବା ତ ଦୂରର କଥା ତନୁଜା ଉପନ୍ୟାସର କାହାଣୀଟିକୁ ମଧ୍ୟ ଠିକ୍ କରି ପାରିଲା ନାହିଁ।

ଏଥର ଉଦ୍‌ବିଗ୍ନ ହୋଇ ପଡ଼ିଲା ତନୁଜା। କ'ଣ ପ୍ରତିଭା ତା'ର ମରିଗଲା କି ଆଉ ? ଏମିତି ହଠାତ୍ ପ୍ରତିଭାର ବିଲୋପ ଘଟିବା କଥା ଖବରକାଗଜ, ପତ୍ରପତ୍ରିକାମାନଙ୍କରୁ ସେ କେତେଥର ପଢ଼ିଛି। ନହେଲେ ଟ୍ୟୁମର ବା ସେମିତି ଆଉ କିଛି ମସ୍ତିଷ୍କରେ ହେଲା କି ? ଡାକ୍ତରଙ୍କ ପାଖକୁ ଯାଇ ଥରେ ଦେଖାକଲେ କେମିତି ହୁଅନ୍ତା ?

କିନ୍ତୁ ରାଜେଶଙ୍କ ବିନା ତ ସେ କେଉଁ ଡାକ୍ତରଙ୍କ ପାଖକୁ ଯାଇ ପାରିବ ନାହିଁ। ଏଣେ... ରାଜେଶଙ୍କୁ ସେ ସବୁଦିନ କହୁଛି ଯେ ଲେଖା ଚାଲିଛି ବୋଲି ! ସେ ଆଶା କରୁଥିବେ ବର୍ତ୍ତମାନ ସୁଦ୍ଧା ଉପନ୍ୟାସ ଅଧାଅଧି ହୋଇଯିବଣି। ଆଉ ଆଜି କେମିତି ସେ ତାଙ୍କୁ କହିବ- 'ଚାଲ, ଡାକ୍ତରଙ୍କ ପାଖକୁ, ମୁଁ କାହିଁକି ଲେଖି ପାରୁନି। ଏମିତିକି ଉପନ୍ୟାସଟିକୁ ଆରମ୍ଭ ମଧ୍ୟ କରିନି !' କ'ଣ ଭାବିବେ ରାଜେଶ।

କେଡ଼େ ଆଘାତ ନ ପାଇବେ ତା'ର ମିଥ୍ୟା ବୟାନ ପାଇଁ।

ଇଏ ତ ତା' ନିଜର ଚରିତ୍ର ସଂହାର !

ସେଦିନ ରାଜେଶ ସନ୍ଧ୍ୟାବେଳେ ଚା' ପିଇବା ସମୟରେ ଖବରକାଗଜ ପଢୁ ପଢୁ କହିଲେ 'ତନୁ ! ଆଜି ନିର୍ଦ୍ଦେଶକ ବମ୍ବେରୁ ମୋତେ ଅଫିସ୍‌କୁ ଫୋନ୍ କରିଥିଲେ। ତାଙ୍କ ସେକ୍ରେଟାରୀ ଏଇ ଆଠ ତାରିଖ ଦିନ ସକାଳୁ କିଛି କାମରେ ଏଇଠି ଆସି ପହଞ୍ଚୁଛନ୍ତି। ତାଙ୍କରି ହାତରେ ଲେଖାଟା ଦେଇ ଦେବା ପାଇଁ ସେ କହିଲେ। ଅର୍ଥାତ୍ ତୁମକୁ ଆଉ କିଛିଦିନ ସମୟ ମିଳିଗଲା। ତୁମ ଲେଖା ସରି ଆସିବଣି ବୋଧହୁଏ। ଆଚ୍ଛା, ପ୍ରଥମ ଦୁଇଟା ଅଧ୍ୟାୟ ଟାଇପ୍ କରିବା ପାଇଁ ଆଜି ଦେଇ ଦେଉ ନା ?'

ମୁଣ୍ଡ ଉପରେ ବଜ୍ର ପଡ଼ିଲା ତନୁଜାର। 'ଆଜି ?' ଛେପ ଢୋକି ଢୋକି ସେ ପଚାରିଲା, 'କାହିଁକି ତୁମେ ଟାଇପ୍ କରି ଦେବ ନାହିଁ କି ?'

ତନୁଜା ଗଳ୍ପ ସବୁ ନିଜେ ଘରେ ଟାଇପ୍ କରି ଦିଅନ୍ତି ରାଜେଶ। କିମ୍ବା ଦରକାର ହେଲେ ବେଳେବେଳେ ଗୋଲଗୋଲ ଅକ୍ଷରରେ ଉତାରି ଦିଅନ୍ତି ମଧ୍ୟ।

'ନାଇଁ ତନୁ, ସେ ସବୁ କ୍ଷୁଦ୍ର ଗଳ୍ପ ବୋଲି ଚଳି ଯାଉଥିଲା। ତା'ଛଡା ଉପନ୍ୟାସଟା ପାଇଁ ସେ ଭଦ୍ରଲୋକ ଏତେ ମୋଟା ଅଙ୍କ ପାରିଶ୍ରମିକ ରୂପେ ଦେଇଛନ୍ତି। ଏଣୁ ସୁନ୍ଦର ରୂପେ ଟାଇପ୍ କରି ଆମେ ତାଙ୍କୁ ଦେବା ନା ! ଆଣ, ଆଜିଠାରୁ ଆରମ୍ଭ କଲେ ଟାଇପିଷ୍ଟ ତ ପୁଣି ବେଶ୍ କିଛିଦିନ ସମୟ ନେବେ।'

'ନାଇଁ... ନାଇଁ, ଆଜି ମୋଟେ ଭଲ ଦିନ ନୁହଁ। ବରଂ ପରଦିନ ଗୋଟାଏ ଭଲଦିନ ଅଛି। ସେ ଦିନରୁ ଟାଇପ୍ ଆରମ୍ଭ କରିବା ଯେ।' କହିଦେଇ ରାଜେଶଙ୍କ ମୁହଁକୁ ଚାହିଁବାର ସାହସ କରିପାରିଲା ନାହିଁ ତନୁଜା। ସେଠାରୁ ଉଠି ଚାଲି ଆସିଲା ସେ।

ସେ ଦିନ ରାତିରେ ଆଦୌ ଶୋଇ ପାରିଲା ନାହିଁ ତନୁଜା। ଆଠ ତାରିଖ ମାନେ ଆଉ ଠିକ୍ ତେଇଶି ଦିନ। ଟାଇପ୍ କରିବା ପାଇଁ କମ୍ ସେ କମ୍ ପାଞ୍ଚ ଛ'ଦିନ ତ ଦରକାର। ଅର୍ଥାତ୍ ଆଉ ମାତ୍ର କେତୋଟି ଦିନ ହାତରେ ରହିଲା। ଥରେ ଆରମ୍ଭ କରିଦେଲେ, ଥରେ ମନ ଭିତରେ କାହାଣୀର ରୂପରେଖ ଆଙ୍କି ହୋଇଗଲେ ଏତିକି ଦିନରେ ମଧ୍ୟ ରାତି ଦିନ ଲାଗି ସେ ଉପନ୍ୟାସଟିଏ ଲେଖି ଦେଇ ପାରନ୍ତା।

କିନ୍ତୁ କ'ଣ ଯେ ହେଇଛି ତା'ର ?

ନା ସେ କିଛି ଭାବି ପାରୁଛି, ନା କିଛି ଲେଖି ପାରୁଛି ! କ'ଣ କରିବ ସେ ? ରାଜେଶ କ'ଣ ଭାବିବେ ? ପୁଣି ଏତେ ଗୁଡାଏ ଟଙ୍କାର ସମସ୍ୟା ବି ରହିଛି। କେଉଁଠାରୁ

ସେ ଏତେଗୁଡ଼ା ଟଙ୍କା ଆଣି ଫେରସ୍ତ ଦେବେ ? ଘରଟା ପାଇଁ ତ ସବୁ ସଞ୍ଚୟ ସରିଛି । ଆଗାମୀ ପାଞ୍ଚବର୍ଷ ପାଇଁ ଶୁଝୁଥିବା ପରି ବିଭିନ୍ନ ଋଣ ମଧ୍ୟ ହୋଇସାରିଛି । ଗହଣା ତକ ମଧ୍ୟ ବାଦ୍ ଯାଇ ନାହିଁ ।

ହେ ଭଗବାନ ! କାହିଁକି ସେ ଏ ଚୁକ୍ତି ସ୍ୱାକ୍ଷର କଲା ?

କେତେ ସୁଖରେ କେତେ ନିଶ୍ଚିନ୍ତରେ ସେ ଥିଲା । ବିଚରା ରାଜେଶ, ତା'ର ପ୍ରତିଭାକୁ ସେ ସମ୍ମାନ ଦେଇଛନ୍ତି, ସୁଯୋଗ ଦେଇଛନ୍ତି ବୋଲି ଆଜି ତାଙ୍କୁ ହିଁ ସେ ଏତେ ନିଷ୍ଠୁର ଭାବରେ ଅପଦସ୍ତ କରିବାକୁ ବସିଛି ?

ସକାଳୁ ତନୁଜାକୁ ଦେଖି ଆଶ୍ଚର୍ଯ୍ୟ ହୋଇଗଲେ ରାଜେଶ । 'କ'ଣ ରାତାରାତି ଗୋଟାଏ ବୁଢ଼ୀ ପରି ତୁମେ ଦିଶୁଛ ! ଦେହ ଭଲ ନାହିଁ ନା କ'ଣ ? ଆଜି ଅଫିସରୁ ଛୁଟି ନେବି କି ?'

'ଏଁ ଛୁଟି ? ନା ନା ବରଂ ତୁମେ ଆଜି ଖାଇବା ପାଇଁ ଆସନି ।' ହଠାତ୍ କହିପକାଇଲା ତନୁଜା ।

'ଓଃ ! ଉପନ୍ୟାସର ଶେଷ କ୍ଲାଇମାକ୍ସଟା ପାଇଁ ତୁମେ ଏତେ ବ୍ୟସ୍ତ ଅଛ ବୋଧହୁଏ ! ଦେଖ, ତାଙ୍କ ସେକ୍ରେଟାରୀଙ୍କ ଏଠାରେ ଅନ୍ୟ କାମ ମଧ୍ୟ ରହିଛି । ଏଣୁ ସେ ଏଠାରେ ସପ୍ତାହେ ଖଣ୍ଡେ ରହି ଯାଇପାରନ୍ତି । ସେ ଗଲାବେଳେ ଉପନ୍ୟାସଟା ନେବେ । ଏଣୁ ଆମେ ସପ୍ତାହେ ଖଣ୍ଡେ ଅଧିକ ସମୟ ପାଉଛେ । ଏଣୁ ତୁମେ ଏମିତି ନିଜ ଦେହ ଖରାପ ହେବା ପରି ପରିଶ୍ରମ ନକରି ଆରାମରେ ସୁନ୍ଦର ରୂପରେଖ ଦେଇ ଉପନ୍ୟାସଟିକୁ ଶେଷ କର ।' କହି ଦେଇ ଅଫିସ ଯିବା ପାଇଁ ପ୍ରସ୍ତୁତ ହେଲେ ରାଜେଶ, 'ହଁ, ମୋ ପାଇଁ ବ୍ୟସ୍ତ ହୁଅନା, ଆଜି ମୁଁ କ୍ୟାଣ୍ଟିନ୍‌ରେ ଖାଇଦେବି ।'

ସବୁଦିନ ପରି ଜଳଖିଆ ଖାଇ ଲେଖିବା ପାଇଁ ଆୟୋଜନ କଲା ତନୁଜା । ଆଜି କିନ୍ତୁ ସେ କାଗଜ, କଲମ ଟେବୁଲ ଦେଖିଲେ ତା' ମନ ଆଉ ଆନନ୍ଦିତ ହେଉ ନଥିଲା । ବରଂ ଏସବୁ ଦେଖିବା ମାତ୍ରେ ଏକ ପ୍ରଚ୍ଛନ୍ନ ଭୟ ସମଗ୍ର ସତ୍ତାକୁ ତା'ର ଆଚ୍ଛନ୍ନ କରି ଦେଉଥିଲା । ପରୀକ୍ଷାର ପ୍ରଶ୍ନପତ୍ରକୁ ଥରେ ପଢ଼ିଦେଇ ଗୋଟାଏ ବି ପ୍ରଶ୍ନର ଉତ୍ତର ଆସୁ ନଥିବା ଆତଙ୍କିତ ଛାତ୍ରର ନିରୁପାୟ ଟେବୁଲ, କାଗଜ, କଲମ ପରି ସେଗୁଡ଼ା ତାକୁ ବି ବିକଳ ଭାବରେ ଅନାଇ ରହୁଥିଲେ ଯାହା !

ଧୀରେ ଧୀରେ ଟେବୁଲ ପାଖକୁ ଏକ ଅପରାଧୀ ପରି ଯାଇ ଚୁପ୍ ଚାପ ବସି ରହିଲା ତନୁଜା । ଏବେ ଆଉ କୌଣସି କଥାବସ୍ତୁର ପରିକଳ୍ପନା କରିବା କଥା ସେ ଭାବୁ ନଥିଲା । କେବଳ ଗୁଡାଏ ଦୁଃଖ, ଅପମାନ, ହତାଶାର ବିଭିନ୍ନ ସମ୍ଭାବ୍ୟ ରୂପମାନ

ତା ମନରେ ସଜୀବ ହୋଇ ବିଭସ୍ନ ନୃତ୍ୟ କରୁଥିଲେ। ଏମିତି ଭାବୁ ଭାବୁ ଅତ୍ୟଧିକ ମାନସିକ କ୍ଳାନ୍ତ ଓ ରାତିର ଅନିଦ୍ରା ଯୋଗୁଁ କେତେବେଳେ ସେ ଟେବୁଲ ଉପରେ ମୁଣ୍ଡ ରଖି ଶୋଇ ପଡିଛି, ସେ ଜାଣେନା।

'ମା! ମା!' ଡାକରେ ଚାଉଁକରି ନିଦଟା ଭାଙ୍ଗିଗଲା ତନୁଜାର।

ସାମ୍ନାରେ ଭୀକୁ ଠିଆହୋଇ କାନ୍ଦୁଛି।

'କିରେ, କ'ଣ ହେଲା?'

'ମା'! ମୋ ସାନଭାଇ ଆସିଛି। ମୋ ମା' ଦେହ ଭୀଷଣ ଖରାପ ଯେ ସେ ମୋତେ ସାନଭାଇ ହାତରେ ଡକାଇ ପଠାଇଛି।' ସେମିତି କାନ୍ଦୁ କାନ୍ଦୁ ଭିକୁ କହିଲା।

'ଏଥିରେ କାନ୍ଦିବାର କ'ଣ ଅଛି?' ସାନ୍ତ୍ୱନା ଦେଇ ତନୁଜା କହିଲା।

'ମୁଁ ଏବେ ସଙ୍ଗେ ସଙ୍ଗେ ଚାଲିଯିବି ମା', ରନ୍ଧାରନ୍ଧି କିଛି ହୋଇନି।'

ସର୍ବନାଶ! ବିପଦ ତ କିଛି ନ ଥିଲା, ପୁଣି ଏ ଦୁର୍ଯୋଗ, ସେ ଲେଖିବ ନା ରାନ୍ଧିବ?

କିନ୍ତୁ ଆଉ ତ ଉପାୟ ନାହିଁ!

'ହଉ, ମୁଁ ରାନ୍ଧିଦେବି ଯେ, ତୁ ଯା'। କେବେ ଆସିବୁ?'

'ଚାରି ପାଞ୍ଚଦିନ ତ ହୋଇଯିବ ମା'। ତା' ଆଗରୁ ଯଦି ମା' ଭଲ ହୋଇଯାଏ ମୁଁ ସଙ୍ଗେ ସଙ୍ଗେ ଚାଲି ଆସିବି।'

କିଛି ଟଙ୍କା ଓ ଫଳ ତା' ହାତରେ ଦେଇ ବିଦାକଲା ତନୁଜା। ଛାଡ଼, ଏତେ ଚିନ୍ତା କରି ଲାଭ କ'ଣ? ତାକୁ ତ ଦୁର୍ଯୋଗ ଭୋଗ କରିବାକୁ ଅଛି, ଭୋଗ କରିବାକୁ ହିଁ ପଡ଼ିବ। ଆଜି ରାଜେଶ ଆସିଲେ, ସେ କହିଦେବେ, ସେ ଆଉ ଲେଖି ପାରୁନି।

ତେଣିକି ଯାହା ହେବ!

ଶାଢ଼ୀ କୁଞ୍ଚତକ ଆଣ୍ଠୁ ପାଖରୁ ଆଣି ଅଣ୍ଟାରେ ଖୋଷି, କାନିଟା ଅଣ୍ଟାରେ ଗୁଡ଼ାଇ, ରୋଷେଇ ଘରେ ପଶିଲା ତନୁଜା। ଏ ନୂଆ ଘରକୁ ଆସିବା ପରଠାରୁ ରୋଷେଇ ଘରେ ପାଦଦେବା ଆଜି ତା'ର ପ୍ରଥମ। ଚାରିଆଡ଼େ ଥରେ ଭଲ କରି ଆଖି ବୁଲାଇ ନେଲା ସେ।

ବିଚରା ଭୀକୁ ରନ୍ଧାର ସବୁ ଆୟୋଜନ କରିସାରିଥିଲା। ପ୍ରେସର କୁକରରେ ଡାଲି ବୋଧହୁଏ ଚୁଲି ଉପରେ ବସି ହ୍ୱିସିଲ ଦେବ ଦେବ ହେଉଛି। ରାଇସ୍‌କୁକର୍ ଟି ପରିବା ବଜାରର ବିକ୍ରେତା ପରି ବେଶ୍ ଉଚ୍ଚ କୁହାଟ ଛାଡ଼ି ଚୁଲି ଉପରେ ଚକା ମାଡ଼ି ବସିଛି। ଗ୍ରାଇଣ୍ଡରରେ ମସଲା ପଡି ବଟା ହେବାକୁ ଅପେକ୍ଷା କରିଛି। ବାଲଟୀରେ

କଟା ପରିବା ଟାପ୍ ତଳେ ଥୁଆ ହୋଇଛି, ଟାପ୍ ଖୋଲା ହୋଇନି। ତଳେ ପନିକି ଚାରିପଟେ ପରିବା ଚୋପା ସବୁ, କାମ ଛାଡ଼ି କ୍ରିକେଟ କମେଣ୍ଟ୍ରି ଶୁଣୁଥିବା କର୍ମଚାରୀମାନଙ୍କ ପରି ଗୋଟିଏ ଜାଗାରେ ଗଦା ହୋଇଛନ୍ତି। ଆଉ କିଛି ପରିବା ମଧ୍ୟ ମୁଣ୍ଡକାଟ ପାଇଁ ଅପେକ୍ଷାରତ।

ଦୀର୍ଘ ନିଃଶ୍ୱାସଟିଏ ପକାଇ କାମରେ ଲାଗିଗଲା ତନୁଜା।

ପାଣି ଟ୍ୟାପ ଖୋଲିଦେଇ, ଗ୍ରାଇଣ୍ଡରଟା ଅନ୍ କଲା। ପାଣିଧାର ସରୁ ହୋଇ ଆସୁଥିବା ଦେଖି ପାଣିପମ୍ପର ମେସିନ୍ ଚାଲିବା ପାଇ ସୁଇଚ୍ ଦବାଇଲା। ଚାହୁଁ ଚାହୁଁ ରାଇସ୍‌କୁକର୍, ପ୍ରେସର୍‌କୁକର୍, ଗ୍ରାଇଣ୍ଡର୍, ପାଣିଟ୍ୟାପ୍, ପମ୍ପ୍‌ମେସିନ୍ ଆଦିର ମିଳିତ ସିଂଫୋନୀ ଜୁବୀନ୍ ମେହେଟାଙ୍କ ସିଂଫୋନୀ ଠାରୁ କୌଣସି ଗୁଣରେ ନ୍ୟୁନ ନୁହଁନ୍ତି ବୋଲି ବାୟୁମଣ୍ଡଳରେ ଉଦ୍‌ଘୋଷିତ ହେବାକୁ ଲାଗିଲା। ଆଉ ସେ ଭିତରେ ହିଟର ଉପରର କୁହୁଳି ଉଠୁଥିବା କରେଇରେ ପକାଇବା ପାଇଁ ଏ ଡବା ସେ ବୋତଲ ଖୋଲି ଫୁଟଣ ସବୁ ଖୋଜିବାରେ ଲାଗିଥିଲା ତନୁଜା। ତା'ର ଦଉଡ଼ା ଦଉଡ଼ି ଆଉ ଉପକରଣମାନଙ୍କର ଉଚ୍ଚନାଦ ଭିତରେ ରୋଷେଇଘରର ବାତାବରଣ କେତେବେଳେ ନୃତ୍ୟଗୀତର ଏକ ବ୍ୟସ୍ତ ମଞ୍ଚ ତ ଆଉ କେତେବେଳେ ଘୋର ଘର୍ଘର ଧୂମ ପରିବେଷ୍ଟିତ ଯୁଦ୍ଧକ୍ଷେତ୍ରଟିଏ ପରି ଦିଶୁଥିଲା।

ଠିକ୍ ଏତିକିବେଳେ... ହିଁ ଠିକ୍ ଏତିକିବେଳେ ସେ କୋଳାହଳ, ସେ ଦଉଡ଼ା ଦଉଡ଼ି, ସେ କୁହୁଳା କୁହୁଳିର ଆଖିପୋଡ଼ା, କାଶ ଛିଙ୍କ ଭିତରେ ହଠାତ୍ ତନୁଜା ଦେଖିଲା ତା'ର ପରିଚିତ, ଅପରିଚିତ, ହସକାନ୍ଦରେ ଚିତ୍ରିତ ହୋଇଥିବା ଝାପ୍‌ସା ଝାପ୍‌ସା କେତୋଟି ମୁହଁ!!

ଆରେ ଏଇମାନଙ୍କୁ ତ ଦୀର୍ଘଦିନ ଧରି ସେ ଅପେକ୍ଷା କରି ଆସିଛି!

ସ୍ତବ୍ଧ ହୋଇ ଠିଆ ହୋଇଗଲା ସେ!

ଧୀରେ ଧୀରେ, ପରିଷ୍କାର ଦିଶୁଥିବା ଉଜ୍ଜ୍ୱଳ ମୁହଁ ନେଇ ଅନେକ କିଛି କହିବାକୁ ବ୍ୟାକୁଳ ହେଉଥିବା ମୁଖଭଙ୍ଗୀ ସହ ସେମାନେ ଆଗେଇ ଆସୁଥିଲେ ତନୁଜା ଆଡ଼କୁ।

ଆଉ ପୁତ୍ରକୁ ହଜାଇ ପୁଣି ଥରେ ତାକୁ ଫେରି ପାଇଥିବା ମା'ପରି ସେମାନଙ୍କ ଆଡ଼କୁ ଛୁଟି ଯାଉଥିଲା ତନୁଜାର ସତ୍ତା। ଆନନ୍ଦରେ... ଆବେଗରେ।

ଦଉଡ଼ି ଯାଇ ପଢ଼ାଘର ଟେବୁଲ ଉପରୁ କାଗଜ କଲମ ଉଠାଇ ଆଣି, ରୋଷେଇଘରେ ପରିବା ଚୋପାଗୁଡ଼ାକୁ ହାତରେ ଆଡ଼େଇ ଦେଇ ସେଇଠି ତଳେ ବସି ପଡିଲା ତନୁଜା, ଉଚ୍ଛୁଳି ଆସୁଥିବା ଭାବାବେଗକୁ ଲେଖନୀରେ ରୂପ ଦେଉ ଦେଉ।

ତା'ର ଚାରିପଟର ଘୋର ଘର୍ଘର ପରିବେଷ୍ଟନୀ ଧୀରେ ଧୀରେ ତା' ପାଇଁ ନିଃଶବ୍ଦ ହୋଇ ଆସୁଥିଲା। ଛିନ୍ନଛତ୍ର ରୋଷେଇଘର ଆଖି ଆଗରୁ ଆସ୍ତେ ଆସ୍ତେ ଅଦୃଶ୍ୟ ହୋଇ ଯାଉଥିଲା। ଶବ୍ଦର ପୃଥିବୀରୁ ସତ୍ତା ତା'ର ଉଡ଼ି ଯାଉଥିଲା ନିଃଶବ୍ଦ ଆକାଶ ଆଡ଼କୁ... ତା' ନିଜ ତିଆରି ସାମ୍ରାଜ୍ୟ ଭିତରକୁ, ଯେଉଁଠି ସେ ହିଁ ସ୍ରଷ୍ଟା, ଦ୍ରଷ୍ଟା ଏବଂ ବିଧାତା ମଧ୍ୟ।

କି ଏକ ତୀବ୍ର ପୋଡ଼ାଗନ୍ଧ, ତରକାରୀ; ନା ଡାଲିର କେଜାଣି ରୋଷେଇଘରର ବାତାବରଣରେ କ୍ରମଶଃ ଚହଟି ଆସୁଥିଲା!!!

■

କାହାବୋଲେ ଗଲାପୁତ୍ର...

୧୯୯୨

କ'ଣ ପାଇଁ କେଜାଣି ନିଦଟା ହଠାତ୍ ଭାଙ୍ଗିଗଲା ଅଞ୍ଜୁର। ନିଦ ମଳମଳ ଆଖି ଅଳ୍ପ ଖୋଲି କଡ଼ ଲେଉଟାଇବା ବେଳକୁ ସ୍ୱାମୀଙ୍କୁ ବିଛଣାରେ ବସି କାନ୍ଦୁଥିବାର ଦେଖି ବିସ୍ମୟରେ ଧଡ଼ପଡ଼ ହୋଇ ଉଠିବସିଲା ସେ।

'କ'ଣ ହେଲା ମ?' ଆତଙ୍କିତ ହୋଇ କାତର ସ୍ୱରରେ ସେ ପଚାରିଲା।

କିନ୍ତୁ ପ୍ରଶାନ୍ତ କିଛି ଉତ୍ତର ଦେବା ଅବସ୍ଥାରେ ନଥିଲେ। ଖଟ ବାଡ଼ରେ ତକିଆଟାକୁ ଆଉଜି ସେ ବସିଥିଲେ। କୋହ ସବୁ ଏମିତି ଅବିରତ ଓ ସ୍ୱତଃସ୍ଫୂର୍ତ୍ତ ହୋଇ ତାଙ୍କ ଛାତିକୁ ବିଦୀର୍ଣ୍ଣ କରି ବାହାରି ଆସୁଥିଲା ଓ ଲୁହଧାର କେରି କେରି ହୋଇ ତାଙ୍କ ବନ୍ଦ ଆଖିରୁ ଝରି ଛାତିକୁ ଓଦା କରୁଥିଲା ଯେ ଅଞ୍ଜୁ ଆପଣା ପ୍ରଶ୍ନକୁ ଦୋହରାଇବା ପାଇଁ ମଧ୍ୟ ସାହସ ପାଇଲା ନାହିଁ।

ସ୍ତବ୍ଧ ହୋଇ ତାଙ୍କ ମୁହଁକୁ ଚାହିଁ ନ ଯଯୌ ନ ସ୍ଥତୌ ହୋଇ ସେ ନିଜ ମନ ଭିତରଟାକୁ ହିଁ ଆକୁଳରେ ଅଣ୍ଡାଳି ପକାଇଲା- ଘଟଣାଟା କ'ଣ ହୋଇପାରେ?

'କ'ଣ ଦେହ କିଛି ଖରାପ ଲାଗୁଛି କି?' ପ୍ରଶ୍ନଟିକୁ ପଚାରିବାକୁ ଯାଇ ଚୁପ୍ ହୋଇଗଲା ସେ।

ନା, ଏ ଅସୁସ୍ଥତାର ଲକ୍ଷଣ ନୁହଁ। ବିବାହର ବିଗତ ସତର ବର୍ଷ ଭିତରେ ପ୍ରଶାନ୍ତ ଅନେକ ଥର ସ୍ୱାଭାବିକ ଭାବରେ ଅସୁସ୍ଥ ହୋଇଛନ୍ତି ସତ। କିନ୍ତୁ ସେ ଅସୁସ୍ଥତା ଅଞ୍ଜୁକୁ ବ୍ୟସ୍ତ ବିବ୍ରତ କରିଛି ସିନା, ଆପଣା ଅସୁସ୍ଥତା ନେଇ ପ୍ରଶାନ୍ତ ସାମାନ୍ୟ ଭ୍ରୂକୁଞ୍ଚନ କରିବା ବି ସେ କେବେ ଦେଖି ନାହିଁ। ଖାଲି ଦେହ ଖରାପ ବେଳେ କାହିଁକି, ଜୀବନର କୌଣସି ସମସ୍ୟାରେ ମଧ୍ୟ ଉତ୍ତେଜିତ ହେବା ବା ବିବ୍ରତ ହେବା ପ୍ରଶାନ୍ତଙ୍କ ବ୍ୟକ୍ତିତ୍ୱରେ ନଥିଲା।

ଏଣୁ ଆଜି ସେଇ ପ୍ରଶାନ୍ତଙ୍କୁ ଏକ ଗଭୀର ଅନ୍ତର୍ଦାହରେ ଚୁପ୍‌ଚାପ୍ ଦହନ ହେଉଥିବାର ଦେଖି ଅଞ୍ଜୁ ଅନୁଭବ କଲା, ତା'ର ଆପଣା ଆଖି ମଧ୍ୟ ସଜଳ ହୋଇ ଆସୁଛି। କିନ୍ତୁ ନିଜ ବିଗତ ଅନୁଭୂତିର ସବୁତକ କୋଠରୀକୁ ତନ୍ନ ତନ୍ନ କରି ଖୋଜି ମଧ୍ୟ ସେ କେଉଁଠାରୁ ହେଲେ ପ୍ରଶାନ୍ତଙ୍କ ଏ ଶୋକୋଚ୍ଛ୍ୱାସର କାରଣ ନପାଇ ଅଧିକରୁ ଅଧିକ ବ୍ୟସ୍ତ ହୋଇ ପଡୁଥିଲା ଯାହା।

ଘଡ଼ିକୁ ଚାହିଁ ଦେଖିଲା ରାତ୍ରି ଦୁଇଟା।

ମାନହାତ୍ତାନ୍‌ରେ ସେମାନଙ୍କର ସୁନ୍ଦର ସୁସଜ୍ଜିତ ଘରର ଆରାମଦାୟକ ଏଇ କୋଠରୀରେ ଡିସେମ୍ବରର ଶୀତରାତି ଆହୁରି ନିବିଡ଼ ଓ ସୁଖଦାୟକ ମନେ ହେଉଥିଲା। ପୁଅଝିଅ ଦୁହେଁ ମଧ୍ୟ ଆପଣା ଆପଣା କୋଠରୀରେ ନିଶ୍ଚିନ୍ତରେ ଶୋଇଥିଲେ। ଆଉ ନିତିଦିନିଆ ଜୀବନରେ, କାହିଁ କେବେ ଦିନେ ବି ଦୁଃଖ କେଉଁ ଆଳରେ ମଧ୍ୟ ତାଙ୍କ କବାଟକୁ ଥରେହେଲେ ଖଟ୍ ଖଟ୍ କରିନି ତ!

ଆଉ ତେବେ ଅଧରାତିରେ, ହଠାତ୍ ଏମିତି ବିଛଣାରେ ବସି ପ୍ରଶାନ୍ତଙ୍କ ପରି ବ୍ୟକ୍ତିତ୍ୱର ଲୋକଟିଏ କାହିଁକି ଯେ କାନ୍ଦିବ, ଅଞ୍ଜୁ କିଛି ବୁଝି ପାରୁନଥିଲା।

କ'ଣ କରିବ ନ କରିବ ହୋଇ ଅଞ୍ଜୁ ଉଠିଯାଇ ପାଣି ଗ୍ଲାସେ ଆଣି ପ୍ରଶାନ୍ତଙ୍କ ପାଖରେ ଠିଆ ହେଲା, 'ପିଅ', ବୋଲି କହିବାକୁ କିନ୍ତୁ ତା'ର ଇଚ୍ଛା ହେଲା ନାହିଁ।

ପ୍ରଶାନ୍ତ ଆଖି ଖୋଲି ଚାହିଁଲେ।

ଅଞ୍ଜୁ ହାତରେ ପାଣି ଗ୍ଲାସଟି ଦେଖି ଚୁପ୍‌ଚାପ୍ ନେଇ ପିଇଲେ। ଗ୍ଲାସ୍‌ଟି ପୁଣି ବଢ଼େଇ ଦେଇ, ତା' ମୁହଁକୁ ଚାହିଁ ଧୀରେ ଧୀରେ କହିଲେ, 'ବୋଉ, ବୋଉକୁ ଦେଖିଲି। ଏଇଠି ମୋ ମୁଣ୍ଡ ପାଖରେ ବସି କେଡ଼େ ବିକଳ ହୋଇ କାନ୍ଦୁଥିଲା!'

ଚକିତ ହୋଇ ପଡ଼ିଲା ଅଞ୍ଜୁ।

ଶାଶୂଙ୍କ ମରିବାର ଆଜିକୁ ପନ୍ଦର ବର୍ଷ ହେଲାଣି। ଦିନେହେଲେ ଛାଇଟିଏ ମଧ୍ୟ ଅଞ୍ଜୁ କି ପ୍ରଶାନ୍ତ ଦେଖି ନଥିଲେ।

ଆଜି ହଠାତ୍??

ପ୍ରଶାନ୍ତଙ୍କ ଆଖିରୁ ପୁଣି ଲୁହଧାର ବହୁଥିଲା।

ଏଥର କିନ୍ତୁ ଅଞ୍ଜୁ ଆଶ୍ୱସ୍ତ ଓ ନିଶ୍ଚିନ୍ତ ହୋଇ ସାରିଥିଲା। ଯାହାହେଉ, କାହିଁ କେତେ ପ୍ରକାର ଦୁଶ୍ଚିନ୍ତା ଗତ କେତେ ମିନିଟ୍ ଧରି ତା'ର ସକଳ ସୁଖ ଶାନ୍ତିକୁ ଧ୍ୱସ୍ତ ବିଧ୍ୱସ୍ତ କରି ଚାଲିଥିଲେ। ପ୍ରଶାନ୍ତଙ୍କ ଶୋକର କାରଣ ଶୁଣିବା କ୍ଷଣି ସତେକି ଘୋର ଘର୍ଘର ଝଡ଼ର କାଳରାତ୍ରିଟିଏ ଅପସରି ଯାଇ ସୁନ୍ଦର ନରମ ଉଜ୍ଜ୍ୱଳ ଛନ୍‌ଛନିଆ

ସକାଳଟିଏ ଚାରିଆଡ଼େ ତା'ର ଖେଳାଇ ହୋଇଗଲା। ଆଉ ସେ ହଠାତ୍ ବୟସରେ ମଧ୍ୟ ଯେମିତି ପ୍ରଶାନ୍ତଙ୍କ ଠାରୁ କେତେ ବଡ଼ ହୋଇ ଯାଇଥିଲା। ଗ୍ଲାସ୍‌ଟିକୁ ରଖିଦେଇ ତାଙ୍କୁ କୋଳକୁ ଟାଣି ଆଣି, ତାଙ୍କ ମୁହଁରୁ ଲୁହତକ ଆପଣା ହାତ ପାପୁଲିରେ ପୋଛିଦେଇ, ସେ ପ୍ରଶାନ୍ତଙ୍କୁ ନିଜ କାନ୍ଧ ଉପରକୁ ଆଉଜାଇ ଆଣିଲା।

ତାକୁ ପ୍ରଶାନ୍ତ ଆଉ ସ୍ୱାମୀ ପରି ଲାଗୁନଥିଲେ ବରଂ ପୁଅ ପିକୁ ପରି ହିଁ ମନେ ହେଉଥିଲେ। ପ୍ରଶାନ୍ତ ବି ଅଞ୍ଜୁର ମାତୃତ୍ୱ ଭିତରେ ହିଁ ସାନ୍ତ୍ୱନା ପାଇଗଲେ ଯେମିତି। ସାନ ପିଲାଟି ପରି ତା'ରି ଛାତିରେ ମୁହଁ ରଖି ମନ ଭିତରର ଏ ଆକସ୍ମିକ କ୍ଷତକୁ ଉପଶମ କରିବାକୁ ଚେଷ୍ଟା କରୁ କରୁ ସେ ଭାବୁଥିଲେ- ଆଜି ଯଦି ଅଞ୍ଜୁ ଏ ଶିଲ୍‌କ ନାଇଟିଟା ନ ପିନ୍ଧି ସୂତା ଶାଢ଼ୀଟିଏ ପିନ୍ଧିଥାନ୍ତା, ତା'ର ଶୀତଳ କାନିରେ ମୁହଁଟାକୁ ଘୋଡ଼ାଇ ସେ ଆଉଥରେ ବୋଉକୁ ଦେଖିପାରିଥାନ୍ତେ ପରା!

ଆହା! ବୋଉ କେଡ଼େ ବିକଳ ହୋଇ କାନ୍ଦୁଥିଲା। କହିଲା କି ହେଲେ କାହିଁକି ସେ ଏମିତି କାନ୍ଦୁଥିଲା?

ମଣିଷ ଜୀବନରେ ବେଳେବେଳେ ଯେଉଁ କେତୋଟି କଥା ଅବୋଧ୍ୟ ଓ ବିଚିତ୍ର ମନେହୁଏ, ସମୟ ସେ ଭିତରୁ ଗୋଟିଏ। ସମୟର ଯେଉଁ ଶକ୍ତି, ଯେଉଁ ସ୍ୱୟଂ ସଂପ୍ରସାରିତ ଓ ସ୍ୱୟଂ ସଂକୁଚିତ ଗୁଣ ମାନବକୁ ସବୁବେଳେ ସମ୍ମୋହିତ କରି ଆପଣା ଅକ୍ତିଆରରେ ରଖିପାରିଛି, ତାହା ସତରେ ବଡ଼ ବିଚିତ୍ର। ଏଇ ଗୁଣ ଯୋଗୁଁ ବେଳେବେଳେ ମାତ୍ର କେଇଟା ଦିନ ଯୁଗ ପରି ଲାଗେ। ଆଉ କେତେବେଳେ ବା ସ୍ମୃତିର ଶକ୍ତ ଆଘାତଟିଏ ଅଚାନକ ବାଜିଗଲେ, ପନ୍ଦର କୋଡ଼ିଏ ବର୍ଷର ଲମ୍ବା ଅବଧି ମଧ୍ୟ ହଠାତ୍ ଓଦାମାଟିର କାନ୍ଥଟିଏ ପରି ଭୁଷୁଡ଼ିଯାଇ କାନ୍ଥ ଆରପଟେ ଥିବା ଅତୀତକୁ ବର୍ତ୍ତମାନ ଯାଏ ଆଣି ଠିଆ କରାଇଦିଏ। ମନେହୁଏ ସତେ ଅବା ଦିନଟାଏ ହିଁ ବିତିଛି।

ପ୍ରଶାନ୍ତଙ୍କୁ ବର୍ତ୍ତମାନ ସେମିତି ଲାଗୁଥିଲା।

ଏଇ ବିଗତ ପନ୍ଦର ବର୍ଷ ଧରି ସେ ଯେ ତାଙ୍କ ମାଆଙ୍କୁ ହରାଇ ସାରିଛନ୍ତି ଏ କଥା ସେ ଭୁଲି ଯାଇଥିଲେ। ତାଙ୍କୁ ଲାଗୁଥିଲା, ଯେମିତି ଆଜି ହିଁ ତାଙ୍କ ବୋଉଙ୍କୁ ସେ ଦାହ କରି ଫେରିଛନ୍ତି।

ଉପରର ସବୁ ଭାଇ ଭଉଣୀଙ୍କ ଠାରୁ ବେଶ୍ କିଛି ବର୍ଷର ବ୍ୟବଧାନରେ ଜନ୍ମ ହୋଇଥିଲେ ବୋଲି କୋଡ଼ପୋଛା ପୁଅ ଭାବରେ ସାରା ପରିବାରର ସେ ଆଦରର ଧନ ଥିଲେ। ବୋଉ ମଲା ପର୍ଯ୍ୟନ୍ତ ତା'ର କୋଳରୁ ସେ କେବେ ଅଲଗା ହୋଇ ନଥିଲେ କହିଲେ ଚଳେ।

ତେବେ ସେ ତ ବୋଉ ବଞ୍ଚିଥିବାବେଳେ ମଧ୍ୟ କେବେ ଏମିତି କିଛି କାମ କରିନଥିଲେ, କାଳେ ତା' ମନରେ ଆଘାତ ଲାଗିବ ବୋଲି। ଆଉ ଆଜି ମୃତ୍ୟୁର ପନ୍ଦର ବର୍ଷ ପରେ ଏମିତି ବିକଳ ହୋଇ ବୋଉ ତାଙ୍କ ପାଖରେ ବସି କାହିଁକି କାନ୍ଦିଲା ?

ଏ ସ୍ୱପ୍ନ ସେ କାହିଁକି ଦେଖିଲେ ?

କେଉଁଠି କିଛି ବୋଉକୁ ବାଧିଲା ପରି କାମ ସେ କରି ପକାଇଛନ୍ତି କି ଆଉ ?

ଛାତ୍ର ଥିବାବେଳେ ସେ ବୃତ୍ତି ପାଇଥିଲେ ଆମେରିକାରେ ପଢ଼ିବା ପାଇଁ। ସେ ଜାଣିଥିଲେ ତାଙ୍କ ଦୀର୍ଘଦିନ ଧରି ବିଦେଶରେ ରହିବା ବୋଉ ପାଇଁ ଅସହ୍ୟ ହେବ। ଏଣୁ ସେହି ବୃତ୍ତି ସେ ଗ୍ରହଣ କରି ନଥିଲେ।

ବିବାହ ପରି ଏକ ଗୁରୁତ୍ୱପୂର୍ଣ୍ଣ ନିଷ୍ପତ୍ତିର ଭାର ବି ସେ ବୋଉ ଉପରେ ହିଁ ପୁରାପୁରି ଛାଡ଼ି ଦେଇଥିଲେ। ବୋଉ ଯେଉଁଠି ଝିଅ ଠିକ୍ କରିଥିଲା, ସେ ସେଇଠି ବିଭା ହୋଇଥିଲେ। ଝିଅର ରୂପ କି ଗୁଣ ବିଷୟରେ କାଣିଚାଏ ହେଲେ ଜାଣିବାକୁ ନିଜେ ଚାହିଁ ନଥିଲେ।

ବିବାହର ଦୁଇ ବର୍ଷ ପରେ କୋଳପୂର୍ଣ୍ଣ କରି ଯେତେବେଳେ କନ୍ୟା ପିନ୍ନି ଜନ୍ମନେଲା, ଭାଇନାଙ୍କ ଦୁଇପୁଅ ପରେ, ପ୍ରଥମ ନାତୁଣୀକୁ ଦେଖି ବୋଉ ଓ ନନା ଆନନ୍ଦରେ ଉଚ୍ଛୁଳି ପଡ଼ିଥିଲେ। ପରେ ପରେ ପୁଅ ପିଙ୍କୁ ଜନ୍ମ ନେଇ ସେମାନଙ୍କ ଆନନ୍ଦକୁ ବଢ଼ାଇଥିଲା।

ପିଙ୍କୁ ଜନ୍ମ ହେବାର ଅଳ୍ପଦିନ ପରେ କୌଣସି ଦେହ ଖରାପ ନଥାଇ ଆଗେ ବୋଉ ଓ ପରେ ପରେ ନନା ଡକାଡକି ହୋଇ ଚାଲିଗଲେ।

ପ୍ରଶାନ୍ତଙ୍କ ଜୀବନରେ ପ୍ରିୟଜନଙ୍କୁ ହରାଇବା ଦୁଃଖର ସାମ୍ନାସାମ୍ନି ହେବାର ଏ ଥିଲା ପ୍ରଥମ ଅନୁଭୂତି।

ସଂସାରରେ ଶହେଟି ଝିଅ ଭିତରୁ ଗୋଟିଏ ଝିଅ ମିଳିପାରେ, ଯେ'କି ବିବାହ ହୋଇ ସାରିବା ପରେ ନିଜ ବାପଘରର ସବୁ ସ୍ମୃତି ଭୁଲିଯାଏ। କିନ୍ତୁ ହଜାରଟି ପୁଅ ଭିତରୁ ଜଣକୁ ପାଇବା କଷ୍ଟକର, ଯେ କି ବିବାହ ପରେ ଆପଣା ପିତୃ ପରିବାରକୁ ନିଜର ହିଁ ପରିବାର ବୋଲି ମନେକରେ !

ଝିଅମାନେ ବିବାହ ପରେ ହିଁ ନିଜ ପିତାମାତାଙ୍କୁ ଭଲ ପାଇବାକୁ ଆରମ୍ଭ କରନ୍ତି। ପୁଅମାନେ ବିବାହ ପରେ ନିଜ ପିତାମାତା ଯେ ଅଛନ୍ତି ଏ କଥା ମଧ୍ୟ ଭୁଲିଯାଆନ୍ତି !

କିନ୍ତୁ ପ୍ରଶାନ୍ତ ଥିଲେ ସେମିତି ହଜାରରେ ଥିବା ଗୋଟିଏ ପୁଅ।

ନନା ବୋଉଙ୍କ ମୃତ୍ୟୁ ପରେ ପ୍ରଶାନ୍ତଙ୍କର ମନେହେଲା ଜନ୍ମଭୂମି ପ୍ରତି ତାଙ୍କର ଆଉ ଆକର୍ଷଣ ଯେପରିକି ନାହିଁ। ଏଣୁ ଦ୍ୱିତୀୟ ଥର ଯେତେବେଳେ ବିଦେଶ ଯିବା ପାଇଁ ସୁଯୋଗ ପାଇଲେ ସଙ୍ଗେ ସଙ୍ଗେ ସେ ତାକୁ ଗ୍ରହଣ କରିନେଲେ। ସେହିଦିନ ଠାରୁ ଆମେରିକାର ଏଇ ମାନହାଟ୍ଟାନ ନଗରୀରେ ରହିଛନ୍ତି ତ ରହିଛନ୍ତି।

ଧୀରେ ଧୀରେ ଏଠାରେ ମନ ଲାଗିଗଲା। ଅଧିକରୁ ଅଧିକ ଆୟରେ ବି ଉନ୍ନତି ହେଲା। ନିଜର ଘରଟିଏ ଏଇ ସମ୍ଭ୍ରାନ୍ତ ଅଞ୍ଚଳରେ ସେ କରି ସାରିଲେଣି। ନଭଶ୍ଚୁମ୍ବୀ ଏଇ ପ୍ରାସାଦର, ନିଜର ଏୟାର କଣ୍ଡିସନଡ ଆପାର୍ଟମେଣ୍ଟରେ ସବୁ ସୁଖ ସୁବିଧା ଭିତରେ ବେଳେବେଳେ ତାଙ୍କୁ ଦୁଃଖ ଲାଗେ- ଆହା, ବୋଉ ଏସବୁ ଥରେ ଦେଖିଥାଆନ୍ତା କି ?

ନନା, ବୋଉ ବଞ୍ଚିଥିଲେ ସେ ନିଶ୍ଚୟ ସେମାନଙ୍କୁ ସାଙ୍ଗରେ ନେଇ ଏଠାକୁ ଆସିଥାନ୍ତେ। ଏ ସାଜସଜ୍ଜା ଭିତରେ ବି ବୋଉ କୋଉଠୁ ଆଣି ତୁଳସୀ ଗଛଟିଏ କୁଣ୍ଡରେ ପୋତି ରଖି ଦେଇଥାନ୍ତା। ନନା ଏ ଘରକୁ ସେ ଘର ହେଉଥାନ୍ତେ। ପାନ ପାଟିରେ ଜାକି, ମୋଟା ଚଷମା ତଳୁ କେତେ କ'ଣ ଉପଦେଶ ସବୁ ଦରକାର ହେଉ କି ନହେଉ ଦେଉଥାନ୍ତେ। ଠାକୁର ଘରକୁ କେଡ଼େ ଜାକଜମକରେ ସଜାଇ ମାଳି ଜପୁ ଜପୁ ବୋଉ ତାଗିଦ କରିଥାନ୍ତା ଅଞ୍ଜୁକୁ, ପ୍ରଶାନ୍ତଙ୍କ ଖାଇବା ଡେରି ହୋଇଯାଉଛି ବୋଲି ଅଭିଯୋଗ କରି।

କିନ୍ତୁ ସେ ଭାଗ୍ୟ କାହିଁ ?

କେଡ଼େ ଶୀଘ୍ର ପୁଅ ହେବାର ଭୂମିକାଟା ସରିଗଲା !

ଏମିତି ଭାବୁ ଭାବୁ କେତେବେଳେ ପ୍ରଶାନ୍ତଙ୍କ ଆଖି ପୁଣି ନିଦ୍ରାର କୋମଳ ସ୍ପର୍ଶରେ ବନ୍ଦ ହୋଇଯାଇଛି, ସେ ଜାଣିପାରିଲେ ନାହିଁ।

ଚିରାଚରିତ ଭାବରେ ସୁନ୍ଦର ସକାଳଟିଏ ହସି ହସି ଆସି ସେମାନଙ୍କୁ ନିଦରୁ ଉଠାଇଲା। ଆଜି କିନ୍ତୁ ଅଞ୍ଜୁର ଧ୍ୟାନ ପୁରାପୁରି ପ୍ରଶାନ୍ତଙ୍କ ଉପରେ ହିଁ ଥିଲା।

ଆଉ ପୁଅ ଝିଅଙ୍କର କଳିଗୋଳ, ହସଖେଳ, ନିତିଦିନିଆ ଜୀବନରେ ବ୍ୟସ୍ତତା ହଇଚଇ ଭିତରେ ବି ପ୍ରଶାନ୍ତଙ୍କୁ ସବୁ ନିସ୍ତବ୍ଧ, ଶୂନ୍ୟଶୂନ୍ୟ, ଖାଁ ଖାଁ ଲାଗୁଥିଲା। ମନ ଭିତରେ ତାଙ୍କର ଖାଲି ସେଇ ଗୋଟିଏ ପ୍ରଶ୍ନ ଗୁଡ଼େଇ ତୁଡ଼େଇ ହୋଇ ତାଙ୍କୁ ବ୍ୟତିବ୍ୟସ୍ତ କରି ପକାଉଥିଲା। ଏତେ ବର୍ଷ ପରେ ସେ ବୋଉକୁ ଦେଖିଲେ। ସେ ହସି ହସି ତାଙ୍କ ପାଖରେ ଠିଆ ହୋଇ ତାଙ୍କ ମୁଣ୍ଡକୁ ସାଉଁଳି ତାଙ୍କୁ ଆଦର ସିନା କରିଥାନ୍ତା, ତା' ନକରି ବରଂ ଓଲଟି ଏମିତି ବିକଳ ହୋଇ କାନ୍ଦିଲା କାହିଁକି ?

ତା'ର ସେ କାନ୍ଦଣାରେ ଜର୍ଜରିତ କରୁଣ ମୁହଁଟା ତାଙ୍କ ଆତ୍ମାକୁ ଅହରହ ଏମିତି ଦଂଶୁଥିଲା ସତେ ଅବା କିଛି ଭୁଲ୍ ସେ କେଉଁଠି କରିପକାଇଛନ୍ତି।

କ'ଣ ଭୁଲ୍ ସେ କରିଛନ୍ତି ?

କେମିତି ପାଇବେ ସେ ଭୁଲ୍‌ର ଠିକଣା ?

ନିଜେ କରି ନଥିବା ଏକ ଅଜଣା ଅପରାଧର ଗ୍ଳାନିରେ ସେ ଦହି ହେଉଥିଲେ, ମଳି ହେଉଥିଲେ।

ତାଙ୍କର ଇଚ୍ଛା ହେଉଥିଲା, ଅଫିସ ନ ଯାଇ ସେ ଘରେ ରହନ୍ତେ, କିନ୍ତୁ ଅଞ୍ଜୁ ତାଙ୍କୁ ଜବରଦସ୍ତ ଅଫିସ ପଠାଇ ଦେଇଥିଲା। ସେ ଜାଣେ, ଘରେ ରହିଲେ ଏଣୁ ତେଣୁ ଭାବି ଭାବି ସେଇ ସ୍ୱପ୍ନର ଦୃଶ୍ୟକୁ ଫେଣ୍ଟି ଫେଣ୍ଟି ସେ ଅଧିକ ଉଦାସ, ଅଧିକ ଦୁଃଖୀ ହିଁ ହେବେ। ବରଂ ଅଫିସର କାମ ଜଞ୍ଜାଳ ଭିତରେ ସ୍ୱପ୍ନଟିକୁ ଭୁଲିବାକୁ ତାଙ୍କୁ ବେଶି ସମୟ ଲାଗିବ ନାହିଁ।

କିନ୍ତୁ ପ୍ରଶାନ୍ତ ଅଫିସରୁ ଶୀଘ୍ର ଫେରିଆସିଲେ। କୌଣସି ଭୂମିକା ନକରି ଅଞ୍ଜୁକୁ କହିଲେ, 'ଶୀଘ୍ର ଲୁଗାପଟା ସଜଡ଼ା ସଜଡ଼ି କର। କାଲି ସନ୍ଧ୍ୟାର ଫ୍ଲାଇଟ୍‌ରେ ଆମେ ଗାଁକୁ ଯିବା। ମୁଁ ଚାରିଟା ଟିକଟ କରି ସାରିଛି।'

'ଗାଁକୁ!' ଆଶ୍ଚର୍ଯ୍ୟ ହୋଇ ଅଞ୍ଜୁ ପଚାରିଲା, 'ତୁମେ କ'ଣ ଭୁଲିଗଲଣି ଭାଇନା ଦୁଇବର୍ଷ ହେଲା ଗାଁ ଛାଡ଼ି ବ୍ରହ୍ମପୁରରେ ଘର କିଣି ରହିଲେଣି ?'

'କ'ଣ ହେଲା ସେଇଠୁ? ଆମେ ଆଗେ ବ୍ରହ୍ମପୁର ଯିବା। ସେଇଠୁ ଭାଇନା ଭାଉଜଙ୍କୁ ନେଇ ଗାଁକୁ ଯିବା। ମୁଁ କିଛିଦିନ ଗାଁରେ ଆମ ଘରେ ରହିବାକୁ ଚାହୁଁଛି। ଆଜି ଭାଇନାଙ୍କୁ ଓ ନାନୀ, ଭିଣୋଇମାନଙ୍କୁ ମଧ୍ୟ ମୁଁ ଫୋନ୍ କରି କଥା ହୋଇଛି। ଆଉ ଦୁଇଟା ଦିନ ଗଲେ ଓଡ଼ିଶାରେ ଖ୍ରୀଷ୍ଟମାସର ଛୁଟି ଆରମ୍ଭ ହେବ। ସମସ୍ତେ ଏଇ ଛୁଟିଟା ଗାଁରେ କଟାଇବା ପାଇଁ ସମ୍ମତି ଦେଇଛନ୍ତି।'

'ହେଲା ଯେ, କିନ୍ତୁ କାଲି ସନ୍ଧ୍ୟା ମାନେ... ଏତେ କମ୍ ସମୟ। ଏତେ ଦିନ ପରେ ସମସ୍ତଙ୍କ ସଙ୍ଗେ ଦେଖା ହେବ। କାହା ପାଇଁ କିଛି ଗୋଟେ ଜିନିଷ ନ ନେଇ ଯିବା କେଡ଼େ ଅସୁନ୍ଦର ହେବ। ଆଉ କମ୍ ସେ କମ୍ ତିନି ସପ୍ତାହର ରହଣୀ, ଜିନିଷପତ୍ର ସଜଡ଼ା ସଜଡ଼ି କେତେ ଅସୁବିଧା ବୁଝି ପାରୁଛ ?'

'କିଛି ଅସୁବିଧା ନାହିଁ। ମଣିଷର ସବୁ ଅସୁବିଧା ତା' ନିଜର ମାନସିକ ଅପ୍ରସ୍ତୁତି ଯୋଗୁଁ ହିଁ ହୋଇଥାଏ। ତୁମେ ଏଇ ଉପହାର କଥା ଉଠାଇବ ଜାଣି ଅଫିସରେ ବସି ମୁଁ ଗୋଟାଏ ତାଲିକା କରି ଗୋଲ୍‌ଡେନ୍ ହାଣ୍ଡସ ଡିପାର୍ଟମେଣ୍ଟାଲ ଷ୍ଟୋର୍‌ସକୁ ଫୋନ୍‌ରେ

ସେ ତାଲିକାଟି ଜଣାଇ ଦେଇଛି । ଆଜି ରାତି ନଅଟା ସୁଦ୍ଧା ସେ ସବୁ ଜିନିଷ ଗିଫ୍ଟପ୍ୟାକିଂ ସହ ଆମ ଘରେ ପହଞ୍ଚିଯିବ ବୋଲି ତା'ର ମ୍ୟାନେଜର ପ୍ରତିଶ୍ରୁତି ଦେଇଛନ୍ତି । ଆଉ ରହିଲା ତୁମ ସଜଡ଼ା ସଜଡ଼ି । ସେଥିପାଇଁ ତ କାଲି ସନ୍ଧ୍ୟାର ଫ୍ଲାଇଟ୍‌ରେ ଟିକଟ କରିଛି । ନହେଲେ କାଲି ସକାଳର ଫ୍ଲାଇଟ୍‌ରେ ବି କରି ପାରିଥାନ୍ତି ।'

ତାଙ୍କ କଣ୍ଠର ଦୃଢ଼ତା ଦେଖି ଅଞ୍ଜୁ ବିସ୍ମିତ ହେଲା, ବୁଝିଲା ପ୍ରଶାନ୍ତଙ୍କ ସଙ୍ଗରେ ବର୍ତ୍ତମାନ ଯୁକ୍ତି କରିବା ବୃଥା । କିଛି ଗୋଟାଏ ତାଙ୍କ ମୁଣ୍ଡରେ ସବାର ହୋଇସାରିଛି । ଯାହାର ଭୁକ୍ତି ଅବଶ୍ୟମ୍ଭାବୀ ।

ଅବଶ୍ୟ ଏଇ ଅଚାନକ ଯାତ୍ରା ପାଇଁ ସେମିତି କିଛି ବିରାଟ ବାଧା ଆଖି ଆଗରେ ନାହିଁ । ଏଠାରେ ତ ଖ୍ରୀଷ୍ଟମାସର ଲମ୍ବାଛୁଟି କେତେ ଆଗରୁ ଆରମ୍ଭ ହୋଇସାରିଛି । ଆଉ ଛୋଟମୋଟ ଯାହା ଗୋଟିଏ ଦୁଇଟା ଅସୁବିଧା ଏଇ ଅପରିକଳ୍ପିତ ଭ୍ରମଣ ଯୋଗୁଁ ଉପୁଜିବ, ତାକୁ ମଧ୍ୟ ଚେଷ୍ଟା କରି ଏଡ଼ାଇ ହେବ ବା କମାଇହେବ ।

କିଛି ନହେଲେ ବାଧ୍ୟ ହୋଇ ଭୋଗିବାକୁ ହିଁ ହେବ !

ଆଉ ଉପାୟ ନାହିଁ ।

ତିନିଦିନ ପରେ ନରେନ୍ଦ୍ରପୁରର ବିରାଟ ଶୂନ୍ୟଘରଟା ପୁଣିଥରେ ହସଖୁସି କୋଳାହଳରେ ପୂରି ଉଠିଲା ।

ବହୁଦିନ ପରେ ସବୁ ଭାଇଭଉଣୀ ସପରିବାର ସେଇଠି ଏକତ୍ରିତ ହୋଇଥିଲେ । ଆପଣାର ପ୍ରିୟଜନମାନଙ୍କ ସହ ଅନେକ ଦିନ ପରେ ମିଳିତ ହେଲେ ଯେଉଁ ଅନାବିଳ ଆନନ୍ଦ ହୃଦୟକୁ ମୁଗ୍ଧ କରେ, ସେ ଆନନ୍ଦ ପ୍ରଶାନ୍ତଙ୍କୁ ଯଥେଷ୍ଟ ପ୍ରଭାବିତ କରିଥିଲା ସତ, କିନ୍ତୁ ସେ ଆଶ୍ଚର୍ଯ୍ୟ ହେଉଥିଲେ ଏତେ କୋଳାହଳ ସତ୍ତ୍ୱେ ସେଦିନର ସେଇ ସ୍ୱପ୍ନର ତିକ୍ତତା ତାଙ୍କ ମନରୁ ଦୂର ହୋଇନାହିଁ ।

ବୋଉର ସେ କରୁଣ ମୁହଁକୁ ସେ ଆଦୌ ଭୁଲିପାରୁ ନାହାନ୍ତି । କିମ୍ବା ତାଙ୍କ ନିଜର ପ୍ରଚ୍ଛନ୍ନ ସତ୍ତା ତାଙ୍କୁ ଏ ପ୍ରଶ୍ନ ପଚାରିବାରେ କେତେବେଳେ ହେଲେ କ୍ଷାନ୍ତ ହେଉନାହିଁ ଯେ- କ'ଣ ଭୁଲ୍ ସେ କରିଛନ୍ତି ?

ନରେନ୍ଦ୍ରପୁରରେ ପହଞ୍ଚିବାର ଦୁଇଦିନ ପରେ ଖୁବ୍ ସକାଳୁ ଭାଇନାଙ୍କ ଗାଡ଼ିଟା ଧରି ପ୍ରଶାନ୍ତ ବାହାରି ପଡ଼ିଲେ ।

ଶୀତଦିନର କୁହୁଡ଼ିଭରା ସକାଳ । ସକାଳ ତ ନୁହଁ, ଉଷା । ଘରେ ଅନ୍ୟମାନେ କେହି ବି ଉଠିନାହାନ୍ତି । ଚୁପ୍‌ଚାପ୍ କାହାକୁ କିଛି ନ କହି ଦେହରେ ଶାଲ୍‌ଟା ଗୁଡ଼ାଇ ସେ ବାହାରକୁ ଚାଲିଆସିଲେ । ସକାଳର ଜନଶୂନ୍ୟ ସୁଦୂରପ୍ରସାରୀ ନୀରବ ରାସ୍ତା

ଉପରେ ଗାଡ଼ି ଚଳାଇବାରେ ଲାଗିଲେ ସେ। ରାସ୍ତା କୁଆଡ଼େ ଯାଇଛି ବା ସେ ନିଜେ କୁଆଡ଼େ ଯାଉଛନ୍ତି ସେ ଦିଗରେ ଧ୍ୟାନ ନଥିଲା ତାଙ୍କର।

କେବଳ ତାଙ୍କୁ ଇଚ୍ଛା ହେଉଥିଲା, ତାଙ୍କ ଗାଡ଼ି ସମୟର ବିପରୀତ ଦିଗରେ ତାଙ୍କୁ ନେଇଯାଇ ପାରନ୍ତା କି? ମୁହୂର୍ତ୍ତକ ପାଇଁ ସେ ବୋଉକୁ ଭେଟନ୍ତେ। ଥରଟିଏ, କେବଳ ଥରଟିଏ ସେ ତାକୁ ପଚାରନ୍ତେ, 'ବଞ୍ଚିଥିବାବେଳେ ତ ତୋତେ କେବେ ମୁଁ କନ୍ଦାଇ ନଥିଲି। ଏବେ କ'ଣ ଭୁଲ୍ ମୁଁ କରି ପକାଇଲି ଯେ ତୁ ଏମିତି ବିକଳ ହୋଇ କାନ୍ଦୁଥିଲୁ?'

ସକାଳର ଥଣ୍ଡା ଥଣ୍ଡା ଧୀର ପବନ ତାଙ୍କୁ ଖୁବ୍ ଭଲ ଲାଗୁଥିଲା। ମନେ ପଡୁଥିଲା ଏଇ ପବନ, ପକ୍ଷୀମାନଙ୍କର ଏଇ କିଚିରି ମିଚିରି ଶବ୍ଦ, ଭିଜାଭିଜା କୁହୁଡ଼ି, ଏ ସବୁ ତାଙ୍କର ଦିନେ ଏକାନ୍ତ ପରିଚିତ, ଖୁବ୍ ଆପଣାର ମଧ୍ୟ ଥିଲା।

ମାଆର ମମତା ପରି ପୃଥିବୀ ମାଆର ମଧ୍ୟ ଗୋଟାଏ ଆକର୍ଷଣ ଥାଏ। ତା'ର ପବନରେ ମାଆର ପଣତକାନିର କୋମଳ ସ୍ପର୍ଶକୁ ଅନୁଭବ କରିହୁଏ।

ଆଚ୍ଛା, ଘାସରେ ତ ଏବେ ଟୋପା ଟୋପା କାକର ପଡ଼ିଥିବ!

ରାସ୍ତାକଡ଼ରେ ଗାଡ଼ିଟିକୁ ରଖି, ଗାଡ଼ି ଭିତରେ ଚପଲ ଛାଡ଼ିଦେଇ ଖାଲିପାଦରେ ତଳକୁ ଓହ୍ଲାଇ ଆସି ଘାସ ଉପରେ ପାଦ ରଖିଲେ ସେ। ଉଷୁମ ପାଦରେ ଥଣ୍ଡା କାକର ଟୋପାଗୁଡ଼ିକର ସ୍ପର୍ଶ ସ୍ନାୟୁମାନଙ୍କ ଉପରେ ଯେଉଁ ଚମକ ଦେଲା, ତା'ରି ଆଘାତରେ ମସ୍ତିଷ୍କର କେଉଁକୋଣର ଏକ ପରିତ୍ୟକ୍ତ ରଙ୍ଗମଞ୍ଚରେ ହଠାତ୍ ଧପ୍‌ଧପ୍ କରି ସବୁ ଆଲୋକ ଜଳି ଉଠିଲା। ଆଉ କେଉଁ ଦିନରୁ ପଡ଼ି ସାରିଥିବା ପର୍ଦ୍ଦାଗୁଡ଼ିକ ପୁଣିଥରେ ମଧୁର ସଙ୍ଗୀତ ସହ ଅପସାରିତ ହେବାକୁ ଲାଗିଲା...

ଏଇତ... ସକାଳର ଏମିତି ଭିଜା ଭିଜା କାକରରେ ପାଦକୁ ଓଦାକରି କାଲୁଆ ପାଦରେ ଦୌଡ଼ାଦୌଡ଼ି କରି କରି ସେ ଟିଉସନ୍ ଯାଉଛନ୍ତି। ସକାଳର ଏଇ ଟିଉସନ୍‌ଟା ଖୁବ୍ ଭଲ ଲାଗେ ତାଙ୍କୁ। ଟିଉସନ୍ ତ ନୁହଁ, ସବୁ ଗୁରୁଜନମାନଙ୍କର କଡ଼ା ଦୃଷ୍ଟିରୁ ଦୂରରେ ରହି, ନାନାବିଧ ଦୁଷ୍ଟାମୀରୁ ଆନନ୍ଦ ଉଠାଇବା ପାଇଁ ସୁବର୍ଣ୍ଣ ସୁଯୋଗଟିଏ ସେ। ପକେଟ୍‌ରେ ବଲଟାଏ ପୂରାଇ, କାଳେ ଡେରି ହୋଇଗଲେ, ଘରେ ଥିବା ଚାକରମାନଙ୍କରୁ କେହି ସାଇକେଲ୍‌ରେ ନେଇ ଟିଉସନ୍ ସାର୍‌ଙ୍କ ଘରେ ନେଇ ଛାଡ଼ିଦେଇ ଆସିବେ, ଏଇ ଭୟରେ ତରତର କରି ଓଭାଲ୍‌ଟିନ୍ ଗ୍ଲାସ୍‌ଟିଏ ଉଦରସ୍ଥ କରି, ବହିବସ୍ତାନୀ ଧରି ବାହାରି ପଡୁଥିଲେ ସେ।

ବାଟସାରା ଓଦା କାକରରେ ବଲ୍ ଖେଳି ଖେଳି ସକାଳ ସାତଟାରେ ଆରମ୍ଭ

ହେଉଥିବା ଟିଉସନ୍‌ରେ ପହଞ୍ଚିବା ବୋଲକୁ ଘଡ଼ିରେ କେବେ ଆଠ ତ କେବେ ସାଢ଼େ ଆଠ ମଧ୍ୟ ହୋଇଯାଉଥିଲା। ଭଲ ପଢୁଥିଲେ ବୋଲି ବୋଧହୁଏ ସାର୍ ମଧ୍ୟ ତାଙ୍କର ଏ ବିଳମ୍ବକୁ କେବେ ଏତେଟା ଗୁରୁତ୍ୱ ଦେଉନଥିଲେ।

ସାଢ଼େ ନଅଟା ବେଳେ ପୁଣି ଥରେ ପହଞ୍ଚି ନାନା ଦୁଷ୍ଟାମୀରେ ନିଜ ରହିବା ସମୟତକ ଘରକୁ ହୋହଲ୍ଲାରେ କୋଳାହଳମୟ କରି ଚାକର ଚାକରାଣୀମାନଙ୍କ ସହିତ ନିତିଦିନିଆ ପରସ୍ତେ ଝଗଡ଼ା କରୁକରୁ ସ୍କୁଲବେଳ ହୋଇଯାଉଥିଲା। କ'ଣ ଗୁଣ୍ଡାଏ ମୁହଁରେ ମାରି ପୁଣି ନାଚିକୁଦି ସ୍କୁଲକୁ ଚାଲିଯାଉଥିଲେ ସେ।

ସେଥିପାଇଁ ବୋଉ ସବୁବେଳେ କହୁଥିଲା, 'ପିଣ୍ଟୁ ବାପ, ତୁ ତ ଘରେ ଘଡ଼ିଏ ରହୁନୁରେ। ତତେ କୋଳରେ ମନବୋଧ କରି ଘଡ଼ିଏ ମୁଁ ନ ଧରୁଣୁ ତୁ ତ ଏଡୁଟିଏ ହୋଇଗଲୁଣି। ଚାହୁଁ ଚାହୁଁ ପୁଣି ବଡ଼, ପୁଣି ବଡ଼ ହୋଇଯିବୁ। ଆଉ ବୋଉ କୋଳରେ କେତେବେଳେ ବସିବୁରେ ବାପା? ଆ ବାପ ଆ, ମୋ କୋଳରେ ଟିକିଏ ବସିଯା'।'

ବୋଉ ତାଙ୍କୁ ସବୁବେଳେ ବାପ ବୋଲି ହିଁ ଡାକୁଥିଲା। ବୋଉ ସାଙ୍ଗରେ ତାଙ୍କର ଏ ନାଆଁଟା ମଧ୍ୟ କେଉଁ କାଳୁ ଲୋପ ପାଇଗଲାଣି।

ଆଉ ହାଇସ୍କୁଲରେ ପଢୁଥିବା ତେର ବର୍ଷର ବାଳକକୁ ବୋଉର ଏ ଆହ୍ୱାନ ସବୁବେଳେ ମିଠା ମିଠା ହିଁ ଲାଗୁଥିଲା। ସେ ଯାଇ ଲଥ୍ କରି ବୋଉ କୋଳରେ ବସି ପଡ଼ିଲାବେଳେ ନାନୀ, ଭାଇନାମାନେ ସବୁବେଳେ ଚିଡ଼ାଉଥିଲେ- 'ଏହେ, ଛି, ଛି, ପିଣ୍ଟୁ, ବୁଢ଼ାଟାଏ ହେଲୁଣି, ତୋତେ ଲାଜ ଲାଗୁନି? ବୋଉ କୋଳରେ ଯାଇ ବସୁଛୁ?'

'ଲାଜ ତ ତୁମମାନଙ୍କୁ ଲାଗିବା କଥା। ତୁମେ କେହି ଯେ ବୋଉ କୋଳରେ ବସିପାରୁନ!' ଖତେଇ ହୋଇ ସେ ଜବାବ ଦେଉଥିଲେ। ବୋଉ ପରମ ତୃପ୍ତିରେ, ଖେଳକୁଦରେ ଲାଲଝାଳ ହୋଇଥିବା ମୁହଁକୁ ତାଙ୍କର କାନିରେ ତା'ର ପୋଛିଦେଇ ଚୁମାଟିଏ ଦେଇ କହୁଥିଲା- 'ମୋ ସୁନା ବାପଟା।'

ପ୍ରଶାନ୍ତ ଆବିଷ୍କାର କଲେ ପାଦ ତଳର କାକର ବାଜି ପାଦ ସହ ଧଳା ଟ୍ରାଉଜରଟା ତ ଚାଖଣ୍ଡେ ପର୍ଯ୍ୟନ୍ତ ଓଦା ହୋଇଗଲାଣି, କିନ୍ତୁ ସେ କାକର କେଉଁ ବାଟେ ଯାଇ ଆଖିକୁ ମଧ୍ୟ କାହିଁକି ଓଦା କରି ସାରିଲାଣି!

ସେଥିରୁ କେତେ ଟୋପା ଫେରିଯାଇ ପୁଣି ପାଦତଳର ଘାସ ଉପରେ ଯାଇ ନିଃଶବ୍ଦରେ ପଡ଼ିଲା!

ଥଣ୍ଡା ଥଣ୍ଡା ପବନ, ଥଣ୍ଡା ପାଦ ଆଉ ସମ୍ପୂର୍ଣ୍ଣ ବିଜନତା ଭିତରେ ଠିଆହୋଇ

ତାଙ୍କୁ ଲାଗୁଥିଲା ତାଙ୍କ ବୟସ ସେ ତେରରେ ହିଁ ଅଟକି ରହିଛି, ସେଇ ସମୟର ବଳୟ ଭିତରେ ହିଁ ଆବଦ୍ଧ ରହିଛି।

କିନ୍ତୁ ସେ ସମୟର ଏକାନ୍ତ ପ୍ରିୟଜନ ନନା... ବୋଉ... ଏମାନେ କାହାନ୍ତି ?

ଦେହରେ ଘୋଡ଼େଇ ହେଇଥିବା ଶାଲ୍‌ଟା ବୋଝ ପରି ଲାଗିଲା ତାଙ୍କୁ। ଟିକିଏ ଦୂରରେ ଥିବା ଗାଡ଼ି ପର୍ଯ୍ୟନ୍ତ ଯାଇ ଶାଲ୍‌ଟିକୁ ନେଇ ରଖି ଆସିବା ପାଇଁ ମଧ୍ୟ ଇଚ୍ଛା ହେଲା ନାହିଁ। ସେଇଠି ସେଇ ରାସ୍ତାକଡ଼ରେ କାନ୍ଧକୁ ଝାଡ଼ି ଶାଲ୍‌ଟିକୁ ଦେହରୁ ଖସାଇ ତଳେ ପକାଇଦେଲେ। ନିଜେ ରାସ୍ତା ତଳକୁ ଓହ୍ଲାଇ ଆସି ବହି ଯାଉଥିବା ନାଳ ଭିତରେ ପାଦ ଦେଇ ପାଣିକୁ ଖଳ ଖଳ କରୁ କରୁ ସାମ୍‌ନାରେ ବିସ୍ତୀର୍ଣ୍ଣ ଧାନ କିଆରୀର ପରିପୂର୍ଣ୍ଣ ଶ୍ରୀକୁ ଉପଭୋଗ କରିବାକୁ ଲାଗିଲେ।

'କିଏ, ବାପ କିରେ ?'

ସାଇଁ କରି ପଛକୁ ବୁଲି ପଡ଼ିଲେ ପ୍ରଶାନ୍ତ ! କିଏ... କିଏ ତାଙ୍କୁ ଏ ଅପନ୍ତରାରେ ବାପ ବୋଲି ଡାକୁଛି ?

ଠାଏ ଠାଏ ତାଳିପକା ଅଥଚ ସଫା ଧଳା ଲୁଗାଟିଏ ପିନ୍ଧି, ପ୍ରାୟ ସତୁରୀ କି ବାସ୍ତରୀ ବର୍ଷର ବୁଢ଼ୀଟିଏ ଗୋଟିଏ ହାତରେ ବଙ୍କୁଲୀ ବାଡ଼ିଟିଏ ଆଉ ହାତରେ କନିଅର, ଟଗର ଓ ମନ୍ଦାରଫୁଲର ମିଶାମିଶି ମାଳ କେତୋଟି ଧରି ଠିଆହୋଇଛି। ମୁଣ୍ଡରେ ଏତେ ବଡ଼ ସିନ୍ଦୂର ଟୋପା।

'ତୁ ବାପଟି ?' ସେ ଥରଥର ହୋଇ ପଚାରୁଥିଲା। ତେବେ ଏ ଥରିବା ବାର୍ଦ୍ଧକ୍ୟ ହେତୁ ନା ଭାବପ୍ରବଣତା ହେତୁ ସେ କଥା ଠଉରାଇବାକୁ ପ୍ରଶାନ୍ତଙ୍କ ତର ନଥିଲା।

ସେ ନିଜେ ହତଭମ୍ବ ହୋଇପଡ଼ିଥିଲେ। ତାଙ୍କ ପାଟିରୁ କିଛି କଥା ବାହାରିଲା ନାହିଁ। କିନ୍ତୁ ଶ୍ରେଣୀରେ ଶିକ୍ଷକଙ୍କ ପଶିବା ଦେଖିବା ପରି, ପାଣିରୁ ପାଦ କାଢ଼ି ସେ ଠିଆ ହୋଇ ପଡ଼ିଲେ।

'ଆରେ ବାପ, କେତେ ବଡ଼ ହୋଇଗଲୁଣିରେ ? କେବେ ଆସିଲୁ ? ମୋତେ ଚିହ୍ନି ପାରୁନୁ ? ମୁଁ ସୀତା ମାଉସୀ ?'

ସୀତା ମାଉସୀ !

ପାଖରେ କେଉଁଠି ବଜ୍ରପାତଟିଏ ହେଲାକି ଆଉ !

ଏଇ ତ ସ୍ମୃତିର ସେ ରଙ୍ଗମଞ୍ଚ ଉପରେ ଗୋରା ତକତକ ଚେହେରାଟିଏ ଆସି ଠିଆହେଲା। ସଫା ଧଳାଶାଢ଼ୀ ଓ ଗାଢ଼ ନାଳି ରଙ୍ଗର ବ୍ଲାଉଜ୍ ସହ ମୁଣ୍ଡରେ ନାଳି ସିନ୍ଦୂର ଟୋପାଟିଏ ଥିବା ଏକ ସୌମ୍ୟ ଅଥଚ ଦୃଢ଼ ଦମ୍ଭିଲା ଚେହେରା। ଘର ଭିତରେ

ଥିବା ସବୁ ଚାକର ଚାକରାଣୀଙ୍କ ଭିତରୁ ତାଙ୍କର ଏଇ ଧାଇ ମା'ଟିକୁ ହିଁ ପ୍ରଶାନ୍ତ ଆନ୍ତରିକତାର ସହ ଘୃଣା କରୁଥିଲେ।

ବୋଉର କେଉଁ ଲେଖାରେ କୋଉ ଦୂର ସମ୍ପର୍କର ଭଉଣୀ ଥିଲା ସେ। ବାପ ମା' ବନ୍ଧୁ ପରିଜନହୀନ ସ୍ୱାମୀ ପରିତ୍ୟକ୍ତା ଏଇ ସୀତା ମାଉସୀକୁ ବୋଉ ପ୍ରଶାନ୍ତଙ୍କ ଜନ୍ମବେଳେ ଆଣି ପାଖରେ ରଖିଥିଲା। ଏଣୁ ଜନ୍ମ ହେବା ଦିନଠାରୁ ପ୍ରଶାନ୍ତଙ୍କ ଲାଳନପାଳନର ଭାର ଏଇ ସୀତା ମାଉସୀ ଉପରେ ହିଁ ନ୍ୟସ୍ତ ଥିଲା। ସେଥିପାଇଁ ତାଙ୍କୁ ଦଣ୍ଡ ଦେବାର ଅଧିକାର ମଧ୍ୟ ଘରେ ବାପାଙ୍କୁ ଛାଡ଼ିଦେଲେ କେବଳ ସୀତା ମାଉସୀର ହିଁ ଥିଲା।

ଏଣୁ ଖରାଛୁଟିର ଖରାବେଳେ ନ ଶୋଇ ଆମ୍ବ ବଗିଚାକୁ ଯାଇଥିଲେ, ସ୍କୁଲରେ କୋଉ ପିଲାକୁ ମାରଧର କରି ତା'ର ନାକ ଫଟାଇଥିଲେ, ଘର ଭିତରେ ବଲ୍ ଖେଳି ଲଣ୍ଠନ କାଚ କି ଦର୍ପଣ ଭାଙ୍ଗିଥିଲେ, ତାଙ୍କୁ ପ୍ରଥମେ ସୀତା ମାଉସୀର ଚେହେରା ହିଁ ଡରାଉଥିଲା। ଆଉ ସତକୁ ସତ ସେ ଅପରାଧ କରିଥିବା ଜାଗାରେ କେଉଁଠୁ ଆସି ସୀତା ମାଉସୀ ହାଜିର ହୋଇଯାଉଥିଲା ମଧ୍ୟ!

ପ୍ରଶାନ୍ତଙ୍କ ପାଇଁ ସେ ଦେଉଥିବା ସବୁଠାରୁ କଠୋର ଦଣ୍ଡ ଥିଲା ହସ୍ତଲିଖନ।

ରନ୍ଧାଘର ବାରଣ୍ଡା ଉପରେ ସପଟି ପକାଇଦେଇ ଭାଗବତର କେତୋଟି ପୃଷ୍ଠାକୁ ପ୍ରଶାନ୍ତଙ୍କୁ ଉତାରିବାକୁ ଦେଇ କଡ଼ା ନଜର ତାଙ୍କ ଉପରେ ରଖି ରନ୍ଧାରେ ଲାଗୁଥିଲା ସେ। ଉତାରି ଉତାରି ଅଣ୍ଟା ବଥା ହୋଇଗଲେ ମଧ୍ୟ ସେଇ ସପର ପରିସୀମା ଡେଇଁବାର ଶକ୍ତି ପ୍ରଶାନ୍ତଙ୍କର ନଥିଲା। ଦାନ୍ତ କଡ଼ମଡ଼ କରି ସେ ଚାରିଆଡ଼େ ଆଖି ବୁଲାଇ ବୋଉର ଶରଣକୁ ଅଣ୍ଡାଳୁ ଥିଲେ।

କିନ୍ତୁ ଏତିକିବେଳେ କାହିଁକି କେଜାଣି ଘର ଭିତରେ କେବେ ବି ବୋଉ ଦୃଷ୍ଟିଗୋଚର ହେଉନଥିଲା!

ସୀତା ମାଉସୀର ରନ୍ଧା କିନ୍ତୁ ଥିଲା ଚମତ୍କାର। ଗଇଁଠା, କାକରା, ଆରିଷା, ଅଟକାଳୀ, ଚିତୋଉ ସହ ପ୍ରଶାନ୍ତଙ୍କର ଅନ୍ୟାନ୍ୟ ସବୁ ପ୍ରିୟ ଖାଦ୍ୟ ରାନ୍ଧି ତାଙ୍କୁ ଖୁଆଇବା, ତାଙ୍କ ଦେହରେ ତେଲ ଘଷି ନିଜେ ତାଙ୍କୁ ଗାଧୋଇ ଦେବା, ତାଙ୍କ ପାଇଁ ଗୁଡ଼ି ତିଆରି କରିଦେବା ସବୁଥିରେ ସୀତା ମାଉସୀ ଧୂରନ୍ଧର ଥିଲା। ଆଉ ମଧ୍ୟ ପ୍ରଶାନ୍ତ ସୀତା ମାଉସୀର ସବୁ କ୍ରୋଧ ଓ ଦଣ୍ଡକୁ ସ୍ୱୀକାର କରୁଥିଲେ ଏଇଥିପାଇଁ ଯେ, ଘର ଭିତରେ କେବଳ ତାକୁ ହିଁ ଜଣାଥିଲା ତାଙ୍କର ବଲ୍, ଅଠାକାଠି, ଗୁଡ଼ି, ନଟୁ, ବାଟି, ବାଟୁଲି ସବୁ କେଉଁଠି ଥାଏ।

ଖୁସିଥିଲେ ମାଗିଲା କ୍ଷଣି ସେ ସବୁ ସେ ବଢ଼ାଇ ଦେଉଥିଲା ଯେମିତି, ସେ ରାଗିଗଲେ ଘରୁ ସେ ସବୁ କେମିତି କେଜାଣି କୁଆଡ଼େ ହଠାତ୍ ଅନ୍ତର୍ଦ୍ଧାନ ହୋଇ ଯାଉଥିଲା ମଧ୍ୟ !

ତେବେ ଆଜି ଏ ଅପନ୍ତରାରେ ସୀତା ମାଉସୀ, ଏମିତି... ?

ତା' ହାତରେ ଫୁଲମାଳଗୁଡ଼ିକୁ ଅନେଇଲେ ପ୍ରଶାନ୍ତ।

ତାଙ୍କ ମୁହଁର ପ୍ରଶ୍ନବାଚୀକୁ ବୁଝିପାରି ସୀତା ମାଉସୀ ଉତ୍ତର ଦେଲା- 'ଏଇ ପାଖରେ ମୋ ଗାଁ। ଆଉ ଟିକିଏ ଆଗକୁ ଗଲେ ଯେଉଁ ରେଳପୋଇଟି ଯାଇଛି ତା' ଉପରେ ଏବେ ଗୋଟିଏ ମାଲଗାଡ଼ି ଯିବ। ସେଥିପାଇଁ ପୋଇ ଦୁଇପଟର ବନ୍ଦ ଗେଟ୍ ପାଖରେ ସକାଳର ସବୁ ବସ୍, ଟ୍ରକ୍ ଅଳ୍ପ ସମୟ ପାଇଁ ଅଟକି ରହିବେ। ମୁଁ ସବୁଦିନ ଏତିକିବେଳେ ଫୁଲମାଳ ନେଇ ସେଇଠି ଠିଆ ହୋଇଥାଏ, ଗେଟ୍ ବନ୍ଦ ହେଲେ ଅଟକୁଥିବା ଗାଡ଼ିବାଲାମାନଙ୍କୁ ଫୁଲମାଳ ଗୁଡ଼ିକ ବିକ୍ରି କରିଦିଏ। ଆଜି ତୋର ଗାଡ଼ିକୁ ରାସ୍ତାକଡ଼ରେ ଦେଖି ଭାବିଲି- ଗେଟ୍ ତ ବେଶ୍ ଖଣ୍ଡେ ବାଟ ଆଗରେ ରହିଛି। ଏ ଗାଡ଼ି ଏଇଠି କାହିଁକି ରହିଲା ? ସେ ଯାହାହେଉ, ଫୁଲମାଳଟିଏ ତ ବିକ୍ରି ହୋଇଯିବ। ଦେଖିଲି, ଗାଡ଼ିରେ କେହି ନାହିଁ। ଚାରିଆଡ଼େ ଚାହିଁବାରୁ ତୁ ଏଇଠି ବସିବା ଦେଖିପାରିଲି। ଏ ପର୍ଯ୍ୟନ୍ତ ଆସିବା ପରେ ନା ଜାଣିପାରିଲି, ଏ ଟା ତୁ' ବୋଲି।'

ପ୍ରଶାନ୍ତଙ୍କ କାନରେ ଏସବୁ କଥା ପଡୁଥିଲା କି ନାହିଁ କେଜାଣି, କିନ୍ତୁ ଏତିକି ଅନୁଭବ କରୁଥିଲେ ଯେ ସେ ସୀତା ମାଉସୀକୁ ଦେଖିବା ପରଠାରୁ କିଏ ଯେପରି ତାଙ୍କର କେଉଁ ଅଦୃଶ୍ୟ କ୍ଷତ ଜାଗାରେ ଔଷଧ ଲଗାଇ ଏକ ଅବର୍ଣ୍ଣନୀୟ ଆରାମ ଆଣି ଦେଉଥିଲା।

ତାଙ୍କୁ ଲାଗୁଥିଲା, ସେ ଏଇଠି ଏବେ ବସିପଡ଼ି, ଅଝଟ ଲଗାଇ ଯଦି ଗୋଡ଼ ହାତ ଛାଟି ଛାଟି କାନ୍ଦନ୍ତେ, ତେବେ ଏବେ ବି ବୋଧହୁଏ ସେ ତାଙ୍କୁ ଘୋଷାରି ଘୋଷାରି ଗାଡ଼ି ପର୍ଯ୍ୟନ୍ତ ନେଇ ଯାଆନ୍ତା।

କିନ୍ତୁ ଆହା, ତାଙ୍କ ଉଦଣ୍ଡ ବାଳୁତ ପଣିଆକୁ ମଣ କରୁଥିବା ସେ ସୀତା ମାଉସୀ ଆଜି ଚମ ଧୁଡୁଧୁଡୁ ଦୁର୍ବଳିଆ ବୁଢ଼ୀଟେ ହୋଇ ତାଙ୍କ ଆଗରେ ଠିଆ ହୋଇଛି।

ତା'ର ସେ ସୌଷ୍ଟବ, ସେ କାନ୍ତି କୁଆଡ଼େ ଗଲା ? ସିଧାହୋଇ ଚାଲିପାରୁନି ଯେ ଥର ଥର ହୋଇ ଅଣ୍ଟା ନୁଆଁଇ ଚାଲୁଛି।

ସେମାନେ ବିଲ ଛାଡ଼ି ରାସ୍ତା ଉପରକୁ ଉଠି ଆସିଥିଲେ। ରାସ୍ତାକଡ଼ରେ ପଡ଼ିଥିବା

ଶାଲ୍‌ଟିକୁ ବିନା ପ୍ରଶ୍ନରେ ଗୋଟାଇନେଇ, ଚଉତି ପକାଇ ସେ ନିଜ ହାତରେ ଧରିଲା। 'ତୁ ତ କିଛି ହେଲେ ବଦଳିଲୁ ନାହିଁରେ ବାପ। ସେମିତି ଦୁଷ୍ଟ ହୋଇ ରହିଗଲୁ!'

ପ୍ରଶାନ୍ତ ତା' ମୁହଁକୁ ଚାହିଁଲେ। ଏ ଶୀତରେ ଭଲକରି ଘୋଡ଼େଇ ହୋଇ ଦେହକୁ ଉଷୁମ ଦେବା ପାଇଁ ସେ ପିନ୍ଧିଥିବା ଶାଢ଼ୀର ଯୋଗ୍ୟତା ନାହିଁ। ଅଥଚ ନିଜ ବିଶ୍ରାମ ସମୟରେ ଟିକିଏ ଗଡ଼ପଡ଼ ନହୋଇ ଏଇ ସୀତା ମାଉସୀ ତାଙ୍କ ପାଇଁ ରାତିଦିନ ଲାଗି ଗୋଟା ଗୋଟା ସୁଏଟର ବୁଣୁଥିଲା। ପଛରେ ଗୋଡ଼େଇ ଗୋଡ଼େଇ ଧମକଚମକ ଦେଇ ବା ବାପଧନ କରି ତାଙ୍କୁ ଜବରଦସ୍ତ ସୁଏଟର ପିନ୍ଧାଉଥିଲା ମଧ୍ୟ।

ଗାଡ଼ି ପାଖରେ ପହଞ୍ଚି ପ୍ରଶାନ୍ତ ସୀତା ମାଉସୀକୁ ଗାଡ଼ିରେ ବସାଇଲେ। ମାଟି ସଡ଼କ ଉପରେ ଧୂଳି ଉଡ଼ାଇ ଶେଷରେ ଯେଉଁ କୁଡ଼ିଆଟି ଆଗରେ ସେ ତା'ରି ନିର୍ଦ୍ଦେଶରେ ଗାଡ଼ି ରଖିଲେ, ତାକୁ ଦେଖି ତାଙ୍କୁ ଲାଗିଲା, ଧଡ଼ାସ୍ କରି ଚଟକଣାଟିଏ ତାଙ୍କ ଗାଲରେ କିଏ କଷି ଦେଲାକି ଆଉ?

ମା'ଠାରୁ ଅଧିକ ସେବା, ମା' ସମାନ ମମତା ଦେଇ, ତାଙ୍କରି ହିଁ ଯତ୍ନ ନେବାରେ ନିଜ ଜୀବନର ଶ୍ରେଷ୍ଠ ସମୟତକ ଅଜାଡ଼ି ଦେଇଥିବା ଏଇ ନାରୀଟି ନିଜ ସେବା, ମମତା, ଯତ୍ନ ବଦଳରେ କ'ଣ ପାଇଲା?

ସତୁରୀ କି ବାସ୍ତରୀ ବର୍ଷର ଜରାଜୀର୍ଣ୍ଣ ଦେହକୁ ବୋହି ଏ ଫୁଲ ସବୁ ତୋଳିବାକୁ ସେ କେତେ କ'ଣ ଅରମା ଲଟାବୁଦା ବୁଲୁନଥିବ!

ଆଉ ଥର ଥର ହାତରେ ପେଜୁଆ ଆଖିରେ କେମିତି ସୂତାକୁ ଛୁଞ୍ଚି ଭିତରେ ପୂରାଉ ଥିବ!

କେତେ ସମୟ ବା ସେ ଲେଭଲ୍ କ୍ରସିଂ ପାଖରେ ଗାଡ଼ି, ବସ୍ ସବୁ ଅଟକୁଥିବ ଯେ ଏ ଟ୍ରକ୍‌ରୁ ସେ ଟ୍ରକ୍, ଏ ବସ୍‌ରୁ ସେ ବସ୍‌ର ଦୂରତାମାନଙ୍କୁ ଡେଇଁ କେତୋଟି ଯାନବାହନ ପାଖରେ ସେ ପହଞ୍ଚି ପାରୁଥିବ!

ଟ୍ରେନ୍‌ର ଘର୍ଘର ଶବ୍ଦ, ବସ୍, ଟ୍ରକ୍‌ର ଇଞ୍ଜିନ୍ ଶବ୍ଦକୁ ଅତିକ୍ରମ କରି ତା'ର କ୍ଷୀଣ ସ୍ୱର, କେତେଟା ଡ୍ରାଇଭରର ଶ୍ରୁତି ଆକର୍ଷଣ କରିପାରୁଥିବ?

ଆଉ ମାଳ ପିଛା କେତେ ପଇସା ବି ଏମିତି ସେ ପାଉଥିବ ଯେ ପେଟପୂରା ଦୁଇମୁଠା ଖାଇ ପାରୁଥିବ?

ସେଥିପାଇଁ ଏମିତି କଙ୍କାଳସାର ହୋଇଛି ତା'ର ରୂପ!

ମୁଣ୍ଡକୁ ଯଥେଷ୍ଟ ନୁଆଁଇ କୁଡ଼ିଆ ଭିତରେ ପଶିଲେ ପ୍ରଶାନ୍ତ।

କୁଡ଼ିଆ ତ ନୁହଁ, ଗୁହାଳଟାଏ, କିନ୍ତୁ ଚାରିପଟ ବେଶ୍ ସଫାସୁତୁରା। ମାଟି

ଗୋବର ଲିପି ଗୁହାଳ ପରି ଜାଗା ଖଣ୍ଡକୁ ଘରର ମର୍ଯ୍ୟାଦା ଦେଇ ଚକଚକ କରି ରଖିଛି ସୀତା ମାଉସୀ। ଘର ଚାରିପଟେ ମଖମଲି ଗଛ। ଫୁଲରେ ଲଦିହୋଇ କେତେ କମନୀୟ ଦିଶୁଛି। ଶିମ୍ବ ଲଟାଟିଏ ଚାଳରେ ମାଡ଼ି ଫୁଲଫଳରେ ନଇଁ ପଡୁଛି।

ଚରମ ଦାରିଦ୍ର୍ୟ ଭିତରେ ପ୍ରଶାନ୍ତିର ଏକ ସ୍ନିଗ୍ଧ ମଧୁର ବାତାବରଣ ଚାରିଆଡ଼େ ଖେଳି ବୁଲୁଛି କିନ୍ତୁ।

ସପଟିଏ ଆଣି ତାଙ୍କ ଆଗରେ ପକାଇଦେଲା ସୀତା ମାଉସୀ।

ବିହ୍ୱଳ ହୋଇ ଥରେ ସପକୁ ଓ ଥରେ ତା' ମୁହଁକୁ ଚାହିଁଲେ ସେ। ସତେ ଅବା ନୀରବରେ ପଚାରୁଥିଲେ- ହସ୍ତଲିଖନ ଲେଖିବାକୁ କହିବୁନି ତ ଆଉ! ଫିକ୍ କରି ହସଟିଏ ସୀତା ମାଉସୀ ଓଠରେ ଖେଳିଗଲା ତା'ର ଉତ୍ତରଟିଏ ପରି।

ଚକାମାଡ଼ି ସପ ଉପରେ ବସିପଡ଼ିଲେ ସେ। 'ମାଉସୀ, ବଡ଼ ଭୋକ।'

ଭୁଲିଗଲେ ଯେ ସକାଳୁ ବ୍ରଶ୍ କରିନାହାନ୍ତି।

'ଦାନ୍ତ ଘଷିଛୁ?'

'ଏଁ! ନାଇଁ ଥାଉ। ଆଜି ଆଉ ଘଷିବି ନାହିଁ। ସେ ଚୁଲୀ ଉପରେ କ'ଣ ରଖିଛୁ?'

ସପ ଉପରୁ ଉଠି ସେପାଖକୁ ଯାଇ ହାଣ୍ଡି ଉପରୁ ଘୋଡ଼ଣୀଟି କାଢ଼ିଦେଲେ ସେ। ଭିତରର ପଦାର୍ଥକୁ ଚିହ୍ନିପାରିଲେ ନାହିଁ। କିନ୍ତୁ ପାଟିରୁ ବାହାରି ପଡ଼ିଲା- 'ଆରେ, ଏ ଅଟକାଳୀ ନା?'

ସୀତା ମାଉସୀର ମୁହଁଟା କଳା ପଡ଼ିଗଲା।

କହିଲା- 'ଅଟକାଳୀ କେଉଁଠୁ ପାଇବିରେ ବାପ?' ପୁଣି ସଙ୍ଗେ ସଙ୍ଗେ ନିଜକୁ ସମ୍ଭାଳିନେଇ ସ୍ୱର ବଦଳାଇ କହିଲା- 'ଚାଲ୍, ଚାଲ୍, ହେଇ ସେଇଠି ଦାନ୍ତକାଠି ଥୁଆ ହୋଇଛି। କୁଣ୍ଡରେ ପାଣି ରହିଛି। ଯା', ତୁ ଦାନ୍ତ ଘଷ, ମୁଁ ସଙ୍ଗେ ସଙ୍ଗେ ଆସୁଛି।'

ପ୍ରଶାନ୍ତ ବୁଝିପାରିଲେ ସୀତା ମାଉସୀର ଆଦେଶକୁ ଅମାନ୍ୟ କରିବାର ଶକ୍ତି ଆଜିବି ତାଙ୍କ ପାଖରେ ନାହିଁ।

ଅଗଣାର କୁଣ୍ଡ ପାଖକୁ ଯାଇ ଅନଭ୍ୟସ୍ତ ହାତରେ ଦାନ୍ତକାଠିରେ ଜିଭ ଛେଲୁ ଛେଲୁ, ପୁଳାଏ ଛେଳି ହୋଇଗଲା। ଭିତରେ ଟିଣ ଡବାର ଖୁଚୁରା ପଇସାର ଠଣ୍ ଠଣ୍ ଶବ୍ଦ ଶୁଭୁଛି।

ହୁଏତ ତାଙ୍କୁ କପ୍‌ଟିଏ ଚାହା ଦେବା ପାଇଁ ଆଜି କେଜାଣି ନିଜର କେତେ ଦିନର ସଞ୍ଚୟକୁ ସୀତା ମାଉସୀ ଖର୍ଚ୍ଚ କରିଦେବାକୁ ବସିଛି !

ମୁହଁ ଧୋଇ ପୁଣି ସପ ଉପରେ ଆସି ବସିଲେ ସେ । ତାଙ୍କ ଗାଡ଼ିଟାକୁ ଘେରି, ସାରା ଗାଆଁର ସବୁ ଲଙ୍ଗଳା, ଅର୍ଦ୍ଧଲଙ୍ଗଳା ପିଲା ଠିଆ ହୋଇଛନ୍ତି । ଗୋଟାଏ ଦୁଇଟା ବୟସ୍କ ଲୋକଙ୍କ ମୁହଁ ମଧ୍ୟ ବାଡ଼ ଫାଙ୍କରେ ଦିଶୁଛି ।

କିନ୍ତୁ ଏ ସୀତା ମାଉସୀ ଗଲା କୁଆଡ଼େ ? ଘରେ ନାହିଁ ତ ?

ଗାଡ଼ି ଚାରିପଟର ଦର୍ଶକମାନଙ୍କୁ ଦୂର ଦୂର, ମାର୍ ମାର୍ କରି କରି ତାଟି କବାଟଟିକୁ ଠେଲି ସୀତା ମାଉସୀ ବାହାରୁ ଆସିଲା । ହାତରେ ଏତେ- ବଡ଼ ରସଗ୍ଲାସ୍‌ରେ ଗ୍ଲାସ୍ ଭର୍ତ୍ତି କ୍ଷୀର ଓ ପୁଡ଼ିଆରେ ଚିନି ବୋଧହୁଏ ।

'କ'ଣ କିଣିବାକୁ ଯାଇଥିଲୁ କି ମାଉସୀ ? ମୋତେ କହିଲୁ ନାହିଁ ? ମୁଁ ଯାଇଥାନ୍ତି ।'

'ସେ କିଛି ନୁହଁ, ତୋତେ ଭୋକ ହେଲାଣି, ବସ୍ ଖାଇବୁ ।'

ପ୍ରଶାନ୍ତଙ୍କୁ ଦେଖିବା ପରଠାରୁ ସୀତା ମାଉସୀର ବଳ ସବୁ କୁଆଡ଼ୁ ଫେରିଆସିଲା ବୋଧହୁଏ । ତା'ର ସ୍ଫୂର୍ତ୍ତି ଏ ସତେଜତାର କାରଣ ବର୍ତ୍ତମାନ ତାଙ୍କର ଏ ଉପସ୍ଥିତି । ଏକଥା ପ୍ରଶାନ୍ତ ମର୍ମେ ମର୍ମେ ବୁଝି ପାରୁଥିଲେ ।

ସେ ହାଣ୍ଡିରେ କ'ଣ ଥିଲା କେଜାଣି, ସେଥିରେ ସବୁତକ କ୍ଷୀର ଢାଳିଦେଇ ପୁଡ଼ିଆରୁ ଚିନିତକ କାଢ଼ି ଗୋଳାଇ ଦେଲା ମାଉସୀ । କାନିଗଣ୍ଠିରୁ ଅଳେଇଚଟିଏ ବାହାର କରି ଛେଚି ସେଇଥିରେ ପକାଇ ପଥୁରୀ ପିଞ୍ଚାଟିଏରେ ଭର୍ତ୍ତି କରି ଆଣି ସେତକ ପରଷି ଦେଲା ତାଙ୍କ ଆଗରେ । ନିଜେ ତାଙ୍କ ପାଖକୁ ଲାଗି ସପ ଉପରେ ବସି ପଡ଼ିଲା ପ୍ରଶାନ୍ତଙ୍କ ପିଠିକୁ ଆଉଁସି ଆଉଁସି ।

କ'ଣ ସେ ଖାଉଛନ୍ତି, ସେ କି' ପଦାର୍ଥ, କାହିଁରେ ତିଆରି, ଜାଣିବାକୁ ଇଚ୍ଛା ନଥିଲା ପ୍ରଶାନ୍ତଙ୍କର । ହଠାତ୍ ଏମିତି ଭୟଙ୍କର କ୍ଷୁଧା ସେ ବିଗତ କାହିଁ କେତେ ବର୍ଷ ହେଲା ଅନୁଭବ କରିନଥିଲେ । ପ୍ରତିଦିନ ସକାଳୁ ଦୁଇଖଣ୍ଡ ଜାଗାରେ ତିନିଖଣ୍ଡ ସାଣ୍ଡୱିଚ୍ ଯିଏ ଖାଇପାରେନା, ଆଜି ସେ ପିଞ୍ଚାକ ଯାକ ଖାଦ୍ୟ ସବୁତକ ଆଙ୍ଗୁଠି ବୁଡ଼ାଇ ଦୁଇ ମିନିଟ୍‌ରେ ଶେଷକରି ପୁଣି ଆଙ୍ଗୁଠିକୁ ଚାଟୁଥିଲେ ।

ଆଉ ଭାବୁଥିଲେ ତାଙ୍କୁ ଏ ପେଟପୂରା ପ୍ରାତଃ ଭୋଜନଟି ଦେବାର ଅପରାଧରେ ସୀତା ମାଉସୀକୁ ଆଜି ସାରାଦିନ ଉପବାସରେ ରହିବାକୁ ପଡ଼ିବ ବୋଧହୁଏ !

ସବୁ ଖାଇ ସାରିବା ବେଳକୁ ଶୀତ ସକାଳରେ ମଧ୍ୟ ମୁହଁରେ ତାଙ୍କର ଟୋପି

ଟୋପି ଝାଳ ଜମି ଯାଇଥିଲା। ଖାଇବାବେଳେ ଏମିତି ଝାଳେଇବା ତାଙ୍କର ସବୁଦିନିଆ ଲକ୍ଷଣ। କୁର୍ତ୍ତା ପକେଟ୍‌ରୁ ରୁମାଲ୍ କାଢ଼ିବାବେଳକୁ ସୀତା ମାଉସୀ ଆପଣା କାନିରେ ତାଙ୍କ ମୁହଁଟିକୁ ପୋଛି ଆଣିଲା। 'କେଡ଼େ ଦୁର୍ବଳ ହୋଇ ଯାଇଛୁରେ ବାପ, ଖିଆପିଆ କରୁନୁ କିରେ?'

ଥରେ ଆପଣାର ସୁଢଳ ଚେହେରାକୁ ଓ ଆଉ ଥରେ ତା'ର କଙ୍କାଳସାର ଦେହକୁ ଅନାଇ ପ୍ରଶାନ୍ତ ଖାଲି ଟିକେ ହସିଦେଲେ। ଆପଣାର ସେ ହସ ସହସ୍ର ଛୁଞ୍ଚିରେ ପରିଣତ ହୋଇ ତାଙ୍କ ନିଜର ସର୍ବାଙ୍ଗରେ ଟୁପ୍‌ଟାପ୍ ହୋଇ ଗଳିଗଲା କି ଆଉ?

ଲମ୍ବା ଓଉଡ଼ିଟି ମାରି ସୀତା ମାଉସୀର କାନିରେ ମୁହଁଟାକୁ ଭଲକରି ପୋଛି ପ୍ରଶାନ୍ତ କହିଲେ- 'ମାଉସୀ, ଚାବି କାହିଁ?'

'ଚାବି? କି ଚାବିରେ?'

'ଏଇ ଘରେ ପକାଇବାକୁ। ତୁ ଯେତେବେଳେ ଫୁଲ ତୋଳିବାକୁ କି ମାଳ ବିକିବାକୁ ଯାଉ, ଘରେ ଚାବି ଦେଉନୁ?'

ହସିଲା ମାଉସୀ। 'କ'ଣ ଅଛି ଯେ ଏ ଘରେ, ଚାବିଟେ ଦେବିରେ ବାପ? ଶିକୁଳୀ ବାହାରୁ ଲଗାଇଦେଲେ ଚଳେ।'

'ହଉ, ଏବେ ସେମିତି ଲଗାଇ ଦେଇ ଆ, ଘରକୁ ଯିବା, ଏବେ ନରେନ୍ଦ୍ରପୁରରେ ନାନୀ, ଭାଇନା ହେରିକା ସମସ୍ତେ ଆସିଛନ୍ତି। ତୁ ମୋ ସ୍ତ୍ରୀ, ମୋ ପିଲାମାନଙ୍କୁ ଟିକିଏ ଦେଖିବୁ ନାହିଁ?'

ଆନନ୍ଦରେ ଝକମକ ଦିଶିଲା ସୀତା ମାଉସୀର ମୁହଁ। 'ମୋର ଧନ, ମୋର ବାପ', ବୋଲି ଆଉଁସି ଅଣ୍ଡାଳି ପକାଇଲା ସେ ପ୍ରଶାନ୍ତଙ୍କୁ।

ପ୍ରଶାନ୍ତଙ୍କୁ ଡର ମାଡ଼ିଲା। ଏତେବେଳ ଯାଏ ତାଙ୍କ ଆଖି ଆରପଟେ ସେ ଅଟକାଇଥିବା ଲୁହ କାଳେ କଥା ନ ମାନି ଟଳମଳ ହୋଇ ଝରିପଡ଼ିବ। ଓଠକୁ କାମୁଡ଼ି ସେ ମାଉସୀର ଶିକୁଳି ଲଗାଉଥିବା ହାତ ଉପରେ ହାତ ରଖିଲେ।

'ମାଉସୀ, ଏଇ ଘରକୁ ଏବେ ମୁଣ୍ଡିଆଟିଏ ମାରିଦେ। ଆଉ କେବେ ତୁ ଏଠିକୁ ଆସିବୁ ନାହିଁ। ତୋତେ ମୁଁ ମୋ ପାଖକୁ ନେଇଯିବି, ଆମେରିକା।'

କରୁଣ ହସଟିଏ ମାଉସୀର ମୁହଁରେ ଖେଳିଗଲା। ତା' ହାତ ପାଉଥିଲେ ପ୍ରଶାନ୍ତଙ୍କ ମୁଣ୍ଡରେ ସେ ହାତକୁ ବୁଲାଇ ଆଣିଥାନ୍ତା। କିନ୍ତୁ ଏବେ ତାଙ୍କ ପିଠିକୁ ଆଉଁସି ଦେଇ ଥରଥର କଣ୍ଠରେ କହିଲା- 'ବାପରେ, ତୁ ତ କିଛି ବି ବଦଳିନୁରେ ଧନ,

କେଉଁଠୁ ପିଜୁଳିଟାଏ ପାଇଲେ ତୁ ନିଜେ ନ ଖାଇ, ବୋଉକୁ ତୋର ନଦେଇ ଆଣି ମୋ ହାତରେ ଦେଉଥିଲୁ। ମୋ ବାପା, ମୁଁ ତ ଏଇଠି ଭଲରେ ଅଛି। ଆଉ ମରିବାକୁ କାହିଁକି ଆମେରିକା ଯିବି କହିଲୁ, କାହିଁକି ଆଉ ତୁ ମୋ ପାଇଁ ହଇରାଣ ହେବୁ, ତୋ ସ୍ତ୍ରୀ ତୋ ପିଲାମାନେ...'

ଖପ୍ କରି ତା' ପାଟିରେ ହାତଟା ଆପିଦେଲେ ପ୍ରଶାନ୍ତ- 'ହଁ, 'ମୋ' ସ୍ତ୍ରୀ, 'ମୋ' ପିଲାମାନେ? ତୋର କ'ଣ କିଛି ନୁହନ୍ତି? ତୁ ଚାଲିବୁ ନା, ମୁଁ ଏଇଠି ବସିପଡ଼ି ଏଇ ମାଟିଗୁଡ଼ା ନେଇ ମୋ ମୁଣ୍ଡରେ ବୋଳି ଦେବି କହ?'

କହୁ କହୁ ପ୍ରଶାନ୍ତ ସେଇଠି ସେଇ ମାଟି ଅଗଣାରେ ଗୋଡ଼ ଲମ୍ବାଇ ବସିପଡ଼ିଲେ। ଆପଣା ଓଠ କାମୁଡ଼ି ଲୁହକୁ ଅଟକାଇବା ଏବେ ନିରର୍ଥକ ମନେହେଲା ତାଙ୍କୁ। ଟପ୍‌ଟପ୍ ଲୁହ ତାଙ୍କ ଆଖିରୁ ଝରି ପଡ଼ିଲାବେଳକୁ ଅଣ୍ଟାଳି ଅଣ୍ଟାଳି ତଳର ଧୂଳିମାଟି ଗୁଡ଼ାକୁ ହାତ ତାଙ୍କର ମୁଠାଇ ଧରିଥିଲା ସେତେବେଳେ!

ତାଙ୍କ ହାତ ଉପରେ ନିଜର ଥର ଥର ହାତକୁ ଚାପି ଧରି ସୀତା ମାଉସୀ ମଧ୍ୟ ସେଇଠି ବସିପଡ଼ିଲା। ତାଙ୍କ ପିଲାଦିନ ସାରା ତାଙ୍କୁ କନ୍ଦାଇଥିବା, ଦଣ୍ଡ ଦେଇ ଡରାଇଥିବା, ହଇରାଣ କରିଥିବା, ତାଙ୍କର ପରମ ଶତ୍ରୁ ସୀତା ମାଉସୀ ଯେ କାନ୍ଦିଲେ ଏତେ କରୁଣ, ଏତେ ଅସହାୟ ଦିଶିପାରେ, ଲୁହର ପର୍ଦ୍ଦା ଭିତରୁ ସେ କଥା ଆବିଷ୍କାର କରି ସେଦିନ ହୋଇଥିଲେ ପ୍ରଶାନ୍ତ ଖୁସିରେ ହେଣ୍ଡିମାରି ନାଚିଥାନ୍ତେ ନିଶ୍ଚୟ। ଆଜି କିନ୍ତୁ ଏ ଦୃଶ୍ୟ ତାଙ୍କ ଆଖିର ସଜଳ ପର୍ଦ୍ଦାକୁ ଆହୁରି ମୋଟା କରିଦେଲା। ସବୁକିଛି ଅଦୃଶ୍ୟ ହେବା ପର୍ଯ୍ୟନ୍ତ।

ତିନି ସପ୍ତାହ ପରେ ମାନହାଟ୍ଟାନ୍‌ର ଆପଣା ଆପାର୍ଟମେଣ୍ଟରେ ପହଞ୍ଚିବାର ପ୍ରଥମ ରାତିରେ, ନିଶ୍ଚିନ୍ତରେ ଶୋଇଥିବା ସୀତା ମାଉସୀଙ୍କ ଦେହ ଉପରେ କମ୍ବଳଟିକୁ ଭଲ କରି ଘୋଡ଼ାଇଦେଇ ଅଞ୍ଜୁ ସେ କୋଠରୀର ଆଲୁଅ ଲିଭାଇଦେଲା। ନିଜ ଶୋଇବା ଘରେ ପଶି ଦେଖିଲା ପ୍ରଶାନ୍ତ ମଧ୍ୟ ଆଲୁଅ ଲିଭାଇ ଦେଇ ଶୋଇବାର ଉପକ୍ରମ କରୁଛନ୍ତି।

ଆଶ୍ଚର୍ଯ୍ୟ !!

ଯେତେ କ୍ଳାନ୍ତ ହୋଇଥିଲେ ବି ଶୋଇବା ଆଗରୁ କମ୍‌ସେ କମ୍ ସେଦିନର ଖବରକାଗଜଟିକୁ ଭଲ ଭାବରେ ଥରେ ପଢ଼ିବା ପ୍ରଶାନ୍ତଙ୍କର ଅଭ୍ୟାସ।

'କ'ଣ ଆଜି ବେଶି ଥକି ଯାଇଛ କି? କିଛି ପଢ଼ାପଢ଼ି ନ କରି ଶୋଇଯାଉଛ ଯେ?' ଅଞ୍ଜୁ ପଚାରିଲା।

ତକିଆ ଉପରେ ନିଜ ମୁଣ୍ଡଟାକୁ ଆରାମରେ ଥାପିଦେଇ ଆଖିବୁଜି ପ୍ରଶାନ୍ତ କହିଲେ, 'ଆଜି ପୁଣି ବୋଉ ଆସିବ ତ ସ୍ୱପ୍ନରେ, ସେଥିପାଇଁ ଜଲ୍‌ଦି ଶୋଉଛି। ଡେରିହେଲେ କାଳେ ରାଗିବ।'

ତା'ପରେ ଆଖି ଖୋଲି ପୁଣି କହିଲେ, 'ଅଞ୍ଜୁ, ଆଜି ଯଦି ସେ ମୋ ମୁଣ୍ଡକୁ ହସି ହସି ଆଦରରେ ସାଉଁଳି ନଦେଇଛି, ମୁଁ ତା'ର ବାପ ନୁହଁ!!'

■

ସେହି ଦୃଶ୍ୟଟି

୧୯୯୨

କ'ଣ ଗୋଟାଏ ଦୁଃସ୍ୱପ୍ନ ଦେଖି ନିଦଟା ଚାଉଁକରି ଭାଙ୍ଗିଗଲା ସାନ୍ତ୍ୱନାଙ୍କର। ଗଳା ଶୁଖି ଅଠା ଅଠା ଲାଗୁଛି। ଜୁନ୍ ମାସର ଅସହ୍ୟ ଗରମ ମଧ୍ୟ ପରିବେଶଟିକୁ ଅସ୍ୱସ୍ତିକର କରି ତୋଳିଛି। ପାଖକୁ ଚାହିଁଲେ ସେ। ସୁଜିତ ବିଛଣାରେ ନାହାନ୍ତି। ଗାଧୂଆ ଘରକୁ ଯାଇଥିବେ ବୋଧହୁଏ।

ଖଟ ପାଖରେ ଟେବୁଲ୍ ଘଡ଼ିରେ ରାତି ମାତ୍ର ତିନିଟା। ପାଣି ଟିକିଏ ପିଇ ଦେଇ ଆସିଲେ ହେବ। ଆଉ ଦୁଇ ତିନିଘଣ୍ଟା ଶୋଇ ହେବ।

ଶୋଇବା ଘରୁ ମଝିଘରକୁ ଆସିଲେ ସେ। ଏଇ ଘରେ ଫ୍ରିଜ୍‌ଟା ଥାଏ। ଚାରିଆଡ଼େ କେମିତି ଶୂନ୍‌ଶାନ୍, ନିଃଶବ୍ଦ। ମନେ ମନେ ହସିଲେ ସେ। ବେଳେବେଳେ ରାତିରେ ହଠାତ୍ ଉଠିଗଲେ କେମିତି କେମିତି ଲାଗେ, ଗୋଳମାଳିଆ। କିଛି ବୁଝି ନ ହେବା ପରି। ସତେ ଯେପରି ନିଜ ନିଦ ସିନା ଭାଙ୍ଗି ଯାଇଥାଏ, ମସ୍ତିଷ୍କର ନିଦ କିନ୍ତୁ ଭାଙ୍ଗି ନଥାଏ।

ମଝିଘରେ ପାଦ ଦେବା ପୂର୍ବରୁ ସେ ଅଟକି ଗଲେ। ପାଖରେ ଆଉ ଏକ ଛୋଟିଆ କୋଠରୀଟିଏ, ସେଥିରେ ଚାକରାଣୀଟି ଶୁଏ। ପନ୍ଦର ଷୋଳ ବର୍ଷର ଝିଅ। ଦୁଇ ତିନି ଦିନ ହେଲା ଆସିଛି। ତା' କୋଠରୀ କବାଟ ଅଳ୍ପ ମେଲା।

କାହିଁକି କେଜାଣି ତା' କୋଠରୀ ପାଖକୁ ଟାଣି ହୋଇ ସେ ଚାଲି ଆସିଲେ। ଦୁଆର ମୁହଁରେ ଠିଆ ହୋଇ ସେ କ'ଣ ଦେଖିବାକୁ ଚାହିଁଥିଲେ କେଜାଣି ବଜ୍ର ପଡ଼ିବା ପରି ଚମକି ପଡ଼ିଲେ। ସବୁ ତନ୍ଦ୍ରାଚ୍ଛନ୍ନ ଅବସ୍ଥା ତାଙ୍କର କଟିଗଲା, ସତେ ଯେମିତି ତାଙ୍କ ସୁପ୍ତ ମସ୍ତିଷ୍କ ବି ଗାଢ଼ ନିଦ ଛାଡ଼ି ଧଡ଼ପଡ଼ ହୋଇ ଉଠିବସିଲା। ଆଖି ବିସ୍ଫାରିତ ହୋଇଗଲା। ମୁହଁରୁ ଶବ୍ଦଟିଏ ମଧ୍ୟ ବାହାରିଲା ନାହିଁ।

ଚାକରାଣୀଟି ନିଶ୍ଚିନ୍ତରେ ତଳେ ସପ ଉପରେ ଗାଢ଼ି ନିଦରେ ଶୋଇଥିଲା। ସେ କିନ୍ତୁ ଏକୁଟିଆ ନଥିଲା। ତା' ଅଗୋଚରରେ ତା' ପାଖରେ ଯିଏ ଶୋଇଥିଲା ସେ ଜାଗ୍ରତ ଥିଲା।

ସାନ୍ତ୍ୱନା ଫେରି ଆସିବାକୁ ବାଟ ପାଇଲେ ନାହିଁ। ଚଟ୍ କରି ବୁଲି ପଡ଼ିବା ବେଳକୁ କେଉଁଥିରେ କେଜାଣି ଧକ୍କା ଖାଇଲେ। ସେଥିରେ ଯେଉଁ ସାମାନ୍ୟ ଶବ୍ଦ ହେଲା ସେଥିରେ ନିଜେ ବୁଲିପଡ଼ି ଦେଖିଲେ ଶୋଇଥିବା ବ୍ୟକ୍ତିଟି ବି ଚମକି ପଡ଼ି ଚାହିଁଲା। ଚାରିଆଖି ଏକାଠି ହେଲା। ସାନ୍ତ୍ୱନା ପୁଣି ବୁଲିପଡ଼ି ଦଉଡ଼ି ଆସି ତକିଆରେ ମୁହଁ ମାଡ଼ି ଶୋଇ ପଡ଼ିଲେ।

ସୁଜିତଙ୍କ ବିଛଣା ତଥାପି ଖାଲି ଥିଲା।

ପରେ ପରେ ସୁଜିତ୍ ବିଛଣାକୁ ଫେରି ଆସିଲେ। କିଛି କହିଥାନ୍ତେ ବୋଧହୁଏ ସାନ୍ତ୍ୱନାଙ୍କୁ। କିନ୍ତୁ ଦୁହିଁଙ୍କ ମଝିରେ ଶୋଇଥିବା ପୁଅ ସେତେବେଳେ ଉଠି ପଡ଼ିଲା 'ମା' ପାଣି ପିଇବି।'

'ଆଣୁଛି' କହି ପୁଣି ସାନ୍ତ୍ୱନା ବିଛଣାରୁ ଉଠିଲେ। ଏଥର ମଝି ଘରର ଫ୍ରିଜ୍ ପର୍ଯ୍ୟନ୍ତ ଗଲେ। ଆଖି ଚାକରାଣୀର କୋଠରୀ ଉପରକୁ ଘୂରି ଆସିଲା। ସେ ସେମିତି ଶୋଇଛି। ତାକୁ କେନ୍ଦ୍ରକରି ଏ ଘରେ ବିଗତ ଦଶବର୍ଷ ଧରି ଗଢ଼ା ହୋଇଥିବା ଗୋଟିଏ ସୁନାର ସଂସାର ଏଇ କେତେ ମିନିଟ୍ ତଳେ ଯେ ଛାରଖାର ହୋଇଯାଇଛି ସେ କଥା ସେ ବା ଜାଣିବ କାହିଁକି ?

ଫ୍ରିଜ୍‌ରୁ ପାଣି ବୋତଲ କାଢ଼ି ଗ୍ଲାସ୍‌ରେ ଢାଳି ପୁଅ ହାତକୁ ବଢ଼ାଇ ଦେଲେ। ଦେଖିଲେ ସୁଜିତ୍ ଉପରକୁ ଚାହିଁ କ'ଣ ଭାବୁଛନ୍ତି। ପୁଅ ଶୋଇ ପଡ଼ିଲେ ହୁଏତ ପାଖକୁ ଆସି ସେ କିଛି କହିବେ। କ'ଣ ଆଉ କହିବେ, କିଛି ସଫାଇ ଦେବେ।

କ'ଣ ଦରକାର ଏ ସଫାଇରେ ?

ପୁଅକୁ କୋଳକୁ ଟାଣିନେଇ ତାକୁ ଶୁଆଇ ତା' ପାଖରେ ସେ ପୁଣି ଶୋଇ ପଡ଼ିଲେ।

ଆଖ ବନ୍ଦ କଲେ ସେଇ ଦୃଶ୍ୟ।

ସୁଜିତଙ୍କର ଚମକି ପଡ଼ି ମୁଣ୍ଡ ଟେକି ଚାହିଁବାର ଦୃଶ୍ୟ।

ଚାରିଆଖି ଏକାଠି ହେବାର ଦୃଶ୍ୟ।

ସାନ୍ତ୍ୱନାଙ୍କ ମୁଣ୍ଡ ଭିତରେ ଅଣଚାଶ ପବନ ସୁ' ସା' କରି ବୋହିବାରେ ଲାଗିଥିଲା।

ଦଶବର୍ଷ ତଳେ ଏମିତି ଦୁଇଜଣଙ୍କର ଚାରିଚକ୍ଷୁର ମିଳନ ଘଟିଥିଲା। ଅତି ସ୍ୱାଭାବିକ ସ୍ଥାନରେ, ସ୍ୱାଭାବିକ ଭାବରେ। କିନ୍ତୁ ସୁଜିତଙ୍କର କ'ଣ ହୋଇଥିବ କେଜାଣି ସାନ୍ତ୍ୱନାଙ୍କର ସେଇ ଦିନ ନିଜତ୍ୱ ହଜି ଯାଇଥିଲା।

ତା'ପରେ ମାତ୍ର ମାସେ କେତେ ଦିନର ସଂପର୍କ।

ଏଇ କେତୋଟି ଦିନର ପ୍ରତିଟି ଘଣ୍ଟା ପ୍ରତିଟି ମିନିଟ୍‌ର ସ୍ମୃତି ସାନ୍ତ୍ୱନାଙ୍କର ମାନସ-ଆଲ୍‌ବମ୍‌ରେ ଆଜି ପର୍ଯ୍ୟନ୍ତ ସାଇତା।

ଏଇ ସୁଜିତ୍ ଆସିଲେ।... ଦୁହିଁଙ୍କ ପରିଚୟ... ପ୍ରଥମ ଚାହାଣୀ... ଦୁହିଁଙ୍କର ଅଳ୍ପ ମାପ ଚୁପ୍ କଥା... ପୁଣି ତା'ପରଦିନ ଦେଖା... ସେମିତି ଅଳ୍ପ ସମୟ ପାଇଁ ଅଳ୍ପ କଥାବାର୍ତ୍ତା ନେଇ... ପୁଣି ଦୁଇଦିନ ପରେ...।

ଏ ଭିତରେ କିଏ କେତେବେଳେ ହୃଦୟରେ ପ୍ରୀତିର ମଞ୍ଜିଟିଏ ପୋତି ଦେଇଛି ସାନ୍ତ୍ୱନା ତ ଜମା ଜାଣିପାରି ନାହାନ୍ତି। ଆଉ ସେ ମଞ୍ଜି ପୁଣି ଏତେ ଜଲ୍‌ଦି ଚାରାରୁ ବୃକ୍ଷ ହୋଇ ଫୁଲ ଫୁଟିଗଲା!

କାଲେଣ୍ଡରକୁ ଚାହିଁ ଚମକି ପଡ଼ିଲେ ସାନ୍ତ୍ୱନା। ହଁ ଜୁନ୍ ଉଣେଇଶ। ଆଜିର ତାରିଖରେ ହିଁ ଏମିତି ଏକ ରାତ୍ରିରେ ତାଙ୍କ ପ୍ରୀତି ବୃକ୍ଷକୁ ସ୍ୱୀକୃତି ମିଳିଥିଲା। ମାସେ କେଇ ଦିନର ପ୍ରୀତି ଚାରାରେ ଫୁଲ ଫୁଟାଇ ଏମିତିକା ଏକ ଜୁନ୍ ଉଣେଇଶରେ ଅଗ୍ନିଙ୍କୁ ସାକ୍ଷୀ କରି ସେ ସୁଜିତଙ୍କ ପାଖରେ ନିଜକୁ ଅର୍ପଣ କରି ଦେଇଥିଲେ। ଜୁନ୍ ଉଣେଇଶ ତାଙ୍କର ବିବାହ ଓ ବାସର ଉଭୟ ଥିଲା।

ଏହାପରେ ଦଶବର୍ଷ ବିତିଯାଇଛି। ସାନ୍ତ୍ୱନା ଜାଣନ୍ତି କିମିତି ପରିଶ୍ରମ କରିବାକୁ ହୋଇଛି ତାଙ୍କୁ ତାଙ୍କ ସଂସାରଟିକୁ ସୁଖରେ ସ୍ୱଚ୍ଛନ୍ଦରେ ଚଳାଇ ନେବାକୁ। ଜଣେ ଉତ୍ତମ ସ୍ୱାମୀ ଭାବରେ କେଉଁ ଗୁଣରେ ସୁଜିତ୍‌ଙ୍କୁ ଟପିବାକୁ କେହି ନଥିଲେ। ଚିତ୍କାର କରି ପାଟିତୁଣ୍ଡ କରିବା, କଳି ଝଗଡ଼ା କରିବା, ନିଜ ଆତ୍ମୀୟସ୍ୱଜନଙ୍କ ପାଇଁ ସ୍ତ୍ରୀର ସୁଖରେ ବାଧାଦେବା ସୁଜିତଙ୍କ ଚରିତ୍ରର ସୀମା ବାହାରେ ଥିଲା।

ଶାଳଗଛ ପରି ଲମ୍ବା ଚଉଡ଼ା ଗୋରା ତକ ତକ ସୁନ୍ଦର ସ୍ୱାମୀଙ୍କୁ ଚାହିଁଦେଲେ ସାନ୍ତ୍ୱନାଙ୍କ ପେଟ ପୂରିଯାଏ। ଖାଇବାରେ ପ୍ରଚଣ୍ଡ ଆସକ୍ତି ସୁଜିତଙ୍କର। ସେଥିପାଇଁ ବେଳ ଅବେଳ ନାହିଁ। ଦିନ ତିନିଟା ହେଉ ରାତି ଦଶଟା ହେଉ ମାଛ ଦୁଇ ତିନି କିଲୋ ଧରି ପହଞ୍ଚିଯିବେ।

ସାନ୍ତ୍ୱନା କିଛି କହନ୍ତି ନାହିଁ। କାରଣ ସୁଜିତ ସିଧା ମାଛଟାକୁ ନେଇ ଅଗଣାରେ ପକାଇ ଲୁଗା ବଦଳାଇ ମାଛ ପାଖକୁ ଫେରି ଆସିବେ। ପନିକି ପକାଇ ଗଡ଼ ଗଡ଼ କରି

କାଟି ପକାଇବେ। କେଡ଼େ ସୁନ୍ଦର କରି ସେଥିରୁ କାତି, ଡେଣା, ଲାଞ୍ଜ ଆଦି ବାହାର କରିଦେବେ। ଏତେ ବଡ଼ ବଡ଼ ଖଣ୍ଡଗୁଡ଼ିକୁ ପାଣି ଦେଇ ଛଳ ଛଳ କରି ଧୋଇ ପକାଇବେ। ରୋଷେଇଘରର ତେଲ, ଲୁଣ, ମସଲା ସତେ ଯେମିତି ସୁଜିତଙ୍କୁ ଅପେକ୍ଷା କରି ରହିଥାଆନ୍ତି। ତାଙ୍କ ଠିକଣା ବି ସୁଜିତଙ୍କୁ ଭଲ କରି ଜଣା। ତାୱାକୁ ଗ୍ୟାସ ଚୁଲୀ ଉପରେ ବସାଇ ସେଥିରେ ତେଲ ଢାଳି ଢାଳି ମାଛକୁ ମସଲା ମସଲି ଦେଇ ଭାଜି ପକାଇବେ। ଏତେ ବଡ଼ ଥାଳୀରେ ସେଗୁଡ଼ିକ ପକାଇ ଦେଇ ବାସ୍ ସିଧା ଡ୍ରଇଁରୁମ୍।

ଶୋଫା ଉପରେ ବସି ଗୋଟାଏ ବାହୁ ସାନ୍ତ୍ୱନାଙ୍କ ଚାରିପଟେ ଗୁଡ଼ାଇ ଧରି ଆର ହାତରେ ମାଛଭଜା ପାଟିକୁ ନେଉଥିବେ, ସାନ୍ତ୍ୱନାଙ୍କୁ ଖୁଆଉଥିବେ। କୋଳରେ ମାଛଥାଳୀ। ସାନ୍ତ୍ୱନାଙ୍କ ତେଲ ଖର୍ଚ୍ଚର ହିସାବ, ଆଇଁଷ ନିରାମିଷ ବାଛବିଚାର ସେତେବେଳେ ଯାଇ କେଉଁଠି ଲୁଚିପଡ଼େ। ସୁଜିତ ଏସବୁର ଧାର ଧରନ୍ତି ନାହିଁ। ସେ ଓଳିର ରନ୍ଧା ସେମିତି ଥୁଆ ହୋଇଥାଏ। ସେଇଠି ସେମିତି ବସି ବସି ସେ ଦୁଇତିନି କିଲୋ ମାଛର ଭଜା ଖାଇ ଅନ୍ତତଃ ଦୁଇ ବୋତଲ ପାଣି ଫ୍ରିଜ୍‌ରୁ ପିଇଲେ ଯାଇ କଥା।

ଏମିତି କେତେ ବର୍ଷା, ବସନ୍ତ, ଶୀତର ବିଭିନ୍ନ ପ୍ରହର ସୁଜିତଙ୍କ ହାତରୁ ମଟର ଛୁଇଁ ସିଝା, ଚିନାବାଦାମ ସିଝା, ବୁଟ ମଟର ଭଜା ଖାଇ ବିତି ଯାଇଛି। ସାନ୍ତ୍ୱନା ନିଜେ ଅଳ୍ପହାରୀ। ଦୁଇ ଖଣ୍ଡ ମାଛଭଜାରେ ମୁଠାଏ ଛୁଇଁ ସିଝାରେ ତାଙ୍କ ପେଟ ଭରିଯାଏ। ଆଖିରେ ଅନେକ କୌତୁହଳ ଓ ମନରେ ଅନେକ ତୃପ୍ତି ନେଇ ସେ ପ୍ରଚୁର ଆନନ୍ଦ ପାଇଛନ୍ତି ସ୍ୱାମୀଙ୍କର ଏହି ବିଳାସଟିକୁ ଚୁପ୍‌ଚାପ୍ ଲକ୍ଷ୍ୟ କରିବାରେ।

ବୁଲେଇବାରେ ବି ସୁଜିତଙ୍କର ସେମିତି ସଉକି, ବୁଲେଟ୍ ପଛରେ ସାନ୍ତ୍ୱନାଙ୍କୁ ବସେଇଦେଲେ କେଜାଣି କେତେ ସ୍ପିଡ୍‌ରେ ସେ ଗାଡ଼ି ଛୁଟାନ୍ତି। ଭୟରେ ବ୍ୟସ୍ତହୋଇ ସାନ୍ତ୍ୱନା ପଛରେ ଆଖି ବୁଜି ବସି ଥାଆନ୍ତି। ରେଷ୍ଟୁରାଣ୍ଟରେ ଖୁଆଇବାରେ, ସିନେମା ଦେଖାଇବାରେ କେଉଁଠାରେ ତ୍ରୁଟି ନାହିଁ। ବରଂ ସାନ୍ତ୍ୱନା ନାରୀ ସୁଲଭ ଘରଣୀ ମନ ନେଇ ଖର୍ଚ୍ଚର ହିସାବଟା କରି ଆତଙ୍କିତ ହେଉଥାନ୍ତି।

ସୁଜିତ ଘରେ ଥିଲେ ବି ସେଇ କଥା। ରୋଷେଇ କଲାବେଳେ, ଲୁଗା ଧୋଇବା ବେଳେ ସୁଜିତ ପଛରେ ପଛରେ ହେଉଥିବେ। ହୁଏତ ନିଜେ କିଛି କରିବେ ନହେଲେ ଦେଖୁଥିବେ ସାନ୍ତ୍ୱନା କେମିତି କରୁଛନ୍ତି। ଆଜିଯାଏ ଗ୍ୟାସ ସରିଗଲେ ଷ୍ଟୋଭ୍ ଜଳାଇ ନାହାନ୍ତି ସାନ୍ତ୍ୱନା। ସେ କାମଟା ସୁଜିତଙ୍କର। ଷ୍ଟୋଭ୍‌ରେ କିରୋସିନ ଢାଳିବେ, ପମ୍ପ ମାରିବେ, ପିନ୍ ଧରି ଖୁଡ଼ଖାଡ଼୍ କରିବେ ଷ୍ଟୋଭ୍ ଜଳିବ ପାଖରେ ବସି ଦେଖୁଥିବେ କେମିତି ଡେକଚୀ ଚୁଲୀ ଉପରକୁ ଉଠୁଛି, କେମିତି ତଳକୁ ଆସୁଛି। ଆଉ

ତାଙ୍କୁ ଲକ୍ଷ୍ୟ କରି ସାନ୍ତ୍ୱନା ବି, ଆମୋଦିତ ହୁଅନ୍ତି ସୁଜିତଙ୍କର ଏଇ ସାନ୍ନିଧ୍ୟରେ ଘର କାମ ସବୁ ତାଙ୍କୁ ମନୋରଞ୍ଜନ ପରି ହିଁ ଲାଗେ।

ଆଉ କୌଣସି କାରଣରୁ ରାଗିଗଲେ...

ସାନ୍ତ୍ୱନା ଫଳ ପରିବା କାଟୁଛନ୍ତି ତ ତାଙ୍କ ପାଖରେ ବସି ଅନୁଚ୍ଚ ସ୍ୱରରେ ଗୁଜୁ ଗୁଜୁ ହେବେ ସୁଜିତ। ପରିବା କଟା ସରିଯାଏ। ସାନ୍ତ୍ୱନା ଉଠି ଯିବେ ଚୁଲୀ ପାଖକୁ, ସେଇଠି ତାଙ୍କ ପଛରେ ଠିଆହୋଇ ସେମିତି ବିଡ଼ ବିଡ଼୍ ହେଉଥିବେ ସୁଜିତ। ରୋଷେଇ ଚାଲିଥାଏ, ସାନ୍ତ୍ୱନାଙ୍କ ରୋଷେଇ ସରିଯାଏ ମଧ୍ୟ କିନ୍ତୁ ସୁଜିତଙ୍କ ଗୁଜୁ ଗୁଜୁ ସରେନା।

ନିଜର ଯାହା ଦୋଷ ଶେଷରେ ସ୍ୱୀକାର କରନ୍ତି ସାନ୍ତ୍ୱନା, ପ୍ରତିଜ୍ଞା କରନ୍ତି ଆଉ କେବେ ତା'ର ପୁନରାବୃତ୍ତି ନହେବା ପାଇଁ।

ସୁଜିତଙ୍କ କ୍ରୋଧର ଏ ପ୍ରକାର ପ୍ରତିକ୍ରିୟା କିନ୍ତୁ ସାନ୍ତ୍ୱନାଙ୍କୁ ଭଲ ଲାଗେ। ସେ ଦେଖିଛନ୍ତି ତାଙ୍କ ବଡ଼ଭାଇ ଯେତେବେଳେ ଭାଉଜଙ୍କ ଉପରେ ରାଗନ୍ତି କିଏ ଥାଉ ନଥାଉ ଏମିତି ଚିତ୍କାର କରନ୍ତି ଯେ, ଘରେ କ'ଣ ସାଇପଡ଼ିଶା ସମସ୍ତେ ଜାଣନ୍ତି ଯେ ଆଜି ଏ ଦୁହିଁଙ୍କ ଝଗଡ଼ା। ଭାଉଜ ବି ରୁହନ୍ତି ରୁହନ୍ତି, ସମ୍ଭାଳି ନ ପାରି ଜବାବ ଦିଅନ୍ତି। ଦୁଇ ତରଫରୁ ହୋ ହା ଘୋ ଘା'।

କି ଲଜ୍ଜା! ବରଂ ଏ ଭଲ।

ଆଉ ସାନ୍ତ୍ୱନାଙ୍କ ଅପରାଧ ଯଦି କେତେବେଳେ ଗୁରୁତର ହୋଇଗଲା, ତେବେ ତ କଥା ସରିଲା।

ସବୁଦିନ ଅପେକ୍ଷା ଅଫିସରୁ ଜଲ୍‌ଦି ଫେରିବେ ସୁଜିତ। ସାନ୍ତ୍ୱନାଙ୍କ ହାତରୁ ଚା' କପ୍‌ଟିଏ ବି ପିଇବେନି, ଲୁଗା ବଦଳାଇ ମୁହଁମାଡ଼ି ଶୋଇଯିବେ ଯେ ସାନ୍ତ୍ୱନା ଡାକି ଡାକି ଥକା ହୋଇଯିବେ। ସେଇଠି ସୁଜିତଙ୍କୁ ନିଦ ହୋଇଯିବ, ନିଦ ଭାଙ୍ଗିବ, ସେମିତି ଶୋଇଥିବେ, ରନ୍ଧା ଜିନିଷରୁ ସେଦିନ ଢାଙ୍କୁଣୀ ଉଠିବ ନାହିଁ। ଦୁଇ ପ୍ରାଣୀ ଓପାସ। ସେତେ ବୁଝାଇଲେ ବି ପଥର ପରି ତଳକୁ ମୁହଁମାଡ଼ି ଶୋଇଥିବେ ସେ। ଶେଷରେ ପରାସ୍ତ ହୋଇ ଅସହାୟ ଭାବରେ କାନ୍ଦନ୍ତି ସାନ୍ତ୍ୱନା।

ବାସ୍, ସମାପ୍ତି ସେଇଠି ହୁଏ।

କିନ୍ତୁ ସାନ୍ତ୍ୱନାଙ୍କର ଅସୁବିଧା ଯେ ସହଜରେ ସେ କାନ୍ଦି ପାରନ୍ତି ନାହିଁ!

ତେବେ ସ୍ୱାମୀଙ୍କର ଏତେ ଭଲପଣିଆ, ଏତେ ସ୍ନେହ, ପ୍ରେମର ପ୍ରାଚୁର୍ଯ୍ୟ ଭିତରେ ବି ସାନ୍ତ୍ୱନାଙ୍କ ମନର ଆକାଶ ଉପରେ ସବୁବେଳେ ଗୋଟିଏ କଳା ବାଦଲ,

ଗୋଟାଏ କୋଣରେ ଲୁଚି ରହିଥାଏ। ଦୁର୍ଯୋଗ ଆସିଲେ ସେ ଚାହୁଁ ଚାହୁଁ ସାରା ଆକାଶରେ ଘୋଟିଯାଏ, ବର୍ଷା ତୋଫାନର ଅଭାବ ହୁଏନା।

ସବୁ ଦାମ୍ପତ୍ୟ ଜୀବନରେ ସବୁ ପତିପତ୍ନୀ ପରସ୍ପରକୁ ଖୁବ୍ ସହିପାରନ୍ତି। ପୃଥିବୀ ପରି ସହିଷ୍ଣୁ ମଧ୍ୟ ହୋଇପାରନ୍ତି। କିନ୍ତୁ ନିଜ ଜୀବନସାଥୀର ସ୍ନେହ ପ୍ରେମ ତ ଦୂରର କଥା, ଦୃଷ୍ଟିରୁ କାଣିଚାଏ ମଧ୍ୟ ଅନ୍ୟ କାହାକୁ ଦେବା ପାଇଁ ଘୋର ନାରାଜ। ଯଦି କିଛି ଏମିତି କିଛି ଘଟିଯାଏ, ସାନରୁ ବଡ଼ ବିପ୍ଳବ ଘଟିବା ତ ସାଧାରଣ କଥା ହୋଇଯାଏ।

ଆଉ ସୁଜିତଙ୍କର ଏତେ ଭଲ ଗୁଣ ସତ୍ତ୍ୱେ ବେଳେବେଳେ କ'ଣ ହୁଏ ତାଙ୍କୁ କେଜାଣି। ଝିଅଙ୍କ ସହିତ କଥା କହିବାରେ, ସୁନ୍ଦରୀମାନଙ୍କୁ ଘନ ଘନ ଚାହିଁବାରେ ତାଙ୍କର ଅପାର ଆନନ୍ଦ, ସାନ୍ତ୍ୱନାଙ୍କ ଉପସ୍ଥିତି ଥିଲେ ବି କିଛି ଅସୁବିଧା ନାହିଁ। ଆପତ୍ତି କଲେ କହନ୍ତି ଆଛା କଥା, ମୁଁ ତ ଖାଲି ଚାହୁଁଛି, କଥା ହେଉଛି, ଅନାଇ ଦେଲେ କଥା ହୋଇଗଲେ, କ'ଣ ପ୍ରେମ ସବୁ ସେଆଡ଼େ ଚାଲିଯାଉଛି ?

କିନ୍ତୁ ସୁଜିତ ଯେ ଅନ୍ୟ ନାରୀମାନଙ୍କ ପ୍ରତି ସଂପୂର୍ଣ୍ଣ ଦୁର୍ବଳ ଏଥିରେ ସାନ୍ତ୍ୱନାଙ୍କ ସନ୍ଦେହ ନଥାଏ। ଗୋଡ଼େ ଗୋଡ଼େ ଜଗନ୍ତି ସ୍ୱାମୀଙ୍କୁ। ଏମିତି ଜଗିବା କେତେ ଘୃଣାର କଥା, କେତେ ଦୁର୍ଭାଗ୍ୟର କଥା ସେ କେବଳ ଜାଣନ୍ତି। ଘରେ ଚାକରାଣୀ କାମ ସାରି ନ ଗଲା ପର୍ଯ୍ୟନ୍ତ ସେ ବାଥରୁମ୍ ବି ଯାଆନ୍ତି ନାହିଁ।

ସୁଜିତ ଜାଣନ୍ତି ନ ଜାଣିବା ପରି ରହନ୍ତି।

ଆଉ ଆଜିର ଏ ଘଟଣା !

ଏଇ ଚାକରାଣୀ ଝିଅଟି ତାଙ୍କ ବନ୍ଧୁ ଅନୀମାର। ଅନୀମା ଏ ଦୃଷ୍ଟିରୁ ଭାଗ୍ୟବତୀ। ତା'ର ସ୍ୱାମୀ ସଞ୍ଜୟ ଭାରି ଚରିତ୍ରବାନ୍। ସୁଜିତଙ୍କ ପରି ତାଙ୍କ ସ୍ତ୍ରୀ ପ୍ରତି ଭଲ ପାଇବା ବାହାରକୁ ଆଦୌ ଦେଖାଯାଏ ନାହିଁ। ବାହାରେ ବୁଲିବା ଅପେକ୍ଷା ଘରେ ବସି ଟିଭି ଦେଖିବାରେ, ବହି ପଢ଼ିବାରେ ତାଙ୍କର ଖୁସୀ। ରୋଷେଇ ଘରର ଚୁଲୀ କେଉଁଠି ଅଛି ତାଙ୍କୁ ଅଜଣା। ଅନୀମା ନଥିଲେ କପ୍‌ଟିଏ ଚା' ମଧ୍ୟ ସେ ନିଜେ କରି ଖାଇପାରନ୍ତି ନାହିଁ। ଅନୀମା ରାନ୍ଧୁଥିବାବେଳେ ସେ ଝିଅ ସଙ୍ଗେ ଖେଳନ୍ତି, ବହି ପଢ଼ନ୍ତି, କିନ୍ତୁ ଅନୀମାକୁ ସାହାଯ୍ୟ କରିବା ତାଙ୍କ ଦେଇ ହୁଏନା।

ତଥାପି ଅନୀମା ସୁଖୀ।

ସ୍ୱାମୀର ଚରିତ୍ର ନେଇ ଗଦ୍‌ଗଦ୍ ହୁଏ। ଘରେ କୌଣସି ସମ୍ପର୍କୀୟ ଛୋଟ ଭଉଣୀକୁ ଦୁଇ ତିନି ଦିନ ପାଇଁ ରଖି ନିଜେ କୁଆଡ଼େ ଯିବାରେ ତା'ର ଆଦୌ ଗ୍ଲାନି ନାହିଁ। ସେ ଜାଣେ, ଏ ତିନି ଦିନରେ ସଞ୍ଜୟ ତାକୁ ଥରେ ମୁହଁ ତୋଳି ଦେଖିଥିବେ

କି ନା। ଏଣୁ ଏହି ପନ୍ଦର ଷୋଳ ବର୍ଷର ଚାକରାଣୀଟିକୁ ରଖିବାରେ ତା'ର ଅସୁବିଧା କେଉଁଠି ?

ଏବେ ଦୁଇ ତିନିଦିନ ତଳେ, ସେମାନେ ଖରାଛୁଟିରେ କଲିକତା ଯାଇଛନ୍ତି ବୁଲିବା ପାଇଁ, ଚାକରାଣୀଟିକୁ ସଙ୍ଗରେ ନେଲେ ଅଯଥା ଖର୍ଚ୍ଚାନ୍ତ। ଏଣୁ ଯେଉଁଦିନ ଅନୀମା କହିଲା ଯେ ସାନ୍ତ୍ୱନା ଘରେ ସେ ଚାକରାଣୀଟିକୁ କିଛିଦିନ ପାଇଁ ଛାଡ଼ି କଲିକତା ଯିବ, ସାନ୍ତ୍ୱନା ବେଶ୍ ବିଚଳିତ ହୋଇଥିଲେ। ତେବେ ଅନୀମା ଖରାପ ଭାବିପାରେ ବୋଲି ସେ ରାଜି ହୋଇଥିଲେ। ହଉ, ଆଠ ଦିନ ତ !

ଅଥଚ ଆଜି ତୃତୀୟ ଦିନରେ ହିଁ ଏ ଦୁର୍ଘଟଣା !

ସାନ୍ତ୍ୱନା ଆଖି ଖୋଲିଲେ। ପିଠି ଉପରେ ସ୍ୱାମୀଙ୍କ ହାତ।

'ସାନ୍ତ୍ୱନା ପ୍ଲିଜ୍ ଟିକିଏ ଶୁଣ !' ସାରା ଦେହଟା ଘୃଣାରେ ଶିହରୀ ଗଲା ସାନ୍ତ୍ୱନାଙ୍କର। ମୋର ଭୁଲ୍ କେଉଁଠି ? ଏଇ ପ୍ରଶ୍ନ ହିଁ ସାନ୍ତ୍ୱନାଙ୍କୁ ଘାରୁଥିଲା, କାହିଁକି ନିଜ ସ୍ୱାମୀଙ୍କୁ ନିଜ ହାତରେ ସେ ରଖିପାରିଲେ ନାହିଁ ଯେ, ତାଙ୍କୁ ଗୋଟାଏ ଚାକରାଣୀ ପାଖକୁ ଯିବାକୁ ଇଚ୍ଛା ହେଲା ?

ଦଶବର୍ଷର ବିବାହିତ ଜୀବନ ପରେ ବି ଦୁଇଟି ସନ୍ତାନର ଜନନୀ ହେବା ସତ୍ତ୍ୱେ ବି ଯୌବନ ତାଙ୍କ ଠାରୁ ବିଦାୟ ନେଇନି। ଅକୁଣ୍ଠିତ ପ୍ରେମ ଦେବାରେ ବି ଦିନେ ସେ କାର୍ପଣ୍ୟ ଦେଖାଇ ନାହାନ୍ତି। ଆଉ କେଉଁ ତ୍ରୁଟି ତାଙ୍କର ସ୍ୱାମୀଙ୍କୁ ଅନ୍ୟ ପ୍ରତି ଆସକ୍ତ କରାଉଛି ଯେ ଶେଷରେ ସବୁ ବିବେକ ବୁଦ୍ଧିକୁ ବଳିଦେଇ ଏ ଅବସ୍ଥାରେ ବି ନେଇ ପହଞ୍ଚାଇ ଦେଲା ?

ସାନ୍ତ୍ୱନା କାନ୍ଦିପାରୁ ନଥିଲେ। ଏକ ଶକ୍ତ ମାନସିକ ଧକ୍କା ତାଙ୍କୁ ସ୍ଥାଣୁ କରିଦେଇଥିଲା। ଏ ଦଶ ବର୍ଷ ଭିତରେ ସ୍ୱାମୀଙ୍କର ଅନ୍ୟ ଝିଅମାନଙ୍କ ପ୍ରତି ଯେତେବେଳେ ଯେତେବେଳେ ଯେଉଁ ଯେଉଁ ଦୁର୍ବଳତା ସେ ଦେଖି ଆସିଛନ୍ତି ସେଗୁଡ଼ା ହିଁ ଧାଡ଼ିବାନ୍ଧି ତାଙ୍କ ସମ୍ମୁଖରେ ଠିଆ ହୋଇଥିଲେ। ଆଉ ସେଥିରେ ନେତୃତ୍ୱ ନେଇଥିଲା ବର୍ତ୍ତମାନର ଘଟଣା।

ସେଇ ଦୃଶ୍ୟଟି।

ଯେତେ ଇଚ୍ଛା କଲେ ବି ସେ ଦୃଶ୍ୟକୁ ସେ ବନ୍ଦ କରିପାରୁ ନଥିଲେ। ପଙ୍ଗୁ ଦେହ ନେଇ ଟିଭିରେ ଇଚ୍ଛା ନଥିବା କାର୍ଯ୍ୟକ୍ରମକୁ ବାଧ୍ୟ ହୋଇ ଦେଖି ଅଧିକା ବିରକ୍ତି, ଅଧିକା ଅସହାୟ ଅନୁଭବ କରିବା ପରି ଅନିଚ୍ଛା ସତ୍ତ୍ୱେ ଏକମାତ୍ର ସେଇ ଦୃଶ୍ୟ ହିଁ ତାଙ୍କ ମନ ଭିତରେ ଧପ୍ ଧପ୍ ହୋଇ ଦିଶୁଥିଲା, ଲିଭୁଥିଲା।

ଦିଶୁଥିଲା, ଲିଭୁଥିଲା।

କେତେବେଳେ ସକାଳ ପାହିଲା, କେତେବେଳେ କ'ଣ ହେଲା, କେତେ ସମୟ ଧରି ସୁଜିତ ତାଙ୍କୁ କ୍ଷମା ମାଗୁଛନ୍ତି, ବୁଝାଉଛନ୍ତି ସାନ୍ତ୍ୱନା କିଛି ଜାଣିପାରିଲେ ନାହିଁ। ଶେଷରେ ଉଠି ବସିଲେ। କ'ଣ ରନ୍ଧା ହୋଇଛି, ବଢ଼ା ହୋଇଛି, ପୁଅ ଝିଅ କ'ଣ ଖାଇଛନ୍ତି ହିସାବ ରଖିଲେ ନାହିଁ। ସନ୍ଧ୍ୟା ୫ଟା ବେଳେ ଏଠାରୁ ଗୋଟିଏ ବସ୍ ତାଙ୍କ ଶାଶୂଘର ଗାଁକୁ ଯାଏ। ଆଜି ଅନେକ ବର୍ଷ ପରେ ତାଙ୍କୁ ଇଚ୍ଛା ହେଲା ସେ ସେଇଠିକି ଚାଲିଯିବେ। ଛୋଟ ଯା' ଦିଅର ସେଇଠି ଥାନ୍ତି। ତାଙ୍କୁ ଦେଖି ଖୁସୀ ହେବେ ସ୍ୱାଗତ ଜଣାଇବେ। ବିବାହ ପରେ ସେ ଯାହା ଥରେ ଦୁଇଥର ଯାଇଛନ୍ତି। ଯା' ବହୁତ ଭଲ। ତାଙ୍କ ନିଜ ବାପଘର ବି ସେଇ ପାଖରେ। ସେଇଠି ମଧ୍ୟ କିଛିଦିନ ବିତାଇ ହେବ।

ବସ୍‌ରେ ବସିବା ପର୍ଯ୍ୟନ୍ତ ସାନ୍ତ୍ୱନା ପାଟି ଫିଟାଇ ନାହାନ୍ତି। କିଂ କର୍ତ୍ତବ୍ୟ ବିମୂଢ଼ ସ୍ୱାମୀଙ୍କ ମୁହଁକୁ ଚାହିଁ ନାହାନ୍ତି। କୋଳରେ ପୁଅଝିଅଙ୍କୁ ଧରି ସେ ବସ୍‌ରେ ବସିଲେ।

ରାତି ଦଶଟାବେଳେ ଘରେ ପହଞ୍ଚି କବାଟ ଖଡ଼୍‌ଖଡ଼୍ କଲେ। ଯାଆ ନୀଳିମା କବାଟ ଖୋଲିବାକୁ ଆସି ତାଙ୍କୁ ଦେଖି ଆଶ୍ଚର୍ଯ୍ୟ। ଏଣୁ ତେଣୁ ମିଛ କଥା କହି ଯଥାସମ୍ଭବ ହସ ହସ ହେବାକୁ ଚେଷ୍ଟା କରୁଥିଲେ ସାନ୍ତ୍ୱନା। ଦୁଇ ଯା'ଙ୍କର ଅନେକ ଦିନ ପରେ ଦେଖା ସାକ୍ଷାତ। ଖୁସୀରେ ନୀଳିମାଙ୍କ ଗୋଡ଼ ତଳେ ପଡୁନଥାଏ। ସାନ୍ତ୍ୱନା ନାହିଁ କରୁ କରୁ ପୁଣି ଗୋଟାଏ ଦୁଇଟା ତରକାରୀ ସେଇ କଥାରେ କଥାରେ ବସାଇ ନେଇ ଖିଆପିଆ ପର୍ବ ଶେଷ କଲେ ସେ।

ନୀଳିମା କେମିତି ଜାଣିବେ ଯେ ନାନୀ ଆଜି ସାରାଦିନ ଖାଡ଼ା ଉପାସ ଥିଲେ !

ଏବେ ବି ସାନ୍ତ୍ୱନାଙ୍କର କୋଠରୀରେ ସେ ଆଣିଥିବା ଖଟ ବିଛଣା ସବୁ ପଡ଼ିଛି। ସାନ୍ତ୍ୱନା ସେଇଠି ଯାଇ ଶୋଇବାବେଳକୁ ରାତି ବାର। ନୀଳିମାଙ୍କ କୋଠରୀର କବାଟ ବନ୍ଦ ହେବା ଶୁଣାଗଲା। ପିଲା ଦୁଇଟା ପାଖରେ ଶୋଇ ଗଲେଣି।

ଏଇ ଘର, ଏଇ ବିଛଣା, ଦଶବର୍ଷ ତଳେ ଜୁନ୍ ଉଣେଇଶ ରାତି ଏଇଠି ବିତିଥିଲା, ଆଉ ସମ୍ଭାଳି ପାରିଲେ ନାହିଁ ସେ। ବିଛଣାରେ ମୁହଁମାଡ଼ି କାନ୍ଦିବାରେ ଲାଗିଲେ। ଆଉ ଏ ସ୍ରୋତ ତ ବର୍ତ୍ତମାନ ବନ୍ଦ ହେବାର ନୁହଁ। ନ ହେଉ, ଅନେକ ଶାନ୍ତି ତ ମିଳିବ। ବର୍ତ୍ତମାନ ଏତକ ହିଁ ସାହା ଭରସା।

ସକାଳୁ ନୀଳିମାର ଡାକରେ ନିଦ ଭାଙ୍ଗିଲା। ଫୁଲାଫୁଲା ଆଖି ମୁହଁ ଦେଖି ନୀଳିମାର ଅନେକ ପ୍ରଶ୍ନ ଆଉ ସାନ୍ତ୍ୱନାଙ୍କ ଅନେକ ମିଛ କୈଫିୟତ !

ନିତ୍ୟକର୍ମ ସାରି ରୋଷେଇ ଘରକୁ ଗଲେ। ଦିଅର ସୁବ୍ରତ ଭାଉଜ ଆସିଛନ୍ତି ବୋଲି ପୂରା ପରିବା ବଗିଚାଟା ଉଠେଇ ଆଣିଛନ୍ତି ନା କ'ଣ। ପରିବା କାଟିବାକୁ ବସିଲେ। ତାଙ୍କ ହାତ ଧରି ଉଠେଇଦେଲା ନୀଳିମା। ସେ ଏଣୁତେଣୁ କରି କ'ଣ କାଟୁଥିଲେ ବୋଧହୁଏ। ନୀଳିମା ଚଲାକ ଝିଅ। ଜାଣିଲା କିଛି ଗୋଟାଏ ହେଇଛି। ବରଂ ଭଲ ସାହି ପଡ଼ିଶାରୁ ଟିକିଏ ବୁଲି ଆସିଲେ। ଏଣୁ ନାନୀଙ୍କୁ ପଡ଼ିଶା ଘରକୁ ଯିବାକୁ ବାଧ୍ୟ କରି ନିଜେ ରାନ୍ଧି ବସିଲା।

ନୀଳିମା କିନ୍ତୁ କୁଆଡ଼େ ଗଲେ ନାହିଁ, ସିଧା ଉପରକୁ ଗଲେ। ଉପରଟା କେବଳ ଛାତ। ଘର ଚାରିପଟର ନଡ଼ିଆ ଗଛ ଆମ୍ବ ଗଛର ଛାଇ ପ୍ରାୟ ଛାତଟିକୁ ଥଣ୍ଡା ରଖିଥାଏ। ସେଇଠି ଆମ୍ବଗଛର ଛାୟାରେ ଆରାମ ଚଉକିଟିଏ ସବୁବେଳେ ପଡ଼ିଥାଏ। ହାତରେ ବହି ଖଣ୍ଡେ ଧରି ତା' ଉପରେ ବସିଗଲେ ସେ। କିନ୍ତୁ ବହି କୋଳରେ ରହିଲା। ଆଖିବୁଜି ସୁଲୁସୁଲିଆ ପବନରେ ବସି ରହିଲେ ବି ନିଦ ତ ନଥିଲା।

ଥିଲା କେବଳ ଗୋଟିଏ ଦୃଶ୍ୟ।

ଝାପ୍‌ସା ଅନ୍ଧାର ଭିତରେ କେଉଁଠୁ ଆଲୋକର ଧାରଟିଏ ଆସି ତଳେ ପଡ଼ିଛି। ତଳେ ସପ ଉପରେ ଚାକରାଣୀ ଝିଅଟି ନିଶ୍ଚିନ୍ତ ନିଦରେ ଶୋଇଛି। ଆଉ ପାଖରେ ସୁଜିତ, ଜାଗ୍ରତ, ପ୍ରଲୁବ୍ଧ।

ଛଟପଟ ହେବାକୁ ଲାଗିଲେ ସାନ୍ତ୍ୱନା। ଯୁଦ୍ଧକ୍ଷେତ୍ରରେ ସହିଦ ହେଲାବେଳେ ମଧ୍ୟ ଯୋଦ୍ଧାମାନଙ୍କୁ ଅନ୍ତତଃ ଏତିକି ଶାନ୍ତି ମିଳିଥିବ ଯେ ସେମାନେ ମରୁଛନ୍ତି ଦେଶ ପାଇଁ, ମାତୃଭୂମିର ସୁରକ୍ଷା ପାଇଁ, ଏକ ମହତ ଉଦ୍ଦେଶ୍ୟ ପାଇଁ।

କିନ୍ତୁ ସାନ୍ତ୍ୱନା ତ ଛଟପଟ ହେଉଛନ୍ତି ତାତଲା ତାୱାର ଜୀଅନ୍ତା ମାଛ ପରି। ଏଥିରେ ଆନନ୍ଦ କାହିଁ ? ଏଥିରୁ ମୁକ୍ତି କାହିଁ ? ଆଖିରୁ ଧାର ଧାର ଲୁହ ତାଙ୍କର ବହିଗଲା। କାଳେ ନୀଳିମା ଦେଖିଦେବେ। କୋହକୁ କଷ୍ଟକରି ରୋଧ କରି ଲୁହ ପୋଛିଲେ ସେ। ବହିଟି ପଢ଼ିବାର ଅଭିନୟ କଲେ।

ଆରଦିନ ଏଗାରଟା ବେଳେ ସୁଜିତ ମଧ୍ୟ ହାଜର ଗାଁରେ। ମୁହଁ ଶୁଖି କଳାକାଠ। ଚାକରାଣୀଟିକୁ ଆଉ ଏକ ବନ୍ଧୁ ଘରେ ଛାଡ଼ି ଦୁଇଦିନ ପାଇଁ ଛୁଟି ଯୋଗାଡ଼ କରି ଆସୁ ଆସୁ ଏତେ ଡେରି। ଭାବିଥିଲେ ସବୁଥର ପରି ଏଥର ମଧ୍ୟ ସାନ୍ତ୍ୱନା ତାଙ୍କୁ କ୍ଷମା କରିଦେବେ। କିଛି ହସ, କିଛି ଲୁହରେ ସୁଜିତ ନିଜ ଅପରାଧ ପାଇଁ କ୍ଷମା ଭିକ୍ଷା କରିନେବେ। ପୁଣି ଥରେ ହସଖୁସୀର ସଂସାର ତାଙ୍କର ଆରମ୍ଭ ହୋଇଯିବ।

ସତରେ କ'ଣ କ୍ଷମା କରିବେ ସାନ୍ତ୍ୱନା ତାଙ୍କୁ !

ନୀଳିମା, ଆଉ ସୁବ୍ରତ ତାଙ୍କୁ ଜଣାଇଲେ ଯେ ସାନ୍ତ୍ୱନା କାହା ସହିତ କାଲି ଦିନସାରା କଥା ହୋଇ ନାହାନ୍ତି। ବହୁତ ଡାକିବା ପରେ ଚେୟାର ଛାଡ଼ି ତଳକୁ ଦୁଇଥର ସେ ଆସିଥିଲେ। ଥରେ ଖରାବେଳେ ଖାଇବା ପାଇଁ ଓ ଆଉଥରେ ରାତି ଖାଇବାବେଳେ। ଖାଇବା ମଧ୍ୟ ଥାଳୀ ପାଖରେ ବସିଛନ୍ତି ଯାହା। ରାତିରେ କେତେବେଳେ ସେ ପୁଣି ଛାତ ଉପରକୁ ଯାଇ ବସିଛନ୍ତି କେଜାଣି। ରାତି ଦୁଇଟାବେଳେ ଛାତ କବାଟ ଖୋଲା ଦେଖି ନୀଳିମା ଯାଇ ଦେଖନ୍ତି ତ ସାନ୍ତ୍ୱନା ସେମିତି ସେଇଠି ବସିଛନ୍ତି। ଦେହ ଜଡ଼ ପରି ଶୀତଳ ଦୃଷ୍ଟି ଦୂର କେଉଁ ଆକାଶରେ ନିବଦ୍ଧ। ତାଙ୍କୁ ସଂବିତ ଫେରାଇ ଆଣିବାକୁ ବେଶ୍ କିଛି ସମୟ ଲାଗିଥିଲା ନୀଳିମା ଓ ସୁବ୍ରତଙ୍କୁ। ତାଙ୍କୁ ଆଣି ଘରେ ଶୁଆଇଥିଲେ ସେମାନେ। ପୁଣି ସକାଳୁ ଉଠି ଦେଖିବା ବେଳକୁ ସେଇଠି ହିଁ ଛାତ ଉପରେ ସେ ବସିଛନ୍ତି।

ଛାତ ଉପରକୁ ଦଉଡ଼ି ଗଲେ ସୁଜିତ। ପିଲା ଦୁଇଟା କେଉଁଠି ଖେଳୁଥିଲେ। 'ବାବା, ବାବା' କହି ଧାଇଁ ଆସିଲେ ସେମାନେ। ସୁଜିତଙ୍କ ଉପସ୍ଥିତି ପିଲାଙ୍କ କଳରବରେ ସାନ୍ତ୍ୱନାଙ୍କ ଧ୍ୟାନ ଭଗ୍ନ ହେଲା ନାହିଁ। ପିଲାଙ୍କୁ କୋଳକରି ତାଙ୍କ ହାତରେ ଚକଲେଟ୍ ଧରାଇ ସେମାନଙ୍କୁ ତଳକୁ ପଠାଇଦେଲେ ସୁଜିତ। ଧୀରେ ଧୀରେ ଯାଇ ସାନ୍ତ୍ୱନାଙ୍କ ପାଖରେ ଠିଆହେଲେ। ଘୋର ଅନୁତାପରେ ତାଙ୍କ ଆତ୍ମା ଦଗ୍ଧୀଭୂତ ହେଉଥାଏ। ସାନ୍ତ୍ୱନାଙ୍କ ଦୃଷ୍ଟି ସ୍ଥିର, ସୁଜିତଙ୍କ ଉପସ୍ଥିତି ତାଙ୍କୁ କିଛି ପରିବର୍ତ୍ତନ କଲା ନାହିଁ।

ସୁଜିତ ତାଙ୍କ ହାତଟା ଧରି ସେଇଠି ତଳେ ବସି ପଡ଼ିଲେ। ମିଠା ସ୍ୱରରେ ତାଙ୍କ ନାଁ ନେଇ ଡାକିଲେ। ସାନ୍ତ୍ୱନାଙ୍କ ଦୃଷ୍ଟି ସୁଜିତଙ୍କ ମୁହଁ ଉପରେ ଘୂରିଆସିଲା।

କିନ୍ତୁ ସେଥିରେ ପ୍ରାଣ, ଚଞ୍ଚଳତା ବା କୌଣସି ପ୍ରତିକ୍ରିୟା ପର୍ଯ୍ୟନ୍ତ ନଥିଲା।

ସୁଜିତ ଆତଙ୍କିତ ହେଲେ। ସାନ୍ତ୍ୱନାଙ୍କୁ ଯାହା ପଚାରିଲେ କହିଲେ ବି ସେମିତି ବସିଥାନ୍ତି ସେ। ଏତିକିବେଳେ ଉପରକୁ ଆସିଲେ ସୁବ୍ରତ। ମନସ୍ତତ୍ତ୍ୱର ନାମକରା ଛାତ୍ର ସେ। ସୁଜିତ ଓ ସାନ୍ତ୍ୱନାଙ୍କୁ କିଛି କ୍ଷଣ ଦେଖିବା ପରେ ସେ ସୁଜିତଙ୍କୁ ଡାକି ତଳକୁ ନେଇଗଲେ। 'ଭାଇ!' ସୁବ୍ରତ କହିଲେ, 'ଏ କିଛି ଭଲ ଲକ୍ଷଣ ନୁହଁ। ଭାଉଜ କେଉଁଠି ଗୋଟାଏ ଶକ୍ତ ମାନସିକ ଆଘାତ ପାଇଛନ୍ତି। ସେ ଆଘାତ ତାଙ୍କର ଚେତନ ମନକୁ ସ୍ଥବିର କରିଦେଉଛି ଧୀରେ ଧୀରେ। ତାଙ୍କୁ ନେଇ ତୁମେ କୁଆଡ଼େ ଛୁଟିରେ ବୁଲିବାକୁ ଚାଲିଯାଅ। ଯଦି କିଛି ପରିବର୍ତ୍ତନ ହେବାର ଦେଖିବ, ବୁଲାବୁଲି ଚାଲୁ ରଖିବ ନହେଲେ ତମକୁ କୌଣସି ମନସ୍ତତ୍ତ୍ୱବିତ୍‌ଙ୍କ ପାଖକୁ ଯିବାକୁ ହିଁ ପଡ଼ିବ।'

ବଜ୍ର ପଡ଼ିଲା ସୁଜିତଙ୍କ ମୁଣ୍ଡରେ। ଦୁଇଭାଇ ଯାକ ଯାଇ ଠିଆହେଲେ ସାନ୍ତ୍ୱନାଙ୍କ ପାଖରେ। ସୁବ୍ରତ କହିଲେ- 'ଭାଉଜ, ଚାଲ ତଳକୁ ଯିବା'। ସାନ୍ତ୍ୱନା ନୀରବ। ବହୁତ ଡକାଡକି ପରେ କିଛି ଫଳ ନ ହେବାରୁ ଦୁହେଁ ତାଙ୍କୁ ଚଉକିରୁ ଉଠାଇବାକୁ ଚେଷ୍ଟା କଲେ। ପ୍ରଥମେ ଧୀରେ ଧୀରେ, ତା'ପରେ ଜବରଦସ୍ତ ଟଣାଟଣି।

ହଠାତ୍ ଗୋଟିଏ ତୀବ୍ର ଚିତ୍କାର କରି ଚଉକିକୁ ଦୁଇହାତରେ ମୁଠାଇ ଧରିଲେ ସାନ୍ତ୍ୱନା, ଦୁଇ ଭାଇ ହତବାକ୍।

ସାନ୍ତ୍ୱନା ସେ ଚଉକୀରୁ ଉଠିବାକୁ ଜମା ରାଜି ନୁହନ୍ତି।

ସେଦିନ, ସାରା ଦିନ ସାରା ରାତି ସାନ୍ତ୍ୱନା ସେଇଠି ସେମିତି ବସି ରହିଲେ।

ତା'ପରର ଘଟଣା ସଂକ୍ଷିପ୍ତ।

ଡାକ୍ତରଙ୍କ ଠାରୁ ମନସ୍ତତ୍ତ୍ୱବିତ୍ ଯାଏ ସବୁଠିକୁ ଦଉଡ଼ିବାକୁ ଲାଗିଲେ ସୁଜିତ। ଶେଷରେ ଜଣେ ଅଭିଜ୍ଞ ବିଶେଷଜ୍ଞଙ୍କ ପରାମର୍ଶରେ ପିଲାମାନଙ୍କୁ ସୁବ୍ରତ ଓ ନୀଳିମା ଦାୟିତ୍ୱରେ ଛାଡ଼ି ଦେଇ ସୁଜିତ ସାନ୍ତ୍ୱନାକୁ ନେଇ ବୁଲିବାକୁ ଚାଲିଗଲେ। ବିଶେଷଜ୍ଞଙ୍କ ପରାମର୍ଶ ଥିଲା କୌଣସି ଗୋଟିଏ ଜାଗାରେ ଯେମିତି ସ୍ଥିର ହୋଇ ନ ରହନ୍ତି। ପାହାଡ଼ ଉପରକୁ ଚଢ଼ି ଦେବ ଦର୍ଶନ କରିବା, ନଦୀରେ ଗାଧୋଇବା ପାଦରେ ଚାଲି ବୁଲିବା ଏୟା ତାଙ୍କୁ ନିର୍ଦ୍ଦେଶ ଥିଲା।

ନିଜର ମାନସିକ ରୋଗଗ୍ରସ୍ତ ସ୍ତ୍ରୀଙ୍କୁ ଧରି ସୁଜିତ ସତେ ଅବା ତୀର୍ଥାଟନରେ ହିଁ ବାହାରି ପଡ଼ିଲେ। ଏ କ୍ଷେତ୍ରରୁ ସେ କ୍ଷେତ୍ର, ଏ ମନ୍ଦିରରୁ ସେ ମନ୍ଦିର, କେଉଁଠି ଚାଲି ଚାଲି କେଉଁଠି ଟାଙ୍ଗାରେ, କେଉଁଠି ବସ୍‌ରେ ଖୁବ୍ ଘୂରିଲେ ସେମାନେ।

ଭଗବାନଙ୍କ ଦୟାରୁ ହେଉ ବା ଚିକିତ୍ସକଙ୍କ ଚିକିତ୍ସାର ଠିକ୍ ପରିଣାମରୁ ହେଉ ସାନ୍ତ୍ୱନା ଧୀରେ ଧୀରେ ସୁସ୍ଥ ହୋଇଗଲେ। ପ୍ରଥମେ ମନ୍ଦିରମାନଙ୍କରେ ଠାକୁରଙ୍କୁ ଅନାଇ ରହୁଥିଲେ, ହାତଯୋଡ଼ୁ ନଥିଲେ, ମୁଣ୍ଡିଆ ମାରୁନଥିଲେ। ଧୀରେ ଧୀରେ ଚେତନା ସଂଚାର ହେଲା ଯେପରି। ଠାକୁରଙ୍କୁ ପ୍ରଣାମ କଲେ, ଭିକାରୀମାନଙ୍କୁ ପଇସା ଦେଲେ। ବୁଲାବୁଲିରେ କ୍ଳାନ୍ତ ହୋଇ ରାତିରେ ଆଖି ବୁଜି ଶୋଇଗଲେ। ସୁଜିତଙ୍କ ଦାଢ଼ୀ ଭର୍ତ୍ତି ମୁହଁକୁ ବେଳେବେଳେ ବଲବଲ କରି ଚାହିଁଲେ ମଧ୍ୟ। ଗୋଟିଏ ଜାଗାରୁ ଅନ୍ୟ ଜାଗାକୁ ଗଲାବେଳେ, ହୋଟେଲ ରୁମ୍ ଛାଡ଼ିବାବେଳେ ଜିନିଷପତ୍ର ସୁଜିତ ସଜଡ଼ା ସଜଡ଼ି କଲାବେଳେ ଟିକିଏ ଟିକିଏ ତାଙ୍କୁ ସାହାଯ୍ୟ ମଧ୍ୟ କଲେ।

ସୁଜିତ ଛଳଛଳ ଆଖିରେ ଅନାଇ ରହନ୍ତି। ଶିଶୁଟିଏ ପରି ସାନ୍ତ୍ୱନାଙ୍କ ଚାଲିଚଳଣ, ବ୍ୟବହାର ହୋଇଯାଇଛି। ପାଟି ପୂରା ଚୁପ୍। ସତେ ଅବା ଜନ୍ମରୁ କଥା

କହି ନାହାନ୍ତି। ସେ ଚଳଚଞ୍ଚଳା, ହାସ୍ୟ ମୁଖରା ନାରୀଟି ଏମିତି ହୋଇଯିବ ନ ଦେଖିବା ଲୋକ ବିଶ୍ୱାସ କରିପାରିବ ନାହିଁ।

ତାଙ୍କରି ସେବାରେ ନିଜକୁ ହଜାଇ ଦେଇ ପାପର ପ୍ରାୟଶ୍ଚିତ୍ତ କରୁଥିଲେ ସୁଜିତ।

ସେଦିନ ବୈଷ୍ଣୋଦେବୀଙ୍କ ମନ୍ଦିର ଉପରକୁ ଉଠିବାବେଳେ ପାଦ ଖସିଗଲା ସାନ୍ତ୍ୱନାଙ୍କର। ଅଚାନକ ଭାବରେ ତଳି ପଡ଼ିଯାଇ ଆଖି ପିଛୁଳାକେ ପାହାଡ଼ର ଧାର ଆଡ଼କୁ ଗଡ଼ିଯିବାକୁ ଲାଗିଲେ ସେ। ତଳୁ ଆସୁଥିବା ଆଉ ଦଳେ ଯାତ୍ରୀଙ୍କ ଭିତରୁ ଜଣେ ଯୁବକ ଦଉଡ଼ି ଯାଇ ପ୍ରାୟ ମାଡ଼ିବସିଲା ସାନ୍ତ୍ୱନାଙ୍କ ବଲ୍ ପରି ଗଡ଼ି ଯାଉଥିବା ଭାରସାମ୍ୟହୀନ ଦେହଟାକୁ।

ହୋ ହଲ୍ଲା ଭିତରେ ସତେ ଯେପରି ନିଜ ସଂବିତ ଫେରିପାଇଲେ ସୁଜିତ। କ'ଣ ହୋଇଥାନ୍ତା ଆଜି। ମୁଣ୍ଡରୁ ଧାର ଧାର ରକ୍ତ ବାହାରୁଥାଏ ସାନ୍ତ୍ୱନାଙ୍କର। ତାଙ୍କ ଅଚେତନ ଦେହଟିକୁ ସେହି ଯୁବକ ଓ ଅନ୍ୟାନ୍ୟ ଯାତ୍ରୀଙ୍କ ସହାୟତାରେ ନିକଟସ୍ଥ ଏକ ତମ୍ବୁ ଭିତରକୁ ନେଇଗଲେ। ସେଠାରେ ପ୍ରାଥମିକ ଚିକିତ୍ସା ପରେ ସାନ୍ତ୍ୱନାଙ୍କ ଚେତନା ଫେରିଆସିଲା। ସେଦିନ ବୈଷ୍ଣୋଦେବୀଙ୍କୁ ଦର୍ଶନ କରିବାକୁ ଦୁହିଁଙ୍କ ଶରୀରରେ ବା ମନରେ ଆଉ ବଳ ନଥିଲା। ସେହି ତମ୍ବୁରେ ସାନ୍ତ୍ୱନାଙ୍କୁ ତଳେ ଶୁଆଇ ଦେଇ ତାଙ୍କ ପାଖରେ କ୍ଳାନ୍ତ ହୋଇ ଶୋଇପଡ଼ିଲେ ସୁଜିତ।

ସକାଳର ସୁଲୁସୁଲିଆ ପବନରେ ନୁହଁ, କେହି ଜଣେ ଝାଙ୍କି ଦେବାରୁ ସୁଜିତଙ୍କ ନିଦ ଭାଙ୍ଗିଗଲା। ଆଖି ଖୋଲି ଦେଖନ୍ତି ତ ପାଖରେ ଠିଆହୋଇଛନ୍ତି ସାନ୍ତ୍ୱନା। ମୁହଁରେ ପୂରାପୂରି ବ୍ୟସ୍ତତାର ଚିହ୍ନ। ଏଇ ଦୁଇମାସ ଧରି ସାନ୍ତ୍ୱନାଙ୍କ ମୁହଁରେ କୌଣସି ପ୍ରତିକ୍ରିୟା ନଥିଲା। ନା ହସ, ନା କାନ୍ଦ କେବଳ ଆଖିରୁ ଜାଣି ହେଉଥିଲା ଯେ ସେ ଶୋଇଛନ୍ତି କି ଚେଇଁଛନ୍ତି। ଆଜି ତାଙ୍କ ମୁହଁରେ ବ୍ୟସ୍ତତା ଦେଖି ଧଡ଼ପଡ଼ ହୋଇ ଉଠିବସିଲେ ସୁଜିତ।

'କ'ଣ ହେଲା'? ତାଙ୍କ ପାଟିରୁ ଅଚାନକ ବାହାରି ପଡ଼ିଲା।

'ପିଣ୍ଟୁ ଆଉ ରାଣୀ କୁଆଡ଼େ ଗଲେ? ଖୋଜି ଖୋଜି ପାଉନି ତ?' କହିଲେ ସାନ୍ତ୍ୱନା।

ବିସ୍ମୟ ବିମୂଢ଼ ହୋଇ ହୋଇ ଚାହିଁ ରହିଲେ ସୁଜିତ। ଦୁଇମାସ ପରେ ଆଜି ପିଣ୍ଟୁ, ରାଣୀଙ୍କ କଥା ମନେପଡୁଛି ସାନ୍ତ୍ୱନାଙ୍କର।

କୁଣ୍ଢାଇ ଧରିଲେ ସେ ସାନ୍ତ୍ୱନାଙ୍କୁ। ଅଜସ୍ର ଚୁମ୍ବନରେ ତାଙ୍କ ମୁହଁଟିକୁ ଭରିଦେଲେ, 'ତୁମେ କଥା କହିପାରିଲ ସାନ୍ତ୍ୱନା, ମୁଁ ତ ଭାବୁଥିଲି ଆଉ ଜୀବନସାରା

ତୁମ କଥା ଶୁଣିପାରିବି ନାହିଁ' ଏୟା କହିବାକୁ ତାଙ୍କୁ ଇଚ୍ଛା ହେଉଥିଲା କିନ୍ତୁ ବିଶେଷଜ୍ଞଙ୍କ କଡ଼ା ନିର୍ଦ୍ଦେଶ ଥିଲା ସାନ୍ତ୍ୱନା ପଛ କଥା ଆଦୌ ମନେ ନ ପକାନ୍ତି ଯେମିତି। ସେ ଯେ ଅସୁସ୍ଥ ଥିଲେ ଏକଥା ସେ ନ ଜାଣନ୍ତି ଯେମିତି। ତୁରନ୍ତ ଉତ୍ତରଟିଏ ଖୋଜିବାରେ ଲାଗିଲେ ସୁଜିତ।

'ତୁମେ ଏମିତି ନିଶ୍ଚିନ୍ତ ହୋଇ ବସି ରହୁଛ କେମିତି ଯେ, ପିଲା ଦିଇଟା କୁଆଡ଼େ ଗଲେ ଦେଖ।' ସାନ୍ତ୍ୱନା ବ୍ୟସ୍ତ ଅଧୀର ହୋଇ ପଡୁଥିଲେ।

'କାଲି ସୁବ୍ରତ ଆଉ ନୀଳିମା ସାଙ୍ଗରେ ତୁମେ ସେମାନଙ୍କୁ ତଳକୁ ପଠାଇଦେଲ ପରା ? ନିଜେ କହିଲ, ପିଲାମାନେ ପାହାଡ଼ ଚଢ଼ିପାରିବେ ନାହିଁ, କାଳେ ପଡ଼ିଯିବେ, ନୀଳିମାର ଦେହ ମଧ୍ୟ ଖରାପ ହେଲା। ସେମାନେ ସବୁ ତଳେ ହୋଟେଲରେ ଆମକୁ ଅପେକ୍ଷା କରିଥିବେ।' ସୁଜିତ ମିଛ କହିବାକୁ ବାଧ୍ୟ ହେଲେ।

ମନେ ପକାଇବାକୁ ଚେଷ୍ଟା କରୁ କରୁ ସେମିତି ବିରକ୍ତ ହୋଇ ସାନ୍ତ୍ୱନା କହିଲେ, 'କ'ଣ ଦରକାର ଥିଲା ଏ ପାହାଡ଼ ଚଢ଼ି ଏତେ ଉପରକୁ ଆସିବା ? ଏଣେ କହୁଛ, ନୀଳିମା ଦେହ ଭଲ ନାହିଁ। ପିଲା ଦୁଇଟା, ପୁଣି ତା'ର ଗୋଟିଏ, ତିନୋଟି ପିଲା ମିଶି ତାକୁ ବ୍ୟସ୍ତ କରି ଦେବେଣି। ଚାଲ ତଳକୁ ଯିବା।'

'ଆରେ ଏଇ ଆଉ କୋଶେ ଗଲେ ମନ୍ଦିରଟା। ତୁମେ ଇ ରଖେଇ ଥୋଇ ଦେଲନି। ବୈଷ୍ଣୋଦେବୀଙ୍କ ମନ୍ଦିର ଦେଖିବ ଦେଖିବ ହେଲ। ଏତେବାଟ ଆସି ଏବେ ଆଉ ଫେରିଯିବା ନା ? ଆଚ୍ଛା, ବୁଦ୍ଧି ତୁମର' ସୁଜିତ ସତେ ଅବା କେଉଁ ନାଟକର ସଂଳାପ କହୁଥିଲେ।

ସେଦିନର ମନ୍ଦିର ଦେଖା ସେମିତି ହେଲା।

ନିଜ ମୁଣ୍ଡର ଆଘାତର ବନ୍ଧାପଟି ଉପରେ ଥରକୁ ଥର ହାତ ବୁଲାଇ ଆଘାତର କାରଣଟା ଖୋଜିବାକୁ ଚେଷ୍ଟା କରୁଥିବା ଦେଖି ସୁଜିତ ମିଠା ଗଳାରେ କହିଲେ, 'ଆଉ ବଥଟା ତ ଫାଟିଗଲାଣି। ହାତ ମାରି ମାରି ତାକୁ ବିଷାକ୍ତ କରି ପକାଇବ ନା କ'ଣ ?'

ସାନ୍ତ୍ୱନା ମୁଣ୍ଡରୁ ହାତ ଖସାଇ ଆଣିଲେ।

ବଥ ? କାହିଁ କିଛି ମନେପଡୁନି ତ। ହଉ, ଥାଉ।

କିନ୍ତୁ ବିରକ୍ତ ହୋଇ କହିଲେ, 'ପିଲାମାନେ କ'ଣ ଖାଇଥିବେ କେଜାଣି ? ନୀଳିମା କ'ଣ ଭାବୁଥିବ ? ମୋ ଦେହ ଖରାପବେଳେ ମୋର ଯତ୍ନ କ'ଣ ନେବେ, ଓଲଟି ପିଲା ଦୁଇଟାଙ୍କୁ ମୋ ଉପରେ ଲଦି ଦେଇଛନ୍ତି ବୋଲି କହୁଥିବ। ତୁମକୁ କିଏ କହୁଥିଲା ଏଇଠିକୁ ଆସିବାକୁ।'

'ତୁମେ ତ ଯୋଜନା କଲ। ଏବେ ମୋ ଉପରେ ରାଗିଲେ କ'ଣ ହେବ?' ସୁଜିତ କହିଲେ।

କିନ୍ତୁ ସ୍ତ୍ରୀଙ୍କ ବିରକ୍ତି, ରାଗ ଆଜି ସୁଜିତଙ୍କୁ ଦେବତାର ଆଶୀର୍ବାଦ ପରି ଲାଗିଲା, ମିଠା ଶୁଭିଲା। ଦୁଇମାସର କାଳରାତି ପାହିଛି। ଏଥର ସିଧା ଘରକୁ ଫେରିଗଲେ ଚଳିବ, ପିଲାଙ୍କର ସ୍କୁଲ ସବୁ ଖୋଲି କେତେ ଦିନ ହେଲାଣି। ସେ ନିଜେ ଅଫିସରୁ ଏତେଦିନ ଧରି ଅନୁପସ୍ଥିତ ଅଛନ୍ତି। ଯାହାହେଉ, ସେ ତ ଭାବିଥିଲେ ତାଙ୍କ ଜୀବନ ସରିଗଲା ବୋଲି। ତୀର୍ଥଯାତ୍ରା ବିଫଳ ହୋଇନି। ଠାକୁରେ ଡାକ ଶୁଣିଛନ୍ତି।

ହଁ, ସେ ବି ତ ପୁନର୍ଜନ୍ମ ପାଇଛନ୍ତି !

ହୋଟେଲକୁ ଫେରିବା ପୂର୍ବରୁ ଗୋଟିଏ ପିଲାକୁ କିଛି ଟଙ୍କା ଦେଇ ନିଜ ଠିକଣାରେ ହୋଟେଲରେ ଚିଠିଟିଏ ରଖିଦେଲେ ସୁଜିତ। ଲେଖାଥିଲା- 'ଭାଇ ବ୍ୟସ୍ତ ହେବ ନାହିଁ, ନୀଳିମା ଦେହ ଟିକିଏ ବେଶି ଖରାପ ହେବାରୁ ମୁଁ ତାକୁ ଓ ପିଲାମାନଙ୍କୁ ନେଇ ଗାଁକୁ ଚାଲିଯାଉଛି। ସେଇଠି ଦେଖାହେବ।' -ସୁବ୍ରତ।

ଚିଠିଟି ପଢ଼ି ସାନ୍ତ୍ୱନା ବେଶି ବ୍ୟସ୍ତ ହେଲେ। ସେଇଦିନ ସେଇଠି ଜିନିଷପତ୍ର ବନ୍ଧାବନ୍ଧି କରି ଦୁହେଁ ଓଡ଼ିଶା ଆସିବା ପାଇଁ ଗାଡ଼ିରେ ବସିଲେ।

ସୁବ୍ରତ ଚିଠି ପାଇ ସାରିଥିଲେ।

ଏଣୁ ନୀଳିମା ଓ ସେ ଦୁହେଁ ମିଶି ଅଭିନୟ ପାଇଁ ପ୍ରସ୍ତୁତ ଥିଲେ। ପିଲାଙ୍କୁ ମନା କରିଥିଲେ, ମା'ଙ୍କୁ କିଛି ପଚାରିବା ପାଇଁ। ପିଲାମାନେ ବି ଦାଦାଖୁଡ଼ୀଙ୍କ ସ୍ନେହରେ, ଯତ୍ନ ଭିତରେ ଜାଣି ବି ନଥାନ୍ତି ଯେ ତାଙ୍କ ପରିବାରଟିରେ କି ଶନି ଛାୟା ଘେରିରହିଛି।

ସାନ୍ତ୍ୱନାଙ୍କୁ ଦେଖି ସୁବ୍ରତ ଓ ନୀଳିମା ଦୁହେଁ ଘର ଭିତରୁ ଧାଇଁ ଆସିଲେ। ଓଳଗୀ ହେଉଥିବା ନୀଳିମାଙ୍କୁ କୁଣ୍ଢେଇ ପକାଇଲେ ସାନ୍ତ୍ୱନା।

'ଯାହାହେଉ, ତୁମ ମୁଣ୍ଡର ବଥଟା ଶେଷରେ ଫାଟିଗଲା।' ସୁବ୍ରତ କହିଲେ।

'ବହୁତ କଷ୍ଟ ପାଇଲ।'

'କଷ୍ଟ?' ସାନ୍ତ୍ୱନା ମନେପକାଇବାକୁ ଚେଷ୍ଟା କଲେ। କହିଲେ, 'ହଁ, ଏବେ ତ ଭଲ ହୋଇ ଆସିଲାଣି।'

'ଭାଇନା କ'ଣ କମ୍ ସେଥିପାଇଁ ଧାଁଧପଡ଼ କଲେ?' ନୀଳିମା କହିଲା।

ତୃଷାତୁର ପରି ତାଙ୍କ ମୁହଁକୁ ଚାହିଁ ରହିଥିବା ସୁଜିତଙ୍କୁ ଅନାଇ ସାନ୍ତ୍ୱନାଙ୍କ ସୁନ୍ଦର ମୁହଁରେ କୃତଜ୍ଞତାର ମିଠା ହସଟିଏ ଖେଳିଗଲା। କିନ୍ତୁ ତାଙ୍କର ଏଇ ମିଠା ହସରେ ଆଉ ଛଅଟା ଆଖି ଯେ ଉଜ୍ଜ୍ୱଳ ହୋଇଗଲା, କେତେଗୁଡ଼ିଏ ନିଃଶବ୍ଦ ସଂଳାପ

ସେ ଆକ୍ଷିରେ ଆତଯାତ ହୋଇଗଲା, ସେ କଥା ତିନୋଟି ପିଲାଙ୍କ ହାତରେ ଖେଳନା ଧରାଉଥିବା ସାନ୍ତ୍ୱନା ଦେଖିପାରିଲେ ନାହିଁ।

ନୀଳିମା ସୁବ୍ରତଙ୍କ ଆଡ଼କୁ ଅନାଇ ହସି ହସି କହିଲେ, 'ତୁମେ ଟିକିଏ ଭାଇନାଙ୍କ ପରି ହୁଅନ୍ତ କି ହେଲେ ?'

ଏଥର ପରସ୍ପରକୁ ଆକ୍ଷିରେ ଆକ୍ଷିରେ କଥା ହେବାର ପାଳି ସୁବ୍ରତ ଓ ସୁଜିତଙ୍କର।

ନୀଳିମା ବୁଝିପାରିଲା ନାହିଁ ଏକଥା ଶୁଣି ଭାଇନାଙ୍କ ମୁଣ୍ଡ କାହିଁକି ତଳକୁ ହୋଇଗଲା !

ସାନ୍ତ୍ୱନା ବୁଲିପଡ଼ି ତାଗିଦା ସ୍ୱରରେ କହିଲେ, 'ଆଉ ସେକଥା କହନାରେ ମା' ! ଆମ ସୁବ୍ରତ ପରି ସ୍ୱାମୀଟିଏ ତପସ୍ୟା କଲେ ଯାଇ ମିଳେ।'

'ହଁ, ତା' ତ ସତ !' ନୀଳିମା ହସି ହସି କହିଲା। 'କିନ୍ତୁ ମୁଁ ତ ଭାବୁଛି ନାନୀ, ମୋ ପରି ସ୍ତ୍ରୀ ଟିଏ ତପସ୍ୟା କଲେ ମଧ୍ୟ ମିଳିବ ନାହିଁ !'

ତା'ର କଥାର ଚାତୁର୍ଯ୍ୟ ଓ ମୁହଁର ଭଙ୍ଗୀରେ ସମସ୍ତେ ହସି ଉଠିଲେ।

ସୁବ୍ରତ କହିଲେ, 'ଭାଉଜ, ଆମ ଉପରେ ରାଗି ନାହଁ ତ ? ମୋର ଗୋଟିଏ ଜରୁରୀ କାମ ପାଇଁ ତୁମମାନଙ୍କୁ ସେଇଠି ଛାଡ଼ି ଆମମାନଙ୍କୁ ଫେରିଆସିବାକୁ ପଡ଼ିଲା।'

ସାନ୍ତ୍ୱନା କହିଲେ, 'କି କଥା ! ମୋତେ ତ ଖରାପ ଲାଗୁଛି ଯେ ନୀଳିମାର ଦେହ ଖରାପ ସତ୍ତ୍ୱେ ପିଲାଙ୍କ ଦାୟିତ୍ୱ ତୁମକୁ ଦେଇ ଆମେ ଏକା ଏକା ମନ୍ଦିର ଚାଲିଗଲୁ।'

'ନା, ନା, ମୋ ଦେହ ସେମିତି ବେଶି କିଛି ଖରାପ ନଥିଲା ନାନୀ। ତା'ଠାରୁ ବେଶୀ ମନ କଷ୍ଟ ହେଉଥିଲା ଆପଣଙ୍କ ମୁଣ୍ଡର ସେ ବଥଟା ପାଇଁ। ଦେଖୁନାହାନ୍ତି, ଏବେ ବି ସେଇଟା ଶୁଖିନାହିଁ। କେତେ କଷ୍ଟ ହୋଇନଥିବ !'

ସାନ୍ତ୍ୱନା କ'ଣ କହିଆସୁଥିଲେ। ସୁବ୍ରତ କହିଲେ, 'ଏବେ ଏଇଠି ଶୁଖିଯିବ ଯେ। ଏଇ ଆମ ଘର ପାଖରେ ଜଣେ ଖୁବ୍ ଭଲ ଡାକ୍ତର-

'ନା, ନା, ନା, ପ୍ଲିଜ୍ !' କଥାକୁ କାଟି ସାନ୍ତ୍ୱନା କହିଲେ, 'ଦେଖୁଛ, ଧର୍ମ ଅର୍ଜନ ନାଁରେ କେତେଦିନ ଆମେ ଏଇଠି ରହିଲୁଣି। ଆଉ ନୁହଁ। ପିଲାଙ୍କ ସ୍କୁଲ୍ ସିନା ନର୍ସରୀ ସ୍କୁଲ୍ ବୋଲି ଚଳିଯିବ। ମୁଁ କିନ୍ତୁ ଜାଣିପାରୁନି ତୁମେ ଅଫିସରୁ ଏମିତି କେତେ ଦିନର ଛୁଟି ନେଇଛକି ?' ବୁଲିପଡ଼ି ସେ ସୁଜିତଙ୍କୁ ଚାହିଁ ପ୍ରଶ୍ନ କଲେ।

ସୁଜିତ କିଛି ଉତ୍ତର ଦେବା ଆଗରୁ ସାନ୍ତ୍ୱନା ପୁଣି ସୁବ୍ରତ ଓ ନୀଳିମାକୁ ଚାହିଁ କହିଲେ, 'ଆସନ୍ତାକାଲି ରବିବାର ନା ?'

ସେ ଦୁହେଁ ମୁଣ୍ଡ ଟୁଙ୍ଗାରିଲେ।

ସୁଜିତଙ୍କୁ ଚାହିଁ ସେ ପୁଣି କହିଲେ, 'ଆସନ୍ତାକାଲି ସକାଳର ଗାଡ଼ିରେ ହିଁ ଆମ ଟିକଟଟା କଟେଇ ଦିଅ ଯେ, ଘରେ ପହଞ୍ଚି ଭଲ ବିଶ୍ରାମଟିଏ କରିହେବ। ସୋମବାର ସକାଳୁ ପିଲାମାନେ ସ୍କୁଲ୍‌କୁ ଓ ତୁମେ ଅଫିସକୁ ଯିବ। ଘରଟା ବି ତ ସଫାସୁତୁରା କରିବା।'

'କାଲିର କଥା ଖାଲି ଭାବୁଥିବ ନା ମୋତେ ବି କିଛି ଖାଇବାକୁ ଦେବ?' ନିଜ ପେଟରେ ହାତ ରଖି ବିକୃତ ମୁହଁ କରି ସୁଜିତ କହିଲେ।

ତାଙ୍କର ସେ ମୁହଁ ଦେଖି ହସି ହସି ଦୁଇ ଯାଆ ସେଇଠୁ ବଡ଼ାବଡ଼ି କରିବା ପାଇଁ ଉଠିଗଲେ। କିନ୍ତୁ ଗଲାବେଳେ ସାନ୍ତ୍ୱନାଙ୍କ ପଛେ ପଛେ ଆଉ ଛଅଟା ଆଖିରେ ନିଶ୍ଚିନ୍ତ ହେବାର ଯେଉଁ ମଧୁର ସଂଳାପ ଝଲସି ଉଠିଲା, ତାକୁ ସାନ୍ତ୍ୱନା ଦେଖିପାରିଲେ ନାହିଁ।

ସକାଳୁ ଜିନିଷ ସବୁ ସଜାଡ଼ିଲାବେଳେ ଝିଅ ରାଣୀ କାନ୍ଦି କାନ୍ଦି କହିଲା, 'ମା' ମୋ କଣ୍ଢେଇ ଭାଇ ଲୁଚେଇ ଦେଇଛି। ମାଗିଲେ ଦେଉନି'।

'ପିଣ୍ଟୁ ତା' କଣ୍ଢେଇ ଦେଇ ଦେ। ଆମେ ଏବେ ଯିବା ପରା? କଣ୍ଢେଇକୁ ଲୁଚେଇଲେ ଏଇଠି ରହିଯିବ।' ସାନ୍ତ୍ୱନା ବାକ୍ସ ସଜାଡୁ ସଜାଡୁ କହିଲେ।

'ରହୁଥାଉ, ମିଣ୍ଟୁ ଖେଳିବ। ରାଣୀ ମୋତେ ମାରୁଛି, ତା' କଣ୍ଢେଇ ମୁଁ ଦେବିନି।'

'ଦେ ବାପା, ମୋ ସୁନାଟା ପରା, ଦେଖିଲୁ ସେ କେମିତି ରଡ଼ି ଛାଡ଼ିଲାଣି, ଦାଦା ଖୁଡ଼ୀ କ'ଣ କହିବେ?'

'ନା, ମୁଁ ଦେବିନି।'

'ଦେଖ, ତୁ କହୁଥିଲୁ ନା ତୋର ଗୋଟାଏ ନୂଆ ବ୍ୟାଟ୍ ଦରକାର, କାଲି ଆମେ ବଜାର ଯିବା, କିଣି ଆଣିବା, ଆଉ ତୁ କଣ୍ଢେଇ ନଦେଲେ ମୁଁ ତୋତେ ବ୍ୟାଟ୍‌ଟି କିଣେଇ ଦେବିନି।' ସୁଜିତ କହିଲେ।

ପିଣ୍ଟୁ ଇତଃସ୍ତତ ହେଲା, ଲୋଭନୀୟ ପ୍ରସ୍ତାବ। ଏଣେ ଅହଂକୁ ବାଧୁଛି। କଣ୍ଢେଇଟା ପାଇସାରି ଯଦି ରାଣୀ କହିଦିଏ-'ଦେଉ ନଥିଲୁ ପରା' ତା'ହେଲେ ସବୁ ସମ୍ମାନ ଚାଲିଯିବ।

ସେମିତି ମୁହଁ ଫୁଲାଇ ସେ କହିଲା 'ମୁଁ ଦେବିନି, ସେ ନିଜେ ଯାଇ ଆଣୁ।'

'କୋଉଠି ଲୁଚେଇଛୁ ?' ସାନ୍ତ୍ୱନା ପଚାରିଲା

'ଛାତ ଉପରେ।'

'ଯା ମା, ରାଣୀ, ନେଇଆ, ଯା।' କହିଦେଇ ସୁଜିତ ବାହାରକୁ ବାହାରି ଗଲେ।

'ନା, ସେ ମୋ ହାତରୁ ଛଡ଼େଇ ନେଇ ଲୁଚେଇଛି, ସେ ନିଜେ ଆଣି ଦେଉ' ରାଣୀ ନିଜ ଅହଂ ଉପରେ ଫୁଲ ଚଢ଼ାଇଲା।

'ଏ ପିଲାଗୁଡ଼ା ଶାନ୍ତିରେ ବସେଇ ଉଠେଇ ବି ଦେବେନି' କହି ସାନ୍ତ୍ୱନା ଛାତ ଉପରକୁ ଉଠିଲେ। ସୁଜିତ ଘର ଭିତରକୁ ପଶି ଆସି କହିଲେ 'ସବୁ ଠିକ୍ ହେଲାଣି ତ ସାନ୍ତ୍ୱନା ? ଗାଡ଼ିବେଳ ହୋଇ ଗଲାଣି।'

'ତୁମେ ତ ଖାଇନା' ସାନ୍ତ୍ୱନା କହିଲେ 'ତୁମେ ଖାଇ ନିଅ ମୁଁ ଉପରୁ କଣ୍ଢେଇଟା ନେଇ ଆସୁଛି। ସୁବ୍ରତ କାହାନ୍ତି ?'

'ରିକ୍ସା ଆଣିବାକୁ ଯାଇଛି, ତୁମେ ବାକ୍ସଟା ବେଗ୍‌ଟା ସଜାଡ଼ି ଦେଲଣି ତ ?'

'ହଁ ବ୍ୟାଗ୍‌ଟାରେ ତୁମ ଟାୱାଲଟା ଖାଲି ରହିବ। ମୁଁ କଣ୍ଢେଇଟା ନେଇ ଆସୁଛି, ତୁମେ ଖାଅ ଜଲ୍‌ଦୀ।'

ଉପରକୁ ଗଲେ ସାନ୍ତ୍ୱନା, ବେଶ୍ ଟିକିଏ ଖୋଜିବା ପରେ କଣ୍ଢେଇଟା ମିଳିଗଲା। ଯାହାହେଉ ଅକ୍ଷତ ଅବସ୍ଥାରେ ଅଛି। ଦୁଷ୍ଟଟା ତାକୁ ରାଗରେ ଭାଙ୍ଗି ଦେଇନି କେମିତି। ଭାଙ୍ଗିଥିଲେ ଆଉ ଗୋଟିଏ ପାଳା ସୁରୁ ହୋଇ ଯାଇଥାନ୍ତା।

ହାତରେ କଣ୍ଢେଇଟା ଧରି ତଳକୁ ଆସିବାକୁ ପାଦ ବଢ଼ାଇଲେ ସାନ୍ତ୍ୱନା, ହଠାତ୍ ତାଙ୍କୁ ଲାଗିଲା ଆଉ ଗୋଟାଏ କ'ଣ ସେ ଏଇଠି ଛାଡ଼ି ଯାଉଛନ୍ତି।

'ଲୁଗାପଟା ପିଲାଙ୍କର କିଛି ରହିଗଲା କି ଉପରେ' ଭାବି ସେ ପୁଣି ପଛକୁ ଫେରିଲେ।

ଧୀରେ ଧୀରେ।

ତାଙ୍କୁ ଲାଗିଲା ଯେମିତି ଏଇଠି ଆଉ ଗୋଟିଏ କ'ଣ ରହିଯାଇଛି।

କ'ଣ ସେଇଟା, କ'ଣ ସେଇଟା ? ଚିନ୍ତା କରିବାକୁ ଲାଗିଲେ। ମନେ ପକେଇବାକୁ ଚେଷ୍ଟା କଲେ।

ପାଦେ ପାଦେ କରି ଆଗଉଥାନ୍ତି। ହଁ ଏଇଠି ତ... ଏଇଠି...

କ'ଣ କ'ଣ ସେଇ ଜିନିଷଟା ଯାହା ସେ ଛାଡ଼ି ଦେଇଛନ୍ତି ?

ଏଇଠି ଛାତର ଶେଷଭାଗ... ବଡ଼ ଆମ୍ବ ଗଛର ଛାୟା... ଆରାମ ଚଉକୀଟା ପଡ଼ିଛି...

କ'ଣଟା ଛାଡ଼ିଗଲେ ସେ ଆଉ ? କି ଜିନିଷ ସେଇଟା ?

ଧୀରେ ଧୀରେ ସେ ଯାଇ ଆରାମ ଚଉକୀ ପାଖରେ ପହଞ୍ଚିଗଲେ।

ସେଇଠି ପହଞ୍ଚି ହଠାତ୍ କ୍ଲାନ୍ତ, ବହୁତ କ୍ଲାନ୍ତ ଲାଗିଲା ତାଙ୍କୁ। ଚଉକୀ ଉପରେ ଧୀରେ ଧୀରେ ଯାଇ ବସି ପଡ଼ିଲେ।

ଆସ୍ତେ ଆସ୍ତେ ନିଜ ଚାରିପାଖର ଦିନର ଉଜ୍ଜ୍ୱଳ ଆଲୋକ ଲିଭି ଲିଭି ଆସିଲା ଯେମିତି।

ଅନ୍ଧାର... ସେ ଆଖିବୁଜି ଦେଲେ।

ଝାପ୍‌ସା ଅନ୍ଧାର ଭିତରେ କେଉଁଠୁ ଆଲୋକର ଧାରଟିଏ ଆସି ତାଙ୍କ ଆଗରେ ପଡ଼ିଲା। ସେ ଆଡ଼କୁ ସେ ଚାହିଁଲେ।

ତଳେ ସପ ଉପରେ ଝିଅଟିଏ ଗାଢ଼ ନିଦରେ ଶୋଇଛି ଆଉ ପାଖରେ କେହି ଜଣେ ଜାଗ୍ରତ, ପ୍ରଲୁବ୍ଧ। ଶିକାରୀଟିଏ ଅବା।

ଚିତ୍କାର କରି ଆଖି ଖୋଲିଦେଲେ ସାନ୍ତ୍ୱନା, ହାତରୁ କଣ୍ଢେଇଟି ତଳେ ଖସିପଡ଼ିଲା।

ସୁବ୍ରତ ରିକ୍‌ସାରେ ନେଇ ଜିନିଷପତ୍ର ଲଦିଦେଲେ। ପିଲାମାନଙ୍କ ହାତରେ ପାଣି ବୋତଲ ଧରାଇ ରିକ୍‌ସାରେ ବସାଇଦେଲେ ସୁଜିତ। ନୀଳିମା ରୋଷେଇ ଘର ବନ୍ଦ କରି କୋଳରେ ପୁଅକୁ ଧରି ଦାଣ୍ଡକୁ ଧାଇଁ ଆସିଲେ।

ସୁବ୍ରତ କହିଲେ– 'ଭାଉଜଙ୍କୁ ଡାକମ, ଏତେଡେରି କ'ଣ ? ବସ୍ ଚାଲିଯିବ ଯେ।'

ନୀଳିମା ପୁଣି ଭିତରକୁ ଗଲେ, ନାନୀ ଘର ଭିତରେ ନାହାନ୍ତି ତ !

ପଡ଼ିଶା ଖୁଡ଼ୀଙ୍କ ପାଖକୁ ଗଲେ କି ? ନୀଳିମା ପଡ଼ିଶା ଘରକୁ ଗଲେ ଦେଖିବା ପାଇଁ।

କାହିଁ ନାହାନ୍ତି ତ !

ସୁଜିତ ସୁବ୍ରତ ଅଧୀର ହୋଇ ପଡ଼ିଲେଣି, ହଠାତ୍ ସୁବ୍ରତ କହିଲେ, 'ଭାଇ ଉପରଟା ଦେଖିଛ ?'

ସୁଜିତ ପଚାରିଲେ 'ଛାତ' ? ପଚାରି ଦେଇ ଚମକି ପଡ଼ିଲେ ସେ। ଦୁଇଭାଇ ଠେଲାପେଲା ହୋଇ ଉପରକୁ ଦଉଡ଼ିଗଲେ। ନୀଳିମା ପୁଅକୁ ତଳେ ବସାଇ ଦେଇ ତାଙ୍କ ପଛରେ ଦୌଡ଼ିଲା।

ହତଭମ୍ବ ହୋଇ ସେମାନେ ଦେଖିଲେ- ସାନ୍ତ୍ୱନା ଚଉକି ଉପରେ ବସିଛନ୍ତି, ସ୍ଥିର ଦୃଷ୍ଟି ଦୂର ନୀଳ ଗଗନରେ ନିବଦ୍ଧ, ଦୁଇଧାର ଲୁହ କେତେବେଳୁ ବୋହି ଶୁଖି ଗଲାଣି।

ନିଜ ମୁଣ୍ଡବାଳକୁ ଦୁଇ ହାତରେ ଭିଡ଼ିଧରି ସେଇଠି ବସି ପଡ଼ିଲେ ସୁଜିତ।

■

ହେ ଶୂନ୍ୟ ଆକାଶ ! ହେ ଶରବିଦ୍ଧ ବଲାକା ! !

୧୯୯୩

ବ୍ରହ୍ମପୁରରୁ ଫୁଲବାଣୀକୁ ମୋର ବଦଳି ହୋଇଗଲା ବୋଲି ଯେତେବେଳେ ଜାଣିଲି, ଏକ ଅଜଣା ଆନନ୍ଦରେ ମନ ମୋର ପୁଲକିତ ହୋଇ ଉଠିଲା ।

ବ୍ରହ୍ମପୁର ଯେ ମୋତେ ଭଲ ଲାଗୁନଥିଲା ସେକଥା ନୁହଁ । ତେବେ ବ୍ରହ୍ମପୁରରେ ଏହି ପାଞ୍ଚବର୍ଷର ରହଣିରେ ଯେଉଁ କେତେ ବନ୍ଧୁବାନ୍ଧବ ବା ପରିଚିତ ବ୍ୟକ୍ତି ଥିଲେ ସେମାନେ ତାଙ୍କର ଜାଣତରେ ହେଉ ବା ଅଜାଣତରେ ହେଉ ମୋ ଠାରୁ ଗୋଟିଏ ଜିନିଷ ଲୁଟି କରୁଥିଲେ ।

ସେ ହେଉଛି ବିଜନତା ।

ବିଜନତା ମୋର ପରମପ୍ରିୟ, ପରମ ଆରାଧ୍ୟ ।

ବିଜନତାର ଉପସ୍ଥିତିରେ ଅଫିସରୁ ଫେରିବା ପରେ ମୁଁ ଯେତେବେଳେ ମୋର ଜୀବନର ଏକମାତ୍ର ଅବଲମ୍ବନ ସୀତାରଟିକୁ ନେଇ ବସିଯାଏ, ଆଉ କଲ୍ୟାଣ ରାଗରେ ଆଳାପ କରିବାକୁ ଲାଗେ ସେତେବେଳେ ପୃଥିବୀ ଧୀରେ ଧୀରେ... ମୋ ଆଖି ଆଗରେ କ୍ରମଶଃ ଛୋଟରୁ ଛୋଟ ହୋଇ ହୋଇ ଶେଷରେ ଲୀନ ହୋଇଯାଏ ।

ଆଉ ସତ୍ତା ମୋର ଏକ ପକ୍ଷୀ... ନା ଏକ ଧୂମ୍ରରେଖା... ନା ଏକ ବିନ୍ଦୁ... ନା ଆଉ ଏପରି କିଛି... ଯାହା ମୁଁ ବୁଝିପାରେନା, ସେଥିରେ ରୂପାନ୍ତରିତ ହୋଇ ଧୀରେ ଧୀରେ ଉର୍ଦ୍ଧ୍ୱଗାମୀ ହୋଇ ସସୀମରୁ ଅସୀମ ଆଡ଼କୁ ଅଗ୍ରସର ହେବାରେ ଲାଗେ । ଏକ ଅଦ୍ଭୁତ ଆନନ୍ଦବୋଧ ମୋର ସମଗ୍ର ସଂବିତକୁ ଜାବୁଡ଼ି ଧରେ ।

ଆଉ ଏହି ଅନାସ୍ୱାଦିତ ମାଧୁର୍ଯ୍ୟରେ ତଲ୍ଲୀନ ହୋଇ ରହିଥିବାବେଳେ ହଠାତ୍ ବାଜିଉଠେ କଲିଂ ବେଲ୍!!

ମୋର ମନେହୁଏ ସତେ ଯେପରି ସେହି ସ୍ୱର୍ଗୀୟ ଆନନ୍ଦ ମଧ୍ୟରୁ ପୃଥିବୀର ନିଷ୍ଠୁର କଠୋର ବାସ୍ତବତା ମଧ୍ୟକୁ ମୋତେ ଟାଣିନେଇ କିଏ ତଳେ କଚାଡ଼ି ଫୋପାଡ଼ି ଦେଲା।

ରକ୍ତାକ୍ତ ମନ ନେଇ ସୀତାରଟି ତଳେ ଥୋଇ ମୁଁ କବାଟ ଖୋଲିବାକୁ ଯାଏ।

କବାଟ ଆରପଟେ ଯିଏ ବା ଯେଉଁମାନେ ଥାଆନ୍ତି ସେମାନେ ସମସ୍ତେ ମୋର ହିଁ ବନ୍ଧୁ, କୁଟୁମ୍ବ ବା ପରିଚିତ କେହି। ଯଦିଓ କେହି କେବେ ମୋ ପାଇଁ ଆସିନଥାନ୍ତି। ସେମାନେ ଆସିଥାନ୍ତି ମୋ ପାଖରେ ଥିବା ସରକାରୀ କ୍ଷମତାରୁ କିଛି ନ୍ୟାର୍ଯ୍ୟ ଉପକାର ପାଇବା ପାଇଁ। ସେମାନଙ୍କର ଏହି ହାରି ଗୁହାରି, ଅନୁରୋଧ ଉପ୍ରୋଧର ସମ୍ଭାବନାକୁ ଭେଟିବାକୁ କବାଟ ଖୋଲିବା ଆଗରୁ ମୁଁ ଥରେ ପଛକୁ ବୁଲି ଚାହେଁ ଓ ଦେଖେ, ବିଜନତା ହାତ ହଲେଇ ମୋ'ଠାରୁ ବିଦାୟ ନେଇ ଚାଲିଯାଉଛି। ମୁହଁରେ ତା'ର ଏ ଟିକକ ଆଗର ମଧୁର ପ୍ରସନ୍ନତା ନାହିଁ। ବରଂ ଆଗାମୀ ଚବିଶ ଘଣ୍ଟା ମଧ୍ୟରେ ନ ଫେରିବାର କଠୋର ଅଭିମାନ ସେଇଠି ମୋତେ କଟମଟ କରି ଚାହିଁ ରହିଥାଏ। ଦୀର୍ଘ ନିଃଶ୍ୱାସଟିଏ ପକାଇବା ଛଡ଼ା ମୋର ବି ଆଉ କିଛି ଚାରା ନଥାଏ।

କିନ୍ତୁ ଫୁଲବାଣୀ ମୋ ପାଇଁ ସମ୍ପୂର୍ଣ୍ଣ ଅପରିଚିତ ଜାଗା। ଅଫିସ ସମୟତକ ବାଦ ଦେଲେ ମୋଠାରୁ ବିଜନତାକୁ ଓଟାରି ନେଇଯିବା ପାଇଁ ବନ୍ଧୁ ନାମଧାରୀ କୌଣସି ଦସ୍ୟୁ ସେଠାରେ ନଥିଲେ- ଏହାହିଁ ଥିଲା ବଦଳିଜନିତ ଆନନ୍ଦର ଏକମାତ୍ର କାରଣ।

ବିଜନତାକୁ ଏପରି ଘନିଷ୍ଠ ଭାବରେ ଭଲ ପାଇବା ମୋର ସହଜାତ ପ୍ରବୃତ୍ତି ନୁହଁ ବା ସଙ୍ଗୀତ ମଧ୍ୟ ମୋର ଈଶ୍ୱର ଦତ୍ତ ଜନ୍ମଗତ କଳା ନଥିଲା।

ତେବେ ଏ ଦୁହିଁଙ୍କୁ ଭଲ ପାଇବାର ସାଧନା ମୁଁ ଆରମ୍ଭ କରିଥିଲି ସେଇ ବୟସରେ ଯେଉଁ ବୟସରେ ପିଲାମାନେ ଦର୍ପଣ ସହ ଆଳାପ କରିବାକୁ, ଚକ୍ଷୁ ବିନିମୟ କରିବାକୁ ଭଲ ପାଆନ୍ତି।

କୈଶୋରକୁ ବିଦାୟ ଦେଇସାରି ଯୌବନକୁ ସ୍ୱାଗତ ଜଣାଇବା ପୂର୍ବରୁ ସବୁ ପୁଅଝିଅଙ୍କ ପରି ମୁଁ ମଧ୍ୟ ଦିନେ ଆମ ଘରର ଲେସ୍ ପରଦା ଝୁଲୁଥିବା ବିରାଟ ଡ୍ରେସିଂ ଟେବୁଲ୍‌ର ଦର୍ପଣରୁ ପରଦା ହଟାଇ ତା' ଆଗରେ ହସ ହସ ମୁହଁରେ ଠିଆ ହୋଇଗଲି ଏବଂ ମୋ ସାମ୍ନାକୁ ଚାହିଁଦେଇ ଚମକି ପଡ଼ିଲି।

ଦର୍ପଣ ଭିତରୁ ରୂପକଥାର ରାଜକୁମାରୀ ବଦଳରେ କଦାକାର ମୁହଁଟିଏ ମୋତେ ତାଚ୍ଛଲ୍ୟ କରି ଅନାଇ ବିକୃତ ହସଟିଏ ହସୁଥିଲା।

ରୂପକଥାର କେଉଟ ମାଠିଆ ଭିତରୁ ବାହାରିଥିବା ଅସୁରକୁ ଭୟଭୀତ ହୋଇ ଯୋଡ଼ ହସ୍ତରେ ପଚାରିବା ପରି ମୋ ଆତ୍ମା ଦର୍ପଣ ଭିତରର ସେ ମୁହଁକୁ ପଚାରିଲା- 'ଆରେ ତୁ କିଏ ? ତୁ କିଏ ?'

ମୋ ଛାତିର ଧଡ଼୍ ଧଡ଼୍ ଶବ୍ଦ ମୋ କାନରେ ଅସୁରର ଅଟ୍ଟହାସ୍ୟ ପରି ଶୁଣାଗଲା, ଦର୍ପଣ ଭିତରୁ ଜବାବ ମିଳିଲା। 'ମୁଁ ଯେ ତୁ, ମୁଁ ତ ତୁ !!'

ବାସ୍, ମୁଁ ବି ସେଇ ରୂପକଥାର କେଉଟ ପରି ଚତୁର ଥିଲି। କେଉଟଟି ପୁଣି ମାଠିଆ ଭିତରେ ଅସୁରକୁ ପୁରାଇ ଠିପି ବନ୍ଦ କରି ସମୁଦ୍ର ଭିତରେ ମାଠିଆଟିକୁ ଫୋପାଡ଼ି ଦେଲା ପରି ମୁଁ ସେଦିନ ସେଇ ଯେ ଦର୍ପଣର ଲେସ୍ ପରଦାକୁ ପକାଇ ଦେଇ ବିସ୍ମୃତିର ଅତଳ ସମୁଦ୍ର ମଧ୍ୟରେ ତାକୁ ଫୋପାଡ଼ି ଦେଇଛି, ବାସ୍! ଆଉ ତା' ସହିତ ମୋର ଦେଖାହୋଇ ନାହିଁ।

ଆଜି ମୋର ଏହି ଭଡ଼ା ଘରଟିରେ ମୋର ଆସବାବପତ୍ର ମଧ୍ୟରେ ଡ୍ରେସିଂ ଟେବୁଲ୍ ବା ଦର୍ପଣ କାହାରି ହେଲେ ଉପସ୍ଥିତି ନାହିଁ।

ଦର୍ପଣକୁ ମୁଁ ଘୃଣା କରେ।

କିନ୍ତୁ ଭଗବାନ ତ ଏ ସଂସାରକୁ ଦର୍ପଣମୟ କରି ରଖିଦେଇଛନ୍ତି। ଆଉ ମନୁଷ୍ୟର ଆଖିରେ ଥିବା ସେ ଦର୍ପଣ ଏତେ ଅପାରଗ ଓ ଦୁର୍ବଳ ଯେ, ସେ କେବଳ ଅନ୍ୟ ମଣିଷର ମୁହଁ ପର୍ଯ୍ୟନ୍ତ ହିଁ ଯାଇପାରେ। ସେଠାରେ ହିଁ ଅଟକିଯାଏ। ସେ ମୁହଁ ପଛରେ ଥିବା ଏକ ସ୍ୱଚ୍ଛ ପବିତ୍ର ମନ ବା ପ୍ରୀତିଭରା ହୃଦୟ ପର୍ଯ୍ୟନ୍ତ ପହଞ୍ଚିବାର ଶକ୍ତି ତା'ର କାହିଁ ?

ଆଉ ଆତ୍ମା ପର୍ଯ୍ୟନ୍ତ ତା'ର ପହଞ୍ଚିବାର ସାମର୍ଥ୍ୟ ?

ହାଃ !

ଦର୍ପଣ ସହ ମୋର ସେହି ପ୍ରଥମ ସାକ୍ଷାତ ଦିନରୁ ସଙ୍ଗୀତ ମୋର ସହଚରୀ, ପ୍ରିୟା, ବନ୍ଧୁ ସବୁକିଛି। ଆଉ ବିଜନତା ମୋର ଆରାଧ୍ୟ।

କେବେ କେମିତି ସାଙ୍ଗସାଥି ମେଳରେ ସଙ୍ଗୀତ 'ଆବୃତ୍ତି' କଲାବେଳେ ପଛରୁ ମନ୍ତବ୍ୟ ଶୁଣିଛି - 'ଏଡେ ଅସୁନ୍ଦର ଗଳାରୁ ଏମିତି ମିଠା ଆୱାଜ କେମିତି ଆସେ କେଜାଣି।'

ସେ ମନ୍ତବ୍ୟ ମୋ ଆକ୍ଷିରେ ଲୁହ ଆଣିଦିଏ। ତେବେ ଅସୁନ୍ଦର ଚେହେରା

ପାଇଁ ଏ ଅଶ୍ରୁ ଦୁଃଖର ନା ମିଠାଗଳାର ପ୍ରଶଂସା ପାଇଁ ଏ ଅଶ୍ରୁ ପୁଲକର ଏହା ମୁଁ କେବେ ବି ବୁଝିପାରି ନାହିଁ।

କୌଣସି ସଙ୍ଗୀତ ପ୍ରତିଯୋଗିତାରେ ମୁଁ ଭାଗ ନିଏନା। କାରଣ ମୁଁ ଜାଣେ ମୁଁ ମଞ୍ଚ ଉପରକୁ ଉଠିବା ମାତ୍ରେ ଶ୍ରୋତା ମଣ୍ଡଳୀ ଦର୍ଶକ ମଣ୍ଡଳୀରେ ପରିଣତ ହୋଇଯିବେ। ଏ ଦୁନିଆଁରେ ସମସ୍ତେ ଦର୍ଶକ। ଶ୍ରୋତା କେତେଜଣ ଥାଆନ୍ତି ? ହୃଦୟ ଆଉ ଚକ୍ଷୁ ଏ ଦୁଇଟିକୁ ଭଗବାନ ଅଦଳ ବଦଳ କରି ରଖି ଦେଇଛନ୍ତି। ଯେଉଁଠାରେ ଚକ୍ଷୁ ଅଛି ତାର ବ୍ୟବହାର ଏତେ ବେଶୀ ହୁଏ ଯେ, ଅବ୍ୟବହୃତ ହୋଇ ହୃଦୟ ଉପରେ ପରସ୍ତ ପରସ୍ତ ଧୂଳି ଜମି ଯାଇଥାଏ।

ଏଣୁ ଜନ ସମାବେଶ ଆଗରେ ମୁଁ ସଙ୍ଗୀତକୁ ଖୋଜି ପାଏ ନାହିଁ। ମୋର ମନେହୁଏ ମୁଁ ଗାଉ ନାହିଁ ଆବୃତ୍ତି କରୁଛି ମାତ୍ର। ସେଥିପାଇଁ ମୋର ପ୍ରିୟ ଶ୍ରୋତା ମୁଁ ନିଜେ।

ଆଜି ସେଥିପାଇଁ ଫୁଲବାଣୀ ବଦଳି ହେବାର ଖବର ପାଇ ମୁଁ ଖୁବ୍ ଖୁସୀ ହୋଇଥିଲି। ସମ୍ପୂର୍ଣ୍ଣ ଅପରିଚିତ ଏହି ସହରଟିରେ ମୋର ତଥାକଥିତ ବନ୍ଧୁ ପରିଚିତ କେହି ନାହାନ୍ତି। ଯେଉଁମାନେ ସଙ୍ଗୀତ ଶୁଣିବା ଆଳରେ ମୋତେ କ୍ଳାନ୍ତ କରାନ୍ତି, ବନ୍ଧୁତ୍ୱ ଦେବା ଛଳରେ ଦୟା ଦେଖାନ୍ତି ମୋର ନିଃସଙ୍ଗତା ଦୂର କରିବାକୁ ଆସି ମୋତେ ବୋର୍ କରନ୍ତି, ଅନ୍ତତଃ ଏମାନଙ୍କ ଠାରୁ ମୁଁ ଦୂରରେ ରହି ମୋର ପ୍ରିୟ ବିଜନତାର ବାହୁ ବନ୍ଧନରେ ନିଜକୁ ହଜାଇ ଦେଇ ପାରିବି।

ଫୁଲବାଣୀରେ ପହଞ୍ଚି ଦେଖିଲି ସତରେ ଏ ମୋର ସ୍ୱପ୍ନର ସହର।

ବ୍ରହ୍ମପୁରର ଜନ କୋଳାହଳ ଗାଡ଼ି ମୋଟରର ହୋ ହଲ୍ଲା ଏଠାରେ ନାହିଁ। ପ୍ରକୃତି ଏଠାରେ ମୋର ପରମ ଆତ୍ମୀୟ।

ଅଳ୍ପ ଆୟାସରେ ଭଡ଼ା ଘରଟିଏ ମଧ୍ୟ ପାଇଗଲି। ମୋତେ ଭଲ ଲାଗିବା ପରି ଘରଟିଏ ଅନେକ କାରଣ ଥିଲା, ପ୍ରଥମତଃ ଘରଟି ବେଶ୍ ସୁବିଧା ସ୍ଥାନରେ ଥିଲା। ସହରଟିର ମୁଖ୍ୟ ରାସ୍ତାର ଅନତି ଦୂରରେ ଛୋଟିଆ ଗୋଟିଏ ଘର, ମୋ ପରି ଏକକ ସଭ୍ୟ ବିଶିଷ୍ଟ ପରିବାର ପାଇଁ ସମଗ୍ର ସୁବିଧା ସେଠାରେ ଥିଲା। ମୋତେ କିନ୍ତୁ ସବୁଠାରୁ ଭଲ ଲାଗୁଥିଲା ଏହାର ଅବସ୍ଥିତି। ଉଭୟ ପଟେରେ ପଡ଼ୋଶୀ ଦୁଇଜଣଙ୍କ ଘର ଦୁଇଟି ଯେଉଁଠି ଶେଷ ହୋଇ ବାରିପଟର ବଗିଚା ଆରମ୍ଭ ହୋଇଛି ମୋ ଘରଟିର ଆରମ୍ଭ ଥିଲା ସେହି ସରଳରେଖାରେ, ଅର୍ଥାତ୍ ଉଭୟପଟର ଦୁଇ ପଡୋଶୀଙ୍କ ବଗିଚା ମଧ୍ୟରେ ମୋ ଘରର ଅବସ୍ଥିତି ଥିଲା।

ମୋର ଶୋଇବା ଘରର ଉଭୟ କାନ୍ଥର ଝରକା ଖୋଲିଦେଲେ ଯେତେବେଳେ ଉଭୟ ପାର୍ଶ୍ୱସ୍ଥ ଅଯତ୍ନ ବର୍ଦ୍ଧିତ ପ୍ରାୟ ଜଙ୍ଗଲ ପରି ବଢ଼ିଥିବା ଗଛଗୁଡ଼ିକ ଆଖିରେ ପଡ଼େ ମନେହୁଏ ସଂସାରରେ ଆଉ କେହି କେଉଁଠାରେ ନାହାନ୍ତି। କେବଳ ଚାରିଆଡେ ଅଗ୍ନାଅଗ୍ନି ବନସ୍ତ ଆଉ ତା ମଧ୍ୟରେ ଏଇ ଛୋଟ ଘର ଖଣ୍ଡିକ।

ଅଫିସରୁ ଫେରିବା ପରେ ଉଭୟପଟର ଝରକା ମୁଁ ଖୋଲିଦିଏ। ଧୀରେ ଧୀରେ ଶୀତଳ ପବନ ସହିତ ଗଛପତ୍ରର ଫାଙ୍କେ ଫାଙ୍କେ ବିଦାୟୀ ସୂର୍ଯ୍ୟର ରକ୍ତିମ କିରଣର ନୃତ୍ୟ ସେଇ ଶୁନ୍‌ଶାନ୍ ଚୁପ୍‌ଚାପ୍ ପରିବେଶ ମଧ୍ୟରେ ଦେଖୁ ଦେଖୁ ମୋ ବିଛଣା ଉପରେ ମୋର ପ୍ରିୟ ସାଥୀ ସୀତାରଟିକୁ ନେଇ ମୁଁ ବସିଯାଏ। ସେତେବେଳେ ମୋର ମନେହୁଏ ରୂପକଥାର ଅମୁହାଁ ଘରେ ବନ୍ଦିନୀ, ଅପୂର୍ବ ସୁନ୍ଦରୀ ସେ ରାଜକନ୍ୟା ମୁଁ। ମୋ ଆଗରେ ଅନନ୍ତ ନିଦ୍ରାରେ ଶାୟିତ ମୋର ପ୍ରିୟତମ ରାଜପୁତ୍ର। ମୋର ଆବାହନୀ ସଙ୍ଗୀତରେ ଜାଗି ଉଠିବାର ପ୍ରତୀକ୍ଷା ନେଇ ସେ ପଦ୍ମପଲାଶ ଚକ୍ଷୁ ଦିଓଟି ମୁଦ୍ରିତ ହୋଇଯାଇଛି। ମୋ ଅଜଣାରେ କେତେବେଳେ ଯେ ମୋ ହାତର ସୀତାର ବାଜି ଉଠିଲାଣି ଏବଂ କେତେବେଳେ ଯେ ପୂରବୀ ରାଗର କରୁଣ ରିଓ୍ୱାଜରେ ବାୟୁମଣ୍ଡଳ ଅନୁରଣିତ ହୋଇ ଉଠିଲାଣି ତାହା ମୁଁ ଜାଣିପାରେ ନାହିଁ।

ଯେତେବେଳେ ବର୍ଷାର ରିମ୍‌ଝିମ୍ ପ୍ରଥମ ବର୍ଷଣ ଉଭୟପଟର ଏହି ଜଙ୍ଗଲରୂପୀ ବଗିଚାକୁ ଛନ୍ଦମୟ କରି ତୋଳୁଥାଏ ସେତେବେଳେ ମୋର ସେଇ ବିଛଣା ଉପରେ ସୀତାରଟିକୁ କୋଳରେ ଧରି ମୁଁ ବସି ଯାଇଥାଏ। ମୋ ଆଖିଆଗରେ ସେ ବନ ରୂପାନ୍ତରିତ ହୁଏ ଅଶୋକ ବନରେ, ଆଉ ମୁଁ ସୀତା। ମେଘ ମହ୍ଲାରର କରୁଣ କୋମଳ ରାଗିଣୀରେ ଅନ୍ତରର ସମସ୍ତ ନିର୍ଯ୍ୟାସ ଢାଳି ମୁଁ ଦୂରଗାମୀ ବଳାକା ପଂକ୍ତି ହାତରେ ସନ୍ଦେଶ ପଠାଇଦିଏ ମୋର ସ୍ଥିତିହୀନ ଶ୍ରୀରାମଚନ୍ଦ୍ରଙ୍କ ପାଇଁ।

ପୁଣି ବସନ୍ତର ମଧୁଯାମିନୀରେ ଯେତେବେଳେ ଚନ୍ଦ୍ରାଲୋକରେ ସମଗ୍ର ପୃଥିବୀ ଉଦ୍‌ଭାସିତ ହୋଇ ଉଠେ ସେତେବେଳେ ସେହି ବନ ମୋ ଆଖିରେ ବୃନ୍ଦାବନ ପାଲଟି ଯାଏ। ମୁଁ ଅଭିମାନିନୀ ବିପ୍ରଲବ୍ଧା ରାଧା, ମୋର ସେହି କେବେ ବି ଆସି ନଥିବା ଶ୍ରୀକୃଷ୍ଣଙ୍କ ପାଇଁ ସମସ୍ତ ଅଭିମାନକୁ ମୋର, ସୀତାରରେ ରୂପଦେଇ ବସେ ଆଉ ମୋର ପ୍ରତିଟି ଭାବ ରୂପାନ୍ତରିତ ହୁଏ ଧ୍ୱନିର ସୂକ୍ଷ୍ମ ମାଧ୍ୟମରେ, 'ଲଳିତା' ରାଗିଣୀର ସୁକରୁଣ ମୂର୍ଚ୍ଛନାରେ।

ଋତୁର ଆବର୍ତ୍ତରେ, ଏହିପରି ଭାବରେ ସଂଗୀତ ଓ ବିଜନତାର ମଧୁର ସାନ୍ନିଧ୍ୟରେ ମୁଁ ଉପଭୋଗ କରୁଥିଲି ଏକ ତୃପ୍ତ, ପରିପୂର୍ଣ୍ଣ ଓ ପ୍ରଶାନ୍ତ ଆନନ୍ଦର ସ୍ୱର୍ଗୀୟ ଜୀବନକୁ।

ସେ ଦିନ ଥିଲା କାର୍ତ୍ତିକ ପୂର୍ଣ୍ଣିମାର ଏକ ଶୀତଳ ସ୍ତବ୍ଧ, ବିମୁଗ୍ଧ ରାତ୍ରି।

ଚନ୍ଦ୍ରିକା ଚର୍ଚ୍ଚିତ ସେହି ଉପବନ ମଧ୍ୟସ୍ଥ କଳ୍ପଲୋକର ରାଜମହଲର ରତ୍ନସିଂହାସନ- ମୋର ବିଛଣା ଉପରେ ବସି ସମ୍ପୂର୍ଣ୍ଣ ଭାବବିହ୍ୱଳ ହୋଇ ମୁଁ ରିଓ୍ୱାଜ କରୁଥାଏ ଆଶାବରୀ ରାଗକୁ ନେଇ। ସେହି ମଧୁର ମୂର୍ଚ୍ଛନା ମୋର ତନୁ ମନକୁ ଆମୋଦିତ କରି ରଖିଥାଏ।

ରାତି ସେତେବେଳେ କେତେ ହେବ କେଜାଣି। ମନରେ ସମ୍ପୂର୍ଣ୍ଣ ତୃପ୍ତି ଆସିବା ପରେ କ୍ଲାନ୍ତ ଅଥଚ ପ୍ରଫୁଲ୍ଲିତ, ପୁଲକିତ ମନ ନେଇ ଧୀରେ ଧୀରେ ଆଳାପ ବନ୍ଦ କଲି। ସୀତାରର ମଧୁର ମୂର୍ଚ୍ଛନା ତଥାପି ଗୃହର କୋଣେ କୋଣେ ଅନୁରଣିତ, ଏତିକିବେଳେ ମୋର ମନେହେଲା ଡ଼ାହାଣ ପାଖର ଝରକା ପାଖରେ ଯାହାର ନିକଟରେ କି ମୋ ବିଛଣା, ସେଠାରେ କିଛି ଗୋଟାଏ ଧୀର ଅଥଚ ଅସ୍ୱାଭାବିକ ଶବ୍ଦ। ଶୀତ ଦିନର ଚୁପଚାପ ରାତି ହୋଇ ନଥିଲେ ହୁଏତ କାନରେ ଶବ୍ଦଟି ପଡ଼ି ନଥାନ୍ତା। ମନେହେଲା କିଏ ଯେମିତି ପାଖର ଗଙ୍ଗଶିଉଳୀ ଗଛରେ ଧକ୍‌କା ଖାଇଲା।

ଝରକା ବାଟେ ପର୍ଦ୍ଦା ଉଠାଇ ଚାହିଁଲି। ମନେହେଲା ଦୁଇଟି ପାଦ ଯେପରି ଧୀରେ ଧୀରେ ଅପସରି ଯାଉଛି। ବିଜନତାକୁ ଭଲ ପାଇବା ଦିନୁ ଭୟ ମୋ ମନରୁ ଦୂରେଇ ଯାଇଛି। ଏତେ ରାତିରେ କିଏ ବା କାହିଁକି ଏଠାରେ ଠିଆ ହେବ? ହୁଏତ ମନର ଭ୍ରମ ଭାବି ସାନ୍ତ୍ୱନା ଦେଲି।

ତା ଆରଦିନ ରାତ୍ରି। ସେହିପରି ସୀତାର ଧରି ରିଓ୍ୱାଜ କରୁ କରୁ ଗତ କାଲିର ଶବ୍ଦ କଥା ମନେ ପଡ଼ିଲା। ଝରକା ଆଡ଼କୁ ଚାହିଁଲି। ଟଣା ହୋଇଥିବା ପର୍ଦ୍ଦା ତଳକୁ ଯେଉଁ କିଛି ଫାଙ୍କ ତାରି ମଧ୍ୟ ଦେଇ ସ୍ପଷ୍ଟ ଦେଖି ପାରିଲି ଗୋରା ଗୋରା ଦୁଇଟି ପାଦ। ପୂର୍ଣ୍ଣମୀ ରାତ୍ରିର ଶୁଭ୍ର ଜ୍ୟୋସ୍ନା ସେଇ ପାଦ ଉପରେ ପଡ଼ି ଚକ୍ ଚକ୍ କରୁଛି ଯେପରି! ନିଶ୍ୱାସ ମୋର କ୍ଷଣିକ ପାଇଁ ଅଟକି ଗଲା, ପାଦରେ ଥିବା ଚପଲ, ଧଳା ପାଇଜାମାର ନିମ୍ନ ଅଂଶ... ନା ଆଖିର ଭ୍ରମ ଏଥର ନୁହଁ। ଅଭ୍ୟସ୍ତ ଅଙ୍ଗୁଳି ସୀତାରରେ ମୂର୍ଚ୍ଛନା ସୃଷ୍ଟି କରୁଥାଏ। ଗଳାର ରିଓ୍ୱାଜ କିନ୍ତୁ ବନ୍ଦ ହୋଇଗଲା ଆପେ ଆପେ।

କି ଉଦ୍ଦେଶ୍ୟରେ ଏତେ ରାତିରେ ଗୋଟିଏ କୁଆଁରୀ କନ୍ୟାର ଝରକା ପାଖରେ ପୁରୁଷ ଜଣେ ଠିଆ ହୋଇପାରେ? ଦେହର ଅନ୍ୟ କୌଣସି ଅଂଶ ମୁଁ ଦେଖି ପାରୁ ନଥିଲି। ପାଦ ଦୁଇଟି ସ୍ଥିର, ସତେ ଯେପରି ମୂର୍ତ୍ତିଟିଏ। ଭାବିଲି ଚିତ୍କାର କରି ପଚାରିଦେବି, କିଏ, କାହିଁକି ସେ ଏତେ ରାତିରେ ଏଠାରେ ଠିଆ ହୋଇଛି?

ଠିକ୍ ଚିତ୍କାର ମୋ ଗଳାରୁ ବାହାରିବା ମୂହୁର୍ତ୍ତରେ ହିଁ ହଠାତ୍ ମୋର ମନେ ହେଲା ବୋଧହୁଏ...ବୋଧହୁଏ... !!

ସୀତାରରେ ଶେଷ ମୂର୍ଚ୍ଛନା ତୋଳି ବନ୍ଦ କଲି। କେତୋଟି ସେକେଣ୍ଡ୍ ପରେ ହିଁ ପାଦ ଦୁଇଟିରେ ଜୀବନ ଶକ୍ତି ସଂଚାରିତ ହେଲା। ଧୀରେ ଧୀରେ ଅଦୃଶ୍ୟ ହେବାକୁ ଯାଉଥିବା ସେ ପାଦ ଦୁଇଟିକୁ ଚାହିଁ ଆପେ ଆପେ କେଜାଣି କେମିତି ମୋ ଗଳାରୁ ଝରି ଆସିଲା ବରାଡ଼ି ରାଗର ବିନୟୋକ୍ତି... ଯାଅନା...ଶ୍ୟାମ ରାଧେ ଉପେକ୍ଷି...ଦେଖିଲି ଚଞ୍ଚଳ ପଦ ଦୁଇଟି ପୁଣି ସ୍ଥିର ହେଲା। ଦୁଇ ପାହୁଣ୍ଡ ପଛକୁ ଫେରି ପୁଣି ପୂର୍ବର ସେଇ ସ୍ଥାନଟିରେ ଠିଆ ହୋଇ ରହିଲା। ମୁଁ ବିସ୍ମିତ ହେଲି ମୋ ଗଳାରୁ ଏ ଗୀତଟି ଝରି ଆସିଲା କିପରି ? ମୋର ଅନୁମାନ ସତ କି ମିଛ ପରୀକ୍ଷା କରିବା ପାଇଁ ମୁଁତ ଅନ୍ୟ କୌଣସି ଗୀତ ବୋଲି ପାରିଥାନ୍ତି ? ଆକ୍ଷିର ଧାର ଧାର ଲୁହ, ଗୀତଟି ସରିବା ଆଗରୁ ତାକୁ ବନ୍ଦ କରିଦେଲା।

କିଛି ସମୟ ପରେ ନିଜକୁ ପ୍ରକୃତିସ୍ଥ କରି ଝରକା ତଳକୁ ଚାହିଁଲି।

ଜାଗାଟି ଖାଲି ପଡିଛି।

ତହିଁ ଆର ଦିନ ସକାଳୁ ମୋର ମନେହେଲା ଏ ଯେପରି ମୋ ଜୀବନର ପ୍ରଥମ ସୂର୍ଯ୍ୟୋଦୟ। ଏଡ଼େ ସୁନ୍ଦର, ଏଡେ ମନୋରମ ସକାଳ ଯେମିତି ଆଜି ପୃଥିବୀକୁ ପ୍ରଥମ ଥର ପାଇଁ ଆସିଛି। ଅଫିସରେ ପହଞ୍ଚି ମୋତେ ଲାଗିଲା ଆଜି ଯେମିତି ମୁଁ ନୂଆକରି ଚାକିରୀ ଆରମ୍ଭ କରିଛି। ନୂତନ ଉତ୍ସାହ ନୂତନ ପ୍ରେରଣା, ଯେପରିକି ମୋ ମନର ବୀଜଟି ଭିତରୁ ନୂଆ ନାଲିନାଲି ପତ୍ର ପରି ଉଙ୍କି ମରୁଛି। ଯେଉଁ ଅଫିସରେ ସନ୍ଧ୍ୟା ପାଞ୍ଚର ଆଗମନ ପାଇଁ ମୁଁ ଅନାଇ ବସିଥାଏ ସେଇଠି ଆଜି ଦିନଟା କେଉଁବାଟେ ଚାଲିଗଲା ଜାଣି ପାରିଲି ନାହିଁ। ସୂର୍ଯ୍ୟ ପକ୍ଷୀଟିଏ ପାଲଟି ସତେ ଯେପରି ଫୁର୍‌କରି ଆକାଶକୁ ପରିକ୍ରମା କରିଗଲେ। ସବୁଦିନ ଘରକୁ ଫେରିବାବେଳେ ଶରୀର ମୋର କ୍ଳାନ୍ତ, ଅବସନ୍ନ ହୋଇ ପଡ଼ିଥାଏ। ଚାକିରୀ କରିବା ଦିନୁ ଅଫିସରୁ ଫେରି ମୁଁ କେବେ ଖାଏ ନାହିଁ। ଆଜି କିନ୍ତୁ ଦେହ ମନ ଉତ୍‌ଫୁଲ୍ଲ। ଭୀଷଣ ଭୋକ।

ବଞ୍ଚିବା ପାଇଁ ଅନେକ ଇଚ୍ଛା।

ସବୁଦିନ ପରି ସନ୍ଧ୍ୟା ପରେ ପରେ ଦେବୀ ସରସ୍ୱତୀଙ୍କ ନିକଟରେ ଧୂପ ଦେଇ ସୀତାରଟିକୁ କୋଳରେ ଧରି ବସିଗଲି। ଦେବୀଙ୍କ ଉଦ୍ଦେଶ୍ୟରେ ପ୍ରଣିପାତ କରି ଝରକା ତଳକୁ ଚାହିଁଲି। ଜାଗାଟି ଶୂନ୍ୟ ପଡ଼ିଛି। କାଲି ତେବେ ମୁଁ କ'ଣ ସ୍ୱପ୍ନ ଦେଖୁଥିଲି ! ମନଟା ଅକାରଣେ ଉଦାସ ହୋଇ ଉଠିଲା। ବସନ୍ତ ବାହାର ରାଗରେ ଗୁଣୁ ଗୁଣୁ

ହୋଇ ଆଜି ସାରା ଦିନଟା କଟି ଯାଇଥିଲା। ଭାବୁଥିଲି ଆଜି ସେଇ ସୁରରେ ହିଁ ଆଳାପ କରୁ କରୁ ରାତି ବିତିଯିବ।

କିନ୍ତୁ ନା, ଉଦାସ ମନରେ ବସନ୍ତ ବାହାର ଆଉ ଗଳାରୁ ବାହାରିଲା ନାହିଁ। ବରଂ ଇଚ୍ଛା ହେଲା ମୀରା ଭଜନ କିଛି ଗାଇବା ପାଇଁ। ଯେବେ ମନ କୌଣସି କାରଣରୁ ଆନ୍ଦୋଳିତ ହୁଏ, ମନରେ ନିଃସ୍ୱତା ମୁଣ୍ଡ ଟେକି ଉଠେ, ଯେବେ ଅଶାନ୍ତିର ଜୀବାଣୁ ମନର ସତେଜ ଫୁଲଟିକୁ ଟିକି ଟିକି କରି କାଟି ଦେବାକୁ ବାହାରେ, ମୋର ଏକମାତ୍ର ପ୍ରତିକାର ହୁଏ ମୀରା ଭଜନ। ଦୁଇ ତିନୋଟି ଭଜନ ସରିବା ବେଳକୁ ମନରେ ଅପୂର୍ବ ପ୍ରଶାନ୍ତି ଆସି ସାରିଥାଏ। ହୃଦୟ ହୋଇ ଉଠେ ଆକାଶ ପରି ଉଦାର। ପୃଥିବୀ ପରି ମହତ, ଆଉ କୌଣସି ଅଶାନ୍ତି, ନିଃସ୍ୱତା, ଦ୍ୱନ୍ଦ୍ୱର ନୀଚଛାୟା ମୋ ମନକୁ ସ୍ପର୍ଶ କରିପାରେ ନାହିଁ।

ଆଜି ତ ମୋ ମନରେ କିଛି ଝଡ଼ ଉଠିନଥିଲା, କିଛି ଗୋଟାଏ ବ୍ୟତିକ୍ରମ ହୋଇଥିଲା ନିଶ୍ଚୟ। କାହିଁକି ଏ ବ୍ୟତିକ୍ରମ ? ତାହା ମୁଁ ବୁଝିପାରି ନଥିଲି ଯେପରି। ବହୁତ ଦିନ ଧରି ଅଳି କରି ପାଇଥିବା ଖେଳନାଟିଏ ହାତରେ ଧରୁ ଧରୁ ଭାଙ୍ଗିଗଲେ ଛୁଆଟିର ଯେଉଁ ବିକଳ କାନ୍ଦଣା, ସେ କାନ୍ଦଣାର ଲହରୀ ମୋ ମନରେ କେଉଁଠି ଝଂକୃତ ହେଉଥିଲା ଯେପରି। ତାକୁ ମନରୁ ଜୋର୍ କରି ତଡ଼ିଦେଇ ସାମାନ୍ୟ ଦୋହଲି ଯାଇଥିବା ମୋର ଜୀବନ ତରୀଟିକୁ ପୁଣି ସ୍ୱାଭାବିକ ରୀତିରେ ଚଳେଇ ନେବା ପାଇଁ ଆରମ୍ଭ କଲି ମୀରା ଭଜନ। ଦୁଇ ତିନୋଟି ଭଜନ ପରେ ପରେ ହିଁ ମନ ପ୍ରଶାନ୍ତ ହୋଇ ଆସିଲା।

ଗୀତ ଗାଇବା ବେଳେ ମଝିରେ ମଝିରେ ପାଣି ପିଇବା ମୋର ପ୍ରାଚୀନ ଅଭ୍ୟାସ। ସେଥିପାଇଁ ମଝିରେ ଯେମିତି ଉଠିବାକୁ ନହୁଏ, ତେଣୁ ମୁଁ ପାଣି ଗ୍ଲାସ୍‌ଟିଏ ଘୋଡ଼େଇ କରି ଝରକା ଉପରେ ରଖିଥାଏ। ମନରେ ସ୍ଥିରତା ଆସିଯିବା ପରେ ସ୍ୱାଭାବିକ ଭାବରେ ତୃଷ୍ଣା ଅନୁଭବ କଲି। ଗ୍ଲାସ୍‌ଟିକୁ ହାତ ବଢ଼ାଇବା ବେଳେ ଝରକାର ପର୍ଦ୍ଦା ତଳେ ନଜର ପଡ଼ିଲା। ଚମକି ପଡ଼ିଲି। ସୁନ୍ଦର ପାଦ ଯୋଡ଼ିଏ। ଭଲ କରି ଚାହିଁଲି। ନା ସ୍ୱପ୍ନ ନୁହଁ, ଅପଲକ ଭାବରେ ତାକୁ ଚାହୁଁ ଚାହୁଁ ହାତ ମୋର ଫେରି ଆସିଲା ସୀତାର ଉପରକୁ। ପରେ ପରେ ମଧୁର ମୂର୍ଚ୍ଛନା ଖେଳାଇ ସୀତାରର ଗୁଞ୍ଜନ ସହିତ ମୋ କଣ୍ଠରେ ଝଙ୍କୃତ ହେଲା ବସନ୍ତ ବାହାରର ସେଇ ଅପୂର୍ବ ଗୀତଟି। 'ଆଜି ସଖୀ ପାଦେ ମୋର ବାନ୍ଧିଦିଅ ନୂପୁର, କାହ୍ନୁ କାହ୍ନୁ ବୋଲି ମୁଁ ନୃତ୍ୟେ ହେବି ବିଭୋର !!' ଏହାପରେ ଗୋଟିକ ପରେ ଗୋଟିଏ ଆନନ୍ଦ ରତୁର ସଙ୍ଗୀତ ମୋ କଣ୍ଠରୁ ଝରିବାକୁ

ଲାଗିଲା ମୋତେ ବିସ୍ମିତ, ଚମକୃତ କରି। ରାତି କେତେବେଳେ ଯାଏ ମୁଁ ସେପରି ସମ୍ମୋହିତ ଭାବରେ ଗାଇ ଚାଲିଥିଲି ଜାଣେନା। କିନ୍ତୁ ମୋର ଶେଷ ଗୀତଟି ସରିବା ପର୍ଯ୍ୟନ୍ତ ପାଦ ଦୁଇଟି ସେଠାରେ ଯେ ପାଷାଣ ହୋଇ ଯାଇଥିଲେ ସେ କଥା ମୁଁ ଜାଣି ସାରିଥିଲି।

ବିତିଗଲା ଶୀତ ଋତୁ।

ଚାହୁଁ ଚାହୁଁ ବସନ୍ତ ବି ବିତିବାକୁ ଲାଗିଲା।

କେବେ ବି ମୁଁ ଜାଣିବାକୁ ଚାହିଁନି ସେ ପାଦର ମାଲିକ କିଏ ? କ'ଣ ପରିଚୟ ? ମୋର ଜାଣିବା ପାଇଁ ଏତେ ଟିକିଏ ଉତ୍କଣ୍ଠା ନଥିଲା, ବରଂ କେହି କାହାକୁ ନଜାଣି ମଧ୍ୟ ଯେ ପରସ୍ପର ହୃଦୟର ଏକାନ୍ତ ହୋଇ ସାରିଥିଲୁ, ଏକଥା ବୁଝିବାକୁ ବାକି ନଥିଲା। ଅମାବାସ୍ୟା ଅନ୍ଧକାର ମଧ୍ୟରେ ବି ମୁଁ ଉପଲବ୍ଧି କରି ପାରୁଥିଲି ଆଉ ଏକ ଆତ୍ମାର ଉପସ୍ଥିତି।

ମୁଁ ଆଶ୍ୱସ୍ତ ହେଉଥିଲି ସେ କେବଳ ଶ୍ରୋତା। କାରଣ ଝରକା ଦେଇ ମୁଁ ଯେତେବେଳେ ସେ ନିର୍ଦ୍ଦିଷ୍ଟ ସ୍ଥାନରୁ କେବଳ ପାଦ ଦୁଇଟି ଦେଖି ପାରୁଛି ସେତେବେଳେ ମୁଁ ମଧ୍ୟ ଯେ ସେହି ସ୍ଥାନରୁ ଦେଖାଯାଉ ନଥିବି, ପରଦା ଯେ ମୋତେ ଭଲ ଭାବରେ ଘୋଡ଼ାଇ ରଖିଛି ସେ ବିଷୟରେ ମୁଁ ନିଶ୍ଚିତ ଥିଲି। ତଥାପି ପାଦ ଦିଓଟିକୁ ଆବିଷ୍କାର କରିବାର କିଛିଦିନ ପରେ ମୁଁ ଝରକାର ପର୍ଦ୍ଦା ବଦଳାଇ ଆହୁରି ମୋଟା କନାର ପର୍ଦ୍ଦା ଝୁଲାଇ ଦେଇଥିଲି। ତେବେ ପରଦାର ଚଉଡ଼ା ଅଧିକ ହୋଇ ପାଦ ଦୁଇଟିକୁ ଦେଖିବାରୁ ମୋତେ ଯେପରି ବଞ୍ଚିତ ନକରେ ତା ପ୍ରତି ମଧ୍ୟ ମୁଁ ସତର୍କ ଥିଲି। ରାତି ପରେ ରାତି ଗୀତ ଗାଇ ମୁଁ ସିନା କ୍ଲାନ୍ତ ହେଉ ନଥିଲି କାରଣ ସେ ଥିଲା ମୋର ବହୁ ଦିନର ଅଭ୍ୟାସ, କିନ୍ତୁ ସେ ପାଦ ଦୁଇଟି ଏତେ ଦୀର୍ଘ ସମୟ ଧରି କିପରି ଯେ ଅବିଚଳିତ ଭାବରେ ଠିଆ ହୋଇ ରହୁଥିଲେ ତାହା ଭାବି ମୋ ମନରେ ଆନନ୍ଦ ତଥା ବିସ୍ମୟର ସୀମା ରହୁ ନଥାଏ।

ମୋତେ ଲାଗୁଥିଲା ମୋ ସଙ୍ଗୀତ ସାଧନା ସାର୍ଥକ ହୋଇଛି।

ବୈଶାଖର ପ୍ରଚଣ୍ଡ ରୌଦ୍ର ତାପରେ ଝାଉଁଳି ପଡ଼ିଥିବା ପୃଥିବୀ ଉପରେ ନିଜର ସ୍ନେହ କରୁଣାର କୋମଳ ହାତ ବୁଲାଇ ଆଣି ପହଞ୍ଚି ଗଲା ବର୍ଷା।

ମୋ ମନରେ କିନ୍ତୁ ଭାବାନ୍ତର ସୃଷ୍ଟି ହେଲା। ଶ୍ରୋତାଟିଏ ପାଇବାର ପରମ ଆବେଗରେ ମୁଁ ହୁଏତ ଭୁଲିଯାଇଥିଲି, ଯେଉଁ ଶ୍ରୋତାଟି ଦିନ ଦିନ ଧରି ନିଜର ସଙ୍ଗୀତ ପିପାସା ମେଣ୍ଟାଇବା ପାଇଁ ମୋ ପାଖକୁ ଦୌଡ଼ି ଆସୁଛି ସେ କି ଧରଣର

ସାଧନା ସତରେ ଘଣ୍ଟା ଘଣ୍ଟା ଧରି ଠିଆହୋଇ ନ କରୁଛି ! ଅନ୍ଧକାରରେ, ଜଙ୍ଗଲର ମଶାମାଛିଙ୍କ ଭିତରେ, ମୋ ଦୃଷ୍ଟିରେ ନ ପଡ଼ିବାର ସଯତ୍ନ ଚେଷ୍ଟାରେ ପ୍ରତିଦିନ ନିୟମିତ ଭାବରେ ଯିଏ କେତୋଟି ଗୀତ ଶୁଣିବା ପାଇଁ ଏତେ ବ୍ୟାକୁଳ ମୋର କ'ଣ ସୋମାନ୍ୟ ସୌଜନ୍ୟ ନାହିଁ ତାକୁ ଭିତରକୁ ଡାକି ଆଣି ଟିକିଏ ସୁବିଧାରେ ବସି ସଙ୍ଗୀତ ଶୁଣାଇବା ପାଇଁ? ମୋର ଏହି ଅନେକ ବର୍ଷର ସଙ୍ଗୀତ ସାଧନା ଭିତରେ ଆଉ କେବେ ତ ଏପରି ଜଣେ ସଙ୍ଗୀତପ୍ରେମୀ ସହ ମୋର ସାକ୍ଷାତ ହୋଇ ପାରି ନାହିଁ ! ଏବେ ବର୍ଷାର ଝରଝର ଜଳଧାରା ତଳେ ଓଦାରେ ଜୁଡ଼ୁବୁଡ଼ୁ ହୋଇ ଜଣେ ଗୀତ ଶୁଣୁଥିବ ଅଥଚ ସେ କଥା ଜାଣୁ ଜାଣୁ ଶୁଖିଲା ଉଷୁମ ବିଛଣାରେ ଆରାମରେ ବସି ମୁଁ ଗୀତଗାଇ ଚାଲିଥିବି ? ଏ କ'ଣ ମୋର ମାନବିକତା ?

ବିବେକର ଏହି ଅହରହ ପ୍ରଶ୍ନରେ ମୁଁ ଆନ୍ଦୋଳିତ ହେବାରେ ଲାଗିଲି । ମନ ଆଶ୍ୱାସନା ଦେବାରେ ଲାଗିଲା-ନା, ବର୍ଷାରେ ଠିଆ ହୋଇ କିଏ ଗୀତ ଶୁଣେ ? ବର୍ଷା ହେଲେ ସେ ଆସିବା ଆପେ ଆପେ ବନ୍ଦ ହୋଇଯିବ । କିନ୍ତୁ ମନର ଏ ଆଶ୍ୱାସନା ଅମୂଳକ ବୋଲି ଜାଣି ପାରିଲି ଯେଉଁଦିନ ଦେଖିଲି ବର୍ଷା ସତ୍ତ୍ୱେ ପାଦ ଦୁଇଟି ସେଠାରେ ପଥର ପାଲଟି ଯାଇଛି ।

ବୁଝିଲି, ମୋର ସଙ୍ଗୀତରେ ଯେ ଚରମ ଦକ୍ଷତା ଅଛି ସେ କଥା ନୁହେଁ ବରଂ ଶ୍ରୋତାଙ୍କର ସଙ୍ଗୀତ ପ୍ରତି ରହିଛି ପରମ ଦୁର୍ବଳତା । ଏଣୁ ମୁଁ ଯଦି ଶ୍ରୋତାର ଶୁଭାକାଂକ୍ଷୀ ବୋଲି ନିଜକୁ ଭାବୁଥାଏ ତେବେ ମୋର ଏକ ମାତ୍ର କର୍ତ୍ତବ୍ୟ ହେଉଛି ଗୀତ ବନ୍ଦ କରିବା, କାରଣ ଶ୍ରୋତାଙ୍କୁ ଦର୍ଶକ କରିବା ପାଇଁ ମୁଁ କେବେ ବି ଘର ଭିତରକୁ ଡ଼ାକି ଆଣି ପାରିବି ନାହିଁ ।

ତାହାହିଁ ହେଲା । ମୋର ଏକମାତ୍ର ଆନନ୍ଦକୁ କିଛିଦିନ ପାଇଁ ବିସର୍ଜନ କରିବା ନିଷ୍ପତ୍ତି ନେବାବେଳେ ମୋତେ ଦୁଃଖ ତ ଆଦୌ ଲାଗି ନଥିଲା ବରଂ ଏକ ଅଜଣା ଆନନ୍ଦବୋଧ ମୋର ସତ୍ତାକୁ ଜଡ଼ାଇ ଧରି ବସିଥିଲା । ଯାହାହେଉ ଜୀବନରେ ଅନ୍ୟ ପାଇଁ ଚିନ୍ତା କରିବାର ସୁଯୋଗ ମୋତେ ମିଳିଲା, ହେଉପଛେ ସେ ପରୋକ୍ଷ ଭାବରେ ।

ସେ ଦିନ ରବିବାର ।

ସମୟ କଟାଇବା ପାଇଁ କେତେ ଖଣ୍ଡ ସଦ୍ୟ କିଣା ଉପନ୍ୟାସ ପଢ଼ିବାରେ ବ୍ୟସ୍ତ ଥାଏ ମୁଁ । ହଠାତ୍ କଲିଂବେଲ୍ ବାଜି ଉଠିଲା, ଫୁଲବାଣୀ ଆସିବା ପରଠାରୁ ବୋଧହୁଏ କଲିଂବେଲ୍ ବାଜିବା ଏ ପ୍ରଥମ । ବିସ୍ମିତ ହୋଇ କବାଟ ଖୋଲିଲି । ଷୋହଳ ସତର ବର୍ଷର ଗୋରା ତକତକ ସୁନ୍ଦର ଝିଅଟିଏ । ମୋର ମୁଗ୍ଧ ଭାବକୁ କଟାଇ

ଦେଇ ବିନା ଭୂମିକାରେ ସେ କହିଲା, 'ନମସ୍କାର। ଅସମୟରେ ଆପଣଙ୍କୁ ବିରକ୍ତ କରିବାକୁ ବାଧ୍ୟହେଲି। ଆପଣଙ୍କର ଥର୍ମୋମିଟର ଅଛି ?'

ସମ୍ମତି ଜଣାଇ ଥର୍ମୋମିଟରଟି ଆଣି ତା' ହାତରେ ଦେଲି।

ଅଳ୍ପ ସମୟ ପରେ ପୁଣି କଲିଂବେଲ୍ ବାଜି ଉଠିଲା। ବୁଝିଲି ଥର୍ମୋମିଟରଟି ଫେରାଇ ଦେବା ପାଇଁ ଝିଅଟି ପୁଣି ଆସିଛି।

ତା ହାତରୁ ସେଇଟିକୁ ନେଇ ଭଦ୍ରାମି ଦୃଷ୍ଟିରୁ ଭିତରକୁ ଆସିବାକୁ ଡାକିଲି, ସେ କିନ୍ତୁ ମଳିନ ହସଟିଏ ହସି ମୋ ନିମନ୍ତ୍ରଣକୁ ପ୍ରତ୍ୟାଖାନ କଲା, କହିଲା 'ଭାଇନାଙ୍କୁ ଭୀଷଣ ଜର। ଯାଏ, ସେ କାଳେ ମୋତେ ଖୋଜିବେ।'

'ଆଉ କେହି ନାହାନ୍ତି ?' ଅନ୍ୟମନସ୍କ ଭାବରେ ଥର୍ମୋମିଟରଟି ଖୋଲି ଦେଖୁ ଦେଖୁ ମୁଁ ପଚାରିଲି।

'ନା।'

ଥର୍ମୋମିଟରଟି ସେ ଝାଡି ନଥିଲା, ଉତ୍ତାପର ରେଖା ୧୦୫କୁ ସ୍ପର୍ଶ କରୁଥିଲା। ମୁଁ ଚମକି ପଡିଲି, ଆରେ, ଏତ ସାଂଘାତିକ ଜର। ଟାଏଫଡ୍ ହୋଇଥାଇପାରେ। ପଚାରିଲି, 'ଡାକ୍ତରଙ୍କୁ ଡ଼ାକିଛ ? ଜର ତ ବହୁତ ଦେଖୁଛି, ଜର କେବେଠାରୁ ହେଲାଣି ?'

ଏତିକି ପ୍ରଶ୍ନକୁ ସେ ବୋଧହୁଏ ଅପେକ୍ଷା କରିଥିଲା। କହିଲା 'ଏଇ କିଛିଦିନ ହେଲା ତାଙ୍କୁ ଏମିତି ମଝିରେ ମଝିରେ ଜର ହେଉଛି। ଜର ହେବା ଦିନେ ଦୁଇ ଦିନରେ ଛାଡ଼ି ଯାଉଥିଲା, କାଲି କିନ୍ତୁ ବର୍ଷାରେ ହଠାତ୍ ଭିଜିଯିବା ପରେ ଜର ବହୁତ ରହିଛି।' କହୁ କହୁ ତା ଆଖିରେ ଲୁହ ଆସି ଯାଇଥିଲା।

ଏମିତି ପରିସ୍ଥିତି ପାଇଁ ତ ମୁଁ ପ୍ରସ୍ତୁତ ନଥିଲି। କହିଲି 'ଆଚ୍ଛା, ପାଣିପଟି ଦେଉଛ ? ଡାକ୍ତରଙ୍କୁ ଖବର ଦେଲେ ଭଲ ହୁଅନ୍ତା।'

ଆଖିରୁ ଲୁହ ପୋଛି ସେ କହିଲା, 'କେମିତି ଡାକିବି ଯେ ? ଭାଇଙ୍କୁ ଏକା ଛାଡ଼ିଦେଇ କେମିତି ଯିବି, କାହାକୁ ଡାକିବି ?'

ସାଇ ପଡୋଶୀଙ୍କ ସହ ସମ୍ପର୍କ ରଖି ନଥିବା ଅଣ-ସାମାଜିକ ମନଟି ମୋର ବିଚଳିତ ହୋଇ ଉଠିଲା। ମାନବିକତା ବୋଲି ତ ପୁଣି କିଛି ରହୁଛି।

ମୁଁ କହିଲି, 'ଆଚ୍ଛା ତୁମେ ଭାଇଙ୍କ ପାଖରେ ଥାଅ, ଏଠାରେ ଯଦି କେହି ନିକଟରେ ଡାକ୍ତର ଥାଆନ୍ତି ମୋତେ ତାଙ୍କ ଠିକଣାଟା ବତାଇ ଦିଅ, ମୁଁ ଯାଇ ଡାକି ଆଣିବି।'

ତା'ଆଖି ସାମାନ୍ୟ ଉଜ୍ଜ୍ୱଳ ହୋଇଉଠିଲା। ସେ କହିଲା, 'ଆପଣଙ୍କୁ ଠିକଣା

କହିଲେ ଆପଣ ଠିକ୍ ବୁଝି ପାରିବେ କ ନାହିଁ କେଜାଣି, ବରଂ ଆପଣ ଟିକିଏ ଭାଇଙ୍କ ପାଖରେ ବସି ରହନ୍ତେ ଯଦି, ମୁଁ ଦୌଡ଼ିଯାଇ ଆମର ଚିହ୍ନା ଡାକ୍ତରଙ୍କୁ ଡାକି ଆଣନ୍ତି।'

ମୋର ଆଉ କିଛି ଚିନ୍ତା କରିବା ପାଇଁ ନଥିଲା। ତା' ବ୍ୟସ୍ତତା ମୋତେ ଛୁଇଁ ସାରିଥିଲା, ଏଣୁ ମୁଁ କେବଳ ଘରେ ତାଲା ଲଗାଇ ଦେଇ ତା ସଙ୍ଗରେ ବାହାରି ଆସିଲି। ମନେ ମନେ ଭାବିଲି ଆଧୁନିକ ସଭ୍ୟତାର ଏ ଦୁର୍ଦ୍ଦଶା। ଗାଁ ହୋଇଥିଲେ, ସେ କ'ଣ ଏତେ ଅସହାୟ ହୋଇଥାନ୍ତା ? ଏ ଦାୟିତ୍ୱ ଗାଁ ଲୋକଙ୍କର ହୋଇଥାନ୍ତା।

ଛୋଟିଆ କୋଠରୀଟି ଭିତରେ ଡୁବି ତବଲା, ସୀତାର, ହାରମୋନିୟମର ଘେର ଭିତରେ ଘୋଡାଇ ହୋଇ ଶରୀରଟିଏ ଜ୍ୱରରେ ଥରୁଥିଲା। ମୋତେ ସେଇଠି ବସାଇ ଦେଇ ଝିଅଟି କହିଲା, 'ମୋତେ ଲାଜ ଲାଗୁଛି, ଆପଣଙ୍କୁ ଆମର ଦାରିଦ୍ର୍ୟ ଦେଖାଇବା ପାଇଁ। କିନ୍ତୁ...'

ମୁଁ ତାକୁ ଅଧିକ କିଛି କହିବା ପାଇଁ ଦେଲି ନାହିଁ। ହାତଠାରି ବୁଝାଇଦେଲି ରୋଗୀ ନିକଟରେ ଏସବୁ କଥା ହେବା ଅନୁଚିତ। ଶୀଘ୍ର ଯାଇ ଡାକ୍ତରଙ୍କୁ ଡ଼ାକି ଆଣିବାକୁ ନିର୍ଦ୍ଦେଶ ଦେଲି।

ମୋର ଖିଆପିଆ ସରି ଯାଇଥିଲା। ଏଣୁ ଆପାତତଃ ୪ଟା ସୁଦ୍ଧା ମୋ ହାତରେ କାମ କିଛି ନଥିଲା। ଏଣୁ ଯଦି ଦରକାର ହୁଏ ତେବେ ମୁଁ ଏଠାରେ ଘଣ୍ଟାଏ ଦୁଇଘଣ୍ଟା ଅଟକି ଗଲେ ମଧ୍ୟ ମୋର ଅସୁବିଧା କିଛି ହେବ ନାହିଁ। ବସି ବସି ମୁଁ ଏକଥା ଭାବୁଥିଲି।

ଝିଅଟି ଫେରି ଆସିଲା। କହିଲା, 'ଡାକ୍ତରବାବୁ ଗୋଟିଏ ଜରୁରୀ ଡ଼ାକରା ପାଇ ବାହାରୁ ଥିଲେ। ସେ କହିଲେ ଫେରିଗଲାବେଳେ ଆମ ଘର ଦେଇଯିବେ। ସେତିକି ସମୟ ପାଇଁ ଏଇ ଔଷଧଟି ଦେବାକୁ କହିଛନ୍ତି।' ଟିକିଏ ରହି ମୋ ମୁହଁକୁ ଚାହିଁ ପୁଣି କହିଲା, 'ଆପଣଙ୍କୁ ବହୁତ ଧନ୍ୟବାଦ, କେତେ ହଇରାଣ କଲି। ଚାଲନ୍ତୁ, ଘରେ ଆପଣଙ୍କୁ ଛାଡ଼ିଦେଇ ଆସିବି।'

ପରିସ୍ଥିତି ବେଳେବେଳେ ବହୁତ କମ୍ ବୟସରେ ମଧ୍ୟ ପରିପକ୍ୱତା ଆଣି ଦେଇଥାଏ। ଏଇ ଝିଅଟି କ୍ଷେତ୍ରରେ ତାହାହିଁ ଲକ୍ଷ୍ୟ କଲି। ବୟସ ତୁଳନାକରେ ସଂସାରର ତିକ୍ତତା ବୁଝିବାର ଶକ୍ତି ତା ପାଖରେ ଅଧିକ ଥିଲା, ଯାହାକି ଏକ ମଧୁର ଗାମ୍ଭୀର୍ଯ୍ୟ ତା ଚେହେରାରେ ଆଣି ଦେଇଥିଲା।ତାର ସୁନ୍ଦର ମୁହଁଟିକୁ ଚାହିଁବାକୁ ମୋତେ ବେଶ୍ ଭଲ ଲାଗୁଥିଲା। ମୋର ମନେ ହେଉଥିଲା, ଝିଅଟିକୁ ଜଣା ନାହିଁ ସେ କେତେ ସୁନ୍ଦର।

ତା ମୁହଁରୁ ଆଉ ପଦେ ଦୁଇ ପଦ କଥା ଶୁଣିବାକୁ ମୋର ଇଚ୍ଛା ହେଲା, ପଚାରିଲି, 'ତୁମେ ଖାଇଲଣି ?' ସେ ମୁଣ୍ଡ ହଲାଇ ମନାକଲା। ମୁଁ କହିଲି, 'ତେବେ ତୁମେ ଖାଇନିଅ। ମୁଁ ବସିଛି ତ, ତୁମେ ଖାଇ ସାରିଲେ ମୁଁ ଚାଲିଯିବି। ଡ଼ାକ୍ତର ଭାଇଙ୍କୁ କ'ଣ ଖାଇବାକୁ ଦେବାକୁ କହିଲେ ?'

ରୋଗୀ ନିକଟରେ କଥାବାର୍ତ୍ତା ହେଲେ ତା ନିଦ୍ରାରେ ଅସୁବିଧା ହେବ ବୋଲି ଆମେ ସେ କୋଠରୀ ଛାଡ଼ି ଆର କୋଠରୀକୁ ଚାଲି ଆସିଥିଲୁ। ଏଇ କୋଠରୀରୁ ବାହାରକୁ ଯିବାର ରାସ୍ତା। ରାସ୍ତାକୁ ଅନାଇ ମୁଁ ପୁଣି ପ୍ରଶ୍ନଟିକୁ ଆବୃତ୍ତି କଲି।

ସଂକୁଚିତ ହୋଇ ସେ କହିଲା, 'ଡାକ୍ତର କହିଲେ ଖାଲି ଟିକିଏ ହର୍‌ଲିକ୍‌ସ କିମ୍ବା କ୍ଷୀର ଦେବାକୁ।'

ମୁଁ ଜାଣି ପାରୁଥିଲି ଏ ଦୁଇଟି ପଦାର୍ଥରୁ କାହାରି ମଧ୍ୟ ବର୍ତ୍ତମାନ ଏଠାରେ ଉପସ୍ଥିତି ନାହିଁ। ମୋ ପାଖରେ ହର୍‌ଲିକ୍‌ସ ଅଛି କିନ୍ତୁ...

ମୁଁ କହିଲି, 'ହଉ, ତୁମେ ଆଗ ଖାଇନିଅ। ମେଘ ତ ପୁଣି ଘୋଟି ଆସିଲାଣି। ତୁମେ ଖାଇ ସାରିଥିଲେ ବର୍ଷିବା ଆଗରୁ ମୁଁ ଚାଲି ଯାଇଥିବି। ରୋଗୀ ପାଖରେ ତୁମେ ଦୀର୍ଘ ସମୟ ଧରି ନ ରହିବା ଭଲ ହେବ ନାହିଁ।'

ଝିଅଟି ଟିକିଏ ଇତସ୍ତତଃ ହେଲା। ତାପରେ କହିଲା, 'ମୁଁ ଆଉ ରାନ୍ଧିଲି କେତେବେଳେ ଯେ ? ସକାଳୁ ତ ଭାଇଙ୍କ ପାଖରେ ବସିଛି। ଆପଣ ବ୍ୟସ୍ତ ହୁଅନ୍ତୁ ନାହିଁ, ମୁଁ ଚୁଡା ଟିକିଏ ବତୁରାଇ ଖାଇନେବି ଯେ। ଚାଲନ୍ତୁ, ଆପଣଙ୍କୁ ଛାଡିଦେଇ ଆସେ।'

କେତେ ହେବ ଝିଅଟିର ବୟସ ? ଷୋହଳ ? ସତର ? ଅଠର ? ନା, ଷୋହଳ ? ପନ୍ଦର ? ଚଉଦ ? ବ୍ୟବହାର ତା'ର ଏତେ ମାର୍ଜିତ ଯେ 'ଆପଣ ଯାଆନ୍ତୁ' ବୋଲି ସେ କହିପାରୁ ନାହିଁ। ଥରକୁ ଥର କହୁଛି, 'ଚାଲନ୍ତୁ ଛାଡି ଦେଇ ଆସିବି।' ତା'ର ପିଠିରେ ହାତ ଥାପୁଡାଇ ମୁଁ କହିଲି, 'ମୁଁ କ'ଣ ତୁମ ପରି ଛୋଟ ଝିଅ ହୋଇଛି ଯେ ମୋତେ ଛାଡିବାକୁ ଯିବ ? ତୁମକୁ ହିଁ ମୁଁ ଛାଡି ଆସିବା କଥା। ନୁହଁ ?'

ହସିଦେଇ ସେ ଆଖି ତଳକୁ କଲା। ମୁଁ କହିଲି, 'ହଉ, ମୁଁ ଆସୁଛି, ତୁମେ ଭାଇଙ୍କ ପାଖକୁ ଯାଅ।' ଘରକୁ ଆସି କ୍ଷୀର ଗରମ କରି ହର୍‌ଲିକ୍‌ସ କଲି। ମୋ ପାଇଁ ରଖିଥିବା ରାତ୍ରି ଭୋଜନକୁ ଫ୍ରିଜରୁ କାଢି ଗରମ କରି ଟିଫିନ୍ କାରିୟରରେ ପୁରାଇଲି। ବିଚାରୀ ଝିଅଟି ! ତା' ପାଇଁ ମୋ ମନର କେଉଁଠୁ କେଜାଣି ମମତା ଝରି ଆସୁଥିଲା।

ଟୋପା ଟୋପା ହୋଇ ବର୍ଷା ଝରିବା ଆରମ୍ଭ ହୋଇଥିଲା। ତରତର ହୋଇ

ଘରେ ତାଲା ଦେଇ ପର ମୁହୂର୍ତ୍ତରେ ହିଁ ମୁଁ ସେମାନଙ୍କର ସେଇ ଦାଣ୍ଡ ଘରେ ନିଜକୁ ଆବିଷ୍କାର କଲି।

ଦାଣ୍ଡଘର ଓ ରୋଗୀ ଶୋଇଥିବା ଘରକୁ ଯୋଗ କରୁଥିବା ଦ୍ୱାର ନିକଟରେ ଠିଆ ହୋଇ ମୁଁ ଚମକି ପଡିଲି ନିଶ୍ଚୟ। ଅଳ୍ପ ସମୟ ପୂର୍ବର ଘୋଡ଼ାଘୋଡି ହୋଇ ଶୋଇଥିବା ଶରୀରଟି ଏବେ ଖଟ ବାଡ଼ରେ ତକିଆକୁ ଆଉଜି ଅର୍ଦ୍ଧଶାୟିତ ଅବସ୍ଥାରେ ରହିଛି। ମୁହଁଟି ଆଗ ପରି ଆବୃତ୍ତ ନ ଥିବାରୁ ମୁଁ ପରିଷ୍କାର ମୁହାଁମୁହିଁ ହୋଇଗଲି। ପୁରାପୁରି ଝିଅଟିର ଅବିକଳ ଗଠନର ସୁଠାମ ସୌମ୍ୟ ଯୁବକ ଜଣକ ଆଖି ବନ୍ଦ କରି ତକିଆକୁ ଆଉଜିପଡ଼ି ରହିଥିଲେ। ବୋଧହୁଏ ମୋର ପାଦଶବ୍ଦ ମୋର ଉପସ୍ଥିତି ତାଙ୍କୁ ଜଣାଇଦେଲା। ସେମିତି ଆଖି ବନ୍ଦ କରି ସେ ପଚାରିଲେ, 'କିଏ ?ରୂପା ?'

ଝିଅଟି ନାଁ ତାହାହେଲେ ରୂପା। ମୁଁ ଧୀରେ ଧୀରେ ଦ୍ୱାର ମୁହଁରୁ ଅପସରି ଆସିଲି। ଝିଅଟି ରୋଷେଇ ଘରେ କ'ଣ କରୁଥିଲା କେଜାଣି ଦଉଡ଼ି ଆସିଲା, ମୋତେ ଚାହିଁ ହସିଦେଇ ପଚାରିଲା, 'କ'ଣ କହିଲ ଭାଇନା ?'

ଦଉଡି ଆସିବାର ଶବ୍ଦ ତ ପରିଷ୍କାର ଥିଲା। ସେଥିପାଇଁ ଆଖି ସେମିତି ଅବଶ ଭାବରେ ବନ୍ଦ କରି ତା' ଭାଇ ପଚାରିଲେ, 'କିଏ, ଆଉ କିଏ ଆସିଛି ? ରୂପା ନା ?' ମୁଁ ବୁଝିଲି ଝିଅଟିର ନା ରୂପା ନୁହେଁ, ତେବେ ମୋର ପରିଚୟ ସେ କ'ଣ ଦେବ, ବରଂ ବର୍ତ୍ତମାନ ମୁଁ ନ ଆସିଥିଲେ ଭଲ ହୋଇଥାନ୍ତା। ଏଇଆ ଭାବି ମୁଁ ଟିକିଏ ବିଚଳିତ ହୋଇ ପଡ଼ିଲି। ମୋର ବ୍ୟସ୍ତତା ଲକ୍ଷ୍ୟ କରି ସେ କହିଲା, 'ହଁ ଭାଇନା ରୂପା।'

'ଦେ ତାକୁ ସୀତାରଟି ଟିକିଏ ଦେ। ତୋତେ ମୁଁ କେବେ ଠାରୁ ଖବର ଦେଲିଣି ରୂପା, ତୁ ଆଜି ଆସୁଛୁ ?' ଆର ଘରୁ ସେ ପଚାରୁଥିଲେ।

ମୁଁ ବୋକାଙ୍କ ପରି ଝିଅଟିକୁ ଚାହିଁଲି। ସେ ଯେ କେତେ ଚଲାକ୍ ମୁଁ ପରେ ସିନା ଜାଣିଲି ? ସେ ଚଟ୍‌କରି କହିଲା, 'ତା' ଦେହ ପରା ଭଲ ନଥିଲା, ଆସନ୍ତା କିପରି ? ହେଉ ମୁଁ ସୀତାର ଦେଉଛି, ତା ଆଗରୁ ରହ ମୁଁ ଗରମ ପାଣିଟା ନେଇ ଆସେ। ତୁମେ ଔଷଧଟା ଆଗେ ଖାଇନିଅ।'

ମୁଁ ତା ପଛେ ପଛେ ରୋଷେଇ ଘରକୁ ଚାଲି ଆସିଲି। ମୋ ହାତରେ ସେ ପର୍ଯ୍ୟନ୍ତ ଧରିଥିବା ଟିଫିନ୍ କାରିଅରଟିକୁ ସେ ପ୍ରଶ୍ନିଳ ଦୃଷ୍ଟିରେ ଚାହିଁଲା। ମୁଁ କହିଲି, 'ତୁମ ପାଇଁ କିଛି ଖାଇବା ନେଇ ଆସିଛି। କିନ୍ତୁ ମୋର ମନେ ହେଉଛି ତୁମେ ଚୁଡ଼ା ଖାଇ ସାରିଲଣି।'

ଲଜ୍ଜିତ ହୋଇ ସେ କହିଲା, 'ଚୁଡାଟା ଖାଲି ବତୁରାଇ ଦେଇଛି, କିନ୍ତୁ ଭାଇ ପୁଣି ଡ଼ାକିଲେଣି। ଖାଇ ପାରୁଛି କେଉଁଠି ? ଆପଣ କିନ୍ତୁ...ମୋ ପାଇଁ ଏତେ କଷ୍ଟ କରି କାହିଁକି ଆଣିଲେ ଯେ ?'

କହିଲି, 'ତୁମେ ଯଦି ସତରେ ଭାବୁଥାଅ ଯେ ଏତିକି କରିବାକୁ ମୋତେ କଷ୍ଟ ହେଉଛି, ତେବେ ଏ ଥଣ୍ଡା ପାଗରେ ଚୁଡା ନ ଖାଇ ଚୁପଚାପ୍ ଯାକୁ ନେଇ ଖାଇଦିଅ। ତେବେ ଜାଣିବି ମୋ ପରିଶ୍ରମ ପାଇଁ ତୁମର ସମ୍ବେଦନା ରହିଛି' ପୁଣି ଫ୍ଲାସ୍କଟି ବଢ଼ାଇ ଦେଇ କହିଲି, 'ଆଉ ଏତକ ହର୍‌ଲିକ୍‌ସ ଭାଇଙ୍କୁ ନେଇ ଖୁଆଇ ଦିଅ। ତୁମକୁ କାଳେ ଭାଇଙ୍କ ପାଖରୁ ଉଠିବାକୁ ପଡ଼ିବ ସେଥିପାଇଁ ମୁଁ ନେଇ ଆସିଛି।'

ବାହାରେ ବର୍ଷା ଝର ଝର ହୋଇ ଝରି ପଡିଲା। ସେ କ'ଣ କହିବା ପାଇଁ ଉଦ୍ୟତ ହେଉଥିଲା। ମୁଁ ଜାଣେ ସେ କ'ଣ କହିବ। ଏଣୁ ତାକୁ କିଛି କୁହାଇ ନ ଦେବା ପାଇଁ ମୁଁ ପଚାରିଲି, 'ତୁମ ନାଁଟା ତ ମୁଁ ଏ ପର୍ଯ୍ୟନ୍ତ ଜାଣି ପାରିଲି ନାହିଁ ?'

ସେ ହସିଲା। ଏକ ଚମତ୍କାର ହସ। ବେଣୀଟାକୁ ପଛକୁ ଫୋପାଡି ଦେଇ କହିଲା, 'କାହିଁକି ଜାଣିବେ ଯେ ? ଆପଣଙ୍କର ଜାଣିବା ଯୋଗ୍ୟ କୌଣସି ଗୁଣ ତ ମୋ ପାଖରେ ନାହିଁ।'

ସତରେ ବିସ୍ମିତ ହେଲି। ଝିଅଟି ହଠାତ୍ ଅଭିମାନ କରି ବସିଲାଣି ଯେ। କିନ୍ତୁ ମୁଁ ବା ତାକୁ ଜାଣନ୍ତି କିପରି ? ଚଟ୍ କରି ମୁଁ କହିଲି, 'ପଡ଼ୋଶୀ ଭାବରେ ମୋର ଏ ଅଜ୍ଞତା ପାଇଁ ମୁଁ ଦୁଃଖିତ। କିନ୍ତୁ କହିଲ ଦେଖି ତୁମେ ବା ମୋ ବିଷୟରେ କ'ଣ ଜାଣ ?'

ପ୍ରଶ୍ନଟି ପଚାରି ଦେଇ ବିଜୟିନୀର ଦୀପ୍ତି ନେଇ ମୁଁ ତାକୁ ଚାହିଁଲି। ମୋ ହାତରୁ ହର୍‌ଲିକ୍‌ସ ଭରା ଫ୍ଲାସ୍କଟି ନେଇ ସେ ହସି ହସି କହିଲା, 'ଆପଣଙ୍କ ନାଁଟା ତ ସମସ୍ତେ ଜାଣନ୍ତି, କାରଣ ଆପଣ ଏଠାକାର ପ୍ରଥମ ମହିଳା ମାଜିଷ୍ଟ୍ରେଟ୍। ଆପଣ ଜଣେ ଉଚ୍ଚକୋଟୀର ସୀତାର ବାଦକ ଆଉ ଗୀତ ବି ଖୁବ୍ ଭଲ ଗାଆନ୍ତି। ଆଉ...'

କଥାଟା ବୋଧହୁଏ ସେ ଜାଣି ଜାଣି ଅଧା ରଖିଲା। କାରଣ ଯେଉଁ ସ୍ନିଗ୍ଧ ଚାହାଣୀଟିଏ ମୋ ଉପରକୁ ହାଣି ସେ ଚାଲିଗଲା, ତାହା ଭୁଲିବାର ନୁହଁ। ମୁଁ ସତରେ ଆଶ୍ଚର୍ଯ୍ୟ ହୋଇ ଯାଇଥିଲି। ଅବଶ୍ୟ ସେ ଯାହା ମୋର ପରିଚୟ ବୋଲି ଦେଲା ତାହା ତ ତାରି ଭାଷାରେ ସମସ୍ତେ ଜାଣନ୍ତି। ଆଉ ସଙ୍ଗୀତ...ପଡ଼ୋଶୀ ଭାବରେ ମୋର ରିଆଜ କରିବାବେଳେ ସେ ଶୁଣିବାରେ ବିଚିତ୍ର କିଛି ନାହିଁ।

ହଠାତ୍ ଆକାଶରେ ବଜ୍ର ପଡ଼ିଲା ବୋଧହୁଏ। ଘଡଘଡି ଶବ୍ଦରେ କାନ ଅତଡ଼ା ପଡ଼ିଗଲା।

ଝିଅଟିର ଆକସ୍ମିକ ଭାବରେ ମୋ ଘରକୁ ଆସିବା ଆଉ ତାର ଏ ବିପଦର ବ୍ୟସ୍ତତା ଭିତରେ ମୁଁ ତ ଗୋଟାଏ ସାଧାରଣ କଥା ଭୂଲି ଯାଇଥିଲି। ସେମାନଙ୍କର ରୋଷେଇ ଘରର ବାରଣ୍ଡା ଉପରେ ଠିଆ ହୋଇ ତାଙ୍କର   ଜଙ୍ଗଲ ପରି ବାରି ଭିତରୁ ମୋ ଘରଟିକୁ ଦେଖିବାକୁ ଚେଷ୍ଟା କଲି। 'ବର୍ଷାରେ ଭିଜି ଭିଜି ଭାଇଙ୍କୁ ଜର ହେଉଛି...'

ସେ ବଜ୍ରପାତର କମ୍ପନ ପୁଣି ଥରେ ମୋ ହୃଦୟରେ ଅନୁଭବ କଲି।

ଖୁବ୍ ବର୍ଷୁଛି, ହେଉ ପଛକେ, ମୁଁ ଏଠାରେ ମୁହୂର୍ତ୍ତଟିଏ ମଧ୍ୟ ରହିବା ଉଚିତ ନୁହେଁ। ଠିକ୍ ବାରଣ୍ଡାରେ ପାଦ ଦେଇଛି ପଛ ପଟରୁ ମୋ କାନି କିଏ ଟାଣି ଧରିଲା। ଚମକିପଡ଼ି ଚାହିଁଲି। ହସି ହସି ଝିଅଟି କହୁଛି, 'ମୋ ନାଁଟା ଶୁଣି ଯିବେନି? ମୋ ନାଁ କୌମୁଦୀ। ସମସ୍ତେ ଡାକନ୍ତି ଲତା। ଏମିତି ବର୍ଷାରେ ଯଦି ଭିଜିବେ ଆପଣ ମଧ୍ୟ ଜରରେ ପଡ଼ିବେ ଯେ। ଭାଇଙ୍କ ପାଖରେ ହେଲେ ମୁଁ ଅଛି ଦେଖାଶୁଣା କରିବାକୁ, କିନ୍ତୁ ଆପଣଙ୍କ ପାଖରେ ଯେ କେହି ନାହିଁ।'

ଇସ୍, ଏତେ ଟିକିଏ ଝିଅଟା ମୋତେ ସତେ ଅବା ତା' ହାତ ମୁଠାରେ ବନ୍ଦୀ କରି ମାଡ଼ି ମକଚି ଦେଲା। ନା ତା' ମୁହଁକୁ ଚାହିଁ ପାରିଲି ନା ତା' ହାତରୁ କାନିଟା ଛଡାଇ ଚାଲିଯାଇ ପାରିଲି। ତଥାପି ନିଜକୁ ସଂଯତ କରି କହିଲି, 'ସାରା ଜୀବନ ଏକା ରହିବାର ସଉକି ଯାହାର, ସେ ବା ଅନ୍ୟର ସହାୟତାକୁ ଚାହିଁବ କାହିଁକି ଯେ?'

କେଉଁଠାରୁ ସେ ଏମିତି ହସିବା ଶିଖିଥିଲା କେଜାଣି! ସେ ହସର ଆଲୋକ ମୋତେ ଭଲ ଲାଗୁଥିଲେ ମଧ୍ୟ ମୁଁ ଝାଉଁଳି ପଡୁଥିଲି। ମୋ ଉପରକୁ ସେଇ ହସରୁ ଟିକିଏ ଛାଟି ଦେଇ ସେ କହିଲା, 'ହେଉ, ଆସନ୍ତୁ। ଭାଇଙ୍କର ସଙ୍ଗୀତ ହିଁ ଏକମାତ୍ର ଅବଲମ୍ବନ। କେତୋଟି ଛାତ୍ର ଛାତ୍ରୀଙ୍କୁ ସେ ଗୀତ ଶିଖାନ୍ତି। ସେଥିରେ ହିଁ ଆମେ ଚଳିଯାଉ। ସେ ଆପଣଙ୍କୁ ରୂପା ବୋଲି ଭାବିଛନ୍ତି। ଆପଣ ଯଦି ସୀତାର ନ ବଜାନ୍ତି ତାଙ୍କ ମନରେ ଭାରି କଷ୍ଟ ହେବ। ଏତିକି ଖୁସୀ, ଏତିକି ଆନନ୍ଦ ଆପଣ ତାଙ୍କୁ ଦେଇ ପାରିବେନି?'

'ରୂପା କିଏ?' ମୁଁ ପଚାରିଲି।

'ସେ ଛୋଟ ଝିଅଟିଏ। ଭାଇଙ୍କ ଠାରୁ ସୀତାର ବଜାଇବା ଶିଖେ, ଗୀତ ବି ଗାଏ। ଅନ୍ୟମାନଙ୍କ ଠାରୁ ଶୀଘ୍ର ଧରିପାରେ ବୋଲି ଭାଇ ତାକୁ ଭାରୀ ଭଲ ପା'ନ୍ତି। ଆସନ୍ତୁନା, ପ୍ଲିଜ୍।' ସେ ମୋ ହାତ ଧରି ଅନୁରୋଧ କଲା। 'ମୁଁ ଜାଣେ, ଔଷଧ ଅପେକ୍ଷା ସଙ୍ଗୀତର ବେଶୀ ଶକ୍ତି ଅଛି ଭାଇଙ୍କୁ ଭଲ କରିବା ପାଇଁ।'

'ନା, ନା' ହଠାତ୍ ଉତ୍ତେଜିତ ହୋଇ ମୁଁ ତା ହାତରୁ ନିଜ ହାତକୁ ଟାଣି ଆଣିଲି। ବିସ୍ମିତ ହୋଇ ସେ ମୋ ମୁହଁକୁ ଚାହିଁଲା। ଭାବ ପ୍ରବଣ ହୋଇ ମୁଁ କହି ପକାଇଲି, 'ତୁମର ତ ବେଶ୍ ବୁଦ୍ଧି ଦେଖୁଛି। ରୂପା ପରି ଗୋଟିଏ ଛୋଟ ଝିଅର ଜାଗାରେ ମୋତେ ନେଇ ବସାଉଛ ? ସ୍ୱର ଶୁଣି ତୁମ ଭାଇ ଯେତେବେଳେ ଆଖି ଖୋଲି ମୋତେ ଦେଖିବେ ରୂପା ବଦଳରେ, ସେତେବେଳେ ମୁଁ ଜାଣେ ସୀତାରର ମିଠା ଆୱାଜ ତାଙ୍କୁ ଭଙ୍ଗା କଂସାର ଧ୍ୱନି ପରି ଶୁଣାଯିବ।' କହିଦେଇ ନିଜେ ଅପସ୍ତୁତ ହେଲି।

ନିଜର ନିଃସ୍ୱତାକୁ ଏପରି ଦୟନୀୟ ଭାବରେ ଅନ୍ୟ ଆଗରେ ଟୋଳି ଧରିବା ଏ ମୋର ପ୍ରଥମ।

ଝିଅଟି ମୁହଁକୁ ଚାହିଁଲି। ମୋର ପ୍ରତ୍ୟାଖାନ ତାକୁ ଆଘାତ ଦେଲା ବୋଧହୁଏ। ମଣିଷର ମୁହଁ ଏପରି କଳା ପଡ଼ିଯିବା ମୁଁ କେବେ ଦେଖି ନଥିଲି। ତାର ଆଉ କିଛି କହିବାର ନଥିଲା ବୋଧହୁଏ। ଆଖିରୁ କେବଳ ଲୁହ ହିଁ ବୋହି ଚାଲିଥିଲା।

ହଠାତ୍ ମୋର ମନେହେଲା ମୁଁ ସତେ କେଡ଼େ ନିର୍ବୋଧ। ମୁଁ ତ ଆଉ ଅନ୍ତଃପୁରବାସିନୀ ନୁହଁ, କୌମୁଦୀର ଭାଇ... ମୋର ପରିଚିତ ସେ ପାଦ ଦିଓଟିର ମାଲିକ...ସେ ତ ମୋତେ ଅଫିସରୁ ଯିବା ଆସିବା ବେଳେ ଦେଖିଥିବେ। ମୋର ସିନା ଏ ଧାରଣା ନ ଥିଲା, ମୋର ସିନା ଜାଣିବାର ଆଗ୍ରହ ନଥିଲା ବୋଲି ମୁଁ ତାଙ୍କୁ ଜାଣିନି, ଏଣୁ ଆଜି ସେ ମୋତେ ଯଦି ଦେଖନ୍ତି ସେଥିରେ କ୍ଷତି ବା କ'ଣ ?

କୌମୁଦୀକୁ କହିଲି ତା ଭାଇ ଶୋଇଥିବା ଘରୁ ସୀତାରଟିକୁ ଆଣି ମୋ ହାତରେ ଦେବା ପାଇଁ। ସେତେବେଳେ ତା ଆଖିର ଚମକ ଦେଖିବାର କଥା। ଦୌଡ଼ିଯାଇ ସୀତାରଟିକୁ ସେ ଘରୁ ନେଇ ଆସିଲା ଆଉ ମଶିଣାଟିଏ ତଳେ ପକାଇ ଦେଲା ମଧ୍ୟ। ତା'ରି ଉପରେ ବସିରହି ମୋ ରାସ୍ତାକୁ ଅବରୋଧ କରିଥିବା ବାହାରର ଝର୍ଝର ବର୍ଷାଆଡ଼େ ଅନାଇ ଅନାଇ ଯନ୍ତ୍ରଚାଳିତ ପରି ସୀତାର ବଜାଇବାରେ ଲାଗିଲି। କ'ଣ ବା ରାଗିଣୀ ସେଥିରୁ ବାହାରୁଥିଲା କେଜାଣି ? ଚୁପ୍‌ଚାପ ମୁଁ କେବଳ ବଜାଇବାରେ ଲାଗିଥିଲି।

ଯାହା ଆଶଙ୍କା କରୁଥିଲି ତାହାହିଁ ହେଲା।

କୌମୁଦୀର ଭାଇ ଉଠି ବସିଲେ। ଆଉ କୌମୁଦୀ ଏକା ଯେପରି ସବୁ ଜାଣେ ! ଦୌଡ଼ିଯାଇ ଭାଇଙ୍କୁ ପଚାରିଲା, 'ତୁମ ତୁବି ତାବଲା ନେଇ ସେ ଘରେ ରଖି ଦେବି ? ତୁମେ ବଜାଇ ପାରିବ ? ଭଲ ଲାଗୁଛି ତ ?'

'କିଏ ? କିଏ ସୀତାର ବଜାଉଛି ?' ସେ ବିଛଣା ଛାଡି ତଳେ ଠିଆ ହୋଇ

ସାରିଥିଲେ। ପାଦ ଦିଓଟି ଧଳା ଟ୍ରାଉଜର ତଳୁ ମୁଁ ପରିଷ୍କାର ଦେଖିପରିଲି। ମୋର ସମସ୍ତ ସଂକୋଚ, ସମସ୍ତ ଦ୍ୱିଧା, ଅପରିଚିତ ଭାବ କୁଆଡ଼େ ଚାଲିଗଲା ଯେମିତି। ହାତର କମ୍ପନ ବନ୍ଦ ହୋଇ ସ୍ୱାଭାବିକ ଭାବରେ ମୁଁ ସୀତାର ବଜାଇବାରେ ଲାଗିଲି। ଆବିଷ୍କାର କଲି ଅଭ୍ୟସ୍ତ ହାତ ମୋର ପାହାଡ଼ୀ ରାଗର ଆଳାପ କରୁଛି।

କୌମୁଦୀ ଆଉ ଏକ ମଶିଣା ପକାଇବାରେ ବ୍ୟସ୍ତ ଥିଲା। ତା' ଉପରେ ଡୁବି ତାବଲା ରଖି ଦେଲା। ତା ଭାଇ ଧୀରେ ଧୀରେ ଆଗେଇ ଆସୁଥିଲେ। କିନ୍ତୁ...କିନ୍ତୁ ମୋ ହାତ ଧୀରେ ଧୀରେ ଶିଥିଳ ହୋଇ ପଡ଼ିଲା। ସେ...ସେ କ'ଣ...??

ଦୁଇ କୋଠରୀକୁ ଯୋଗ କରୁଥିବା ଦ୍ୱାର ବନ୍ଧକୁ ଧରି ସେ ଠିଆ ହୋଇଥିଲେ। ସୀତାରର ଆଳାପ କେତେବେଳୁ ବନ୍ଦ ହୋଇ ଅନାବଶ୍ୟକ ଧ୍ୱନି ସବୁ ସୃଷ୍ଟି କରୁଥିଲା। ମୁଁ ଶୁଣିଲି... ସେ କହୁଛନ୍ତି, 'ମୁଁ...ମୁଁ... କଳ୍ପନା ବି କରିପାରୁ ନାହିଁ। ଏ ସ୍ୱପ୍ନ ନା ସତ୍ୟ! ଲତା ଆପଣଙ୍କୁ ଅଯଥା କଷ୍ଟ ଦେଲା।' ମୁଁ ଏଥର ସିଧାସଳଖ ତାଙ୍କ ମୁହଁକୁ ଚାହିଁଲି।

ନା, ମୋର ଅନୁମାନ ଆଦୌ ଭୁଲ ନୁହଁ, ମନୁଷ୍ୟର ଆଖିକୁ ମୋ ଠାରୁ ଅଧିକ କିଏ ଚିହ୍ନିଛି? ସୀତାରର ଶବ୍ଦକୁ ଅନୁସରଣ କରି ସେ ମୋ ଆଡ଼କୁ ଚାହିଁବାର ଚେଷ୍ଟା କରୁଛନ୍ତି ମାତ୍ର। କିନ୍ତୁ ହାୟ, ସେ ଆଖି ମୋ ଆଖିରେ କେବେ ବି ଏକତ୍ରିତ ହୋଇ ପାରିବ ନାହିଁ!

ସେ ଅନ୍ଧ!!

ମୁଁ ଆଖି ବନ୍ଦ କରି ଦେଲି।

ହାତର ଅଙ୍ଗୁଳି ସବୁ ଚଞ୍ଚଳ ହୋଇ ଉଠିଲେ। ମୋ ଆଖିରୁ ଲୁହ ଝରିବାର ତ କୌଣସି କାରଣ ନଥିଲା। କିନ୍ତୁ ଝରିଲା, ବୋଧହୁଏ ମୋ ଅଙ୍ଗୁଳିର ସ୍ପର୍ଶରେ ସୀତାରରୁ ଯେଉଁ ଭୀମପଲାସୀ ରାଗର ଆଳାପ ଝରି ଆସୁଥିଲା, ତାହା ମୋ ହୃଦୟକୁ ଆଘାତ କରି ଲୁହ ଝରାଉଥିଲା।

ବାହାରେ ବର୍ଷାର ତାଣ୍ଡବ ନୃତ୍ୟ ସଙ୍ଗେ ତାଳ ଦେଇ କୋଠରୀ ଭିତରେ ସୀତାର ଓ ଡୁବି ତାବଲାର ଯୁଗଳବାଦ୍ୟର ମଧୁର ଧ୍ୱନି ଚାହୁଁ ଚାହୁଁ ଖେଳି ବୁଲିଲା।

ଆଉ କୌମୁଦୀ?

କୌମୁଦୀ ବୋଧହୁଏ ଆର ଘରେ ବିଛଣାରେ ମୁହଁମାଡ଼ି ଶୋଇ କାନ୍ଦୁଛି।

କାନ୍ଦୁଥାଉ!!

ନିଜ ନାଭିରେ ଗନ୍ଧ ଥାଇ... ମୃଗ ଯେସନେ ଭ୍ରମୁ ଥାଇ

୧୯୯୩

ଶୁଭ୍ରା ଶୋଇ ଶୋଇ ଭାବୁଥିଲା - ଏମାନଙ୍କ ଭିତରୁ କେଉଁ ପନ୍ଥାଟି ଆତ୍ମହତ୍ୟା ପାଇଁ ସହଜ ହେବ ?

ଆଜିକାଲି ତ ଖବରକାଗଜ ଖୋଲିବା ମାତ୍ରେ ଆତ୍ମହତ୍ୟାର ବିଭିନ୍ନ ମାର୍ଗ ସବୁ ପଢ଼ିବାକୁ ମିଳୁଛି। ବଧୂହତ୍ୟାର ଅନେକ ବିବରଣୀ ମଧ୍ୟ ଆମୂଳଚୂଳ ସେ ପଢ଼ିଛି। ମାତ୍ର ବର୍ଷଟିଏ ତଳେ ଏମିତି ସଂବାଦ ସବୁ ପଢ଼ିବା ବେଳେ 'ଆହା ବିଚାରୀ' ବୋଲି ଦୀର୍ଘଶ୍ୱାସଟିଏ ସେ ପକାଉଥିଲା।

କିଏ ଜାଣିଥିଲା, ଆଗକୁ ତା'ର କପାଳରେ ମଧ୍ୟ ସେୟା ଲେଖା ଅଛି !

ଅବଶ୍ୟ ତା' ନିଜର କଥା ଟିକିଏ ଅଲଗା, ଜୀବନ ଏମିତି ଦୁର୍ବିସହ, ଏମିତି ଯନ୍ତ୍ରଣାମୟ ହେଲାଣି ଯେ- କିଏ ତାକୁ କେତେବେଳେ ଯାଇ ହତ୍ୟା କରିବ ଏତିକି ଅପେକ୍ଷ କରିବାକୁ ମଧ୍ୟ ତା'ର ଆଉ ଧୈର୍ଯ୍ୟ ନାହିଁ। ମୃତ୍ୟୁ ତ ତା' ପାଇଁ ଶାନ୍ତିପ୍ରଦ, ସୁଖକର। ବରଂ ତା'ର ବିଳମ୍ବ ହିଁ ତାକୁ ଅସହ୍ୟ ହେଲାଣି।

କାରଣ ହତ୍ୟାକରିବା ପାଇଁ ଯଦି ତା' ଉପରେ ପେଟ୍ରୋଲ୍ ପକାଇ ପୋଡ଼ି ଦିଆଯାଏ ?

ବାପ୍‌ରେ ! ଧଡ଼ାସ୍ କରି ବିଛଣା ଉପରେ ବସି ପଡ଼ିଲା ସେ। ତାକୁ ଲାଗିଲା - ଆଖି ବନ୍ଦ କରି ସେ ଶୋଇଯିବା ମାତ୍ରେ ଛପିଛପି ଆସି ତା'ଉପରେ ଆଜି ଜଣେ

କେହି ମାଡ଼ିବସି ପ୍ରଥମେ ତା' ପାଟିଟା ବନ୍ଦ କରି ଦେବ। ଆଉ ଜଣେ ତାକୁ ଟାଣି ଟାଣି ରୋଷେଇ ଘରକୁ ନେଇଯିବ। ତାପରେ ପେଟ୍ରୋଲ୍... ତା' ଉପରେ ଦିଆସିଲି... !

ଓଃ... କେତେ କାଟୁଥିବ ସେତେବେଳେ, କେତେ ପୋଡ଼ାଜଳା ହେଉଥିବ... !

ବିକଳ ହୋଇ ସେ ମିନତି ଭରା ନୟନରେ ଆକ୍ଷିର ଲୁହଢାଳି ଗୋଡ଼ ହାତ ଛାଟିପିଟି ହୋଇ ଯେଉଁମାନଙ୍କ ପାଖରେ ଆଖିରେ ନେହୁରା ହୋଇ ପ୍ରାଣଭିକ୍ଷା କରୁଥିବ ସେମାନେ କେହି ତା'ର ପର ନୁହଁନ୍ତି। ବର୍ଷକ ତଳେ ସଂପୂର୍ଣ୍ଣ ଅଜଣା ଥିବା ଏବଂ ବର୍ତ୍ତମାନ ତା'ର ପରବର୍ତ୍ତୀ ସମ୍ପୂର୍ଣ୍ଣ ଜୀବନର ସର୍ବସ୍ୱ ବୋଲାଉଥିବା ବ୍ୟକ୍ତିଟି ସହ ବାକି ସମସ୍ତେ ମଧ୍ୟ ତା'ର ଏକାନ୍ତ ନିଜର। ନିଜ ଭାଇ ଭଉଣୀ ଏପରିକି ପିତାମାତାଙ୍କଠାରୁ ମଧ୍ୟ ଅଧିକ ନିଜର। କାରଣ ମଲାପରେ ଏମାନଙ୍କୁ ହିଁ ମୃତିକା ସ୍ପର୍ଶ କରିବ, ଏମାନେ ହିଁ ଶୁଦ୍ଧି ହେବେ। ବାପା ମା' ଭାଇଭଉଣୀ ନୁହଁନ୍ତି !

ଅଥଚ ଏମାନେ ଏଇ ଆପଣାର ଲୋକମାନେ ପେଟ୍ରୋଲ୍ ପୋଡ଼ା ଦରପୋଡ଼ା ଶରୀରଟାକୁ ହସ୍ପିଟାଲକୁ ନେଇ ଯିବାବେଳେ, ଦେହହାତ ପୋଡ଼ାଜଳା କରୁଥିବ ଯେ ପାଟିରେ ପାଣିଟୋପେ ମଧ୍ୟ ଦେବେ ନାହିଁ। ଓଲଟି ଜମାନବନ୍ଦୀ ଦେବେ ଯେ, ନିଜେ ଆତ୍ମହତ୍ୟା କରିଛି... ବା ଷ୍ଟୋଭ୍ ଫାଟି ଜଳି ଯାଇଛି ବା ଗ୍ୟାସ୍ ଲିକ୍ ହେତୁ, ଦୁର୍ଘଟଣା ଘଟିଲା ବା ଏମିତି ଆଉ କିଛି।

ଶୁଭ୍ରାକୁ ଲାଗିଲା କେବଳ ମୁଣ୍ଡ ଉପର ଫ୍ୟାନ୍‌ଟା ନୁହଁ ସାରା ଘରଟା ଯେମିତି ସାଇଁ ସାଇଁ ହୋଇ ଘୁରୁଛି । ସତରେ ଏମିତି ହେବନି ବୋଲି କିଏ କହିପାରିବ ? ଦିନ ରାତି ତାଉପରେ ଯେଉଁ ଅତ୍ୟାଚାର ହେଉଛି, ବାପଘରୁ ତା'ର ଆହୁରି ଆହୁରି ଟଙ୍କା ଦାବୀକରି ଶାରୀରିକ, ମାନସିକ ଯେଉଁ ନିର୍ଯ୍ୟାତନା ସବୁ ତାକୁ ଦିଆଯାଉଛି କିଏ କହିବ ଶେଷରେ ଏୟା ନ ଘଟିବ ବୋଲି ?

ବରଂ ତାଠାରୁ ଢେର ଭଲ ନିଜେ ଆତ୍ମହତ୍ୟା କରିଦେବା, ତା ନିଜର ମୃତ୍ୟୁଟା ଅନ୍ତତଃ ତାର ନିଜ ଇଚ୍ଛାନୁସାରେ ହେବା ଉଚିତ୍।

ଏଣୁ ଆତ୍ମହତ୍ୟା କରିବାର ନିଷ୍ପତ୍ତିଟା ନେବା ବେଳୁ ସେ ଚିନ୍ତା କରୁଛି ସମସ୍ତ ଜଣାଶୁଣା ପନ୍ଥା ମଧ୍ୟରୁ କେଉଁ ପନ୍ଥାଟା ସହଜ ହେବ ?

ପୋଡି ହୋଇ...ନା ବାବା ପୋଡି ହୋଇ ମରିବା ବଡ଼ ଯନ୍ତ୍ରଣାଦାୟକ ହେଉଥିବ। ବାରିପଟେ କୂଅଟା ଅଛି... କିନ୍ତୁ ଶବ ଭାସିବା ବେଳକୁ ଦେହରେ ମୁଣ୍ଡରେ ଲୁଗାନଥିବ, ମୁହଁ ଫୁଲି ରାକ୍ଷସୀ ପରି ଦିଶୁଥିବ, ଦେଖିବା ଲୋକ ଲାଜରେ ମୁଣ୍ଡ

ତଳକୁ କରୁଥିବେ, ଚାହିଁ ପାରୁନଥିବେ। ଭାବିବାମାତ୍ରେ କ୍ଷୋଭ ଅପମାନରେ ଦେହ ଜଡସଡ ହୋଇଯାଉଛି। ନିଜ ଦେହ ଚାରିପଟେ କାନିଟାକୁ ଭଲ ଭାବରେ ଗୁଡାଇ ଆଣିଲା ଶୁଭ୍ରା।

ଫ୍ୟାନଟାକୁ ଅନାଇଲା ସେ। ଶ୍ୱାସରୁଦ୍ଧ ହୋଇ ଯିବା କ'ଣ କଷ୍ଟପ୍ରଦ ହୋଇନଥିବ, ଆଖି ଢ଼ିମା ଢ଼ିମା.. ଜିଭଟା ପଦାକୁ ବାହାରି ପଡିବ, ଅସୁନ୍ଦର ଦୃଶ୍ୟ ସବୁ ବଡ ଅସହ୍ୟ ଲଗେ ତାକୁ।

ଆଚ୍ଛା, ବିଷ ଖାଇଲେ ? ବାପ୍‌ରେ.. ପେଟ ତ ପୋଡି ହୋଇ କଲବଲ ହେବ ପୁଣି ପାଟିବାଟେ ଫେଣ.. ବାନ୍ତି ଛିଃ ଛିଃ ଦୁର୍ଗନ୍ଧ ଅସନା। ହୁଁ.. ତେବେ ସ୍ଲିପିଂ ପିଲ୍।

ଖଟ ଉପରୁ ଡେଇଁ ପଡି ଠିଆହୋଇ ପଡିଲା ଶୁଭ୍ରା।

ହଁ, ସ୍ଲିପିଂ ପିଲ୍‌ଟା ଖିଆଯାଇପାରେ। କେତେଥର ଖବର କାଗଜରେ ପଢ଼ିଛି- ଆତ୍ମହତ୍ୟାକାରୀ 'ଅତ୍ୟଧିକ ପରିମାଣରେ ସ୍ଲିପିଂ ପିଲ୍ ସେବନ କରିଥିଲେ।' ଛାତିଟା ଧଡ଼୍‌ଧଡ଼୍ ହେଲା ତା'ର। ଏଇ ତାହାହେଲେ ଶେଷ ନିଷ୍ପତ୍ତି । ସ୍ଲିପିଂ ପିଲ୍ ଖାଇ ନିଶ୍ଚିନ୍ତରେ ଶୋଇଯିବ ସେ। ପାଖରେ ଖଣ୍ଡେ କାଗଜରେ ଲେଖି ରଖିଦେବ କି- 'ହଁ..ମୋର ମୃତ୍ୟୁ ପାଇଁ ଏମାନେ ହିଁ ଦାୟୀ, ମୋର ଶାଶୂଘରର ସମସ୍ତେ। ମୋ ସ୍ୱାମୀ ମଧ୍ୟ। ଆଉ ମୋର ପିତାମାତା ମଧ୍ୟ।'

ଅଭିମାନରେ କାନ୍ଦି ପକାଇଲା ଶୁଭ୍ରା।

ଥାଉ, କ'ଣ ଲାଭ ? ତା' ମୃତ୍ୟୁ ପରେ କ'ଣ ହେଉଛି ଦେଖିବାକୁ ସେ ତ ଆଉ ଫେରିଆସିବ ନାହିଁ। ତା'ଛଡ଼ା, ନିଷ୍ଠୁର ଦୁର୍ଦ୍ଦାନ୍ତ ଲୋକଗୁଡ଼ାକ ତା'ର ସେ ଚିଠିକୁ ପୋଲିସ ଆସିବା ପର୍ଯ୍ୟନ୍ତ ଟେବୁଲ୍ ଉପରେ ମେଲେଇ ରଖିଥିବେ କି ?

ଆଉ ତା' ମା'ବାପା- ବିଚରା, ଛାଡ଼ ତାଙ୍କ କଥା।

ତେବେ ସ୍ଲିପିଂ ପିଲ୍ ଆଣିବ କେଉଁଠୁ ? ସେ ଯେତିକି ଜାଣିଛି ଏଇ ସବୁ ଔଷଧ କଡ଼ା କଟକଣା ଉପରେ ବିକ୍ରି ହୁଏ। ଡାକ୍ତରଙ୍କ ପ୍ରେସ୍‌କ୍ରିପସନ ନଥିଲେ ବ୍ରିକି ହୁଏନା। ଦେଖାଯାଉ। ଚେଷ୍ଟା କରାଯାଉ।

ଗୋଟାଏ ଅଦମ୍ୟ ଇଚ୍ଛା ତା' ମୁଣ୍ଡ ଭିତରେ କେତେବେଲୁ ଆସ୍ଥାନ ଜମାଇ ସାରିଥିଲା, ଶୁଭ୍ରା ଉଠିଲା, ଅନେକ ଦିନ ହେଲା ଭଲକରି ମୁଣ୍ଡ କୁଣ୍ଡାଇ ନାହିଁ ସେ, ଭଲ ଶାଢ଼ୀଟିଏ ପିନ୍ଧିନାହିଁ। କ'ଣ ପାଇଁ ବା ନିଜକୁ ସେ ସଜାଇବ ? କାହା ପାଇଁ ? କେଉଁ ସୁଖରେ ? ବାପା ଡ୍ରେସିଂ ଟେବୁଲ୍ ଦେଇପାରିଲେ, ଟ୍ରଙ୍କ ଭର୍ତ୍ତି ସୁନ୍ଦର ସୁନ୍ଦର ଶାଢ଼ୀ ଦେଇପାରିଲେ, କିନ୍ତୁ ଦର୍ପଣ ଆଗରେ ଠିଆହୋଇ ମନ ମୁତାବକ ଶାଢ଼ୀଟିଏ

ପିନ୍ଧି ନିଜେ ତୃପ୍ତ ହୋଇ ଅନ୍ୟମାନଙ୍କୁ ତୃପ୍ତି ଦେଉଥିବା ସୁନ୍ଦର କୋମଳ ପରିବେଶଟିଏ ତ କାହିଁ ବାପା ତାକୁ ଦେଇପାରିଲେ ନାହିଁ?

ଏମିତି ନିଷ୍ଠୁର ଲୋକମାନଙ୍କ ହାତକୁ ତାକୁ ଟେକିଦେଲେ କେମିତି ?

ଛାଡ଼... ଏ ପ୍ରଶ୍ନ ସେ ଅନେକ ଥର ବୋଉକୁ ପଚାରି ସାରିଛି। ଜାଣିସାରିଛି, ବାପା ବୋଉ ତାକୁ ଝିଅ ବୋଲି ଭାବୁନଥିଲେ ଯେ ଏକ ଦାୟିତ୍ୱ ବୋଲି ହିଁ ଭାବୁଥିଲେ। ତା'ର ତଳେ ଉପରେ ପୁଣି ଆଉ ଭାଇ ଭଉଣୀ ଅଛନ୍ତି। ତାଙ୍କ କଥା ସେମାନେ ପୁଣି ଦେଖିବେ ନା ଖାଲି ଯାରି ସମସ୍ୟା ଧରି ବସିଥିବେ? ଏଇ ପ୍ରଶ୍ନର ଉତ୍ତର ମଧ୍ୟ ସେ ବୋଉ ଠାରୁ ପାଇସାରିଛି।

ଶୁଭ୍ରା ଦର୍ପଣ ଆଗରେ ଠିଆ ହୋଇ ମୁଣ୍ଡକୁ ସୁନ୍ଦର କରି ବାନ୍ଧିଲା, ତା'ର ଶୋଇବା ଘରେ ହିଁ ସର୍ବାଧୁନିକ ଗାଧୁଆଘର କକ୍ଷ ସଂଲଗ୍ନ ହୋଇ ରହିଛି। ହସିବା କଥା ! ଆସବାବପତ୍ର, ଚାଲିଚଳଣରେ ଏମାନେ ଏତେ ଆଧୁନିକ। ଅଥଚ ଚିନ୍ତାଧାରାରେ ? ଛି, ଛି।

ଗାଧୁଆ ଘରୁ ଫେରି ଆଲମାରୀରୁ ସୁନ୍ଦର ଶାଢ଼ୀଟିଏ ବାଛିନେଇ ତାକୁ ପିନ୍ଧିସାରି ଯେତେବେଳେ ସାଜିବୁଜି ହୋଇ ଦର୍ପଣ ସାମ୍ନାରେ ସେ ଠିଆ ହେଲା, ନିଜକୁ ଚିହ୍ନି ପାରିଲା ନାହିଁ! ଆହା, ନିଜ ଉପରେ କରୁଣା ହେଲା ତା'ର। ଏ ଚେହେରା ତାକୁ ଜଣେ ପ୍ରସିଦ୍ଧ ଅଭିନେତ୍ରୀ କରିପାରିଥାନ୍ତା। ମଡେଲିଂ କଲେ ହଜାର ହଜାର ଟଙ୍କା ସେ ପାଇପାରନ୍ତା। କିଛି ନହେଲେ ଏୟାର ହଷ୍ଟେସ୍ ଭାବରେ ଏକ ସୁଖକର ଚାକିରୀ ମାଧ୍ୟମରେ ନିଜ ଗୋଡ଼ରେ ନିଜେ ଠିଆହୋଇ ପାରନ୍ତା। ଆପଣାର ଶିକ୍ଷା ଯୋଗୁ ଏସବୁ ରାସ୍ତା ଥାଏ ବୋଲି ସେ ଜାଣିପାରୁଛି କେବଳ। କିନ୍ତୁ... ସବୁ ରାସ୍ତାକୁ ଅବଲମ୍ବନ କରିବା ପାଇଁ ଯେତିକି ସାହସ ଓ ପ୍ରାରମ୍ଭିକ ଯୋଜନା ଦରକାର ସେତକ ତ ତା' ପାଖରେ ନାହିଁ।

ଧିକ୍ ନିଜକୁ। ଧିକ୍! ଧିକ୍!!

କେତେ କାକୁତି ମିନତି ସେ ନିଜ ମା'ବାପାଙ୍କୁ କରିଥିଲା, 'ମୁଁ ବି.ଏଡ୍. ପଢ଼ିବି। ଚାକିରୀ କରିବି, ତାପରେ ବାହା କରିବ ମୋତେ। ଏବେ ମୋତେ ବିଭା କରାଅନା।' ସେମାନେ ଶୁଣିନଥିଲେ, ବିବାହ ପରେ ପୁଣିଥରେ ସ୍ୱାମୀଙ୍କ ଆଗରେ ସେ ନିଜର ଏଇ ଅଭିଳାଷ କଥା ଉଠାଇଥିଲା। ସ୍ୱାମୀ ତାଚ୍ଛଲ୍ୟ କରିଥିଲେ, 'ଏ ଘରର ବୋହୂ କେବେ ଚାକିରୀ କରିବ ନାହିଁ, ବୁଝିଲ? ଚାକିରୀ କରିବା ଲୋକ ବାହା ହେଉଥିଲ କାହିଁକି?' ଚାକିରୀ କରି ମଧ୍ୟ ଜଣେ ଯେ ସୁଗୃହିଣୀ ହୋଇପାରେ,

ଏକଥା ନା ସ୍ୱାମୀ ନା ଶାଶୂ ଶଶୁର କେହି ବୁଝିବାକୁ ପ୍ରସ୍ତୁତ ନଥିଲେ ବରଂ ନିଜର ଅପମାନ ବୋଲି ଭାବିଥିଲେ।

ବୋହୂ ଚାକିରୀ କରିବା ଅପମାନ ଜନକ ଅଥଚ ବୋହୂ ହାତରେ ବାରମ୍ବାର ଭିକାରୀ ପରି ତା'ର ବାପଘରୁ ଅଧିକରୁ ଅଧିକ ଟଙ୍କା ମାଗି ଆଣିବା କି ପ୍ରକାର ସମ୍ମାନଜନକ ? କି ଚିନ୍ତାଧାରା !

ମଧ୍ୟାହ୍ନର ନୀରବତା ଘରଟିରେ ଛାଇଯାଇଛି, ପରିବାରର ସମସ୍ତେ ଯେଝା କାମରେ ସ୍କୁଲ, କଲେଜ ଓ ଅଫିସକୁ ଯାଇଛନ୍ତି। ଶୁଭ୍ରାର ରୋଷେଇ କେତେ ବେଳୁ ସରିଲାଣି। ଶାଶୂ ବୋଧହୁଏ ତାଙ୍କ କୋଠରୀରେ ଶୋଇଥିବେ ବା ଉପନ୍ୟାସ ପଢୁଥିବେ।

ଶୁଭ୍ରା ଭାବୁଥିଲା କେମିତି... ଏ ଘରୁ ଏବେ ସେ କେମିତି ବାହାରିବ ? ସ୍ଲିପିଂ ପିଲ୍ କିଣିବା ପାଇଁ ଦୋକାନ ପର୍ଯ୍ୟନ୍ତ ତ ଯିବା ଦରକାର। ରିକ୍ସାବାଲାକୁ ଦେବାକୁ, ଔଷଧ କିଣିବାକୁ ପଇସା ତ ଦରକାର। ତାଛଡ଼ା, ସବୁଠାରୁ ବଡ଼ କଥା, କ'ଣ କହିବ ସେ ଶାଶୂଙ୍କୁ ? ତାକୁ ଏକୁଟିଆ ଏମିତି ବାହାରକୁ ଯିବା ପାଇଁ ତ ସେ କଦାପି ଦେବେ ନାହିଁ। ଚୁପ୍‌ଚାପ୍ କିଛି କାହାକୁ ନ କହି ଯିବାତ ସଂପୂର୍ଣ୍ଣ ଅସମ୍ଭବ ବ୍ୟାପାର।

ଶୁଭ୍ରାର ଇଚ୍ଛା ହେଲା ସେ ବିଲେଇଟିଏ ପାଲଟି ଯାଆନ୍ତା କି ? କେହି ତାକୁ ପଚାରନ୍ତେ ନାହିଁ- ଏ, କୁଆଡ଼େ ଯାଉଛୁ ?

ହାତରେ ସମୟ ଅଳ୍ପ। ଆଉ ଟିକିଏ ପରେ ଖାଇବା ପାଇଁ ସମସ୍ତେ ଆସିଯିବେ। ଆରମ୍ଭ ହୋଇଯିବ ସେଇ ଗତାନୁଗତିକ ବିରକ୍ତିକର, ଘୃଣ୍ୟ, ଗଣ୍ଡଗୋଳ ପାଟିତୁଣ୍ଡ, ମାରପିଟକୁ ନେଇ।

ନାଃ, ଠିଆ ହୋଇପଡ଼ିଲା ସେ। ଭାବିଚିନ୍ତି ଗୋଟିଏ ଗୋଟିଏ କରି ପାଦ ପକାଇ ଶାଶୂଙ୍କ ରୁମ୍‌ରେ ପହଞ୍ଚିଲା। ଶାଶୂ ଆରାମ ଚୌକିରେ ବସି ଉପନ୍ୟାସ ପଢ଼ିବାରେ ମଗ୍ନ।

ମୁଣ୍ଡ ଉଠାଇ ଶୁଭ୍ରାକୁ ଅନାଇଦେଇ ଆଶ୍ଚର୍ଯ୍ୟ ହୋଇଗଲେ ନିରୂପମା। ବିନା ଡାକରାରେ ଏ ରୁମ୍‌ରେ ସେ ପାଦ ଦିଏନା, ପୁଣି ସାମାନ୍ୟ ବେଶ ବିନ୍ୟାସରେ ଶୁଭ୍ରା ଅପୂର୍ବ ଦିଶୁଥାଏ ମଧ୍ୟ। ତାକୁ ଏମିତି ଅପରୂପା ଭାବରେ ଅନେକ ଦିନରୁ ସେ ଦେଖିନାହାନ୍ତି। ମୁଗ୍ଧ ଚକ୍ଷୁରେ ତାକୁ ଚାହୁଁ ଚାହୁଁ ପୁଣି ତାଙ୍କ ମୁହଁରେ କଠୋରତା ଚହଟି ଆସିଲା। କଳ୍ପନାରୁ ବାସ୍ତବତାକୁ ସେ ଫେରିଆସିଲେ।

ସେ କିଛି କହିବା ଆଗରୁ ଶୁଭ୍ରା କହି ପକାଇଲା, 'ବୋଉ, ମୁଁ ଭାବୁଛି... ଆମ ଘରକୁ ଟିକିଏ ଏବେ ଯିବି।'

ନିରୂପମାଙ୍କ ଆଖି ଯୋଡ଼ିକ ଦପଦପ୍ ହୋଇ ଜଳି ଉଠିବା ଦେଖି ସେ କିଛି କହିବା ଆଗରୁ ହିଁ ଶୁଭ୍ରା ପୁଣି କହି ପକାଇଲା- 'ମୁଁ ଭାବୁଛି, ଆପଣମାନେ ଠିକ୍ କହୁଛନ୍ତି, ବାପାଙ୍କ ପାଖରେ ଦେବାର ଶକ୍ତି ଦଶ ହଜାର ଟଙ୍କା ନାହିଁ ବୋଲି ମୁଁ ସିନା ଅମଙ୍ଗ ହେଉଥିଲି, ତେବେ ଟଙ୍କା ସିନା ନାହିଁ, ମୁଁ ଜାଣେ ବୋଉ ପାଖରେ ତିନିଭରି ଓଜନର ହାରଟିଏ ଅଛି। ସେଇଟା ନେଇ ଆସିଲେ ଯିବ।'

ନିରୂପମା ଅବାକ୍ ହୋଇଗଲେ। ବୋହୂ ଆସିଲା ଦିନଠାରୁ ତା'ଠାରୁ ଏତେ ଲମ୍ବା କଥା ସେ କେବେ ଶୁଣିନଥିଲେ। ପୁଣି କ'ଣ ଶୁଣୁଛନ୍ତି ସେ? ତିନିଭରି ସୁନା? ପୁଣି ବରହମ୍ପୁରିଆ ସୁନା! ଗୁଡ଼ାଏ ଟଙ୍କା ହେବ! ଔଷଧ ତେବେ କାଟୁ କରିଛି। ହୁଁ, ମାଡ଼କୁ ତ ଖୋଦ୍ ଦେବତା ଡରନ୍ତି। ଆଉ ଏ ଟୋକୀ ତ ଛାର। ତିନି ଭରି ସୁନା! ଆସନ୍ତା ବର୍ଷ ସେ ଝିଅକୁ ବାହା କରିବେ ବୋଲି ଭାବୁଛନ୍ତି। ଏ ତିନି ଭରିରେ ଗୋଟାଏ ସେଟ୍ ସେ ଝିଅ ପାଇଁ ଆରାମରେ ଗଢ଼ି ଦେଇପାରିବେ। ତା'ଛଡ଼ା ଏ ସିନା କହୁଛି ଗୋଟିଏ ହାର ବୋଲି କେଜାଣି କିଏ ଜାଣେ ଏମିତି କେତେ ସୁନା ମା' ତା'ର ଲୁଚାଇ ରଖିଥିବ। ବ୍ରହ୍ମପୁରିଆ ଲୋକ। ହଉ, ଆଗେ ସେଟା ଆଣୁ। ଆଉ କିଛିଦିନ ପରେ ଆପେ ଯାଇ ପୁଣି ଆଉ ଆଣିବ ନାହିଁକି? ମନଟା ତାଙ୍କର କୁରୁଳି ଉଠିଲା।

କିନ୍ତୁ ମୁହଁ ଉପରେ କୃତ୍ରିମ ଗାମ୍ଭୀର୍ଯ୍ୟ ଖେଳାଇ ସେ କହିଲେ, 'ଏବେ? ଏତିକିବେଳେ? ଏମିତି ଏକୁଟିଆ ଯିବୁ ନା କ'ଣ? ବିଜୟ ଆସୁ, ସନ୍ଧ୍ୟାବେଳେ ମିଶିକରି ଦୁହେଁ ଯିବ।'

ଶୁଭ୍ରା କହିଲା, 'ନାଇଁ ବୋଉ, ଏବେ ଯିବା ଠିକ୍ ହେବ। ଏବେ ଘରେ ବାପା, ଭାଇ ଏମାନେ ସବୁ କେହି ନଥିବେ। ମୁଁ ବୋଉକୁ ବୁଝାବୁଝି କରିଦେଇପାରିବି। ଆଉ ସନ୍ଧ୍ୟାବେଳେ ଆମେ ଯଦି ଯାଉ, ବାପା ଥିବେ। ସେ ଜମା ରାଜି ହେବେନି, ତାଙ୍କୁ ଡରି ବୋଉ ବି ଜମା ଦେବନି।'

ନିରୂପମା ଦେଖିଲେ କଥାଟା ଏକବାରେ ଠିକ୍। ତା'ଛଡ଼ା ଶୁଭ୍ରାର ସେ ଗୁଣ୍ଡା ଭାଇଟା ନିଜେତ ପାଠଶାଠ ଭଲକରି ପଢ଼ିଲା ନାହିଁ, ତା'ର ଭାରୀ ଡର କାଳେ ବାପାକି ବୋଉ ଶୁଭ୍ରାକୁ କ'ଣ ଲୁଚେଇ ଛପେଇ ଦେଇ ପକାଇବେ ପରା। ଏଣୁ ଶୁଭ୍ରାକୁ ଦେଖିଲେ ସେ ଗୋଡ଼େ ଗୋଡ଼େ ଜଗି ରହେ। ସେ ମଧ୍ୟ ଏବେ ଘରେ ନଥିବ। ଠିକ୍ କଥା, ବୋହୂ ଏବେ ଯାଉ।

'କିନ୍ତୁ ତୁ ଯିବୁ କେମିତି? ରିକ୍ସା ପାଇଁ ପଇସା?' ଶୁଭ୍ରା ବୁଝିଲା ଏ ପ୍ରଶ୍ନ

ଭିତରେ ଶାଶୂ ପରଖି ନେଉଛନ୍ତି, ମାତୃଭକ୍ତ ପୁଅ ତାଙ୍କର ବୋହୂ ହାତରେ ପଇସା ଦିଏ କି ନାହିଁ।

ହୁଁ, ମା'ଠାରୁ ତ ପୁଅ ବଳକା।

ମୁଣ୍ଡକୁ ତଳକୁ ପୋତି ସେ କହିଲା- 'ଆପଣ ଦେବେ। ରିକ୍ସା ଯିବାଆସିବା ଦଶଟଙ୍କା ନେବ। ଆଉ ଦଶଟଙ୍କା ଅଧିକା ଦେଇଥାନ୍ତୁ। ବୋଉକୁ ଖୁସୀ କରିବାକୁ ମିଠା ଦଶଟଙ୍କାର ବାଟରୁ କିଣି ନେବି!'

ନିରୂପମା ଆଶ୍ୱସ୍ତ ହେଲେ। ଯାହା ହେଉ, ତାଙ୍କର ମୁରବୀତ୍ୱ ସୁରକ୍ଷିତ ଅଛି। ପୁଅ ଟଙ୍କା ପଇସା ଯାକୁ ଦେଇନି। ହଁ ଟଙ୍କା କୋଡ଼ିଏଟା ଖର୍ଚ୍ଚ ନକଲେ ତିନିଭରି ସୁନା ପୁଣି ମିଳିବ କେମିତି ? ଆଚ୍ଛା, ଏ ଶୁଭ୍ରାଟାକୁ ସେ ବୋକୀ ବୋଲି ଭାବୁଥିଲେ କେମିତି ?

ଆଉ ଶୁଭ୍ରା ଭାବୁଥିଲା- ରିକ୍ସା ଭଡ଼ାଟା କେତେ ଲାଗିବ କେଜାଣି ? ସେ ଏ ପାଖଆଖର କିମ୍ବା ତା' ବାପଘର ଆଖପାଖର ଔଷଧ ଦୋକାନକୁ ଯାଇପାରିବ ନାହିଁ। କାରଣ କାଳେ ଔଷଧ ଦୋକାନୀ ତାକୁ ଚିହ୍ନିଥିବ କିମ୍ବା କିଣିବା ବେଳେ କିଏ ଚିହ୍ନା ଲୋକ ହାବୁଡ଼ି ଯିବ। ଏଣୁ ସେ ଉଭୟ ଇଲାକା ଠାରୁ ଦୂରର କୌଣସି ଔଷଧ ଦୋକାନକୁ ଯିବ। ପୁଣି ଏ ସ୍ଲିପିଂ ପିଲ୍ ସବୁ କେତେ ଦାମ କିଏ ଜାଣେ ?

ରିକ୍ସାରେ ଯାଉ ଯାଉ ଯୋଜନା କରୁଥିଲା ଶୁଭ୍ରା। ଘରକୁ ଫେରିବା ପର୍ଯ୍ୟନ୍ତ ସେ ଅପେକ୍ଷା କରିବ ନାହିଁ। ଔଷଧଟା ହାତରେ ପଡ଼ିବା ମାତ୍ରେ ସେ ଦୋକାନୀକୁ ପାଣିଗ୍ଲାସଟିଏ ମାଗି ସେଇଠି ହିଁ ତାକୁ ଖାଇଦେବ, ତାପରେ ସେଇ ରିକ୍ସାରେ ବସି ଫେରିଆସିବ। ରିକ୍ସାବାଲା ତ ଘରୁ ତାକୁ ନେଇଛି। ସେ ହିଁ ତା'ର ଅଚେତ ଦେହଟାକୁ ଆଣି ଘରେ ପହୁଞ୍ଚାଇ ଦେବ।

ଏତିକି ଭାବୁଭାବୁ ସେ ଆବିଷ୍କାର କଲା ରିକ୍ସା ତା'ର ବାପାଙ୍କ ଘର ରାସ୍ତାରେ ହିଁ ଯାଉଛି। ତା'ର ମନେପଡ଼ିଲା ଶାଶୂ ରିକ୍ସା ଡାକି ତାକୁ ରିକ୍ସାରେ ବସାଇବା ବେଳେ ରିକ୍ସାବାଲାକୁ ବାପାଙ୍କ ଘରର ଠିକଣାଟା ବତାଇ ଦେଇଥିଲେ!!

ସ୍ୱର ମିଠାକରି ଶୁଭ୍ରା ରିକ୍ସାବାଲାକୁ ପଚାରିଲା- 'ଆଚ୍ଛା, ରିକ୍ସାବାଲା, ଆମେ ଟିକିଏ ଔଷଧ ଦୋକାନକୁ ଯିବା ?'

'ଏଇତ ଔଷଧ ଦୋକାନ।' ରିକ୍ସାବାଲା ରିକ୍ସା ଅଟକାଇଲା।

'ନା, ନା, ଏଇଠି ନୁହଁ, ଏଇଠି ସେଟା ମିଳୁନି। ତୁ ଆଗକୁ ଚାଲ, ହସ୍‌ପିଟାଲ ପାଖକୁ।'

ପଛରେ ରହିଗଲା ବାପଘର ଇଲାକା, ଶାଶୂଘର ତ ଆହୁରି ପଛରେ!!

ହସ୍‌ପିଟାଲ ପାଖରେ ଛତୁ ଫୁଟିଲାପରି ଅନେକ ଔଷଧ ଦୋକାନ। ରିକ୍ସା ଅଟକିବାରୁ ଶୁଭ୍ରା ଓହ୍ଲାଇ ପଡ଼ିଲା। କେଉଁ ଦୋକାନକୁ ଯିବ? ତାକୁ ଲାଗୁଥାଏ ଚାରିଆଡ଼ୁ ସବୁଲୋକ ତାକୁ ହିଁ ଚାହିଁଛନ୍ତି। ପାଦ ତା'ର ଛନ୍ଦି ହେଲାପରି ଲାଗିଲା।

ଦୋ ଦୋ ପାଞ୍ଚ ହୋଇ ସେ ଗୋଟିଏ ଦୋକାନରେ ପହଞ୍ଚିଲା। ରୁଖାଶୁଖା ଚେହେରାର ଦୋକାନୀଟି କାଉଣ୍ଟର ପାଖକୁ ଆସିବା ମାତ୍ରେ ଶୁଭ୍ରା ଆତଙ୍କିତ ହୋଇ ପଚାରିଲା, 'ସ୍ଲିପିଂ ପିଲ୍ ଅଛି?'

ଦୋକାନୀର ଚେହେରା ବଦଳିଗଲା। ରୁକ୍ଷ ଭାବରେ ସେ ଶୁଭ୍ରାର ତାଳୁରୁ ତଳିପାଯାଏ ଓ ପୁଣି ତଳିପାରୁ ତାଳୁଯାଏ ଚାହିଁଲା। ଖଙ୍କାରି ହୋଇ ତା'ପରେ ପଚାରିଲା- 'କ'ଣ?'

ତା'ର ଧମକରେ ଶୁଭ୍ରା ଥରହର ହୋଇଗଲା। ବେକୁବ୍ ଗଳାଟା ମଧ୍ୟ ଯେତେ ଦବାଇଲେ ବି କମ୍ପି ଉଠୁଛି। ସେମିତି କମ୍ପିତ ସ୍ୱରରେ ସେ କହିଲା- 'ସ୍ଲିପିଂ ପିଲ୍ ଅଛି?'

'ନା, ନା, ସ୍ଲିପିଂ ଫ୍ଲିପିଙ୍ଗ୍ କିଛି ପିଲ୍ ଏଇଠି ନଥାଏ। ହୁଁ ସ୍ଲିପିଂ ପିଲ୍!' ଶୁଭ୍ରାର ମନେ ହେଲା ଯେମିତି କି କଷିକରି ଥାପଡ଼ ଟାଏ ଦୋକାନୀ କାନମୂଳରେ ତା'ର ବସାଇଦେଲା। ଗାଲ ତା'ର ପୋଡ଼ି ଉଠିଲା।

ଆଖି ପିଛୁଳାକେ ସେଇଠୁ ଚାଲି ଆସିଲା ସେ। ତା' ପାଖକୁ ଲାଗି ଆଉ ଏକ ଔଷଧ ଦୋକାନ। କିନ୍ତୁ ତା'ର ସାହସ ହେଲା ନାହିଁ ସେଇଠିକୁ ଯିବାକୁ। ତାକୁ ଲାଗିଲା ଏ ବୁଢ଼ା ଦୋକାନୀଟା ଏବେ ସମସ୍ତଙ୍କୁ ହୈ ଚୈ କରି କହିବ- 'ହେ, ହେ ଏ ଝିଅଟି ଆତ୍ମହତ୍ୟା କରିବାକୁ ସ୍ଲିପିଂ ପିଲ୍ କିଣୁଛି।'

ବାପ୍‌ରେ! ଝାଳଟିଏ ବୋହିଗଲା ତା' ଦେହରୁ। ସିଧା ରିକ୍ସାରେ ବସିପଡ଼ି କହିଲା- 'ନା, ଏଇଠି ମିଳିଲା ନାହିଁ, ଟିକିଏ ଆଗକୁ ଚାଲ।'

ରିକ୍ସା ଆଉ ଗୋଟିଏ ଔଷଧ ଦୋକାନ ଆଗରେ ଠିଆ ହେଲା। ଦୋକାନୀ ସମ୍ଭବତଃ ନାହିଁ। ପିଲାଟିଏ ବସିଛି। ଶୁଭ୍ରା ଆଶ୍ୱସ୍ତିର ନିଃଶ୍ୱାସ ନେଲା। ତାକୁ ଦେଖି ପିଲାଟି କାଉଣ୍ଟର ପାଖକୁ ଆସି ଠିଆ ହେଲା। ଅପେକ୍ଷାକୃତ ନରମ ସ୍ୱରରେ ଶୁଭ୍ରା ତାକୁ ପଚାରିଲା- 'ଆଛାବାବୁ ସ୍ଲିପିଂ ପିଲ୍ ଅଛି?'

ପିଲାଟି ମନେପକାଇବାକୁ ଚେଷ୍ଟା କଲା- 'ସ୍ଲିପିଂ ପିଲ୍? ଔଷଧର ନାଁ ସ୍ଲିପିଂ ପିଲ୍?'

ଶୁଭ୍ରା କିଛି କହିବା ଆଗରୁ ଦୋକାନୀ ବାହାରପଟ କାଉଣ୍ଟର ଖୋଲି ଭିତରେ ପଶୁ ପଶୁ ଶୁଭ୍ରାକୁ ପଚାରିଲେ- 'କ'ଣ ଆଜ୍ଞା ?'

ସଙ୍ଗେ ସଙ୍ଗେ ପିଲାଟି କହିଲା- 'ଆଜ୍ଞା, ଆମର ସ୍ଲିପିଂ ପିଲ୍ ଅଛି ?' ଦୋକାନୀ ଶୁଭ୍ରା ଆଡ଼କୁ ଚାହିଁଲେ। ବେଶ୍ ଗମ୍ଭୀର ମଧ୍ୟ ବୟସ୍କ ଭଦ୍ରଲୋକ, ତାପରେ ପିଲାଟିକୁ ଚାହିଁ ପଚାରିଲେ- 'କାହାର ଦରକାର ?'

ଶୁଭ୍ରା ତା'ର ଦୁଇପଟକୁ ଚାହିଁଲା। ତା'ଛଡ଼ା ସେଠାରେ ଆଉ କିଏ ନାହିଁ। ଅଥଚ ଭଦ୍ରଲୋକ ପଚାରୁଛନ୍ତି- କାହାର ଦରକାର ? ସେ ବୋଧହୁଏ ଚାହୁଁଛନ୍ତି ଶୁଭ୍ରା ସେ କଥା ନିଜେ କହୁ।

ଟିକିଏ ରୁକ୍ଷ ସ୍ୱରରେ ଶୁଭ୍ରା କହିଲା- 'ମୋର, ମୋର ଦରକାର ଅଛି।' ଦୋକାନୀ ଯେ ତାକୁ ଭଲ ଭାବରେ ନିରୀକ୍ଷଣ କରୁଛନ୍ତି ଏ କଥା ସେ ବୁଝି ପାରୁଥିଲା। ଯାହା ହେଉ ସେ ବୁଢ଼ାପରି ଖିଙ୍କାରି ନ ହୋଇ ଭଦ୍ରଭାବରେ ଖାଲି କହିଲେ, 'ନାହିଁ ଆଜ୍ଞା, ଆମ ପାଖରେ ସ୍ଲିପିଂ ପିଲ୍ ନାହିଁ।'

'ଆଚ୍ଛା, କାହା ପାଖରେ ମିଳିବ ?'

କାମରେ ବ୍ୟସ୍ତ ହେବାର ଛଳନା କରି ସେ କହିଲେ- 'କହି ପାରିବିନି, ଆଜ୍ଞା।' ପରେ ପରେ ପିଲାଟିକୁ ମଧ୍ୟ କିଛି କାମ ଦେଇ କାଉଣ୍ଟର ପାଖରୁ ହଟାଇ ନେଲେ।

ତା' ମୁହଁ ଦେଖି ବୁଢ଼ା ରିକ୍ସାବାଲା ବୁଝିପାରିଲା କ'ଣ ଅସୁବିଧା ହୋଇଛି। ସମବେଦନା ଜଣାଇବା ସ୍ୱରରେ କହିଲା- 'କ'ଣ ମା', ଔଷଧଟା ମିଳିଲାନି ? କି ଔଷଧ କି ?'

ରିକ୍ସାବାଲା ଯେ ମୂର୍ଖ, ତା' କଥା ବୁଝିବା ଶକ୍ତି ତା'ର ନାହିଁ ଏକଥା ଆଉ ଶୁଭ୍ରାର ଖିଆଲ ହେଲାନାହିଁ। ସେ ଯେଉଁ ମାନସିକ ସ୍ଥିତିରେ ଅଛି ତା'ର ହତାଶା ନିରାଶା ଭାବ ମିଶ୍ରିତ ହୋଇ ସେ ଖାଲି କହିପକାଇଲା- 'ସ୍ଲିପିଂ ପିଲ୍।'

'କ'ଣ ରୋଗ ହେଲେ ସେ ଔଷଧ ଖାଆନ୍ତି, ଆଜ୍ଞା ?'- ରିକ୍ସା ଚଳାଉ ଚଳାଉ ରିକ୍ସାବାଲା ପଚାରିଲା।

'ନିଦ ନହେଲେ... ନିଦ ହେବାକୁ...' କହୁ କହୁ ଶୁଭ୍ରା ସତର୍କ ହୋଇଗଲା।

'ଓଃ! କାମ୍ପୋଜ କି ମା' ? ସେ ତ ସବୁ ଦୋକାନରେ ମିଳିବା କଥା!' ରିକ୍ସାବାଲା କହିଲା।

ଚମକି ପଡ଼ିଲା ଶୁଭ୍ରା। ଏଁ କାମ୍ପୋଜ୍! ତେବେ ସ୍ଲିପିଂ ପିଲକୁ କେହି ସ୍ଲିପିଂ

ପିଲ୍ ବୋଲି ମାଗନ୍ତି ନାହିଁ, ତା'ର ବ୍ୟାବହାରିକ ନାମ ହେଉଛି 'କାମ୍ପୋଜ୍?' ଧନ୍ୟ! ଏତିକି ସାଧାରଣ ଜ୍ଞାନ ପାଠ ପଢ଼ି ମଧ୍ୟ ତା'ର ନାହିଁ। ଅଥଚ ରିକ୍ସାବାଲା ସମ୍ଭବତଃ ଆପଣା ଅଭିଜ୍ଞତାରୁ ଜାଣିଛି। ସେ ବୁଝିପାରିଲା କାହିଁକି ଦୋକାନୀମାନେ ତାକୁ ଏମିତି ସନ୍ଦେହ କରୁଥିଲେ।

ସଙ୍ଗେ ସଙ୍ଗେ ରିକ୍ସାକୁ ଅଟକାଇ ଆଗର ଏକ ଦୋକାନ ଭିତରେ ପଶିଗଲା ଶୁଭ୍ରା। ଏଥର କେମିତି ତାକୁ ନ ମିଳିବ ଦେଖିବା।

ପିଲାଟିଏ କାଉଣ୍ଟର ପାଖକୁ ଆସିଲା। ଦୋକାନଟି ବେଶ୍ ବଡ଼ ହୋଇଥିବାରୁ ତାକୁ ଛାଡ଼ି ଆଉ ଦୁଇତିନି ଜଣ କର୍ମଚାରୀ ମଧ୍ୟ ସେଇଠି ଥାଆନ୍ତି। ବେଶ୍ ଦମ୍ଭର ସହ ଶୁଭ୍ରା ପଚାରିଲା- 'କାମ୍ପୋଜ୍ ଅଛି?'

ପିଲାଟି ଠିଆ ହୋଇ ପଡ଼ିଲା- 'ଆଜ୍ଞା ଅଛି। କେତେ ପାୱାରର ଦେବି?'

'ଏ ପାୱାର?' ମୁଣ୍ଡଟା ପିଟିଦେବା ପାଇଁ ଇଚ୍ଛା ହେଲା ଶୁଭ୍ରାର। ପାଣିରେ ବୁଡ଼ି ମରିଥିଲେ କି ନିଆଁରେ ପୋଡ଼ି ମରିଥିଲେ ଏତେ ଜ୍ଞାନ ଲୋଡ଼ାହୋଇ ନଥାନ୍ତା ନିଶ୍ଚୟ!

କାମ୍ପୋଜ୍ ସବୁ କେତେ ପାୱାରର ଥାଏ? ସେ ଯଦି ଶହେ କି ଦୁଇଶହ କହିବ ଠିକ୍ ହେବ ନା ପୁଣି ଭୂଲ୍ ହେବ? ଏ ପାୱାର ଟା କ'ଣ ବଟିକାର ଓଜନକୁ ନେଇ ହୋଇଥାଏ? ତେବେ ଏକ ବା ଦୁଇ ପାୱାର କହିଲେ ଠିକ୍ ହେବକି? କ'ଣ କରିବ ସେ? ପୁଣି ଏ ପାୱାର ସବୁ କେତେ ଶକ୍ତିଶାଳୀ? କେତୋଟି ଏଥିରୁ ଖାଇଲେ ନିଦ ହୁଏ? ମହାନିଦ୍ରା ପାଇଁ କେତୋଟି ସେ ମାଗିବ? ନିଦ୍ରା ଆଉ ମହାନିଦ୍ରା ମଧ୍ୟରେ କେତେ ପାୱାରର ବ୍ୟବଧାନ?

ହଠାତ୍ ତା' ମୁଣ୍ଡକୁ ଏକ ବୁଦ୍ଧି ଜୁଟିଲା। ଏତିକିବେଳେ ପିଲାଟିକୁ ଆଡ଼େଇ ଆଉ ଜଣେ ତରୁଣ କାଉଣ୍ଟରରେ ଦାୟିତ୍ୱ ନେଇ ଶୁଭ୍ରାକୁ ପଚାରିଲା- 'କ'ଣ ଆଜ୍ଞା?'

'କାମ୍ପୋଜ୍ ଅଛି?" ଶୁଭ୍ରା ନିଶ୍ଚିନ୍ତରେ ପଚାରିଲା।

'ଅଛି, କେତେ ପାୱାରର?'

'କେତେ ପାୱାରର ଅଛି କି ଆପଣଙ୍କ ପାଖରେ?' ଶୁଭ୍ରା ଆପଣା ବୁଦ୍ଧିକୁ ବଧାଇ ଦେଉଥିଲା ମନେମନେ।

'ସବୁ ପାୱାରର ଅଛି।' ତରୁଣଟି କହିଲା।

ଶୁଭ୍ରା ଅନୁଭବ କଲା ପୁଣି କେଉଁ ଅନ୍ଧାର ଜଙ୍ଗଲରେ ସେ ବାଟବଣା ହୋଇସାରିଛି। ସତରେ, ସେ ଜୀବନରେ ଦୁଃଖ ପାଇବା ପାଇଁ ଯୋଗ୍ୟ ଏକା। କେତେ ସାଧାରଣ କଥା ସେ ଜାଣିନି। ମୂର୍ଖ କୋଉଠିକାର!

ସାହାସ ବାନ୍ଧି ସେ ପୁଣି କହିଲା, 'ଠିକ୍ ଅଛି, ୨୫ ପାୱାରର ଦେଇଦିଅ।'

'କେତେଟା ଦେବି ?' ତରୁଣଟି ବିଲ୍ ବହି ଖୋଲି ପଚାରିଲା।

'ଦଶଟା', ଆଶାର ଆନନ୍ଦରେ ଶୁଭ୍ରାର ଛାତି ଧପ୍ ଧପ୍ ହେଲା।

ତରୁଣଟି ବହି ଉପରୁ ମୁହଁ ଉଠାଇ ଶୁଭ୍ରାକୁ ଚାହିଁ କହିଲା- 'ଆଚ୍ଛା, ପ୍ରେସ୍କ୍ରିପ୍ସନଟା ଦିଅନ୍ତୁ।'

ସାଂଘାତିକ ବିପଦ। ଶୁଭ୍ରା ବୁଝିଲା ପୁଣି କ'ଣ ଗୋଟାଏ ଭୂଲ୍ ହୋଇଗଲା। ବୋଧହୁଏ ଦଶଟା ନିହାତି ବେଶୀ ହୋଇଗଲା। ଦେଖାଯାଉ, ଭଗବାନଙ୍କ ନାମ ସ୍ମରଣ କରି ସେ କହିଲା- 'ପ୍ରେସ୍କ୍ରିପ୍ସନଟା ତ ଆଣିନି।'

ବିଲ୍ ବହିଟି ବନ୍ଦ କରି କର୍ମଚାରୀଟି କହିଲା- 'ତାହେଲେ ଆଜ୍ଞା ଯାଇ ନେଇଆସନ୍ତୁ। ପ୍ରେସ୍କ୍ରିପ୍ସନରେ ଔଷଧର ନାଁଟା ଓ ପାୱାରଟା ଲେଖାଥିବ।'

କଥା କାଟି ଶୁଭ୍ରା କହିଲା- 'କହିଲି ପରା କାମ୍ପୋଜ-୨୫ ପାୱାରର।'

କର୍ମଚାରୀଟି ହସି ପକାଇଲା। କହିଲା- 'ବୁଝିଲି'। ତେବେ ଆଜିକାଲି କାମ୍ପୋଜ ସବୁ ବିଭିନ୍ନ କମ୍ପାନୀ ବିଭିନ୍ନ ନାମଦେଇ ବିକ୍ରି କରୁଛନ୍ତି ଯାହାର ଅନୁପାନ ଓ ଶକ୍ତି ବିଭିନ୍ନ ରୋଗ ପାଇଁ ଏକ ନିର୍ଦ୍ଦିଷ୍ଟ ମାତ୍ରାରେ ତିଆରି ହେଉଛି। ଏଣୁ ଆପଣଙ୍କ ଆବଶ୍ୟକୀୟ ଔଷଧଟି କେଉଁ ଉପାଦାନ ଓ କେତେ ଅନୁପାନରେ, କେତେ ପାୱାରରେ ହେବା ଉଚିତ ସେକଥା ଆପଣଙ୍କ ଡାକ୍ତରଙ୍କ ପ୍ରେସ୍କ୍ରିପ୍ସନ ହିଁ କହିବ। ଆପଣ ସେଇ ଔଷଧର ନାଁଟା ନହେଲେ କହନ୍ତୁ ମୁଁ ସଙ୍ଗେ ସଙ୍ଗେ ଦେଇଦେବି।'

ବିରକ୍ତି ହୋଇ ଶୁଭ୍ରା କହିଲା- 'ଆପଣ ତ କାମ୍ପୋଜ ଦେବେ। କେଉଁ କମ୍ପାନୀ ତାକୁ କେଉଁ ନାଁ ଦେଇଛି ସେଥିରୁ ଆମକୁ କ'ଣ ମିଳିବ ?'

ତା'ପରେ ମନକୁ ମନ ସେ କହିଲା- 'ବଞ୍ଚିବା ପାଇଁ ତ କେହି କେବେ ତାକୁ ପ୍ରେସ୍କ୍ରିପ୍ସନଟିଏ ଦେଇ ନାହାନ୍ତି। ମରିବା ପାଇଁ କାହିଁକି ଏତେ ପ୍ରେସ୍କ୍ରିପ୍ସନ ଜରୁରୀ ହେଉଛି ଯେ ?'

ଇଚ୍ଛା ହେଉଥିଲା ସେ ଯଦି ରାଗି ପାରନ୍ତା, ପାଟିକରି କହିପାରନ୍ତା- ତା'ର ଜୀବନ ସିନା ଅନ୍ୟମାନଙ୍କ ହାତର ତା'ର ମରଣ ତ ନିଜ ହାତରେ। କିମ୍ବା ଚିତ୍କାର କରି ଦୋକାନୀକୁ ତା'ର ଅଧିକ ପ୍ରସଙ୍ଗ ପାଇଁ ଗାଳିକରି ପାରନ୍ତା ତେବେ ଠିକ୍ ହୁଅନ୍ତା। କିନ୍ତୁ... କିନ୍ତୁ ଜୀବନରେ କେଉଁଠି ଚିତ୍କାର କରିବା କଥା, ଯେଉଁଠି ଆତ୍ମରକ୍ଷା ପାଇଁ କ୍ରୋଧର ସାହାଯ୍ୟ ନେବା କଥା ସେଇଠି ତ ସେ ତାହା କରିପାରିନି ଆଜି କେଉଁ ଅଧିକାରରେ ଦୋକାନୀଟି ଉପରେ ରାଗିବ ?

ହଠାତ୍ ଶୁଭ୍ରାର ମନେହେଲା ସେ ଯେ ଏତେ ନିର୍ଯ୍ୟାତନା ସହୁଛି କାରଣ ସେ ରାଗି ଜାଣେନା, ସେ ହେଉ ନିଜ ଉପରେ ବା ହେଉ ପଛେ ଅନ୍ୟ ଉପରେ। ଆଜି ଯେ ସେ ମରିବାକୁ ବସିଛି ତାହା କ୍ରୋଧ ବା ହତାଶାରେ ନୁହଁ ଭୟରେ।

ହଁ ଭୟରେ!

ହଁ ଭୟରେ ହିଁ ସେ ମରଣକୁ ବରଣ କରୁଛି। ସାହସୀ ଓ କ୍ରୋଧୀ ହୋଇଥିଲେ ନିଜ ପରିସ୍ଥିତିର ସେ ମୁକାବିଲା କରିଥାନ୍ତା! କିନ୍ତୁ ଡରୁଆ ହୋଇଥିବାରୁ ସେ ମଇଦାନ ଛାଡ଼ି ପଳାୟନ କରୁଛି। ଆତ୍ମହତ୍ୟା ମହାପାପ ଜାଣି ମଧ୍ୟ ସେ ପାପ କରିବାକୁ ଆଗେଇ ଆସିଛି। ଆତ୍ମରକ୍ଷା ଯେ ମହାପୁଣ୍ୟ, ପ୍ରାଣୀର ପ୍ରଥମ କର୍ତ୍ତବ୍ୟ, ଏକଥା ସେ କେମିତି... କେମିତି ଭୂଲି ଯାଇଛି ?

ଢୋ'କରି ଗୋଟିଏ ବିଧା ବସାଇଲା ଶୁଭ୍ରା କାଉଣ୍ଟରର ସନ୍‌ମାଇକା ଆସ୍ତରଣ ଉପରେ। ଦୋକାନୀ ଚମକି ପଡ଼ିଲା। ଦୋକାନ ଭିତରେ କାର୍ଯ୍ୟବ୍ୟସ୍ତ ଥିବା କର୍ମଚାରୀମାନେ କାମଛାଡ଼ି ତାକୁ ଆଶ୍ଚର୍ଯ୍ୟ ହୋଇ ଚାହିଁଲେ। କାଉଣ୍ଟରକୁ ଲାଗି ଠିଆ ହୋଇଥିବା ଆଉ ଦୁଇଜଣ ଗ୍ରାହକ ମଧ୍ୟ ଚମକି ପଡ଼ି ନିଜ ଅଜାଣତରେ କାଉଣ୍ଟର ଛାଡ଼ି ଅଲଗା ହୋଇ ବିସ୍ମୟରେ ତାକୁ ଚାହିଁ ରହିଲେ।

ଶୁଭ୍ରା ସେହି ମୁହୂର୍ତ୍ତରେ ଅନୁଭବ କଲା ତା' ନିଜ ଭିତରେ କେଉଁଠି ଗୋଟାଏ ହଠାତ୍ ବିସ୍ଫୋରଣ ହୋଇସାରିଛି।

ନା, ତା'ର ଆଉ କାମ୍ପୋଜ ଦରକାର ନାହିଁ। ଆଜିପର୍ଯ୍ୟନ୍ତ ଯଥେଷ୍ଟ ସହି ସାରିଛି ସେ। ଏଣିକି ସେ ଜାଗ୍ରତ, ସେ ଉତ୍‌ଥିତ। ଆଉ ଏ ଜାଗ୍ରତ ଆତ୍ମାକୁ, ଏ ଉତ୍‌ଥିତ ଆତ୍ମାକୁ ଅତ୍ୟାଚାର କରିବା ଦୂରର କଥା, ଦୁର୍ବ୍ୟବହାର କରିବାର ଶକ୍ତି ମଧ୍ୟ କାହାର ନାହିଁ!

ସେ ନିଜେ ଆପଣାର ଦୁର୍ଗତି ନାଶିନୀ, ସ୍ୱୟଂ ଦୁର୍ଗା!!

ସିଧା ରିକ୍ସା ପାଖକୁ ଫେରି ଆସିଲା ସେ। ତା' ମୁହଁ ଦେଖି ରିକ୍ସାବାଲା ବୁଝିଗଲା ଔଷଧଟା ମିଳିଗଲା। ଆଶ୍ୱସ୍ତ ହୋଇ ସେ ପଚାରିଲା- 'ଏଥର କୋଉଠିକି ଯିବା ମା'?'

'ବି.ଏଡ୍ କଲେଜକୁ। ସେଠାରୁ ଫର୍ମଟିଏ ନେଇ ସିଧା ଯେଉଁଠୁ ଆସିଥିଲେ ସେଠିକୁ!' ହସି ହସି ଶୁଭ୍ରା କହିଲା।

■

ଯେ ପକ୍ଷୀ ଉଡ଼େ ଯେତେ ଦୂର

୧୯୯୪

ବାହାରେ ଟିପ୍‌ଟିପ୍ ବର୍ଷା ପଡୁଥିଲା ।

ସନ୍ଧ୍ୟା କେତେବେଳୁ ନଇଁଗଲାଣି । ବସ୍ ଷ୍ଟପେଜ୍‌ରେ ଠିଆହୋଇ ସନ୍ତୋଷ ବସ୍‌କୁ ଅପେକ୍ଷା କରିଥିଲା । ବମ୍ବେ ସହରକୁ ଆସିବା ଏ ତା'ର ପ୍ରଥମ । କମ୍ପାନୀର କାମରେ ଆସିଛି- ଦୁଇଦିନ ପରେ ଫେରିଯିବ । ବମ୍ବେର ଆଞ୍ଚଳିକ ଅବସ୍ଥିତି ଓ ତତ୍‌ସମ୍ପର୍କିତ ବସ୍‌ଗୁଡ଼ିକର ନମ୍ବର ଆଦି ବିଷୟରେ ତା'ର ଆଦୌ ପରିଚୟ ନ ଥିବା ଯୋଗୁଁ, ସେ ନେଇ ସନ୍ତୋଷ ଚିନ୍ତିତ ଥିଲା ।

'ଷ୍ଟପେଜ୍'ବୋଲି ଲେଖାଥିବା ଯେଉଁ ଶେଡ୍ ତଳେ ସେ ଠିଆ ହୋଇଥିଲା, ତା'ରି ସାମ୍‌ନାରେ କେଉଁ କେଉଁ ବସ୍ ଏଠାରେ ଅଟକେ, ତା'ର ନମ୍ବର ସବୁ ଲେଖାଥିଲା । ସେ ଭିତରେ ତା'ର ଗନ୍ତବ୍ୟ ସ୍ଥାନକୁ ଯାଉଥିବା ବସ୍‌ର ନମ୍ବରଟି ଲେଖାଥିବା ଦେଖି ସେ ଏଇଠି ଅଟକି ବସ୍‌କୁ ଅପେକ୍ଷା କରୁଥିଲା । କିନ୍ତୁ କେତେ ବ୍ୟବଧାନରେ ବସ୍ ଆସେ, ସେ ବିଷୟରେ କିଛି ଧାରଣା ନଥିବାରୁ ତାକୁ ବ୍ୟସ୍ତ ଓ ବିରକ୍ତ ଲାଗୁଥିଲା । ଶେଡ୍‌ଟିରେ ତା' ବ୍ୟତୀତ ଆଉ କେହି ଯାତ୍ରୀ ବି ନ ଥିଲେ, ପଚରାଉଚୁରା କରିବା ପାଇଁ । ଏଣୁ ଚୁପ୍‌ଚାପ୍ ଠିଆ ହୋଇ ଚାରିପଟର ଲୋକବାକ ଓ କୋଠାବାଡ଼ିକୁ ଲକ୍ଷ୍ୟ କରିବା ଛଡ଼ା ଆଉ କିଛି ଉପାୟ ବି ନ ଥିଲା ।

ବର୍ଷା ଯୋଗୁଁ ହେଉ ବା ବମ୍ବେର ଏଇ ଅନ୍ୟତମ ବିଭବଶାଳୀ ଅଞ୍ଚଳ ନରିମାନ୍ ପଏଣ୍ଟ ହୋଇଥିବା ଯୋଗୁଁ ହେଉ, ରାସ୍ତାରେ ପଦଚାରୀଙ୍କ ସଂଖ୍ୟା କମ୍ ଥିଲା । ସ୍କୁଟର ଓ କାର୍‌ଙ୍କ ଭିଡ଼ ରାସ୍ତାରେ ଜମି ରହିଥିଲା । ନରିମାନ୍ ପଏଣ୍ଟ ଅଞ୍ଚଳରେ ଭାରତର

ପ୍ରାୟ ସବୁ ବଡ଼ ବଡ଼ କମ୍ପାନୀର କେତେକ ମୁଖ୍ୟ ଓ କେତେକ ଶାଖା ଅଫିସକୁ ନିଜ ବକ୍ଷରେ ସ୍ଥାନ ଦେଉଥିବା ବିରାଟ ବିରାଟ ଅଟ୍ଟାଳିକାମାନ ଆକାଶକୁ ଚୁମ୍ବନ ଦେବା ପାଇଁ ନିଜ ନିଜ ଭିତରେ ପ୍ରତିଯୋଗିତା ଚଳାଇଥିବା ବେଳେ ସେମାନଙ୍କ ଚାରିପଟେ, ମାଟି ଉପରେ ସଗର୍ବେ ଠିଆ ହୋଇଥିବା ଢାବା, ଠେଲା ଗାଡ଼ିର ଜଳଖିଆ ଦୋକାନର ହଇଚଇ ମଧ୍ୟ, ଭାରତ ଯେ ଭାରତ, ଏକଥା ପ୍ରତିପାଦନ କରୁଥିଲା।

ପ୍ରାଚୁର୍ଯ୍ୟ ଓ ଦାରିଦ୍ର୍ୟ ଏଠାରେ ହାତର ଦୁଇଟି ଆଙ୍ଗୁଠି ପରି ପାଖାପାଖି ହିଁ ଥା'ନ୍ତି।

ହଠାତ୍ ସନ୍ତୋଷ ଅନୁଭବ କଲା ସେ ଆଉ କିଛି ଭାବି ପାରୁନି। ମୁଣ୍ଡଟା କେମିତି କେମିତି ଲାଗୁଛି।

ନିଜ ଭାବନାରୁ ଓହରି ଆସି ପ୍ରକୃତିସ୍ଥ ହୋଇ ସେ ଦେଖିଲା... ହଁ ଏମିତି ତ ତା'ର ପିଲାଦିନରୁ ହୋଇଆସୁଛି। ସୁନ୍ଦରୀ ଝିଅଟିଏ ଦେଖିଲେ ତା'ର ଭାବନାରେ ବିଭୋର ଥିବା ମସ୍ତିଷ୍କ ଉପରେ ଚକ୍ଷୁ ପକାଉଥିବା ସନ୍ଦେଶବାହୀ ସ୍ନାୟୁ ସବୁ ଟଂ ଟଂ କରି ଆଘାତ କରନ୍ତି। ସେମାନଙ୍କର ଆଘାତରେ ମସ୍ତିଷ୍କ ଯେତେବେଳେ ନିଜ ଚାରିପଟକୁ ଭୁଲି ଭାବନାରେ ମଗ୍ନଥିବା ମନକୁ ପ୍ରକୃତିସ୍ଥ କରିବାକୁ ଚେଷ୍ଟା କରେ, ସେତେବେଳେ ତା' ମନ ଓ ମସ୍ତିଷ୍କ ଭିତରେ ଯେଉଁ କେତେ ସେକେଣ୍ଡର ଟଣା-ଓଟରା ଚାଲେ, ସନ୍ତୋଷକୁ ତାହା ହଠାତ୍ କେମିତି କେମିତି ଲାଗେ, ଚାରିଆଡ଼ ଜାଲୁଜାଲୁଆ ଦିଶେ।

ନିଜର ଏ ବିଶେଷତ୍ୱକୁ ଭଲଭାବରେ ଜାଣିଥିବା ସନ୍ତୋଷ ସେଥିପାଇଁ ପରୀକ୍ଷା ହଲ୍‌ରେ, ଇଣ୍ଟରଭ୍ୟୁ ଦେବାବେଳେ କିମ୍ବା ଗୁରୁତ୍ୱପୂର୍ଣ୍ଣ କାର୍ଯ୍ୟରେ ବ୍ୟସ୍ତ ଥିବାବେଳେ ଝିଅମାନଙ୍କ ମୁହଁକୁ ଭୁଲ୍‌ରେ ବି ଚାହେଁନା। ଅନ୍ୟ ସବୁ ସମୟରେ ତା' ଆଖିର ଲେନ୍‌ସ ଦୁଇଟା ଦୂରଦର୍ଶନ କ୍ୟାମେରାମ୍ୟାନର କ୍ୟାମେରା ଲେନ୍‌ସ ପରି ସୁନ୍ଦରୀ ଝିଅମାନଙ୍କ ତଲାସରେ ହିଁ ଥା'ନ୍ତି।

ବର୍ତ୍ତମାନ ସନ୍ତୋଷର ବୁଭୂକ୍ଷୁ ଆଖିରେ ଯାହା ପାଇଁ ପଦ୍ମ ଫୁଟିଥିଲା, ସେ ତା'ରି ସାମ୍ନାରେ ଠିଆ ହୋଇ ଦେହରୁ ବର୍ଷାତିଟା ଖୋଲୁଥିଲେ। ଚେନାଏ ମେଘ ଭିତରୁ ସକାଳର ସୂର୍ଯ୍ୟ ଡେଇଁ ପଡ଼ିବା ପରି ବର୍ଷାତିଟା ଖୋଲିଦେବା ମାତ୍ରେ ସୌନ୍ଦର୍ଯ୍ୟର ଏକ ତୀବ୍ର ଆଭା ଚାରିଆଡ଼େ ବିଛେଇ ହୋଇପଡ଼ିଲା। ବବ୍‌କରା ବାଳ ବର୍ଷାତି ଭିତରେ ସୁରକ୍ଷିତ ଥିଲେ ମଧ୍ୟ ସାମ୍‌ନାର କେରାଏ ଦୁଇକେରା ବାଳରେ ପାଣିଟୋପା ବିନ୍ଦୁ ବିନ୍ଦୁ ହୋଇ ଲାଗିଥିଲା ଓ ସେଥିରୁ ଟୋପାଏ ଟୋପାଏ ତଳେ ପଡୁଥିଲା।

ଝିଅମାନଙ୍କୁ ଆକର୍ଷିତ କରିବା ପାଇଁ ସନ୍ତୋଷ ଯେତିକି କବିତ୍ୱ ଆୟତ୍ତ କରିଥିଲା, ତା' ଭିତରେ ଏ ସୁନ୍ଦରୀଙ୍କୁ ଉପମା ଦେବା ପାଇଁ ସେ କିଛି ଖୋଜି ପାଉ ନଥିଲା, ବରଂ ତା' ଜୀବନରେ ଏଇ ପ୍ରଥମଥର ପାଇଁ କବିତ୍ୱ ପ୍ରତି ବୈରାଗ୍ୟ ଆସୁଥିଲା।

ସେ ଏଇ ମୁହୂର୍ତ୍ତରେ, କେବଳ ଉପଭୋଗ କରିବାକୁ ଚାହେଁ। କବି ହୋଇଗଲେ ତ ଦୃଶ୍ୟ ଠାରୁ ନିଜର ସତ୍ତାକୁ ପୃଥକ୍ ରଖିବାକୁ ହେବ, ଯାହା ସେ ଚାହୁଁ ନଥିଲା। ଆଖି ଦୁଇଟି ତା'ର ମହିଳାଙ୍କର ସୁନ୍ଦର ବବ୍‌କରା ମୁହଁରୁ ସେ ପିନ୍ଧିଥିବା ମନୋମୁଗ୍ଧକର ଅଥଚ ସଂଭ୍ରାନ୍ତ ଆଧୁନିକ ଶୈଳୀର ପୋଷାକ ଉପର ଦେଇ ସୁନ୍ଦର ସୁନ୍ଦର ଜୋତା ଭିତରେ ଆବଦ୍ଧ ଥିବା ପଦ୍ମ ପରି ପାଦ ଦିଓଟି ପର୍ଯ୍ୟନ୍ତ ଆସି ପୁଣି ଉପରକୁ ଉଠି ପୁଣି ତଳକୁ ଯାଉଥିଲା। ପାଦ ପାଖରେ ଦୃଷ୍ଟି ପହଞ୍ଚିଲେ ମନ ଚଞ୍ଚଳ ହେଉଥିଲା ଶୀଘ୍ର ମୁହଁ ପାଖକୁ ଫେରିଯିବାକୁ ଏବଂ ମୁହଁ ପାଖରେ ପହଞ୍ଚିଲେ ମନ ପୁଣି ଅଥୟ ହୋଇ ପଡୁଥିଲା ପାଦର ସୁନ୍ଦର ସୁନ୍ଦର ନେଲ୍‌ପଲିଶ୍‌ରେ ଚକ୍‌ଚକ୍ କରୁଥିବା ନଖଗୁଡ଼ିକୁ ଦେଖିବା ପାଇଁ। କେବଳ ଅନାବୃତ ଥିବା ହାତପାପୁଲିର ଚମ୍ପାକଢ଼ି ପରି ଗୋରା ତକ୍‌ତକ୍ ଅଙ୍ଗୁଳିଗୁଡ଼ିକ ପାଖରେ ବେଳେବେଳେ ତା' ଦୃଷ୍ଟି ବାଟବଣା ହୋଇଯାଉଥିଲା ଯାହା।

ମହିଳା ଜଣକ ବର୍ଷାତିରୁ ପାଣି ଝାଡ଼ିବାରେ ବ୍ୟସ୍ତ ଥିଲେ। ପାଣି ଝାଡ଼ି ସାରିବା ପରେ ତାକୁ ସୁନ୍ଦର ଭାବରେ ଭାଙ୍ଗିଭୁଙ୍ଗି ଦେଇ ସେ ହାତରେ ଧରିଲେ। ମୁହଁ ଉପରେ କେଶକୁ ସଜାଡ଼ି ଦେଇ ପଛକୁ ହଟାଇ ଦେବାବେଳେ ହଠାତ୍ ତାଙ୍କର ଦୃଷ୍ଟି ସନ୍ତୋଷ ଉପରେ ପଡ଼ିଲା। ମିନିଟକ ପାଇଁ ତାଙ୍କର ଆନମନା ଚକ୍ଷୁ ସଜାଗ ହୋଇଗଲା। ସେମିତି କେଶରାଶିକୁ ପଛକୁ ଧରିରଖି ସେ ସନ୍ତୋଷକୁ ଏକଲୟରେ ଚାହିଁ ରହିଲେ।

ସନ୍ତୋଷର ଧମନୀରେ ରକ୍ତପ୍ରବାହ ଥପ୍ କରି ବନ୍ଦ ହୋଇଗଲା।

ସେକେଣ୍ଡକ ଭିତରେ ଆପଣା ସଂବିତ୍‌କୁ ନିଜଆଡ଼କୁ ଟାଣି ଆଣି କଳ୍ପନାରେ ସେ ନିଜେ କେମିତି ଦିଶୁଛି, ତାହା ଦେଖିବାକୁ ଲାଗିଲା।

ହଁ, ପିଲାଦିନରୁ ଫୁଟବଲ୍ ଓ ପରେ ବାସ୍କେଟବଲ୍‌ରେ ମାତି ପାଠପଢ଼ା ସମୟ ନଷ୍ଟ କରିଛି ବୋଲି ବାପାଙ୍କଠାରୁ କେତେ ଧିକ୍‌କାର ସେ ପାଇଛି ସତ, କିନ୍ତୁ ବାପା କୁଆଡୁ ବୁଝିବେ ଯେ ଏ ଖେଳ ଦୁଇଟା ତାକୁ ଏତେ ସୁନ୍ଦର ଚେହେରା, ରମଣୀମୋହନ ରୂପ ଦେଇ କେତେ କୃତାର୍ଥ ନ କରିଛନ୍ତି! ଏଇ ଲମ୍ବା, ହୃଷ୍ଟପୃଷ୍ଟ ଚେହେରା ନେଇ ତା'ଠାରୁ ଅଧିକ ସୁନ୍ଦର ଚକୋଲେଟ୍ ହିରୋମାନଙ୍କୁ ପଛରେ ପକାଇ, ଏଯାବତ୍ କେତେ ବୋକୀ ଝିଅଙ୍କୁ ସେ ଆକର୍ଷିତ କରି ଫୋପାଡ଼ି ସାରିଲାଣି, ତା'ର ହିସାବ ସେ ରଖିବାକୁ ଚାହିଁନି।

ଝିଅ ମାତ୍ରେ ତାକୁ ସୁନ୍ଦର ଦିଶନ୍ତି, ଆଉ ତା' ଆଡ଼କୁ ଆକର୍ଷିତ ହେଉଥିବା ଝିଅମାନଙ୍କୁ ଉପେକ୍ଷା କଲା ପରି କଠୋର ବା ଅଭଦ୍ର ତ ସେ ଜମ୍ମା ନୁହଁ। ଯାବତୀୟ ମାଗାଜିନ୍‌ରୁ ସାଙ୍ଗସାଥୀମାନେ 'କରେଣ୍ଟ ଟପିକ୍' ଭିତରେ ଧନ୍ଦି ହେଉଥିବାବେଳେ ସେ ମାଗାଜିନ୍‌ର ବିଜ୍ଞାପନ ପୃଷ୍ଠା ମଣ୍ଡନ କରିଥିବା ପୁରୁଷ ମଡେଲ୍‌ମାନଙ୍କୁ ନିରୀକ୍ଷଣ କରୁଥାଏ। ସେମାନଙ୍କ ପରି ହସିବା, ପୋଷାକ ପିନ୍ଧିବା ଓ ଦୂରଦର୍ଶନର ବିଜ୍ଞାପନରୁ ଆରମ୍ଭ କରି ଧାରାବାହିକ ପର୍ଯ୍ୟନ୍ତ ସବୁ ସୁପୁରୁଷଙ୍କୁ ନିରୀକ୍ଷଣ କରି ସେମାନଙ୍କ ପରି କଥା କହିବା ଭଦ୍ର ମାର୍ଜିତ ଶୈଳୀରେ ବ୍ୟବହାର କରିବା ଆଦି ସେ ଯେ କେବଳ ଶିଖୁଥାଏ, ସେକଥା ନୁହଁ, ତାକୁ ଠିକ୍ ଜାଗାରେ ସେ ପ୍ରୟୋଗ ମଧ୍ୟ କରିପାରେ।

ସେଥିପାଇଁ ତା'ର ସଫଳ ସୁନ୍ଦର ଶୈଳୀ ଓ ଭାବରେ ମୋହିତ ହୋଇ, ନିଆଁରେ ପତଙ୍ଗ ପଡ଼ିବା ପରି, ଝିଅମାନେ ତା' ପାଖକୁ ଟାଣିହୋଇ ଆସନ୍ତି। ଝିଅମାନଙ୍କର ଏ ଦୁର୍ବଳତା ତାକୁ ଭାରି ଭଲ ଲାଗେ। କିନ୍ତୁ ଥରେ ତା'ର ପ୍ରୀତିର ମୋହନ ମାଧୁରୀ ଭିତରେ ବନ୍ଦୀ ହୋଇଗଲେ ଝିଅମାନେ ଯେ ଯିବାକୁ ଚାହାଁନ୍ତି ନାହିଁ, ସେଇଟା ତାକୁ ବଡ଼ ବିରକ୍ତ କରିଦିଏ।

ପ୍ରେମ କରି ପତ୍ନୀ ହାସଲ କରିବା ତ ସନ୍ତୋଷର ଉଦ୍ଦେଶ୍ୟ ନୁହେଁ କିନ୍ତୁ ବିବାହ କରିବା ପୂର୍ବରୁ ବୋକୀ ଝିଅଙ୍କ ସହିତ ଯଦି 'ଲଭ୍ ୟୁ' 'ଲଭ୍ ୟୁ' ଖେଳା ନ ଗଲା ତେବେ ଆଉ କି ପୁରୁଷ ପଣିଆ ରହିଲା ?

ସନ୍ତୋଷର ନିଜସ୍ୱ ବହୁ ପରିକ୍ଷିତ, ବହୁ ବ୍ୟବହୃତ ପଦ୍ଧତି ହେଲା, ପ୍ରଥମେ ଆଖି ମାଧ୍ୟମରେ ସୁନ୍ଦରୀ ଝିଅ ଆବିଷ୍କାର। ଝିଅଟି ସୌନ୍ଦର୍ଯ୍ୟରେ କମ୍ ହେଲେ ଚଳିବ ସିନା, ବୁଦ୍ଧିରେ ଯେମିତି ଆଦୌ ଅଧିକ ନଥାଏ ସେଥିପାଇଁ ସେ ଦୃଷ୍ଟି ରଖିଥାଏ। ଏ ପର୍ଯ୍ୟାୟରେ ତା ନିଜର ଦୈହିକ ସୌନ୍ଦର୍ଯ୍ୟ ଓ ଆଖିର ନିରବ ଚଞ୍ଚଳତା ବେଶ୍ କାମ ଦିଏ।

ଦ୍ୱିତୀୟ ପର୍ଯ୍ୟାୟରେ ତାର ସ୍ୱଭାବିକ ଭଦ୍ର ମଧୁର ବ୍ୟବହାରକୁ ସେ ପ୍ରୟୋଗ କରେ। ଏହି ଅବ୍ୟର୍ଥ ତୀରଟିକୁ ଶିକାର ଉପରକୁ ଛାଡିବାକୁ କିଛି ଉପହାର ଧନୁର କାମ କରିଦିଅନ୍ତି। ବାସ୍, ବନ୍ଧୁତ୍ୱ ସ୍ଥାପନ ହୋଇଯାଏ।

ଚାହୁଁ ଚାହୁଁ ତୃତୀୟ ପର୍ଯ୍ୟାୟର ସମୟ ଆସି ପହଂଚିଯାଏ। ଏଇଠି ସନ୍ତୋଷର ବହୁ ପୂର୍ବରୁ ମୁଖସ୍ତ ବହୁ ବ୍ୟବହୃତ କେତୋଟି ପୁରୁଣା ହିନ୍ଦୀ ଚଳଚିତ୍ରର ସଂଳାପ, ଗଜଲ ଓ କିଛି ବିରଳ ପ୍ରେମର ଅଭିନୟ ଏହାର ସଫଳ ପ୍ରୟୋଗ ହୁଏ...

ଏବଂ ଶେଷରେ ଆସେ ଅନ୍ତିମ ପର୍ଯ୍ୟାୟ।

ଏହି ପର୍ଯ୍ୟାୟଟି କଠିନରୁ କଠିନତର ହୋଇପାରିବାର ସମ୍ଭାବନା ଝିଅଟିର ବୁଦ୍ଧି ବିଚକ୍ଷଣତା ଉପରେ ନିର୍ଭର କରେ ବୋଲି, ମୂଳରୁ ସତର୍କ ସନ୍ତୋଷ ବୋକୀ ଝିଅମାନଙ୍କୁ ହିଁ ଆରମ୍ଭରୁ ବାଛିଥାଏ।

ଏହି ପର୍ଯ୍ୟାୟରେ ଏଯାବତ୍ ଦିଶିନଥିବା ସନ୍ତୋଷର ପିତାମାତାଙ୍କ କାଳ୍ପନିକ ରୂପରେଖକୁ ଝିଅମନରେ ଜନ୍ମାଇ, ସେମାନଙ୍କୁ ଏହି ପ୍ରେମ ନାଟକର ମୁଖ୍ୟ ଖଳ ଚରିତ୍ରର ଭୂମିକାରେ ଠିଆ କରାଇ, ତତ୍‌ସହିତ ନାନା କାଳ୍ପନିକ ଗୁରୁତର ସମସ୍ୟାମାନଙ୍କ ଉପସ୍ଥାପନା ସହ ଗୁଡ଼ାଏ ଗଜଲ, ଅଶ୍ଳୀ କବିତା ଓ ଏକ ମୂଲ୍ୟବାନ ଉପହାର ତଥାକଥିତ ପ୍ରିୟାକୁ ଧରାଇ ସେଠାରୁ ସକୌଶଳ ପ୍ରସ୍ଥାନ- ଏତକ ହେଲା ତା'ର ଏଯାବତ୍ ସମସ୍ତ ପ୍ରେମ କାହାଣୀର ସଫଳ ପରୀକ୍ଷିତ ପଦ୍ଧତିର ଚାରୋଟି କ୍ରମ ପର୍ଯ୍ୟାୟ।

ବେଶ୍ କୁଶଳତାର ସହିତ ମାପଚୁପ ସମୟ ନେଇ ଏ ସମସ୍ତ ସ୍ତର ସେ ଏପରି ସୁନ୍ଦର ଭାବରେ ଆୟୋଜନ କରିପାରେ ଯେ ବୁଢ଼ିଆଣୀ ଜାଲରେ ପଡ଼ିଥିବା ମାଛିଟି ପରି ବିଚରା ଝିଅଟି ବୁଝିପାରୁ ନଥାଏ ଯେ ସେ ପ୍ରେମ ନାମରେ ଧୀରେ ଧୀରେ ଆପଣାର ଧ୍ୱଂସ ଆଡ଼କୁ ହିଁ ଅଗ୍ରସର ହେବାରେ ଲାଗିଛି। ତା'ର ବାହୁବନ୍ଧନରେ ଆବଦ୍ଧ ଥାଇ, ଜୀବନକୁ ସ୍ୱର୍ଗ ବୋଲି ମନେକରି ଝିଅଟି ଆଗାମୀ ବିବାହ ପରବର୍ତ୍ତୀ ସୁଖର ସଂସାରର ସ୍ୱପ୍ନ ଦେଖୁଥିବାବେଳେ, ସନ୍ତୋଷ ଦେଖୁଥାଏ ନିଜ ପଦ୍ଧତିରେ କେଉଁ ପାହାଚରେ ସେ ଅଛି।

ଏହି ପାହାଚର ସମସ୍ତ ଆଦବ କାଇଦା ଏପରି ନିଖୁଣ ଭାବରେ, ଏପରି ନିଷ୍ପାପର ଭାବରେ ସେ ଅଭିନୟ କରୁଥାଏ ଯେ, ସେ ନିଜେ ବି ବେଳେବେଳେ ସନ୍ଦେହରେ ପଡ଼ିଯାଏ- ଏଥର ସେ ନିଜେ ଶିକାର ନୁହଁ ତ ଆଉ! ସେ ସଜାଗ ହୋଇଯାଏ ଓ ପରବର୍ତ୍ତୀ ଅନ୍ତିମ ପାହାଚଟି ପାଇଁ ଯୋଜନା ପ୍ରସ୍ତୁତ କରିବାରେ ଲାଗିପଡ଼େ।

ଚତୁର୍ଥ ପାହାଚଟି ସମାପ୍ତ ହୋଇଯିବା ପରେ ଝିଅଟି ତା'ର ଏଇ ମଜବୁର ଦେବଦାସଟି ପାଇଁ ବୁକୁରେ ଅନେକ ପ୍ରେମ ଓ କରୁଣା ନେଇ ଏ ଜନ୍ମରେ ଅବିବାହିତ ରହିବାର ସଂକଳ୍ପ ସହ ଆଗାମୀ ଜନ୍ମରେ ସନ୍ତୋଷକୁ ହିଁ ସ୍ୱାମୀ ରୂପେ ପାଇବା ପାଇଁ ପୂଜା ଆରାଧନାରେ ଯେତେବେଳେ ବ୍ୟସ୍ତ ଥାଏ, ସନ୍ତୋଷ ସେତେବେଳେ ସ୍ୱସ୍ତିର ନିଃଶ୍ୱାସଟିଏ ମାରି ବେଶ୍ ହାଲୁକା ବୋଧ କରୁଥାଏ।

ଓଃ! ଏ ଝିଅଗୁଡ଼ା ବି ପ୍ରଥମ ଦେଖାବେଳେ ଯେମିତି କୋମଳ ସରଳ

ଦିଶୁଥା'ନ୍ତି, ଶେଷ ପାହାଚ ବେଳେ ସେମିତି ହଠାତ୍ କେମିତି ଏତେ ଦୃଢ଼ ହୋଇପଡ଼ନ୍ତି ଯେ ତାଙ୍କ ଫାଶରୁ ମୁକୁଳିବା ବେଳକୁ ସନ୍ତୋଷ ପରି ଓସ୍ତାଦ ମଧ ବେଳେବେଳେ ନାକେଦମ ହୋଇଯାଏ ।

ଏବେ ଅଳ୍ପ କେତେଦିନ ତଳେ ଏହିପରି ଏକ ପ୍ରେମ ଫାଶରୁ ବହୁତ କଷ୍ଟରେ ମୁକୁଳିଥିବା ସନ୍ତୋଷ କେତେଦିନ ପାଇଁ ଏଇ ବ୍ୟାପାରରୁ ମୁକ୍ତ ରହି କିଛିଦିନ ସ୍ୱାଧୀନତା ଉପଭୋଗ କରିବାକୁ ଚାହୁଁଥିଲା । ବର୍ତ୍ତମାନ ତରୁଣୀ ଜଣକ ତାକୁ ଏକ ଲୟରେ ଚାହୁଁଥିବା ଦେଖି ପୁନଶ୍ଚ ଏକ ତୀବ୍ର ଆକର୍ଷଣ ନିଜ ଭିତରେ ସେ ଅନୁଭବ କରିବାକୁ ଲାଗିଲା ।

କିନ୍ତୁ... ଯଦିଓ... ତା' ପଦ୍ଧତିର ପ୍ରଥମ ପାହାଚ ତା' ପାଇଁ ଆପେ ଆପେ ତା' ଆଗରେ ବିଛେଇହେଇ ଯାଉଥିଲା, ଏବଂ ଆଗାମୀ ମାତ୍ର ଦୁଇଟି ଦିନର ରହଣି ମଧ୍ୟ, ବାକି ତିନୋଟି ପାହାଚର ଏକ ଶାନ୍ତିପ୍ରଦ ସୁଖପ୍ରଦ କ୍ରମଚଳମାନ କ୍ଷିପ୍ର ପରିଣତି ସବୁକୁ ସୁରୁଖୁରୁରେ ଶେଷ କରିବାର ସମ୍ଭାବନା ରଖୁଥିଲା, ତଥାପି...ତଥାପି... କାହିଁକି କେଜାଣି ସେ ଟିକିଏ ଇତସ୍ତତଃ ହେଲା ।

ସଶବ୍ଦରେ ବସ୍‌ଟିଏ ଆସି ସେଇଠି ଅଟକିଲା । ତରତର ହୋଇ ସନ୍ତୋଷ ବସ୍ ନମ୍ବର ଉପରେ ଆଖି ବୁଲାଇ ନେଇ ସେଇଟି ତା' ବସ୍ ହୋଇ ନ ଥିବାରୁ ଖୁସି ହେଲା । ବସ୍ ନ ଆସିବା ଜନିତ ଆଗର କ୍ଳାନ୍ତି ତା' ପାଖରେ ଆଉ ନ ଥିଲା । ସେ ଆପାତତଃ ବର୍ତ୍ତମାନ ପାଇଁ ଯୋଜନା ସ୍ଥିର କରିନେଇଥିଲା । ମହିଳା ଜଣକ ଯେଉଁ ବସ୍‌ରେ ଉଠିବେ, ସେ ସେଇ ବସ୍‌ରେ ହିଁ ଉଠିଯିବ । କେତେ ଭଲ ହୁଅନ୍ତା, ଯଦି ସେମାନେ ପାଖାପାଖି ଗୋଟିଏ ସିଟ୍‌ରେ ବସିବାର ସୁଯୋଗ ପାଆନ୍ତେ । ସନ୍ତୋଷ ଏଇ ପରିସ୍ଥିତିର ସମ୍ଭାବନାରେ, ତା'ର ସଦୁପଯୋଗ ପାଇଁ ନିଜ ପଦ୍ଧତିର ଦ୍ୱିତୀୟ ପାହାଚ ପାଇଁ ପରିକଳ୍ପନା କରିବାକୁ ଲାଗିଲା ।

କିଛି ଲୋକଙ୍କୁ ଓହ୍ଲାଇଦେଇ ବସ୍‌ଟି ଆପଣା ରାସ୍ତାରେ ଚାଲିଗଲା । ଓହ୍ଲାଇଥିବା ଲୋକମାନେ ବି ଯେଝା ବାଟରେ ଚାଲିଯିବା ପରେ ଶେଡ୍‌ଟି ପୁନଶ୍ଚ ସନ୍ତୋଷ ଓ ସେଇ ଭଦ୍ରମହିଳାଙ୍କୁ କୋଳରେ ଧରି ଚୁପ୍‌ଚାପ୍ ଠିଆହୋଇ ରହିଲା ।

ମହିଳା ଜଣକ ବାରମ୍ବାର ତାକୁ ଅନାଉଥାନ୍ତି । ଏ ବମ୍ବେ ନ ହୋଇ ଓଡ଼ିଶା ହୋଇଥିଲେ ଏତକ ସମୟ ଭିତରେ ସନ୍ତୋଷ ଭଦ୍ରମହିଳାଙ୍କ ସାଙ୍ଗରେ କୌଣସି ବାହାନା କରି ଆଳାପ ଜମାଇ ସାରନ୍ତାଣି । ଏକେ ବିଦେଶ ଜାଗା, ଦ୍ୱିତୀୟରେ ଭଦ୍ରମହିଳାଙ୍କ ଅତ୍ୟାଧୁନିକ ଅଥଚ ସଂଭ୍ରାନ୍ତ ପରିପାଟୀ ତାକୁ ପାଦେ ପଛେଇ

ନେଲାବେଳେ ତାଙ୍କର ସୌନ୍ଦର୍ଯ୍ୟ ଓ ବାରମ୍ବାର ସନ୍ତୋଷ ଉପରେ କଥା କହୁଥିବା ଆଖିର ଦୃଷ୍ଟିପାତ, ସନ୍ତୋଷକୁ ପାଦେ ଆଗକୁ ଟାଣି ନେଉଥିଲା।

ଏପରି ଦ୍ୱନ୍ଦ୍ୱରେ କିଛି ସମୟ ରହିବା ପରେ, ସନ୍ତୋଷ ଠିକ୍‌କଲା - ନା, ପରିଣାମ ଯାହାହେଉ ପଛକେ, ଏ ସୁନ୍ଦରୀଙ୍କ ସହ କମ୍‌ସେ କମ୍ କଥାବାର୍ତ୍ତା ହେବାର ଆନନ୍ଦକୁ ଆଗେ ଉପଭୋଗ କରାଯାଉ।

ନିଜକୁ ପ୍ରସ୍ତୁତ କରି ସେ କିଛି ପଚାରିବାକୁ ଯାଉଛି, ଠିକ୍ ସେତିକିବେଳେ ଦୂର ପଥ ଉପରୁ ଆପଣା ଦୃଷ୍ଟି ପୁନଶ୍ଚ ତା' ଉପରକୁ ଖେଳାଇ ଆଣି ମହିଳା ଜଣକ ସ୍ମିତ ହସଟିଏ ସହ ପଚାରିଲେ, 'ଆପ୍‌କୋ କିଧର ଜାନା ହୈ ?'

ଚମକି ପଡ଼ିଲା ସନ୍ତୋଷ। ଆପଣାର ଅପ୍ରତ୍ୟାଶିତ ସୌଭାଗ୍ୟକୁ ବଧାଇ ଦେଉ ଦେଉ ଚଟକରି କହି ପକାଇଲା, 'କିଙ୍ଗ୍‌ସ ସର୍କଲ'।

'ଚଲିଏ, ମେଁ ଆପ୍‌କୋ ୱହାଁ ଛୋଡ୍ ଦେତୀ ହୁଁ।'

ସନ୍ତୋଷ ବିସ୍ମିତ ହେଲା। ବସ୍ ତ ଆସିନି। ସେ କିଛି କହିବା ପୂର୍ବରୁ ଟୟୋଟା ଗାଡ଼ିଟିଏ ଆସି ସେମାନଙ୍କ ସାମ୍‌ନାରେ ଠିଆହେଲା। ଡ୍ରାଇଭର ଦ୍ୱାର ଖୋଲି ସସମ୍ମାନ ଭଦ୍ରମହିଳାଙ୍କ ହାତରୁ ବର୍ଷାତିଟି ନେଇଗଲା ଓ ଡ୍ରାଇଭିଂ ସିଟ୍‌ର ଦ୍ୱାର ଖୋଲି ଅପେକ୍ଷା କରି ରହିଲା।

ଭଦ୍ରମହିଳା ସନ୍ତୋଷକୁ ସ୍ନିଗ୍‌ଧ ଦୃଷ୍ଟିରେ ଚାହିଁଲେ। ସନ୍ତୋଷର ଇତସ୍ତତଃତା ଦେଖି କହିଲେ, 'ଆସନ୍ତୁ, କିଛି ଅସୁବିଧା ନାହିଁ। ମୁଁ ତ ସେଇବାଟ ଦେଇ ଯିବି, ଆପଣଙ୍କୁ ବାଟରେ ଓହ୍ଲାଇ ଦେବି।'

ହିନ୍ଦୀ ଉପରେ ବିଶେଷ ଦଖଲ ନ ଥିବାରୁ ସନ୍ତୋଷ ତାକୁ ଆଉ କିଛି ନ କହି ହଠାତ୍ କହି ପକାଇଲା- 'ଥାଙ୍କ୍‌ସ'।

ଭଦ୍ରମହିଳା ଡ୍ରାଇଭିଂ ସିଟ୍‌ରେ ବସିଲେ - ଡ୍ରାଇଭର୍ ଦ୍ୱାର ବନ୍ଦ କରି ପ୍ରଶ୍ନିଳ ଦୃଷ୍ଟିରେ ତାଙ୍କୁ ଚାହିଁଲା। ସେ ତାକୁ ତାଙ୍କ ସମୀପ ସିଟ୍‌ର ଦ୍ୱାର ଖୋଲିବା ପାଇଁ ଇଙ୍ଗିତ ଦେଲେ। କ୍ଷିପ୍ର ଗତିରେ ଆରପଟକୁ ଯାଇ ସାମ୍‌ନା ସିଟ୍‌ର ଦ୍ୱାର ଖୋଲି ସେ ସନ୍ତୋଷର ପ୍ରତୀକ୍ଷା କଲା।

ଏ ପରିସ୍ଥିତି ତ ସନ୍ତୋଷର ଯୋଜନାରେ ନ ଥିଲା !

ଭଦ୍ରମହିଳାଙ୍କ ନିମନ୍ତ୍ରଣ ତଥା ଡ୍ରାଇଭରର ପ୍ରତୀକ୍ଷାକୁ ମଧ୍ୟ ସେ ହଠାତ୍ ଏଡ଼ାଇ ପାରିଲା ନାହିଁ। ଚୁପ୍‌ଚାପ୍ ଭଦ୍ରମହିଳାଙ୍କ ପାଖରେ ଯାଇ ସେ ବସି ପଡ଼ିଲା। ଡ୍ରାଇଭର ପଛସିଟ୍‌ରେ ବସିବା ପରେ ସେ ଗାଡ଼ି ଷ୍ଟାର୍ଟ କଲେ।

‘କିଙ୍ଗସ ସର୍କଲ୍‌ରେ ଆପଣ ରହନ୍ତି କେଉଁଠି ?’

‘ମୁଁ ହୋଟେଲରେ ରହୁଛି, ଇଂରାଜୀରେ ଉତ୍ତର ଦେଲା ସନ୍ତୋଷ।’

ଗୋଟିଏ ଦୃଷ୍ଟିପାତ ତା’ ଉପରେ କରି ଭଦ୍ରମହିଳା ଏଥର ଇଂରାଜୀରେ ପଚାରିଲେ। ‘ଓଃ ! ମାନେ ଆପଣ ବମ୍ବେର ବାସିନ୍ଦା ନୁହନ୍ତି ?’

‘ନା, ମୁଁ ଓଡ଼ିଶାରୁ ଆସିଛି। ଦୁଇଦିନ ପରେ ଫେରିଯିବି।’

‘ଆଚ୍ଛା, କ’ଣ ପଢ଼ାପଢ଼ି ବା ଇଣ୍ଟରଭ୍ୟୁ ପାଇଁ ?’

ସେ ଯେ ବୟସ ଅନୁପାତରେ କମ୍ ଦିଶୁଛି, ଭଦ୍ରମହିଳାଙ୍କ କଥାରୁ ଏହା ଅନୁମାନ କରି ସେ ଖୁସି ହେଲା। ତା’ର ପୂର୍ବର ସହଜ ଭାବ ଫେରିଆସିଥିଲା। ଉତ୍ସାହିତ ହୋଇ ସେ କହିଲା- ‘ନା, ନା ମୁଁ ଗୋଟାଏ କମ୍ପାନୀରେ କାମ କରେ ସେଇ କମ୍ପାନୀ କାମରେ ଆସିଥିଲି।’

‘କିଛି ଯଦି ମନେ ନ କରନ୍ତି, କହିବେ କି କେଉଁ କମ୍ପାନୀର କେଉଁ କାମରେ ଆସିଥିଲେ ? ସେ ପଚାରିଲେ।’

ଟିକିଏ ଇତସ୍ତତଃ ହେଲା ସନ୍ତୋଷ। ଯଦିଓ କମ୍ପାନୀର କାମଟା କିଛି ଗୋପନୀୟ ନ ଥିଲା, ତଥାପି ଭଦ୍ରମହିଳା ଏତେ କିଛି ତା’ଠାରୁ କାହିଁକି ଜାଣିବାକୁ ଚାହୁଁଛନ୍ତି ?

ନିଜ ମନୋଭାବର ସାମାନ୍ୟ ମଧ୍ୟ ସୂଚନା ନ ଦେଇ, ବରଂ ନିଜର ସ୍ୱଭାବ ସୁଲଭ ଆକର୍ଷଣୀୟ ଭଙ୍ଗୀରେ ସେ କହିଲା- ‘ଆରେ ନା, ନା ଏଥିରେ ମନା କରିବାର କ’ଣ ଅଛି ? ଓଡ଼ିଶାର ଏକ କ୍ରମବର୍ଦ୍ଧମାନ ସାବୁନ୍ କମ୍ପାନୀର ମୁଁ ମାର୍କେଟିଂ ତଥା ଆଡ୍‌ଭରଟାଇଜିଂ ମ୍ୟାନେଜର। ଏହି ସାବୁନ୍‌କୁ ସର୍ବଭାରତୀୟ ସ୍ତରରେ ବିଜ୍ଞାପନ ମାଧ୍ୟମରେ ପରିଚିତ କରିବା ପାଇଁ ବର୍ତ୍ତମାନ କମ୍ପାନୀ ଇଚ୍ଛା କରୁଛି। ଏଣୁ ମୁଁ ଏଠାକୁ ବୁଝିବାକୁ ଆସିଥିଲି ଦୂରଦର୍ଶନ ତଥା ମାଗାଜିନ୍ ଇତ୍ୟାଦି କ୍ଷେତ୍ରରେ ବିଜ୍ଞାପନ ଦେବାର କ’ଣ ସବୁ ବ୍ୟବସ୍ଥା ଅଛି ଓ ସେଥିପାଇଁ କେତେ ଖର୍ଚ୍ଚ ପଡ଼ିବ ଇତ୍ୟାଦି।’

‘କାମ ହେଇଗଲା ?’

‘ନାଇଁ, ମାତ୍ର ଦୁଇ ତିନୋଟି ବିଜ୍ଞାପନ କମ୍ପାନୀ ସହିତ କଥାବାର୍ତ୍ତା କରିଛି। ସେମାନଙ୍କ ଦର ସବୁ ଏତେ ଚଢ଼ା ଯେ ବର୍ତ୍ତମାନ ଆମ କମ୍ପାନୀ ପରି ଏକ ଶିଶୁ ଉଦ୍ୟୋଗ ପାଇଁ ଏହା ସମ୍ଭବ ନୁହେଁ। ଏଣୁ କାଲି ଆଉ କେତୋଟି ଆଡ୍‌ଭାରଟାଇଜିଂ କମ୍ପାନୀର ମ୍ୟାନେଜରମାନଙ୍କ ସହ ଦେଖା କରିବି।’

କଥାବାର୍ତ୍ତା ଭିତରେ ସନ୍ତୋଷ ଲକ୍ଷ୍ୟ କରୁଥିଲା- ମହିଳାଙ୍କୁ ସେ ଯେତେ ତରୁଣୀ ବୋଲି ଭାବୁଥିଲା, ସେ ତା’ ନୁହନ୍ତି। ବୟସ କିଛି ଅଧିକ ନିଶ୍ଚୟ। ତେବେ ତାଙ୍କ

କଥାବାର୍ତ୍ତା ଓ ସୌନ୍ଦର୍ଯ୍ୟରେ ଯେଉଁ ତୀବ୍ର ଆକର୍ଷଣ ରହିଛି, ତା' ନିକଟରେ ବୟସର ଏ ଆଧିକ୍ୟର ମାନ୍ୟତାକୁ ସେ ନିଜେ ଏଡ଼ାଇବାକୁ ଚେଷ୍ଟା କରୁଥିଲା। ତାଙ୍କର ଗାମ୍ଭୀର୍ଯ୍ୟ, ସୌନ୍ଦର୍ଯ୍ୟ ଓ ଆଭିଜାତ୍ୟ ସବୁ ମିଶି ସନ୍ତୋଷକୁ ଅଧିକରୁ ଅଧିକ ମୁଗ୍ଧ କରୁଥିଲା।

ସେ ଶୁଣିଲା ଭଦ୍ରମହିଳା ତାକୁ ପଚାରୁଛନ୍ତି- 'ଆଚ୍ଛା, ଜାଣିପାରେ କି ଆପଣଙ୍କ ବଜେଟ୍ କେତେ ? ମାନେ, ଏଇ ବିଜ୍ଞାପନ ପାଇଁ।'

ହଁ, କଥାବାର୍ତ୍ତା ହେବା ପାଇଁ, ସମ୍ପର୍କର ଦ୍ୱିତୀୟ ଚରଣକୁ ମଜଭୁତ କରିବା ପାଇଁ ଏମିତି କେତେ ବିଷୟବସ୍ତୁର ଆବଶ୍ୟକତା ଥାଏ। ତେବେ କେମିତି ହୁଅନ୍ତା ଯଦି ତା'ର ଚିରାଚରିତ ପଦ୍ଧତି ପ୍ରୟୋଗ କରି ସେ ଭଦ୍ରମହିଳାଙ୍କୁ ଆଜି ନିମନ୍ତ୍ରଣ କରନ୍ତା କୌଣସି ରେଷ୍ଟୋରାଁରେ ଖାଇବା ପାଇଁ ?

ତାକୁ ନୀରବ ଦେଖି ଭଦ୍ରମହିଳା ପଚାରିଲେ, 'ଚୁପ୍ ରହିଲେ ଯେ ? କ'ଣ ଭାବୁଛନ୍ତି ?'

ଟିକିଏ ଅପ୍ରସ୍ତୁତ ହେଲେ ବି ପ୍ରଶ୍ନଟାର ସଂପୂର୍ଣ୍ଣ ସଦୁପଯୋଗ କରିବା ପାଇଁ ବେଶୀ ଅପ୍ରତିଭ ହୋଇପଡ଼ିବାର ସୁନ୍ଦର ଅଭିନୟଟିଏ କରି ସେ ଉତ୍ତର ଦେଲା- 'ନା, ନା... ସେ କିଛି ନୁହଁ। ଆଜି ରାତିରେ ମୁଁ କେଉଁ ହୋଟେଲରେ ଖାଇବି, ସେଇକଥା ଭାବୁଥିଲି। ହଁ... ଆପଣ କ'ଣ ପଚାରୁଥିଲେ ତ ? ହଁ - ଆମ କମ୍ପାନୀର ବଜେଟ୍ କଥା ? ଏକଲକ୍ଷରୁ ପାଞ୍ଚଲକ୍ଷ ଟଙ୍କା ପର୍ଯ୍ୟନ୍ତ ଯାଇପାରେ।'

'ଆଚ୍ଛା, ଏ ବିଜ୍ଞାପନ ସହିତ ଆପଣଙ୍କର ବ୍ୟକ୍ତିଗତ ଫାଇଦା ତ ନିଶ୍ଚୟ ଥିବ ?'

'ଏ ତ ସ୍ୱାଭାବିକ। ବିକ୍ରି ନିର୍ଭର କରେ ବିଜ୍ଞାପନ ଉପରେ। ଆଉ ବିକ୍ରି ବଢ଼ିଲେ କମ୍ପାନୀର ଉନ୍ନତିରେ ମୋର ବି ତ ଉନ୍ନତି ନିଶ୍ଚିତ।'

ଗାଡ଼ି ଧିମେଇଗଲା। ପ୍ରଶ୍ନିଳ ଦୃଷ୍ଟିରେ ସନ୍ତୋଷ ଭଦ୍ରମହିଳାଙ୍କୁ ଚାହିଁଲା। ଆଗରେ ଜୋଡ଼ିଆକ୍ ଗ୍ରିଲ୍। ତାଜ୍ ଗ୍ରୁପ୍‌ର ବିଖ୍ୟାତ ସୁଦୃଶ୍ୟ ରେଷ୍ଟୋରାଁ।

ସନ୍ତୋଷ ଚକିତ ହେଲା। ଆରେ, ଏ ଭଦ୍ରମହିଳା ବି ତ ତା'ରି ପରି ଜଣେ ପକ୍କା ଖେଳାଳି ମନେ ହେଉଛନ୍ତି। ତା' ନ ହୋଇଥିଲେ ତାକୁ ତ ସିଧା ନେଇ ତା'ର ହୋଟେଲ୍ ପାଖରେ ଛାଡ଼ିଦେଇ ଆପଣା ରାସ୍ତାରେ ଯାଆନ୍ତେ, ଏ ରେଷ୍ଟୋରାଁ ପାଖରେ କାହିଁକି ଅଟକନ୍ତେ ? ଧେତ୍, ଏସବୁ ସେ କାହିଁକି ଭାବୁଛି ? ଏଠାରେ ଭଦ୍ରମହିଳାଙ୍କର କିଛି କାମ ଥାଇପାରେ।

ସାମ୍ନାରୁ ମୁହଁ ଫେରାଇ ଭଦ୍ରମହିଳାଙ୍କୁ ସେ ଚାହିଁଲା। ଗାଡ଼ି ବନ୍ଦକରି ସେ

ତାକୁ ଚାହିଁ ରହୁଛନ୍ତି। ଆଖି ଦୁଇଟି କ'ଣ ଯେପରି କହିବାକୁ ଚାହୁଁଛି। ଏକ ସ୍ନିଗ୍ଧ, ମଧୁର, କୋମଳ ଏବଂ ଏକାନ୍ତ ନିଜର କରିନେବାର ଆତ୍ମୀୟତା ସେ ଆଖିରେ ଭରି ରହିଛି।

ସନ୍ତୋଷ ମୁଗ୍ଧ ହେଲା। ତା'ର ମନେହେଲା ଆଜିପର୍ଯ୍ୟନ୍ତ ତା'ରି ଆୟୋଜିତ ଯୋଜନାରେ ତା'ର ସମସ୍ତ ପ୍ରେମକାହାଣୀର ନାୟିକାମାନେ ଚାଲୁଥିଲେ। ଆଜି, ତା'ର ଏକ ନୂତନ କାହାଣୀର ନାୟିକା, ତାକୁ ଆପଣା ଯୋଜନା ମୁତାବକ ଚଳାଉଛନ୍ତି।

ହେଉ, ସେ ତ ପରମ ସନ୍ତୋଷରେ ଆତ୍ମସମର୍ପଣ କରିବାକୁ ପ୍ରସ୍ତୁତ ଅଛି।

ସେ ଶୁଣିଲା, ଭଦ୍ରମହିଳା ତାକୁ ପଚାରୁଛନ୍ତି, 'ଆପଣ କାମେମ୍ବର୍ଟ ଦାରିଓଲ୍ ଭଲ ପାଆନ୍ତି ନା ?'

-ଗଡ୍! ସନ୍ତୋଷ ଆତଙ୍କିତ ହୋଇପଡ଼ିଲା। ସେ ବୁଝିପାରୁ ନ ଥିଲା ଯାହାକୁ ସେ ଭଲ ପାଏ କି ନାହିଁ ବୋଲି ଭଦ୍ରମହିଳା ପଚାରୁଛନ୍ତି, ତା' ଏକ ଖାଦ୍ୟର ନାଁ ନା ପାନୀୟର ? ନା ଆଉ କିଛି ବିଶେଷ ପଦାର୍ଥର, ଯାହା ଏଇ ଆଖରେ ପାଖରେ କେଉଁଠି ମିଳେ।

କିନ୍ତୁ ନିଜ ଅଜ୍ଞତାକୁ ସାମାନ୍ୟ ବି ସୂଚାଇବାର ସୁଯୋଗ ନ ଦେଇ ତା'ର ଅଭ୍ୟସ୍ତ ମଧୁର ଭଙ୍ଗୀରେ ଭ୍ରୂକୁଞ୍ଚନ ସହ ବିସ୍ମିତ ହେବାର ଅଭିନୟ କରି ବେଶ୍ ରାଜକୀୟ ଠାଣିରେ ସେ ଉତ୍ତର ଦେଲା, 'ଆଶ୍ଚର୍ଯ୍ୟ! ଆପଣ କେମିତି ଜାଣିଲେ ?'

ଭଦ୍ରମହିଳା କିଛି କହିଲେ ନାହିଁ- ଆଖି ଉଠାଇ ତାକୁ ଚାହିଁଲେ ନାହିଁ ମଧ୍ୟ। ମୁଦ୍ରିତ ପଦ୍ମଫୁଲ ପରି ବିଷାଦ ଆଖି ଦୁଇଟି ତଳକୁ କରି ସେ ମୁହଁ ବୁଲାଇନେଲେ। ଡ୍ରାଇଭର୍ ଚଟ୍‌କରି ପଛକବାଟ ଖୋଲି ବାହାରି ଆସିଲା ଓ ଆଦେଶ ଅପେକ୍ଷାରେ ଗାଡ଼ି ବାହାରେ ଭଦ୍ରମହିଳାଙ୍କ ପାର୍ଶ୍ୱରେ ଆସି ଠିଆହୋଇ ରହିଲା।

'ମୋର କ୍ୟାଶରୋଲଟା ପଛରୁ ନେଇଆସ। ଦୁଇଟା କାମେମ୍ବର୍ଟ ଦାରିଓଲ୍ ନେଇ ଆସିବ।' ସେ ଡ୍ରାଇଭରକୁ ଆଦେଶ ଦେଲେ।

'ଆଚ୍ଛା, ଆମେ ରେସ୍ତୋରାଁ ଭିତରକୁ ଗଲେ କେମିତି ହୁଅନ୍ତା ?' ଚଟ୍‌କରି କହି ପକାଇଲା ସନ୍ତୋଷ। ସେ ବୁଝିପାରିଲା, ଏଟା ଏକ ଖାଦ୍ୟର ନାଁ ଏବଂ ଏହାକୁ ମଗାଇ ଆଣି ସେ ବୋଧହୁଏ ଏଇଠି ଗାଡ଼ି ଭିତରେ ଖାଇବାର ଯୋଜନା କରୁଛନ୍ତି।

ଭଦ୍ରମହିଳା ଥମ୍‌କରି ତାକୁ ଚାହିଁଲେ। ଘନକୃଷ୍ଣ ଚକ୍ଷୁ ଦୁଇଟି କାହିଁକି କେଜାଣି ବଡ଼ ବିଷାଦ କରୁଣ ଦିଶୁଥାଏ। ସନ୍ତୋଷର ମନେହେଲା ତା' ମନ ଭିତରର ସବୁ ମଇଳା ଅପରିଚ୍ଛନ୍ନ କୋଠରୀଗୁଡ଼ିକୁ ବୋଧହୁଏ ଭଦ୍ରମହିଳା ପରିଷ୍କାର ଦେଖି ନେଉଛନ୍ତି।

ଏଣୁ ତା' ସହିତ ଏ ରେଷ୍ଟୋରାଁ ଭିତରକୁ ଯିବା ପାଇଁ ଭୟ କରୁଛନ୍ତି। ତାଙ୍କ ଆଡ଼କୁ କାହିଁକି କେଜାଣି ଆହୁରି ଟାଣି ହୋଇଯାଉଥିଲା ସନ୍ତୋଷ। ତାଙ୍କ ବିଷାଦବିଧୁର ଆଖି ଦୁଇଟି ହିଁ ତାଙ୍କୁ ନିଜର ଛାତି ଉପରକୁ ଟେଳି ନେବା ପାଇଁ ତା'ର ପ୍ରତ୍ୟେକ ସ୍ନାୟୁକୁ ସଜାଗ କରୁଥିଲା। ଏଣୁ ସେ ତରତର ହୋଇ କହି ପକାଇଲା- 'ଚାଲନ୍ତୁ ନା, ଆମେ ସେଇଠି କିଛି ସମୟ ଏଇ... ହଁ ଏଇ ମୋର କମ୍ପାନୀ ବିଷୟରେ କଥାବାର୍ତ୍ତା ବି ତ ହୋଇପାରିବ।'

ଭଦ୍ରମହିଳା ଆଖି ଟେଳି ତାକୁ ଚାହିଁଲେ। ଏଥର ତାଙ୍କର ଦୁଇ ଆଖିରେ ସତରେ ଦୁଇଟୋପା ଅଶ୍ରୁ ଢଳଢଳ ହେଉଥିଲା।

ଆରେ ବାଃ!

ତା'ର ସବୁ ପ୍ରେମିକା ତାକୁ ବାନ୍ଧି ରଖିବାକୁ ସନ୍ତୋଷର ପରିକଳ୍ପିତ ସମ୍ପର୍କର ଚତୁର୍ଥ ଚରଣରେ ଯେଉଁ ଅଶ୍ରୁର ପ୍ରୟୋଗ କରିଥା'ନ୍ତି, ୟେ ତ ତାହା ପ୍ରଥମ ପାଦରୁ ହିଁ ଆରମ୍ଭ କଲେଣି!

ତା'ର ଅନୁମାନ ଯେ ପକ୍କା, ଏଥିରେ ତା'ର ଆଉ ସନ୍ଦେହ ରହିଲା ନାହିଁ। ନା! ତାକୁ ବମ୍ବେରେ ଆଉ ଅଧିକା ଦୁଇଦିନ ରହିବାକୁ ହିଁ ହେବ। ଆସନ୍ତାକାଲି ସେ ତା'ର ମ୍ୟାନେଜିଂ ଡାଇରେକ୍ଟରଙ୍କ ପାଖକୁ ଗୋଟାଏ ଟେଲିଗ୍ରାମ୍ କରି ଏକଥା ଜଣାଇଦେବ।

ଏତକ ଭାବିବା ଭିତରେ ସନ୍ତୋଷର ପକେଟ୍‌ରୁ ରୁମାଲ୍ ବାହାରି ସାରିଥିଲା। ଅତ୍ୟନ୍ତ ସୁମିଷ୍ଟ ସ୍ୱରରେ ଯଥାସମ୍ଭବ ଆପଣା ବକ୍ତବ୍ୟକୁ ରୋମାଣ୍ଟିକ୍ କରି, ତାଙ୍କ ଆଡ଼କୁ ଅଧା ବଢ଼ାଇ ଟିକିଏ ଝୁଙ୍କିପଡ଼ି ସେ ଭିଜାଭିଜା କଣ୍ଠରେ କହିଲା, 'ପ୍ଲିଜ୍... ମାଡାମ୍, ପ୍ଲିଜ୍...ମୁଁ କ'ଣ...' ଜାଣିଶୁଣି ସେ ଏତକରୁ ଆଉକିଛି ଅଧିକା କହିଲା ନାହିଁ। କାରଣ ଆଉକିଛି ବେଶୀ କହିଲେ ପୂରା ବାତାବରଣଟା ଚୌପଟ ହୋଇଯିବ।

ଭଦ୍ରମହିଳା ସ୍ମିତହସଟିଏ ହସିଦେଲେ। ସଙ୍ଗେ ସଙ୍ଗେ ନିଜକୁ ସମ୍ଭାଳିନେଇ ପୁନଶ୍ଚ ଆପଣା ଗାମ୍ଭୀର୍ଯ୍ୟ ଭିତରେ ପ୍ରବେଶ କରୁ କରୁ କହିଲେ, 'ମୁଁ ବହୁତ ଦୁଃଖିତ... ସେ କିଛି ନୁହଁ... ଆଚ୍ଛା ଚାଲନ୍ତୁ।'

ଶୀତ-ତାପ-ନିୟନ୍ତ୍ରିତ ରେଷ୍ଟୋରାଁର ଦ୍ୱାର ପାଖରେ ଠିଆହେବା ମାତ୍ରେ ସୁନ୍ଦର ପୋଷାକ ପରିହିତ ଅର୍ଦ୍ଦଳୀରର ହସି ହସି ଆଗେଇ ଆସି ଅଭିବାଦନ ଜଣାଇଲା: 'ସୁସନ୍ଧ୍ୟା ମାଡାମ୍, ସୁସନ୍ଧ୍ୟା ସାର୍! ବହୁତ ଦିନ ପରେ ଆସିଲେ।' ସେମାନଙ୍କୁ ସେ ପାଛୋଟି

ନେଇ ଏକ ବିଶିଷ୍ଟ ସ୍ଥାନରେ ବସାଇଲା। ସନ୍ତୋଷ ବୁଝିଲା ଭଦ୍ରମହିଳାଙ୍କର ଏଠାକୁ ଆସିବା ନୂଆ ନୁହଁ।

ସେମାନେ ବସି ସାରିବା ପରେ ଜଣେ ୱେଟର୍ ପୁଣି ବିନମ୍ର ଭାବେ ଦୁହିଁଙ୍କୁ ଠିକ୍ ସେମିତି ସୁସନ୍ଧ୍ୟା ଜଣାଇ ମେନୁକାର୍ଡଟି ଭଦ୍ରମହିଳାଙ୍କୁ ଧରାଇଦେଇ ଠିଆହୋଇ ରହିଲା।

ଭଦ୍ରମହିଳା ଧୀର ସ୍ୱରରେ କହିଲେ, 'ଦୁଇଟି... କାମେମ୍ବର୍ଟ ଦାରିଓଲ୍?'

'ସେ ତ, ଆପଣଙ୍କୁ ଦେଖୁ ଦେଖୁ ମୁଁ ଅର୍ଡ଼ର କରିସାରିଲିଣି।' ବେଶ୍ ଗର୍ବର ସହ ୱେଟ୍‌ରଟି ଜବାବ ଦେଲା। ସନ୍ତୋଷ ଆଡ଼କୁ ଝୁଙ୍କି ପଡ଼ି ନମ୍ରତାର ସହ ସୁନ୍ଦର ଭଙ୍ଗୀରେ ସେ ପୁଣି କହିଲା- 'ୟୋର୍ ଫେଭୋରାଇଟ୍ ଡିଶ୍ ଆଣ୍ଡ୍ ଡିଜେର୍ଟ ସାର୍!'

ଅନ୍ୟମନସ୍କ ଥିବାରୁ ଏ କଥୋପକଥନ ସନ୍ତୋଷ ଶୁଣିପାରିଲେ ବି ତାକୁ ବୁଝିବାରେ ବିଶେଷ ଧ୍ୟାନ ଦେଲାନାହିଁ।

ରେସ୍ତୋରାଁର ଚାକଚକ୍ୟ ତା'ର ଅନଭ୍ୟସ୍ତ ଆଖିକୁ ମୁଗ୍ଧ କରୁଥିଲା।

ତା'ର ମନ ପରି ରେସ୍ତୋରାଁଟି ମୃଦୁ ଆଲୋକର ଅନ୍ଧାର ଭିତରେ ବୁଡ଼ି ରହିଥିଲା। ଏକ ମଧୁର, ହାଲ୍‌କା ଅଥଚ ଆଭିଜାତ୍ୟସମ୍ପନ୍ନ ରୋମାଣ୍ଟିକ୍ ଭାବ ଫୁଟେଇବାର ଯତ୍‌ପରୋନାସ୍ତି ଉଦ୍ୟମ ରେସ୍ତୋରାଁଟିର ସାଜସଜ୍ଜା ମାଧ୍ୟମରେ ସଫଳ ଭାବରେ ରୂପ ନେଇଥିଲା। ସନ୍ତୋଷର ମନ ଖୁସି ହୋଇଗଲା।

ବାଃ! ତା'ର ଦ୍ୱିତୀୟ ଚରଣ ସୁରୁଖୁରୁରେ ଅନ୍ତତଃ ଏଇଠି ହୋଇଯିବ। ଭଦ୍ରମହିଳା ବି ବୋଧହୁଏ ତା'ଠାରୁ ଏୟା ଆଶା କରୁଥିବେ। ନ ହେଲେ, ଏଠାକୁ କାହିଁକି ଆସନ୍ତେ? ଏଇଠି ଖାଇବା ଭିତରେ ସୁଯୋଗ ଦେଖି ତାଙ୍କ ହାତରେ ଚୁମ୍ବନଟିଏ ଦେଇ ସେ ନିମନ୍ତ୍ରଣ ଜଣାଇବ ଆଗାମୀକାଲି କୌଣସି ଏକ ପବ୍ ରେସ୍ତୋରାଁକୁ ଯିବା ପାଇଁ। ସେଇଠି ତାଙ୍କୁ ସେ ସୁନାର ମୁଦିଟିଏ ହେଉ ବା କାନର ହଲେ ମୁକ୍ତାଫୁଲ ହେଉ, ଉପହାର ଦେବ। ତା'ପରେ... ତା'ପରେ... ଏକ ମଧୁର ନିମନ୍ତ୍ରଣ ସହ ତାଙ୍କୁ ନିଜ ହୋଟେଲ୍‌କୁ ନେଇଯିବ।

'ସେ ଶୁଣିଲା ଭଦ୍ରମହିଳା ପଚାରୁଛନ୍ତି... ହଁ, କ'ଣ କହୁଥିଲେ ତ ଆପଣଙ୍କ କମ୍ପାନୀ ବିଷୟରେ?'

ଧେତ୍! ଗୁଲି ମାର୍ ସେ କମ୍ପାନୀକୁ। ଏ ମାଦକଭରା ମିଠା ସଙ୍ଗୀତ, ଚତୁର୍ଦ୍ଦିଗର ରୋମାଣ୍ଟିକ୍ ବାତାବରଣ, ଚାରିପଟେ ବସିଥିବା ଯୁଗଳ ମୂର୍ତ୍ତିମାନଙ୍କର ଚାପା ଚାପା

ମିଠା ମିଠା କଥାବାର୍ତ୍ତାର ଗୁଞ୍ଜରଣ... ଏସବୁ ଭିତରେ ସୁନ୍ଦରୀ ନାରୀଟିଏର ପାଖରେ ବସି କୋଉ ଗଧ ବା ତା' କମ୍ପାନୀ ବିଷୟରେ କଥାବାର୍ତ୍ତା ହେବ ଯେ?

ନିଜ ବକ୍ତବ୍ୟକୁ ସେ ଗଜଲ୍‌ରୁ ଆରମ୍ଭ କରିବ କି କବିତାରୁ, ଏକଥା ଭାବିବା ବେଳକୁ ପୁଣି ଶୁଣିଲା ସେ ପଚାରୁଛନ୍ତି- 'ଆପଣ ବୋଧହୁଏ ଆଶ୍ଚର୍ଯ୍ୟ ହେଉଥିବେ, ମୁଁ କାହିଁକି ଆପଣଙ୍କ କମ୍ପାନୀ ନେଇ ଏତେ ପ୍ରଶ୍ନ ପଚାରୁଛି? ନୁହଁ?'

ସନ୍ତୋଷ ଆଶ୍ଚର୍ଯ୍ୟ ହେଉନଥିଲା।

ସେ ଜାଣିଥିଲା, ତା'ରି ପରି ଏଇ ତରୁଣୀ ଜଣକ ମଧ୍ୟ କିଛି କଥା ହେବାକୁ ବାହାନା ଖୋଜି କମ୍ପାନୀକୁ ହିଁ କଥାର ମୂଳସୂତ୍ର କରିଛନ୍ତି। କିନ୍ତୁ ଆପଣାର ମନୋଭାବ ଗୋପନ ରଖି କିଛିଟା ଅପ୍ରତିଭ ହେବାର ବାହାନା କରି ମଧୁର ଠାଣିରେ ସେ କହିଲା - 'ଆପଣଙ୍କ ପାଖରେ ମନକଥା ବୁଝିପାରିବାର ଶକ୍ତି ଅଛି, ଦେଖୁଛି।'

ସେ ହସିଲେ। କେତେ ସୁନ୍ଦର ସେ ହସ। କହିଲେ, 'ନା! ମନକଥା ବୁଝିବାର ଶକ୍ତି ନାହିଁ ଯେ, ଜଣେ କ୍ଲାଏଣ୍ଟକୁ ଚିହ୍ନିବାର ଅଭ୍ୟାସ ଅଛି।'

ଏଁ, କ୍ଲାଏଣ୍ଟ୍! କି ପ୍ରକାର କ୍ଲାଏଣ୍ଟ୍? ସନ୍ତୋଷ ଭାବିବାକୁ ଲାଗିଲା। ତାକୁ ଅଧିକ ସମୟ ହତଭମ୍ବ ନ କରି ସେ ପୁଣି କହିଲେ, 'ଆପଣ ଫାଲ୍‌କନ୍ ଆଡ୍‌ଭାଟରଟାଇଜିଂ କମ୍ପାନୀ ପାଖକୁ ଆଜି ଯାଇନାହାନ୍ତି ନିଶ୍ଚୟ।'

'ଫାଲ୍‌କନ୍? ଆରେ ବାବା, ନା, ଯିବାର ଯୋଜନା ମଧ୍ୟ ନାହିଁ। ଶୁଣିଛି, ଭାରତର ଏଇଟି ସବୁଠାରୁ ବଡ଼ ଆଡ୍‌ଭରଟାଇଜିଂ କମ୍ପାନୀ। ବାର ପନ୍ଦର ଲକ୍ଷ ଟଙ୍କାରୁ କମ୍ ଟଙ୍କା ବଜେଟ୍‌ର ବିଜ୍ଞାପନ କାମ ସେମାନେ ହାତକୁ ନିଅନ୍ତି ନାହିଁ। ଏଣୁ ତାଙ୍କ ପାଖକୁ କାହିଁକି ଯିବି?'

'କିନ୍ତୁ ଆପଣ ଚାହିଁଲେ, ସେ କମ୍ପାନୀ ଖାସ୍ ଆପଣଙ୍କ ପାଇଁ ତିନି ଚାରି ଲକ୍ଷ ଟଙ୍କାର ବିଜ୍ଞାପନ ମଧ୍ୟ ହାତକୁ ନେବ।' ଖାଉ ଖାଉ ଭଦ୍ରମହିଳା କହିଲେ।

ସନ୍ତୋଷ ବୁଝିଲା, ତା'ର ସବୁ ପ୍ରେମିକାଙ୍କ ପରି ଏ ମଧ୍ୟ ତା'ର ବ୍ୟକ୍ତିତ୍ୱର, ରୂପର ପ୍ରଶଂସା କରୁଛନ୍ତି, କିଛିଟା ନିଜସ୍ୱ ଭଙ୍ଗୀରେ। ଏକ ଆକର୍ଷଣୀୟ ଝଲକ ନିଜ ଚେହେରାରେ ଖେଳାଇ ସେ ପଚାରିଲା- 'କାହିଁକି? ମୁଁ କ'ଣ ଅନ୍ୟମାନଙ୍କଠାରୁ ଅଲଗା?'

ଭଦ୍ରମହିଳା ହସିଲେ। କହିଲେ- 'କାଲି ସକାଳୁ ଆପଣ ଫାଲ୍‌କନ୍‌ର ମ୍ୟାନେଜରଙ୍କୁ ଦେଖାକରି ପରଖି ନିଅନ୍ତୁ, ଆପଣ ଅଲଗା କି ନୁହଁନ୍ତି।'

'ଆଉ ତାଙ୍କଠାରୁ ଉପହସିତ ହୋଇ ଫେରନ୍ତୁ। ଏୟା ତ?'

'ନା, ନା। ଉପହସିତ କାହିଁକି ହେବେ? ଏତେ କମ୍ ବଜେଟ୍‌ର ବିଜ୍ଞାପନ ଫାଲ୍‌କନ୍ କରେନା ସତ, କିନ୍ତୁ କହିଲି ପରା, ଆପଣଙ୍କ ପାଇଁ କରିବ।' ତାଙ୍କ କଥାରେ ଦୃଢ଼ତା ଥିଲା।

'ହଁ... ସତେ ଯେପରି ଫାଲ୍‌କନ୍ କମ୍ପାନୀର ମୁଁ ହିଁ ମ୍ୟାନେଜର ଆଉ...'

'ଆଉ, ମୁଁ ଜଏଣ୍ଟ ମ୍ୟାନେଜିଂ ଡାଇରେକ୍ଟର। ଏୟା ତ?'

ଦୁଇଜଣଯାକ ହୋ ହୋ ହୋଇ ହସିଉଠିଲେ।

ସେମାନଙ୍କ ଖିଆ ସରିଯାଇଥିଲା। କୌଣସି ଗଜଲ୍ ବା କବିତା ବିଷୟରେ କଥାବାର୍ତ୍ତା ନ କରି ମଧ୍ୟ ସନ୍ତୋଷ ଅନୁଭବ କରୁଥିଲା ଯେ ସେ ଯେତିକି ଚାହୁଁଥିଲା, ଭଦ୍ରମହିଳାଙ୍କ ସହ ତା'ଠାରୁ ଅଧିକ ଅନ୍ତରଙ୍ଗ ସେ ହୋଇପାରିଛି। ଏଥର ସ୍ୱଚ୍ଛନ୍ଦରେ ପବ୍ ରେଷ୍ଟୋରାଁକୁ ସେ ଭଦ୍ରମହିଳାଙ୍କୁ ନିମନ୍ତ୍ରଣ ଜଣାଇବ। ୱେଟର୍ ପ୍ଲେଟ୍‌ରେ ରସିଦ ଆଣି ରଖିଲା। ସନ୍ତୋଷ ଆପଣା ପକେଟ୍‌ରେ ହାତ ପୂରାଇବା ବେଳକୁ ଭଦ୍ରମହିଳା ପ୍ଲେଟ୍‌ରେ ଶହେଟଙ୍କାର କେତୋଟି ନୋଟ୍ ରଖିଦେଇ କହିଲେ, 'ଚାଲନ୍ତୁ'।

ୱେଟ୍‌ଲରର ଉପସ୍ଥିତିକୁ ଉପେକ୍ଷା କରି ସନ୍ତୋଷ ପ୍ଲେଟ୍ ଉପରୁ ତାଙ୍କ ହାତ ଉଠିଯିବା ପୂର୍ବରୁ ତାଙ୍କ ହାତ ଉପରେ ଆପଣା ହାତ ଆସ୍ତେ କରି ରଖିଦେଲା। ଟେବୁଲ୍‌ର ଅପର ପାର୍ଶ୍ୱରୁ ଭଦ୍ରମହିଳାଙ୍କ କାନ ପର୍ଯ୍ୟନ୍ତ ଝୁଙ୍କିଆସି ଧୀରେ ଧୀରେ କହିଲା- 'ପ୍ଲିଜ୍...'

ସେ କ'ଣ କହିବାକୁ ଚାହୁଁଥିଲା କେଜାଣି, କିନ୍ତୁ ସେ ଯେ ବିଲ୍ ପଇସା ଦେବାକୁ ଚାହୁଁଛି, ଏକଥା ଭଦ୍ରମହିଳା ତା' ଆଖିରୁ ବୁଝିଲେ। ଚୁପ୍‌ଚାପ୍ ସେ ଆପଣା ହାତକୁ ସନ୍ତୋଷ ହାତରୁ ବେଶ୍ ସାବଲୀଳ ଭଙ୍ଗୀରେ ମୁକୁଳାଇ ଆଣି କହିଲେ- 'ଯିବା ଚାଲନ୍ତୁ।'

ସନ୍ତୋଷର କିଛି କହିବାର ନଥିଲା। ସେ ବୁଝିପାରୁଥିଲା, ପୂର୍ବରୁ ଅନ୍ୟାନ୍ୟ ଯେତେ ନାରୀଙ୍କ ସହିତ ସେ ପ୍ରେମର ଅଭିନୟ କରି ଉପଭୋଗକୁ ହିଁ ଆଖି ଆଗରେ ରଖିଥିଲା, ସେଥିରେ ସେ ନିଜେ ଚୁମ୍ବକ ହୋଇ ପ୍ରେୟସୀକୁ ଲୁହା ଜାଗାରେ ହିଁ ରଖୁଥିଲା - କୌଣସି ନାରୀକୁ ଚୁମ୍ବକ ହେବାର ସୁଯୋଗ ଏଯାବତ୍ ସେ କେବେ ଦେଇନାହିଁ। କିନ୍ତୁ ଏବେ ଯେତେ ଚେଷ୍ଟା କଲେ ମଧ୍ୟ ଏ ନାରୀଟି ତାକୁ ତ ଚୁମ୍ବକ ହେବାକୁ ଜମ୍ମା ଦେଉନାହିଁ। ଲୁହା କରି ହିଁ ରଖିଛି।

ଗାଡ଼ି ଭିତରେ ବସିବା ବେଳେ ସନ୍ତୋଷ ଭାବୁଥିଲା, କିଙ୍ଗସ ସର୍କଲ ଏଠୁ ୧୫ ମିନିଟ୍‌ର ରାସ୍ତା ନା ଘଣ୍ଟାକର, ଏକଥା ସେ ଜାଣିପାରୁନାହିଁ। ଭଦ୍ରମହିଳା ତାକୁ କୁଆଡ଼େ କୁଆଡ଼େ ବୁଲାଇ ଏଇଠିକୁ ଆଣିଛନ୍ତି ନା ପ୍ରକୃତରେ କିଙ୍ଗସ ସର୍କଲ ଯିବା

ବାଟରେ ହିଁ ଏ ରେସ୍ତୋରାଁ ପଡ଼ିଛି ଏକଥା ବି ବୟସରେ ନୂଆ ହୋଇଥିବାରୁ ସେ ବୁଝିପାରୁନାହିଁ। ତେବେ, ସେ ଏତିକି ବୁଝିପାରୁଛି ଯେ ତା'ର ସାନ୍ନିଧ ଭଦ୍ରମହିଳାଙ୍କୁ ଭଲ ଲାଗୁଛି। ତା' ନିଜକଥା ଛାଡ଼। ସାରାରାତି ଏମିତି ବୁଲୁଥିଲେ ବି ସେ ସୁଖୀ ହୁଅନ୍ତା। ସେ ତ ଆଉ ଦୁଇଦିନ ଅଧିକା ଏଇଠି ରହିବାର ନିଷ୍ପତ୍ତି ନେଇ ସାରିଛି। ଏଣୁ ଏତେ ତରତର କ'ଣ? ତେବେ, ଯେ ନିଜେ ଡ୍ରାଇଭିଂ ନ କରି ଡ୍ରାଇଭରକୁ ସେ ଦାୟିତ୍ୱ ସମ୍ପି ଦେଇ, ଦୁହେଁ ଯଦି ପଛରେ ବସନ୍ତେ, ହୁଅନ୍ତା ନାହିଁ?

ଗାଡ଼ି ଭିତରେ ଆଲୁଅ ଜଳୁଥିଲା। ଭଦ୍ରମହିଳା ଡ୍ରାଇଭିଂ ସିଟ୍‌ରେ ବସିସାରି ଡ୍ରାଇଭରକୁ କହିଲେ- 'ସତୱନ୍ତ! ତୁମେ ଆଜି ଦିନସାରା ଏପଟ ସେପଟ ଧାଁ ଧଉଡ଼ କରି ଥକିଯାଇଛ। ଯାଅ, କିଛି ଖାଇଦେଇ ଆସ।'

ପୁଣିଥରେ ଚକିତ ହେଲା ସନ୍ତୋଷ। ସତରେ ଭଦ୍ରମହିଳା ଲାଜୱାବ୍! ଏ ଡ୍ରାଇଭରଟା କବାବରେ ହାଡ଼୍‌ଡି ପରି ଲାଗି ରହିଛି। କେଡ଼େ ସୁନ୍ଦର ଭାବରେ ତା'ଠାରୁ ଅନ୍ତତଃ ଅଧଘଣ୍ଟାଏ ନିଷ୍କୃତିର ବନ୍ଦୋବସ୍ତ ସେ କରିଦେଇପାରିଲେ।

ଡ୍ରାଇଭର୍, ପୁଣି ଝିପଝିପ୍ ବର୍ଷା ବନ୍ଦ ହେବାରୁ, ପଛ ଝରକା କାଚ ମାନଙ୍କରୁ ପାଣି ପୋଛିବାରେ ବ୍ୟସ୍ତ ଥିଲା। କବାଟ ବନ୍ଦ କରି ସେ ତାଙ୍କ ପାଖରେ ଆସି ଠିଆହେଲା।

ସେ ଭ୍ୟାନିଟି ବ୍ୟାଗ୍‌ରୁ ଟଙ୍କା କାଢ଼ି ତା' ହାତକୁ ବଢ଼ାଇଦେବା ବେଳେ ଛୋଟ ସୁଦୃଶ୍ୟ ଭିଜିଟିଂ କାର୍ଡ ଖଣ୍ଡେ ବ୍ୟାଗ୍‌ରୁ ବାହାରି ତାଙ୍କ ଅଲକ୍ଷ୍ୟରେ ତଳେ ପଡ଼ିଗଲା। ଡ୍ରାଇଭର୍ ସହ ସେ କିଛି କଥା ହେବା ଭିତରେ କାର୍ଡଟିକୁ ତଳୁ ଗୋଟାଇ ନେଇ ତା' ଉପରେ ଆଖି ବୁଲାଇ ଆଣିଲା ସନ୍ତୋଷ- ମୁଣ୍ଡରେ ତା'ର ବଜ୍ରପାତ ହେଲା ଯେମିତି। ସେଥିରେ ଲେଖାଥିଲା- ଶୀଲା କରକର୍। ଜଏଣ୍ଟ ମ୍ୟାନେଜିଂ ଡାଇରେକ୍ଟର। ଫାଲ୍‌କନ୍ ଗ୍ରୁପ୍ ଅଫ୍ ଆଡ୍‌ଭାର୍‌ଟାଇଜିଂ କମ୍ପାନୀ।

ଭଦ୍ରମହିଳା ଡ୍ରାଇଭରକୁ ଆବଶ୍ୟକୀୟ ନିର୍ଦ୍ଦେଶ ଦେଇସାରି, ଝରକାର ଗ୍ଲାସ୍ ଉପରକୁ ଉଠାଇଦେଇ ତା' ଆଡ଼କୁ ବୁଲି ପଡ଼ିଲେ। ସନ୍ତୋଷ ହାତରେ ଭିଜିଟିଂ କାର୍ଡଟି ଦେଖି ସେ ପ୍ରଥମେ ଆଶ୍ଚର୍ଯ୍ୟ ହେଲେ। ତା'ପରେ ସାମାନ୍ୟ ହସିଦେଲେ।

ନିଜର ବଜ୍ରାହତ ଭାବ ତାଙ୍କୁ ଦେଖାଇବା ପାଇଁ ସନ୍ତୋଷର ଉଦ୍ଧତ ପୌରୁଷକୁ ବାଧିଲା। ଏଇ ଟିକିଏ ଆଗରୁ ରେସ୍ତୋରାଁ ଭିତରେ ଭଦ୍ରମହିଳା ତେବେ ମଜା କରୁନଥିଲେ। ସତ ହିଁ କହୁଥିଲେ।

ତଥାପି ଆପଣା ଧକ୍‌କାଟିକୁ ବେଶ୍ କୌଶଳର ସହ ନିଜ ମୁହଁରେ ବିସ୍ମୟର

ରୂପରେ ସଜାଡ଼ି, ଭୁରୁ ନଚାଇ ପରମ ଆତ୍ମୀୟତାର ସ୍ୱରରେ ସେ କହିଲା – 'ବହୁତ ଖରାପ, ବହୁତ ଖରାପ କଥା ମ୍ୟାଡାମ୍। ଆପଣ ନିଜେ ଫାଲ୍‌କନ୍‌ର ମ୍ୟାନେଜିଂ ଡିରେକ୍ଟର, ଅଥଚ...'

ସେ ହସିଲେ। ଆଉ ଗୋଟିଏ ଛୋଟିଆ କାର୍ଡ ବ୍ୟାଗରୁ କାଢ଼ି ତା' ହାତକୁ ବଢ଼ାଇ ଦେଇ ସେ କହିଲେ- 'ସେଥିପାଇଁ ତ କହୁଥିଲି ଆପଣ କାଲି ଆମ ଅଫିସକୁ ଯାଆନ୍ତୁ। ଏ କାର୍ଡ ଖଣ୍ଡିକ ସେଇଠି ଆମ ମ୍ୟାନେଜରଙ୍କୁ ଦେଖାଇବେ। ଆପଣ ଯେଉଁ ବଜେଟ୍‌ର ଚାହିଁବେ, ସେଇ ବଜେଟ୍‌ରେ ସେ ଆପଣଙ୍କ ପାଇଁ ଦୂରଦର୍ଶନରେ ଉପଯୁକ୍ତ ହେବା ପରି ବିଜ୍ଞାପନର ବନ୍ଦୋବସ୍ତ କରିଦେବେ।'

ଭଗବାନ !

ସନ୍ତୋଷ ସ୍ତବ୍ଧ ହୋଇଗଲା। ଯଦି ଏକଥା ସତ ହୁଏ, ତେବେ କମ୍ପାନୀର ଏକଲକ୍ଷ ଟଙ୍କା ସିଧାସଳଖ ସନ୍ତୋଷର ପାଶ୍‌ବୁକ୍‌ରେ ପ୍ରବେଶ କରିବ। ତା' ମୁଣ୍ଡରେ ହାତୀ ଏମିତି ସୁନାକଳସ ଢାଳିବ ବୋଲି ସେ ତ ସ୍ୱପ୍ନରେ ସୁଦ୍ଧା ଭାବି ନଥିଲା।

ବାଃରେ ଭାଗ୍ୟ।

ନିଜର ସୁନ୍ଦର ରୂପ ଓ ପୁରୁଷପଣିଆ ତାକୁ ଏତେ ଦିନକେ ଉପଯୁକ୍ତ ମୂଲ୍ୟ ଦେଲା। ଏବେ ନିଜଆଡୁ ଆଉ କିଛି ଆଗେଇବାକୁ ସେ ଉଚିତ୍ ମନେକରୁ ନଥିଲା। ନା। ଭଦ୍ରମହିଳା ତା' ଆଡ଼କୁ ନିଜେ ନିଜେ ଆକୃଷ୍ଟ ହୋଇଛନ୍ତି। ଅବଶ୍ୟ ତା'ର ପୂର୍ବତନ ସମସ୍ତ ପ୍ରେମିକା ମଧ୍ୟ ଏମିତି ଆପେ ଆପେ ଟାଣିହୋଇ ଆସିଥିଲେ। ତେବେ ଏ ସ୍ୱତନ୍ତ୍ର। ତେଣୁ ସେ ବରଂ ଏପରି ଭାବ ଦେଖାଇବା ଉଚିତ, ଯେପରିକି ସେ ଏହିପରି ଏକ ଆଭିଜାତ୍ୟସମ୍ପନ୍ନ ଭଦ୍ରମହିଳାଙ୍କ ଆକର୍ଷଣ, ପ୍ରେମର ପାତ୍ର ହେବା ପାଇଁ ସଂପୂର୍ଣ୍ଣ ଯୋଗ୍ୟ, ଅନୁଗ୍ରହର ନୁହଁ।

ତେବେ ଭଦ୍ରମହିଳା ଫାଲକନ୍‌ର ଜଏଣ୍ଟ ମ୍ୟାନେଜିଂ ଡାଇରେକ୍ଟର, ଯାହା ସଙ୍ଗରେ ସେ କମ୍ପାନୀରେ ଯୋଡ଼ି ହୋଇଛନ୍ତି, ସେ ତାଙ୍କ ପିତା ନା ପତି ? ଭଦ୍ରମହିଳା ବିବାହିତା ନା ଅବିବାହିତା ? ଛାଡ଼, କ'ଣ ମିଳିବ ସେଥିରୁ ! କିନ୍ତୁ ନିଜ ତରଫରୁ, ନିଜ ଯୋଜନା ମୁତାବକ ଆଉ ଆଗେଇବା ପାଇଁ ବର୍ତ୍ତମାନ ତା'ର ଆଉ ସାହସ ହେଲା ନାହିଁ। ତେବେ, ସେ ଠିକ୍ ଅନୁମାନ କରୁଥିଲା, ଭଦ୍ରମହିଳା ନିଜେ ଚୁମ୍ବକ ହୋଇ ତାକୁ ଲୁହା କରିବାକୁ ଚାହାନ୍ତି। ହେଉ, ଲୁହା ହେଉ କି ଚୁମ୍ବକ ହେଉ, ତା'ର ଫାଇଦା ହିଁ ଫାଇଦା।

'କ'ଣ ଏତେ ଭାବୁଛନ୍ତି ଯେ... ?'

କୌଣସି ନାରୀର ସାନ୍ନିଧ୍ୟରେ ଥିବାବେଳେ ସନ୍ତୋଷ ପ୍ରାୟତଃ ବିଶେଷ ଭାବନାମଗ୍ନ ହୁଏନା। କାରଣ, ତା'ର ପ୍ରେମର ନିଜସ୍ୱ ପଦ୍ଧତିର ଯେଉଁ ବିଭିନ୍ନ ଚରଣ, ସେଥିରେ ମସ୍ତିଷ୍କକୁ ସବୁବେଳେ ସଜାଗ ରଖିବାକୁ ହୁଏ, ହୃଦୟ ସେଠି ବେକାର। ଏ ଭାବନା, ଦର୍ଶନ ଆଦି ପ୍ରେମିକାର ଉପସ୍ଥିତିରେ ମୁଣ୍ଡରେ ପଶିଲେ କାଳେ କେତେବେଳେ ଅସତର୍କ ମୁହୂର୍ତ୍ତରେ ଯଦି ଧରାପଡ଼ିଯାଏ ଯେ ସେ ପ୍ରେମ ନାମରେ କେବଳ ଅଭିନୟ ହିଁ କରୁଛି, ତେବେ ହରିଣୀ ପରି ନିରୀହ ପ୍ରେମିକାଟି ଯେ ସିଂହୀ ପରି ହିଂସ୍ର ପାଲଟିଯିବ କିମ୍ବା ଜାଲ ଛିଣ୍ଡାଇ ଦୌଡ଼ି ପଳାଇବ, ଏଥିରେ ସେ ନିଃସନ୍ଦେହ। ଉଭୟଟିରେ ତା'ର କ୍ଷତି। ଏଣୁ ସେ ସଦା ସଜାଗ ଥାଏ।

ଆଜି କିନ୍ତୁ ତା'ର କ'ଣ ହେଉଛି ?

ଭଦ୍ରମହିଳାଙ୍କ ପ୍ରଶ୍ନରେ ସଜାଗ ହୋଇ ସେ କହି ପକାଇଲା- 'ଏଁ ? ହଁ... ମୁଁ ଭାବୁଛି, ମୁଁ କେମିତି ଆଗରୁ ସ୍ୱପ୍ନରେ ସୁଦ୍ଧା ଭାବିପାରିଲି ନାହିଁ ଯେ ଆପଣ ଜଣେ ମ୍ୟାନେଜିଂ ଡାଇରେକ୍ଟର ହୋଇଥିବେ। ଆପଣଙ୍କୁ ଦେଖିଲେ ତ ଜମ୍ମା ଲାଗେନା ଯେ ଆପଣ ଏମିତି ଏକ ଗୁରୁଭାର ତୁଲାଉଥିବେ।'

'ଆଚ୍ଛା ? କ'ଣ ପରି ଲାଗେ, ତେବେ ?'

ତାଙ୍କୁ ପ୍ରଶଂସା କରିବାର ପ୍ରଥମ ସୁଯୋଗଟା ଏମିତି ହଠାତ୍ ଆଗରେ ଆସି ଠିଆ ହୋଇଯିବାରୁ, ନାରୀ-ମନସ୍ତତ୍ତ୍ୱରେ ଅଭିଜ୍ଞ ସନ୍ତୋଷ ପରି ବ୍ୟକ୍ତି ମଧ୍ୟ ସାମାନ୍ୟ ଦୋହଲିଗଲା। ସେହି ଅପ୍ରସ୍ତୁତତା ସହ ସେ କହି ପକାଇଲା- 'ଆପଣ ତ... ଆପଣ ତ ଏମିତି କୋମଳ ମଧୁର ଲାଗୁଛନ୍ତି, ଯେମିତିକି... ଏଇ ଧରନ୍ତୁ... ଯେମିତିକି.... ଦିନରାତି ଖାଲି ଫୁଲଙ୍କ ସହ କାରବାର କରୁଛନ୍ତି।'

ଖୁବ୍ ହସିଲେ ସେ। ତାଙ୍କ ହସକୁ ପ୍ରାଣ ଭରି ଉପଭୋଗ କରୁଥିଲା ସନ୍ତୋଷ। ଆଃ ! ଏମିତି ଖାଲି ହସୁଥାନ୍ତେ କି ସେ। ତେବେ, ରେଷ୍ଟୋରାଁକୁ ଯିବା ଆଗରୁ ତାଙ୍କ ଆଖିରେ ଦୁଇଟୋପା ଲୁହ ମଧ୍ୟ ଚମତ୍କାର ଲାଗୁଥିଲା।

ହସ ବନ୍ଦ କରି ସେ କହିଲେ - 'ଆପଣଙ୍କୁ ମାନିବାକୁ ପଡ଼ିବ। ଆପଣ ଠିକ୍ କହିଛନ୍ତି। ମୁଁ ପ୍ରାୟ ଫୁଲଙ୍କ ମେଳରେ ହିଁ ଥାଏ।'

ସନ୍ତୋଷ କିଛି ବୁଝି ନପାରି ତାଙ୍କ ମୁହଁକୁ ଚାହିଁ ରହିଲା। ସେ ସ୍ମିତ ହସି କହିଲେ, 'ମୁଁ ଜଣେ ବିଉଟିସିଆନ୍। ଫାଲ୍‌କନ୍‌ର ଜଏଣ୍ଟ ମ୍ୟାନେଜିଂ ଡାଇରେକ୍ଟର ହେଲେ ମଧ୍ୟ ତାକୁ ପୂରାପୂରି ମୋ ସ୍ୱାମୀ ଚଳାନ୍ତି। ମୁଁ ମୋର ବିଉଟି ପାର୍ଲର୍ ନେଇ

ବ୍ୟସ୍ତ ଥାଏ। ସୁନ୍ଦରୀ ନାରୀମାନଙ୍କୁ କବିମାନେ ତ ସବୁବେଳେ ଫୁଲ ବୋଲି ହିଁ କହି ଆସିଛନ୍ତି। ଆପଣ ବି ଜଣେ କବି ବୋଧହୁଏ ?'

ଓଃ ! ଭଦ୍ରମହିଳା ତେବେ ଜଣେ ବିଉଟିସିଆନ୍। ସେଥିପାଇଁ ବେଶଭୂଷାରେ ପରିପାଟୀ ରହିଛି। ରୂପ ବି ବେଶ୍ ମାର୍ଜିତ। ସନ୍ତୋଷ ମନେ ମନେ ଭଦ୍ରମହିଳାଙ୍କର ଏ ବହୁମୁଖୀ ପରିଚୟରେ ଆପ୍ୟାୟିତ ହେଲା।

ତେବେ, ଆଉ ପାଦେ ଅଧିକ ଅନ୍ତରଙ୍ଗ ହେବାର ଏ ସୁବର୍ଣ୍ଣ ସୁଯୋଗକୁ ହାତଛଡ଼ା କରିବା ପରି ମୂର୍ଖ ତ ସନ୍ତୋଷ ନୁହଁ। ଏଣୁ ମୁହଁରେ ମିଥ୍ୟା ଅଭିମାନର ପତଳା ଆସ୍ତରଣଟିଏ ବୋଳିଦେଇ ସେ ଖପ୍‌କରି କହିପକାଇଲା- 'ମୁଁ କବି କି ନୁହଁ, ସେକଥା ଛାଡ଼ନ୍ତୁ। ଆପଣ ତ ଏପର୍ଯ୍ୟନ୍ତ ମୋ ନାଁଟା ସୁଦ୍ଧା ପଚାରିନାହାନ୍ତି।'

ମଣିଷର ମୁହଁ ଏମିତି କଳାକାଠ ପଡ଼ିଯାଇପାରେ, ସନ୍ତୋଷ କେବେ ବି ଦେଖି ନଥିଲା। ହସ ହସ ସେ ସୁନ୍ଦର ଉପତ୍ୟକା ପରି ମୁହଁଟିରେ କଳାମେଘ କୁଆଡ଼ୁ ଛାଇଗଲା କେଜାଣି, ବଡ଼ ବଡ଼ ଆଖି ଦୁଇଟି ପୁଣି ଥରେ ଛଳ ଛଳ ହେଲା। ଅଚାନକ ନିଜର ଚମ୍ପାକଢ଼ି ପରି ଅଙ୍ଗୁଳିଗୁଡ଼ିକୁ ସନ୍ତୋଷର ଓଠ ଉପରେ ରଖିଦେଇ ସେ ବାଷ୍ପାକୁଳ କଣ୍ଠରେ କହିଲେ, 'ପ୍ଲିଜ୍, ମୋତେ ଆପଣଙ୍କ ନାଁ କହନ୍ତୁ ନାହିଁ। ମୁଁ ଜାଣିଛି।'

ଚାହୁଁ ଚାହୁଁ ପହିଲି ଆଷାଢ଼ର ବର୍ଷା ପରି ବଡ଼ ବଡ଼ ଟୋପା ଲୁହ ତାଙ୍କ ଆଖିରୁ ଝରିବାକୁ ଲାଗିଲା।

ପ୍ରଥମ ଥର ପାଇଁ... ହଁ... ଜୀବନରେ ପ୍ରଥମଥର ପାଇଁ ସନ୍ତୋଷ ଅନୁଭବ କଲା, ତା'ଛାତି ଭିତରେ କେଉଁଠି ଏକ ତୀବ୍ର ବେଦନା, ଅବୋଧ ଏକ ବିଷାଦବୋଧ ତାକୁ ଦହି ଦେଉଛି, ମନ୍ଥି ପକାଉଛି। ନିର୍ମଳ ପ୍ରେମରେ ଦିବ୍ୟ ଆନନ୍ଦ ସହିତ ଦୁଃଖବୋଧ ମଧ୍ୟ ଦିନର ଆଲୋକ ସଙ୍ଗେ ସୂର୍ଯ୍ୟକିରଣ ପରି ଜଡ଼ି ରହିଥାଏ, ଏକଥା ସେ ଶୁଣି ଆସିଥିଲା ଅଥଚ ଏତେ ପ୍ରେମ କରି ମଧ୍ୟ ସେ କେବେ ଅନୁଭବ କରି ନଥିଲା।

ବର୍ତ୍ତମାନ ସେ ଉପଲବ୍ଧି କଲା ଯେ ଜୀବନରେ ପ୍ରଥମଥର ପାଇଁ ତା' ମନରେ ଆକର୍ଷଣର ଯେଉଁ ତରଙ୍ଗ ଏଇ ନାରୀଟି ସୃଷ୍ଟି କରିଛି, ସେଥିରେ ସାମାନ୍ୟତମ ଛଳନା ନାହିଁ, ବିନ୍ଦୁଏ ମାତ୍ର ଅଭିନୟ ନାହିଁ। ଅନ୍ୟ ସମୟ ହୋଇଥିଲେ ମିଠା ମିଠା ସଜଡ଼ା, ମୁଖସ୍ଥକରା କେତୋଟି ବାକ୍ୟ କହି, ଆପଣା ସାମ୍‌ନାରେ ଏତେ ପାଖରେ ବସିଥିବା ଏଇ ନାରୀଟିକୁ ହୁଏତ ଚୁମ୍ବନଟିଏ ଦେଇ ବା ବାହୁ-ବନ୍ଧନରେ ଆବଦ୍ଧ ରଖି ପ୍ରେୟସୀ ବୋଲି ମିଥ୍ୟା ଘୋଷଣା ସେ କରିସାରନ୍ତାଣି।

ବର୍ତ୍ତମାନ କିନ୍ତୁ ତାଙ୍କୁ ଛୁଇଁବାକୁ ମଧ୍ଯ ତା'ର ହାତ ଉଠିଲା ନାହିଁ। ସେ ସେମିତି ସ୍ତବ୍ଧ ହୋଇ ବସି ରହିଲା।

ଡ୍ରାଇଭର୍ ଫେରିଆସି ପଛସିଟ୍‌ରେ ବସିଲା। ସନ୍ତୋଷକୁ ସବୁ ଗୋଳମାଳ ଲାଗୁଥିଲା। ବର୍ତ୍ତମାନ ପର୍ଯ୍ୟନ୍ତ ହସି ହସି କଥା କହୁଥିବା ଏଇ ରହସ୍ୟମୟୀ ନାରୀଟିର କାନ୍ଦିବାର କାରଣ ସେ ବୁଝିପାରୁ ନଥିଲା। ଏଇ ତ, ସେ ଗାଡ଼ି ଷ୍ଟାର୍ଟ କଲେଣି। ହୁଏତ କେତେ ମିନିଟ୍ ଭିତରେ ତା'ର ହୋଟେଲ ଆସିଯିବ। ତା'ପରେ ତ ସେ ଓହ୍ଲାଇଯିବ। କାହିଁ, ସେ ତ ତାଙ୍କୁ ଏପର୍ଯ୍ୟନ୍ତ ଆଗାମୀକାଲି ପବ୍ ରେସ୍ତୋରାଁକୁ ଯିବା ପାଇଁ ନିମନ୍ତ୍ରଣ କରିପାରିଲା ନାହିଁ।

ଓଦା ରାସ୍ତାର ବକ୍ଷ ଚିରି ଗାଡ଼ି ଆଗେଇ ଚାଲିଲା। କେଜାଣି କାହିଁକି ଦୁହେଁ ନୀରବ ଥିଲେ। ଭଦ୍ରମହିଳା କ'ଣ ଭାବୁଥିଲେ କେଜାଣି, ସନ୍ତୋଷ ଖାଲି ଭାବୁଥିଲା ସେ କେମିତି ସନ୍ତୋଷର ନାଁ ଜାଣିଲେ? ସେ କ'ଣ ସନ୍ତୋଷକୁ ଚିହ୍ନନ୍ତି? ଏ ତ ଆଦୌ ସମ୍ଭବ ନୁହଁ। କିଛି ପଚାରିବା ପାଇଁ ତା'ର ସାହସ ହେଉ ନଥିଲା। କାରଣ, ସେ ଜାଣିଥିଲା ଏ ସମ୍ପର୍କରେ କିଛି ପଚାରିବା ମାତ୍ରେ ସେ ନିଜକୁ ଆଉ ସଂଯତ ରଖିପାରିବେ ନାହିଁ। ଆଉ ସନ୍ତୋଷ... ହଁ ଏକଥା ସତ ଯେ, ପ୍ରଥମଥର ପାଇଁ ସନ୍ତୋଷର ଲମ୍ପଟ ମନ ଏଇ ନାରୀଟିର ଅଶ୍ରୁ ପାଖରେ ପରାଜୟ ସ୍ୱୀକାର କରୁଥିଲା। ନା, କୌଣସିମତେ ତାଙ୍କର ଲୁହଧୁଆ ମୁହଁ ସେ ସହ୍ୟ କରିପାରିବ ନାହିଁ।

ଗାଡ଼ି ଅଟକିଲା। ବର୍ଷା ବି କେତେବେଳୁ ବନ୍ଦ ହୋଇଯାଇଥିଲା। ନିଜ ହୋଟେଲକୁ ଦେଖିବା ପାଇଁ ଟିଣ୍ଟେଡ୍ ଗ୍ଲାସ୍‌କୁ ତଳକୁ ଓହ୍ଲାଇ ଆଣି ବାହାରକୁ ଅନାଇ ସେ ଆଶ୍ଚର୍ଯ୍ୟ ହେଲା। ଏ ତ କିଙ୍ଗ୍‌ସ ସର୍କଲ୍‌ର କୌଣସି ଅଞ୍ଚଳ ନୁହଁ।

ଡ୍ରାଇଭର ଓହ୍ଲାଇ ଡ୍ରାଇଭିଂ ସିଟ୍‌ର ଦରଜାକୁ ଖୋଲି ସାରିଥିଲା। ବୋଧହୁଏ ଆଗେ ଭଦ୍ରମହିଳାଙ୍କ ଘର ପଡ଼ିଲା। ସେ ଓହ୍ଲାଇଗଲା ପରେ ତାକୁ ନେଇ କିଙ୍ଗ୍‌ସ ସର୍କଲ୍‌ରେ ଛାଡ଼ିଦେବ।

ଭଦ୍ରମହିଳା ନିଜେ ତା' ପଟର ଦରଜା ଖୋଲିଦେଲେ। ନଇଁପଡ଼ି କହିଲେ- 'ଆସ।'

ଇଂରାଜୀ ଗୋଟାଏ ଭାଷା, ଯାହାର ତୁ, ତୁମେ, ଆପଣ ରେ କୌଣସି ଫରକ ନ ଥାଏ। ତଥାପି ସନ୍ତୋଷକୁ ଲାଗିଲା ଭଦ୍ରମହିଳା ତାକୁ ଏଯାବତ୍ ଆପଣ ଶବ୍ଦର ପ୍ରୟୋଗ ଇ କରି ନାହାନ୍ତି, ଯାହା ହିନ୍ଦୀରେ ପ୍ରଥମ ସମ୍ଭାଷଣରେ କରିଥିଲେ ସେତିକି।

ତେବେ ଭଦ୍ରମହିଳା ତାକୁ ଓହ୍ଲାଇବାକୁ କାହିଁକି କହୁଛନ୍ତି, ବୁଝି ନ ପାରିଲେ

ବି ଗାଡ଼ିରୁ ସେ ବାହାରି ଆସିଲା। ବମ୍ବେର କେଉଁ ଏକ ସଂଭ୍ରାନ୍ତ ଅଞ୍ଚଳ ବୋଧହୁଏ। ଏକକ ପଶ୍ ବଙ୍ଗଳାମାନଙ୍କ ସୁନ୍ଦର ସମାବେଶରେ ସମ୍ପୂର୍ଣ୍ଣ ଇଲାକାଟି ବେଶ୍ ଗମ୍ଭୀର ଓ ଭଦ୍ର ମନେ ହେଉଛି। ଗେଟ୍‌ରେ ଦରଓ୍ୱାନ୍ ଗେଟ୍ ଖୋଲିବା ବେଳେ ନାମଫଳକ ଉପରେ ଦୃଷ୍ଟି ପଡ଼ିଲା ତା'ର: 'କପିଲ୍ କରକର୍, ଶୀଲା କରକର।'

'ଆମ ଘର।' ଚୁମ୍ବକରେ ଭଦ୍ରମହିଳା ଜଣାଇଲେ। ସୁନ୍ଦର ଲନ୍ ପାର ହୋଇ ଚଉଡ଼ା ଗ୍ଲାସ୍ କବାଟ ପାଖରେ ସେମାନେ ପହଞ୍ଚିଲେ। କଲିଂ ବେଲ୍‌ରେ ହାତ ଦେଲେ ସେ। ଆଲୋକିତ ସୁଦୃଶ୍ୟ ଡ୍ରଇଂ ରୁମ୍ ଭିତରର କିଛି ଅଂଶ କାଚ କବାଟ ଦେଇ ଦେଖାଯାଉଥିଲା। ସନ୍ତୋଷ ଦେଖିଲା ଡ୍ରଇଂରୁମ୍ ଭିତରେ ଜଣେ ବେଶ୍ ବୟସ୍କ ଭଦ୍ରବ୍ୟକ୍ତି ସୋଫା ଉପରେ ବସି ପେପର୍ ପଢ଼ିବାରେ ବ୍ୟସ୍ତ। ତାଙ୍କ ପାଖରେ ତରୁଣୀଟିଏ ବସି ଦୂରଦର୍ଶନରେ କିଛି ପ୍ରୋଗ୍ରାମ ଦେଖୁଛି। କଲିଂ ବେଲ୍‌ର ଶବ୍ଦ ଶୁଣି ଦୁହେଁ ମୁଣ୍ଡ ଉଠାଇ କବାଟ ଆଡ଼କୁ ଅନାଇଲେ।

'ସେ ମୋ ସ୍ୱାମୀ। ଆଉ ସେ ମୋ ଝିଅ।' ଭଦ୍ରମହିଳା ସନ୍ତୋଷ ଆଡ଼କୁ ଅନାଇ କହିଲେ।

ସନ୍ତୋଷ କିଛି କହିବା ପୂର୍ବରୁ କବାଟ ଖୋଲିଗଲା, ଚାକରାଣୀ ହେବ ବୋଧହୁଏ, କବାଟ ଖୋଲି କହିଲା- 'ଆପଣଙ୍କ ଡେରି ଦେଖି...' ଏତିକି କହିବା ବେଳକୁ ତା'ର ଦୃଷ୍ଟି ସନ୍ତୋଷ ଉପରେ ପଡ଼ିଲା। ଚକ୍ଷୁ ତା'ର ବିସ୍ଫାରିତ ହୋଇଗଲା। ହଠାତ୍ ଚିତ୍କାର କରି କବାଟ ଉପରେ ଆଉଜି ପଡ଼ିଲା ସେ।

ତାକୁ ଆଡ଼େଇ ଦେଇ, ଭଦ୍ରମହିଳା ଘର ଭିତରେ ପ୍ରବେଶ କଲେ। ତାଙ୍କ ପଛେ ପଛେ ସନ୍ତୋଷ ଡ୍ରଇଂରୁମ୍‌ରେ ପାଦ ଦେଲା। ତାକୁ ଦେଖିବାମାତ୍ରେ ଭଦ୍ରବ୍ୟକ୍ତି ବିସ୍ମିତ ହୋଇ ଠିଆ ହୋଇପଡ଼ିଲେ। ଝିଅଟି ଚିତ୍କାର କରି କହିଉଠିଲା- 'ଭୈୟା!!'

ଠିକ୍ ସେତିକିବେଳକୁ ସନ୍ତୋଷର ଦୃଷ୍ଟି ଡ୍ରଇଂରୁମ୍‌ର କୋଣରେ ରଖା ହୋଇଥିବା ଏକ ବିରାଟ ଫଟୋ ଉପରେ ପଡ଼ିଲା। ଧୂପର ଧୂଆଁ ଓ ଫୁଲର ହାର ଭିତରୁ ଯେଉଁ ମୁହଁଟି ବାହାରକୁ ଦିଶୁଥିଲା, ସନ୍ତୋଷକୁ ଲାଗିଲା, ଏ ମୁହଁଟି ତା'ର ଚିହ୍ନା, ସେ କେଉଁଠି ଯାଙ୍କୁ ଦେଖିଛି। ଆରେ, ଏ ତ ତା'ର ନିଜ ମୁହଁ, ଯାହାକୁ ସେ ଦର୍ପଣରେ ପ୍ରତିଦିନ ଦେଖେ। ଆଶ୍ଚର୍ଯ୍ୟର କଥା ଯେ ସଂଯୋଗବଶତଃ ସେ ବର୍ତ୍ତମାନ ପିନ୍ଧିଥିବା ନାଲି ଚେକ୍ ସାର୍ଟଟି ସହ ଫଟୋର ଯୁବକଟି ପିନ୍ଧିଥିବା ସାର୍ଟଟିର ମଧ୍ୟ ପୂରା ସାମଞ୍ଜସ୍ୟ ଥିଲା। ଆଶ୍ଚର୍ଯ୍ୟ ସାମଞ୍ଜସ୍ୟ। ସେ ବିସ୍ମିତ ହୋଇ ଭଦ୍ରମହିଳାଙ୍କ ମୁହଁକୁ ଚାହିଁଲା।

ଦୁଇହାତରେ ନିଜ ମୁହଁକୁ ଚାପିଧରି କାନ୍ଦି କାନ୍ଦି ଝଡ଼ ପରି ଘର ଭିତରକୁ

ଦୌଡ଼ି ଚାଲିଗଲେ ଶ୍ରୀମତୀ ଶୀଲା କରକର। ଝିଅଟି ସୋଫା ଉପରେ ବସିପଡ଼ି କଇଁ କଇଁ ହୋଇ କାନ୍ଦିବାରେ ଲାଗିଲା। ଭଦ୍ରବ୍ୟକ୍ତି ଆଖିରୁ ଚଷମା କାଢ଼ି ଲୁହ ପୋଛୁ ପୋଛୁ ସନ୍ତୋଷର ପିଠିରେ ହାତ ରଖି ଫଟୋଟିକୁ ଦେଖାଇ କହିଲେ- 'ଆମ ପୁଅ ବାବା। ଠିକ୍ ତୁମରି ପରି ଦେଖିବାକୁ। ଛଅ ମାସ ତଳେ, ଏକ କାର୍ ଦୁର୍ଘଟଣାରେ ତା'ର ମୃତ୍ୟୁ ଘଟିଛି।'

ଧଡ଼ାସ୍ କରି ସନ୍ତୋଷର କାନମୂଳେ ଚାପୁଡ଼ାଟିଏ କିଏ କଷିଦେଲା କି ଆଉ!

ସତେଇଶ କି ଅଠେଇଶ ବର୍ଷ ତଳେ ତାକୁ ଯେତେବେଳେ ଛଅବର୍ଷ ବୟସ, ସେତିକିବେଳେ ସେ ହରାଇ ଦେଇଥିବା ବୋଉର ଉଷୁମ କୋଳର ସୁଖଦ ଅନୁଭୂତି, ଯାହାକୁ କେଉଁକାଳୁ ସେ ଭୁଲି ଯାଇଥିଲା, ହଠାତ୍ ତା'ର ସମଗ୍ର ସତ୍ତାକୁ ପୁଣିଥରେ ଆଚ୍ଛନ୍ନ କରି ପକାଇଲା। ତା'ର ମନେହେଲା- ଅଠେଇଶ ବର୍ଷତଳେ ନୁହଁ, ଏବେ ଏଇ ବର୍ତ୍ତମାନ ହିଁ ସ୍ନେହମୟୀ ବୋଉକୁ ତା'ର ସେ ସବୁଦିନ ପାଇଁ ହରାଇ ଦେଇଛି। ନିଜର ପ୍ରାଣାଧିକ ମୃତ ପୁତ୍ରର ପ୍ରିୟ ଖାଦ୍ୟ ସନ୍ତୋଷକୁ ଖୁଆଇ, ତା'ର ବ୍ୟବସାୟିକ କାର୍ଯ୍ୟରେ ତାକୁ ଲାଭପ୍ରଦ ସାହାଯ୍ୟ କରି କିଛିକ୍ଷଣ ତାକୁ ନିଜ ପାଖରେ ବସାଇ, ଶୋକାତୁରା ମାଆଟିଏ ହରାଇଥିବା ପ୍ରିୟପୁତ୍ରର ସାନ୍ନିଧ୍ୟକୁ ହିଁ ଏତେବେଳ ଯାଏ ଝୁରି ହେଉଥିଲା, ଅଥଚ... ଅଥଚ... ସେ ଚଣ୍ଡାଳ ତାଙ୍କୁ.... ତାଙ୍କୁ...!!

ଭୋ' ଭୋ କାନ୍ଦିଉଠି ସେଇଠି ବସିପଡ଼ିଲା ସନ୍ତୋଷ, ତଳକୁ ଅଣ୍ଡାଳି ଅଣ୍ଡାଳି। ସତେଅବା ସେଇଠି ତଳେ ରଖାହୋଇଥିବା ତା' ବୋଉର ଶୀତଳ ଶବ ଭିତରୁ ପାଦ ଦିଓଟିକୁ ସେ ଖୋଜୁଥିଲା... ଛାତିରେ ଟିକିଏ ଚିପି ଧରିବା ପାଇଁ! ଚୁମାଟିଏ ଦେଇ ଆଖିର ଲୁହରେ ଧୋଇଦେବା ପାଇଁ।

ବାହାରେ ଝିପିଝିପି ବର୍ଷା ତୋଫାନ୍‌ର ରୂପ ନେଉଥିଲା।

■

ହେ କୃଷ୍ଣ ! ମୁଁ ସୁଭଦ୍ରା ! !

୧୯୯୪

ବାଲ୍‌କୋନୀର ଗଛମାନଙ୍କୁ ପାଣି ଦେଉଥିବା ବେଳେ ଆହୁତି ଦେଖିଲା, ତଳେ ରାସ୍ତା ଉପରେ ରିକ୍ସାଟିଏ ଅଟକାଇ ସେମାନଙ୍କ ପଡ଼ୋଶୀଙ୍କୁ ଭଦ୍ରମହିଳା ଜଣେ କାହା ଘରର ଠିକଣା ପଚାରୁଛନ୍ତି ବୋଧହୁଏ।

କୌତୁହଳର କୌଣସି କାରଣ ନଥିଲା।

ତଥାପି ଆନମନା ହୋଇ ତାଙ୍କୁ ଦେଖୁଦେଖୁ ଆହୁତିକୁ ଲାଗିଲା, ନିଜ ଘରୁ କେହି ଆସିନାହାନ୍ତି ତ ଆଉ ! ଚଟ୍‌କରି ରିକ୍ସା ଉପରକୁ ଚାହିଁଲା ସେ, ବ୍ୟାଗ କି ବକ୍ସ ତ କିଛି ନାହିଁ।

ନାଃ, ହୁଏତ ଆଉ କାହା ଘରକୁ...

ଠିକ୍ ଏତିକି ବେଳକୁ ମହିଳା ଜଣକ ତଳୁ ମୁହଁ ଫେରାଇ ସିଧା ତା' ମୁହଁକୁ ଚାହିଁଲେ। ତାଙ୍କ ମୁହଁରେ ମେଞ୍ଚାଏ ଆନନ୍ଦ ବୋଲି ହୋଇଗଲା। ଠିକଣା ବତାଇଥିବା ବ୍ୟକ୍ତିକୁ ଧନ୍ୟବାଦ ଜଣାଇ ରିକ୍ସା-ପଇସା ଦେବା ପାଇଁ ସେ ବ୍ୟାଗ ଖୋଲିଲେ।

ଆହୁତି ବୁଝିଲା, ଭଦ୍ରମହିଳା ସିଧା ତା'ରି ଘରକୁ ଆସୁଛନ୍ତି।

ବାଲ୍‌ଟି ଓ ମଗ୍‌କୁ ସେଇଠି ଛାଡ଼ି ସେ ଦଉଡ଼ି ଆସିଲା ଡ୍ରଇଂରୁମ୍‌କୁ।

ଯେତେ କହିଲେ ବି ପିଲାଗୁଡ଼ା ସ୍କୁଲ୍‌ରୁ ଆସି ଯୋତାମୋଜା ଏଇଠି ହିଁ ଫିଙ୍ଗିଦେବେ। ବିରକ୍ତ ଲାଗିଲା ଆହୂତିକୁ। ସ୍କୁଲ୍ ବ୍ୟାଗ, ପାଣି ବୋତଲ, ଟିଫିନ୍ ଡବା ଝପ୍‌ଝାପ୍ ଅଦୃଶ୍ୟ ହୋଇ ସୋଫାର ଲୋଚାକୋଚା ଆବରଣ ସବୁ ଫିଟ୍‌ଫାଟ୍ ନହେଉଣୁ କଲିଂ କ୍ୟାସେଟ୍‌ର ସଂଗୀତ ମଧୁର ମୂର୍ଚ୍ଛନା ତୋଳି ବାଜିଉଠିଲା।

ନିଜ ଲୁଗାପଟାକୁ ଭଲ ରୂପେ ସଜାଡ଼ି ନେଇ କବାଟ ଖୋଲିଲା ଆହ୍ଲୁତି।

ସାମ୍‌ନାରେ ଭଦ୍ରମହିଳା ଜଣକ ହସି ହସି ତାକୁ ଚାହିଁ ରହିଛନ୍ତି। କେତୋଟି ସେକେଣ୍ଡ ବିତିଗଲା ପରେ ତାକୁ ସେ ଅଜଣା ମୁହଁଟି ଧୀରେ ଧୀରେ ଜଣା ଜଣା ଚିହ୍ନା ଚିହ୍ନା ଆପଣାର...

ଆରେ ଅନିମା!!

ଜୀବନରେ ଯେତେ ପ୍ରକାର ଅନୁଭୂତି ଅଛି, ତା'ଭିତରୁ ସବୁଠାରୁ ବିଷାଦ-ମଧୁର ହେଲା, ସିଂହାବଲୋକନ... ପଛକୁ ଫେରି ଚାହିଁବା।

ହାତମୁଠାରୁ ଚାଲି ଯାଇଥିବା ଅତୀତ ସବୁବେଳେ କୋମଳ ମଧୁର ହିଁ ମନେହୁଏ। ସମୟ ବର୍ତ୍ତମାନ ଆଣି ରାଜସିଂହାସନରେ ବସାଇଥିଲେ ମଧ୍ୟ ଅତୀତର ସେଇ ନିଃସ୍ୱ ରୂପକୁ ମନେ ପକାଇବା ବେଳେ କାହିଁକି କେଜାଣି ଆଖି ଛଳଛଳ ହୋଇଯାଏ। ଦୀର୍ଘ ନିଃଶ୍ୱାସଟିଏ ବୁକୁ ଫଟାଇ ବାହାରି ଆସେ। ଉପସ୍ଥିତ ସମୟ ଆଞ୍ଜୁଳାରେ ଆଣି ବହୁତ କିଛି ଅଜାଡ଼ି ଦେଇଥାଏ ସତ, କିନ୍ତୁ ବଦଳରେ ବି ଝାଂପି ଛଡ଼ାଇ ନେଇଥାଏ... କିଛି ପ୍ରିୟଜନଙ୍କୁ... ବିତି ଯାଇଥିବା ସେ କୋମଳ ବୟସର ଛଳଛଳ ବର୍ଷ କେତୋଟିକୁ...

ଆଉ ସବୁଠାରୁ ମୂଲ୍ୟବାନ ନିଜର ନିରୀହତାକୁ।

ମୁଣ୍ଡ ପିଟିଦେଲେ ବି ଏସବୁ ଆଉ ଫେରି ଆସିବ ନାହିଁ।

ଦୁଇବନ୍ଧୁ କିଛି ସମୟ ହାତରେ ହାତ ଛନ୍ଦି ସୋଫା ଉପରେ ଚୁପ୍‌ଚାପ୍ ବାହାରକୁ ଚାହିଁ ବସି ରହିଲେ।

ଦୁହିଁଙ୍କୁ ଡର ଲାଗୁଥିଲା।

ଖସିପଡ଼ିଥିବା ରେଶମୀ ରୁମାଲ୍‌କୁ ତଳୁ ଗୋଟାଇ ନେବା ପରି ସେମାନଙ୍କର ଏ ଭିତରେ ବିତିଯାଇଥିବା କେତେଗୁଡ଼ିଏ ବର୍ଷକୁ କେହି ଯେପରି ଅନାୟାସରେ ଅଚାନକ ଲିଭାଇ ଦେଇଥିଲା। ହଠାତ୍ ଏଇ ପର୍ଦ୍ଦା ଅପସାରଣ ହେତୁ ପରସ୍ପରର ସାମ୍‌ନା ସାମ୍‌ନି ହେବା ମାତ୍ରେ ଅତୀତର ସେଇ ମଧୁର ମୁହୂର୍ତ୍ତ ସବୁ, ଯାହା ଆଉ କେବେ ବି ଆପଣାର ହେବେ ନାହିଁ, ସେମାନଙ୍କ ସାମ୍‌ନାରେ ଠିଆ ହୋଇ ସେମାନଙ୍କୁ ସଜଳ କଳାମେଘଟିଏ ପରି ଘେରାଇ ପକାଇଥିଲା।

ଏଣୁ କୋଉ ମୁହୂର୍ତ୍ତରେ ଆଖିରୁ ଟପ୍‌ଟାପ୍ ବର୍ଷିଯିବାର ସମ୍ଭାବନା ସେମାନଙ୍କୁ ଡରାଉଥିଲା, ସଙ୍କୁଚିତ କରୁଥିଲା।

ଏହି ଭାବାବେଗକୁ ସମ୍ଭାଳିବାକୁ ସେମାନଙ୍କ ନିଜ ନିଜ ଭିତରେ ଯେଉଁ ସଂଘର୍ଷ ଚାଲିଥିଲା, ତାହା ହିଁ ସେମାନଙ୍କୁ ଚୁପ୍‌କରି ଦେଇଥିଲା ।

ନୀରବରେ ଝରକା ଦେଇ ବାହାରକୁ ଦୁହେଁ ଦୃଷ୍ଟିହୀନ ଚାହାଣୀରେ ଚାହିଁ ରହିଥିଲେ । ସ୍ମୃତିର ପରଦା ଉପରେ ବହୁତ କିଛି ଦେଖାଯାଉଥିଲା, ତାକୁ ସେମାନେ ଦେଖୁଥିଲେ, ବହୁତ କିଛି ଶୁଣା ଯାଉଥିଲା ମଧ୍ୟ, ସେଇ ଅଦେଖା କଳାକାରର ବିଷାଦ କୋମଳ ଆଉ ମଧୁର ପ୍ରଚ୍ଛଦ ସଂଗୀତର ସହାୟତାରେ ।

କିଛି ସମୟ ପରେ ପ୍ରକୃତିସ୍ଥ ହୋଇ ଦିହେଁ ପରସ୍ପରର ବର୍ତ୍ତମାନର ପରିଚୟ ଖୋଜିହେଲେ ।

ସେଦିନ କୁନ୍ତଳା କୁମାରୀ ସାବତ ମହିଳା ମହାବିଦ୍ୟାଳୟରେ ପଢୁଥିବା ଚପଳା ବାଳିକା ଦୁଇଜଣ ଆଜିର ଅଧ୍ୟାପିକା ଆହୁତି ଓ କନ୍‌ଭେଣ୍ଟ ସ୍କୁଲ ଶିକ୍ଷୟିତ୍ରୀ ଅନିମାର ରୂପ ନେଇ ପରସ୍ପର ଆଗରେ ଉଭାହେଲେ ।

ଅନିମା ବାଲେଶ୍ୱରର ହିଁ ଝିଅ, ବଢ଼ିଛି ବି ସେଇଠି ଏବଂ ବର୍ତ୍ତମାନ ବାଲେଶ୍ୱରର ସେଣ୍ଟ ଜୋଶେଫ୍ କନ୍‌ଭେଣ୍ଟର ଶିକ୍ଷୟିତ୍ରୀ, ସ୍ୱାମୀ ତା'ର ବାଲେଶ୍ୱର ନିକଟବର୍ତ୍ତୀ ଏକ ବେସରକାରୀ କଲେଜର ଅଧ୍ୟାପକ ।

ଆହୁତି ଗଞ୍ଜାମର ଝିଅ । ତା' ବାପା ପୋଲିସ୍ ବିଭାଗରେ ଡି.ଏସ୍.ପି. ଥିବାବେଳେ ବଦଳି ହୋଇ ଚାରିବର୍ଷ ବାଲେଶ୍ୱରରେ ଥିଲେ । ସେତିକି ବେଳେ ଆହୁତି କୁନ୍ତଳା କୁମାରୀ ସାବତ ମହିଳା ମହାବିଦ୍ୟାଳୟରେ ପଢ଼ିବାର ସୁଯୋଗ ପାଇଥିଲା । ଆଉ ସେଇ ଚାରିବର୍ଷରେ ଅନିମା ଓ ଆହୁତି ଅପରିଚିତରୁ ପରିଚିତ ଓ ପରିଚିତରୁ ଘନିଷ୍ଠ ହୋଇ ଉଠିଥିଲେ ।

ସେମାନଙ୍କ ବି.ଏ. ସରିବା ବେଳକୁ ଆହୁତିର ବାପା ଭୁବନେଶ୍ୱର ବଦଳି ହୋଇ ଆସିଥିଲେ ମଧ୍ୟ ଆହୁତି ବାଲେଶ୍ୱର ଛାଡ଼ିବାକୁ ନାରାଜ ଥିଲା । କେବଳ ଅନିମାର ବନ୍ଧୁତ୍ୱର ମୋହରେ ହିଁ ହଷ୍ଟେଲ୍‌ରେ ରହି ଫକୀର ମୋହନ କଲେଜରେ ଏମ୍.ଏ. କରିଥିଲା । କାରଣ ସେ ଜାଣିଥିଲା, ଏଇଠି ସୁବିଧା ସୁଯୋଗ ଥାଉଁ ଥାଉଁ ଅନିମାର ବାପା ଅନିମାକୁ ବାଣୀବିହାରକୁ ପଠାଇବାକୁ ଚାହିଁବେ ନାହିଁ ।

ଏ ଦୁଇବର୍ଷ ଦୁହେଁ ଆହୁରି ନିକଟତମ ହୋଇଯାଇଥିଲେ, ଆହୁତିର ଅଧିକାଂଶ ଦିନର ରହଣି ଅନିମା ଘରେ ହିଁ ହେଉଥିଲା । ଦିହିଁଙ୍କ ବିନା ଦୁହିଁଙ୍କୁ ନିଃଶ୍ୱାସ ନେବାକୁ ମଧ୍ୟ କଷ୍ଟ ହେଉଥିଲା ।

କାହିଁଗଲା ସେ ଦିନସବୁ !!

ଏମ୍.ଏ. ପରେ ଦୁହିଁଙ୍କ ବିବାହ ହୋଇଯାଇଥିଲା। ଦୁହେଁ ଦୁହିଁଙ୍କ ଠାରୁ ଅଲଗା ହୋଇ ଦୂରକୁ ଚାଲି ଯାଇଥିଲେ। ବିବାହ ପରେ ଅନିମା ବି.ଏଡ୍. କଲା ଆଉ ଆହୁତି ନିଜ ଅଧ୍ୟାପକ ସ୍ୱାମୀଙ୍କ ଅଧୀନରେ ପିଏଚ୍‌ଡି।

ବୟସର କଅଁଳ ଖରାରେ ଉଜ୍ଜ୍ୱଳ ଆଉ ସୁନ୍ଦର ଦିଶୁଥିବା ଓ ମିଠା ମିଠା କୋଳିରେ ଭରପୂର ହୋଇଥିବା ସମୟର ଜଙ୍ଗଲରେ ପଶି ଦୁଇଟି ବାଳିକା ପାଖାପାଖି ଗୋଟିଏ ଜାଗାରେ ଠିଆ ହୋଇ, ହସିମାତି ଗପିଗପି ଗୀତ ଗାଇ ଗାଇ କୋଳି ତୋଳୁ ତୋଳୁ, ନିଜ ନିଜ ଅଣ୍ଟିରେ କୋଳି ଭରିବାରେ ଏତେ ମଗ୍ନ ହୋଇପଡ଼ିଲେ ଯେ, କେତେବେଳେ ସେମାନେ ପରସ୍ପରଠାରୁ ଅଲଗା ହୋଇଗଲେ, ଜଙ୍ଗଲର ମାୟା ସେମାନଙ୍କୁ କେତେ ଦୂରକୁ ନେଇ ଆସିଲାଣି, ତାହା ଜାଣି ପାରିଲେ ନାହିଁ।

ଅଚାନକ ପ୍ରକୃତିସ୍ଥ ହୋଇ ପଛକୁ ଚାହିଁଲା ବେଳକୁ ଅପସରି ଯାଉଥିବା ପରସ୍ପରର ଚେହେରା କାହିଁ କେତେ ଦୂରରେ ଝାପ୍‌ସା ଝାପ୍‌ସା ଦିଶୁଥିଲା ଯାହା। ଦୀର୍ଘ ନିଃଶ୍ୱାସଟିଏ ପକାଇ ମୁହଁ ଫେରାଇ ଦୁହେଁ ଯେଝା କୋଳି ତୋଳିବାରେ ପୁଣି ଲାଗିପଡ଼ିଲେ।

ଆଜି ଏତେ ଦିନପରେ ପୁଣି ଥରେ ସାମ୍‌ନା ସାମ୍‌ନି ହୋଇ ଦୁହେଁ ପ୍ରଥମେ ନିଜ ନିଜର ଓ ପରେ ପରସ୍ପରର ଅଣ୍ଟିର କୋଳିକୁ ବି ଦେଖୁଥିଲେ, ଜଙ୍ଗଲକୁ ବି ମାପୁଥିଲେ।

ଅନିମା ଚାଲିଗଲା ପରେ ଘରଟା ଖାଁ ଖାଁ ଲାଗିଲା ଆହୁତିକୁ।

ପିଲାଙ୍କ ଖେଳିବା ପାଇଁ ଥିବା ଖସଡ଼ାରେ ଖସିବା ପରି ଅନିମାକୁ ଦେଖିବା କ୍ଷଣି କେଡ଼େ ସହଜରେ ସେ ବର୍ତ୍ତମାନରୁ ଅତୀତକୁ ସର୍‌କରି ଚାଲି ଯାଇଥିଲା, କିନ୍ତୁ ଅତୀତର ସିଡ଼ି ଉଠି ପାଦେ ପାଦେ ଚଢ଼ି ପୁଣି ବର୍ତ୍ତମାନକୁ ଆସିବା ବେଳକୁ କେତେ ଉଦାସ ଲାଗୁଛି, କେତେ ଭାରି ଭାରି ମନେ ହେଉଛି।

ପିଲାମାନଙ୍କୁ ଖାଇବାକୁ ଦେଇସାରି ପଢ଼ିବାକୁ ବସାଇ ଦେଲା ଆହୁତି। ମାତ୍ର ଦୁଇ ସପ୍ତାହ ହେଲା ବାଲେଶ୍ୱରରୁ ସେମାନେ ବଦଳି ହୋଇ ଆସିଛନ୍ତି। ଏଣୁ ପିଲାମାନଙ୍କର ନୂଆ ସାଙ୍ଗମାନଙ୍କ ସହ ନୂଆ ଅନୁଭୂତିଗୁଡ଼ିକର ଛୋଟ ଛୋଟ ଉଚ୍ଛ୍ୱସିତ ବର୍ଣ୍ଣନା ସବୁ ଶୁଣୁଥିଲେ ବି ସେ ସବୁ ତା' ମୁଣ୍ଡରେ ପଶୁ ନଥିଲା।

ଠିକ୍ ଏମିତି ଉଚ୍ଛ୍ୱାସ ନେଇ ରାଜୀବଙ୍କୁ ବହୁତ କିଛି କହି ପକାଇବାକୁ ସେ ନିଜେ ବ୍ୟାକୁଳ ହୋଇ ପଡ଼ିଥିଲା। ତେଣୁ ବିରକ୍ତ ହୋଇ ଘଡ଼ିକୁ ଚାହିଁ ଦେଖିଲା, ସାତଟା ବାଜିବାକୁ ବସିଲାଣି।

ରାଜୀବ କ'ଣ ଆଜି ଏତେ ଡେରି କରୁଛନ୍ତି ?

ବାହାହେବା ଠାରୁ ଆଜି ପର୍ଯ୍ୟନ୍ତ ଠିକ୍ ନିର୍ଦ୍ଧାରିତ ସମୟରେ ରାଜୀବଙ୍କୁ ଫେରିବା ଆହୁତି କେବେ ଦେଖିନାହିଁ।

ଡେରିରେ ଫେରିଲେ ପତ୍ନୀଠାରୁ ଗାଳି ଶୁଣିବା ପାଇଁ ପଡ଼େ, ଏଇଟା ରାଜୀବ ଭଲକରି ଜାଣିଥିଲେ। ଏଣୁ ପ୍ରତ୍ୟେକ ଥର ଡେରିରେ ଘରକୁ ଫେରିବା ବେଳକୁ ସେ କିଛି ନା କିଛି ଚମକପ୍ରଦ ଖବରଟିଏ ଘରକୁ ଆଣିଥାନ୍ତି। ଆହୁତି କବାଟ ଖୋଲି ତାଙ୍କୁ କିଛି ପଚାରିବା ପୂର୍ବରୁ ସେ ଝପ୍‌କରି ଆପଣା ଖବରଟି ଏମିତି ଉତ୍ସୁକତାର ସହ ବର୍ଣ୍ଣନା କରି ବସନ୍ତି ଯେ ବିଚରା ଆହୁତି ଭୁଲିଯାଏ, ଏବେ ତା'ର ରାଜୀବଙ୍କ ଉପରେ ଘୋର ବିରକ୍ତ ହେବାର ଯୋଜନା ଥିଲା ଏବଂ ରାଜୀବଙ୍କ ଠାରୁ ଏ ବିବରଣୀ ଶୁଣିବା ସେ ଯୋଜନାରେ ଆଦୌ ନଥିଲା।

ବୟସ ବଢ଼ି ଚାଲିବା ସଙ୍ଗେ ସଙ୍ଗେ ଆହୁତି ଧୀରେ ଧୀରେ ରାଜୀବଙ୍କ ଏ ଚାତୁର୍ଯ୍ୟକୁ ବୁଝି ପାରିଲା ସତ, କିନ୍ତୁ ସେତେବେଳକୁ ତାଙ୍କର ଡେରିରେ ଘରକୁ ଫେରିବା ବି ତା'ର ଦିହସୁହା ହୋଇଯାଇଥିଲା।

ଅନିମା ଆସିବା ପରଦିନ ହିଁ ଆପଣା କ୍ଲାସ ସରିବା ପରେ ରିକ୍ସାଟିଏ ନେଇ ଅନିମା ଘରକୁ ବାହାରିଲା ଆହୁତି।

ବାଟସାରା ଚାହିଁ ଚାହିଁ ଯାଉଥାଏ ସେ।

ଏ ଭିତରେ ବାଲେଶ୍ୱର କେତେ ବଦଳି ଗଲାଣି। ସେ ପଢୁଥିବା ବେଳେ ଏ ଫ୍ଲାଏ ଓଭର୍‌ର ପତ୍ତା ଇ ନଥିଲା। ସମ୍ଭବତଃ ଓଡ଼ିଶାର ଏଇ ସର୍ବପ୍ରଥମ ଫ୍ଲାଏ ଓଭର୍ ଏଠାରେ ଏବେ ସଗର୍ବରେ ମୁଣ୍ଡଟେକି ଠିଆ ହୋଇରହିଛି। ମ୍ୟୁନିସିପାଲିଟିର ଏ ନୂଆ ମାର୍କେଟ୍‌ଟା ମଧ୍ୟ ତିଆରି ହୋଇନଥିଲା।

ତଥାପି ଅନେକ କିଛି ଠିକ୍ ପୂର୍ବପରି ରହିଛି ମଧ୍ୟ। ଏଇ ଯେମିତି ଘର ଗୋଟିକୁ ପୋଖରୀ ଗୋଟିଏ, ଆଉ ଚାରିଆଡ଼ର ଏ ସବୁଜ ସବୁଜ ବାତାବରଣ ଏବଂ ଏଠା ବାସିନ୍ଦାମାନଙ୍କ ପ୍ରବଳ ସାହିତ୍ୟାନୁରାଗୀ ବନ୍ଧୁବତ୍ସଳ ହୃଦୟ ସବୁ।

ଅନିମା ଘରେ ପହଞ୍ଚି ଆହୁତିର ମନର କୋଉ କୋଣରେ ଏକ ଧକ୍‌କା ଲାଗିଲା, ଛୋଟ ଅଥଚ ଶକ୍ତ ଧକ୍‌କାଟିଏ।

ଯଦିଓ ଆହୁତିକୁ ଦେଖି ଅନିମାର ଗୋଡ଼ ତଳେ ଲାଗିଲା ନାହିଁ, ଯଦିଓ ଦୁହେଁ ମିଶି ପକୋଡ଼ା ତିଆରି କଲେ, ଏତେବଡ଼ ଥାଳିରେ ମୁଢ଼ି ପକୋଡ଼ା ମିଶାଇ ବିଛଣା ଉପରେ ବସି ଖାଇଲେ, କଲେଜ ଓ ସ୍କୁଲ୍ ଯାଇଥିବା ଅନିମାର ସ୍ୱାମୀ ଓ ସନ୍ତାନମାନଙ୍କ

ଫଟୋ ଦେଖିଲେ ଏବଂ ଶେଷରେ କୋଳରେ ଗୋଟିଏ ଲେଖା ତକିଆ ଧରି ବିଛଣାରେ ବସି ଗପିଲେ ବି, ଓ ଗପୁ ଗପୁ ହସି ହସି ଗଡ଼ିଲେ ବି...

ତଥାପି ତଥାପି ଆହୁତି ଲକ୍ଷ୍ୟକଲା ଅନିମା ମନରେ ସୁଖ ନାହିଁ, ଆନନ୍ଦ ନାହିଁ।

ଏତେଦିନ ପରେ ଦେଖା ହୋଇଥିବା ବାନ୍ଧବୀର ମନରେ ଆନନ୍ଦ ନଥିବା କଥା ସେ ଯେ ବୁଝିପାରିଛି, ଏକଥା ଜଣାଇ ଅନିମାକୁ ଲଜ୍ଜିତ ସଂକୁଚିତ କରିବାକୁ ଆହୁତିକୁ ଭଲ ଲାଗିଲା ନାହିଁ। ଧୀରେ ଧୀରେ ଏଇ ଥରେ ଦି'ଥର ଦେଖା ସାକ୍ଷାତର ପ୍ରଥମ ଆବରଣଟା କଟିଗଲେ ସେ ପଚାରି ନେବନି କି ଅନିମାର ଦୁଃଖର କାରଣଟା କ'ଣ ?

ତେବେ, ଘରର ଆସବାବ ପତ୍ରରୁ ଯେଉଁ ଦୀନତା, ମଳିନତା ଫୁଟି ଉଠୁଥିଲା, ତାହା ସତେ ଅବା ନୀରବରେ ଅନିମାର ମନକଥା ଆହୁତି ଆଗରେ କହି ପକାଉଥିଲା।

ସତକୁ ସତ, ମାତ୍ର କେତୋଟି ଦିନର ସୂର୍ଯ୍ୟୋଦୟ ପରେ ସେମାନଙ୍କର ମଝିରେ ସମୟ ଠିଆ କରାଯାଇଥିବା ଅନାତ୍ମୀୟତାର କୁହୁଡ଼ି ମିଳାଇଗଲା ଓ ଆହୁତି ପରିଷ୍କାର ଦେଖିପାରିଲା, ତା' ଅନୁମାନ ଠିକ୍।

ଅନିମାର ସ୍ୱାମୀ ପ୍ରକାଶ ଆପଣା ବେସରକାରୀ କଲେଜଟିର ପରିଚାଳନା କମିଟିର ସଭ୍ୟମାନଙ୍କ ଶତ୍ରୁତା ଯୋଗୁ, ଚାକିରୀର ଦୀର୍ଘ ଦଶବର୍ଷ ବିତି ଯାଇଥିଲେ ବି, ଏ ପର୍ଯ୍ୟନ୍ତ ନିର୍ଦ୍ଧାରିତ ହାରର ଦରମା ପାଇ ପାରିନାହାନ୍ତି। ଏପରିକି ସରକାରଙ୍କ ତରଫରୁ ତାଙ୍କ ଦରମା ହାର ଅନୁମୋଦିତ ହୋଇ ଆସିଥିଲେ ମଧ୍ୟ ସେ ନିର୍ଦ୍ଦେଶନାମାକୁ କଲେଜ ଅଧ୍ୟକ୍ଷ ଆପଣା କୁଶନ ତଳେ ଚାପି ବସିଛନ୍ତି ସିନା ପ୍ରକାଶର ଶତ ଅନୁରୋଧ, ଆପତ୍ତି ସତ୍ତ୍ୱେ ତାକୁ କାର୍ଯ୍ୟକାରୀ କରୁନାହାନ୍ତି।

ଆହୁତି ଶୁଣି ଦୁଃଖିତ ହୋଇଥିଲା।

ବାସ୍ତବିକ ଓଡ଼ିଶାର ଶିକ୍ଷା ବିଭାଗରେ ଯେଉଁ ବିଶୃଙ୍ଖଳା, ତାହା କୌଣସି ସଭ୍ୟ ଦେଶରେ ଶିକ୍ଷାକ୍ଷେତ୍ରରେ ତ ଦୂରର କଥା, ଆଫ୍ରିକାର ଜଙ୍ଗଲରେ ମଧ୍ୟ ନଥିବ। ସେଇ ଏକାଶ୍ରେଣୀରେ, ସେ ଏକା ପାଠ୍ୟକ୍ରମକୁ, ସେଇ ନିର୍ଦ୍ଦିଷ୍ଟ ପରୀକ୍ଷା ପାଇଁ ପ୍ରସ୍ତୁତ ହେଉଥିବା ଛାତ୍ରଛାତ୍ରୀଙ୍କୁ ପଢ଼ାଉ ଥିବା ଅଧ୍ୟାପକମାନଙ୍କ ଦରମା ହାର କିନ୍ତୁ ଏକା ନୁହଁ। କିଏ ସରକାରୀ ତ କିଏ ବେସରକାରୀ, କିଏ ଗ୍ରାଣ୍ଟଏଡ୍ କଲେଜ ତ କିଏ ନନ୍‌ଗ୍ରାଣ୍ଟ୍ କଲେଜ ଆଉ କିଏ ବା ସବୁକିଛି ନନ୍-ନନ୍-ନନ୍-ଅଥଚ କଲେଜ।

ଏଣୁ ଜଣେ ସରକାରୀ ଅଧ୍ୟାପକ ଆଜି ଚାକିରୀ କରି ପାଞ୍ଚ ହଜାର ଟଙ୍କା

ପାଇବା ବେଳେ ଆଉ କିଏ ପାଞ୍ଚବର୍ଷ ଚାକିରୀ କରି ପାଞ୍ଚ ଶହ ବି ପାଇନାହିଁ। ପୁଣି ଆଉ କିଏ ତ ବିନା ଦରମାରେ ବର୍ଷ ବର୍ଷ ପ୍ରତୀକ୍ଷା କରି କରି ପିଲାଙ୍କୁ ପଢ଼େଇ ଚାଲିଛି, ଦିନେ ନା ଦିନେ ଦରମା ମିଳିବାର ଆଶାରେ।

ପ୍ରତୀକ୍ଷା ପାଇଁ ଯଦି ନୋବେଲ୍ କିମ୍ବା ସାସାକାୱା ପରି ଆନ୍ତର୍ଜାତିକ ପୁରସ୍କାରମାନ କେବେ ମିଳେ, ତେବେ ତାହା ଓଡ଼ିଶାର ଏହି ଅଧ୍ୟାପକ ଗୋଷ୍ଠୀଙ୍କୁ ହିଁ ନିଃସନ୍ଦେହରେ ମିଳିବା ଉଚିତ, ଯେଉଁମାନେ ନିଜ ଜୀବନର ସବୁଠାରୁ ଗୁରୁତ୍ୱପୂର୍ଣ୍ଣ ସମୟକୁ ଦେଶର ଭାବୀ ନାଗରିକମାନଙ୍କୁ ଶିକ୍ଷିତ କରିବାରେ ଅର୍ପଣ କରି ଆପଣା ଶୂନ୍ୟ ଆଞ୍ଜୁଳା ପତାଇ ଚାତକ ପରି ଚାହିଁ ବସିଥାନ୍ତି ଦିନେ ନା ଦିନେ ସେମାନଙ୍କ ନ୍ୟାର୍ଯ୍ୟ ପ୍ରାପ୍ୟ ମିଳିବ ଓ ଏ ପ୍ରତୀକ୍ଷା ଶେଷ ହେବ- ଏଇ ଆଶାରେ।

ଆହୁତିର ମନଟା ଗଭୀର ବେଦନାରେ ପୂରି ଉଠିଲା।

କିଛି କରି ନପାରିବାର ଗ୍ଳାନିରେ ତା' ଅନ୍ତର ଭିତରଟା ହାହାକାର କରି ଉଠିଲା ମଧ୍ୟ।

ସେଦିନ କିଛି ଗୋଟିଏ ଜରୁରୀ କାମ ପାଇଁ ରାଜୀବଙ୍କ କଲେଜ ଫେରନ୍ତି ସମୟକୁ ଅନାଇ ବସିଥିଲା ଆହୁତି। କିନ୍ତୁ ଫେରିବା ବେଳ ଆସି ପହଞ୍ଚିଲା ଓ ଧୀରେ ଧୀରେ ଚାଲିଗଲା ମଧ୍ୟ।

ତା' ପରେ ବି ଅନେକ ବେଳ ଆସି ଚାଲିଗଲା; କିନ୍ତୁ ରାଜୀବଙ୍କ ପତ୍ତା ନଥିଲା।

ରାଗରେ କଡ଼ମଡ଼ ହୋଇ ଆହୁତି ଭାବୁଥିଲା, ଆଜି ଯେତେ ଭୁଲାଇଲେ ବି ସେ ଜମା ତାକୁ ଧ୍ୟାନ ନଦେଇ ରାଜୀବଙ୍କୁ କଡ଼ା କରି ବହେ ବକିବ ଓ ଦିନକୁ ଦିନ ସେ ଯେପରି ବେପରୁଆ ହୋଇ ଉଠୁଛନ୍ତି, ତାହା ଦେଖାଇ ଦେବ ଓ ପଚାରିବ, ବୟସ ଆଗକୁ ଆଗକୁ ବଢୁଛି ନା କମୁଛି ? ଏ କ'ଣ ସାଙ୍ଗସାଥୀ ଆଡ୍ଡାରେ ଫାଲ୍ତୁ ଗପ ମାରିବାର ବୟସ ?

କିନ୍ତୁ ରାଜୀବ ସବୁଦିନ ପରି ଝଡ଼ପରି ପଶିଆସି ସୋଫା ଉପରେ ବସି ଜୋତାମୋଜା ଖୋଲିଲେ। ସାର୍ଟର ବୋତାମ ଖୋଲୁ ଖୋଲୁ ଆହୁତି ମୁହଁର ମାନଚିତ୍ର ଉପରେ ଥରଟିଏ ଦୃଷ୍ଟି ଫିଙ୍ଗି ସଙ୍ଗେ ସଙ୍ଗେ କହିଉଠିଲେ, 'ଓଃ, ତୁମ ଦାଦାଙ୍କ ପୁଅ ସାନୁ! ସାନୁ ସଙ୍ଗରେ ଦେଖା ହେଲା ତ, କଥା ହେଉ ହେଉ ଡେରି ହୋଇଗଲା।'

ପ୍ରତିଜ୍ଞା କଥା ଭୁଲିଯାଇ ଆହୁତି କହିଲା, 'ସାନୁ? ସାନୁ ଏଠି କେମିତି ? ଆଣିଲ ନାହିଁ ସାଙ୍ଗରେ ?'

ସ୍ୱସ୍ତିର ନିଃଶ୍ୱାସ ମାରି ରାଜୀବ କହିଲେ, 'ସେ କ'ଣ ଆସିଲା ? ଅଫିସ୍‌ର କ'ଣ ଗୋଟିଏ ଜରୁରୀ କାମରେ ଆସିଥିଲା ବୋଲି ସଙ୍ଗେ ସଙ୍ଗେ ଭୁବନେଶ୍ୱର ଫେରିଗଲା, ସେ ବସ୍‌ଷ୍ଟାଣ୍ଡରେ ବସ୍‌କୁ ଅପେକ୍ଷା କରୁଥିବାବେଳେ ମୋର ତା' ସହିତ ଦେଖା ହୋଇଗଲା ତ କଥା ହେଉଥିଲୁ।

'କ'ଣ କହୁଥିଲା ? ଦାଦାଖୁଡ଼ୀ ଭଲ ଅଛନ୍ତି ? ନନା, ବୋଉ ?'

'ସମସ୍ତେ ଭଲ ଅଛନ୍ତି। ଆଚ୍ଛା, ତୁମର ଏସ୍.କେ. ମିଶ୍ର ବୋଲି କିଏ ଭାଇନା, ଅଛନ୍ତି ? ଯିଏ ଏ.ଡି.ଏମ୍. ଅଛନ୍ତି ? କ'ଣ କହିଲା ତ ସାନୁ... ତାଙ୍କ ପୂରା ନାଆଁଟା...ହଁ ସୀତାଂଶୁ ନା କ'ଣ ?'

'ଏସ୍.କେ. ମିଶ୍ର ? ଏ.ଡି.ଏମ୍ ? କାଇଁ ମୋର ମନେ ପଡୁନି। କାହିଁକି ? କ'ଣ ହେଲା କି ?'

'ସାନୁ କହୁଥିଲା, ସେ କୁଆଡ଼େ ଏଇଠିକି ଏବେ ବଦଳି ହୋଇ ଆସିଛନ୍ତି।'

ଏତିକି ବେଳେ ଆହୁତିର ମନେ ପଡ଼ିଗଲା, ଗୋଟିଏ ଜରୁରୀ କାମନେଇ ରାଜୀବଙ୍କୁ ଦୀର୍ଘ ସମୟ ଧରି ସେ ଅପେକ୍ଷା କରିଥିଲା। ସେ ସଙ୍ଗେ ସଙ୍ଗେ ରୁକ୍ଷ କଠୋର କଣ୍ଠରେ କହିଲା, 'ଆସିଲେ ଆସିଥାନ୍ତୁ, ତୁମର ସେଥିରେ ଯାଏ କେତେ, ଆସେ କେତେ ? ତମେ ଘରୁ ଗଲଣି କେତେବେଳୁ, ଆସୁଛ କେତେବେଳେ ? ତୁମକୁ ଟିକିଏ ଲଜ୍ଜା ଲାଗୁନାହିଁ, ଡେରି କରି ଫେରି ଦୁନିଆ ଯାକର ଖବର-

ରାଜୀବ ଏୟା ଆଶଙ୍କା କରୁଥିଲେ। ତେଣୁ ସେ ବେଶ୍ ପ୍ରସ୍ତୁତ ଥିଲେ ମଧ୍ୟ। ସଙ୍ଗେ ସଙ୍ଗେ ଆହୁତିର କଥାକୁ କାଟି କହିଲେ- 'ଶୁଣ, ଶୁଣ। ତୁମର କେହି ଭାଇନା ଏଠାକୁ ବଦଳି ହୋଇ ଆସିଛନ୍ତି, ସେକଥା ତୁମର ଆଉ ଜଣେ ସାନଭାଇ ଜଣାଇଲେ। ହଁ, ମୋର ଏଥିରେ ସତରେ ଯାଏ କେତେ ଆସେ କେତେ ? ତେବେ ତୁମର ନିଶ୍ଚୟ କିଛି ଆସିବା ମାନେ ଫାଇଦା ରହିଛି। ସେଇଥିପାଇଁ ଏ କଥାଟା ମୁଁ ତୁମକୁ ଜଣାଉଥିଲି। ଅନିମା... ଅନିମା କଥା ମନେ ଅଛି ତ ?'

'କ'ଣ ଅନିମା ? ଅନିମା କଥା ଏଥିରେ ଆସିଲା କୁଆଡୁ ?' ଆହୁତି ସେମିତି ରୁକ୍ଷ କଣ୍ଠରେ ଉତ୍ତର ଦେଲେ ମଧ୍ୟ ରାଜୀବ ମାପିନେଲେ, ଏଥିରେ ଟିକିଏ ହେଲେ ବି ଆଗରେ ସେ ଉତ୍ତାପ ନାହିଁ।

ଏଥର ଆରାମରେ ଗୋଡ଼କୁ ଲମ୍ୱାଇ ରାଜୀବ ପଚାରିଲେ, 'ଚା'ଫା କିଛି ମିଳିବ ନା ଏମିତି ଜେରା କରୁଥିବ।'

ଆହୁତି ଆପଣା ଜରୁରୀ କାମ କଥା ଭୁଲି ଯାଇଥିଲା। ସୋଫା ଉପରେ ବସି ପଡ଼ି କହିଲା- 'ଆଗେ କୁହ, ଅନିମା କଥା କାହିଁକି ଉଠିଲା ?'

'ତେବେ ଶୁଣ, ତୁମେ ସେଦିନ ଅନିମା କଥା କହି ଦୁଃଖ କରୁଥିଲ ତ; ଏଣୁ ମୁଁ ତୁମକୁ ବିନା ଫିଜ୍‌ରେ ଏକ ପରାମର୍ଶ ଦେଉଛି। ତୁମର ଭାଇନା ଏସ୍.କେ. ମିଶ୍ର, ଯିଏ ଏଠାକୁ ଏ.ଡି.ଏମ୍ ହୋଇ ଆସିଛନ୍ତି, ସେ ପ୍ରକାଶର କଲେଜର ଗଭର୍ଣ୍ଣିଂ ବଡିର ସଭାପତି ଥାଇପାରନ୍ତି। ଏବେ କିଛି ବୁଝିଲ, ନା, ଆଉ ଟିକିଏ ଖୋଲାଖୋଲି ବୁଝାଇ କହିବି ? ହେଲେ ଫିଜ୍ କିନ୍ତୁ ଲାଗିବ।'

ଆହୁତି ସବୁ ବୁଝିପାରୁଥିଲା, ତଥାପି ବିଶ୍ୱାସ କରିନପାରି ପଚାରିଲା- 'ତୁମେ କେମିତି ଜାଣିଲ, ସେ ହିଁ ସଭାପତି ହେଇଥିବେ ବୋଲି ?'

'ଓହୋ କହିଲି ନା, ହୋଇଥାଇପାରନ୍ତି। ଧର, ସେ ହେଇ ନଥିବେ। ତେବେ, ତାଙ୍କରି ସହକର୍ମୀ ଅନ୍ୟ ଏ.ଡି.ଏମ୍. ନିଶ୍ଚୟ ସଭାପତି ହୋଇଥିବେ। କାରଣ ନିୟମ ଅନୁସାରେ ଏଠାକାର ବେସରକାରୀ କଲେଜମାନଙ୍କର ପରିଚାଳନା ସଂସଦର ସଭାପତି ଏହି ଦୁଇ ଏ.ଡି.ଏମ୍.। ଏଣୁ କଲେଜଟି ଯଦି ତୁମ ଭାଇନାଙ୍କ ଅଧୀନରେ ନାହିଁ, କିଛି ଯାଏ ଆସେ ନା। ସେ ଚାହିଁଲେ, ଏଇ ଆଇନସମ୍ମତ ସାମାନ୍ୟ କାମଟି ସେ ନିଜର ସହକର୍ମୀ ବନ୍ଧୁ ଅନ୍ୟ ଏ.ଡି.ଏମ୍‌ଙ୍କ ପାଖରୁ ନିଶ୍ଚିତ କରାଇ ନେଇପାରିବେ।'

ଆହୁତିକୁ ଭାବିବାକୁ ଯଥେଷ୍ଟ ଖୋରାକ ଧରାଇ ଦେଇ ରାଜୀବ ଶାନ୍ତିର ନିଃଶ୍ୱାସଟାଏ ମାରି ଘର ଭିତରକୁ ଚାଲିଗଲେ, ପୋଷାକ ବଦଳାଇବା ପାଇଁ।

ଆହୁତି ସତରେ ଆଶାନ୍ୱିତା ହୋଇ ପଡ଼ିଥିଲା, ଏକଥା ଶୁଣିଲେ ଅନିମା କେଡ଼େ ଖୁସି ନହେବ। ତା'ର ମନେ ହେଉଥିଲା, ଅନିମା ଓ ପ୍ରକାଶଙ୍କର ଦୀର୍ଘ ଦଶବର୍ଷର ପ୍ରାର୍ଥନାକୁ ଭଗବାନ ଏବେ ଶୁଣିଛନ୍ତି। ଏଣୁ ଆହୁତି ଓ ରାଜୀବ ତ ଏଠାକୁ ବଦଳି ହୋଇ ଆସିଛନ୍ତି, ସାଥେ ସାଥେ ଶୀତାଂଶୁ ଭାଇନା ବି।

କିନ୍ତୁ ଏ ଏସ୍.କେ. ମିଶ୍ର ଭାଇନା କିଏ ? କୋଉ ଲେଖାରେ ସେ ଭାଇନା ହେବେ ?

ଦୁଇଦିନ ପରେ ସାନୁ ପୁଣି ଆପଣା ଅଫିସ କାମରେ ଆସିଥିବାବେଳେ ରାଜୀବ ଦେଇଥିବା ଠିକଣାରେ ଘର ଖୋଜି ଆସି ପହଞ୍ଚିଲା। ଏଣୁତେଣୁ କଥା ପରେ ଆହୁତି କହିଲା- 'ଆଚ୍ଛା ସାନୁ, ତୁ ଜାଣୁ, ଏସ୍.କେ. ଭାଇନା', - ତା' କଥାକୁ କାଟି ସାନୁ କହିଲା, 'ହଁ ପରା। ସେ କଥା ତ ମୁଁ ହିଁ ରାଜୀବ ଭାଇନାଙ୍କୁ କହିଥିଲି।

'ନା, ନା, ମୁଁ ସେକଥା କହୁନି। ମୁଁ ପଚାରୁଛି, ସେ କେମିତି ଆମର ଭାଇନା ହୁଅନ୍ତି ? ତାଙ୍କର ପୂରା ନାଆଁଟା କ'ଣ ?'

'ଓ ! ହଁ, ଶୀତାଂଶୁ କୁମାର। ପ୍ରମିଳା ପିଇସୀଙ୍କ ନାଆଁ ଶୁଣିଛ ? ନନାଙ୍କର ମାମୁଁଝିଅ ଭଉଣୀ। ତାଙ୍କରି ପୁଅ ଏ ଶୀତାଂଶୁ ଭାଇନା। ତୁମେ କେବେ ତାଙ୍କୁ ଦେଖିନା କି ?'

'ଆଚ୍ଛା, ଏ ତେବେ ପ୍ରମିଳା ପିଇସୀଙ୍କ ପୁଅ ! ହେଲା, ଏବେ ବୁଝିଲି। ସେଇ ପିଲାଦିନେ ଯାହାଦେଖା ହୋଇଥିଲା। ବଡ଼ ହେବା ପରେ ମୁଁ ଆଉ କାହିଁ କେଉଁ ଦିନୁ ତାଙ୍କୁ ଦେଖିନି। ବୋଧହୁଏ କୋଡ଼ିଏ ବର୍ଷ ହେଲାଣି। କିନ୍ତୁ ତୁ ତାଙ୍କୁ କେମିତି ଏତେ ଭଲ ଭାବରେ ଜାଣିଛୁ ?'

'ସମ୍ବଲପୁରରେ ନନା ଥିଲାବେଳେ ଶୀତାଂଶୁ ଭାଇନା ବି ସେଇଠି ଥିଲେ। ଏଣୁ ତାଙ୍କ ପରିବାର ସହ ଦେଖା ସାକ୍ଷାତ ଓ ପରିଚୟ ମଧ୍ୟ ହେଇଥିଲା।'

'ଆଚ୍ଛା, ସେ କେମିତିକା ଲୋକ ?'

ସାନୁର ମୁହଁରେ ଏକ ପ୍ରଶ୍ନବାଚୀ ଝଟକୁଥିବା ଦେଖି ଆହୁତି ତାକୁ ଅନିମା ବିଷୟରେ ସବୁକଥା ବୁଝାଇ କହିଲା।

ସବୁ ଶୁଣିସାରି ସାନୁ କହିଲା- 'ସେ ଆଶା ଛାଡ଼ିଦିଅ। ମୋତେ କାହିଁକି ଲାଗୁନି, ଯେ ତୁମର କିଛି କାମରେ ଲାଗିବେ। ନିହାତୀ ଗର୍ବୀ, ଅହଙ୍କାରୀ ଲୋକ। କାହା ସହିତ ବିଶେଷ କଥାବାର୍ତ୍ତା କରନ୍ତି ନାହିଁ। ବନ୍ଧୁବାନ୍ଧବ ତ ଦୂରର କଥା ଆପଣା ଭାଇଭଉଣୀଙ୍କୁ ସୁଦ୍ଧା ସାହାଯ୍ୟ କରିବାକୁ ନାରାଜ। ଦ୍ୱିତୀୟ କଥା ଠନ୍... ଠନ୍...', ସର୍ବପରିଚିତ, ସର୍ବପ୍ରଚଳିତ ଏକ ଇଙ୍ଗିତରେ ହାତର ବିଷି ଆଙ୍ଗୁଠି କବଳରୁ ବୁଢ଼ା ଆଙ୍ଗୁଠିକୁ ଲାଗଲାଗ୍ ଦୁଇଥର ମୁକ୍ତ କରି ଫୁଟ୍‌କିଟିଏ ମାରି ସେ ପୁଣି କହିଲା, 'ଏଇଟା ନପଡ଼ିଲେ, ସେ କିଛି ହିଁ କରିବେ ନାହିଁ।' କହିସାରି ସାନୁ ଯିବା ପାଇଁ ଠିଆହେଲା

'ଆଚ୍ଛା, ବୟସ କେତେ ହେବ ତାଙ୍କର ?'

'ଏଇ ପଇଁଚାଳିଶରୁ ଅଠଚାଳିଶ ଭିତରେ।'

ତା'ପରେ କିଛି ଏଣୁତେଣୁ କଥାବାର୍ତ୍ତା ପରେ ସାନୁ ଚାଲିଗଲା।

ଆହୁତି ଚିନ୍ତିତ ହୋଇପଡ଼ିଲା। ଏକେ ତ ନନାଙ୍କ ମାମୁଁଝିଅ ଭଉଣୀଙ୍କ ପୁଅ। ମାନେ ଏକଦା ଆହୁତିର ଜେଜେମା ଓ ଶୀତାଂଶୁ ଭାଇନାଙ୍କ ଅଜା ନୁହେଁ ଏକା ମା'ପେଟର ଭାଇ ଭଉଣୀ ଥିଲେ ସତ, କିନ୍ତୁ ଆଜି ତୃତୀୟ ପୀଢ଼ିର ଲୋକ ଭାବରେ ଆହୁତି ଓ ଶୀତାଂଶୁ ପରସ୍ପରକୁ କେବେ ଦେଖିଛନ୍ତି କି ନା ସନ୍ଦେହ। ପୁଣି ସାନୁ କ'ଣ

କହିଲାଣି, ଗର୍ବୀ...ଅହଙ୍କାରୀ... ସେଥିରେ ପୁଣି ପଇସାଖୋର୍ ଯେ... ନିଜ ଭାଇଭଉଣୀଙ୍କୁ ସୁଦ୍ଧା ସାହାଯ୍ୟ କରିବାକୁ ନାରାଜ। ସେ ପୁଣି କ'ଣ ନିଜ ଅଜାଙ୍କର ଭଉଣୀଙ୍କର ନାତୁଣୀକୁ ସାହାଯ୍ୟ କରିବ?

ଅନିମାର ଚିନ୍ତିତ କରୁଣ ମୁହଁଟା ତା' ଆଖି ଆଗରେ ନାଚି ଉଠିଲା।

ନା, ସେ ଥରେ ତାଙ୍କୁ ଯାଇ ଦେଖା କରିବ ନିଶ୍ଚୟ। ଦେଖାଯାଉ, ଫଳାଫଳ କ'ଣ ହେଉଛି।

ଆଉ ସାନୁ ତ କହୁଥିଲା, ଭାଉଜ ଓ ପିଲାପିଲିଙ୍କ ପଢ଼ାପଢ଼ି ପାଇଁ ଏବେ ଏଠାକୁ ସେମାନଙ୍କୁ ସେ ଆଣୁନାହାନ୍ତି। ତେଣୁ ଘରକୁ ଯାଇ ଲାଭ କ'ଣ? ବରଂ ଅଫିସ୍‌ରେ ହିଁ ଯାଇ ଦେଖା କରିବ।

ଭଗବାନ ରାସ୍ତାଟିଏ ପକାଇଲେଣି ଯେତେବେଳେ, ବାଟ ବି କଢ଼ାଇ ନେବେ ନିଶ୍ଚୟ।

ରାଜୀବଙ୍କୁ ଏ ସବୁ କଥା କହିବାରୁ ସେ କହିଲେ- 'ହେଉ ଯାଅ, କିନ୍ତୁ ମୁଁ ତୁମ ସାଙ୍ଗରେ ଯିବିନାହିଁ। ଯେ ତୁମ ଭାଇ-ଭଉଣୀଙ୍କ ମାମଲା। ପ୍ରଥମ ଦେଖାଦେଖି ହେଉଛ, ସେ ଯଦି ତୁମକୁ ଚିହ୍ନିବା ପାଇଁ ଆଗ୍ରହ ନ ଦେଖାଇବେ, ମୋତେ ଭାରି ଖରାପ ଲାଗିବ। ଏଣୁ ତୁମେ ଏକା ଯାଅ।'

ସେୟା ହେଲା।

ଶୀତାଂଶୁ ଭାଇନାଙ୍କ ସଙ୍ଗେ କ'ଣ କଥାହେବ, ମୋଟାମୋଟି ତା'ର ଏକ ଆବୃତ୍ତି ମନେମନେ କରିସାରି ରିକ୍ସାଟିଏ ନେଇ ଆହୁତି ଯାଇ ସିଧା ଏ.ଡି.ଏମ୍‌ଙ୍କ ଅଫିସ କୋଠା ଆଗରେ ଠିଆହେଲା।

କୋଉ ବ୍ରିଟିଶ୍ ଅମଳର ପୁରୁଣା କୋଠା, ଅନେକ କୋଠରୀ, ଲମ୍ବା ଲମ୍ବା ବାରଣ୍ଡା, କୋଉଠି କ'ଣ ଅଛି ଜଣାପଡୁନାହିଁ। ଲୋକ ଯିବାଆସିବା ଗହଳି ଲାଗିଛି।

ଘବରେଇ ଗଲା ଆହୁତି। ନା, ରାଜୀବଙ୍କୁ ସାଙ୍ଗରେ ଆଣିଥିଲେ ଭଲ ହୋଇଥାନ୍ତା। ଅଫିସ ଭିତରକୁ ନଗଲେ ନାହିଁ, ଅଫିସ୍‌ଟା ତ ସେ ଦେଖାଇ ଦେଇଥାନ୍ତେ।

ଭାରି ରାଗ ମାଡ଼ିଲା ତାକୁ ରାଜୀବଙ୍କ ଉପରେ। ଦୁନିଆଁ ଲୋକଙ୍କ କାମରେ ବୁଲୁଥିବେ, ଅଥଚ ମୋର ଗୋଟାଏ କିଛି କଲାବେଳକୁ ବାହାନା...

ଫେରିଯିବ କି ତା'ହେଲେ? ଆଉ ଦିନେ ରାଜୀବଙ୍କୁ ନେଇ ଆସିବ।

'କାହାକୁ ଖୋଜୁଛନ୍ତି କି ଆଜ୍ଞା?'

ପଛକୁ ବୁଲି ଆହୁତି ଦେଖିଲା, ଜଣେ ଭଦ୍ରଲୋକ ତାକୁ ହିଁ ଉଦ୍ଦେଶ୍ୟ କରି ପଚାରୁଛନ୍ତି। ଏଠାକାର କେହି କର୍ମଚାରୀ ବୋଧହୁଏ।

'ଏ.ଡି.ଏମ୍ ଏସ୍.କେ ମିଶ୍ରଙ୍କ ଅଫିସଟା କେଉଁଠି କହିପାରିବେ?' ଆହୁତି ଏପରି ଏକ ସୁଯୋଗ ଛାଡ଼ିବାକୁ ପ୍ରସ୍ତୁତ ନଥିଲା।

'ଏଇ ବାରଣ୍ଡାରୁ ଓହ୍ଲାଇ ବାଁ ପଟର ସେ ରାସ୍ତାଟା ଦେଇ ପଛପଟକୁ ଚାଲିଯାଆନ୍ତୁ। ଏଇ ଏକା ଛାତକୁ ଲାଗି ଆଉ ଗୋଟିଏ ବଡ଼ ଘର ସେଠି ରହିଛି। ସେଇଠି ଦେଖିବେ ସାଇନ୍‌ବୋର୍ଡ ଲାଗିଛି...

ତାଙ୍କୁ କୃତଜ୍ଞତା ଜଣାଇ ସେ ଦର୍ଶାଇଥିବା ରାସ୍ତାରେ ଯାଇ 'ଏ.ଡି.ଏମ୍ ଅଫିସ' ବୋଲି ଲେଖାଥିବା ଘର ସାମ୍‌ନାରେ ଠିଆ ହେଲା ଆହୁତି। ସାମ୍‌ନାରେ ପର୍ଦ୍ଦା ଝୁଲୁଥିବା ଆଉ ଏକ ଦ୍ୱାର ଉପରର ନାମ ଫଳକରେ ଲେଖାଅଛି: ଏସ୍.କେ. ମିଶ୍ର।

ନିଶ୍ଚିତ ହୋଇ ଅଫିସ ଭିତରକୁ ପଶି ସେଠାରେ ଥିବା କର୍ମଚାରୀଙ୍କୁ ନିଜ ପରିଚୟ ଦେଇ ସେ ଏ.ଡି.ଏମ୍‌ଙ୍କୁ ଦେଖାକରିବାକୁ ଆସିଛି ବୋଲି ଜଣାଇଲା। ସେ ସଙ୍ଗେ ସଙ୍ଗେ ଖଣ୍ଡିଏ କାଗଜ ଦେଇ ସେଥିରେ ତା'ର ନାଆଁ ଓ ଠିକଣା ଲେଖିବାକୁ କହିଲେ। ବ୍ୟାଗ୍ ଖୋଲି ଆପଣା ଭିଜିଟିଂ କାର୍ଡଟି କାଢ଼ି ସେଥିରୁ ପୁରୁଣା କଲେଜର ନାଆଁ କାଟି ବର୍ତ୍ତମାନର କଲେଜର ନାଆଁ ଲେଖି କାର୍ଡଟି ବଢ଼ାଇ ଦେଲା ଆହୁତି।

ତାକୁ ବସିବାକୁ ନିର୍ଦ୍ଦେଶ ଦେଇ ସେ କର୍ମଚାରୀ ଜଣକ ଚପରାଶି ହାତରେ କାର୍ଡଟି ଭିତରକୁ ପଠାଇ ଦେଲେ।

ଅଳ୍ପ ସମୟ ପରେ ଚପରାଶି ଆସି ତାକୁ ଭିତରକୁ ଯିବାକୁ ସଙ୍କେତ ଦେଲା।

ସାଧାରଣ ସାଜସଜ୍ଜାର କୋଠରୀଟି ଭିତରେ ପଶିବା ମାତ୍ରେ ଆହୁତିର ନଜର ଯାହା ଉପରେ ପଡ଼ିଲା, ସେ ନିଜ ଗାମ୍ଭୀର୍ଯ୍ୟ ଓ ସୁଗଠିତ ଚେହେରା ନେଇ ଆପଣା ଆସନର ଗୁରୁ ଦାୟିତ୍ୱକୁ ବେଶ ସାର୍ଥକତାର ସହ ତୁଳାଇ ପାରୁଥିବା ସମର୍ଥ ବ୍ୟକ୍ତିଟିଏ ପରି ଦେଖାଯାଉଥିଲେ।

ଆହୁତି ତାଙ୍କୁ ନମସ୍କାର ଜଣାଇବା ମାତ୍ରେ ଅତି ପରିଚିତ ପରି ସୁନ୍ଦର ମିଠାହସଟିଏ ହସି ଆଗ୍ରହର ସହିତ ସେ କହିଲେ, 'ଆସନ୍ତୁ, ଆସନ୍ତୁ, ପ୍ଲିଜ୍... ବସନ୍ତୁ।'

ସେ ହସରେ ଏପରି ଏକ ଅକପଟ ଆନ୍ତରିକତା ରହିଥିଲା, ଯାହା ଆହୁତି ମନରୁ ପ୍ରଥମ ପରିଚୟର ସ୍ୱାଭାବିକ ସଂକୋଚ ଓ ଦ୍ୱିଧାକୁ ଦୂର କରିଦେଲା।

ଧନ୍ୟବାଦଟିଏ ଜଣାଇ ଚଉକିରେ ବସି ଏଥର ସେ ସିଧାସଳଖ ତାଙ୍କୁ

ଅନାଇଲା- ପ୍ରାୟ ପଇଁଚାଳିଶ ଛୟାଳିଶ ବର୍ଷ ବୟସର ସୁନ୍ଦର ସୁଦୃଢ଼ ଓ ଉଜ୍ଜ୍ୱଳ ଚେହେରା ନେଇ ସେ ତା' ଆଗରେ ବସିଥିଲେ। ଆହୁତିକୁ ମନେହେଲା, ଏପରି ଏକ ସୌମ୍ୟକାନ୍ତ ବ୍ୟକ୍ତିତ୍ୱ ଯେଉଁ କୋଠରୀର ଅଧିକାରୀ, ସେ କୋଠରୀ ପାଇଁ ଆଉ କୌଣସି କୃତ୍ରିମ ସାଜସଜ୍ଜାର ଆବଶ୍ୟକତା ନାହିଁ। ଏକ ଗମ୍ଭୀର ଅଥଚ ଆଶ୍ୱାସନାଭରା ପରିବେଶ ତାଙ୍କ ଚାରିପଟେ ଘେରି ରହିଥିଲା।

ଏଣୁ ତାଙ୍କ ଉପସ୍ଥିତି ଆହୁତିକୁ ଏକ ଅପରିଚିତର ନିରାଶା ଓ ନିବୃତ୍ତି ବଦଳରେ ସାହସ ଓ ଭରସା ହିଁ ଦେଉଥିଲା।

ଆହୁତିକୁ ନୀରବ ହୋଇ ବସିଥିବା ଦେଖି ହାତରେ ଧରିଥିବା ତା'ର ଭିଜିଟିଂ କାର୍ଡ ଉପରୁ ନଜର ଫେରାଇ ତାକୁ ଟେବୁଲ୍‌ରେ ରଖୁ ରଖୁ କୋମଳ ଭାବରେ ସେ ପଚାରିଲେ- 'କୁହନ୍ତୁ... ମୁଁ ଆପଣଙ୍କୁ କ'ଣ ସାହାଯ୍ୟ କରିପାରିବି ?'

ହୁଏତ ତାଙ୍କର ଏ କଥା ତାଙ୍କ ନିତିଦିନିଆ ଓ ସମସ୍ତଙ୍କୁ କହୁଥିବା ସ୍ୱାଭାବିକ ଉକ୍ତି ହିଁ ଥିଲା, କିନ୍ତୁ ସେଥିରେ ଥିବା ଉତ୍ସାହ ଓ ଆତ୍ମୀୟତା ଆହୁତିକୁ ତାଙ୍କର ଆଉ ଟିକିଏ ନିକଟତମ କରାଇଦେଲା। ଟେବୁଲ ଉପରେ ଥିବା ଭିଜିଟିଂ କାର୍ଡକୁ ନିର୍ଦ୍ଦେଶ କରି ସେ ନମ୍ରଭାବରେ କହିଲା- ମୁଁ ଆହୁତି ଆଚାର୍ଯ୍ୟ। ସ୍ଥାନୀୟ କୁନ୍ତଳା କୁମାରୀ ମହିଳା ମହାବିଦ୍ୟାଳୟରେ ଅଧ୍ୟାପିକା। ସମ୍ପର୍କରେ ଆପଣଙ୍କର ଭଉଣୀ ହେବି। ଏଣୁ ମୋତେ ଆପଣ ବୋଲି ନକହି 'ତୁ' ବୋଲି କହିପାରନ୍ତି।'

ଟେବୁଲ ଉପରର ପେପର୍ ୱେଟ୍‌ଟିକୁ ହାତରେ ଘୂରାଇବା ବନ୍ଦ କରି ସେ ଥରଟିଏ ଆହୁତିକୁ ଅନାଇଲେ। ତା'ପରେ ସ୍ମିତହସି ସମ୍ମତିସୂଚକ ମୁଣ୍ଡ ହଲାଇ ପୁଣି ପେପର୍ ୱେଟ୍ ଆଡ଼େ ନଜର ଫେରାଇ ତାକୁ ଘୂରାଇବାରେ ଲାଗିଲେ।

ଅଜବ ଲୋକ !!

ଆହୁତି ଆଶ୍ଚର୍ଯ୍ୟ ହେଲା, ପ୍ରତିଦିନ ୟାଙ୍କରି ଦପ୍ତରକୁ ଜଣେ ନା ଜଣେ ଭଉଣୀ ଆସି ଆପଣା ପରିଚୟ ଏମିତି ଦେଇ ଦେଖାକରି ଯାଏ ନା କ'ଣ ?

କମ୍ ସେ କମ୍ ଏତିକି ତ' ପଚାରି ପାରିଥାନ୍ତେ- 'ଭଉଣୀ ?'

ତାହେଲେ ସେ ନିଜର ପାରିବାରିକ ପରିଚୟର, ସଂପର୍କର ପରବର୍ତ୍ତୀ ସଂଳାପ ଇତ୍ୟାଦିକୁ କହିଥାନ୍ତା, ଯାହାକୁ ସେ ବାଟସାରା ଆବୃତ୍ତି କରି କରି ଆସୁଥିଲା। କିନ୍ତୁ ସେ ତ ପଦଟିଏ ସୁଦ୍ଧା ପଚାରିଲେ ନାହିଁ।

ତାହେଲେ ବର୍ତ୍ତମାନ ସେ କଥାଟା ଆରମ୍ଭ କରିବ କୋଉଠୁ ??

ସାନୁ କଥା ବୋଧହୁଏ ସତ। ୟେ ନିଜ ଭାଇଭଉଣୀଙ୍କୁ ବି ସାହାଯ୍ୟ କରିବାକୁ

ପ୍ରସ୍ତୁତ ନୁହନ୍ତି। ଏଣୁ ଭଉଣୀ ବୋଲି ପରିଚୟ ଦେଇ ବୋଧହୁଏ ଭୁଲ୍‌ହେଲା। ଯାହା ମନେ ହେଉଛି, ସେ ଦୂରେଇ ରହିବାକୁ ଚେଷ୍ଟା କରୁଛନ୍ତି।

ଆହୁତିକୁ ପୁଣି ଚୁପ୍ ହୋଇ ବସିବା ଦେଖି ସେ ସେଇ ସୌମ୍ୟ ହସଟିଏ ହସି କହିଲେ- 'କହିଲେ ନାହିଁ ତ କ'ଣ କାମ ଅଛି ?'

କ'ଣ କହିବ, ସେ କଥା ସ୍ଥିର କରିବା ଆଗରୁ ଏହି ପ୍ରଶ୍ନଟି ଆସି ଆଗରେ ଠିଆ ହୋଇଯିବାରୁ ଆହୁତି ହଠାତ୍ କହି ପକାଇଲା, 'ଭଉଣୀର ଅଧିକାର ନେଇ ଆପଣଙ୍କୁ ଏକ ଅନୁରୋଧ କରିବାକୁ ମୁଁ ଆସିଛି।'

କହିଦେଲା କିନ୍ତୁ ମୁହଁଟା ନାଲି ପଡ଼ିଗଲା ଆହୁତିର। ଛି, ସେ ଯେତେବେଳେ ଭଉଣୀ ସ୍ୱୀକାର କରିବାକୁ ନାରାଜ, କ'ଣ ଦରକାର ଥିଲା, ଏମିତି ଉପରେ ପଡ଼ି ଯାଚି ହେବାପାଇଁ ? ତା'ର ସ୍ୱାଭିମାନ ତାକୁ ଧିକ୍‌କାର କରିବାକୁ ଲାଗିଲା।

ତାଙ୍କ ହାତରେ ଘୂରୁଥିବା ପେପର୍ ୱେଟ୍‌ଟି ସ୍ଥିର ହୋଇଗଲା। ତା'ଉପରୁ ନଜର ଉଠାଇ ଏଥର ସେ ସିଧାସଳଖ ଆହୁତି ମୁହଁକୁ ଚାହିଁଲେ। କିନ୍ତୁ ଏକ ସ୍ୱାଭାବିକ ଅକୃତ୍ରିମ ହସ ତାଙ୍କ ମୁହଁରେ ଚହଟି ଆସିଲା। ଧୀର ସ୍ୱରରେ ସେ କହିଲେ - 'ନିଃସଙ୍କୋଚରେ କହନ୍ତୁ।'

'କହିଲି ନା 'ତୁ' କହି...'

... ଆହୁତି... ଆହୁତି... ଷ୍ଟୁପିଡ୍। ନିଜ ଜିଭ ଉପରେ କାବୁ ରଖ। ଭାଇ ହୋଇ ଯିଏ ଅପରିଚିତର ଅଭିନୟ କରୁଛି, କ'ଣ ଦରକାର ତାକୁ ଏମିତି ଜବରଦସ୍ତି କରିବା।

ଓଃ, ଭଲ ହେଇଛି, ରାଜୀବ ଆସିନାହାନ୍ତି। ନହେଲେ କେତେ ଲାଜ ମାଡ଼ି ନଥାନ୍ତା ତାଙ୍କ ଆଗରେ! ଜୀବନସାରା ଉଘେଇଥାନ୍ତେ।

ସେଇ ଆଗର କର୍ମଚାରୀ ଜଣକ ଥାକେ ଫାଇଲ୍ ନେଇ ଭିତରକୁ ପଶି ଆସିବାରୁ ସେ ଆହୂତିକୁ ଚାହିଁ କହିଲେ- 'ପ୍ଲିଜ୍, ଏକ୍ସକ୍ୟୁଜ୍ ମି।' ଫାଇଲଗୁଡ଼ିକରେ ଦସ୍ତଖତ କରିସାରି ନିମ୍ନ ସ୍ୱରରେ ତାଙ୍କୁ କ'ଣ ନିର୍ଦ୍ଦେଶ ଦେଲେ। ଫାଇଲ୍ ନେଇ ସେ ଚାଲିଯିବା ପରେ ଆପଣା କଲମଟିକୁ ଯଥାସ୍ଥାନରେ ରଖୁ ରଖୁ ଆହୁତିକୁ ଚାହିଁ କହିଲେ: 'ସରି ଫର୍ ଦ ଇଣ୍ଟରପ୍‌ଶନ୍। ହଁ, ଏଥର ଶୁଣେ ଅନୁରୋଧଟା କ'ଣ ?'

ଆହୁତି ଲକ୍ଷ୍ୟ କଲା ଏ ବାକ୍ୟଟି ତୁ, ତୁମେ, ଆପଣ ଆଦି ସର୍ବନାମ ବର୍ଜିତ। ଏତେ ରାଗରେ ବି ତାକୁ ହସ ମାଡ଼ିଲା। ତା' ସହିତ ଅନିମାର ମୁହଁଟା ବି ଆଖି ଆଗରେ ନାଚି ଉଠିଲା।

ନିଜକୁ ସଜାଡ଼ି ନେଇ ନିଜ ଆସିବାର ଉଦ୍ଦେଶ୍ୟ ଯଥାସମ୍ଭବ ସଂକ୍ଷିପ୍ତ ଓ ନମ୍ର ଭାବରେ ସେ ଜଣାଇଲା। ଭଗବାନ କରନ୍ତୁ, କାମଟା ହୋଇଯାଉ, କ'ଣ ମିଳିବ ସେ ସମ୍ପର୍କରୁ।

ଆହୁତି ଲକ୍ଷ୍ୟ କଲା, ସେ ଜଣେ ଉତ୍ତମ ଶ୍ରୋତା। ତା' କଥା ଶୁଣିବା ବେଳେ ଧୀରେ ଧୀରେ ହସ ତାଙ୍କର ଲିଭି ଲିଭି ଆସିଲା। ମୁହଁ ପ୍ରଥମେ ଗମ୍ଭୀର ଓ ଆସ୍ତେ ଆସ୍ତେ କଠୋର ହୋଇଗଲା, ପେପର୍ ୱେଟ୍‌କୁ ଧରି ହାତରେ ଘୂରାଇବା ବନ୍ଦ ହୋଇଗଲା। ହାତ ଦୁଇଟି ପରସ୍ପର ଛନ୍ଦାଛନ୍ଦି ହୋଇ ଟେବୁଲ୍ ଉପରେ ସ୍ଥିର ହୋଇ ରହିଲେ ଏବଂ ଶେଷରେ ତାଙ୍କ ଦୃଷ୍ଟି ନିମ୍ନମୁଖୀ ଆହୁତିର କଥା କହୁଥିବା ମୁହଁ ଉପରକୁ ଫେରିଆସି ସେଇଠି ହିଁ ଅଟକିଗଲା। ମୁଣ୍ଡ ଗୋଟିଏ ପଟର କାନ୍ଧ ଆଡ଼କୁ ସାମାନ୍ୟ ଢଳିଗଲା। ଭ୍ରୂଲତା କୁଞ୍ଚିତ ହେଲା।

ଏବେ ଆହୁତିକୁ ଏ ମୁହଁଟି ଆଉ କୌଣସି ଶୀତାଂଶୁ ଭାଇନାଙ୍କ ମୁହଁ ପରି ଦିଶୁନଥିଲା। ଏ ତ ଜଣେ ଦକ୍ଷ ଅଭିଜ୍ଞ କର୍ତ୍ତବ୍ୟନିଷ୍ଠ କଠୋର ଅତିରିକ୍ତ ଜିଲ୍ଲାଧୀଶଙ୍କ ମୁହଁ।

ନା କାହାର ଭାଇ, ନା କାହାର ଆଉ କିଛି।

ସେ ଖୁସି ହେଲା ଏୟା ଭାବି ଯେ ଯାହାହେଉ, ଭାବପ୍ରବଣ ହୋଇ ଅଭିମାନରେ ସେ ତାଙ୍କୁ କିଛି ଏଣୁତେଣୁ କହିପକାଇ ନାହିଁ।

ଗଭୀର ମନୋଯୋଗ ସହକାରେ ସେ ଆହୂତିଠାରୁ ସବୁ କଥା ଶୁଣିଲେ। ଦରକାରୀ ଗୋଟିଏ ଦୁଇଟି କଥା ପଚାରିଲେ ମଧ୍ୟ।

ସବୁ ଶୁଣିସାରି ସେ ଗମ୍ଭୀର ହୋଇ କହିଲେ: 'ମୁଁ କଥା ଦେଉଛି, ଆଇନସମ୍ମତ ଭାବରେ ନ୍ୟାୟତଃ ଯାହା କହିବା କଥା, ତାହା ମୁଁ ନିଶ୍ଚୟ କରିବି। କଲେଜର ନାଆଁଟା ତ ଟିପି ରଖିଲି। ଗୋଟିଏ ଚିଠି ପଠାଇ ଏ ବିଷୟରେ କୌଣସି ସ୍ପଷ୍ଟୀକରଣ ମାଗିବା ପାଇଁ ମୋତେ କିନ୍ତୁ ସମସ୍ତ ସରକାରୀ ବିଜ୍ଞପ୍ତିର ନକଲ କିମ୍ବା ଚିଠି ନମ୍ବର ଇତ୍ୟାଦି ଦରକାର।'

'ତାହେଲେ, ଏସବୁ ନେଇ ମୁଁ କାଲି ଆସିବି।' କଳାମେଘ ଭିତରୁ ସୂର୍ଯ୍ୟ ଚମକି ଆସିବା ପରି ଆହୁତି ମୁହଁରେ ହସ ଉକୁଟି ଉଠିଲା। ସେ ବି ଅଧିକାରୀର ଗାମ୍ଭୀର୍ଯ୍ୟ ଭିତରୁ ଧୀରେ ଧୀରେ ପୂର୍ବ ସୌମ୍ୟ ରୂପକୁ ଫେରି ଆସୁଥିଲେ। ସେଇ ପରିଚିତ ମଧୁର ହସ ହସି କହିଲେ, 'ନା, ନା, ଆଗାମୀ ତିନିଦିନ ଭୁବନେଶ୍ୱରରେ ଗୋଟିଏ ମିଟିଂ ଅଛି। ତା' ପରଦିନ ରବିବାର। ସୋମବାର ଦିନ ଆସିଲେ ଭଲ ହେବ।'

ପୁଣି ସେଇ ସର୍ବନାମ ବର୍ଜିତ ବାକ୍ୟ!!

ଧନ୍ୟବାଦ ଜଣାଇ ଉଠିବା ପାଇଁ ଠିକ୍ ବାହାରିବା ବେଳକୁ ଚପରାଶି ଟ୍ରେରେ ଆଣି କିଛି ମିଠା ଓ ଦୁଇଟା କୋକାକୋଲା ଟେବୁଲ୍ ଉପରେ ରଖିଲା।

ତାକୁ ଦେଖି ଆଶ୍ଚର୍ଯ୍ୟ ହୋଇ ସାମାନ୍ୟ ଅପ୍ରତିଭ ସ୍ୱରରେ ଆପତ୍ତି ଜଣାଇ ଆହୂତି କହିଲା... 'ଆରେ, ଏ ସବୁ? ଅଯଥାରେ କାହିଁକି...'

'ପ୍ରଥମ କରି ଭାଇ ପାଖକୁ ଆସିଥିବା ଭଉଣୀକୁ କିଛି ନ ଖୁଆଇ ଫେରାଇ ଦେବି କେମିତି?'

ସ୍ତବ୍ଧ ହୋଇ ତାଙ୍କ ମୁହଁକୁ ଚାହିଁଲା ଆହୂତି। ପାଟିରୁ ତା'ର କଥା ବାହାରିଲା ନାହିଁ। ଶୀତାଂଶୁ ଭାଇନା ତେବେ ଏତେବେଳଯାଏ ବାହାନା କରୁଥିଲେ। ବୋଧହୁଏ ତାଙ୍କର ସନ୍ଦେହ ହୋଇଥିଲା, କାଳେ ଆହୁତି କିଛି ଆଇନ ବିରୁଦ୍ଧ ଅନ୍ୟାୟ ଅନୁରୋଧ ନେଇ ଆସିଥିବ।

ଏତେବେଳଯାଏ ତାଙ୍କ ବ୍ୟକ୍ତିତ୍ୱକୁ ସନ୍ଦେହ କରି ତାଙ୍କୁ ମନେ ମନେ ଗାଳି ଦେଉଥିବାରୁ ତାକୁ ନିଜ ପାଖରେ ଛୋଟ ଲାଗିଲା। ଏଇ ସାନୁ ଲାଗି ସିନା ସେ ଏମିତି ଭାବିବାକୁ ବାଧ୍ୟ ହୋଇଥିଲା।

କ'ଣ କ'ଣ ସବୁ ତାଙ୍କ ନାଆଁରେ ଏ ସାନୁ କହି ନଥିଲା!

ମୁହଁ ଖୋଲି ସେ କେବଳ ଧୀର ସ୍ୱରରେ ମୁଣ୍ଡପୋତି କହିଲା, 'ଆପଣ ତ ମୋତେ ଡରାଇ ଦେଲେ। ମୁଁ ଭାବିଲି ଆପଣ ମୋତେ ଚିହ୍ନିବାକୁ ନାରାଜ।'

ସେ ହସିଲେ। ସେଇ ଅକପଟ, ଆଶ୍ୱାସନାର ମଧୁର ହସ। କହିଲେ, 'ଭାଇମାନେ ଭଉଣୀମାନଙ୍କୁ ଠିକ୍ ଚିହ୍ନିଥାନ୍ତି। ଭଉଣୀମାନେ ହିଁ କୌଣସି ଅପରିଚିତ ଚେହେରା ଭିତରୁ ସବୁବେଳେ ଗୁଣ୍ଡା, ବଦମାସ୍ ରୂପଟିଏ ହିଁ ଦେଖନ୍ତି, ଭାଇକୁ ଚିହ୍ନିପାରନ୍ତି ନାହିଁ।'

ଲଜ୍ଜିତ ହୋଇ ପଡ଼ିଲା ଆହୁତି। ତଥାପି ପ୍ରତିବାଦ କରି କହିଲା, 'ନା, ନା, ମୋଟେ ନୁହଁ, କମ୍ ସେ କମ୍ ଆପଣଙ୍କୁ ତ କେହି ସେମିତି ଭାବି ପାରିବେ ନାହିଁ। ଆପଣ ତ ମୋତେ ଗୋଟାକଯାକ ମୋର ଭାଇନା ପରି ହିଁ ଦିଶୁଛନ୍ତି। ସେଇ ପିଲାଦିନର ଶୀତାଂଶୁ ଭାଇନା।'

ସେ କ'ଣ କହି ଆସୁଥିଲେ, ଚୁପ୍ ହୋଇଗଲେ।

ଆହୁତି ପୁଣି କହିଲା, 'ମୋତେ ଚିହ୍ନିଲେ ତ? ମୁଁ ପ୍ରତାପେଶ୍ୱର ମିଶ୍ରଙ୍କ ଝିଅ। ଆପଣଙ୍କ ବୋଉ ମୋର ପିଉସୀ ପ୍ରମିଳା ପିଇସୀ। ମାନେ ସରଳ ଭାବେ ବୁଝାଇ କହିଲେ, ମୋ ଜେଜେମା' ଆପଣଙ୍କ ଅଜାଙ୍କର ସାନଭଉଣୀ ଥିଲେ।'

ସେ ବୋଧହୁଏ କ'ଣ କହିଥାନ୍ତେ, ତାଙ୍କ ମୁହଁରେ ସୁନ୍ଦର ହସଟିଏ ଚହଟି ଆସୁଥିଲା, ଫୋନ୍ କ୍ରିଂ କ୍ରିଂ ହୋଇ ବାଜିଉଠିଲା। ସେଇ କର୍ମଚାରୀ ଜଣକ ପୁଣି କିଛି କାଗଜପତ୍ର ନେଇ ପଶିଆସିଲେ।

ଆହୁତି ବୁଝିଲା, ତାଙ୍କର ଯଥେଷ୍ଟ ମୂଲ୍ୟବାନ ସମୟ ସେ ଖର୍ଚ୍ଚ କରିସାରିଛି। ଆଉ ଅଧିକ ସମୟ ରହି ତାଙ୍କ କାମରେ ବାଧା ଦେବା ଉଚିତ ହେବ ନାହିଁ।

ଖାଲି କୋକାକୋଲା ବୋତଲଟିକୁ ଟେବୁଲ୍ ଉପରେ ରଖି, ଠିଆ ହେବାକୁ ବସିଛି, ମନେପଡ଼ିଲା ସେ ତ ପଚାରିପାରିଲା ନାହିଁ, କଲେଜଟି କାହା ଅଧୀନରେ ଅଛି। କହିଲା: 'ଆଚ୍ଛା ଭାଇନା, ଆପଣତ କାହିଁ କହିଲେ ନାହିଁ ତ ସେ କଲେଜଟା ଆପଣଙ୍କ ଅଧୀନରେ ଅଛି କି ନାହିଁ?'

ସେଇ ସୌମ୍ୟ ହସର ଆଭା ଖେଳାଇ ଫାଇଲ ଉପରେ ଦସ୍ତଖତ କରୁକରୁ ସେ କହିଲେ- 'ନିରାଶ କରିବାକୁ ଚାହିଁ ନଥିଲି। ତେବେ, ସେ ଥାଉ କି ନଥାଉ କାଗଜପତ୍ର ଯଦି ଠିକ୍ ଅଛି, କଲେଜ ଯୋଉଠି ଥିଲେ ବି ମୋ ଭଉଣୀ ପାଇଁ ମୁଁ ଏ କାମଟି ନିଶ୍ଚୟ କରିଦେବି।'

ଆଉ କ'ଣ ଅଧିକା ଆଶା କରିଥାନ୍ତା ଆହୁତି?

କୃତଜ୍ଞତାରେ ମନଟା ପୂରି ଉଠିଲା ତା'ର। ତା' ନିଜ ଭାଇ ବି ଯଦି ଏଇଠି ଏଇ ଆସନରେ ବସିଥାଆନ୍ତେ, ଏହାଠାରୁ ଅଧିକା ଆଉ କ'ଣ କରିଥା'ନ୍ତେ?

ଗଭୀର ଶ୍ରଦ୍ଧା, ଆନ୍ତରିକ କୃତଜ୍ଞତା ଜଣାଇ ଫେରିଆସିବା ପାଇଁ ହାତ ଯୋଡ଼ି ଉଠି ଠିଆହେଲା 'ମୁଁ ତେବେ ସେ କାଗଜ ସବୁ ନେଇ ସୋମବାର ଦିନ ଆସିବି।'

ଫାଇଲ୍‌ଗୁଡ଼ିକରେ ଦସ୍ତଖତ ସାରି ସେ ଆହୁତିକୁ ଚାହିଁ କହିଲେ, 'ଆଚ୍ଛା, ମୁଁ ତ ଜାଣିପାରିଲି ନାହିଁ, ଆମ ଜ୍ୱାଇଁବାବୁ କ'ଣ କରନ୍ତି?'

ନବବଧୂଟିଏ ପରି ସଲ୍ଲଜ ହସ ହସି ତଳକୁ ଚାହିଁ ଆହୁତି କହିଲା- 'ସେ ମଧ୍ୟ ଅଧ୍ୟାପକ। ରୀଡର୍ ହେଲେଣି ଫକୀର ମୋହନରେ।'

'ଆଚ୍ଛା? ଖୁବ୍ ଭଲ। ମୁଁ ତେବେ ସୋମବାର ଦିନ ଜ୍ୱାଇଁବାବୁଙ୍କର ବି ଅପେକ୍ଷା କରୁଛି। ଆଉ ହଁ, ସେ ଭଦ୍ରଲୋକ, ସେ ଅଧ୍ୟାପକଙ୍କର ମଧ୍ୟ ଆସିବା ଆବଶ୍ୟକ।'

ସମ୍ମତି ଜଣାଇ ହସିହସି ନମସ୍କାରଟିଏ କରି ଫେରିଆସିଲା ଆହୁତି। ରାସ୍ତାସାରା ତାକୁ ଲାଗୁଥିଲା, ଶୀତାଂଶୁ ଭାଇନା ସତେ ଯେପରି ତା'ର ହଜିଯାଇଥିବା ପିଲାଦିନକୁ ଆଣି ଆଉ ଥରେ ତା' ହାତରେ ଧରାଇ ଦେଇଛନ୍ତି।

ଆଉ ଥରେ ସେ ସେଇ ଅଲିଅଳି କୁନି ଝିଅଟିଏ ପାଲଟିଯାଇଛି।

ଘରେ ପହଞ୍ଚିବା ମାତ୍ରେ ଖବରକାଗଜରୁ ମୁହଁ ହଟାଇ ସାନୁ ପଚାରିଲା- 'ଏତେବେଳ ଯାଏ କୁଆଡ଼େ ଯାଇଥିଲ, ମୁଁ କେତେବେଳୁ ଅପେକ୍ଷା କରି ବସିଛି।

ଗଦ୍‌ଗଦ୍ ହୋଇ ଶୀତାଂଶୁଙ୍କ ସହ ନିଜ ସାକ୍ଷାତକାରର ଏକ ସଂକ୍ଷିପ୍ତ ବିବରଣୀ ଦେଇସାରି ଆହୁତି ତାକୁ ତୀକ୍ଷ୍ଣ ସ୍ୱରରେ ଧମକାଇଲା, 'କିରେ, ମୋତେ କେମିତି କହିଦେଲୁ, ସେ ନିହାତି ବାଜେ ଲୋକ ବୋଲି ? ମୋ ଜୀବନରେ ଏପରି ଦକ୍ଷ, ଏପରି ଭଦ୍ର ଅଫିସର ମୁଁ କେବେ ଦେଖିନାହିଁ। କଥାରେ କାମରେ ଏତେ ମାର୍ଜିତ !'

ଅପ୍ରସ୍ତୁତ ହୋଇ ସାନୁ କହିଲା, 'ନାନୀ, ଶୀତାଂଶୁ ଭାଇନାଙ୍କ ବିଷୟରେ ମୁଁ ଯାହା କହିଲି, ସେ କଥା ତାଙ୍କୁ ଜାଣିଥିବା ଯେକୌଣସି ଲୋକ ଦୋହରାଇବ। ତୁମେ ଯାହାକୁ ପଚାରୁଛ ପଚାର। କିନ୍ତୁ କଥା ହେଲା, ସେଥିରୁ ଆମକୁ କ'ଣ ମିଳିବ ? ତୁମେ ଯଦି ନିଶ୍ଚିତ ଯେ ସେ ତୁମ କାମଟା କରିଦେବେ, ତେବେ ତ ଜାଣିବ ତୁମେ ବଡ଼ ପାରିବାର। ଯିଏ ତାଙ୍କପରି ଲୋକ ହାତରେ ବି କାମ କରାଇ ପାରିଛି। କିନ୍ତୁ ମୋତେ ତ ଏ କଥାଟା ଗଡ଼ବଡ଼ ହିଁ ଲାଗୁଛି।

'ଗଡ଼ବଡ଼ ଆଉ କେଉଁଠି ?' ଚିନ୍ତିତ ହୋଇ ଆହୁତି ପଚାରିଲା।

'ସେଇ ଟଙ୍କା ପଇସା ନେଇ। କାମ ସେ କରିବେ; କିନ୍ତୁ ବିନା ପଇସାରେ ନୁହଁ, ନହେଲେ ରାଜୀବ ଭାଇଙ୍କୁ, ପ୍ରକାଶଙ୍କୁ ଆଣିବାକୁ କାହିଁକି କହିଥାନ୍ତେ ? ବିଶ୍ୱାସ କର, ଅବିକଳ ଏମିତି ଗୋଟିଏ ଅନୁଭୂତି ତାଙ୍କ ସହ ମୋର ହୋଇସାରିଛି। ସେ ପ୍ରକାଶଙ୍କର ପୂରା ଏରିଅର୍ ଟଙ୍କାଟା ନେବେ !'

ଆହୁତିର ମନ ବିଷର୍ଣ୍ଣ ହୋଇଉଠିଲା।

ଯେଉଁ ଆଡ଼େ ଦେଖ, ଖାଲି ଏଇ ଟଙ୍କା ପଇସା କାରବାର। କାହିଁ କୌଣସି ମହିଳା ଅଫିସର ତ ଏପରି କରିବା କେବେ ଶୁଣାଯାଇନାହିଁ। ପୁଣି ଚପରାଶୀଟିଏ କି କନେଷ୍ଟବଲ୍‌ଟେ ଦଶଟଙ୍କା ନେଲେ ଦଣ୍ଡ ପାଇବ, ଅଥଚ ଏମାନେ ସର୍ବସ୍ୱ ଲୁଟି ଖସିଯାଉଛନ୍ତି କିପରି ?

ଆହୁତିକୁ ଉଦାସ ହୋଇଯିବା ଦେଖି ସାନୁ ସାନ୍ତ୍ୱନା ଦେଇ କହିଲା, 'ହେଉ, ତୁମେ ଯାଅ, ଦେଖ କ'ଣ ହେଉଛି, ତୁମ ମନ ଭାଙ୍ଗିଦେବା ମୋର ଉଦ୍ଦେଶ୍ୟ ନୁହଁ। କେବଳ ସତର୍କ କରାଇ ଦେବା କଥା। ଏତିକି ଜାଣିଥିଲେ ତୁମେ ସେତେବେଳେ ଆଶ୍ଚର୍ଯ୍ୟ ଚକିତ ହେବ ନାହିଁ।'

ରାଜୀବ ଆସିବା ପରେ ତାଙ୍କୁ ଏକଥା କହିବାରୁ ସେ କହିଲେ, 'ସେ କହିଛନ୍ତି

ଯେତେବେଳେ, ପ୍ରକାଶଙ୍କୁ ନେଇ ଯାଅ, ଥରେ ଯାଇ ଦେଖ କ'ଣ ହେଉଛି; କିନ୍ତୁ ମୋତେ ଆଉ ଏ ଭିତରେ ପୂରାଅ ନାହିଁ।'

ସେଦିନ ସନ୍ଧ୍ୟାରେ ହିଁ ଘରକୁ ଅନିମା ଓ ପ୍ରକାଶ ବୁଲିବାକୁ ଆସିଲେ।

ପ୍ରକାଶ ସବୁ ଶୁଣି କହିଲେ, 'ଆପଣ ଏତେ ଚିନ୍ତା କରୁଛନ୍ତି କାହିଁକି ? ଯାହାନେବେ ନିଅନ୍ତୁ, ଆପଣଙ୍କ ଭାଇ ତ ନେବେ, ମୋତେ ଦୁଃଖ ହେବ ନାହିଁ। କିନ୍ତୁ ମୋତେ ଦଶବର୍ଷର ଇନ୍‌କ୍ରିମେଣ୍ଟ ସହ ନ୍ୟାଯ୍ୟ ହାରରେ ଦରମାଟା ନିୟମିତ ମିଳୁ। ଏତକ ସେ କରିଦେଲେ ମୋ ପାଇଁ ଯଥେଷ୍ଟ।'

ଅନିମା ବି ପ୍ରକାଶଙ୍କୁ ସମର୍ଥନ କଲା।

ମୁଣ୍ଡ ଉଠାଇ ସେମାନଙ୍କୁ ଚାହିଁଲା ଆହୁତି।

ତାକୁ ରାଜୀବ ଏକଲୟରେ ଅନାଇ ରହିଛନ୍ତି।

ଏମିତି କିଛି ଦେବାକୁ ମନାକରି ଦେବା ଫଳରେ ଆହୁତିର ଏକ ଛୁଟି ଅନୁମୋଦନ ପାଇବା ପାଇଁ ଡି.ପି.ଆଇ ଅଫିସରେ ଦୁଇବର୍ଷ ହେଲା ମୁହଁ ମାଡ଼ି ପଡ଼ିରହିଛି।

ସ୍ୱାଧୀନତା ସଂଗ୍ରାମ ସରିବା ସଙ୍ଗେ ସଙ୍ଗେ ସବୁ ସଂଗ୍ରାମୀ ମଧ୍ୟ ମରିଗଲେ ବୋଧହୁଏ। କେବଳ ସ୍ୱାଧୀନତା ପାଇଁ ହିଁ ଯେମିତି ସଂଗ୍ରାମ କରିବାର ଥିଲା। ତା'ପରେ ସଂଗ୍ରାମ କରିବା ପାଇଁ ବିଷୟବସ୍ତୁ ଆଉ କିଛି ହିଁ ନାହିଁ ?

ଆଉ ବିନା ଯନ୍ତ୍ରଣାରେ କୋଉଠି କୋଉ ସଂଗ୍ରାମ ସଫଳ ହେଲାଣି ?

ଶୀତାଂଶୁ ଭାଇନାଙ୍କ ମୁହଁଟା ଆହୁତି ଆଖିରେ ଭାସି ଉଠିଲା।

ଏପରି ସୁନ୍ଦର ଚେହେରା, ଏତେ ମାର୍ଜିତ ବ୍ୟବହାର। ନା, ସେ କଦାପି ଏପରି ହୋଇନଥିବେ। ସେ ଯେମିତି କହିଛନ୍ତି, ସେମିତି କରିବେ ମଧ୍ୟ।

ସୋମବାର ଦିନ ଛୁଟୀ ନେଲା ଆହୁତି।

ପ୍ରକାଶ ଏଠାକୁ ଆସିଲେ, ଦୁହେଁ ମିଶିକରି ଯିବାର କଥା ଥିଲା। ତେଣୁ ସେ ଆସିବା ଆଗରୁ ତରତର ହୋଇ ରାନ୍ଧୁଥିଲା ସେ, ଫେରିବା ବେଳକୁ ଡେରି ହୋଇଯାଇପାରେ।

କଲିଂ କ୍ୟାସେଟ୍ ମଧୁର ମୂର୍ଚ୍ଛନା ତୋଳି ବାଜିଉଠିଲା, କବାଟ ଖୋଲି ଦେଖିଲା ସାନୁ।

'ନାନୀ, ତୁମ ପାଇଁ ମୁଁ ଗୋଟିଏ ଖରାପ ସମ୍ବାଦ ଆଣିଛି', ସେ କହିଲା।

'କ'ଣ ହେଲା ?'

‘କାଲି ମୁଁ ଶୀତାଂଶୁ ଭାଇନାଙ୍କ ଘରକୁ ଯାଇଥିଲି।’

‘କ’ଣ ଭୁବନେଶ୍ୱରରେ ? ନା ଏଇଠି ?’

‘ଭୁବନେଶ୍ୱରରେ ମ।’

‘ହଁ, କହିଲୁ କି ତାଙ୍କ ସାଙ୍ଗରେ ମୋର ଦେଖା ହେବା କଥା...’

‘ନା, ନା ଜାଣିଶୁଣି ମୁଁ ସେ କଥା ଉଠାଇଲି ନାହିଁ। ମୁଁ ଯେ ତୁମକୁ ଆସି ଏଇଠି ଦେଖା କରିଯାଉଛି, ତା’ବି ତାଙ୍କୁ ଜଣାଇନି। ମୁଁ ଖାଲି ଏଣୁତେଣୁ ପଚାରୁଥିଲି। ଏଇ ବାଲେଶ୍ୱର କେମିତି ଲାଗୁଛି ଇତ୍ୟାଦି।’

‘ଆଉ ଖରାପ ଖବର କ’ଣ ?’

‘ଶୁଣ୍ କହୁଛି। ତା’ପରେ ଏମିତି ପ୍ରକାଶ ଥିବା କଲେଜ ନାଆଁଟା ଉଠେଇ ସେ କଲେଜରେ ମୋର ଜଣେ ବନ୍ଧୁର ଭଉଣୀ ଅଧ୍ୟାପିକା ହେବାକୁ ଚାହୁଁଛନ୍ତି, ଏଣୁ ସେ କ’ଣ ସାହାଯ୍ୟ କରିପାରିବେ କି ବୋଲି ପଚାରିଲି।’

‘ହଁ, କ’ଣ କହିଲେ ?’

‘ସେ କହିଲେ, ସେ କିଛି କରିପାରିବେ ନାହିଁ। କାରଣ କଲେଜ ଖୋଦ୍ କଲେକ୍ଟରଙ୍କ ଅଧୀନରେ। ଏଣୁ ଏ କଲେଜରେ ତାଙ୍କର କିଛି କରିବାର ନାହିଁ। ଏୟା ବି କହିଲେ, ‘ଆଉ ଜଣେ ବି କିଏ ଏମିତି ପଚାରୁଥିଲା, ମୁଁ ନ ବୁଝି ହଁ’ କରିଦେଇଥିଲି। କିନ୍ତୁ ତାକୁ ବି ଏବେ ମନା କରିବାକୁ ପଡ଼ିବ।’ ମୁଁ ବୁଝିପାରିଲି, ସେ ତୁମ କଥା ହିଁ କହୁଛନ୍ତି।’

ଆହୁତି ଥକ୍‌କା ହୋଇ ବସିପଡ଼ିଲା।

ଆଉ କେମିତି ସେଦିନ ସେ କହିଦେଲେ, *‘କୋଉଠି ଥିଲେ ବି ନିଶ୍ଚୟ ଏ କାମଟା କରିଦେବି।’*

କ’ଣ କରିବ, ଏବେ ଏ କଥା କେମିତି ଅନିମାକୁ ଜଣାଇବ ଆହୁତି ଏକଥା ଭାବୁଛି, ପ୍ରକାଶ ଆସି ପହଞ୍ଚିଗଲେ। ସବୁ ଶୁଣି ସେ ପ୍ରାୟ ଭାଙ୍ଗିପଡ଼ିଲେ: ‘ଟଙ୍କା ପଛକେ ନେଇଥାଆନ୍ତେ, ମୋ କାମଟା ତ ହୋଇଯାଇଥାନ୍ତା, ଏତେ ଖରାପ ଭାଗ୍ୟ ଯେ, ଯେଉଁ ଡାଳ ଧରୁଛି, ସେ ଡାଳ ଭାଙ୍ଗି ପଡୁଛି।’ ବିଷର୍ଣ୍ଣ କଣ୍ଠରେ କହି ସେ ମୁଣ୍ଡରେ ହାତ ଦେଇ ସୋଫା ଉପରେ ବସିପଡ଼ିଲେ।

ତାଙ୍କ ଆଡ଼କୁ ଥରେ ଚାହିଁ ସାନୁ କହିଲା, ‘ନାନୀ, ତୁମେ ଯାଅ, ଥରେ ଦେଖାକର। ସେ ନିଜେ ମନା କରନ୍ତୁ। ମୋ ଠାରୁ ଶୁଣି ତୁମ ଯିବା କାହିଁକି ବନ୍ଦ ହେବ। କେଜାଣି...

ଏମାନଙ୍କୁ ଦେଖିବା ମାତ୍ରେ ଅଫିସ୍ ର ସେ କର୍ମଚାରୀ ଜଣକ କହିଲେ, 'ଏଇ ବର୍ତ୍ତମାନ ସାର୍ ଜିଲ୍ଲାପାଳଙ୍କ ସହ ଚାନ୍ଦିପୁର ଚାଲିଗଲେ। ଆସନ୍ତାକାଲି ସେଠାକୁ କେତେଜଣ ବିଦେଶୀ ପର୍ଯ୍ୟବେକ୍ଷକ ଆସୁଛନ୍ତି। ଏଣୁ ସାର୍ କହିଯାଇଛନ୍ତି, ଆପଣ ସବୁ କାଗଜପତ୍ରର ନକଲ ମୋ ଜିମା ଦେଇଯାଆନ୍ତୁ। ଆଉ ଗୋଟିଏ ଆବେଦନ ମଧ୍ୟ ଲେଖି ଦେଇଥାଆନ୍ତୁ।'

ଟିକିଏ ରହି ଆହୂତିକୁ ଚାହିଁ ସେ ପୁଣି କହିଲେ, 'ସାର୍ ବିଶେଷକରି ଆପଣଙ୍କୁ କହିଦେବା ପାଇଁ କହିଛନ୍ତି ସେ, ଆପଣଙ୍କୁ ଡକାଇ ଆଣି ନିଜେ ରହିପାରି ନଥିବାରୁ ସେ ବହୁତ ଦୁଃଖିତ।'

ଏହି ପଦଟିର କଥାରେ ଆହୂତିର ହୃଦୟରୁ ସବୁ କାଳିମା ଧୋଇ ହୋଇ ଆନନ୍ଦର ସୂର୍ଯ୍ୟାଲୋକ ଝଲସି ଉଠିଲା। 'ଆରେ, ନା, ନା, ସେ କ'ଣ ପିକ୍‌ନିକ୍ କରିବାକୁ ଯାଇଛନ୍ତି କି ? ପୂରା ଦେଶର କେତେବଡ଼ ଗୁରୁଦାୟିତ୍ୱ ଏବେ ତାଙ୍କ କାନ୍ଧରେ ଲଦା ହୋଇଛି। ବରଂ ମୋ ତରଫରୁ ଏତିକି ଜଣାଇଦେବ ଯେ ଏମିତି କାର୍ଯ୍ୟବ୍ୟସ୍ତତା ଭିତରେ ମୁଁ ଯାହା ଆଉ ଗୋଟାଏ ବୋଝ ଆଣି ଲଦିଦେଇଛି।' ଆହୂତି ଗଦ୍‌ଗଦ ହୋଇ କହିପକାଇଲା, ଶୀତାଂଶୁଙ୍କର ଯେଉଁ ବ୍ୟକ୍ତିତ୍ୱକୁ ସେ ସେଦିନ ଦେଖିଥିଲା, ଏ ଆୟୋଜନ ତାଙ୍କରି ଦ୍ୱାରା ହିଁ ସମ୍ଭବ, ସେ ବୁଝି ପାରୁଥିଲା।

'ଆଛା, ଆମେ ତେବେ ପୁଣି କେବେ ଆସିବୁ ?' ଆବେଦନ ପତ୍ରଟିକୁ କର୍ମଚାରୀ ଜଣକୁ ଧରାଇ ଦେଇ ପ୍ରକାଶ ପଚାରିଲେ।

'ଏବେ ତ ଭି.ଆଇ.ପି.ମାନେ ସେଇଠି କାଲି ପହଞ୍ଚିଥିଲେ ମଧ୍ୟ କେତେ ଦିନ ରହିବେ, ଜଣାଯାଇନାହିଁ। ଏ ପ୍ରୋଗ୍ରାମ ସକାଳେ ଫ୍ୟାକ୍ସରେ ଆସିଲା। ତେଣୁ ଭଲ ହେବ, ଆପଣ ପ୍ରାୟ ଦି'ସପ୍ତାହ ପରେ ଆସନ୍ତୁ। ଯଦି ଆପଣଙ୍କର ଫୋନ୍ ଥାଏ, ମୋତେ ନମ୍ବରଟା ଦେଇଥାନ୍ତୁ, ଯଦି ସାର୍ ଚାହିଁବେ, ଏ ଭିତରେ ମଧ୍ୟ ଫୋନ୍ କରି ଡକାଇ ପାରନ୍ତି।'

ଆହୂତି ସେମାନଙ୍କ ଭଡ଼ାଘରର ତଳମହଲାରେ ରହୁଥିବା ଘରମାଲିକଙ୍କ ଫୋନ୍ ନମ୍ବରଟା ଦେଲା।

ଦୁଇଦିନ ପରେ ରାଜୀବ କିଛି ଗୋଟାଏ କାମରେ ପ୍ରକାଶ ପାଖକୁ ଯାଇ ଦେଖିଲେ, ଗୋଡ଼ରେ ଗୋଟାଏ ପ୍ଲାଷ୍ଟର ବାନ୍ଧି ପ୍ରକାଶ ବସିଛନ୍ତି।

'ଯେ କେମିତି ହେଲା ? କ'ଣ ଜୋର୍ ମାଡ଼ ହୋଇଛି ?' ରାଜୀବ ବ୍ୟସ୍ତ ହୋଇ ପଚାରିଲା।

'ନାଇଁ, ଗୋଡ଼ ଖସିଗଲା, ମାତ୍ର ସାମାନ୍ୟ; କିନ୍ତୁ ଦୁଇସପ୍ତାହ ପରେ ପ୍ଲାଷ୍ଟର ଖୋଲିବା ପାଇଁ ଡାକ୍ତର ପରାମର୍ଶ ଦେଇଛନ୍ତି। କିଛି ତ ବୋଝ ନଥିଲା, ଏ ନଳିତା ବିଡ଼ା ବାକି ଥିଲା।'

ତାଙ୍କୁ ସାନ୍ତ୍ୱନା ଦେଇ ଫେରିଆସିଲେ ରାଜୀବ।

ପ୍ରାୟ ପନ୍ଦର ଦିନ ପରେ କଲେଜରୁ ଫେରି ରାଜୀବ ଓ ଆହୂତି ଚା' ପିଉଛନ୍ତି, ସାନୁ ଆସି ପହଞ୍ଚିଗଲା। ତା' ହାତକୁ କପେ ଚା' ବଢ଼ାଇ ଦେଇ ଆହୂତି ପଚାରିଲା, 'କିରେ ଦେଖା ନଥିଲା ?'

'ଟୁର୍‌ରେ ଚାଲି ଯାଇଥିଲି।'

ଏଣୁତେଣୁ ଦୁଇ ଚାରିଟା କଥା ପରେ ସାନୁ ପଚାରିଲା, 'ଆଉ ତୁମର ସେ କଥା କ'ଣ ହେଲା ? ଶୀତାଂଶୁ ଭାଇନା କଲେ ସେ କାମଟା ?'

'କାହିଁ, କିଏ ଆଉ ଯାଇଛି ତାଙ୍କ ପାଖକୁ ? ପ୍ରକାଶ ତ ଗୋଡ଼ ଭାଙ୍ଗି ବସିଥିଲେ ଯେ, ଆଜି ବୋଧେ କଲେଜ ଯାଇଥିବେ। ଯାହା ଥରେ ଫୋନ୍ କରିଥିଲି ଭାଇନାଙ୍କ ପାଖକୁ ଯେ ସେ ନଥିଲେ।'

'ସେ ସେମିତି କରିବେ। ପ୍ରଥମେ କିଛିଦିନ ଏମିତି ପକାଇ ରଖି ତୁମମାନଙ୍କୁ ଦଉଡ଼ାଇବେ। ତା'ପରେ ମନା କରିଦେବେ କିମ୍ବା...'

ଆହୂତିର ମୁହଁ ଶୁଖିଯିବା ଦେଖି ରାଜୀବ କହିଲେ, 'ଆଚ୍ଛା, ତୁମେ ଭାଇଭଉଣୀ ଦୁହେଁ ଯାଉନା, ଏଇ ଏବେ ତାଙ୍କ ଘର ଆଡ଼େ ଟିକିଏ ବୁଲି ଦେଇଆସିବ।'

ଉତ୍ସାହିତ ହୋଇ ଆହୂତି କହିଲା, 'କିରେ ? ଯିବା ?'

ସାନୁ ଟିକିଏ କୁଣ୍ଠିତ ହେଲା, କହିଲା- 'ସେମିତି ହେଲେ ମୁଁ ଆଜି ଆଉ ଫେରିପାରିବି ନାହିଁ। ମୋର କେତେଟା ଜରୁରୀ କାମ...

'ଥାଉ, ତୋର ଜରୁରୀ କାମ, ଯେ ବି ଜରୁରୀ। ଆଜିକ ରହିଯିବୁ ଏଇଠି। ତାଙ୍କ ବଙ୍ଗଳାଟା ଦେଖିଛୁ ?' ଆହୂତି କହିଲା।

'ହଁ...' ସାନୁ ଆଉକିଛି କହିବା ପୂର୍ବରୁ ଘର ଭିତରକୁ ପଶି ଆସିଲା ଅନିମା।

ହଠାତ୍ ଅନିମାକୁ ଦେଖି ଠିଆ ହୋଇ ପଡ଼ିଲା ଆହୂତି- 'ଅନିମା !!'

ଆହୂତିକୁ କୁଣ୍ଢାଇ ପକାଇ ଝରଝର ହୋଇ କାନ୍ଦିବାରେ ଲାଗିଲା ଅନିମା।

'ଆରେ କ'ଣ ହେଲା, କ'ଣ ହେଲା, ପ୍ରକାଶ, ପ୍ରକାଶ କାହିଁ ?' ରାଜୀବ ବ୍ୟସ୍ତ ହୋଇପଡ଼ିଲେ ତାକୁ ଏମିତି କାନ୍ଦିବାର ଦେଖି। ହସି ହସି ଘର ଭିତରକୁ ପଶି ଆସିଲେ ପ୍ରକାଶ। ଅନିମାକୁ କାନ୍ଦୁଥିବା ଦେଖି ଆହୂତିକୁ କୃତଜ୍ଞ ଆଖିରେ ଅନାଇ

ବାଷ୍ପାକୁଳ କଣ୍ଠରେ ସେ କହିଲେ, 'ଆମକୁ ଉଦ୍ଧାରିବା ପାଇଁ ଆପଣମାନେ ଏଠାକୁ ବଦଳି ହୋଇ ଆସିଲେ।'

'କଥା କ'ଣ? ରାଜୀବ ବ୍ୟଗ୍ର ହୋଇ ପଚାରିଲେ।

'ଦେଖନ୍ତୁ' କହି ଦୁଇଟି ଚିଠି ରାଜୀବଙ୍କ ହାତକୁ ବଢ଼ାଇ ଦେଲେ ପ୍ରକାଶ।

ପ୍ରକାଶର କଲେଜ ପ୍ରିନ୍ସିପାଲ୍‌ଙ୍କ ଅଫିସ ସିଲ୍ ଓ ଦସ୍ତଖତ ଚିଠି ଦୁଇଟିରେ ଥିଲା।

ଗୋଟିକରେ ପ୍ରକାଶର ଦରମା ନ୍ୟାଯ୍ୟ ହାରରେ ଲାଗୁହୋଇ ବର୍ତ୍ତମାନ ପର୍ଯ୍ୟନ୍ତ ସମସ୍ତ ବକେୟା ସହ ନିୟମିତ ହେବାର ଘୋଷଣା ଓ ଅନ୍ୟଟି ସମସ୍ତ ବକେୟା ଟଙ୍କାର ହିସାବ ସହ ଏକ ମୋଟା ଅଙ୍କର ଟଙ୍କା ପ୍ରକାଶକୁ ଦେବାର ଅଙ୍ଗୀକାରନାମା।

ଆଶ୍ଚର୍ଯ୍ୟ ହୋଇ ରାଜୀବ ଓ ଆହୂତି ପରସ୍ପରକୁ ଅନାଇ ରହିଲେ। ସେମାନଙ୍କର ମୁହଁରୁ ଏଇ ବିମୂଢ଼ ଅବସ୍ଥା ଲକ୍ଷ୍ୟକରି ସାନୁ ଉଠିଆସି ସେମାନଙ୍କ ହାତରୁ ଚିଠି ଦୁଇଟି ନେଇଗଲା ଓ ପଢ଼ି ସେ ବି ବିସ୍ମୟରେ ଅନାଇ ରହିଲା।

ସତେ ଅବା ବିସ୍ମୟର ଏଇ ବର୍ଦ୍ଧିଷ୍ଣୁ ବୃକ୍ଷରେ ତଥାପି ଫୁଲ ଫୁଟିବା ବାକି ଥିଲା।

ପ୍ରକାଶ ଚୁପ୍‌ଚାପ୍ ଆପଣା ପକେଟ୍‌ରୁ ଚେକ୍‌ଟିଏ ବାହାର କରି ଟିପୟ୍ ଉପରେ ରଖିଲେ। ରାଜୀବ, ଆହୂତି ଓ ସାନୁ ଝୁଙ୍କିପଡ଼ି ଦେଖିଲେ ଅଙ୍ଗୀକାରନାମାରେ ଘୋଷିତ ହୋଇଥିବା ସମସ୍ତ ଟଙ୍କାର ପରିମାଣକୁ ଚେକ୍‌ଟି ମଧ୍ୟ ପୁନରାବୃତ୍ତି କରୁଥିଲା ମାତ୍ର, ପଇସାଟିଏ ଏପଟ ସେପଟ ନ ହୋଇ।

ବିସ୍ମୟର ବୃକ୍ଷ ଯେ ସହସା ସହସ୍ର ଫୁଲରେ ମଣ୍ଡି ହୋଇଗଲା, ସେମାନଙ୍କ ଆଖିର ଝରକା ଦେଇ ତାହା ପରିଷ୍କାର ଦେଖି ହେଉଥିଲା।

ଆଉ ତାକୁ ଉପଭୋଗ କରିବା ପାଇଁ କିଛିଟା ନୀରବତା ଯଦି ଦରକାର ଥିଲା, ସେତକ ମଧ୍ୟ ପରିବେଶରେ ଖେଳାଇ ହୋଇଗଲା।

କିଛିକ୍ଷଣ ପରେ ଗର୍ବିତ ମଥା ଟେକି ଆହୂତି ଚାହିଁଲା ସାନୁକୁ। ସବୁଠାରୁ ହତଚକିତ ହୋଇ ସେ ହିଁ ବସିଥିଲା।

ସେମାନଙ୍କୁ ଅନାଇ ରାଜୀବ କହିଲେ- 'ଯାଅ ବର୍ତ୍ତମାନ ତୁମେ ଦୁହେଁ ଯାଅ, ଭାଇନାଙ୍କୁ କୃତଜ୍ଞତା ଜଣାଇ ଆସ।'

'ତୁମେ ବି ଚାଲ'- ଆହୂତି ଅଳି କଲା।

'ନା, ନା, ମୁଁ ଆଉ ଦିନେ ଯିବି। ଏ କାହାଣୀର ଆରମ୍ଭରେ ମୁଁ ଯଦି ନଥିଲି,

ଶେଷରେ ବି ରହିବା ଉଚିତ ନୁହଁ। ହେଲା ତ, ଏମିତି ଯିବା ଆସିବା ଲାଗି ରହିବ ଏଥର। ଆଜି କେବଳ ତୁମ ଭାଇ-ଭଉଣୀମାନଙ୍କର ଗୋଟାଏ ଦେଖାସାକ୍ଷାତ ହେଉ।'

'ପ୍ରକାଶ ତୁମେ ?' ଆହୂତି ପଚାରିଲା।

'ଆରେ, କହିଲି ପରା। ଆଜି ଆଉ କେହି ଯିବୁନାହିଁ। ତୁମେ ଦୁହେଁ କେବଳ ଯାଅ। ବରଂ ପ୍ରକାଶ କାଲି ଯାଇ ଅଫିସରେ ଭାଇନାଙ୍କୁ ଦେଖାକରି କୃତଜ୍ଞତା ଜଣାଇ ଆସିବେ।' ରାଜୀବ କହିଲେ।

ସମସ୍ତେ ରାଜୀବଙ୍କୁ ସମର୍ଥନ କଲେ।

ସେୟା ହିଁ ହେଲା। ବାଟରେ ଏକ ସୁନ୍ଦର 'ଥ୍ୟାଙ୍କ ୟୁ' କାର୍ଡ ସହ କିଛି ଫୁଲ ଆଣି ବ୍ୟାଗ୍‌ରେ ଯତ୍ନର ସହ ରଖିଲା ଆହୂତି।

ସନ୍ଧ୍ୟା ନଇଁ ସାରିଥିଲା।

ବିରାଟ ବଙ୍ଗଳା ଚାରିଆଡ଼େ ଜଙ୍ଗଲ ପରି ପରିବେଶ। ବଡ଼ ବଡ଼ ଗଛ ଯୋଗୁ ବିଜୁଳି ଆଲୋକ ଥିବା ସତ୍ତ୍ୱେ କିପରି ଏକ ଅନ୍ଧକାରର ଆବରଣ ବାତାବରଣକୁ ଘେରାଇ ରଖିଛି।

ଦୁହେଁ ଗେଟ୍ ଖୋଲି ଭିତରକୁ ଗୁଡ଼ାଏ ବାଟ ଗଲାପରେ ବଙ୍ଗଳାର ଗ୍ରିଲ୍ କବାଟ ସାମ୍ନାରେ ଠିଆହେଲେ। କଲିଂବେଲ୍ ବାଜିବା ମାତ୍ରେ ଭୁକି ଭୁକି ଦୁଇଟା ପୁମେରିଆନ୍ ଦଉଡ଼ି ଆସିଲେ। ଆଉ ଥରେ ବେଲ୍ ମାରିବା ପରେ ଚାକର ଜଣେ ଆସି ପହଞ୍ଚିଲା।

'ଭାଇନା ଅଛନ୍ତି ?' ସାନୁ ପଚାରିଲା। ସେ ଭ୍ରୁକୁଞ୍ଚିତ କରି ଏମାନଙ୍କୁ ଚାହିଁଲା।

ସାନୁ ତାକୁ କହିଲା, 'କ'ଣ ଏମିତି ଚାହିଁଛ ? ଯାଅ, କହିବ ଭୁବନେଶ୍ୱରରୁ ତାଙ୍କର ବନ୍ଧୁବାନ୍ଧବ କେହି ଆସିଛନ୍ତି ?'

ଅଗତ୍ୟା କବାଟ ଖୋଲି ଏମାନଙ୍କୁ ଭିତରକୁ ନେଇ ସେ ଡ୍ରଇଂରୁମ୍‌ରେ ବସାଇଲା।

ପୁଣି ଅଧଘଣ୍ଟା ବିତିଗଲା। ଆହୂତି ବିରକ୍ତି ହୋଇ ସାନୁକୁ ଅନେଇଲା ବେଳକୁ ଦେଖିଲା ଗୋରା ହୋଇ ଲମ୍ବା ବ୍ୟକ୍ତି ଜଣେ ଡ୍ରଇଂରୁମ୍‌ରେ ପ୍ରବେଶ କରୁଛନ୍ତି। ବୟସ ତାଙ୍କର ସତଚାଳିଶ ଅଠଚାଳିଶ ପାଖାପାଖି ହେବ, କିନ୍ତୁ ଏମିତି ଆଗକୁ ଝୁଙ୍କି ହୋଇ ଚାଲୁଛନ୍ତି ସତେ ଯେପରି, ଗୁଡ଼ାଏ ବୟସ କିଏ ଜବରଦସ୍ତ ତାଙ୍କ ପିଠିରେ ଲଦି ଦେଇଛି।

ତାଙ୍କୁ ଦେଖିବା କ୍ଷଣି ସାନୁ ସଙ୍ଗେ ସଙ୍ଗେ ଠିଆ ହୋଇପଡ଼ି କହିଲା, 'ଭାଇନା, ନମସ୍କାର।'

'ନମସ୍କାର, ବସ୍'। କହି ନିଜେ ସୋଫା ଉପରେ ବସି ସେ ଆହୂତିକୁ ଚାହିଁଲେ।

ଆହୂତି ବିସ୍ମିତ ହୋଇ ତାଙ୍କୁ ଅନାଇ ସୌଜନ୍ୟ ଦୃଷ୍ଟିରୁ ନମସ୍କାର କଲା।

ସାନୁ କିଛିଟା ଅବାକ୍ ହୋଇ ଦୁହିଁଙ୍କ ଭାବଭଙ୍ଗୀ ଲକ୍ଷ୍ୟ କରୁଥିଲା। ଭଦ୍ରଲୋକଙ୍କର ପ୍ରଶ୍ନିଳ ଦୃଷ୍ଟି ଆହୂତି ଉପରୁ ଫେରି ଆସି ତା' ଉପରେ ପଡ଼ିବା କ୍ଷଣି ସାନୁ ନିଜକୁ ସମ୍ଭାଳି ନେଇ କହିଲା- 'ୟେ... ଆହୂତି ନାନୀ, ମୋ ଦଦେଇଙ୍କ ଝିଅ। ... ଆପଣ... ଜାଣିଛନ୍ତି ତ ୟାଙ୍କୁ, ଆଗରୁ ଆପଣଙ୍କର ଥରେ ଦେଖା ହୋଇଥିଲା ନା... ନାନୀଙ୍କ ସଙ୍ଗରେ? ସେ ଏଠା ମହିଳା କଲେଜରେ ଅଧ୍ୟାପିକା ଅଛନ୍ତି।'

ସାନୁ ଦେଖିଲା ତା'ର ଏ ବୟାନ ପରେ ଶୀତାଂଶୁ ଭାଇନାଙ୍କ ମୁହଁର କୁଞ୍ଚିତ ରେଖା ସବୁତ ସ୍ୱାଭାବିକ ହେଲା ନାହିଁ, ହଁ, ତାଙ୍କ ମୁହଁଟା ମଧ୍ୟ ଆଜିକାଲି ସବୁବେଳେ କୁଞ୍ଚିତ ହୋଇ ହିଁ ରହୁଛି, କିନ୍ତୁ... ଏ କ'ଣ? ଆହୂତି ନାନୀ ମଧ୍ୟ କାହିଁକି ଅବାକ୍ ହୋଇ ତାଙ୍କୁ ଏମିତି ଚାହିଁ ରହିଛନ୍ତି?

ଦୁହିଁଙ୍କୁ ନୀରବ ଦେଖି ବାଧ୍ୟ ହୋଇ ସେ ହିଁ ପୁଣି କିଛି କହିବାକୁ ଯାଉଛି। ଚାକର ଆସି କହିଲା, 'ଆଜ୍ଞା, ଫୋନ୍‌ରେ ଆପଣଙ୍କୁ ଭୁବନେଶ୍ୱରରୁ ମା' ଡାକୁଛନ୍ତି।'

'ଆସୁଛି' କହିଦେଇ ସେ ସଙ୍ଗେ ସଙ୍ଗେ ଉଠି ଚାଲିଗଲେ।

ତାଙ୍କ ଚେହେରା ଆଖିରୁ ଦୂର ହେବାମାତ୍ରେ ସାନୁ ଆହୂତିକୁ ଅଭିଯୋଗ କଲା, 'ଏମିତି କ'ଣ ତାଙ୍କୁ ଚାହିଁ ରହିଥିଲ? ଅଫିସରେ ଯାଇ ଦେଖାକରିଥିଲ ପରା?

ଆବାକାବା ହୋଇ ଆହୂତି ପଚାରିଲା- 'କିରେ, ଏ କିଏ?'

- 'ଆଛା ଲୋକ, ଏ ପରା ଶୀତାଂଶୁ ଭାଇନା, ଅଫିସ୍‌ରେ ଯାଇ କଥା ହୋଇ ଆସିଲ, ତୁମ କାମ ହେଲା, ଏବେ ପଚାରୁଛ, ଏ କିଏ?

- 'ସାନୁ, ଏ ଶୀତାଂଶୁ ଭାଇନା ନୁହନ୍ତି, ୟେ ଆଉ କିଏ?'

ସାନୁ ହସି ପକାଇଲା କହିଲା- 'କ'ଣ ମଜା କରୁଛ?'

ଆହୂତି ଚିଡ଼ିଯାଇ କହିଲା - 'ଆରେ? ଭାଇନା କ'ଣ ଥଟ୍ଟା ହେବେ ଯେ ମଜା କରିବି? ମୁଁ ଏମିତି କ'ଣ ମଣିଷ ଚିହ୍ନିପାରୁନି? ପୁଣି ଏମିତି ଦୁଇ ବିପରୀତ ପ୍ରକାର ମଣିଷଙ୍କୁ? ଲୋକ ଦେଖିଲେ ତାଙ୍କ ମୁହଁ ଝଟକି ଉଠେ, ୟାଙ୍କ ମୁହଁ ତ କ'ଣ ଲେମ୍ବୁ ଚିପୁଡ଼ିଲା ପରି ରହିଛି। ୟାଙ୍କୁ ଭାଇନା ବୋଲି ଭାବିବାକୁ ବି ଇଛା ହେଉନି। ୟେ କାହିଁକି ଶୀତାଂଶୁ ଭାଇନା ହେବେ ମ?'

ସାନୁ ହସି ହସି ଗଡ଼ିଗଲା। କ'ଣ କହିବାକୁ ସେ ଯାଉଛି, ଶୀତାଂଶୁ ଆସୁଥିବା

ଦେଖି ଚୁପ୍ ହୋଇଗଲା। ସେ ଆସି ସୋଫାରେ ବସିଲେ - 'ଆଉ ? କୁଆଡ଼େ ସବୁ ଆସିଲ ?'

ସାନୁ ଚଟ୍ କରି କହିଲା, 'ନାହିଁ, ଏଇବାଟେ ଯାଉଥିଲୁ ତ ଭାବିଲୁ ଥରେ ଦେଖାକରି ଚାଲିଯିବୁ। ଆପଣ ଆଉ ଭୁବନେଶ୍ୱର ଯାଇନାହାନ୍ତି ?'

'ନାହିଁ, ଏଇ ଦି' ସପ୍ତାହ ହେଲା ଏଇଠି ବିଭିନ୍ନ ଭି.ଆଇ.ପି.ଙ୍କ ଯିବାଆସିବା ଏମିତି ଲାଗି ରହିଲା ଯେ, କାହାରିକୁ ହେଲେ ଫୁରୁସତ୍ ନ ଥିଲା। ସେଇଥିପାଇଁ ତ ହେଇ ଭାଉଜ ଏବେ ଫୋନ୍ କରିଥିଲା, ତା' ଦେହ ଭଲ ନାହିଁ।' ରହି ରହି ମାନ୍ଦା ନିଦୁଆ ସ୍ୱରରେ ସେ ଜବାବ ଦେଲେ।

ତାପରେ ବ୍ୟସ୍ତତାର ଛଳନା କରି କହିଲେ - 'ସେଥିପାଇଁ ଏବେ ବାହାରିବି ଭାବୁଛି।'

'ଏବେ ? ଅବଶ୍ୟ ଏବେ ବାହାରିଗଲେ... ଆପଣଙ୍କ ଗାଡ଼ିରେ ଯିବେ ତ ? ହଁ... ଏଗାରଟା ସୁଦ୍ଧା ପହଞ୍ଚିଯିବେ ଯେ', ସାନୁ କହିଲା ଏବଂ ଆହୂତିକୁ ଚାହିଁଲା, ଉଠିବାର ସଙ୍କେତ ଦେଇ। କାରଣ ସେ ବୁଝିପାରୁଥିଲା, ସେମାନଙ୍କର ଏଠି ଆଉ ବେଶୀ ସମୟ ରହିବା ଶୀତାଂଶୁ ଚାହୁଁନାହାନ୍ତି।

'ଯିବା ?' ଆହୂତିକୁ ଅନାଇ ସେ ପଚାରିଲା। କିନ୍ତୁ ତା'ର ଉଠିବାର କିଛି ଲକ୍ଷଣ ନ ଦେଖି ସେ ବିସ୍ମିତ ହେଲା।

'ଆଚ୍ଛା, ଆପଣ ଜେନେରାଲ୍‌ରେ ଅଛନ୍ତି ନା ଆଡ୍‌ମରେ ?' ହଠାତ୍ ଆହୂତି ଶୀତାଂଶୁଙ୍କୁ ପଚାରିଲା।

- 'ମୁଁ ଜେନେରାଲ୍‌ରେ ?'- ସେ ବାଧ୍ୟବାଧକତାରେ ସଂକ୍ଷିପ୍ତ ଉତ୍ତରଟିଏ ଦେଲେ।

- 'ଆଡ୍‌ମରେ କିଏ ଅଛନ୍ତି ?'

'ଶୋଭନକାନ୍ତି ମିଶ୍ର ଥିଲେ। କାଲି...'

ଶୋଭନକାନ୍ତି ମିଶ୍ର ? ଆହୂତି ଆଖିଆଗରେ ନାଚିଗଲା। ସେଦିନ ସେ ନାମଫଳକରେ ଲେଖାଥିଲା ଏସ୍.କେ. ମିଶ୍ର। ସେ ପଚାରିଲା-

- 'ଆପଣ ବି ଏସ୍.କେ. ମିଶ୍ର ?'

ପ୍ରଥମ କରି ତାଙ୍କ ମୁହଁରେ ସାମାନ୍ୟ ହସ ଦେଖାଗଲା, କିନ୍ତୁ ଅଦିନିଆ, ଅଭ୍ୟାସ ନଥିବା ହସ ମୁହଁକୁ ମାନୁ ନଥିଲା ମଧ୍ୟ। କହିଲେ, 'ହଁ, ମୁଁ ବି ଏସ୍.କେ. ମିଶ୍ର। ଶୀତାଂଶୁ କୁମାର ମିଶ୍ର। ଅନେକ ଲୋକ ଅସୁବିଧାରେ ପଡ଼ିଛନ୍ତି ଆମ ଦୁହିଁଙ୍କ ଏକା ନାଆଁକୁ ନେଇ।'

ଅସୁବିଧା ? ଆହୂତିର ତ...

'ତାଙ୍କ ପାଖକୁ ଯିବା ଲୋକ ମୋ ପାଖକୁ ମାଡ଼ି ଆସନ୍ତି ଓ ମୋ ଅଫିସ୍‌କୁ ଆସିବା ଲୋକ ତାଙ୍କ ପାଖରେ ହାଜର ହୋଇଛନ୍ତି।' ଶୀତାଂଶୁ ଭାଇନା କହିବା ଶେଷ କଲେ।

ସାନୁ ପଚାରିଲା 'କିନ୍ତୁ ଶୋଭନକାନ୍ତି ମିଶ୍ର ଥିଲେ ବୋଲି କହିଲେ ଯେ?'

'ହଁ, କାଲି ତାଙ୍କର ବିଦାୟ ସଭା ଥିଲା। ଆଜି ସକାଳୁ ତ ସେ ଭବାନୀପାଟଣା ଚାଲିଗଲେଣି ଜଏନ୍ କରିବା ପାଇଁ ପ୍ରକୃତରେ ତାଙ୍କର ବଦଳି ମାସେ ହେଲା ହେଲାଣି, କିନ୍ତୁ ତାଙ୍କ ବଦଳରେ ଯିଏ ଆସିବା କଥା ସେ ଅସୁସ୍ଥତା ଯୋଗୁ ମାସେ ଛୁଟିରେ ଥିଲେ। ସେଥିପାଇଁ ଶୋଭନବାବୁ ଏଠାରୁ ଯାଇ ପାରି ନଥିଲେ। ଚାନ୍ଦିପୁରରେ ସବୁବେଳେ ଭି.ଆଇ.ପି.ମାନଙ୍କର ଯିବାଆସିବା ପ୍ରାୟ ଲାଗିରହୁଥିବାରୁ ଏଇଠି ଏ.ଡି.ଏମ୍‌ଙ୍କ ଦାୟିତ୍ୱ ବଢ଼ିଯାଉଛି ନା, ଏ ଜାଗା ଖାଲି ରଖିବା ସମ୍ଭବ ନୁହଁ।' କହୁ କହୁ ପକେଟ୍ ଭିତରେ ହାତ ଦୁଇଟା ପୂରାଇ ସେ ଠିଆ ହୋଇସାରିଥିଲେ। ଆସନ୍ନ ବିଦାୟକୁ ଅପେକ୍ଷାକରି।

ତାଙ୍କଠାରୁ ବିଦାୟ ନେଇ ତାଙ୍କ ଡ୍ରଇଂରୁମ୍‌କୁ ପଛରେ ଛାଡ଼ି ନିଛାଟିଆ ବାରଣ୍ଡା ଦେଇ ଗଲାବେଳେ ସାନୁ ଆହୂତିକୁ କିଛି କହିବ ବୋଲି ତା' ମୁହଁକୁ ଚାହିଁ ଦେଖିଲା ଆହୂତି ଆଖିରୁ ଧାର ଧାର ଲୁହ ବୋହୁଛି।

ଆଶ୍ଚର୍ଯ୍ୟ ହୋଇ ସେ ପଚାରିଲା- 'ନାନୀ?'

'ଥ୍ୟାଙ୍କ୍ ୟୁ' କାର୍ଡଟିକୁ ନିଜ ଗାଲରେ ବହିଯାଉଥିବା ଲୁହ ଉପରେ ଚାପିଧରି ଆହୂତି କହିଲା- 'ସାନୁ, ମୋତେ ଯେ ଶୀତାଂଶୁ ଭାଇନା କହିଥିଲେ, ଭଉଣୀମାନେ ଭାଇଙ୍କୁ ଚିହ୍ନିପାରନ୍ତି ନାହିଁ, ହେଲେ ମୁଁ ତ ତାଙ୍କୁ ଚିହ୍ନିନେଲି, ସିଧା ତାଙ୍କ ପାଖକୁ ହିଁ ଯାଇ ଆପଣା ଅଧିକାର ଅଳିକରି ମାଗିନେଲି ମଧ୍ୟ, କିନ୍ତୁ ସେ... ସେ କାହିଁକି ଏତେ ଉଦାର ହୋଇ ମଧ୍ୟ ଗୋଟିଏ ଛୋଟ ଭଉଣୀର ହୃଦୟକୁ ଚିହ୍ନିପାରିଲେ ନାହିଁ? ମୋତେ ଥରଟିଏ... ଥରଟିଏ କୃତଜ୍ଞତା ଜଣାଇବାର ସୁଯୋଗଟାଏ ଦେଲେ ନାହିଁ? ହଁ... ଭାଇନା ତ, ମୋତେ ସେଥିପାଇଁ ସାନ କରି ଦେଇ ହିଁ ଚାଲିଗଲେ ନା??'

■

ଅନ୍ୟ ମନ

୧୯୯୪

'ଆଜ୍ଞା ଟିକଟ', ଭାବନାରେ ମଗ୍ନ ମୋ ମନଟିକୁ ବାସ୍ତବ ଜଗତକୁ ଟାଣି ଆଣି ଦେଖିଲି ବସ୍ ଅଟକିଛି ଡଃ. ଆଚାର୍ଯ୍ୟଙ୍କ କ୍ଲିନିକ୍ ଆଗରେ। କୋଡ଼ିଏ ବାଇଶ ବର୍ଷର ଝିଅଟିଏ ଓହ୍ଲାଇବ ବୋଧହୁଏ। ବସ୍‌ର ପାହାଚ ଉପରେ ଠିଆ ହୋଇଛି। ଆଉ ତାକୁ ଟିକଟ ଫେରସ୍ତ ମାଗୁଛି କ୍ଲିନର୍।

'ଟିକଟ ! କି ଟିକଟ ?' ଝିଅଟି ଆଶ୍ଚର୍ଯ୍ୟ ହୋଇ ପଚାରିଲା, ବଡ଼ ବଡ଼ ଆଖିରେ ତା'ର ସଂପୂର୍ଣ୍ଣ ନିରୀହତାର ସ୍ପର୍ଶ। 'ଆପଣଙ୍କ ବସ୍ ଟିକଟ ଆଜ୍ଞା। ଆପଣ କ'ଣ ଟିକଟ କରିନାହାନ୍ତି ? ଟିକଟଟା କାହିଁ ?' ବିରକ୍ତ ହୋଇ କହିଲା କଣ୍ଡକ୍ଟର। 'ମୁଁ କିଛି ଟିକଟ୍ ରଖିନାହିଁ।' କହିଦେଇ କଣ୍ଡକ୍ଟରର ବାକ୍ୟକୁ ଅପେକ୍ଷା ନ କରି ଓହ୍ଲାଇଗଲା ସେ। କ୍ଲିନର ପୁଣି ଯିବା ପାଇଁ ବେଲ୍ ଗଲା।

ବସ୍‌ଟି ଯାତ୍ରୀଙ୍କୁ ନେଇ ଆଗକୁ ଗଡ଼ି ଚାଲିଗଲା।

ବସ୍‌ର ଝରକା ବାଟେ ବାହାରକୁ ଚାହିଁ ମୁଁ ଆଜିର ଶ୍ରେଣୀକକ୍ଷରେ ମୁଁ ପଢ଼ାଇବାକୁ ଥିବା ବିଷୟବସ୍ତୁ ଉପରେ ଭାବୁଥିଲି। ନିକଟତମ ଏକ ସହରର ଅଷ୍ଟମ ଶ୍ରେଣୀର ଛାତ୍ରଛାତ୍ରୀଙ୍କୁ ମୁଁ ଓଡ଼ିଆ ବ୍ୟାକରଣ ପଢ଼ାଏ। ସେମାନଙ୍କୁ ପଢ଼ାଉ ପଢ଼ାଉ ବେଳେବେଳେ ମୋ ମନରେ ମଧ୍ୟ ଅନେକ ପ୍ରଶ୍ନ ଉଙ୍କିମାରେ। ଏଇ ଯେମିତି ମୁଁ ଏବେ ପଢ଼ାଉଥିବା ଓଡ଼ିଆ ସମାସର ବହୁ ପ୍ରଚଳିତ କେତୋଟି ଉଦାହରଣ ଯଥା- ଅନ୍ୟଭାବ=ଭାବାନ୍ତର, ଅନ୍ୟଦେଶ = ଦେଶାନ୍ତର, ଅନ୍ୟ ମନ = ମନାନ୍ତର ଇତ୍ୟାଦି।

ଏଇ ଉଦାହରଣ ସବୁ ମୋତେ ଦ୍ୱନ୍ଦ୍ୱରେ ପକାଇଥିଲା। ଅନ୍ୟ ଭାବ = ଭାବାନ୍ତର ? ହଁ, ହୋଇପାରେ। କିନ୍ତୁ ଅନ୍ୟଦେଶ ଦେଶାନ୍ତର କେମିତି ହେବ ?

ଦେଶରୁ, ଜବରଦସ୍ତି ବାହାର କଲେ ନା ଦେଶାନ୍ତର ହେବ। ଏହି ଅର୍ଥରେ ଏହା ପୂର୍ବରୁ ପ୍ରଚଳିତ ମଧ୍ୟ, ଅନ୍ୟ ଦେଶ ତ ଅନ୍ୟ ଦେଶ, ନ ହେଲେ ପରଦେଶ।

ମୁଁ ଆଉ କିଛି ଭାବିବା ପୂର୍ବରୁ ଓହ୍ଲାଇ ଯାଉଥିବା ସେହି ତରୁଣୀ ଓ ବସ୍‌କଣ୍ଡକ୍ଟରର କଥାବାର୍ତ୍ତା ମୋ ଭାବନାରୁ ମୋତେ ଟାଣି ଆଣି ମୋତେ ସେମାନଙ୍କ ପାଖକୁ ନେଇଗଲା।

ଏହି ଅନୁନ୍ନତ ଇଲାକାରେ ଯେତେ ବସ୍ ଯାତାୟାତ କରେ, ସେମାନେ ନିଜର ଏକ ବିଚିତ୍ର ନିୟମ କରିଛନ୍ତି। ବସ୍‌ରୁ ଓହ୍ଲାଇବା ବେଳେ କଣ୍ଡକ୍ଟରକୁ ଟିକଟଟା ଫେରାଇବାକୁ ହୁଏ। ବେଳେବେଳେ ଅନେକ ଯାତ୍ରୀ ଏକା ସମୟରେ ପଶିଆସିଲେ, କିଏ ଟିକଟ୍ କଲା, ନକଲା ଜଣା ପଡ଼େନାହିଁ। ଏଣୁ ଓହ୍ଲାଇବା ବେଳେ ବସ୍ ପାହାଚରେ ଠିଆହୋଇ ସେ ଜଣ ଜଣ କରି ଟିକଟ୍ ଫେରସ୍ତ ମାଗେ।

'କ'ଣ ବିନା ଟିକଟ ଯାତ୍ରୀ?' ବ୍ୟଙ୍ଗ କରି ପଚାରିଲେ ଜଣେ ସହଯାତ୍ରୀ। 'ଆଜ୍ଞା, ନା, ଟିକଟ ମୁଁ ନିଜେ ଦେଇଛି, ସେ ବୋଧହୁଏ ଉଡ଼ିଗଲାଣି।' କଣ୍ଡକ୍ଟର ଜବାବ ଦେଲା।

ସେ ଆଡୁ ଆଖି ଫେରାଇ ପୁଣି ଥରେ ମୋ ଭାବନାକୁ ଯୋଡ଼ିବାକୁ ବସିଲି। କିନ୍ତୁ କ'ଣ ଭାବୁଥିଲି ଆଉ ମନେପଡ଼ିଲା ନାହିଁ। ଆଉ ଅଳ୍ପ ରାସ୍ତା। ପ୍ରତିଦିନ ଘରୁ କଲେଜ ଓ କଲେଜରୁ ଘର ତିରିଶ+ତିରିଶ, ଷାଠିଏ କିଲୋମିଟର ପାହାଡ଼ୀ ରାସ୍ତା ଅତିକ୍ରମ କରିବା ପାଇଁ ଅନ୍ତତଃ ଦୁଇଟି ଘଣ୍ଟା ମୁଁ ବସ୍‌ରେ କଟାଏ। ଅବଶ୍ୟ ମନ୍ଦ ଲାଗେନା କାରଣ ରାସ୍ତା ସଂପୂର୍ଣ୍ଣ ଭାବେ ନିର୍ଜନ। ଷ୍ଟପେଜ୍ ମୋଟେ ନାହିଁ କହିଲେ ଚଳେ। ଡକ୍ଟର ଆଚାର୍ଯ୍ୟଙ୍କ ଏକ କ୍ଲିନିକ୍ ପାଖରେ ଥରେ ଅଧେ କେହି ଉଠନ୍ତି।

ରାସ୍ତାର ଦୁଇପଟେ ସବୁଜ କ୍ଷେତ୍ର, କେତେବେଳେ ବୁଦୁବୁଦିଆ, କେତେବେଳେ ଘଞ୍ଚ ଜଙ୍ଗଲ। ମୋଟ ଉପରେ ପ୍ରାକୃତିକ ଦୃଶ୍ୟର ଅଭାବ ନାହିଁ।

ପ୍ରକୃତି ବୋଧହୁଏ ମାନବକୁ ଭାବନା ଯୋଗାଏ। ଏଣୁ ମୁଁ ଅନୁଭବ କରିଛି ଏଇ ବସ୍ ଯାତ୍ରା ବେଳେ ହିଁ ବହୁତ କଥାମୋ ମୁଣ୍ଡରେ ପଶେ। ଏଇ ଭାବନା, ଚିନ୍ତା ଇତ୍ୟାଦି କଥା ଭାବୁ ଭାବୁ ପୁଣି ମନର ପରଦା ଉପରକୁ ସେହି ଓହ୍ଲାଇ ଯାଇଥିବା ଝିଅଟିର ଛବି ଭାସିଆସିଲା। ସେଇ ସୂତ୍ରରେ ପୁଣି ମୁଁ ଭାବିବାକୁ ଲାଗିଲି ଡଃ. ଆଚାର୍ଯ୍ୟଙ୍କ କଥା। ସେ ଅବଶ୍ୟ ମୋର ଘନିଷ୍ଠ ବନ୍ଧୁ ନୁହନ୍ତି କିନ୍ତୁ ଅପରିଚିତ ମଧ୍ୟ ନୁହନ୍ତି। କାହିଁକି କେଜାଣି ସାଇକୋଲୋଜି ନାଁ ଟା ଶୁଣିବା ମାତ୍ରେ ମୋ ଆଖିରେ ତାଙ୍କ ମୁହଁଟା ନାଚିଉଠେ। ସେ ମାନସିକ ରୋଗୀମାନଙ୍କ ଚିକିତ୍ସକ। ନିର୍ଜନ ରାସ୍ତା କଡ଼ରେ ତାଙ୍କର

ବିରାଟ କ୍ଲିନିକ୍। କ୍ଲିନିକ୍ କହିଲେ ବୋଧହୁଏ ଭୁଲ୍ ହେବ। ବରଂ ଏକ କ୍ଷୁଦ୍ର ହସ୍ପିଟାଲ୍ କୁହାଯାଇପାରେ। ଏଇ ହସ୍ପିଟାଲ୍‌ର ସୁନାମ ମଧ୍ୟ ବହୁତ ବେଶୀ। ଅନେକ ଥର ଭାବିଛି ମୁଁ ବି ଯାଇ ଥରେ ଡକ୍ଟର ଆଚାର୍ଯ୍ୟଙ୍କୁ ଦେଖାକରିବି, ନିଜର ଅନ୍ୟମନସ୍କ ଭୂଲା ମନର ଚିକିତ୍ସା ପାଇଁ। କିନ୍ତୁ କେମିତି ସଂକୋଚ ଲାଗେ।

ତା'ପରଦିନ ବସ୍ ଷ୍ଟପେଜ୍‌କୁ ଆସି ଦେଖେ ବସ୍ ଛାଡ଼ିବାକୁ ଆରମ୍ଭ କଲାଣି। ଯାହାହେଉ କଣ୍ଡକ୍ଟର ଠାରୁ ଟିକଟ ନେଇ ବସ୍‌ରେ ଉଠିଲି। ଟିକଟଟି ନେବା ପରେ ପର ସେଥିରେ ଥିବା ଲେଖା ପଢୁ ପଢୁ ନିକଟର ଏକ ଖାଲିଥିବା ସିଟ୍‌ରେ ବସି ପଡ଼ିଲି। ବସିବା ପରେ ଗତକାଲିର ସେଇ ଝିଅଟି କଥା ମନେପଡ଼ିଲା। ନିଜ ଅଜାଣତରେ ଚାରିଆଡ଼କଖି ବୁଲାଇ ନେଇ ନିଜ ପାର୍ଶ୍ୱକୁ ଚାହିଁ ଚମକି ପଡ଼ିଲି।

ହଁ ସେଇ ଝିଅଟି !

ସେ ଝରକା ପାଖରେ ମୋଠାରୁ ଅଳ୍ପ ବ୍ୟବଧାନରେ ବସିଛି। ଦୃଷ୍ଟି ତା'ର ସୁଦୂର ପ୍ରସାରୀ। କଥାହେବା ପାଇଁ ଇଚ୍ଛା ହେଲା, ପଚାରିଲି, 'ଆପଣ କେଉଁଠି ଓହ୍ଲାଇବେ ?' 'ଟିକିଏ ଆଗରେ' ମୋ ଆଡ଼କୁ ନ ଚାହିଁ ସେ ଉତ୍ତର ଦେଲା।

ତା'ପରେ କ'ଣ ପଚରା ଯାଇପାରେ ? ହଠାତ୍ ମନେପଡ଼ିଲା ଟିକଟ କଥା। ପଚାରିଲି- 'ଆପଣଙ୍କ ଟିକଟଟା କାହିଁ ?'

'ଟିକଟ ! ମୋ ଟିକଟ୍ ?' ସେ ଟିକିଏ ଅପ୍ରସ୍ତୁତ ହେବା ପରି ମନେକଲି। ହାତରେ ଧରିଥିବା ଭ୍ୟାନିଟି ବ୍ୟାଗ୍‌ରୁ ଖୋଜି ସେ ନୀଳ ଟିକଟଟିକୁ ବାହାର କରି କହିଲା- 'ଆପଣ ଏଇଟା ଚାହୁଁଛନ୍ତି ?'

'ହଁ, ମାନେ କାଲି ଆପଣ ଟିକଟ୍‌ଟି ଫେରାଇଲେ ନାହିଁ, ଏଣୁ... ମୁଁ... ମାନେ ଆପଣ ନିଶ୍ଚେ ତାକୁ କାଲି କେଉଁଠି ପକାଇ ଦେଇଥିବେ। ଦେଖନ୍ତୁ, ବସ୍ କଣ୍ଡକ୍ଟର ସବୁ ବସ୍‌ରେ ତ ସମାନ ନଥାନ୍ତି, ଏଣୁ ଟିକଟ୍‌ଟି ଓହ୍ଲାଇବା ବେଳେ ଫେରାଇ ଦେଲେ କ୍ଷତି କ'ଣ ?'

ସେ ଟିକିଏ ଚିନ୍ତିତ ଦେଖାଗଲା, 'କାଲି ଟିକଟ୍ ମୁଁ ଫେରାଇ ନଥିଲି ?' ଟିକିଏ ରହି ସେ ହଠାତ୍ ମନେ ପକାଇବା ପରେ କହିଲା, 'ଦେଖନ୍ତୁ, ବସ୍‌ରେ ଯିବାର ଅନୁଭୂତି ମୋର ଆଦୌ ନାହିଁ। ମୋ ଜୀବନରେ ଏଇ ପ୍ରଥମ ମୁଁ ବସ୍‌ରେ ଉଠୁଛି। ଏଣୁ ବସ୍‌ର ଚଳଣି ମୁଁ ଜାଣିବି କିପରି ?'

ମୁଁ ଟିକିଏ ବିସ୍ମିତ ହେଲି। ଭାବିଲି ବୋଧହୁଏ କୌଣସି ଆଡ଼େ ଯିବାର ଆବଶ୍ୟକତା ତା'ର ପଡ଼ି ନଥିଲା, ପଚାରିଲି- 'ଆପଣ ଆଗରୁ କେବେ ବି ବସ୍‌ରେ ଯାଇନାହାନ୍ତି ?'

'କହିଲି ପରା ଏଇ ପ୍ରଥମ' ନିର୍ଲିପ୍ତ ଭାବରେ ନୀଳ ଆକାଶରେ ନିଜ ଦୃଷ୍ଟି ହଜାଇ ସେ ମୋତେ ଉତ୍ତର ଦେଲା।

'ଏଇ ପ୍ରଥମ' ଶୁଣି ଝିଅଟିର ସତ୍ୟବାଦୀତା ଉପରେ ମୋର ସନ୍ଦେହ ହେଲା, ବୋଧହୁଏ ସେ ଜାଣିନି ଯେ କାଲି ମୁଁ ତାକୁ ବସ୍‌ରେ ଦେଖିଛି। ନହେଲେ ହୁଏତ, ଏବେ ଜୀବନରେ ପ୍ରଥମ କରି ତାକୁ କିଛିଦିନ ବସ୍‌ରେ ଯିବାକୁ ହେଉଛି। ଏଣୁ ଏଇ କେତେଦିନର ଅନୁଭୂତିକୁ ସେ ପ୍ରଥମ ବୋଲି କହୁଛି।

ପଚାରିଲି- 'ଏହା ଆଗରୁ ଆପଣଙ୍କୁ କେବେହେଲେ କେଉଁଆଡ଼େ ଯିବାକୁ ପଡ଼ିନି ବୋଧହୁଏ?'

'କାହିଁକି ନୁହଁ?' ବଡ଼ ବଡ଼ ଆଖିରେ ତା'ର ବିଜୁଳିର ଝଲକ, ମୋ ଆଡ଼କୁ ଚାହିଁ ସେ ଉତ୍ତର ଦେଲା- 'ମୋତେ ସବୁବେଳେ ବୁଲିବାକୁ ହୁଏ। ମାନେ ମୋତେ ବୁଲିବାକୁ ଭଲ ଲାଗେ। ବୁଲାବୁଲି ନକଲେ ମୁଁ ରହିପାରେନା। ଏଇତ ଅଳ୍ପଦିନ ତଳେ ଆମେ ସଂପୂର୍ଣ୍ଣ ଦକ୍ଷିଣ ଭାରତ ଟିକିନିଖି କରି ଘୂରିଆସିଛୁ। ଦୂର ରାସ୍ତା ଟ୍ରେନ୍‌ରେ ଯାଉ ଓ ସହର ଭିତରେ ଟ୍ୟାକ୍ସି। କହିଲେ ବସ୍‌ର ଆବଶ୍ୟକତା କ'ଣ? ସତରେ, ମୁଁ ତ ଆଗରୁ ଭାବୁଥିଲି ବସ୍‌ରେ ଗଲେ କେମିତି ଲାଗେ? ଏବେ ଭାବୁଛି କ୍ଲାସ୍‌ରେ ବସିବା ପରି ଲାଗୁଛି। କାରଣ ସେମିତି ଧାଡ଼ି ଧାଡ଼ି ହୋଇ ବସିବାକୁ ପଡୁଛି।'

'ହଁ ଖାଲି ପ୍ରଭେଦ ଏତିକି ଯେ କ୍ଲାସ୍‌ରେ ଶିକ୍ଷକ ଆମ ଆଡ଼କୁ ମୁହଁକରି ବସିଥାନ୍ତି। ଆଉ ଡ୍ରାଇଭର୍ ବସ୍‌ରେ ଶିକ୍ଷକ ଆସନ ଦଖଲ କରି ବସିଥିଲେ ମଧ୍ୟ ଆମ ଆଡ଼କୁ ପିଠିକରି ବସୁଛି।' କହୁ କହୁ ସେ ଖିଲିଖିଲି ହୋଇ ହସି ଉଠିଲା।

ଝିଅଟିର ପ୍ରଗଲ୍‌ଭତା ଦେଖି ଆଶ୍ଚର୍ଯ୍ୟ ହେଲି। ଏ ପୁଣି ଏତେବେଳ ଯାଏ ଏମିତି ଚୁପ୍ ହୋଇ ବସି ରହିଥିଲା କିପରି? ବୋଧହୁଏ ଶ୍ରୋତା କେହି ଜୁଟୁ ନ ଥିଲେ। ତା'ର ପ୍ରଗଲ୍‌ଭତାକୁ ଆକଣ୍ଠ ଉପଭୋଗ କରୁକରୁ ପଚାରିଲି- 'ତେବେ ଆପଣ କଲେଜ ଯାଆନ୍ତି କିପରି?' ପଚାରି ଦେଇସାରି ଭାବିଲି ନା, କଥାଟା ମୂଳରୁ ପଚାରିବାର ଥିଲା। ଅର୍ଥାତ୍ କେଉଁ କଲେଜରେ, କେଉଁ କ୍ଲାସ୍‌ରେ ପଢ଼ନ୍ତି, ଇତ୍ୟାଦି। ଆଚ୍ଛା ଛାଡ଼, ପଚାରି ତ ସାରିଲିଣି, ତେବେ ମୋର ବିଶ୍ୱାସ ଅଧିକାଂଶ ମୋରି ପରି ଅଧ୍ୟୟନ ଠାରୁ ଆରମ୍ଭ କରି ଅଧ୍ୟାପନା ଯାଏ ଯାତାୟାତ ପାଇଁ ଏଇ ବସ୍‌ର ଶରଣ ପଶୁଥିବେ।

'କାହିଁକି? ଗାଡ଼ିରେ... ମାନେ ଆମ କାର୍‌ରେ' ସେ ଜବାବ ଦେଲା।

'ତେବେ, ଏବେ କ'ଣ ଗାଡ଼ି ଖରାପ ?' ମୋ ଆଖିରୁ ଚଷମା କାଢ଼ି ମୁହଁ ପୋଛୁ ପୋଛୁ ମୁଁ ପଚାରିଲି।

'ନା, ନା, ଗାଡ଼ି ଖରାପ କାହିଁକି ହେବ ?' ତା'ପରେ ସେ ହଠାତ୍ ମୋତେ ପଚାରିଲା, 'ଆପଣଙ୍କ ଗାଡ଼ି କ'ଣ ଖରାପ ହୋଇଛି ? ଆପଣ କାହିଁକି ବସ୍‌ରେ ଯାଉଛନ୍ତି ?'

ଏପରି ପ୍ରଶ୍ନର ସମ୍ମୁଖୀନ ହେବି ବୋଲି ଭାବି ନଥିଲି, ବୋଧହୁଏ ମୋର ଯେ ଗାଡ଼ି ମୋଟେ ନାହିଁ ଏକଥା କହିବି ବୋଲି ଭାବିଲି। କିନ୍ତୁ ସେକଥା ସଙ୍ଗେ ସଙ୍ଗେ ପାଟିରୁ ବାହାରିଲା ନାହିଁ। ମୋର ଏଇ ସାମାନ୍ୟ ନୀରବତା ମଧ୍ୟରେ ସେ ପୁଣି କହିଲା, 'ଆଚ୍ଛା, ଗାଡ଼ି କ'ଣ କେବଳ ଖରାପ ହେଲେ ବସ୍‌ରେ ଯିବାକୁ ପଡ଼େ ? ଧରନ୍ତୁ ଗାଡ଼ି ତ ଅନ୍ୟ କାମରେ ଯାଇପାରେ ?'

'ହଁ, ତା' ବି ସମ୍ଭବ।' ମୁଁ ଶୁଷ୍କ କଣ୍ଠରେ କହିଲି।

'ନା, ନା, କେବଳ ସମ୍ଭବ ନୁହେଁ, ଖୁବ୍ ସମ୍ଭବ, ବେଶୀ ସମ୍ଭବ, କାରଣ ଏଇ ଦେଖନ୍ତୁ, ଆଜି କ'ଣ ଏତେ ଜଣଙ୍କ ଗାଡ଼ି ଏକାବେଳକେ ଖରାପ ହେଲା ? ବରଂ ସମସ୍ତଙ୍କ ଗାଡ଼ି ଅନ୍ୟ କାମରେ ଯିବାଟାଇ ବେଶୀ ସମ୍ଭବ। ନା' କ'ଣ କହୁଛନ୍ତି ?' ସେ ସମର୍ଥନ ଆଶାରେ ମୋତେ ଚାହିଁଲା।

ମୁଁ କିଛି ବୁଝିପାରିଲି ନାହିଁ, ପଚାରିଲି- 'ଏତେ ଜଣଙ୍କର ମାନେ ?' 'ମାନେ ଆମେ ଯେତେ ଜଣ ବସ୍‌ରେ ଏବେ ଯାଉଛେ।' ସେ ଉତ୍ତର ଦେଲା।

ମୁଁ ଚକିତ ହୋଇ ଝିଅଟିକୁ ଚାହିଁଲି। ବେଶ୍ ସରଳ ମୁହଁଟିତ। ଛଳନାର ଆଭାସ ନାହିଁ। କିନ୍ତୁ ଏ କ'ଣ ସେ କହୁଛି ? ତା'ମାନେ ବର୍ତ୍ତମାନ ବସ୍‌ରେ ଯେତେଜଣ ଯାଉଛନ୍ତି ସମସ୍ତଙ୍କର ଗାଡ଼ି ଅଛି ? ସାମ୍ନାରେ ଯେଉଁ ପରିବାବାଲୀ ତା'ର ପରିବା ଟୋକେଇ ନେଇଯାଉଛି ତା'ର ବି ଗାଡ଼ି ଅଛି ? ସେ ପାଖରେ ଯେଉଁ କୋଚଟ ଧୋତି ଗେଞ୍ଜି ପିନ୍ଧି ବୁଢ଼ାଟିଏ ବସିଛି ତା'ର ମଧ୍ୟ ଗାଡ଼ି ଅଛି ? ଗାଡ଼ି ଯେ ସମସ୍ତଙ୍କର ନଥାଏ ତା' କ'ଣ ଯେ ଜାଣେ ନା ? ଯେତେ ବଡ଼ଲୋକ ଘରେ ଜନ୍ମ ହେଲେ ବି ବାହାର ଦୁନିଆଁ ସଂସ୍ପର୍ଶରେ ଆସିବା ମାତ୍ରେ ଇ ତ ସେ ଅନୁଭବ କରିଥିବ ଧନୀ ଦରିଦ୍ର ମଧ୍ୟରେ ଥିବା ପାର୍ଥକ୍ୟ। ପୁଣି ଗରିବମାମନଙ୍କ ଅପେକ୍ଷା ଧନୀମାନେ ତ ଏ ପାର୍ଥକ୍ୟ ପ୍ରତି ବେଶୀ ସଚେତନ। ଏଣୁ ଏପରି ଅବାନ୍ତର କଥା ସେ କିପରି କହୁଛି ? କ'ଣ ସଦ୍ୟ ଆମେରିକା ଫେରନ୍ତା ? ସେଇଠି ଜନ୍ମ ହୋଇ ସେଇଠି ବଢ଼ିଛି ?

ଗମ୍ଭୀର ହୋଇ ପଚାରିଲି, 'ତା'ମାନେ ଆପଣ କହିବାକୁ ଚାହାଁନ୍ତି, ଆମେ ଯେତେଜଣ ବର୍ତ୍ତମାନ ଯାଉଛେ ସମସ୍ତଙ୍କର ଗାଡ଼ି ଅଛି ?'

'ହଁ, ଏଟା ତ ସାଧାରଣ କଥା', ସେ ସହଜ ଭାବରେ ଉତ୍ତର ଦେଲା।

'ସାଧାରଣ କଥା ?' ଅସହିଷ୍ଣୁ ହୋଇ ମୁଁ ପ୍ରାୟ ଚିତ୍କାର କଲାପରି ପଚାରିଲି, 'କିନ୍ତୁ ଆପଣ ଏମିତି କିପରି କହୁଛନ୍ତି ? ବରଂ ଏଇଟା ସାଧାରଣ କଥା ଯେ, ଭାରତରେ ଶହ ପିଛା କୋଡ଼ିଏ ଜଣକର ମଧ୍ୟ ଗାଡ଼ି ନଥାଏ।'

ଏଥର ବିସ୍ମିତ ହେବାର ପାଳି ବୋଧହୁଏ ତା'ର। ମୋ ମୁହଁକୁ ବଲବଲ କରି ଚାହିଁ କହିଲା- 'ଅର୍ଥାତ୍ ?'

'ଅର୍ଥାତ୍ ପୁଣି କ'ଣ ? ସମସ୍ତଙ୍କର କ'ଣ ଗାଡ଼ି ଥାଏ ? ଏଇ ଦେଖନ୍ତୁ, ମୋର ତ ଗାଡ଼ି ନାହିଁ, କେବେ ନ ଥିଲା, ଭବିଷ୍ୟତରେ ରହିବ କି ନାହିଁ ସନ୍ଦେହ, ମୁଁ ତ ଏଯାବତ୍ ସବୁବେଳେ ବସ୍‌ରେ ହିଁ ଯାଏ।'

'ଆପଣଙ୍କର ଗାଡ଼ି ନାହିଁ ? ଏଠାରେ ଯାତ୍ରା କରୁଥିବା ଅନ୍ୟାନ୍ୟ ଲୋକଙ୍କର କାହାରି ଗାଡ଼ି ବି ନାହିଁ ?'

'କାହାରି ନାହିଁ ବୋଲି ମୁଁ କହିପାରୁନି, କାରଣ ସମସ୍ତଙ୍କୁ ମୁଁ ଚିହ୍ନେନା, କିନ୍ତୁ କାହାରି ନଥିବା ହିଁ ଖୁବ୍ ସମ୍ଭବ।'

ସେ କୌଣସି ଉତ୍ତର ଦେଲା ନାହିଁ। କିଛି ସମୟ ପରେ କହିଲା, 'ଆପଣ କହୁଛନ୍ତି ଯେ ଅଧିକାଂଶ ଲୋକଙ୍କର ଗାଡ଼ି ନଥାଏ, ଏୟା ତ ?' ମୁଁ କେବଳ ଅସ୍ତି ସୂଚକ ମୁଣ୍ଡ ହଲାଇଲି।

ସେ ଖୁବ୍ ଚିନ୍ତିତ ଦେଖାଗଲା, ମନେହେଲା କିଛି ଗୋଟିଏ ଗଭୀର ଭାବେ ସେ ଭାବୁଛି। ତାପରେ କିଛି ସମୟ ନୀରବ ରହି ସେ କହିଲା, 'ମୋର କିନ୍ତୁ ଧାରଣା ଥିଲା ଯେମିତି ସବୁ ଘର ଉପରେ ଛାତ ରହିବା ନିଶ୍ଚିତ, ସେମିତି ସବୁ ପରିବାରରେ ଅନ୍ତତଃ ଗୋଟିଏ ଗାଡ଼ି ନିଶ୍ଚୟ ଥିବ। ତେବେ ଯେଉଁମାନଙ୍କର ଗାଡ଼ି ନଥିବ ସେ ବିଚରାମାନେ କେତେ ଅସୁବିଧାରେ ଚଳୁଥିବେ ?'

'ବିଚରା' ଶବ୍ଦଟି ମୋ ଛାତିରେ ତୀର ପରି ଗଳିଗଲା, ଦୟାର ପାତ୍ର ହେବା ପାଇଁ ହୃଦୟବାନ କେହି ଇଚ୍ଛା କରିବ ନାହିଁ ନିଶ୍ଚୟ। କିନ୍ତୁ ଏ ଝିଅଟି ଏପରି କହିପାରୁଛି କିପରି ? ଆମ ଦେଶରେ ଗାଡ଼ି ନଥିବାଟା ଏକ ସ୍ୱାଭାବିକ କଥା, ଅସୁବିଧାର କଥା ନୁହଁ। ଖାଦ୍ୟ, ବସ୍ତ୍ର, ଗୃହ ପରି ଅତ୍ୟାବଶ୍ୟକ ଚାହିଦା ସବୁ ଯେଉଁଠି ସ୍ୱପ୍ନ ସେଠାରେ ଗାଡ଼ିର ପ୍ରଶ୍ନ ହାସ୍ୟାସ୍ପଦ ମାତ୍ର। ଏ ଦେଶରେ ଏ ଯେଉଁ ଅନାହାର ଖାଦ୍ୟ ବାସଗୃହର

ଏ ଯେଉଁ ଘୋର ସଙ୍କଟାପନ୍ନ ପରିସ୍ଥିତି ତା' କ'ଣ ଏହା ଆକ୍ଷି ପଡ଼େନା, ରାଜପୁତ୍ର ସିଦ୍ଧାର୍ଥଙ୍କ ପରି ଏହାର ଆକ୍ଷି ଆଗରୁ କ'ଣ ସବୁ ଶୁଖିଲା ପତ୍ର ଶୁଖିଲା ଫୁଲ ଗୋପନ କରିଦିଆଯାଏ ?

କୌତୁହଳୀ ହୋଇ ପଚାରିଲି, 'ଆଚ୍ଛା, ଆଜିକାଲିର ଏଇ ଖାଦ୍ୟ ସମସ୍ୟା ଉପରେ ଆପଣଙ୍କ ମତ କ'ଣ ?'

ତା'ର ଉତ୍ତର ଶୁଣିବା ପାଇଁ ମୁଁ ଖୁବ୍ କୌତୁହଳୀ ହୋଇ ଉଠିଥିଲି। ସଯତ୍ନରେ ବଢ଼ିଥିବା ଧନୀ ପରିବାରର ଜଣେ ଗେହ୍ଲାଝିଅ ଆକ୍ଷିରେ ପୃଥିବୀ କିପରି ଦିଶେ ତାକୁ ଜାଣିବା ପାଇଁ ମୋର କୌତୁହଳ ବଢ଼ିବାରେ ଲାଗିଥିଲା, କିନ୍ତୁ ଏମିତି ଏକ ରାଜକୁମାରୀ ହଠାତ୍ ଏ ବସ୍‌ରେ କାହିଁକି ?

ସେ ଥରେ ଚାରିଆଡ଼କୁ ଚାହିଁଲା, କିଛି କହିବା ପାଇଁ ନିଜକୁ ପ୍ରସ୍ତୁତ କଲା ବୋଧହୁଏ। ଦୂରରୁ ଡଃ ଆଚାର୍ଯ୍ୟଙ୍କ କ୍ଲିନିକ୍ ଦେଖାଗଲାଣି। ସେ ବୋଧହୁଏ ସେଇଠି ଓହ୍ଲାଇଯିବ। ସେ ଆଡ଼କୁ ଥରେ ଚାହିଁଦେଇ ସେ ଆରମ୍ଭ କଲା- 'ଏଇ ଦେଖନ୍ତୁ, ମୋର ଧାରଣା-

ହଠାତ୍ ରାସ୍ତାକଡ଼ରେ ଚରୁଥିବା ଗାଈପଲ ମଧ୍ୟରୁ ବାଛୁରୀ ଛୁଆଟିଏ ଡେଇଁ ଡେଇଁ ଗାଡ଼ି ଆଗକୁ ଚାଲି ଆସିଲା। ଡ୍ରାଇଭର୍ ଏଥିପାଇଁ ପ୍ରସ୍ତୁତ ନଥିଲା, ଖୁବ୍ ଜୋରରେ ବ୍ରେକ୍ କଷିଲା ସେ। ଏହି ଆକସ୍ମିକ ରୋଧ ଫଳରେ ଯେଉଁ ପ୍ରତିକ୍ରିୟା ଘଟିଲା ତା' ଫଳରେ ଟିକିଏ ପରେ ମୁଁ ଆବିଷ୍କାର କଲି- ଟିକକ ଆଗରୁ ମୁଁ ହାତରେ ଧରି ପୋଛୁଥିବା ଚଷମାଟି ମୋର ବର୍ତ୍ତମାନ ଖଣ୍ଡ ଖଣ୍ଡ ହୋଇ ତଳେ ପଡ଼ିଛି। ଗାଡ଼ି ସାରା ପରିବାର ବୁଣି ହୋଇଯାଇଛି। ଆଉ ପରିବାବାଲୀଟି ଯେଉଁଠାରେ ବସିଥିଲା ତା'ର ଦୁଇ ଧାଡ଼ି ପଛରେ ତଳେ ବସି ଅଣ୍ଟା ସଳଖୁଛି, ବିଚରା ବୁଢ଼ାଟିର ମୁଣ୍ଡ ବୋଧହୁଏ କେଉଁଠାରେ ବାଡ଼େଇ ହୋଇଯାଇଛି। ସେ ଠିଆହୋଇ ମୁଣ୍ଡରୁ ସାଉଁଳୁଛି। ଅନ୍ୟମାନଙ୍କ ଅବସ୍ଥା ତଦ୍ରୂପ। ଝିଅଟି ଆଡ଼କୁ ଚାହିଁଲି, ମୁଣ୍ଡ ଉପରେ ଆବୁଟିଏ।

ଯାତ୍ରୀମାନଙ୍କ ମନ୍ତବ୍ୟ, ସଜଡ଼ା ସଜଡ଼ି ପରେ ଗାଡ଼ି ପୁଣି ଚାଲିବାକୁ ଆରମ୍ଭ କଲା। ଝିଅଟି ମଧ୍ୟ ସଜାଡ଼ି ହୋଇ ବସିଲା, ପିନ୍ଧା ପୋଷାକ ସଜାଡ଼ି ନେଲା। ମୁଁ ଭଙ୍ଗା ଚଷମାଟିକୁ କାଚ ସହ ଗୋଟାଇ ଆଣି ପକେଟ୍‌ରେ ପୂରାଉ ପୂରାଉ ଝିଅଟି ଆଡ଼େ ଚାହିଁ ପଚାରିଲି, 'ହଁ... ତା'ପରେ...'

ଝିଅଟି ଥରେ ମୋ ଆଡ଼କୁ ସଂପୂର୍ଣ୍ଣ ବିସ୍ମିତ ହୋଇ ଚାହିଁଲା, ତାପରେ ସଙ୍ଗେ ସଙ୍ଗେ ଗମ୍ଭୀର ହୋଇ ଅନ୍ୟ ଦିଗକୁ ମୁହଁ ଫେରାଇ ନେଲା। ମୁଁ କିଛି ବୁଝିପାରିଲି

ନାହିଁ। ଏହି ତୁମୂଳ ପ୍ରତିକ୍ରିୟା ଭିତରେ ତା' ପ୍ରତି କିଛି ଅପ୍ରୀତିକର ବ୍ୟବହାର କରିନାହିଁ ତ ? ନା, ବୋଧହୁଏ ଆମର ଆଲୋଚନା କଥା ସେ ଭୂଲିଯାଇଛି, ଏଣୁ ମନେପକାଇ ଦେବା ପାଇଁ ପୁଣି କହିଲି- 'ହଁ... ତା'ପରେ ? ?'

ଝିଅଟି ତୀକ୍ଷ୍ଣ ଦୃଷ୍ଟିରେ ମୋତେ ଚାହିଁ ପଚାରିଲା- 'କାହା ପରେ ? କାହାକୁ ପଚାରୁଛନ୍ତି ?'

ନିର୍ଲିପ୍ତ ଭାବରେ ମୁଁ କହିଲି- 'ଆପଣଙ୍କୁ, କ'ଣ କହୁଥିଲେ ତ ଖାଦ୍ୟ ସମସ୍ୟା ଉପରେ ?'

ଆଶ୍ଚର୍ଯ୍ୟରେ ଝିଅଟି ମୋତେ ଅନାଇ ରହିଲା, ଏ କିନ୍ତୁ ଏକ ନିରୀହ ମୁହଁର ଶୀତଳ ଚାହାଣୀ ନୁହଁ। ବରଂ ଏକ ବୁଦ୍ଧି ଦୀପ୍ତ ମୁହଁର ଶାଣିତ ଚାହାଣୀ। ତା'ପରେ ଆଖି ତା'ର ନରମି ଆସିଲା। ଗାଡ଼ିର ଗତି ମଧ୍ୟ ଧିମେଇ ଆସିବାକୁ ଲାଗିଲା। ଏଇ ଆଗରେ ଡ: ଆଚାର୍ଯ୍ୟଙ୍କ କ୍ଲିନିକ୍। ଏଇ ଝିଅଟି ପାଇଁ ଗାଡ଼ି ଏଠାରେ ଅଟକିବ।

ସାମ୍ନାରୁ ଆଖି ଫେରାଇ ଝିଅଟି ଆଡ଼କୁ ଚାହିଁଲି। ଟିକିଏ ଆଗର ଶାଣିତ ଦୃଷ୍ଟି ତା'ର ନାହିଁ। ବରଂ କିପରି ଏକ କରୁଣତା ସେଠାରେ ଛାଇଯାଇଛି। କୋମଳ କଣ୍ଠରେ ମୋତେ ପଚାରିଲା ମୁଁ ଆପଣଙ୍କୁ କିଛି... କହୁଥିଲି ?'

'ହଁ... ଏଇ ଖାଦ୍ୟ ସମସ୍ୟା କଥା।'

ଆଖିରେ ତା'ର କଳାବଉଦ ଘୋଟିଗଲା ଯେପରି, ତଳକୁ ମୁହଁ କରି ଧୀରେ ଧୀରେ କହିଲା- 'ଦେଖନ୍ତୁ, ଉତ୍କଟ ଦାରିଦ୍ର୍ୟ ମଧ୍ୟରେ ମୋର ଜନ୍ମ। କିନ୍ତୁ ପିଲାଦିନୁ ପାଠରେ ଆଗ୍ରହ ଦେଖି ବାପା ସ୍କୁଲରେ ମୋର ନାମ ଲେଖାଇ ଦେଇଥିଲେ। ଏ ସୁଯୋଗ ମୋର ବଡ଼ କିମ୍ବା ସାନ ଭାଇଭଉଣୀଙ୍କୁ ମିଳି ନଥିଲା, ହାଇସ୍କୁଲରେ ପଢ଼ିଲାବେଳେ ଉଚ୍ଚପଦସ୍ଥ ସରକାରୀ କର୍ମଚାରୀ ଓ ଧନ୍ୟ ବ୍ୟବସାୟୀଙ୍କ କନ୍ୟାମାନଙ୍କ ସଂସ୍ପର୍ଶରେ ଆସି ସମାଜର ଧନୀ ଦରିଦ୍ର ମଧ୍ୟରେ ଥିବା ବ୍ୟବଧାନ ଧୀରେ ଧୀରେ ବୁଝିବାକୁ ଲାଗିଲି। ଏ ବ୍ୟବଧାନ ଯେତିକି ବୁଝିବାକୁ ଲାଗିଲି ଧନୀ ହେବାର ସ୍ୱପ୍ନ ସେତିକି ମୋ ମନ ମଧ୍ୟରେ ଦେଖା ଦେବାକୁ ଲାଗିଲା। କ୍ରମେ ଏହି ସ୍ୱପ୍ନ ଏପରି ତୀବ୍ର ହୋଇଉଠିଲା ଯେ ନିଜକୁ ତା'ଠାରୁ ମୁକୁଳାଇବା କଷ୍ଟକର ହୋଇପଡ଼ିଲା। ତାପରେ ସେହି ଅସମ୍ଭବ ଓ ଆଶୁ ଅଭିଳାଷର ବିପରୀତ ପରିଣତିସ୍ୱରୂପ ଶେଷରେ ଡ. ଆଚାର୍ଯ୍ୟଙ୍କ କ୍ଲିନିକ୍ ମଧ୍ୟରେ ନିଜକୁ ମୁଁ ଆବିଷ୍କାର କଲି।'

ଆଖି ଦିଓଟି ତା'ର ପୁଣି ଉଜ୍ଜଳ ହୋଇଗଲା, ଏବେ କିନ୍ତୁ ମୁଁ ପୂରା ଭଲ ହୋଇଗଲିଣି। ଡ. ଆଚାର୍ଯ୍ୟ କହିଛନ୍ତି ଆଉ ଦୁଇମାସ ପରେ ମୁଁ ସଂପୂର୍ଣ୍ଣ ସୁସ୍ଥ ହୋଇଯିବି,

ପାଞ୍ଚବର୍ଷ ତଳୁ ମୁଁ ମାଟ୍ରିକ୍ ଦେଇ ସାରନ୍ତିଣି, ହଁ... ଡ.ଆଚାର୍ଯ୍ୟ କହିଛନ୍ତି ଆସନ୍ତା ବର୍ଷ ମୁଁ ମାଟ୍ରିକ୍ ପରୀକ୍ଷା ପାଇଁ ପଢ଼ାପଢ଼ି କରିପାରିବି। ପ୍ରତିଦିନ ଖୁବ୍ ସକାଳୁ ଏଠାରୁ ଦୁଇ ମାଇଲ ଦୂରରେ ଥିବା ଏକ ନର୍ସରୀ ସ୍କୁଲକୁ ମୁଁ ବସ୍‌ରେ ଯାଏ। ସେଠାରେ ୪ ଘଣ୍ଟା ଛୋଟ ପିଲାଙ୍କ ମେଳରେ କଟାଇ ପୁଣି ଏକା ଏକା ବସ୍‌ରେ ଏଠାକୁ ଫେରେ। ମୋର ଚିକିତ୍ସାର ଅନ୍ୟତମ ଅଙ୍ଗ ରୂପେ ଡ. ଆଚାର୍ଯ୍ୟ ଏହି ବ୍ୟବସ୍ଥା କରିଛନ୍ତି।'

ଗାଡ଼ି ରହି ସାରିଥିଲା, ସେ ଯିବାକୁ ଠିଆହେଲା, ଭ୍ୟାନିଟି ବ୍ୟାଗ୍‌ଟିକୁ କାନ୍ଧ ଉପରକୁ ଗଳାଇନେଇ ଯିବା ପୂର୍ବରୁ ସେ କହିଲା, 'ଦେଖନ୍ତୁ ଆପଣଙ୍କୁ ମୋର ଅଜାଣତରେ ମୋ ଅବଚେତନ ମନ ତଳର କୌଣସି କଥା କହିଦେଇ ଥାଇପାରେ, ନିଶ୍ଚୟ ଅବାନ୍ତର ହୋଇଥିବ, କିଛି ଖରାପ ଭାବିବେ ନାହିଁ।' କହିଦେଇ ବୁଲିପଡ଼ି ସେ ଦ୍ରୁତଗତିରେ ଓହ୍ଲାଇଗଲା, କଣ୍ଡକ୍ଟର ତାକୁ ଟିକଟ ମାଗିବାକୁ ଅବସର ପାଇଲା ନାହିଁ ବୋଧହୁଏ, ନା ଜାଣି ଜାଣି ମାଗିଲା ନାହିଁ?

ଗାଡ଼ି ପୁଣି ଚାଲିବାକୁ ଆରମ୍ଭ କଲା। ଜୀବନରେ ବୋଧହୁଏ ପ୍ରଥମ ଥର ପାଇଁ ମୁଁ ବସ୍‌ରେ ନିଃସଙ୍ଗ ବୋଧକଲି। କାହିଁକି କେଜାଣି ଗତକାଲିର ଭୂଲିଯାଇଥିବା ବ୍ୟାକରଣ ପୁଣି ହଠାତ୍ ମନେ ପଡ଼ିଗଲା। ହଁ... କ'ଣ ଭାବୁଥିଲିଟି କାଲି? ଅନ୍ୟ ମନ-ମନାନ୍ତର? ନା, ଏହା ପ୍ରକୃତରେ ଭୂଲ। ମନର ଅନ୍ତର... ମନାନ୍ତର ଏବଂ ଅନ୍ୟ ମନ...??

■

କର୍ମ କରଣେ ଫଳ ପାଇ...

୧୯୯୪

ଜ୍ୟେଷ୍ଠ ମାସିଆ ଉଦୁ ଉଦିଆ ଦୁଇ ପହରର ଖରା ଆକାଶରୁ ଯେତେ ନିଆଁ ଢାଳିଲେ ବି ସଲୀଳାଙ୍କୁ ଆଜି କମ୍ ଲାଗୁଥିଲା।

ଏ ଶତାବ୍ଦୀର ସବୁଠାରୁ ପ୍ରଚଣ୍ଡ ବୋଲାଉଥିବା ପ୍ରଖର ଗ୍ରୀଷ୍ମ ଏକ ଭୟଙ୍କର ଡ୍ରାଗନର ରୂପନେଇ ଆପଣାର ଅଗ୍ନିବର୍ଷା ଲହଲହ କର୍କଶ ଜିଭ ବୁଲାଇ ବୁଲାଇ ସାରା ସହରର ଜନ ଜୀବନକୁ ଚାଟି ଆଣୁଥିଲା ଯେପରି। ଝାଞ୍ଜିପବନ ଭୟରେ ଲୋକେ ବାହାରକୁ ବାହାରୁ ନ ଥିଲେ। ଯେଉଁମାନେ ବାଧହୋଇ ବାହାରୁଥିଲେ, ନାନା ଚେଷ୍ଟା ସତ୍ତ୍ୱେ ସେମାନେ ଏଇ ଅଂଶୁଘାତର ଫୁତ୍କାର କବଳରେ ପଡ଼ି ଛଟପଟ ହେଉହେଉ ଆପଣା ଘରର ଶୀତଳ ଛାୟା ଭିତରକୁ ଫେରି ଆସିବାକୁ ବିକଳ ହୋଇ ଉଠୁଥିଲେ।

କିନ୍ତୁ ଘର ଭିତରେ ଶୀତଳତା ବା କେଉଁଠି? ପୂରା ଦମ୍‌ରେ ଚବିଶ ଘଣ୍ଟା ଘୁରୁଥିବା ପଙ୍ଖାମାନଙ୍କରୁ ବେଳକୁ ବେଳ ଅଧିକରୁ ଅଧିକ କେବଳ ଏକ କର୍କଶ ଧ୍ୱନି ବାହାରୁଥିଲା ସିନା, ଘରର ପରିବେଶକୁ ଥଣ୍ଡା କରିପାରୁ ନ ଥିଲା। ଘରେ ଘରେ ସୁରେଇ, ଫିଲ୍‌ଟର ଓ ଫ୍ରିଜ୍, ପାଣି ଯୋଗାଇ ଯୋଗାଇ ନିଃଶେଷ ହୋଇଯାଉଥିବା ସତ୍ତ୍ୱେ ତୃଷା ଲୋକଙ୍କୁ ମୁହୂର୍ତ୍ତକ ପାଇଁ ମଧ୍ୟ ଛାଡୁ ନ ଥିଲା।

ଅଥଚ... ଅନ୍ୟ ଦିନେ କୁଣିଆ ଦେଖିଲେ ଚିହିଁକି ଉଠୁଥିବା ସଲୀଳାଙ୍କୁ ଏବେ କିନ୍ତୁ ଭାରୀ ଇଚ୍ଛା ହେଉଥିଲା କେହି ଦୁଇ ଚାରିଜଣ ଏବେ ଏକାସଙ୍ଗରେ ଆସି ତାଙ୍କ ଘରେ ଅତିଥି ହୁଅନ୍ତେ କି!

ଦୁଇଦିନ ହେଲା ତାଙ୍କର ବହୁଦିନର ସ୍ୱପ୍ନକୁ ଚରିତାର୍ଥ କରି ସେମାନଙ୍କ ଶୋଇବା

ଘରେ ଶୀତତାପ ନିୟନ୍ତ୍ରଣ କରୁଥିବା ଯନ୍ତ୍ରଟିଏ ଲାଗିଲା । ଏଣୁ ବାହାରେ ପ୍ରଚଣ୍ଡ ରୌଦ୍ରର ତାଣ୍ଡବ ନୃତ୍ୟ ସାରା ସହରକୁ ଉହଳ ବିକଳ କରୁଥିବା ବେଳେ, ତାଙ୍କ ପ୍ରଶସ୍ତ ଶୋଇବା ଘରଟି ଶରତ ରାତିର ଜ୍ୟୋତ୍ସ୍ନା ଧୌତ ରାତିଟିଏ ପରି ଶୀତଳ କୋମଳ ହୋଇ ରହିଥିଲା । ଆଉ ଏ ନୂଆ ବିଳାସକୁ ଆକଣ୍ଠ ଉପଭୋଗ କରିବାକୁ ସଲୀଳା ଓ ତାଙ୍କର ଦୁଇପୁଅ ଭିସିଆର୍ ଲଗାଇ ସିନେମା ପରେ ସିନେମା ଦେଖି ବନ୍ଦ କବାଟ ଝରକା ଆରପଟେ ଉଦ୍ଦଣ୍ଡ ନୃତ୍ୟ କରୁଥିବା ରୌଦ୍ରର ଅସହାୟତାକୁ ଉପହାସ କରିବାରେ ଲାଗିଥିଲେ ।

ସଲୀଳାଙ୍କୁ ମନେ ହେଉଥିଲା, ଯେମିତିକି ତାଙ୍କର ସାରାଜୀବନ ଏ ଶୀତଳତାର ସ୍ପର୍ଶରେ ସଫଳ ଓ ସୁଖମୟ ହୋଇ ଉଠିଛି ।

ତଥାପି ଏ ଆନନ୍ଦଟିକୁ ସେ ସମ୍ପୂର୍ଣ୍ଣ ଉପଭୋଗ କରିପାରୁ ନ ଥିଲେ ।

ଏ ସୌଭାଗ୍ୟ କ'ଣ ସମସ୍ତଙ୍କୁ ଜୁଟେ ?

ଏ ସୁଖ, ଏ ବିଳାସ କ'ଣ ସମସ୍ତଙ୍କ ଅଗୋଚରରେ ଉପଭୋଗ କରିବା କଥା ?

ସାଇ ପଡ଼ିଶା କି ବନ୍ଧୁବାନ୍ଧବ ଯାକୁ ଯଦି ନ ଦେଖିଲେ, ଦେଖିବା ବେଳେ ଉପରେ ଉପରେ ବାଃ ବାଃ କହିବା ବେଳେ, ଭିତରେ ଭିତରେ ଯଦି ଇର୍ଷାରେ ହାଇଁ ପାଇଁ ନହେଲେ, ତାହେଲେ ଏ ପ୍ରାଚୁର୍ଯ୍ୟର କ'ଣ ମୂଲ୍ୟ ରହିଲା ଯେ !

କୋଉ ଅପନ୍ତରା ଜଙ୍ଗଲ ଭିତରେ ଗଛଭର୍ତ୍ତି ମିଠା ଆମ୍ବ ସବୁ ଝଡ଼ିପଡ଼ି ଗଛ ଚାରିପଟେ ପଡ଼ିପଡ଼ି ପୋଚକା ହେବା ପରି କଥା ହେବ ନା !

ସେଥିପାଇଁ ସୁଆଦିଆ ମାଛ ଝୋଳ ଖାଉ ଖାଉ ତଣ୍ଟିରେ ମାଛକଣ୍ଟା ଅଟକିବା ପରି ଦେଖୁଥିବା ଚଳଚ୍ଚିତ୍ରର କଥାବସ୍ତୁକୁ ଏଡ଼ାଇ ଦେଇ ଏକ ଯନ୍ତ୍ରଣା ତାଙ୍କୁ ରହି ରହି କଷ୍ଟ ଦେଉଥିଲା ।

ଆଉ କିଏ ଏ ବୈଭବ ଦେଖୁ କି ନ ଦେଖୁ, କମ୍ ସେ କମ୍ ତାଙ୍କ ସାନ ଯା' କୃଷ୍ଣା ଯଦି ଥରେ ଆସି ଯା'କୁ ଦେଖନ୍ତା, ତେବେ ଏହି ଏ.ସି. ଲଗାଇବା ସବୁ ପଇସା ତାଙ୍କର ଉଠିଯାନ୍ତା, ଆଉ ତାଙ୍କର ଏ ରକ୍ ରକ୍ ଯନ୍ତ୍ରଣାଟି ମଧ୍ୟ ଠପ୍‌କରି ବନ୍ଦ ହୋଇଯାଆନ୍ତା ।

ସଲୀଳାଙ୍କ ସ୍ୱାମୀ ରେବତୀ କାନ୍ତ ପୁରୀ ଜିଲ୍ଲାର ଏକ ଜଣାଶୁଣା ଶାସନ ବୀର ପୁରୁଷୋତ୍ତମପୁରର ପୋଷ୍ଟମାଷ୍ଟର ଜନାର୍ଦ୍ଦନ ଦାଶଙ୍କ ବଡ଼ପୁଅ ।

ଜନାର୍ଦ୍ଦନବାବୁ ସେ ସମୟରେ ମାଟ୍ରିକ୍ ପାଶ୍ କରି ଆପଣା ପୈତୃକ ଜମିବାଡ଼ି ଦେଖାଶୁଣା କରୁଥିବା ବେଳେ ଗାଆଁରେ ପୋଷ୍ଟ ଅଫିସ ଖୋଲିଲା । ତାଙ୍କରି

ଦାଣ୍ଡଘରଟିକୁ ଭଡ଼ାରେ ନେଇ ତାଙ୍କୁ ହିଁ ପୋଷ୍ଟମାଷ୍ଟର ରୂପେ ସରକାର ନିଯୁକ୍ତି ଦେଲେ। ତାଙ୍କୁ ବାଦ୍‌ଦେଲେ ଏହି ଡାକଘରର ଅନ୍ୟତମ ଏକମାତ୍ର କର୍ମଚାରୀ ଭାବରେ ଜଣେ ଡାକବାଲା ମଧ୍ୟ ନିଯୁକ୍ତି ପାଇ ଗଲେ।

ନିଜ ଜମିର ଆୟରୁ ଓ ପୋଷ୍ଟମାଷ୍ଟର ଦରମାରୁ ଜନାର୍ଦ୍ଦନବାବୁ ନିଜର ଦୁଇ ଭଉଣୀ ଓ ପରେ ପରେ ଦୁଇଝିଅଙ୍କ ବିବାହ ସୁରୁଖୁରୁରେ କରାଇ ଦେଇଥିଲେ। ବାକି ଦୁଇ ପୁଅଙ୍କ ଭିତରୁ ବଡ଼ ରେବତୀ କାନ୍ତ ଦୁଷ୍ଟ ଓ ଦୁର୍ଦ୍ଦାନ୍ତ ହେଲେ ମଧ୍ୟ ପାଠ ଭଲ ପଢ଼ିଲା ଓ ଚାହୁଁ ଚାହୁଁ ଇଞ୍ଜିନିୟର ହୋଇଗଲା।

ସାନପୁଅ ରୋହିଣୀକାନ୍ତ ଶାନ୍ତଶିଷ୍ଟ ଓ ଭଲପିଲାଟିଏ ହେଲେ କ'ଣ ହେବ, ସବୁବେଳେ ରୋଗିଣା। ଦିନେ ସ୍କୁଲ ଗଲେ ଚାରିଦିନ ଘରେ। ଏକେ ତ ସାନପୁଅ, ସେଥିରେ ପୁଣି ରୋଗିଣା, ଜନାର୍ଦ୍ଦନ ବାବୁଙ୍କ ପତ୍ନୀ ରମାଦେବୀ ପୁଅକୁ ଆଖି ଆଗରୁ ଘଡ଼ିଏ ଅନ୍ତର ହେବାକୁ ଦେଲେ ନାହିଁ, ଆପତ୍ତି କଲେ କହନ୍ତି, 'ହଁ ମ, ବେଶୀ ପାଠ ପଢ଼ିଲେ ଶେଷକୁ ଘରୁ ଦୂରରେ ହିଁ ରହିବ ନା, ଆଉ ଅଧିକ କ'ଣଟାଏ ହେବ? ଦେଖୁନ, ରେବତୀଟା ଏତେ ପାଠ ପଢ଼ିଲା ବୋଲି ଆଉ ଘର ମୁହଁ ଦେଖିଲାଣି ନା? ଆମକୁ କ'ଣ ମିଳିଲା? ତୁମେ ତ ପୁଣି ସେଇ ମାଟ୍ରିକ ପାଠ ପଢ଼ି ଏତେ ଦାୟିତ୍ୱ ଉଠାଇ ପାରିଲ? ରୋହିଣୀ ମଧ୍ୟ ଯେନ ତେନ ମାଟ୍ରିକ୍‌ଟା ପାଶ୍‌କରି ତୁମ ପରି ପୋଷ୍ଟମାଷ୍ଟରଟିଏ ହେଉ।'

କିନ୍ତୁ ରୋହିଣୀକାନ୍ତକୁ ସେତକ ମଧ୍ୟ କରିବାକୁ ପଡ଼ି ନଥିଲା।

ଧୀରେଧୀରେ ଗାଁର ଜନସଂଖ୍ୟା ବଢ଼ିଲା ଓ ଗାଆଁ ସମୃଦ୍ଧ ହେଲା ମଧ୍ୟ। ଗାଁରୁ ସିଧା ସଳଖ ସଡ଼କ ସହରକୁ ପଡ଼ିବା ପରେ ଗାଁର ପୋଷ୍ଟ ଅଫିସ ମଧ୍ୟ ସମୃଦ୍ଧ ହେଲା। ଜନାର୍ଦ୍ଦନବାବୁ ଅବସର ନେବା ବେଳକୁ ପୋଷ୍ଟ ଅଫିସ୍‌ଟି ନିଜର ଏକ କୋଠାଘରକୁ ଉଠିଗଲା। ତାଙ୍କ ବଦଳରେ ଯେଉଁ ପୋଷ୍ଟ ମାଷ୍ଟର ଆସିଲେ ତାଙ୍କ ଯୋଗ୍ୟତା ମଧ୍ୟ ଆଉ ମେଟ୍ରିକ୍ ପଢ଼ାରେ ଅଟକି ନ ଥିଲା। କର୍ମଚାରୀଙ୍କ ସଂଖ୍ୟା ବି ଅନେକ ବଢ଼ିଗଲା।

ରୋହିଣୀ ନିଜର ମାଟ୍ରିକ୍ ପାଶ୍ ଯୋଗ୍ୟତାକୁ ସମ୍ବଳ କରି ଏଇ କ୍ରମବର୍ଦ୍ଧିଷ୍ଣୁ ପୋଷ୍ଟ ଅଫିସ୍‌ରେ କ୍ଲର୍କ ଚାକରିଟିଏ ସମ୍ଭବତଃ ପାଇ ପାରିଥାନ୍ତେ, କିନ୍ତୁ ସେଥିପାଇଁ ସେ ପ୍ରସ୍ତୁତ ହେଉଥିବା ବେଳେ ତାଙ୍କ ଜୀବନର ମୋଡ଼ ଅନ୍ୟଆଡ଼କୁ ବୁଲି ପଡ଼ିଲା।

ଜନାର୍ଦ୍ଦନ ବାବୁଙ୍କର ବହୁତ ଦିନରୁ ଇଚ୍ଛା ଥିଲା, ତାଙ୍କର ପ୍ରିୟବନ୍ଧୁ ଗାଁ ହାଇସ୍କୁଲ ଶିକ୍ଷକ ଶ୍ୟାମସୁନ୍ଦରଙ୍କ ଝିଅ କୃଷ୍ଣାକୁ ବଡ଼ପୁଅ ରେବତୀ ସହ ବିବାହ କରାଇ ଘରକୁ ବୋହୂକରି ଆଣନ୍ତେ।

କିନ୍ତୁ ତାଙ୍କର ଏ ଇଚ୍ଛା ଉପରେ ବଜ୍ରପାତ ହେଲା, ଯେତେବେଳେ ସେ ଜାଣିଲେ ରେବତୀ ନିଜ ସହପାଠୀ କଲ୍ଲୋଳର ଭଉଣୀ ସଲୀଳା ପ୍ରେମରେ ଉବୁଟୁବୁ ହେଉଛି। ଖାଲି ସେତିକି ନୁହଁ, କଲ୍ଲୋଳର ବାପା ମଧ୍ୟ ଏକ ମୋଟା ଅଙ୍କର ଯୌତୁକ ସହ ସଲୀଳାର ବିବାହ ପ୍ରସ୍ତାବକୁ ରେବତୀକାନ୍ତଙ୍କ ସମ୍ମୁଖରେ ପେଶ୍ କରି ସାରିଥିଲେ। କାରଣ ସେ ଭଲ କରି ଜାଣିଥିଲେ ତିନିତିନି ଥର ଆଇ.ଏ. ଫେଲ୍ କରିଥିବା ତାଙ୍କ ଝିଅ ପାଇଁ ଏହାଠାରୁ ଭଲପାତ୍ର ମିଳିବା ସମ୍ଭବ ନୁହଁ।

ରେବତୀକାନ୍ତ, ନିଜର ନବବିବାହିତା ପତ୍ନୀକୁ ଗାଆଁରେ ଛାଡ଼ି ନିଜର ସଦ୍ୟ ବଦଳି ହୋଇଥିବା ସ୍ଥାନରେ ଯୋଗଦେବାକୁ ଗଲାବେଳକୁ କୃଷ୍ଣା ଦଶମ ଶ୍ରେଣୀ ପାଶ୍ କରି ତତ୍‌କାଳୀନ ଶିକ୍ଷା ପ୍ରଣାଳୀ ଅନୁସାରେ ସ୍କୁଲର ଶେଷବର୍ଷ ଏକାଦଶରେ ନାମ ଲେଖାଇ ସାରିଥିଲା।

ତାକୁ ଦିନେ ନିଜ ଘର ଆଗଦେଇ ସ୍କୁଲ ଯାଉଥିବା ଦେଖି ନବବଧୂର ଘର କରଣାରେ ଆଦୌ ସନ୍ତୁଷ୍ଟ ନ ଥିବା, ଜନାର୍ଦ୍ଦନ ବାବୁଙ୍କ ପତ୍ନୀ ରମାଦେବୀ, କହି ପକାଇଲେ- 'ଆହା, ଏ ଲକ୍ଷ୍ମୀବନ୍ତ ଝିଅଟିକୁ ବୋହୂ କରି ନ ଆଣି... ଆମ କପାଳ କେତେ ଖରାପ କହିଲ ?'

'ହେଃ, କ'ଣ ଏମିତି କହୁଛ ? ପୁଅର ଖୁସୀରେ ଆମର ବି ଖୁସୀ ନା ନାହିଁ ? ବୋହୂ ଏକଥା ଶୁଣିଲେ କ'ଣ ଭାବିବ ?'

'ହଅ ବୋହୂ! ଇଏତ ଆମ ଘରେ କୁଣିଆ ପରି। ଆଉ ଦୁଇ ଚାରି ଦିନରେ ରେବତୀ ସାଙ୍ଗରେ କୁଆଡ଼େ ଚାଲିଯିବ ଯେ, ଦେଖା ମିଳିବ ନାହିଁ। ଆଚ୍ଛା, ଆମ ରୋହିଣୀଟାକୁ ଆସନ୍ତା ଫଗୁଣରେ ବିଭା କରାଇଦେଲେ ହେବ ନାହିଁ ?'

ଜନାର୍ଦ୍ଦନବାବୁ ଖବରକାଗଜରୁ ମୁଣ୍ଡ ଉଠାଇ ଚଷମା ଫାଙ୍କରେ ରମାଦେବୀଙ୍କୁ ଅନାଇ ରୁକ୍ଷ କଣ୍ଠରେ ଧମକାଇଲେ- 'କାହା ସାଙ୍ଗରେ ?'

କାହିଁକି କେଜାଣି ରମା ଜନାର୍ଦ୍ଦନବାବୁଙ୍କ ଏ ପ୍ରଶ୍ନର ଉତ୍ତର ନଦେଇ ଚୁପ୍ ହୋଇ ନିଜର ଗୁଆଭାଙ୍ଗିବା କାମରେ ମନ ଦେଲେ।

କିନ୍ତୁ ସେମାନଙ୍କ ଅଜାଣତରେ, ସେମାନଙ୍କ ଆଖି ଆଢୁଆଳରେ, ପାଖର ଦୁଇ ଅଲଗା ଅଲଗା କୋଠରିରେ ପରସ୍ପରଠାରୁ ଅଦୃଶ୍ୟ ଥାଇ ଆଉ ଦୁଇଜଣ ସେମାନଙ୍କର ଏ ବାର୍ତ୍ତାଳାପ ଶୁଣିଲେ।

ଶାଶୂଙ୍କ ମନ୍ତବ୍ୟରୁ ନିଜ କୋଠରିରେ ଥିବା ସଲୀଳା ବୁଝିଲେ ଶାଶୂଙ୍କ ନଜରରେ ସହରର କଲେଜ ପଢୁଆ ବୋହୂଠାରୁ ମଫସଲର ଏଇ ମାଟ୍ରିକ ପଢୁଥିବା ଗାଉଁଲୀ

ଝିଅଟିର ମହତ୍ୱ ଅଧିକ। ଶାଶୂଙ୍କର ଏହି ଅନ୍ୟାୟୋଚିତ ମୂଲ୍ୟାଙ୍କନରେ ସେ ନିଜର କିଛି ତ୍ରୁଟି ତ ଦେଖି ପାରିଲେ ନାହିଁ, କିନ୍ତୁ ଓଲଟି ଶାଶୂଙ୍କ ଗାଉଁଲିଆ ବୁଦ୍ଧି ହିଁ ଏହାର କାରଣ ବୋଲି ଧରିନେଲେ। ସେଥିପାଇଁ ନିଜର ଗୁଣାବଳୀର କିଛି ସର୍ବେକ୍ଷଣ ବା ସଂଶୋଧନ କରିବା ବଦଳରେ ଶାଶୂଙ୍କ ପ୍ରତି କ୍ରୋଧ ଓ ଏଇ ଅଜଣା ଅଶୁଣା ଝିଅଟି ପ୍ରତି ତାଙ୍କ ମନରେ ଈର୍ଷା ଜାତ ହେଲା ମଧ୍ୟ।

ଆଉ ନିଜ କୋଠରିରେ ବସି ପୋଷ୍ଟ ଅଫିସର ସର୍ବକନିଷ୍ଠ କିରାଣି ପାଇଁ ପଢ଼ାପଢ଼ି କରୁଥିବା ରୋହିଣୀ, ରମାଦେବୀଙ୍କ ଏ ଅଧାକୁହା ଅଧାଢ଼ୋକା କଥାରୁ ଏତିକି ବୁଝିଲେ, ରେବତୀ ତୁଳନାରେ ସାମାଜିକ ବଜାରରେ, ବିଶେଷ କରି ବିବାହ ବଜାରରେ ତାଙ୍କର ନିଜର ମୂଲ୍ୟ ଢେର କମ୍। ସେଥିପାଇଁ ଜନାର୍ଦ୍ଦନବାବୁ ପତ୍ନୀର ମନକଥା ବୁଝିଥିଲେ ମଧ୍ୟ ଚିହିଁକି ଉଠି ପଚାରିଥିଲେ- 'କାହା ସାଙ୍ଗରେ ?'

ଆଉ ରମାଦେବୀ ମଧ୍ୟ ସ୍ୱାମୀଙ୍କର ଏ ଆକ୍ରମଣରେ ଚୁପ୍ ହୋଇଗଲେ ସିନା ରୋହିଣୀ, କି ଜନାର୍ଦ୍ଦନ ବାବୁ କି ରମାଦେବୀ କାହାରିକୁ ମଧ୍ୟ ଅଛପା ନଥିଲା ଏ 'କାହା ସଙ୍ଗରେ' ପ୍ରଶ୍ନଟିର 'କାହା' ଟି କିଏ ?

ରୋହିଣୀଙ୍କ ଆଖି ଆଗରେ, ତାଙ୍କଠାରୁ ମାତ୍ର ଦୁଇବର୍ଷ ବଡ଼, ପଦସ୍ଥ ଅଫିସର ହୋଇଥିବା ଭାଇ ପାଖରେ, ନିଜର ଗାଁ ପୋଷ୍ଟ ଅଫିସରେ ସାଧାରଣ ତଳିଆ କିରାଣୀ ଚାକିରି ପାଇଁ ପ୍ରସ୍ତୁତ ହେଉଥିବା ନିଜ ଚେହେରାଟି ଫିକା ଓ ହତଶ୍ରୀ ଦେଖାଗଲା।

ଯଦିଓ ସେ ଆଗପରି ରୋଗିଣା ନଥିଲେ, ଯଦିଓ ଓଲଟି ନିଜର ବଳିଷ୍ଠ ଚେହେରା ସାଙ୍ଗକୁ ଭଦ୍ର, ପରୋପକାରୀ ଗୁଣ ଯୋଗୁ ଗାଆଁରେ ଉଦ୍ୟମୀ ଯୁବକମାନଙ୍କ ଭିତରେ ତାଙ୍କ ନାମ ଆଗରେ ଥିଲା, ତଥାପି... ତଥାପି... ରୋହିଣୀଙ୍କୁ ଲାଗିଲା, ବିବାହ ବଜାରରେ ଯେଉଁ ନିକିତିଟି ଝୁଲୁଛି ସେଥିରେ ଏ 'କାହା'ଟି ଭାରୀ ହୋଇ ତଳେ ଅଛି ଓ ସବୁକିଛି ଥାଇ ମଧ୍ୟ ତାଙ୍କ ପାଲାଟି ହାଲ୍‌କା ହୋଇ ଉପରେ ଝୁଲୁଛି !

ତାଙ୍କ ହାତରୁ ସେ ପଢୁଥିବା ବହିଟି ଖସି ତଳେ ପଡ଼ିଲା।

ଏ ଘଟଣାର ଦୁଇଦିନ ପରେ...

ଖାଇ ବସିଥିବା ବେଳେ ରୋହିଣୀ ଜନାର୍ଦ୍ଦନବାବୁଙ୍କୁ ପଚାରିଲେ, 'ନନା, ଧରମା ତ ବୁଢ଼ା ହେଲାଣି, ତା' ପୁଅ ତ କ'ଣ ବ୍ୟବସାୟ ଆରମ୍ଭ କରିଛି ଯେ, ଜମିବାଡ଼ି ଧନ୍ଦା କରୁନାହିଁ, ଧରମା ପରେ ଆମ ଜମିବାଡ଼ି କିଏ ଦେଖିବ ?'

ଭାତରେ ଡାଲି ନେଇ ଗୋଳାଉ ଗୋଳାଉ ଜନାର୍ଦ୍ଦନବାବୁ ମୁରୁକି ହସି କହିଲେ,

'ଧରମା ତ ସଦା କାଳେ ଆମ ଜମି ଦେଖାଶୁଣା କରୁ ନଥିଲା ? ଯେତେଦିନ ଯାଏ ମୋର ବଳ ବୟସ ଥିଲା, ମୁଁ ଏସବୁ ନିଜେ କରୁଥିଲି। ମୁଁ ବୁଢ଼ା ହେଲା ବେଳକୁ ଧରମା ଆସି ଯୋଗ ଦେଲା। ଏବେ ସେ ଯଦି ବୁଢ଼ା ହେଲାଣି, ତେବେ ଏସବୁ ଏଥର ତୁ ବୁଝାବୁଝି କରିବୁ। ତା' ପୁଅ କଥା ଉଠୁଛି କୋଉଠି ? ତା'ପୁଅ ଏକଥା ଭଲ ଭାବରେ ଜାଣିଛି ବୋଲି ତ ସେ ଅନ୍ୟ କାମ ଧନ୍ଦାରେ ମନ ଦେଇଛି।'

ଖୁସୀ ହୋଇ ରୋହିଣୀ କହିଲେ, 'ମୁଁ ବି ଠିକ୍ ସେଇ କଥା କହୁଛି। ନନା, ଏଥର ଜମିବାଡ଼ି କଥା ମୁଁ ପୂରା ବୁଝିବି। କିନ୍ତୁ ଗୋଟାଏ କଥା, ମୁଁ ଯାହା କଲେ ତୁମେ କିଛି କହିବ ନାହିଁ।'

'ଯାହା କଲେ ମାନେ ?' ଜନାର୍ଦ୍ଦନବାବୁଙ୍କ ହାତ ପାଟି ପାଖକୁ ଯାଉଯାଉ ଅଟକି ଗଲା। ସେ ଆଖି ବଡ଼ବଡ଼ କରି ପୁଅ ମୁହଁକୁ ଚାହିଁଲେ। ପାଖରେ ବସି ପାନ ଭାଙ୍ଗୁଥିବା ରମାଦେବୀଙ୍କ ହାତ ମଧ୍ୟ ଗୁଆକାତି ଉପରେ ଠିଆ ହୋଇଗଲା।

ଆଉ ଶାଶୂଙ୍କ ପାଇଁ ଓ ନିଜ ପାଇଁ ବଡ଼ାବଡ଼ିର ଆୟୋଜନ କରୁଥିବା ସଲୀଳାଙ୍କ କାନ ମଧ୍ୟ ସମସ୍ତଙ୍କ ଅଗୋଚରରେ ସଜାଗ ହୋଇଗଲା। ଏ ଜମିରେ ରେବତୀଙ୍କର ମଧ୍ୟ ସାମାନଭାଗ ଅଛି। ଏ ବାଲୁଙ୍ଗା ଗେହ୍ଲାପୁଅ ହୋଇ ଗାଆଁରେ ବସି ଯଦି ଜମିଗୁଡ଼ିକୁ ବିକାବିକି କରି ନିଜ ପକେଟ ଗରମ କରେ, କିମ୍ବା ନିଜ ନାଆଁରେ କିଛି ବ୍ୟବସାୟ ଆରମ୍ଭ କରେ... ତେବେ ? ନା, ନା ବରଂ ଆଜିଠୁ ଜମିର ଭାଗବଣ୍ଟା କରି ଦେବା ଭଲ। ରେବତୀଙ୍କ ସାଙ୍ଗରେ ଗାଆଁ ଛାଡ଼ିବା ଆଗରୁ ଏ କଥାର ବି ଗୋଟାଏ ନିଷ୍ପତ୍ତି ନେବାକୁ ପଡ଼ିବ।

ରୋହିଣୀଙ୍କ ଦୃଢ଼ ସ୍ୱର ଶୁଣାଗଲା। 'ମାନେ, ଆମେ ଆଉ ପୂରା ଜମିରେ ଖାଲି ଧାନ, ମୁଗ ଚାଷ କରିବା ନାହିଁ।'

'ଆଉ ତା'ହେଲେ ?'

'ମୁଁ ଅଧା ଜମିରେ କଦଳୀ ଚାଷ କରିବି। ଆଜିର ଖବର କାଗଜରେ ବିଜ୍ଞାପନଟା ଦେଖିଛ ? କଲିକତାର ଜଣେ ନାମଜାଦା ଫଳ ବ୍ୟବସାୟୀ ବିଜ୍ଞାପନ ଦେଇଛନ୍ତି ଯେ, ମାସକୁ ତାଙ୍କୁ ଶହ ଶହ କାନ୍ଦି କଦଳୀ ଦରକାର। ଆମେ ଖବର ଦେବାକ୍ଷଣି ତାଙ୍କ ଲୋକ ଆସି ଏଠାରୁ ତାଙ୍କ ଟ୍ରକ୍‌ରେ ଲଦି କଦଳୀ କାନ୍ଦି ନେଇଯିବେ। ଆମେ ଖାଲି ନିୟମିତ ଯୋଗାଇବା କଥା।'

'କିନ୍ତୁ ଏତେ କଦଳୀ ନେଇ ସେ କରିବେ କ'ଣ ? ପୁଣି ଏବେ ତୋ ପାଖରେ ଜମି ସିନା ଅଛି, କଦଳୀ ଗଛ କାହିଁ ? ତୁ ପୁଆ ପୋତିବୁ, ଗଛ ହେବ, ସେ ଫଳ ନେବେ ?'

'ହଁ ନନା, ତାଙ୍କର ଏ ଆବଶ୍ୟକତା ଖାଲି ଆଜିର କି କାଲିର ନୁହଁ। ସେ ଜଣେ ପ୍ରତିଷ୍ଠିତ ବେପାରୀ। ତାଙ୍କ ସହିତ ଯୋଗାଯୋଗ କଲେ ସେ ଆମ ସହିତ ପାଞ୍ଚ ବର୍ଷିଆ / ତିନି ବର୍ଷିଆ ବା ଏମିତି କିଛି ଚୁକ୍ତି କରି ଆମଠାରୁ ରୀତିମତ କଦଳୀ କିଣିବେ।'

ଜନାର୍ଦ୍ଦନବାବୁଙ୍କ ଖିଆ ସରିଥିଲା। ସେ ହାତ ଧୋଇବାକୁ ଉଠିଗଲେ। ସେ ହାତଧୋଇ ଦାଣ୍ଡ ଘରକୁ ଚାଲିଯିବା ପରେ ରମାଦେବୀ ପୁଅ ମୁହଁକୁ ଚାହିଁ ପଚାରିଲେ, 'କିନ୍ତୁ ତୁ ଏସବୁ ଆଡ଼େ ଢଳିଲୁ କେମିତି ? ଜମିଜମା କଥା ତୋ ମୁଣ୍ଡରେ ତ କେବେ ଢୁକି ନଥିଲା ? ଆଉ ତୋ କ୍ଲର୍କ ଚାକିରି ?'

ହାତ ଧୋଉ ଧୋଉ ରୋହିଣୀ କହିଲେ, 'ମୋତେ ତ ପାଠପଢ଼ାଇଲୁ ନାହିଁ। ପଢ଼ାଇ ଥିଲେ ବି ତୋତେ ଛାଡ଼ି ମୁଁ କୁଆଡ଼େ ଯାଇ ନ ଥାନ୍ତି। ଆଉ କ୍ଲର୍କ ଚାକିରି ସେମାନେ କରନ୍ତୁ, ଯାହା ପାଖରେ ଜମି ନାହିଁ। ମୁଁ ଏଣେ ଜମି ଥାଇ ତେବେ କ୍ଲର୍କ ଚାକିରି କଲେ ଦେଶର ବହୁତ କ୍ଷତି। ନା କ'ଣ କହୁଛୁ ?'

ଶାଶୂଙ୍କ ଆଗରେ ଭାତ ଡାଲି ପରଷୁଥିବା ସଲୀଳାଙ୍କ ମୁହଁରେ ତାଚ୍ଛଲ୍ୟର ଏକ ଚୋରାହସ ଖେଳିଗଲା, ହୁଁ! ହାତରେ ତ ଖଡ଼ା ଶିଝିବ ନାହିଁ, କ'ଣ ନା ଦେଶଭକ୍ତି!!

'ନେଲୁ ମା', ଏ ପାନ ଦିଇଟା ନନାଙ୍କୁ ଦେଇ ଆସିବୁ।' କହି ରମାଦେବୀ ତାଙ୍କ ଭାତଥାଳୀ ପାଖରେ ବସିଲେ।

ସଲୀଳାଙ୍କ ଯିବାରାସ୍ତାକୁ ଥରଟିଏ ଚାହିଁ ରୋହିଣୀ ବୋଉଙ୍କ ପାଖକୁ ଆସି ତାଙ୍କ କାନିରେ ହାତ ପୋଛୁ ପୋଛୁ ଟିକିଏ ନିମ୍ନ ସ୍ୱରରେ କହିଲେ- 'ଏ ଜମିଜମା କଥା ମୋ ମୁଣ୍ଡରେ ଢୁକି ନଥିଲା, କାହିଁକି ନା ତୋ ମୁଣ୍ଡରେ ମଧ୍ୟ ମୋ ପାଇଁ ବୋହୂ ଆଣିବା କଥା ଢୁକି ନ ଥିଲା ! ହଉ, ପାଣି ଗ୍ଲାସ୍‌ଟା ବଢ଼ା, ପିଇବି। ଏମିତି ଚାହିଁଛୁ କ'ଣ ?'

ପାଣି ପିଇସାରି ଭାଉଜଙ୍କୁ ଦାଣ୍ଡ ବାରଣ୍ଡାରେ ବସିଥିବା ନନାଙ୍କ ସାଙ୍ଗରେ କଥା ହେଉଥିବା ଦେଖି ରୋହିଣୀ ପୁଣି ଧୀର ସ୍ୱରରେ ରମାଦେବୀଙ୍କୁ ଚାହିଁ ହସିହସି କହିଲେ, 'ସେ ଶ୍ୟାମ ମଉସାଙ୍କ ଝିଅକୁ ବୋହୂ କରିବୁ ପରା ? ମୋର ଏ ମାଟ୍ରିକ୍ ପାଶ୍‌ର କୋଉ ଚାକିରି ସେଥିପାଇଁ ଆଉ ହେବନି। ତୁ ବର୍ଷଟାଏ ଧୈର୍ଯ୍ୟ ଧର। ମୁଁ କ'ଣ ହେବି ଦେଖିବୁ।' ଏତକ କହିଦେଇ ତାଙ୍କୁ ହାଁ କରି ଅନେଇ ରହିଥିବା ବୋଉ ହାତରେ ଖାଲି ଗ୍ଲାସ୍‌ଟା ଧରାଇ ଦେଇ ଗୋଟିଏ ଡିଆଁରେ ସବୁ ଘର ଟପି ଦାଣ୍ଡକୁ ଚାଲିଗଲେ ସେ।

ସେଦିନ ରମାଦେବୀଙ୍କୁ ବୋହୂ ହାତରନ୍ଧା ବଡ଼ ସୁଆଦ ଲାଗିଲା। ଖାଇସାରି ସେ ମଧ୍ୟ ପାନ ଖିଲେ କଳରେ ଯାକି ବାରଣ୍ଡାର ଚୌକି ଉପରେ ଯାଇ ବସିପଡ଼ିଲେ। ଗଦ୍‌ଗଦ୍ ହୋଇ କହି ଉଠିଲେ, 'ହଇଓ, ଶୁଣୁଛ ? ରୋହିଣୀ କ'ଣ କହୁଛି ? ତୁମେ ଟିକିଏ ଏକଥାଟା ଶ୍ୟାମଙ୍କ ଆଗରେ ପକାନ୍ତ ନି ?'

ଜନାର୍ଦ୍ଦନବାବୁ ତାଙ୍କର ଏ ମନ୍ତବ୍ୟ ଉପରେ କେତେଟା ଗୁରୁତ୍ୱ ଦେଲେ ଜଣା ପଡ଼ିଲା ନାହିଁ, କିନ୍ତୁ ସବୁକଥା ଅନୁମାନ କରିପାରୁଥିବା ସଲୀଳାଙ୍କୁ ଏତକ ଶୁଣି ଲାଗିଲା, ଏ ଘରେ ବୋହୂ ହୋଇ ଆସି ତାଙ୍କର ଯେତିକି ପ୍ରାଧାନ୍ୟ ନାହିଁ, ବୋହୂ ନ ହୋଇ ମଧ୍ୟ ଏହି କାଳୀ ଝିଅଟି ସେତିକି ପ୍ରାଧାନ୍ୟ ପାଇଯାଉଛି !

ତାଙ୍କର ଗୋରା ତକତକ ମୁହଁଟା ଇର୍ଷାରେ ନାଲି ପଡ଼ିଗଲା। ଜିଦ୍‌ର ବାଡ଼ିଟାଏ ବୁଲାଇ ସେ ଇର୍ଷା ଘୋଷଣା କଲା– 'ହେଉ, ମୁଁ ବି ଦେଖାଇ ଦେବି, ଏ କାଳୀ, ଶୁକୁଟୀ ଗାଁ ଝିଅ ଯଦି ଲକ୍ଷ୍ମୀବନ୍ତ, ମୁଁ ବି ସାକ୍ଷାତ ଲକ୍ଷ୍ମୀ କି ନୁହଁ !'

ତା' ପରଠାରୁ ଗଣି ଗଣି ଏ ଭିତରେ କୋଡ଼ିଏ ବର୍ଷ ବିତିଗଲାଣି। ଗାଁ ବାରିରେ ଜନାର୍ଦ୍ଦନ ବାବୁ ଲଗାଇଥିବା ଶାଳଗଛ ଚାରାଟି ବର୍ତ୍ତମାନ ଏକ ମହାଦ୍ରୁମ ହୋଇ ଠିଆ ହେଲାଣି।

ଆଉ ସଲୀଳାଙ୍କ ମନରେ କୃଷ୍ଣାକୁ ନେଇ ଏକ ଶୀତଳଯୁଦ୍ଧର ପ୍ରକୋପ ବଢ଼ିଛି ସିନା କମି ନାହିଁ।

କିନ୍ତୁ ସଲୀଳାଙ୍କୁ ଲାଗିଛି, ଧନ ସମ୍ପତ୍ତିରେ ସେ କୃଷ୍ଣାକୁ କାହିଁ କେତେ ପଛରେ ପକାଇ ଦେଇଛନ୍ତି ସତ, ତଥାପି... ଏ ପ୍ରତିଯୋଗିତାରେ କୃଷ୍ଣା ହିଁ ସବୁବେଳେ ଆପଣା ରଥକୁ ସଜୋରେ ଝପଟାଇ ତାଙ୍କୁ କାଟିଦେଇ ଆଗକୁ ମାଡ଼ିଯାଉଛି !

ଏଇତ... ସେ ଆଇ.ଏ. ତିନିଥରରେ ମଧ୍ୟ ପାଶ୍ କରିପାରି ନ ଥିଲେ। ବିବାହ ପରେ ମଉଜ୍ ମଜ୍‌ଲିସ୍ ନକରି ସ୍ୱାମୀଙ୍କ ପଦବୀ, ପ୍ରତିଷ୍ଠାକୁ ଭୋଗ ନକରି ଫାଲ୍‌ତୁ ପାଠପଢ଼ା ପଛରେ ସେ ବା କାହିଁକି ଲାଗିଥାନ୍ତେ ଯେ !

କିନ୍ତୁ କୃଷ୍ଣା ମାଟ୍ରିକ୍ ପାଷ୍ଟ କ୍ଲାସ୍‌ରେ ପାଶ୍ କରୁ କରୁ ରୋହିଣୀଙ୍କ ସହିତ ତା'ର ବିବାହ ହୋଇ ଯାଇଥିଲା। ଶ୍ୟାମସୁନ୍ଦର ବାବୁ ଏକ ଦକ୍ଷ ଶିକ୍ଷକ ଭାବରେ ମଣିଷକୁ ଚିହ୍ନିବାର ଶକ୍ତି ପାଇଥିଲେ। ସେ ଜାଣିଥିଲେ ତାଙ୍କ ଝିଅ ପାଇଁ ରେବତୀ ଠାରୁ ରୋହିଣୀ ହିଁ ଅଧିକ ଉପଯୁକ୍ତ। ପୁଣି ଏକା ଗାଆଁରେ ଝିଅ ରହିଲେ ବେଳ ଅବେଳରେ, ପୁଣ୍ୟ ପର୍ବ ଦିନରେ ତାକୁ ତ ଦେଖି ହେବ !

ଏ କ'ଣ କମ୍ କଥା ?

ଆଉ ବାହାହୋଇ ସାରି ନିଜ ହାତରେ ଘରର ଆମୂଳ ଚୂଳ ସବୁ କାମ କରି ମଧ୍ୟ କୃଷ୍ଣା ନିଜର ବି.ଏ. ପଢ଼ା ସ୍ୱପ୍ନକୁ ଚାହୁଁଚାହୁଁ ପୂରା କରିଦେଲା ।

କେତେବେଳେ କେମିତି ଖରାଛୁଟିରେ ପିଲାଙ୍କୁ ନେଇ ଗାଁକୁ ଯାଇଥିବା ବେଳେ ସଲୀଳା ଦିଅରକୁ ଥଟ୍ଟା କରିବା ଆଳରେ ଉଲୁଗୁଣା ଦେଇ କହନ୍ତି- 'ଛି, ଛି ରୋହିଣୀ, ତମ ସ୍ତ୍ରୀ ବି.ଏ. ପାଶ୍ କରିଗଲା । ତୁମେ ଆଇ.ଏ.ଟା ମଧ୍ୟ ପାଶ୍ କଲନି । ଲାଜ କଥା !'

ରୋହିଣୀ ଭାଉଜଙ୍କୁ କେବେ ଥଟ୍ଟା କରନ୍ତି ନାହିଁ, ମାଆ ସମାନ ବଡ଼ ଭାଉଜ ! ଏଣୁ ସଲୀଳାଙ୍କୁ ମୁଣ୍ଡ ଉଠାଇ ଚାହିଁ ହସିଦେଇ ପୁତୁରାମାନଙ୍କୁ ଓ ନିଜ ଝିଅକୁ ନିଜ ଚାରିପଟେ ବସାଇ ତିଆରି କରୁଥିବା ଗୁଡ଼ି ଉପରକୁ ଆଖି ଫେରାନ୍ତି । କିନ୍ତୁ ନିକଟରେ ଅଗଣାରେ ତୁଳସୀ ଚଉରା ଆଗରେ ପିଢ଼ା ଉପରେ ବସି ପଇତା ମନ୍ତରୁ ଥିବା ଜନାର୍ଦ୍ଦନବାବୁ ଓ ଠାକୁର ଘର ଆଗରେ ବସି ଭାଗବତ ପଢୁଥିବା ରମାଦେବୀଙ୍କ କଲିଜାରେ କେତୋଟି ଛୁଞ୍ଚି ଟୁପ୍‌ଟାପ୍ ଗଳିଯାଏ ଯେମିତି । ଏ ବଡ଼ ବୋହୂଟା କିଛି ନା କିଛି ଆଳରେ ସାନକୁ ଖାଲି ଦଂଶିବାକୁ ଚାହିଁଲା ! ସାନ ବୋହୂର ବି.ଏ. ପାଶ୍ କରିପାରିବା ପରି ପାରିବାର ପଣିଆଟା ବି ଯାକୁ ଏକ ଅବିଗୁଣ ପରି ଦିଶୁଛି ! କିନ୍ତୁ ଏତିକି ବି ଜାଣୁନି ଏ ଆଘାତ କାହାକୁ କାହାକୁ ଯାଇ ରକ୍ତାକ୍ତ କରୁଛି ?

କିନ୍ତୁ ସେମାନଙ୍କର କିଛି ଗୋଟାଏ ସାମାନ୍ୟ ମନ୍ତବ୍ୟ ମଧ୍ୟ ମହାଭାରତକୁ ଏକ ନିମନ୍ତ୍ରଣ ହୋଇପାରେ !

ଏଣୁ ସେମାନେ କିଛି କହି ନ ପାରି ଚୁପ୍ ରହନ୍ତି ସତ, କିନ୍ତୁ କିଛି କହି ନପାରିବାର ଗ୍ଲାନିରେ ଛଟପଟ ହୁଅନ୍ତି ମଧ୍ୟ ।

କିନ୍ତୁ ସଲୀଳାଙ୍କ ଶର ଏତେ ଜଣଙ୍କୁ ରକ୍ତାକ୍ତ କରିପାରେ ସିନା କୃଷ୍ଣାକୁ କିନ୍ତୁ ଶରବିଦ୍ଧ କରିପାରେ ନାହିଁ । ଭାତ ହାଣ୍ଡିରେ ଫୁଟି ଆସୁଥିବା ଗରମ ପାଣିକୁ ଶାନ୍ତ କରି ସେଥିରେ ଧୁଆ ଚାଉଳ ପକାଉ ପକାଉ ଚଟ୍‌କରି ସଲୀଳାଙ୍କୁ ନ ଚାହିଁ ସେ ହସିହସି ଉତ୍ତର ଦିଏ- 'ଥାଉ ନାନୀ, ଆପଣଙ୍କ ଗେହ୍ଲା ଦିଅରଙ୍କୁ ଏକଥା ଆଉ ଶିଖାନ୍ତୁ ନାହିଁ । ସେ ବିଏ ପାଶ୍ କରିଥିଲେ ତ ବିଏ ପାଶ୍ କରା ଝିଅଟିଏ ଖୋଜିଥାନ୍ତେନା, ମୋତେ ଆଉ ବାହା ହୋଇ ଥାଆନ୍ତେ କି ? ତାଙ୍କୁ ତ ଝିଅ ଅଭାବ ହୋଇ ନଥାନ୍ତା, ମୁଁ ହିଁ କ୍ଷତିରେ ପଡ଼ିଥାଆନ୍ତି ।'

'କାହିଁକି ? ତୋତେ କ'ଣ ବର ମିଳୁ ନ ଥିଲେ କି ?'

'ମିଳୁଥିଲେ । କିନ୍ତୁ ମୁଁ ତ ଜିଦ୍ ଧରି ବସିଥିଲି । ମୋ ବର ମେଟ୍ରିକ୍ ପଢ଼ିଥାନ୍ତୁ

ପଛକେ ଭଦ୍ର ଓ ସୁନ୍ଦର ହୋଇଥାନ୍ତୁ। ଉଦ୍ଦଣ୍ଡ କାଳିଆ ଅଫିସର ବର ତ ମୋର ଲୋଡ଼ା ନଥିଲା ?' କୃଷ୍ଣା ସେମିତି ହସିହସି କହେ।

ଏତକ ଶୁଣିବା କ୍ଷଣି ରମାଦେବୀଙ୍କ ଭାଗବତ ପାଠ ଓ ଜନାର୍ଦ୍ଦନ ବାବୁଙ୍କ ମନ୍ତ୍ରପାଠର ସ୍ୱର ଉଚ୍ଚା ହୋଇଯାଏ! ଗୁଡ଼ି ସମ୍ପୂର୍ଣ୍ଣ ତିଆରି ନ ହୋଇଥିଲେ ବି ତାକୁ ଟେକିଧରି ପିଲାଙ୍କୁ ଦେଖାଇ ରୋହିଣୀ କହନ୍ତି- 'ଦେଖିଲ, ସୁନ୍ଦର ଦିଶିଲା ?'

ସମସ୍ତେ ଜାଣନ୍ତି ରୋହିଣୀ ତୁଳନାରେ ରେବତୀ ଦେଖିବାକୁ ଅସୁନ୍ଦର ଓ ପ୍ରଚଣ୍ଡ କ୍ରୋଧୀ ମଧ୍ୟ।

ଜନାର୍ଦ୍ଦନବାବୁଙ୍କ ପଇତା ମନ୍ତ୍ର କାମ ସରିଯାଇଥାଏ। ଏଣୁ ସେଇଠୁ ଉଠି ତୁଳସୀ ଚଉରାରେ ପଇତାକୁ ଗୁଡ଼ାଉ ଗୁଡ଼ାଉ ରୋହିଣୀ ଉଦ୍ଦେଶ୍ୟରେ ପାଟି କରି କହନ୍ତି, 'ଗଲୁରେ, କାଲିଠୁ ଘରେ ପାନପତ୍ର ସରି ଯାଇଛି - ବନା ଦୋକାନରୁ ପାନପତ୍ର ବିଡ଼ାଏ ଓ ପାନଖିଲ ଦୁଇଟା ନେଇ ଆସିବୁ।' କହିଦେଇ ତୁଳସୀ ଗଛରେ ପାଣି ଦେଇ ପୂଜା ମଠା ବଦଳାଇବାକୁ ସେ ନିଜ କୋଠରିକୁ ଚାଲିଯାଆନ୍ତି।

ରୋହିଣୀ ଉଠି ଯାଉ ଯାଉ ଗୁଡ଼ି ଗୁଡ଼ାକୁ ପିଲାଙ୍କ ଅପହଞ୍ଚ ଉପର ଥାକରେ ରଖି ସଲୀଳାଙ୍କୁ ସେମିତି ହସିହସି ପଚାରନ୍ତି - "ଭାଉଜ, ତୁମ ପାଇଁ ବି ପାନ ଆଣେ। କ'ଣ ଖାଇବ ତୁମେ ? ମିଠା ନା କଡ଼ା ?" ଉତ୍ତରକୁ ଅପେକ୍ଷା ନକରି ସେ ବାହାରକୁ ଚାଲି ଯାଆନ୍ତି।

ସଲୀଳାଙ୍କ ଗାଲ ଦୋହରା ଅପମାନରେ ଲାଲ୍ ହୋଇ ଉଠେ। ହୁଁ! ଏ ବାଲୁଙ୍ଗା ଦିଅର ତାଙ୍କୁ ପଚାରୁଛି ଜବାବଟା ମିଠା ଲାଗିଲା ନା କଡ଼ା ?

ଏଥର ରମାଦେବୀ ପୂଜାଘରେ ପଶି ଘଣ୍ଟିକୁ ଜୋରରେ ଟିଣ୍‌ଟିଣ୍ କରି ବଜାଇ ଠାକୁର ଘର କବାଟ ବନ୍ଦ କରିଦିଅନ୍ତି। କୃଷ୍ଣା ବଡ଼ ଯା'ଙ୍କ ହାତରୁ ଛଡ଼ା ସରିଥିବା ମଟରତକ ନେଇ ଆରପଟ ଚୁଲୀରେ ବେଶ୍ ସୁଗନ୍ଧିତ ତରକାରୀଟାଏ ବସାଏ।

ଆଉ ସଲୀଳା... ତମ ତମ ହୋଇ ସେଇଠୁ ଉଠି ନିଜ କୋଠରିକୁ ଚାଲିଯାଆନ୍ତି।

କିନ୍ତୁ କୌଣସି ଅପମାନରୁ ବା ଦୁର୍ଘଟଣାରୁ କିଛି ଶିଖିବା ପରି ବିଚକ୍ଷଣତା ସଲୀଳାଙ୍କର କେବେ ନଥିଲା କି ହେଲାନାହିଁ ମଧ୍ୟ।

ଆଉ ଦିନେ ଦିନେ ନିଜ ମିଜାଜ ଭଲ ଥିଲେ, ସାନ ଯାଆକୁ କଅଁଳେଇ ସଲୀଳା କହନ୍ତି 'ହଁ, ତୋର ଏ ବି.ଏ. ପଢ଼ା ବି ଠିକ୍ ହୋଇଛି। ନହେଲେ ଆଉ ଗୋଟିଏ ଛୁଆ ହେବାପରେ ରୋହିଣୀଙ୍କର ଏ ରୋଜଗାରରେ ତ ସଂସାର ଚଳାଇବା

କଠିନ ହୋଇ ପଡ଼ିବ ତୁମମାନଙ୍କ ପାଇଁ, ସେତେବେଳେ ଅନ୍ତତଃ ତୁ ତ ହେଲେ ଚାକିରିରେ ପଶିପାରିବୁ।'

ଝିଅପାଇଁ ସଦ୍ୟ କାଟିଥିବା ଏକ ନୂଆ ଫ୍ରକ୍ ଉପରେ ମେସିନ ଚଳାଉ ଚଳାଉ କୃଷ୍ଣା ଫିକ୍ କରି ହସି ଦେଇ କହେ, 'ହଁ, ଆଜିକାଲି ସଚ୍ଚୋଟ ଉପାୟରେ ଯିଏ ରୋଜଗାର କରିବ, ତାକୁ ଟିକିଏ ଟାଣ୍ ଟୁଣ୍ ହୋଇ ଚଳିବାକୁ ହିଁ ପଡ଼ିବ। ତଥାପି ନାନୀ, ସେଥିରେ ମର୍ଯ୍ୟାଦା ଅଛି, ଶାନ୍ତି ବି ଅଛି। ହେଲେ, ଚାକିରିଟାଏ କରିବା ପରି ସୌଭାଗ୍ୟ ମୋତେ ଜୁଟିଲା ପରି ଦିଶୁନାହିଁ। ଚାକିରିର ଯେଉଁ ପ୍ରତିଯୋଗିତାର ଦୌଡ଼, ସେଥିରେ ମୁଁ କାହିଁ କେତେ ପଛରେ ବୋଲି ମୁଁ ଭାବୁଛି।'

ମେସିନ୍ ବନ୍ଦ କରି ଫ୍ରକ୍‌ଟିର ବେକ ପାଖକୁ ସଯତ୍ନରେ ଭାଙ୍ଗି ସେଥିରେ ଛୁଞ୍ଚିରେ ହାତକାମ କରୁକରୁ ସେ ପୁଣି କହେ- 'ତେବେ ହଁ, ମା' ମୂର୍ଖ କି ଅଶିକ୍ଷିତ ହେଲେ, ପିଲାଙ୍କୁ ଘରେ ନିଜେ ପଢ଼ାଇ ନ ପାରିଲେ, ସେମାନଙ୍କୁ ଯେଉଁ ଫେଲ୍‌ଫାଲ୍ ହେବାର ଦୁଃଖ ଭୋଗିବାକୁ ପଡ଼େ, ମୋ ପିଲାଙ୍କ କପାଳରେ ସେତକ ନହେଲେ ମୋ ପାଠପଢ଼ାର ମୂଲ୍ୟ ରହିଲା ବୋଲି ଜାଣିବି।' ଏହା କହି କଇଞ୍ଚିରେ ସୂତାକୁ କାଟି ଛୁଞ୍ଚି ସୂତାକୁ ଯତ୍ନରେ ଡବା ଭିତରେ ରଖିଦିଏ।

ସଲୀଳାଙ୍କ ଗୋରା ମୁହଁ କିନ୍ତୁ କଳା ପଡ଼ିଯାଇଥାଏ।

କେଡ଼େ ସାହସ ଏ ଟୋକୀ ଖଣ୍ଡକର! ରେବତୀଙ୍କର ଦୁର୍ନୀତି କରି ଟଙ୍କା ରୋଜଗାର କରିବା ଓ ସେ ଆଇଏ ଫେଲ୍ ହୋଇଥିବାରୁ ପିଲାଙ୍କ ପଢ଼ାର ଯତ୍ନ ନେଇ ପାରୁନଥିବା, ଏ ଦୁଇ କଥାର ଉଲୁଗୁଣା ସେ କେତେ ସହଜରେ ଦେଇଦେଲା! ସେ ସିନା ଆଇଏ ଫେଲ୍ କରିଛନ୍ତି, ମୂର୍ଖ ତ ନୁହନ୍ତି! ତା' ହେଲେ ଶାଶୂ ଶଶୁର, ରୋହିଣୀ ମଧ୍ୟ ମୂର୍ଖ! ବିଏ ପାଶ୍ କରିଛି ବୋଲି ଯାକୁ ଚନ୍ଦ୍ର ସୂର୍ଯ୍ୟ ଦିଶୁ ନାହାନ୍ତି ନା କ'ଣ?

ଅକାରଣେ ପାଖରେ ଖେଳୁଥିବା ପୁଅ ପିଠିରେ ଢୋ' କରି ଚାପୁଡ଼ାଟାଏ ବସାଇ ସେ ଉଠିଯାନ୍ତି ନିଜ ଶୋଇବା ଘରକୁ। ତାଙ୍କ ପରିଚିତ ଈର୍ଷାର ଜ୍ୱାଳାମୁଖୀଟାଏ ସେତେବେଳେ ତାଙ୍କ ମୁଣ୍ଡରେ ହୁତ୍‌ହୁତ୍ ହୋଇ ଜଳୁଥାଏ। ଏହାର ଜ୍ୱଳନ ଆଉ କାହାକୁ ଆଲୋକ ଦେଇ ପାରେନା ସତ, କିନ୍ତୁ ତାଙ୍କର ନିଜର ସବୁ ଶାନ୍ତିକୁ ଜାଳି ପୋଡ଼ି ଛାରଖାର କରିଦିଏ।

ଆଉ ଏଇ ଜ୍ୱାଳାମୁଖୀଟି ସେତେବେଳେ ଯାଇ ଶାନ୍ତ ହୁଏ, ଯେତେବେଳେ ଆଉ ଦୁଇ କି ଚାରି ଭରିର ଓଜନିଆ ଗହଣାଟିଏ ସେ ରେବତୀଙ୍କ ପାଖରୁ ଦାବି କରି ହାସଲ କରିନିଅନ୍ତି। କିମ୍ବା ସେମିତି କିଛି ନୂଆ ନୂଆ ଦାମିକା ଘର କରଣା ଜିନିଷ

ସେ କେତେ ଅନାବଶ୍ୟକ ହେଉପଛେ ତାକୁ ଜିଦ୍ କରି କିଣିଆଣି ଗୃହ ମଣ୍ଡନ କରନ୍ତି।

ତେବେ ଯାଇ ତାଙ୍କୁ ଲାଗେ, ଲମ୍ବାଚଉଡ଼ା ଦର୍ପଣରେ ପ୍ରତିଫଳିତ ତାଙ୍କର ଏ ସୁନ୍ଦର ଚେହେରା ପରି ତାଙ୍କର ଅଖଣ୍ଡ ସାମ୍ରାଜ୍ୟ ମଧ୍ୟ ଠିକ୍‌ଠାକ୍ ଚାଲିଛି, ଯେଉଁଠି ସେ ହିଁ ଅପ୍ରତିଦ୍ୱନ୍ଦୀ ସାମ୍ରାଜ୍ଞୀ ଏବଂ ଆଖପାଖରେ କାହିଁ କେତେ ଦୂର ଆଖି ପାଇବା ଯାଏ, ତାଙ୍କପରି ଆଉ ଏକ ସମୃଦ୍ଧିଶାଳୀ ସାମ୍ରାଜ୍ୟଟିଏ କାହିଁ ତାଙ୍କର ଦୃଷ୍ଟିଗୋଚର ହେଉ ନାହିଁ ତ!

ଆଉ କୃଷ୍ଣା?

ହାଃ!!

ତାଙ୍କ ସମକକ୍ଷ ସାମ୍ରାଜ୍ଞୀ ତ ଦୂରର କଥା, ଛୋଟକାଟିଆ ରାଣୀଟାଏ ବୋଲାଇ ସିଂହାସନଟିଏ ମଣ୍ଡନ କରିପାରିବାର ଯୋଗ୍ୟତା କି ଭବ୍ୟତା ତା'ର କାହିଁ?

'ହେବି' କହିଲେ କିଏ କିଛି ହୋଇଯାଏ କି?

'ଭାଗ୍ୟରେ' ଥିଲେ ନା ହୁଏ!

ପାଟିରେ ରୂପା ଚାମଚ ଧରି ଯିଏ ଧନୀ ବ୍ୟବସାୟୀ ଘରେ ଜନ୍ମ ହୋଇଛି, ତା ସାଙ୍ଗରେ ପୁଣି ଗାଁ ହାଇସ୍କୁଲ ମାଷ୍ଟରର ଝିଅ ଟକ୍କର ଦେଇ ପାରିବ!

ଫୁଃ !!

ଚାହୁଁଚାହୁଁ ରେବତୀଙ୍କ ଦୁଇପୁଅ ବବି ଓ ବବ୍ ଓ ରୋହିଣୀଙ୍କ ଝିଅ ଶ୍ରୀନୁ ଓ ପୁଅ ଶିବୁ ଆଗପଛ ହୋଇ ଯେଝା ସ୍କୁଲରେ ନାମ ଲେଖାଇଲେ।

ବବି ଓ ବବ୍ ସହରର ନାମଜାଦା ଇଂରେଜୀ ସ୍କୁଲରେ ନାମ ଲେଖାଇଲା ବେଳେ କିଛି ବର୍ଷର ବ୍ୟବଧାନରେ ଶ୍ରୀନୁ ଓ ଶିବୁ ଗାଆଁ ପ୍ରାଇମେରୀ ସ୍କୁଲରେ ପାଦ ଦେଲେ। କିନ୍ତୁ ମାତ୍ର କେତୋଟି ବର୍ଷ ପରେ ଦେଖାଗଲା, ପଛରେ ଜନ୍ମ ହୋଇ ଓ ଆହୁରି ପଛରେ ସ୍କୁଲରେ ନାମ ଲେଖାଇ ମଧ୍ୟ ବବି ଓ ବବ୍ ଠାରୁ ଶ୍ରୀନୁ ଓ ଶିବୁ ମଧ୍ୟରେ ଥିବା ପାଠ୍ୟ ଶ୍ରେଣୀଗତ ବ୍ୟବଧାନ ଧୀରେଧୀରେ ସଂକୁଚିତ ହେବାରେ ଲାଗିଛି।

ଗାଆଁରେ ଥିବା କ୍ରିଷ୍ଣା କି ରୋହିଣୀଙ୍କୁ ସିନା ବୁବୁ ଓ ବବ୍‌ଙ୍କ ପଢ଼ାପଢ଼ି ବିଷୟରେ ବିଶେଷ କିଛି ଧାରଣା ନ ଥିଲା, କିନ୍ତୁ ସମସ୍ତଙ୍କ ଖବର ରଖୁଥିବା ସଲୀଳା ଏଥିପାଇଁ ବେଶ୍ ଚିନ୍ତିତ ହୋଇପଡ଼ିଲେ। ଶ୍ରୀନୁ ଓ ଶିବୁ ବର୍ଷକୁ ବର୍ଷ ଠିକ୍‌ଠାକ୍ ପାଶ୍ ହୋଇ ଚାଲିଥିବା ବେଳେ ଏ ବବି ଓ ବବ୍ ଏତେ ଝୁଣ୍ଟୁଛନ୍ତି କାହିଁକି?

ଯାହା ଜଣାପଡୁଛି, ଏ ଇଂରାଜୀ ସ୍କୁଲଟି ନିହାତି ବାଜେ ସ୍କୁଲଟାଏ।

ସେଥିପାଇଁ ସହରରେ ଯେତେବେଳେ 'ଇଣ୍ଟର ନ୍ୟାସନାଲ' ଶବ୍ଦ ଯୋଡ଼ା ହୋଇ ଆଉ ଏକ ବେଶ୍ ଉଚ୍ଚମାନର ସ୍କୁଲଟିଏ ଖୋଲିଲା, ସଲୀଳା ପୁରୁଣା ସ୍କୁଲରୁ ନାମ କଟାଇ ଦୁଇ ପୁଅକୁ ସେଥିରେ ନାମ ଲେଖାଇ ଦେଲେ। ଯଦିଓ ଇଣ୍ଟର ନ୍ୟାସନାଲ ଶବ୍ଦର ମହତ୍ତ୍ୱ ଯୋଗୁଁ ଏ ସ୍କୁଲ, ଫିସ୍ ଓ ଚାନ୍ଦା ବାବଦକୁ ଏକ ମୋଟା ଅଙ୍କର ଅର୍ଥ ସଲୀଳାଙ୍କ ଠାରୁ ଆଦାୟ କରିନେଲେ, ତଥାପି ସଲୀଳାଙ୍କର ଗୋଡ଼ ଖୁସୀରେ ତଳେ ପଡ଼ିଲା ନାହିଁ। ଆଉ ନିଜର ଚାକିରି ଓ ତତ୍ ସହିତ ଜଡ଼ିତ ନାନା ଦୁର୍ନୀତି ଭିତରେ ଧନ୍ଦି ହେଉଥିବା ରେବତୀ ବାବୁ ସ୍ତ୍ରୀଙ୍କୁ ଟଙ୍କା ଧରାଇ ଦେଇ ଦାୟିତ୍ୱମୁକ୍ତ ତ ହୋଇସାରିଥିଲେ, ସେ' ମଧ୍ୟ ପିଲାଙ୍କ ଏ ସ୍କୁଲ ବଦଳ ବିଷୟରେ ମୁଣ୍ଡ ଖେଳାଇଲେ ନାହିଁ।

କିନ୍ତୁ ସଲୀଳା ଉପରେ ପଡ଼ି ଜଣାଇଦେଲେ- ଏ ପୁରୁଣା ସ୍କୁଲର ସବୁ କିଛି ପୁରୁଣା କାଳିଆ। କୋଠାବାଡ଼ି ବି ଓ ପାଠପଢ଼ା ବି। ତା' ନହେଲେ, ତାଙ୍କ ପିଲାମାନେ ଏମିତି ଥରକୁ ଥର ଫେଲ୍ ହେଇଥାନ୍ତେ!

ଏ ନୂଆ ସ୍କୁଲଟିରେ କୋଠାବାଡ଼ି ଯେମିତି ବେଶ୍ ସୁଦୃଶ୍ୟ, ପାଠ୍ୟକ୍ରମ ସେମିତି ଅତ୍ୟାଧୁନିକ। ପାଠ ସାଙ୍ଗକୁ ପହଁରା, ଘୋଡ଼ାଚଢ଼ା, ସ୍କେଟିଂ, ଟେନିସ୍ ଇତ୍ୟାଦି କେତେ କ'ଣ ସବୁ ଶିଖାଉଛନ୍ତି। ଫେଲ୍ ହେବାର ପ୍ରଣାଳୀ ବି ଏଠାରେ ନାହିଁ, ବରଂ ପାଠରେ ଦୁର୍ବଳ ପିଲାଙ୍କ ଠାରୁ ଆଉ ଏକ ମୋଟା ଅଙ୍କର ଟଙ୍କା ବଦଳରେ ଅଧିକା କିଛି ସମୟର ସ୍ୱତନ୍ତ୍ର ଶିକ୍ଷାଦାନର ବ୍ୟବସ୍ଥା ମଧ୍ୟ ଏମାନେ ରଖିଛନ୍ତି।

ଛିଡ଼ିଲା! ଏକେ ତ ପିଲାମାନଙ୍କର ବାରମ୍ବାର ଫେଲ୍ ହେବାର ଯନ୍ତ୍ରଣାରୁ ମୁକ୍ତି ମିଳିଲା। ପୁଣି କେତେ ବଡ଼ବଡ଼ିଆ ପ୍ରଭାବଶାଳୀ ବ୍ୟକ୍ତିମାନଙ୍କ ସହ କଥାବାର୍ତ୍ତା ଓ ବନ୍ଧୁତ୍ୱର ସୁଯୋଗଟାଏ ମଧ୍ୟ ଆସିଲା।

ଯାକୁ ନା କହନ୍ତି ଭାଗ୍ୟ!

ନିଜର ବିଚକ୍ଷଣତାକୁ ପ୍ରଶଂସା କରୁ କରୁ ଆଗେ କୃଷ୍ଣାକୁ ଏ ବିଷୟରେ ଲମ୍ବା ଚଉଡ଼ା କରି ସବୁକଥା ବର୍ଣ୍ଣନା କରି ସେ ଚିଠିଟାଏ ଲେଖିଲେ।

ଲଫାପାରେ ଚିଠିଟିକୁ ବନ୍ଦ କରି ଚପରାଶୀ ଜଗୁ ହାତରେ ଚିଠିଟିକୁ ପୋଷ୍ଟ କରାଇବାକୁ ଜଗୁକୁ ଖୋଜିଲେ।

ରାନ୍ଧୁଣିଆ ସ୍ତ୍ରୀ ଲୋକଟି ରୋଷେଇ ଘରୁ ଜବାବ ଦେଲା, 'ଜଗୁ ଦାଣ୍ଡ ବାରଣ୍ଡା ପାହାଚ ଉପରେ ବସି ଖବରକାଗଜ ପଢୁଛି।'

ଚପରାଶିଙ୍କର ଏ ବାବୁ ପଣିଆ ଦେଖିଲେ ହାଡ଼ ଜଳେ ସଲୀଳାଙ୍କର। ଏମିତି ସବୁ ବେଖାତିର ପଣିଆ ଯୋଗୁଁ ଆଗର ଦୁଇ ଚପରାଶିଙ୍କୁ ରେବତୀଙ୍କୁ କହି ସେ

ବଦଳାଇଛନ୍ତି। ଅଫିସରେ କାମ କରି କରି ଅଣ୍ଟା ପଛକେ ଭାଙ୍ଗି ଯାଉଥିବ, କିନ୍ତୁ ଘରେ ଅର୍ଦ୍ଦଳି ହୋଇ ରହିଲେ ବାବୁଙ୍କର ଖବର କାଗଜ ଲୋଡ଼ା ହଉଛି !

ରାନ୍ଧୁଣୀ ଯାଇ ଜଗୁକୁ ଡାକି ଆଣିଲା।

ସଲୀଳା କିଛି କହିବା ପୂର୍ବରୁ ଜଗୁ ହାତରେ ଧରିଥିବା ଖବରକାଗଜକୁ ଦେଖାଇ ଗଦଗଦ ହୋଇ କହି ଉଠିଲା, 'ମାଡ଼ାମ୍, ଏଇ ଦେଖନ୍ତୁ ଏଥିରେ ସାର୍‌ଙ୍କ ନାଁ ବାହାରିଛି।'

ସଲୀଳା ଚମକି ପଡ଼ିଲେ।

ଖବର କାଗଜରେ ରେବତୀଙ୍କ ନାଁ ?

ଗତ ସପ୍ତାହରେ ଭିଜିଲାନ୍ସ କବଳରୁ ବେଶ୍ ଟଙ୍କା ପଇସା ଖର୍ଚ୍ଚକରି ନିଜ ବିରୁଦ୍ଧରେ ଉଠିଥିବା କେତୋଟି ଅଭିଯୋଗକୁ ରେବତୀ ମଶା ରାକେଟ ବୁଲାଇ ମଶା ମାରିବା ପରି ବଡ଼ ଦକ୍ଷତାର ସହ ଦବାଇ ଦେଇଛନ୍ତି। ଆଉ ଏବେ କୋଉ ବାଟେ ଏ କଥାଟା ପଦାକୁ ଆସିଲା ଯେ, ଏକାଥରେ ଖବରକାଗଜରେ ନାଁଟା ବାହାରି ପଡ଼ିଲା ?

ସେ ଜଗୁ ହାତରୁ ଖବରକାଗଜକୁ ନେଇ ସେ ଦେଖାଇଥିବା ନିର୍ଦ୍ଦିଷ୍ଟ ଜାଗାକୁ ଚାହିଁଲେ।

ଆରେ, ଏ ତ ଶ୍ରୀନୁ ଓ ଶିବୁଙ୍କର ଦୁଇଟି ଅଲଗା ଅଲଗା ଫଟୋ। 'ଭାଇ ଭଉଣୀଙ୍କ କୃତିତ୍ୱ' ଶିରୋନାମାରେ ସେମାନଙ୍କ ନାଁ, ଗାଁ, ସହିତ ସମ୍ବାଦ ବାହାରିଛି ଯେ ସେମାନେ ଶ୍ରୀନୁ ଅପର ପ୍ରାଇମେରୀ ଓ ଶିବୁ ପ୍ରାଇମେରୀ ସ୍କୁଲ ପରୀକ୍ଷାରେ ଓଡ଼ିଶାରେ ପ୍ରଥମ ସ୍ଥାନ ଅଧିକାର କରି ସରକାରୀ ବୃତ୍ତି ପାଇବାକୁ ଯୋଗ୍ୟ ବିବେଚିତ ହୋଇଛନ୍ତି। ସେମାନଙ୍କ ପରିଚୟରେ ଜେଜେବାପା, ବାପା ଓ ବଡ଼ବାପାଙ୍କ ନାମ ମଧ୍ୟ ଲେଖା ହୋଇଛି, ସତେଯେପରି ଏ ପିଲାଙ୍କ କୃତିତ୍ୱ ନୁହଁ, ପୂରା ବଂଶର କୃତିତ୍ୱ ! ହୁଁ !

'ମୋତେ ଖୋଜୁଥିଲେ କି ମ୍ୟାଡ଼ାମ୍ ?' ଜଗୁ ପଚାରୁ ଥିଲା।

'ନାଇଁ, କିଛି ନାଇଁ, ବାହାରେ ବସ୍।'

'ଏଇ ଖବର କାଗଜଟା ଏଇଠି ଥାଉ। ସାର୍‌ଙ୍କୁ ଦେଖାଇବେ।'

'ନାଇଁ, ନାଇଁ। ତୁମେ ଘରକୁ ନେଇଯାଅ। ତୁମ ପିଲାଙ୍କୁ ଦେଖାଇବ। ସାର୍ ଏ କଥା ଜାଣିଛନ୍ତି।'

କାମ ନ ଥିଲା ଯେ ସାର୍‌ଙ୍କୁ ଦେଖାଇବି ! ବବି ଓ ବବ୍‌ଙ୍କ ପାଠପଢ଼ାକୁ ନେଇ କମ୍ ଗାଳି ତାଙ୍କଠାରୁ ଶୁଣୁଛି ଯେ ଆଉରି ବୋକାଙ୍କ ପରି ତାଙ୍କୁ ଏ ଦୁଃସମ୍ବାଦ ଶୁଣାଇବି !

ମାସକ ପରେ, ରେବତୀ କାନ୍ତ ଅଫିସରୁ ଫେରି ସଲୀଳାଙ୍କୁ କହିଲେ, 'ଏଇ ରବିବାର ଦିନ ଗାଁକୁ ଯିବା ପାଇଁ ସଜଡ଼ା ସଜଡ଼ି କର।'

'ଗାଁ କୁ? ହଠାତ୍?'

'ହଁ, ଏଇ ରୋହିଣୀ କ'ଣ ଆଉ ଗୋଟିଏ ନୂଆ ଜମି କିଣିଲା ଯେ ଭୂମିପୂଜା ପାଇଁ ଡାକିଛି। ଆମ ପଡ଼ିଶା ଗଦାଭାଇନାଙ୍କ ପରିବାର କୁଆଡେ ସହରକୁ ଉଠିଗଲେ ଯେ, ତାଙ୍କର ସବୁ ଜମିବାଡ଼ି ଓ ଘର ମଧ୍ୟ ବିକିଦେଲେ। ତାକୁ ରୋହିଣୀ କିଣିଛି। ଏଣୁ ନନା ମଧ୍ୟ ଧାଡ଼ିଏ ଲେଖିଛନ୍ତି- 'ଯେମିତି ହେଲେ ପିଲାଙ୍କୁ ଧରି ଆସିବୁ। ଗଦା ଘରକୁ କେମିତି କ'ଣ କଲେ ଆମ ଘର ସଙ୍ଗେ ମିଶାଇ ଗୋଟିଏ ବଡ଼ ଘର କରିବା ଯେ ତୁ ତାକୁ ଦେଖି ମତାମତ ଦେବୁ।'

ଏଁ!!

ସଲୀଳାଙ୍କ କାନରେ କିଛି ପଶୁ ନ ଥିଲା। ଏବେ ପରା ରୋହିଣୀ ଗତ ବର୍ଷ ବେଶ୍ ବଡ଼ ଜମି ଖଣ୍ଡେ କିଣି ଥିଲା! ପୁଣି ନୂଆ ଜମି, ଘର? ଏତେ ପଇସା ଏ ବାଲୁଙ୍ଗା କୋଉଠୁ ପାଇଲା?

ମୁହଁ ଖୋଲି କହିଲେ- 'ଭଲ ହେଲା, ଚାଲ ଯିବା। ଏଥର ତୁମର ଭାଗର ଜମିଟା ତାଙ୍କଠାରୁ କାଢ଼ି ଆଣ। ତାକୁ ବିକିଦେବା ଯେ, ଆମକୁ ବେଶ୍ କିଛି ଟଙ୍କା ମିଳିଯିବ, ସେ ଟଙ୍କାଟା -

ଧୁଆଧୋଇ ହେବା ପାଇଁ ଗାଧୁଆ ଘରର କବାଟ ଖୋଲୁଥିଲେ ରେବତୀ। ସେମିତି ଦରଖୋଲା କବାଟଟା ଉପରେ ହାତ ରଖି ପଛକୁ ବୁଲିପଡ଼ି ଏଡ଼େ ପାଟି କରି ଧମକାଇ କହିଲେ- 'ବେକରେ ଏ ଯେଉଁ ମୋଟା ହାରଟା ଝୁଲେଇଛ, ଗତବର୍ଷ ରୋହିଣୀ ମାଛ ଯାଆଁଳ ବିକି ଯେଉଁ ଲାଭ ପାଇଥିଲା ସେଥିରୁ ହିଁ ଏ ମୋର ଭାଗ। ସେ ପଇସାରେ ହିଁ ମୁଁ ଏହା କିଣିଥିଲି। ବୁଝିଲ? ହୁଁ, ଦୁର୍ବୁଦ୍ଧି ଅଣ୍ଟିଲା ନାହିଁ ଯେ, କହୁଛି 'ଜମି ବିକ।' କ'ଣ କରିବ ଜମି ବିକି? ଜମିଟା ଥିଲେ ହେଲେ, ଦିନେ ତୁମର ଏ ବାଲୁଙ୍ଗା ପୁଅମାନେ ତାକୁ ଚାଷ କରି ବଞ୍ଚିବେ। ଜମି ବିକ!'

କହିଦେଇ ବାଥରୁମ୍ କବାଟକୁ ଢୋ କରି ବନ୍ଦ କରି ଭିତରେ ପଶିଲେ ସେ।

କ'ଣ ହୋଇଛି ଏ ରେବତୀଙ୍କର? ଯେତେବେଳେ ଦେଖିବ, ଖାଲି ଠୋ' ଠୋ' କଥା। ପାଟିତୁଣ୍ଡ। ଆଗର ସେ ପ୍ରେମ, ସରାଗ ଗଲା କୁଆଡ଼େ?

ଆଉ କ'ଣ କହିଲେ ସେ? ତୁମର ବାଲୁଙ୍ଗା ପୁଅମାନେ?

ରୋହିଣୀଙ୍କୁ ଏବେ ବାଲୁଙ୍ଗା ବୋଲି ମୁଁ ତ ମନେ ମନେ କହୁଥିଲି । ତାକୁ ଏ ଜାଣିଦେଲେ କେମିତି ?

କାହିଁକି କେଜାଣି ତାଙ୍କ ଆଖି ଆଗରେ କୃଷ୍ଣାର କଳା, ପତଳା ଶାଣଦିଆ ଚେହେରା ଭାସି ଉଠିଲା ।

ରାଗରେ ହାତ ମୁଠାମୁଠା ହୋଇଗଲା ତାଙ୍କର ।

ଅତୀତରେ ଅନେକ ଦୃଶ୍ୟର ଏ ସ୍ମୃତିଚାରଣ କରୁକରୁ ସେଇଥି ପାଇଁ, ଆଜିର ଉଦୁଉଦିଆ ଏ ଦିପହରେ ଏୟାର କଣ୍ଡିସନର ଶୀତଳ ବାତାବରଣରେ ବସି ସୁଦ୍ଧା ସଲୀଳା ନିଜର ଦାମୀ ଭିଡ଼ିଓକନ ଭି.ସି.ପି.ରୁ ଶାନ୍ତିରେ ସିନେମା ଦେଖିପାରୁ ନ ଥିଲେ । ରହି ରହି ତାଙ୍କ ମନରେ ରକ୍ ରକ୍ ହେଉଥିଲା– କୃଷ୍ଣା ଥରେ ଆସି ତାଙ୍କର ଏ ନୂଆ ବୈଭବ, ଏ ଆଧୁନିକ ସ୍ୱାଚ୍ଛନ୍ଦ୍ୟ ଦେଖିଯାଆନ୍ତା କି ! ତା' ହେଲେ ଯାଇ ସଲୀଳାଙ୍କ ଠାରୁ ତା'ର ଜୀବନର ସାବଲୀଳତା କେତେ ମନ୍ଥର କେତେ ଅସୁବିଧାଜନକ ସେ କଥା ସେ ବୁଝି ପାରିଥାନ୍ତା ।

ସହରରେ କାମ ଥିଲେ ସେମାନେ ଅବଶ୍ୟ ଅନେକ ଥର ଆସିଛନ୍ତି, କିନ୍ତୁ ଏବେ ଏ ପ୍ରଚଣ୍ଡ ଖରାରେ ନ ଆସି ଝରଝର ବର୍ଷୁଥିବା ବେଳେ ଆସିଲେ ଏ ଶୀତତାପ ନିୟନ୍ତ୍ରଣର ମର୍ଯ୍ୟାଦା ଆଉ କ'ଣ ରହିବ ଯେ ?

ତାଙ୍କ ମନ କଥା ଜାଣିବା ପରି କଲିଂ ବେଲ୍‌ରେ ଢଂ କରି ଆଓ୍ୱାଜଟାଏ ହେଲା ।

ଚମକି ପଡ଼ିଲେ ସଲୀଳା । ଆରେ ! ତାଙ୍କର କୌଣସି ଇଚ୍ଛା ତ ଏମିତି ସଙ୍ଗେ ସଙ୍ଗେ ପୂର୍ଣ୍ଣ ହୋଇନି !

ପୁଅ ଦୁହିଁଙ୍କୁ ଚାହିଁଲେ ସେ ।

'ଯାଅରେ, ଦେଖ କିଏ ଆସିଛି ।'

'ତୁମେ ଯାଉନ । ଦେଖୁଛ, ଆମେ ସିନେମା ଦେଖୁଛୁ ।' ସାନପୁଅ ବିରକ୍ତ ହୋଇ ଜବାବ ଦେଲା ।

ବାଧ୍ୟ ହୋଇ ସଲୀଳା ବିଛଣାରୁ ତଳକୁ ଓହ୍ଲାଇଲେ । ଏ ବଦ୍‌ମାସ ଚାକର ଟୋକାଟା ବି ସେଇଠି କୋଉଠି ଫ୍ୟାନ୍‌କୁ ସଶବ୍ଦେ ବୁଲାଇ ଘୁଙ୍ଗୁଡ଼ି ମାରି ଶୋଇଥିବ ଯେ, କେତେ ଶବ୍ଦ ହେଲେ ମଧ୍ୟ ଉଠିବ ନାହିଁ ।

ରେବତୀ ତ ଟୁର୍‌ରେ । ଆଉ କେହି ଆସିବାର ବି ନାହିଁ ।

ସତରେ ରୋହିଣୀ ଓ କୃଷ୍ଣା ଆସିଗଲେ କି ଆଉ ?

ଦ୍ରୁତ ଗତିରେ ଆଗେଇ ଗଲେ କବାଟ ଆଡ଼କୁ ସଲୀଳା। ଛାତି ବି ଖୁସୀରେ ଧଡ଼ଧଡ଼ ହେବାକୁ ଲାଗିଲା। କବାଟ ଖୋଲିଲା ବେଳକୁ କାହା ଚେହେରା ଆଖିରେ ପଡ଼ିବ କେଜାଣି।

କିନ୍ତୁ କବାଟ ପାଖରେ ହିଁ ତାଙ୍କ ପାଦ ଅଟକିଗଲା। କବାଟ ଖୋଲିବା ପର୍ଯ୍ୟନ୍ତ ଗଲାନାହିଁ। ଡ୍ରଇଂରୁମ୍‌ର କବାଟ ତଳ ଫାଙ୍କ ଦେଇ କେତୋଟି ଚିଠି ଖେଳାଇ ହୋଇପଡ଼ିଛି। ତା'ର ସୂଚନା ଦେବାକୁ ଯାଇ ପୋଷ୍ଟମ୍ୟାନ ସମ୍ଭବତଃ କଲିଂବେଲ ବଜାଇ ଦେଇ ଯାଇଛି।

ଗୋଟି ଗୋଟି କରି ଚିଠିଗୁଡ଼ିକୁ ଦେଖିଲେ ସେ। ଗୋଟିଏ ଫୋନ୍ ବିଲ୍, ଆରଟି ଇଲେକ୍ଟ୍ରିକ୍ ବିଲ୍। ଆଉ ଏ ଚିଠିର ଠିକଣାରେ ତ ରୋହିଣୀଙ୍କ ହାତ ଅକ୍ଷର। ତରତର ହୋଇ ଚିଠିଟିକୁ ଖୋଲିଲେ ସଲୀଳା ?

ବେଶ୍ ଲମ୍ବା ଚଉଡ଼ା ଚିଠିଟିଏ।

ଭାଉଜ,

ତୁମେ ଓ ଭାଇନା ଆମମାନଙ୍କ ପ୍ରଣାମ ନେବ ଓ ବବି ଓ ବବ୍‌କୁ ଆମ ଦୁହିଁଙ୍କ ସ୍ନେହ ଓ ଶ୍ରୀନୁ ଓ ଶିବୁଙ୍କ ପ୍ରଣାମ ଜଣାଇ ଦେବ। ନନା ଓ ବୋଉଙ୍କ ସ୍ନେହ ଓ ଆଶୀର୍ବାଦ ସେମାନେ ଏଇଠି ତୁମ ସମସ୍ତଙ୍କ ପାଇଁ ପଠାଉଛନ୍ତି ଗ୍ରହଣ କରିବ। ଆମେମାନେ ସମସ୍ତେ ଏଠାରେ ଭଲରେ ଅଛୁ। ଆଶାକରେ ଶ୍ରୀଜଗନ୍ନାଥଙ୍କ କୃପାରୁ ତୁମେ ସମସ୍ତେ ସେଠାରେ ଭଲରେ ଥିବ।

ଏହି ଚିଠି ଲେଖିବାର କାରଣ ହେଲା, ଏଇ ଆସନ୍ତା ୨୮ ତାରିଖରେ ନେତ୍ରୋତ୍ସବ, ଭାଇନାଙ୍କ ଜନ୍ମଦିନ। ଭାଇନାଙ୍କ ପାଇଁ ବୋଉ ଗାଁର ଗୁପ୍ତେଶ୍ୱରଙ୍କ ପାଖରେ କ'ଣ ମାନସିକ କରିଥିଲା ଯେ, ସେଦିନ ଏକ ହଜାର ଆଠ ବେଲପତ୍ର ଚଢ଼ାଯାଇ ଅଭିଷେକ ହେବ। ବ୍ରାହ୍ମଣ ଭୋଜନ ଓ ହୋମ ମଧ୍ୟ ହେବ। ଏଣୁ ନନା ଓ ବୋଉ ଏହି ଚିଠିଦ୍ୱାରା ତୁମକୁ ଜଣାଉଛନ୍ତି ଯେ, ତୁମେ ଭାଇନାଙ୍କୁ କହିବ ସେଦିନ ଯେମିତି ହେଲେ ଛୁଟି ନେବେ ଓ ତୁମ ସମସ୍ତଙ୍କୁ ନେଇ ଏଠାକୁ ଆସିବେ।

ନନା ଆଉ ଲେଖାଲେଖି କରି ପାରୁ ନାହାନ୍ତି। ତାଙ୍କ ହାତ ଥରଥର ହେଉଛି। ଏଣୁ ତାଙ୍କ କହିବା ପ୍ରକାରେ ଏହା ମୁଁ ତୁମମାନଙ୍କୁ ଜଣାଉଛି।

ହଁ, ଶ୍ରୀନୁ ପ୍ଲସ୍‌ଟୁ ଫାଷ୍ଟ କ୍ଲାସ୍‌ରେ ପାସ୍ କଲା, କିନ୍ତୁ ପ୍ରଥମ ଦଶଜଣଙ୍କ ଭିତରେ ରହି ପାରିଲା ନାହିଁ ବୋଲି ମନ କଷ୍ଟରେ ଅଛି। ଆଉ କାଲି ଶିବୁର ମାଟ୍ରିକ ରେଜଲ୍ଟ ବାହାରିଲା। ପ୍ରଥମ ଦଶଜଣଙ୍କ ଭିତରୁ ସପ୍ତମ ସ୍ଥାନ ରଖିଛି। ଖବର କାଗଜରେ ତ

ଫଟୋ ବାହାରି ଥିଲା। ଦେଖିଥିବ। ସେ ଭାଇନାଙ୍କ ପରି ଇଞ୍ଜିନିୟର ହେବ କହୁଛି। ଏଣୁ ଆମର ଏଠା କଲେଜରେ ହିଁ ତାକୁ ବିଜ୍ଞାନରେ ନାମ ଲେଖାଇ ଦେବି ଭାବୁଛି। ଏ ବିଷୟରେ...

ଆଉ ଆଗକୁ ପଢ଼ି ପାରିଲେ ନାହିଁ ସଲୀଳା। ଦୁଇଦିନ ହେଲା ତାଙ୍କ ଘରେ ପଶିପାରୁ ନ ଥିବା ପ୍ରଚଣ୍ଡ ରୌଦ୍ରର ଉଦ୍ଦଣ୍ଡ ତାଣ୍ଡବ ନୃତ୍ୟ ହଠାତ୍ ଯେପରି କାନ୍ଥବାଡ଼ ଭାଙ୍ଗି ତାଙ୍କ ଘରେ ଧସେଇ ପଶି ସିଧା ତାଙ୍କ ମୁଣ୍ଡ ଉପରେ ଚଢ଼ି ପ୍ରକାଣ୍ଡ ଅଟ୍ଟହାସ୍ୟ ସହ ନୃତ୍ୟ କରିବାରେ ଲାଗିଲା।

କ'ଣ ହେଲା ?

ଶ୍ରୀନୁ ଠାରୁ ବଡ଼ ସଲୀଳାଙ୍କ ସାନପୁଅ ବବ୍ ଏ ପର୍ଯ୍ୟନ୍ତ 'ଇଣ୍ଟରନ୍ୟାସନାଲ୍' ସ୍କୁଲରୁ ବାହାରି ନାହିଁ। ଆଉ ଶ୍ରୀନୁଠାରୁ ବେଶ୍ ବଡ଼ ତାଙ୍କ ବଡ଼ ପୁଅ ବବି ଗତବର୍ଷ ସେ ସ୍କୁଲରୁ ଏତେ କମ୍ ମାର୍କ ରଖି ପାଶ୍ କରିଛି ଯେ, ଏ ସହରରେ ଏତେ କଲେଜ ଥାଉଁ ଥାଉଁ ସହରଠୁ ପଚିଶି କିଲୋମିଟର ଦୂର ଏକ ଘରୋଇ କଲେଜରେ ସେ ନାମ ଲେଖାଇଛି। ଏମାନଙ୍କ ଶିକ୍ଷାପାଇଁ ହଜାର ହଜାର ଟଙ୍କା ମାସକୁ ମାସ ଖର୍ଚ୍ଚ ହେଉଛି।

ଅଥଚ ପଇସାଟିଏ ଖର୍ଚ୍ଚ ନ କରି, ଓଲଟି ବର୍ଷକୁ ବର୍ଷ ସରକାରୀ ବୃତ୍ତିପାଇ କୃଷ୍ଣାର ପିଲାମାନେ ଦିହିଁଙ୍କୁ ଦିହେଁ ସତେ ଅବା ପରସ୍ପର ସହ ବାଦବୁଦିଆରେ ତହୁଁ ଅଧିକ, ତହୁଁ ଅଧିକ ମାର୍କ ରଖି ପାଶ୍ କରି ଯାଉଛନ୍ତି। ବିନା ଟ୍ୟୁସନରେ, ଗାଁର ମଳିମୁଣ୍ଡିଆ ସରକାରୀ ସ୍କୁଲ କଲେଜରେ ପଢ଼ି ଏ ପିଲାଗୁଡ଼ା ଏତେଏତେ ନମ୍ବର କେମିତି ପାଇଯାଉଛନ୍ତି କେଜାଣି ?

ହଅ... କ୍ରିଷ୍ଣାର ବଡ଼ଭାଇ ସରକାରୀ କଲେଜରେ ଅଧ୍ୟାପକ ହୋଇଛି ତ, ସେଇ କୋଉଠି କ'ଣ ଧରାଧରି କରି ମାର୍କ ବଢ଼ାଉଥିବ।

ହୁଁ, ପୁଣି କ'ଣ ନା ଭାଇନାଙ୍କ ପରି ଇଞ୍ଜିନିୟର ହେବ !

ତୁ ବାଲୁଙ୍ଗା ତ ବାପ ପରି ପୋଷ୍ଟମାଷ୍ଟରଟିଏ ହୋଇପାରିଲୁ ନାହିଁ ଯେ, ଶେଷରେ ଜେଜେବାପା ପରି ଚାଷୀଟିଏ ପାଲଟି ଗଲୁ। ତୋ ପୁଅ ବି ସେୟା କରୁନି ? ଏ ଇଞ୍ଜିନିୟର ହେବାର ସ୍ୱପ୍ନ କାହିଁକି ଦେଖୁଛି ?

ସଲୀଳାଙ୍କର ଛାତିରେ ହାତେ ଲମ୍ବର ଛୁରୀଟାଏ କିଏ ଭୁଷିଦେଲା ଯେପରି। ତାଙ୍କୁ ଲାଗିଲା- ତାଙ୍କ ଦୁଇ ପୁଅର ହକ୍ ଥିବା ସିଂହାସନରୁ ସେମାନଙ୍କୁ ଠେଲିଦେଇ ଏ ବାଲୁଙ୍ଗାର ପୁଅ ଯେମିତି ଇଞ୍ଜିନିୟର ହେବାକୁ ବସିଛି।

ନା, ତାଙ୍କୁ କିଛି ଗୋଟାଏ କରିବାକୁ ପଡ଼ିବ। ଉତ୍ତେଜନାରେ ସୋଫା ଛାଡ଼ି ଠିଆ ହୋଇଗଲେ ସେ।

ନେତ୍ରୋତ୍ସବ ଆଗ ଦିନ ସକାଳୁ ସକାଳୁ ରେବତୀକାନ୍ତଙ୍କ କଳା ଆମ୍ବାସାଡ଼ର କାର୍ ଯେତେବେଳେ ଗାଆଁରେ ସେମାନଙ୍କ ଘର ଆଗରେ ଠିଆ ହୋଇଗଲା, ସେତେବେଳେ ସେମାନଙ୍କ ସମ୍ପୂର୍ଣ୍ଣ ପରିବାର ସହ ଗୋଟିଏ ବଡ଼ କାଗଜ ପେଡ଼ି ମଧ୍ୟ ଗାଡ଼ିରୁ ଓହ୍ଲାଇଲା। ସେମାନେ ଆସିବା ଖବର ତ ଘରେ ସମସ୍ତଙ୍କୁ ଜଣାଥିଲା, କିନ୍ତୁ... ଏ କାଗଜ ପେଡ଼ିରେ ଅଛି କ'ଣ ?

ସମସ୍ତଙ୍କ ପ୍ରଶ୍ନିଳ ଆଖିର ଉତ୍ତରରେ ସଲୀଳା ହସିହସି କୃଷ୍ଣାଙ୍କୁ ଚାହିଁ କହିଲେ- 'ଆମ ପିଲାଦିହେଁ ଏତେ ବଢ଼ିଆ ମାର୍କ ରଖି ପାଶ୍ କଲେ, ଆମେ ଦଦେଇ ଦେଠେଇ କ'ଣ ଖାଲି ହାତରେ ଆସିଥାନ୍ତୁ ? ତାଙ୍କର ଏ ଗୌରବରେ ସେମାନଙ୍କୁ କିଛି ଗୋଟାଏ ଉପହାର ଦେଇ ଉତ୍ସାହିତ କରିବା ଦାୟିତ୍ୱ ଆମର ନା ନାହିଁ ?'

ସେ ଏତକ କହିବା କ୍ଷଣି ଶ୍ରୀନୁ ଓ ଶିବୁ ଧାଇଁଯାଇ ଢାବଲଟିକୁ ଖୋଲି ପକାଇଲେ।

'ହେଲା ଯେ, ଏଡ଼େ ବଡ଼ ପେଡ଼ିରେ ଅଛି କ'ଣ ?' ରମାଦେବୀ ପଚାରିଲେ।

'କିଛି ନାଇମ ବୋଉ, ଏଇ ବି.ପି.ଏଲ୍‌ର କଲର ଟିଭିଟାଏ ଆଣି ଦେଇଛି।' ସଲୀଳା ଉତ୍ତର ଦେଲେ।

'ହେ ଭଗବାନ ! ଭାଉଜ, ଭାଇନା ! ଅଯଥା କାହିଁକି ଏତେ କଷ୍ଟ କଲ ? ଆମର ତ ଟି.ଭି. ଅଛି। ତା'ଛଡ଼ା କୃଷ୍ଣା ଏମାନଙ୍କୁ ଟି.ଭି. ଦେଖାଇ ଦେଉଛି ବା କେଉଁଠି ? ସେ କରିଥିବା ରୁଟିନ୍ ଅନୁସାରେ ପାଠ ପଢୁ ପଢୁ ତ ଏମାନଙ୍କ ସବୁ ସମୟ ଯାଉଛି। ଖାଲି ରବିବାର ଦିନ ଘଣ୍ଟାଏ ଖଣ୍ଡେ ପିଲାଙ୍କର ସେ କାର୍ଟୁନ୍ ଦେଖିବାକୁ ଯାହା ଏମାନଙ୍କୁ ସେ ଦେଉଛି। ସେଥିପାଇଁ ଏତେ ବଡ଼ ଏମିତି ଦାମିକା ଟି.ଭି. କ'ଣ ହେବ ?'

ରେବତୀକାନ୍ତ ଯାହା ହେଉ ଦାଣ୍ଡ ଘରେ ନନାଙ୍କ ସଙ୍ଗେ କଥା ହେଉଛନ୍ତି। ରୋହିଣୀଙ୍କ ଏକଥା ଶୁଣି ପାରିନାହାନ୍ତି। ନହେଲେ ଏତକ ଶୁଣି ସଲୀଳାଙ୍କୁ ଏ ସମସ୍ତଙ୍କ ଆଗରେ ଏଡ଼େ ପାଟି କରି ଛିଗୁଲାଇ ଥାନ୍ତେ !

ଦାନ୍ତକୁ ଦାନ୍ତରେ ଚାପି ସେ ଆଡ଼କୁ ଥରେ ଚାହିଁ ସଲୀଳା ମନକୁ ମନ କହିଲେ 'ହଁ ମ, ସେୟା ତୁମ ପିଲାଙ୍କ ସଫଳତା ବୋଲି ମୁଁ କ'ଣ ଜାଣିନି। ସେଇ ଟି.ଭି., ଭି.ସି.ଆର ତ ମୂଳ। ମୋ ପିଲେ ମୋତେ ଅବାଧ୍ୟ ହୋଇ ଦିନ ରାତି ତାକୁ ଦେଖି

ଦେଖି ତ ତାଙ୍କର ଏ ଅବସ୍ଥା। ଏଥର ମୁଁ ଦେଖିବି କୃଷ୍ଣା କେତେ ତାଙ୍କୁ ରୋକି ପାରିବ! ପ୍ରଥମ ଦଶଜଣଙ୍କ ଭିତରେ ନା ଆଉ କିଛି!'

କିନ୍ତୁ ମୁହଁ ଖୋଲି ମିଠା ସ୍ୱରରେ କହିଲେ- 'ଆଉ, କୋଉ କାଳର ସେ କଳା ଧଳା ଟିଭିର ଯୁଗ ଆଉ କ'ଣ ଅଛି? ପିଲାଏ ମୋର କିଛି ଭଲ କଥା ଦେଖିପାରୁ ନାହାନ୍ତି। ଆଉ ରହିଲା ତୁମ କଟକଣା କଥା। ପରୀକ୍ଷା ବେଳକୁ ଟି.ଭି. ଦେଖିବା ମନା। ସତକଥା। କିନ୍ତୁ ପରୀକ୍ଷା ପରେ? ଖରାଛୁଟି ସାରା କେତେ ଘରେ ବସି ବୋର୍ ହେବେ?'

ଛୁଆ ଦୁହେଁ ବି ବିପୁଳ ଉତ୍ସାହରେ ଦେଢେଇଙ୍କୁ ସମର୍ଥନ ଜଣାଇଲେ। ଦେଢେଇଙ୍କୁ କୁଣ୍ଢେଇ ପକାଇ ଧନ୍ୟବାଦ ଜଣାଇଲେ।

କୃଷ୍ଣା ବି ସେ ଆଡ଼କୁ ଅନାଇ ଯା'ଙ୍କୁ ଧନ୍ୟବାଦ ଦେଲା। କୃଷ୍ଣାକୁ କୌଣସି ପ୍ରତିବାଦ ନ କରିବା ଦେଖି ସଲୀଳା ଆଶ୍ୱସ୍ତ ହେଲେ।

କେବଳ ସେତିକି ନୁହଁ, ନିଜର ଏ ସ୍ୱଚ୍ଛ ରହଣୀ ଭିତରେ ରିହାତି ମିଳୁଥିବା ଆଳ ଦେଖାଇ ପୂରା ବର୍ଷକର ପାଉଣା ଆଗତୁରା ଦେଇ ଟି.ଭି.ରେ ସ୍ଥାନୀୟ କେବଲ୍‌ବାଲା ଠାରୁ କେବଲ୍ ସଂଯୋଗ ମଧ୍ୟ କରାଇ ଦେଲେ।

ଶ୍ରୀନୁ ଓ ଶିବୁ ଆନନ୍ଦରେ ଉଚ୍ଛୁଳି ଉଠିଲେ।

ତଥାପି କୃଷ୍ଣା ନୀରବ ଥିଲା, ତା'ର ପିଲାମାନଙ୍କ ପ୍ରତି ବଡ଼ ଯା'ଙ୍କର ଏଇ ଅଯାଚିତ ଉଚ୍ଛୁଳା ସ୍ନେହ ତାକୁ ସ୍ୱାଭାବିକ ହିଁ ମନେହେଲା। ହଁ, ବଡ଼ ଯା'ଙ୍କ ପିଲାମାନେ ତ ଭଲ ପଢୁ ନାହାନ୍ତି। ତାଙ୍କ ମନ ଭିତରେ ଦୁଃଖ ନିଶ୍ଚୟ ଥିବ। ଏଣୁ ତା'ର ପିଲାଙ୍କ କୃତିତ୍ୱରେ ଆଜି ଯଦି ସେ ଆନନ୍ଦ ପାଉଛନ୍ତି, ସେଥିରେ ସେ କାହିଁକି ବାଧା ଦେବ। ତାଙ୍କର ବିତ ଅଧିକାର ସେମାନଙ୍କ ଉପରେ ଅଛି।

ବଡ଼ ଯାଆଙ୍କ ପ୍ରତି ତା'ମନରେ କରୁଣା ଓ କୃତଜ୍ଞତା ଉଭୟ ଜାତ ହେଲା।

ଛ' ମାସ ଚାଲିଗଲା।

କିଛି ଗୋଟାଏ କାମର ବାହାନା କରି ସଲୀଳା ଯାଇ ଗାଁରେ ହାଜିର ହେଲେ। ତାଙ୍କ ଅସ୍ତ୍ର ଲକ୍ଷ୍ୟ ଭେଦ କରିଛି ନା ନାହିଁ, କିଛି ଜଣାପଡ଼ିନାହିଁ।

କିନ୍ତୁ ଯେତେବେଳେ ଧୀରେଧୀରେ କୃଷ୍ଣାର କଥାବାର୍ତ୍ତାରେ ପିଲାମାନେ ଆଗପରି ପାଠରେ ମନ ଦେଉ ନାହାନ୍ତି, କଥା ଶୁଣୁନାହାନ୍ତି, ସବୁବେଳେ ଖାଲି ଟି.ଭି. ଟି.ଭି. ଇତ୍ୟାଦି କେତୋଟି ଅଭିଯୋଗ କାନରେ ପଡ଼ିଲା, ସଲୀଳା ଖୁସୀରେ ଝଲମଲ ହେଲେ।

ଖାଲି ସେତିକି ନୁହଁ, ପିଲାଙ୍କର ବେଶ୍ ପୋଷାକ, ଚାଲି ଚଳଣ ମଧ୍ୟ ଏଇ ଟି.ଭି.ର ପ୍ରଭାବରେ କେମିତି ବଦଳି ଯାଉଛି।

'ଦେଖୁନାହାନ୍ତି ଶ୍ରୀନୁକୁ', ଶାଶୂଙ୍କ ମୁଣ୍ଡରେ ତେଲ ଘଷୁ ଘଷୁ କୃଷ୍ଣା କହିଲା। 'କେଡ଼େ ସୁନ୍ଦର ଲମ୍ବା ବେଣୀକୁ କେମିତି କାଟି ପକାଇଛି।' କହିଲେ କହୁଛି- 'ଦେଖୁନ ଟିଭିରେ। ଆଜିକାଲି ମା'ମାନେ ତ ଲମ୍ବା ବାଳ ରଖୁ ନାହାନ୍ତି, ଆଉ ପିଲାମାନେ କାଟିଲେ କ'ଣ ହେଲା ? ସେ ବେଣୀର ଯୁଗ ଗଲା।'

ପାଖରେ ବସି ମନଧ୍ୟାନ ଦେଇ ଟି.ଭି. ଦେଖୁଥିବା ଶ୍ରୀନୁ ଓ ଶିବୁ ଆଡ଼େ ଚାହିଁଲେ ସଲୀଳା, ନିଜ ନାଁରେ ହେଉଥିବା ମନ୍ତବ୍ୟକୁ ଶୁଣିନେଇ ଫିକ୍ କରି ହସିଦେଇ ପୁଣି ଟିଭି ଉପରକୁ ଦୃଷ୍ଟି ଫେରାଇଲା ଶ୍ରୀନୁ।

କୃଷ୍ଣାର ମନ୍ତବ୍ୟରେ ଭଲ ଭାବରେ ଚାହିଁଲେ ସେ ଶ୍ରୀନୁକୁ। ସତରେ ତା'ର ପୋଷାକ ପରିଚ୍ଛଦ, ମୁଣ୍ଡରୁ କାନ୍ଧ ତଳ ଯାଏ ଝୁଲୁଥିବା କେଶ ସଜ୍ଜା ଓ ପରିପାଟୀରେ କେମିତି ଏକ ମାର୍ଜିତ ଭାବ ଫୁଟି ଉଠୁଛି।

ସେ ଖୁସୀ ହେଲେ ଯେ ଭାଇ ଭଉଣୀ ଦୁହେଁ ବେଶ୍ ମନ ଯୋଗ ଦେଇ ଟି.ଭି. ଦେଖୁଛନ୍ତି। କିନ୍ତୁ ଏଇଟା କ'ଣ ସେମାନେ ଦେଖୁଛନ୍ତି ?

'କି'ରେ ଏଇଟା ଗୋଟେ କି ପ୍ରୋଗ୍ରାମ ଦେଖୁଛ ? ଚ୍ୟାନେଲ ବଦଳାଉ ନା ? ଏବେ ତ ଷ୍ଟାରରେ ଜୀ ସିନେମାରେ ନ ହେଲେ ସୋନିରେ ତ କେତେ ବଢ଼ିଆ ବଢ଼ିଆ ପ୍ରୋଗ୍ରାମ୍ ଚାଲିଥିବ', ଟି.ଭି.ରେ ପ୍ରଦର୍ଶିତ ବିଭିନ୍ନ କାର୍ଯ୍ୟସୂଚୀର ନାମ ସବୁ ନିଜର ଗଭୀର ଜ୍ଞାନକୁ ଦର୍ଶାଇ ଦୃପ୍ତ କଣ୍ଠରେ ସଲୀଳା କହିଲେ।

'ନାଇଁ ଦେଠେଇ', ତାଙ୍କ କଥାକୁ କାଟି ଶିବୁ କହିଲା- 'ଆପଣ ଯେଉଁସବୁ ପ୍ରୋଗ୍ରାମ କଥା କହିଲେ, ତାକୁ ଦେଖିଲେ ପରା ବୋଉ ଗର୍ଜି ଉଠୁଛି। ତା' ଉପରେ ସେ ବାଛିଥିବା ଏଇ କେତୋଟି ପ୍ରୋଗ୍ରାମ ହିଁ ଆମେ ଦେଖୁଛୁ। ତା' ଭିତରୁ ଏଇଟା ଗୋଟିଏ ଭଲ ପ୍ରୋଗ୍ରାମ।'

'ଯା ନାଁ କ'ଣ ?' ସଲୀଳା ପଚାରିଲେ।

'ହମ ହୋଙ୍ଗେ କାମୟାବ', ଶ୍ରୀନୁ ଜବାବ ଦେଲା।

ହଉ, ଯାହା ଦେଖୁଛନ୍ତି, ଦେଖୁଥାନ୍ତୁ। ପାଠପଢ଼ା ଛାଡ଼ି ଯେ ଟିଭି ଦେଖୁଛନ୍ତି, ସେତକ ହେଲେ ତ ଗଲା, ସଲୀଳା ନିଜକୁ ବୁଝାଇଲେ।

'ହଉ, ଭଲ କଥା। ଦେଖ, ଦେଖ।' ଏହା କହି ସେ ଖୁସୀ ମନରେ ସେଇଠୁ ଉଠି ଚାଲିଗଲେ।

ଯାହାହେଉ, କୃଷ୍ଣା ତାହାହେଲେ ମିଛ କହିନି। ଆଗରୁ ୟାଙ୍କର କଳାଧଳା ସାନ ଟିଭିଟାଏ ଥିଲା ସତ, କିନ୍ତୁ କ୍ୟାବଲ୍ ଲାଗି ନ ଥିଲା। ଏବେ ଏ ନୂଆ, ବଡ଼ ପୁଣି ରଙ୍ଗୀନ ଟିଭି ସାଙ୍ଗକୁ କ୍ୟାବଲର ସଂଯୋଗ, ପିଲା ଦିଇଟାଙ୍କୁ ଗୁଡ଼କୁ ଜନ୍ଦା ବେଢ଼ିବା ପରି କରିଛି। ସେମାନଙ୍କୁ ଏମିତି ଟିଭି ସଙ୍ଗରେ ଲାଗି ରହିବା ସେ କେବେ ଦେଖି ନ ଥିଲେ! ସେ ପୁଣି ଏ ଶୀତଛୁଟି ବେଳେ? ଆଗକୁ ବାର୍ଷିକ ପରୀକ୍ଷା ଥାଇ?

କେତେ ଭୁଲ ହେଲା!

ଆଗରୁ ଏତକ କରିଥିଲେ ଏ ଫାଷ୍ଟକ୍ଲାସ୍, ପ୍ରଥମ ଦଶଜଣଙ୍କ ଭିତରେ ରହିବା – ଏସବୁ ହେଇଥାନ୍ତା?

ହଉ, ଏବେ ବି ବେଶୀ ଡେରି ହୋଇନି। ଏଥର କେମିତି ଫାଷ୍ଟକ୍ଲାସ ପାଇବେ, ଆଉ ମା', ବାପ ଦିହେଁ ଛାତି ଫୁଲେଇ କହିହେବେ ଦେଖିବା। କ'ଣନା ଭାଇନାଙ୍କ ପରି ଇଞ୍ଜିନିୟର ହେବ।

ହୁଁ!

ଏବେ ନା ରହିବ ବାଉଁଶ, ନା ବାଜିବ ବଇଂଶୀ!

କିଛି ମାସ ପରେ ପୁଣି ଖରାଛୁଟିରେ ପିଲାଙ୍କ ବାର୍ଷିକ ପରୀକ୍ଷା ଫଳାଫଳକୁ ଅପେକ୍ଷା କରି ରହିଲେ ସଲୀଳା।

ଗାଁରେ ପହଞ୍ଚି ଦେଖିଲେ ତାଙ୍କୁ ଶାନ୍ତି ଓ ସନ୍ତୋଷ ଦେବା ପରି ପରୀକ୍ଷାର ଫଳ ହୋଇଛି। ନା ଶ୍ରୀନୁ, ନା ଶିବୁ କେହି ବି ନିଜ ନିଜ ପରୀକ୍ଷାରେ ଭଲଫଳ ଆଣିନାହାନ୍ତି।

ଯଦିଓ ଏ ପରୀକ୍ଷା କେବଳ କଲେଜ ଭିତରେ ହିଁ ସୀମିତ, ବୋର୍ଡ଼ ପରୀକ୍ଷା ନୁହଁ, ତଥାପି ଥରେ ଖରାପ ହେଲେ ତ ଖରାପ ରାସ୍ତାରେ ହିଁ ଗାଡ଼ି ଚାଲିବ ନା। ଏମାନଙ୍କର ଫଳାଫଳ ତ ସେକେଣ୍ଡ କ୍ଲାସ ପାଇବାକୁ ମଧ୍ୟ ଅଯୋଗ୍ୟ କରାଇଛି।

ସଲୀଳା ଚକିତ ହେଲେ।

ଏତେଟା ସଫଳତା ତ ସେ ଆଶା କରିନଥିଲେ!

ତାଙ୍କୁ ଭୟ ଲାଗିଲା ଯେ, କୃଷ୍ଣାର ଯେଉଁ ମିଜାଜ, ଟିଭିଟିକୁ ପ୍ୟାକ୍ କରି ସଲୀଳାଙ୍କ ଗାଡ଼ିରେ ଆଣି ଲଦି ଦେବ! ସେମିତି କିଛି ଘଟିବା ଆଗରୁ ସେ ଗାଁ ଛାଡ଼ି ନିଜ ସହରକୁ ଚାଲି ଆସିଲେ।

କିନ୍ତୁ ଏ କୃଷ୍ଣା ଏମିତି କୋହଳ ହେଇଗଲା କେମିତି? ଅବଶ୍ୟ ତାକୁ ସଲୀଳାଙ୍କ ପରି ଦିନରାତି ବସି ଟିଭି ଦେଖିବା, ସେ ଦେଖିନାହାନ୍ତି। କିନ୍ତୁ ପିଲାଙ୍କୁ ଆଉ ସେ ଆକଟୁନି କାହିଁକି?

ହଁ ମ, ଐଶ୍ୱର୍ଯ୍ୟ ନ ଥିଲେ ସମସ୍ତେ ତପସ୍ୱୀ ବୋଲାନ୍ତି ନା। ଖାଇବାକୁ ପାଉନଥିବା ଦରିଦ୍ର ଲୋକ ନିର୍ଜଳା ଉପବାସ କଲେ କ'ଣ ପୁଣ୍ୟ ମିଳେ?

ସଲୀଳା ଖୁସୀରେ ଫୁଲି ଉଠୁଥିଲେ, ଟିଭି ବାବଦରେ ଏତେଗୁଡ଼ା ଟଙ୍କା ପାଣିରେ ପଡ଼ିନି ତା' ହେଲେ? ଆଉ କେହି କହିବ ନାହିଁ ଯେ, ସଲୀଳାଙ୍କ ଯୋଗୁଁ ହିଁ ତାଙ୍କ ପିଲେ ଖରାପ ପଢୁଛନ୍ତି। ଏଇ ଦେଖୁନ କୃଷ୍ଣାର ପିଲାମାନେ ବିତ ପରୀକ୍ଷା ଖରାପ କରିଛନ୍ତି।

ଆଜିକାଲିକା ପିଲାମାନେ ହିଁ ଖରାପ, ମା'ମାନେ କ'ଣ କରିବେ?

ତେବେ ସେ କାହିଁକି ଏତକ ଆଗରୁ କରି ନଥିଲେ?

ଚାହୁଁ ଚାହୁଁ ଶିବୁର ଯୁକ୍ତଦୁଇ ଶେଷବର୍ଷର ପରୀକ୍ଷାର ଫଳାଫଳ ବାହାରିବା ସମୟ ପାଖେଇ ଆସିଲା, ସାଲୀଳାଙ୍କୁ ଲାଗୁଥିଲା, ଶ୍ରୀନୁ ଆଉ ଶିବୁର ନୁହଁ, ତାଙ୍କର ନିଜର ବୁଦ୍ଧିମତ୍ତା ଓ ଦୂରଦୃଷ୍ଟିତାର ହିଁ ପରୀକ୍ଷା ଫଳ ବାହାରିବାକୁ ଯାଉଛି।

ସେଦିନ କିନ୍ତୁ ଗ୍ରୀଷ୍ମର ଉତ୍ତାପକୁ ଟପି ରେବତୀକାନ୍ତଙ୍କ କ୍ରୋଧ ବଢ଼ିଯାଇଥିଲା। ପୁଅମାନଙ୍କୁ ମାଡ୍ରାସର କେଉଁ ଡିପ୍ଲୋମା କଲେଜରେ ସେ ପଢ଼ାଇବାକୁ ଚାହୁଁଥିଲେ। କିନ୍ତୁ ସେ କଲେଜର ଏତେ ଅଧିକା ଚାନ୍ଦାର ଦାବି ଥିଲା ଯେ ରେବତୀକାନ୍ତଙ୍କୁ ପଛକୁ ହଟିବାକୁ ପଡ଼ିଲା।

'ସବୁବେଳେ ବଦ୍‌ଖର୍ଚ୍ଚ, ଅନାବଶ୍ୟକ ଖର୍ଚ୍ଚ କରି କରି ମୋର ସର୍ବନାଶ କରିଛ।' ସଲୀଳାଙ୍କ ପ୍ରତିବାଦର ଜବାବରେ ରେବତୀକାନ୍ତ ଗର୍ଜନ କରି କହୁଥିଲେ। 'କୋଉଠି ହେଲେ କିଛି ସଂଚୟ ନାହିଁ କି ଭବିଷ୍ୟତକୁ ଦୃଷ୍ଟି ନାହିଁ। ମୂର୍ଖ ପିଲାଙ୍କୁ ବଦଖର୍ଚ୍ଚୀ ମାଆ ମିଶି ମୋ ଜୀବନଟାକୁ ନଷ୍ଟ କରିଦେଲେ। ସବୁବେଳେ ଖାଲି ଦିଅ, ଦିଅ, ଆହୁରି ଦିଅ। ଧିକ୍ ତୁମକୁ।' କହି ଘରୁ ଝଡ଼ ପରି ବାହାରକୁ ଚାଲିଗଲେ ରେବତୀକାନ୍ତ। ଚାକର, ରାନ୍ଧୁଣିଆ ଓ ଚପରାଶିଙ୍କ ଆଗରେ ଏ ଧିକ୍‌କାର ଶୁଣି ସଲୀଳାଙ୍କର ମୁଣ୍ଡରୁ ମୁକୁଟଟା ମାଟିରେ ଖସି ପଡ଼ିଲା ଯେପରି।

ସେତିକି ବେଳୁ ସଲୀଳାଙ୍କ କଲିଜାରେ କିଏ ଯେପରି କଣ୍ଟାଟିଏ ଫୁଟାଇ ଦେଇଥିଲା। ଥପ୍‌ଥପ୍ ହୋଇ ସେଥିରୁ ରକ୍ତ ଝରୁଥିଲା। ପିଲାଏ ଆଜି ମୂର୍ଖ ହେବାରୁ ନା ମାଆକୁ ବଦ୍‌ଖର୍ଚ୍ଚୀର ବଦ୍‌ନାମ ମିଳିଲା। ଯଦିଓ ରେବତୀକାନ୍ତ, କୃଷ୍ଣା କି ରୋହିଣୀଙ୍କ ନା ସୁଦ୍ଧା ନେଇ ନଥିଲେ, କିନ୍ତୁ ସଲୀଳାଙ୍କୁ ଲାଗିଲା ରେବତୀକାନ୍ତ ଯେ କୃଷ୍ଣାକୁ ବିବାହ ନକରି ଭୁଲ୍ କରିଛନ୍ତି, ସେଇ କଥା ହିଁ ଯେମିତି ପରୋକ୍ଷ ଭାବରେ ସେ କହି ଦେଇଛନ୍ତି।

ସଲୀଳାଙ୍କର ଦୁଃଖର କି ଅନୁଶୋଚନାର ଲୁହ ତ ନ ଥିଲା, କିନ୍ତୁ ଈର୍ଷା ଓ କ୍ରୋଧର ଅଗ୍ନି ମଧ୍ୟ ଲିଭୁ ନ ଥିଲା।

ବାହାରର ଗ୍ରୀଷ୍ମର ଉତ୍ତାପ କି ଘର ଭିତରର ଏ.ସି.ର ଶୀତଳତା କୌଣସିଟି ବି ତାଙ୍କୁ ଆଉ ଶ୍ରାନ୍ତି କି ଶାନ୍ତି ଆଣି ଦେଉ ନ ଥିଲା। ଖବରକାଗଜକୁ ଆଖି ଆଗରେ ଖୋଲି ଡାଇନିଂ ଟେବୁଲର ଚୌକି ଉପରେ ସେ ବସିଥିଲେ ଓ ଭାବୁଥିଲେ ଏ ପ୍ଲସ୍‌ଟୁର ରେଜଲ୍ଟଟା ବାହାରିବାରେ ଏତେ ଡେରି କାହିଁକି ହେଉଛି ?

ସତେ ଯେପରି, ଏଥର ଖବର କାଗଜରେ ଫେଲ୍ ହୋଇଥିବା ପିଲାଙ୍କ ନାଁ ବାହାରିବ ଓ ସେଥିରେ ଶିବୁର ନାଁଟା ହିଁ ସବୁଠାରୁ ଆଗରେ ରହିଥିବ।

ସେଇଥିପାଇଁ, କଲିଂବେଲ ବାଜିବାର ଶବ୍ଦ ଆଜି ଆଉ ତାଙ୍କୁ ଉଚ୍ଚକିତ କଲାନାହିଁ। ଏଣୁ ଶୁଣାଗଲା ନାହିଁ ମଧ୍ୟ। ଖାଇବା ଟେବୁଲ ଉପରେ ପଡ଼ିଥିବା ଖବର କାଗଜରେ ଆଖି ରଖି ସେ ଏ ପୃଷ୍ଠା ସେ ପୃଷ୍ଠାରୁ କ'ଣ ଖୋଜୁଥିଲେ ଯେମିତି !

ଭାଉଜ ! !

ପଛକୁ ବୁଲି ଚାହିଁଲେ ସଲୀଳା।

ଆରେ ! ଏ କ'ଣ ?

ରୋହିଣୀ ଓ କୃଷ୍ଣା ପିଲା ଦହିଁଙ୍କୁ ନେଇ ତାଙ୍କ ଆଗରେ ଠିଆ ହୋଇଛନ୍ତି !

ସେ ସ୍ୱପ୍ନ ଦେଖୁ ନାହାନ୍ତି ତ ଆଉ ! ପରୀକ୍ଷା ଫଳ ଆସନ୍ତା ସୋମବାର ଦିନ ବାହାରିବ ବୋଲି ସେ କୋଉଠି ଶୁଣିଥିଲେ...

ଆଉ କ'ଣ ଟିଭିଟା ତାଙ୍କୁ ଫେରାଇ ଦେବାକୁ...

'ନାନୀ, ଆପଣଙ୍କ ଋଣ ଆମେ ଜୀବନରେ ଶୁଝାଇ ପାରିବୁ ନାହିଁ।' ସଲୀଳାଙ୍କ ପାଦଧୂଳି ନେଉ ନେଉ କୃଷ୍ଣା କହୁଥିଲା।

ସଲୀଳା ଆବାକାବା ହୋଇ ଚାହିଁ ରହିଲେ।

ସଲୀଳାଙ୍କୁ ନମସ୍କାର କରି ସେମିତି ଯୋଡ଼ାହସ୍ତ ହୋଇ ରୋହିଣୀ କହିଲେ- 'ଭାଉଜ, ତୁମର ବିଚକ୍ଷଣତା ଓ ଦୂର ଦୃଷ୍ଟିତା ଯୋଗୁଁ ପିଲାମାନେ ମୋର ଆଜି ମଣିଷ ହୋଇଗଲେ। ଆରେ ଦେଠେଇଙ୍କ ପାଦଛୁଇଁ ପ୍ରଣାମ କଲ ନା ନାହିଁ?'

ସେଇ ଖାଇବା ଟେବୁଲ ପାଖରୁ ଚେୟାର ଗୋଟାଏ ଲେଖା ଟାଣି ସେମାନେ ସେଇଠି ବସି ପଡ଼ିଲେ। ଖରାରେ, ଗରମରେ ସେମାନଙ୍କ ଦେହରୁ ଟପ୍‌ଟପ୍ ଝାଳ ବୋହି ଯାଉଥିଲେ ବି, ପିଲାଦୁହେଁ ଚାକରକୁ ମାଗି ଢକଢ଼କ ପାଣି ପିଇବାର ସଲୀଳା ଦେଖୁଥିଲେ ବି, ସେମାନଙ୍କୁ ନେଇ ନିଜ ଏସି ଶୋଇବା ଘରେ ବସାଇବାର

ଯେଉଁ ସ୍ୱପ୍ନ ସେ ଦୁଇବର୍ଷ ହେଲା ଦେଖି ଆସିଥିଲେ, ତାକୁ ସେ ପୂରାପୂରି ଭୁଲି ଯାଇଥିଲେ।

'କିନ୍ତୁ କଥା କ'ଣ? ତୁମମାନଙ୍କ ରେଜଲ୍ଟ ତ...

'ହଁ ଭାଉଜ, ପ୍ଲସ୍ ଟୁର ରେଜଲ୍ଟ ବାହାରିନି ସତ, କିନ୍ତୁ ଶିବୁ ଆଇ.ଆଇ.ଟି. ଜେ.ଇ.ଇ. ବୋଲି ଗୋଟାଏ କ'ଣ ପରୀକ୍ଷା ଅଛି ଯେ, ତାକୁ ଦେଇଥିଲା। ତା'ର ରେଜଲ୍ଟ ବାହାରିଛି। ସେଥିରେ ସେ ଖୁବ୍ ଭଲ ନମ୍ବର ରଖି ପାଶ୍ କରିଛି। ଏଣୁ ସେ ଏବେ ଇଞ୍ଜିନିୟରିଂ ପଢ଼ିବା ପାଇଁ କାନପୁର ଯିବ ଏଇ ଆସନ୍ତା ମାସରେ।' ରୋହିଣୀ ଗଦ୍‌ଗଦ୍ ହୋଇ କହୁଥିଲେ-

'ଏଁ, ରେଜଲ୍ଟ ନବାହାରୁଣୁ...?'

ଶ୍ରୀନୁ କିନ୍ତୁ ଅଥୟ ହୋଇ ପଡୁଥିଲା। ତା'ଠାରୁ ବଡ଼ ଖବର ଏବେ ତା' ନିଜକୁ ନେଇ। ଅଥଚ ଦେଠେଇଙ୍କୁ ନନା ଏ ପର୍ଯ୍ୟନ୍ତ ଖାଲି ଶିବୁ କଥା ହିଁ କହି ଚାଲିଛନ୍ତି!

ଏଣୁ ସଲୀଳାଙ୍କ ପ୍ରଶ୍ନର ଉତ୍ତର କିଏ ଦେବା ଆଗରୁ ସେ ମାଡ଼ିବସି କହି ଉଠିଲା, 'ଦେଠେଇ ଆଗେ ମୋ କଥା ଶୁଣନ୍ତୁ। ମୁଁ ନିଫ୍ଟ ପରୀକ୍ଷାରେ ପୂରା ଭାରତରେ ପ୍ରଥମ ହୋଇଛି।'

'ଏଁ? ନିଫ୍ଟ? ଏ ନିଫ୍ଟ କ'ଣ?' ସଲୀଳା ରୋହିଣୀ ମୁହଁକୁ ଚାହିଁଲେ।

'କିଏ ଜାଣିଛି, ସେଗୁଡ଼ା କ'ଣ? ଗାଁରେ ବି ସମସ୍ତେ ସେଇ ଗୋଟିଏ କଥା ପଚାରୁଛନ୍ତି।' ରୋହିଣୀ ଆପଣା ଆତ୍ମଉଲ୍ଲାସକୁ ଲୁଚାଇବାର କୃତ୍ରିମ ପ୍ରୟାସ କରୁ କରୁ କହିଲେ। କିନ୍ତୁ ତାଙ୍କ ଝଲସି ଉଠୁଥିବା ଆଖିରୁ ତାଙ୍କ ଆନନ୍ଦ ପଢ଼ି ହେଉଥିଲା।

'ମୁଁ କହୁଛି ନାନୀ।' କୃଷ୍ଣା କୋମଳ ସ୍ୱରରେ କହିଲା। 'ଭାରତ ସରକାରଙ୍କ ଫେଶନ ଟେକ୍ନୋଲଜି ଯାହାର ଇଂରାଜୀରେ ପୂରା ନାମ ନ୍ୟାସ୍‌ନାଲ ଇନ୍‌ଷ୍ଟିଚ୍ୟୁଟ ଅଫ ଫେଶନ ଟେକ୍ନୋଲଜି - ସଂକ୍ଷେପରେ ନିଫ୍ଟ। ଏହାର ଏକ ବଛାବଛି ପରୀକ୍ଷା ହୋଇଥିଲା। ସେଥିରେ ସର୍ବ ଭାରତୀୟ ସ୍ତରରେ ଶ୍ରୀନୁ ପ୍ରଥମ ହୋଇଛି।'

'ହେଲେ କ'ଣ ହେବ ସେଇଠୁ?'

'ମାନେ ଆସନ୍ତା ଅକ୍ଟୋବର ଠାରୁ ମୁଁ ଦିଲ୍ଲୀରେ ରହିବି। ନିଫ୍ଟରେ ପଢ଼ିବି। ଆଉ ମୋର ସବୁ ଖର୍ଚ୍ଚ ଭାରତ ସରକାର ବୃତ୍ତି ମାଧ୍ୟମରେ ତୁଲାଇବେ।' ଉଛୁଳି ଉଠି ଶ୍ରୀନୁ କହିଲା।

'ଆଉ ତୋର ଏ ପ୍ଲସ୍ ଥ୍ରୀ ପାଠ? ପାଠ ଛାଡ଼ି ଯିବୁ? ଏ ପାଠ ନଷ୍ଟ ହେଲା

ନା? ଆଉ ଯଦି ତୁ କି ଶିବୁ ନିଜର ଏବର ଏ ପରୀକ୍ଷାରେ ଫେଲ୍ ହୋଇଯିବ? ତେବେ ତୁମେ କହୁଥିବା ଏ କୋର୍ସମାନଙ୍କରେ ତୁମମାନଙ୍କୁ ପୂରାଇ ଦେବେ ତ?'

ସଲୀଳା ନିଜର ହତାଶାକୁ ଚାପିରଖି ଧୀରେଧୀରେ କହିଲେ।

'ପରୀକ୍ଷା ଖରାପ କାହିଁକି ହେବ? ଗତ ବର୍ଷ କଲେଜ ପରୀକ୍ଷା ଖରାପ ହୋଇଥିବା ରାଗରେ ବୋଉ ଆମକୁ ଗଲା କେଇ ମାସ ହେଲା ଏମିତି ରଗଡ଼ି ଦେଇଛି ଯେ, ଶିବୁର ରେଜଲ୍ଟ ତ ତା'ର ମାଟ୍ରିକ ଠାରୁ ଅଧିକ ହେବ ସିନା କମିବ ନାହିଁ। ଆଉ ମୋର ତ କଲେଜ ପରୀକ୍ଷା। ନିଶ୍ଚୟ ମୁଁ ଭଲ କରିବି।' ଶ୍ରୀନୁ ପୁଣି ଜବାବ ଦେଲା।

'ଆଉ ଟିଭି ଦେଖା କ'ଣ ବନ୍ଦ କରିଦେଲ?' ସଲୀଳାଙ୍କ ଧୈର୍ଯ୍ୟର ବନ୍ଧକୁ ଭୁଷୁଡ଼ାଇ ଏ ପ୍ରଶ୍ନଟି ତାଙ୍କ ପାଟିରୁ ବାହାରି ପଡ଼ିଲା।

'ସେଇଠି ତ ରହିଲା କଥା!' ଏକା ସାଙ୍ଗରେ କୃଷ୍ଣା ଓ ରୋହିଣୀ କହି ଉଠିଲେ।

ଯାହା ସେମାନେ କହିଲେ ତାହାର ସାରାଂଶ ହେଲା, କୃଷ୍ଣାର କଟକଣାରେ ଅଭ୍ୟସ୍ତ ପିଲାମାନେ ପୁରୁଣା ଟି.ଭି. ଆଦୌ ଦେଖି ପାରୁନଥିଲେ। ନୂଆ ଟି.ଭି. କେବଲ ସହିତ ସଂଯୋଗ ହୋଇ ଲାଗିଲା ପରେ ଆଗେ କୃଷ୍ଣା ନିଜେ ପ୍ରତିଟି ପ୍ରୋଗ୍ରାମ ଟିକିନିଖି କରି ଦେଖି ଯାହା ପିଲାଙ୍କ ପ୍ରତି ଖରାପ ବା ଅନାବଶ୍ୟକ ତାକୁ ସମ୍ପୂର୍ଣ୍ଣ ନିଷିଦ୍ଧ କରିନେଇଥିଲା। ପୁଣି ମଝିଘରେ ଟିଭିଟା ରଖି ପିଲା କ'ଣ ଦେଖୁଛନ୍ତି ସେଥିରେ ଆଖି ରଖୁଥିଲା। ସେତେବେଳେ ସେ ଜାଣିଲା ଟି.ଭି.ର ପ୍ରୋଗ୍ରାମ ସବୁ ଖାଲି ମନୋରଞ୍ଜନ ପାଇଁ ନୁହଁ, ଶିକ୍ଷା ଓ ଆତ୍ମୋନ୍ନତି ପାଇଁ ମଧ୍ୟ ଅନେକ ପ୍ରୋଗ୍ରାମ ରହିଛି।

'ଭାରତ ସରକାର ଏମିତି କେତୋଟି ପ୍ରୋଗ୍ରାମ ଏଇ ବିଭିନ୍ନ ଚାନେଲମାନଙ୍କ ମାଧ୍ୟମରେ କରୁଛନ୍ତି, ଯେମିତିକି ଆମ ପରି ଗାଁରେ ରହୁଥିବା ଲୋକଙ୍କୁ, ଠିକ୍ ଠିକ୍ ଖବର ମିଳିପାରିବ।' କୃଷ୍ଣା କହିଲା।

'ସେମିତି ପ୍ରୋଗ୍ରାମ ସବୁ ଦେଖି ଦେଖି ମୁଁ ଏ ନିଫ୍ଟ ପରୀକ୍ଷା ବିଷୟରେ ଜାଣିଲି ଓ ସେଥିପାଇଁ ପଢ଼ାପଢ଼ି କଲି। ସେମାନେ ଯୋଗାଉଥିବା ଠିକଣାରେ ଆବେଦନ କରିବାରୁ ସେମାନେ ପୂରା ଖବର ଆପ୍ଲିକେଶନ ଫର୍ମ ସହିତ ଡାକରେ ପଠେଇଦେଲେ।' ଶ୍ରୀନୁ ଉଲ୍ଲସିତ ହୋଇ କହିଲା।

'ମୁଁ ବି ସେଥିରୁ ହିଁ ଏ ଆଇ.ଆଇ.ଟି. ଜେ.ଇ.ଇ. ପରୀକ୍ଷା ବିଷୟରେ ଜାଣିଲି ଓ ଆବେଦନ କଲି।' ସୁଯୋଗ ପାଇବା ମାତ୍ରେ ଶିବୁ କହିଲା।

'ଆଉ ନହେଲେ ଭାଉଜ, ଏସବୁ ପରୀକ୍ଷା ବିଷୟରେ ଆମେ ଜାଣନ୍ତୁ କୋଉଠୁ,

ଆମେ ତ ପ୍ଲସ୍‌ଟୁ ପରେ ପ୍ଲସ୍ ଥ୍ରୀ, ତା'ପରେ ଏମ୍.ଏ. ଏମିତି ପଢ଼ାଇ ଚାଲିଥାନ୍ତୁ।' ରୋହିଣୀ କହିଲେ।

'ସେଥିରେ କ୍ଷତି କ'ଣ ହୋଇଥାନ୍ତା, ଆଜିକାଲି ଏସବୁ ପଢ଼ି ହିଁ ତ ପିଲେ କଲେଜ, ୟୁନିଭର୍ସିଟିର ଅଧ୍ୟାପକ, ଆଇ.ଏ.ଏସ୍. ହେଉଛନ୍ତି, ଶ୍ରୀନୁ ଓ ଶିବୁ ବି...' ସଲୀଳା କହିଲେ।

'ଆଜିକାଲି ଏସବୁ ଆଉ ଆଗପରି ସହଜ ସଳଖ ରାସ୍ତା ହୋଇନି ଦେଠେଇ। ସେଥିପାଇଁ ଆଉ ପାଞ୍ଚ ସାତ ବର୍ଷର କଠିନ ପଢ଼ାପଢ଼ିର ପରିଶ୍ରମ ଦରକାର। କିନ୍ତୁ ଯାହା ମୁଁ ଜାଣିଲିଣି ଏଇ ଟେକ୍ନୋଲଜିର ରାସ୍ତା ଧରିଲେ ଅଳ୍ପ ବୟସରେ ବି ଜଣେ ଭଲ ଚାକିରିଟିଏ ପାଇଯିବ।' ଶିବୁ କହିଲା।

'ଆଉ ଏ ନୂଆ ପାଠ ପଢ଼ିବାରେ ତ ଆନନ୍ଦ ଅଛି, ଆଉ ମଧ୍ୟ ମାତ୍ର ତିନୋଟି ବର୍ଷ ପଢ଼ା ପରେ ମୁଁ ବିଖ୍ୟାତ କମ୍ପାନୀ ଚାକିରିରେ ପଶି ପାରିବି। ଆଉ ଦରମା କେତେ ଜାଣିଛନ୍ତି ?' ନିଜ ବୁଢ଼ା ଆଙ୍ଗୁଠି ଓ ବିଶି ଆଙ୍ଗୁଠିରେ ଫୁଟୁକିଟାଏ ମାରି ଶ୍ରୀନୁ କହିଲା।

ସଲୀଳାଙ୍କୁ ଏସବୁ କିଛି ଶୁଭୁ ନ ଥିଲା।

ଆଖି ଆଗରେ ତାଙ୍କର ଜୁକୁ ଜୁକିଆ ପୋକ ସବୁ ଉଡ଼ିବାରେ ଲାଗିଥିଲେ, ସେ ନିର୍ବାକ୍, ନିଷ୍ପାଦ ହୋଇ ଶ୍ରୀନୁ ଓ ଶିବୁ ମୁହଁକୁ ବଲବଲ କରି ଚାହିଁ ରହିଲେ।

କ'ଣ ସେ ରୋଇଥିଲେ ଆଉ କ'ଣ ଯେ ଫଳିଲା ?

'କୃଷ୍ଣା, ଦେଖ ଭାଉଜ କେମିତି ଖୁସୀରେ ହତଭମ୍ବ ହୋଇ ପଡ଼ିଲେଣି।' ଗଦ୍‌ଗଦ୍ ହୋଇ କହିଲେ ରୋହିଣୀ। 'ହେଲେ ତାଙ୍କ ଦୂରଦୃଷ୍ଟିତାକୁ ମାନିବା କଥା। ଯେମିତି ଦେଖିଲେ, ଆମ ପିଲାଏ ଭଲ ପାଠ ପଢୁଛନ୍ତି, ସଙ୍ଗେ ସଙ୍ଗେ ଆଧୁନିକ ଯୁଗର ରାସ୍ତା ଦେଖାଇବାକୁ ଟି.ଭି. ଟିଏ, କେବଲ୍ ଲଗାଇ ଘରେ ଆଣି ଥୋଇଦେଲେ ! ପଇସାକୁ ତାଙ୍କର କେବେ ଖାତର ଅଛି ? ନା, ମୋ ପିଲା, ଦିଅରଙ୍କ ପିଲା ବୋଲି କାଣିଚାଏ ପାତର ଅନ୍ତର ଅଛି ?' କୃତଜ୍ଞତାରେ ରୋହିଣୀଙ୍କ ଆଖି ଛଳଛଳ ହୋଇ ଉଠିଲା।

କୃଷ୍ଣାର ଆଖିରୁ ମଧ୍ୟ ଟପ୍ ଟପ୍ ଲୁହ ଝରି ପଡ଼ିଲା। ଚଉକି ଉପରୁ ଉଠିଆସି ବନ୍ଦନାଙ୍କ ହାତ ଦିଓଟି ଧରିଦେଇ କହିଲା- 'ନାନୀ, ମୁଁ ହିଁ ସ୍ୱାର୍ଥପର ପାଲଟି ଗଲି। ମୋ ପିଲାଙ୍କ କଥାଛଡ଼ା ଦିନେ ବବି କି ବବ୍‌ଙ୍କ କଥା ମୁଁ ଭାବିଲି ନାହିଁ। ନାନୀ, ଆପଣ ହିଁ ଏବେ ବୁଦ୍ଧି ଶିଖାଇଲେ।' ଏହା କହି କହି ସେ ଆଖିରୁ ଲୁଗାକାନିରେ ଲୁହ ପୋଛିଲା।

ପୁଣି କହିଲା- 'କିନ୍ତୁ ନାନୀ, ଏବେ ଆପଣଙ୍କୁ ମୋ ରାଣ। ଏଥର ଶ୍ରୀନୁ ଶିବୁ ତ ଘର ଛାଡ଼ିବେ। ମୁଁ ଏକୁଟିଆ ହୋଇଯିବି। ମୁଁ ବବି ଓ ବବ୍‌ଙ୍କୁ ମୋ ପାଖକୁ ନେଇ ଯାଉଛି। ଏମିତି ବଡ଼ କ୍ଷତିଟାଏ ଏବେ ବି ହୋଇନି।'

'ଆମ ସାଇର କାଲୁ ଦାଶଙ୍କ ପୁଅଟା ଏମିତି ବାହରେ କୋଉଠି ମାଟ୍ରିକ୍ ପରେ ପଢୁଥିଲା, ଫେଲ୍ ହେବାରୁ ତାକୁ ମୋ ଶଳାଙ୍କ ପରାମର୍ଶରେ କାଲୁ ଭାଇନା ଗାଁକୁ ନେଇ ଆସି, ପୁଣି ପ୍ଲସ୍‌ଟୁ ବିଜ୍ଞାନରେ ନାଁ ଲେଖେଇ ଦେଲେ। ଏବର୍ଷ ସେ ଫାଷ୍ଟ କ୍ଲାସ୍‌ରେ ପାଶ୍ ହୋଇଗଲା। ଦୁଇବର୍ଷ ଗଲେ ଗଲା। ସାରା ଜୀବନ ତ ଭଲରେ କଟିବ।' ରୋହିଣୀ କହିଲେ 'ମୋତେ ଖାଲି ଆପଣ ହଁ କରନ୍ତୁ, ପିଲାଙ୍କୁ ମୋ ପାଖକୁ ନେଇ ତାଙ୍କ ପଛରେ ଲାଗି ସେ ଦୁହିଁଙ୍କୁ ମଣିଷ କରିବା ଦାୟିତ୍ୱ ମୋର! ମୋତେ ଆପଣଙ୍କ ଉପକାର ଶୁଝାଇବା ପାଇଁ ସୁଯୋଗଟାଏ ଦିଅନ୍ତୁ।' କୃଷ୍ଣା କହିଲା।

ନିଜ ଜାଗାରୁ ଉଠି କୃଷ୍ଣାଙ୍କୁ ଭିଡ଼ିଧରି କୁଣ୍ଢାଇ ପକାଇଲେ ସଲୀଳା, ଦିନେ ରୋହିଣୀକୁ ଭାଉଜର ଭଲ ଆଖିରେ ଦେଖିନଥିବା ସଲୀଳା, ଏବେ ମା'ଟିଏ ପରି କୃଷ୍ଣା ସହିତ ତାଙ୍କୁ ମଧ୍ୟ ନିଜ ଆଡ଼କୁ ଟାଣି ନେଇ ଭିଡ଼ି ଧରିଲେ।

ଜୀବନର ସବୁ ଜଟିଳ ଅଙ୍କ ଏବେ ସରଳ ଭାବରେ ବୁଝି ହୋଇଗଲା।

କିନ୍ତୁ ତଥାପି ସେ ବୁଝିପାରୁ ନ ଥିଲେ, ସକାଳେ ରେବତୀକାନ୍ତ କେତେ କଟୁକଥା କହି ତାଙ୍କ ଛାତିରେ ଯେଉଁ ଅଦୃଶ୍ୟ ଛୁରୀଟି ଭୂଷି ଦେଇଥିଲେ, ଯେଉଁଥିରୁ ଏଯାଏଁ ଥପଥପ୍ ରକ୍ତ ଝରୁଥିଲା ସତ, କିନ୍ତୁ ଆଖିରୁ ତ ଟୋପାଏ ହେଲେ ଲୁହ ଝରି ନ ଥିଲା। ଅଥଚ... ଏବେ କେଉଁ ଅଦୃଶ୍ୟ ମଲମରେ ସେ ରକ୍ତକ୍ଷରଣ ତ ବନ୍ଦ ହୋଇଗଲା, କିନ୍ତୁ ତାଙ୍କ ଜୀବନରେ କେବେ ଝରି ନ ଥିବା ତାଙ୍କ ଦୃପ୍ତ ଆଖିରୁ କାହିଁକି ଝରଝର ହୋଇ ଅଶ୍ରୁ ଝରି ଆସୁଛି ??

■

ବେତାଳ ରାଜାର ସିଂହାସନ

୧୯୯୨ ବମ୍ବେ

ଅଦୂରର କେଉଁ ଏକ ଘଣ୍ଟାରେ ଠନ୍‌ଠନ୍ କରି ବାରଟା ବାଜିଲା।

ରାତି ବାରଟା।

ମୁଁ ପ୍ରସ୍ତୁତ ହୋଇଗଲି।

ବମ୍ବେର ଏହି ସମ୍ଭ୍ରାନ୍ତ ଅଞ୍ଚଳ ବ୍ରେଲୀର ଏ ପଚିଶ ମହଲା ଅଟ୍ଟାଳିକା ଆଗରେ ମୁଁ ଠିଆ ହୋଇଥିଲି। ଏମିତି ଅଟ୍ଟାଳିକା ଏଇ ଏକା ଧାଡ଼ିରେ ପନ୍ଦରଟା, ପରସ୍ପର ଠାରୁ ମାତ୍ର ଦଶ ପନ୍ଦର ଫୁଟ ବ୍ୟବଧାନରେ ଛିଡ଼ା ହୋଇଛନ୍ତି।

ସେମାନଙ୍କ ଭିତରୁ ଏଇ ଅଟ୍ଟାଳିକା... ହଁ, ଯାହାର ନାଁ ଲେଖାହୋଇଛି 'ସୋନାଲିକା', ତା'ରି ଆଗରେ ଠିଆହୋଇ ମୁଁ ମୋର ଆଜିର ଶିକାରକୁ ପ୍ରତୀକ୍ଷା କରୁଥିଲି।

ଏବେ ମୋର ଶିକାର ଏହି ଅଟ୍ଟାଳିକାର ଏକୋଇଶିତମ ମହଲାରେ ନିଶ୍ଚିନ୍ତ ନିଦରେ ସମ୍ଭବତଃ ଶୋଇଥିବ।

ମାତ୍ର ବର୍ଷଟିଏ ତଳେ, ଏମିତି ଏକ ନିଦୁଆ ରାତିର ଗଭୀର ପ୍ରହରରେ ତାକୁ ଅନୁସରଣ କରିକରି ମୁଁ ଏଇ ଅଟ୍ଟାଳିକା ପର୍ଯ୍ୟନ୍ତ ଆସିଥିଲି। ଏହାରି ଭିତରେ ହିଁ ସେଦିନ ସେ ଗେଟ୍ ପାର ହୋଇ କେଉଁଠି ହଜି ଯାଇଥିଲା। ତା' କାର୍ ପଛେପଛେ ମୋ ଟ୍ୟାକ୍ସିକୁ ନେଇ ସିକ୍ୟୁରିଟିମାନଙ୍କ ପହରାକୁ ଏଡ଼ାଇ ସେ ଭିତରେ ପଶି ଯିବାର କ୍ଷମତା ମୋର ନ ଥିଲା। ଏଣୁ ଆଉ ଦୁଇଟି ଅଟ୍ଟାଳିକା ପାର ହୋଇ ମୋ ଟ୍ୟାକ୍ସିକୁ ଅଟକାଇ, ତାକୁ ପଇସା ଦେଇ ବିଦା କରିଥିଲି। ପୁଣି ପଛକୁ ଚାଲିଚାଲି ଫେରିଆସି 'ସୋନାଲିକା' ସମ୍ମୁଖରେ ଥିବା ରାସ୍ତା ପାର୍ ହୋଇ ରାସ୍ତା କଡ଼େ ଥିବା କୃଷ୍ଣଚୂଡ଼ା ଗଛମୂଳେ ଅନ୍ଧାରରେ ଠିଆ

ହୋଇ ତା'ର ଫେରିବା ବାଟକୁ ଚାହିଁ ରହିଥିଲି। ଶୀତ ରାତିର କାକର, ଶୀତଳ ପବନ କିମ୍ବା ନିଦ, ମୋର ଏ ପ୍ରତୀକ୍ଷାର ବାଧକ ହୋଇପାରି ନ ଥିଲେ।

ସେ କିନ୍ତୁ ଆଉ ଫେରି ନଥିଲା।

ସେ ରାତିର ବହଳ କୁହୁଡ଼ିକୁ କାଟି ଏକ ସୁନ୍ଦର ସକାଳର ଖରା ଏଇ ପନ୍ଦରଟି ଅଟ୍ଟାଳିକାର ମୁଣ୍ଡକୁ ସାଉଁଳେଇ ଦେଇ ଧୀରେଧୀରେ ତଳକୁ ଖସିବା ଆରମ୍ଭ କଲା ପର୍ଯ୍ୟନ୍ତ ମୁଁ ସେଇଠି ସେଇ କୃଷ୍ଣଚୂଡ଼ା ଗଛମୂଳେ ଶୀତରେ ଥରିଥରି ବସି ରହିଥିଲି। ମୋର ମନ ଭିତରେ କିନ୍ତୁ ସନ୍ଦେହର କୁହୁଡ଼ି ଘନେଇବାରେ ଲାଗିଥିଲା। ମୋତେ ଲାଗିଥିଲା- ବୋଧହୁଏ ମୋର ଅନୁମାନ ଭୁଲ୍ ହୋଇଗଲା।

ଯଦିଓ ମୋ ଶିକାର କାଲି ରାତିରେ ଏହି ଅଟ୍ଟାଳିକାର ଏକୋଇଶତମ ମହଲାରେ ରାତ୍ରିଯାପନ କରିଛି, କାରଣ ବାହାରକୁ ଦେଖାଯାଉଥିବା କାଚ ଲିଫ୍ଟ ଟି ଉପରୁ ଚାରୋଟି ମହଲା ଛାଡ଼ି ଏକୋଇଶ ମହଲାରେ ଅଟକି ଥିଲା ଏବଂ ସେହି ମହଲାର ବାଲ୍‌କୋନୀ ଆଲୋକ ଜଳି ଉଠି କିଛି ସମୟ ପରେ ପୁଣି ଅନ୍ଧକାର ଭିତରେ ବାଲ୍‌କୋନୀକୁ ଘୋଡ଼ାଇ ଦେଇଥିଲା ଓ ଲିଫ୍ଟଟି ସେଇଠୁ ହିଁ ଆଉ ଉପରକୁ ନ ଯାଇ ଫେରି ଆସିଥିଲା ଏବଂ ସାରାରାତି ଆଉ ସେ ବାଲ୍‌କୋନୀର ଆଲୋକ ଜଳି ନ ଥିଲା... ତଥାପି... ତଥାପି ଯଦି ଏ ତା'ର ନିଜ ଘର ହୋଇନଥାଏ ? ଯଦି ଏହା ତା'ର କୌଣସି ବନ୍ଧୁ କିମ୍ବା ବାନ୍ଧବୀର ଘର ହୋଇଥାଏ ? ହୁଏତ ସେହି ବନ୍ଧୁ କିମ୍ବା ବାନ୍ଧବୀକୁ ଦେଖା କରିବାକୁ ଆସି ତା'ର ଅନୁରୋଧ ଭାଙ୍ଗି ନ ପାରି ସେ କାଲି ରାତିକ ପାଇଁ ହିଁ ସେଇଠି ଅଟକି ଯାଇଥାଏ ?

ତେବେ ?

ହଉ, ଧରାଯାଉ, ମୋର ଏହି ନୂଆ ଅନୁମାନଟି ହିଁ ସତ। ତେବେ ଅସୁବିଧା କ'ଣ ?

ଅସୁବିଧା ହେଲା, ଯଦି ମୁଁ ଏବେ ସଙ୍ଗେ ସଙ୍ଗେ ପୋଲିସ ପାଖକୁ ଯାଇ ତାକୁ ନେଇ ଏଠାରେ ପହଞ୍ଚିବା ବେଳକୁ ସେ ହୁଏତ ଏଇଠୁ ଯାଇ ସାରିଥିବ। ପୁଣି ଅଟ୍ଟାଳିକାଟି ସିନା ପଚିଶ ମହଲା ଓ ମୋର ଏଇ ଶିକାର ଏକୋଇଶ ହମଲାରେ ହିଁ ଅଛି ବୋଲି ମୁଁ ପୋଲିସକୁ ନିଃସନ୍ଦେହରେ କହିପାରିବି, କିନ୍ତୁ ସେଇ ମହଲାରେ ସେଇ ଗୋଟିଏ ଘର ନା ସେମିତି ଆଉ କେତୋଟି ଘର ଅଛି ଏକଥା ତ ମୁଁ ଜାଣେନା। ତେବେ ପୋଲିସ ଆସିଲେ କୋଉ ଘରଟା ଖୋଜିବ ? ବିଛା ମନ୍ତ୍ର ନ ଜାଣି ସାପ ଗାତରେ ହାତ ପୂରାଇବା ପରି ଘଟଣା ହେବ ନା !

ନା, ନା, ମୋତେ ତା'ର ଏକ ସଠିକ୍ ଠିକଣା ଦରକାର। ଏହି ସଠିକ୍ ଠିକଣାଟିକୁ ମୋତେ ଖୋଜି ବାହାର କରିବାକୁ ହିଁ ପଡ଼ିବ।

ସେହିଦିନ, ସୂର୍ଯ୍ୟାସ୍ତର ବହୁ ଆଗରୁ ୱ୍ୱରେଲୀର ସେଇ ସମ୍ଭ୍ରାନ୍ତ ଅଟ୍ଟାଳିକା କିଆରୀର 'ସୋନାଲିକା' ଅଟ୍ଟାଳିକାର ଠିକ୍ ସାମ୍ନାରେ ଚାରି ଲେନ୍ ବିଶିଷ୍ଟ ରାସ୍ତାର ଆରପଟେ ଥିବା ଘଞ୍ଚ କୃଷ୍ଣଚୂଡ଼ା ଗଛମୂଳେ ଏକ ଛୋଟିଆ ପାନ ସିଗାରେଟ୍‌ର ଉଠାଦୋକାନଟିଏ ହଠାତ୍ ଆବିର୍ଭାବ ହେଲା।

ମୋର ଭୟ ଥିଲା- କାଳେ କୋଉ ମୁହୂର୍ତ୍ତରେ ମୋତେ କେହି ଧମକ ଚମକ ଦେଇ ମୋର ଏଇ ଦୋକାନଟିକୁ ବନ୍ଦ କରିଦେବ।

କିନ୍ତୁ ସେଦିନ ତ ସେମିତି କିଛି ହେଲାନାହିଁ, ପରେ ମଧ୍ୟ କେବେ ବି ସେମିତି ଘଟଣାଟିଏ ଘଟିଲା ନାହିଁ। ଦୁଇ ବିପରୀତମୁଖୀ ଏଇ ରାସ୍ତା ଉପରେ ଏଇ ବିଖ୍ୟାତ ସହରର ସବୁଠାରୁ ନାମୀଦାମୀ ଗାଡ଼ିଗୁଡ଼ିକ ଅବିରତ ଧାଁଧପଡ଼ କରି ସୂର୍ଯ୍ୟ ଉଠିବା ଆଗରୁ ରାତି ଗଭୀର ହେବାର ବହୁତ ପରେ ମଧ୍ୟ ସେ ଅଞ୍ଚଳଟିକୁ ନିଜନିଜ ଉପସ୍ଥିତିର କୋଳାହଳରେ ଚଳଚଞ୍ଚଳ କରି ରଖିଥିବା ବେଳେ ହଠାତ୍ ମୁଣ୍ଡଟେକି ଉଠିଥିବା ଏଇ ଛୋଟିଆ ପାନସିଗାରେଟ୍‌ର ଉଠାଦୋକାନଟି ଉପରେ କାହାର ଆଖି କାହିଁକି ପଡ଼ିଥାନ୍ତା ଯେ !

କିନ୍ତୁ ଏହି ପନ୍ଦରଟି ଅଟ୍ଟାଳିକାର ସବୁ ସୁରକ୍ଷା କର୍ମଚାରୀ, ସଫେଇ କର୍ମଚାରୀମାନଙ୍କ ଆଖି ମୋ ଦୋକାନ ଉପରେ ପଡ଼ିବାକୁ ବେଶୀ ସମୟ ଲାଗିଲା ନାହିଁ। ସେମାନଙ୍କ ଚାହିଦା ମୁତାବକ ପାନ, ସିଗାରେଟ୍, ନାନା ପ୍ରକାର ମୁଖରୋଚକ ମସଲା ଆଦି ଛୋଟ ମୋଟ ଜିନିଷ ପାଇଁ ପ୍ରତି ଅଟ୍ଟାଳିକାରୁ କେହି ନା କେହି ସୁରକ୍ଷା କିମ୍ବା ସଫେଇ କର୍ମଚାରୀମାନେ ଧୀରେଧୀରେ ମୋ ଦୋକାନ ଆଗରେ ଆସି ଭିଡ଼ ଜମାଇଲେ। ସେମାନଙ୍କ ଚାହିଦା ସବୁ ଯୋଗାଇବାକୁ ଅର୍ଥାତ୍ ମୋର ନକଲୀ ଦୋକାନଟିକୁ ଅସଲୀ ବୋଲି ଦେଖାଇବାକୁ ମୋ ପକେଟ୍‌ରୁ ବେଶ୍ ଦୁଇପଇସା ଖର୍ଚ୍ଚ ହୋଇଗଲା ମଧ୍ୟ।

ହେଉ, ହଜାରେ ଟଙ୍କାର ଶେଉଳ ମାଛ ଧରିବା ପାଇଁ ଯଦି ଦଶ ଟଙ୍କାର ମାଛ ଥୋପ କିଣିବାକୁ ପଡ଼େ, ସେ କ'ଣ ଗୋଟାଏ ଖର୍ଚ୍ଚ ?

ମୋ ଶିକାରକୁ ଧରାଇଦେଲେ ଲକ୍ଷେ ଟଙ୍କାର ଏକ ପାଉଣା ପାଇବାର ପ୍ରତିଶ୍ରୁତି ମୋତେ ବମ୍ବେ ପୋଲିସ ଠାରୁ ମିଳିଛି ଯେ।

ତେବେ ମୋ ପାଇଁ ବା ସେମାନଙ୍କ ପାଇଁ ଏଇଟା କିଛି ନୂଆ କଥା ନୁହଁ।

ସବୁ ବିଚକ୍ଷଣ ପୋଲିସମାନଙ୍କ ପାଖରେ ଖବରିଆ ଥାଆନ୍ତି। ସେମାନଙ୍କ ପରିଚୟ ସମ୍ପୂର୍ଣ୍ଣ ଗୋପନୀୟ ଥାଏ। ଉଭୟ, ପୋଲିସ ଓ ଖବରିଆ ପାଇଁ ଖବରିଆଙ୍କର ଏ ପରିଚୟ ଗୋପନ ବ୍ୟବସ୍ଥା ଜରୁରୀ ଓ ଏକ ଆବଶ୍ୟକତା ମଧ୍ୟ। ପୋଲିସଙ୍କୁ ଦରକାର ସଠିକ୍ ଖବର ଓ ଖବରିଆକୁ ଦରକାର ନାର୍ଯ୍ୟ ପାଉଣା।

ଉଭୟ ଉଭୟଙ୍କ ଜାଗାରେ ଠିକ୍ ଥାଆନ୍ତି ଓ ସତର୍କ ଥାଆନ୍ତି।

ଏଣୁ ଏମିତି ଖବର ଯୋଗାଇ ବମ୍ବେ ପୋଲିସ ଠାରୁ ମୁଁ ଯେଉଁ ପାଉଣା ପାଇଥାଏ, ତାହାହିଁ ମୋର ଜୀବିକା, ଏକମାତ୍ର ଜୀବିକା। ଶିକାରକୁ ଦେଖି ଦଶ ହଜାରରୁ ଆରମ୍ଭ କରି ଏମିତି ଲକ୍ଷେ, ଦୁଇଲକ୍ଷ ପର୍ଯ୍ୟନ୍ତ ମୁଁ ବମ୍ବେ ପୋଲିସ ପାଖରୁ ପାଇଛି। ବମ୍ବେ ପୋଲିସ ମୋତେ ଏଥିରେ କେବେ ଧୋକା ଦେଇ ନାହିଁ।

କିଛି ପାଇବାକୁ ହେଲେ କିଛି ଖର୍ଚ୍ଚ ତ ନିଶ୍ଚୟ କରିବାକୁ ହେବ।

ଚାହୁଁ ଚାହୁଁ ମାତ୍ର କେତୋଟି ମାସରେ 'ସୋନାଲିକା' ଅଟ୍ଟାଳିକାଟିର ପଚିଶ ମହଲାର ସମୁଦାୟ ପଚିଶଟି ପରିବାରର ଗୋଟିଗୋଟି କରି ସମସ୍ତ ଅପରଚିତଙ୍କ ପରିଚୟ ମୋତେ ମିଳିଗଲା।

ପରିଶ୍ରମ ମୋର ବ୍ୟର୍ଥ ହୋଇ ନ ଥିଲା। କି ଅନୁମାନ ମଧ୍ୟ କାଣିଚାଏ ଭୁଲ୍ ନ ଥିଲା। ବମ୍ବେ ପୋଲିସ ଯାହା କରିପାରିନି, ବଡ଼ ବଡ଼ ଡିଟେକ୍ଟିଭ୍ ସଂସ୍ଥାମାନେ ଯାହା କରିପାରି ନାହାନ୍ତି, ମୋ ପରି ଜଣେ ଅନାମଧେୟ, କୌଣସି ତାଲିମ ପାଇ ନ ଥିବା, ସାଧାରଣ ବି.ଏ. ପାଶ୍ ବ୍ୟକ୍ତିଟିଏ ଯେ ତାହା କରିପାରିଛି, ସେ କ'ଣ କମ୍ ଗୌରବର କଥା ?

ବମ୍ବେର କୁଖ୍ୟାତ ଚୋର କୁନ୍ଦନ ସିଂକୁ ମୁଁ ଠାବ କରିପାରିଛି !

ସାବାସ୍ ! !

ମୋ ପିଠିରେ ମୁଁ ହାତ ଆପୁଡ଼ାଇଲି।

ନା, ମୁଁ ପୋଲିସ୍ ଅଫିସର ନୁହଁ।

ମୋର ଏହି ଛ'ଫୁଟ୍ ଲମ୍ବା ଗୋରା ତକତକ ସୁନ୍ଦର ଚେହେରାରେ ପୋଲିସ ଅଫିସରର ପୋଷାକ କେଡ଼େ ମାନିଥାନ୍ତା ସତେ !

ପୋଲିସ ଅଫିସରମାନେ, ଯେତେବେଳେ ସେମାନଙ୍କ ସିଧାସଳଖ ଚେହେରା ଉପରେ କଡ଼ା ୟୁନିଫର୍ମ ପକାଇ ରାସ୍ତାରେ ବୁଲେଟ୍ ଚଳାଇ ଚାଲିଯାଉଥାନ୍ତି, ଏବେ ବି ମୋ ମନରେ ସେମାନଙ୍କ ପ୍ରତି ଅନେକ ଶ୍ରଦ୍ଧା, ସମ୍ମାନ ଏକ୍‌ଜୁଟ୍ ହୋଇଯାଏ।

ଆଉ ପିଲାଦିନେ ତ ସାକ୍ଷାତ୍ କେଉଁ ପ୍ରତାପୀ ମହାରାଜାଙ୍କ ବିଖ୍ୟାତ ବୀର ସେନାପତି ପରି ସେମାନେ ମୋତେ ଦେଖାଯାଉଥିଲେ। ଘରକୁ ଯାଇ ଦର୍ପଣ ଆଗରେ ଠିଆ ହୋଇ, ନହେଲେ ମୋ ସାନ ଭାଇ ଭଉଣୀଙ୍କୁ ଏକାଠି କରି, ମୁଁ ବି ଦୁଇ ଚାରିଟା କଡ଼ା ସାଲ୍ୟୁଟ୍ ସେମାନଙ୍କ ଆଗରେ ମାରି ନିଜେନିଜେ ଏକ ପୋଲିସ ଅଫିସର ହେବାର ସ୍ୱପ୍ନକୁ ଦୃଢ଼ କରୁଥିଲି।

ଆଗେ ଆଗେ, ମୋ ଭାଇ ଭଉଣୀ ମାନେ ମୋର ଏ ଅଭିନୟକୁ ସ୍ତବ୍ଧ ହୋଇ ଦେଖୁଥିଲେ। ଟିକିଏ ବଡ଼ ହେବାପରେ ତାକୁ ମୁଗ୍ଧ ହୋଇ ଦେଖିଲେ ମଧ୍ୟ।

ସେମାନଙ୍କର ଏ ଉଭୟ ପ୍ରକ୍ରିୟାରେ ମୁଁ ବେଶ୍ ସନ୍ତୁଷ୍ଟ ଥଲି। ମୋ ସ୍ୱପ୍ନର ଦିପାଳୀଟି ମଧ୍ୟ ଆହୁରି ଦପ୍‌ଦପ୍ ହୋଇ ଜଳିବାରେ ଲାଗିଥିଲା।

କିନ୍ତୁ ସେ ବଦ୍‌ମାସଗୁଡ଼ାକ ଯେତେବେଳେ ଆଉ ଟିକିଏ ବଡ଼ ହୋଇଗଲେ, ମୋର ସେ ସାଲ୍ୟୁଟ୍, ମାର୍ଚ୍ଚିଂ ଦେଖି ହସି ହସି ଗଡ଼ିଗଲେ।

'ଭାଇନା...' ମୋର ସବା ସାନ ଭଉଣୀ ରୀନା, ଯିଏକି ସବୁଠାରୁ ଖତରନାକ୍, ସେ କହିଲା- 'ତୁମର ଏ ଯେଉଁ ଲହଲହକା ଚେହେରା ନା, ୟାଡ଼େ ସାଲ୍ୟୁଟ୍ ମାରିବା ବେଳକୁ ସିଆଡ଼େ ଗଡ଼ି ପଡ଼ିବ ଯେ!'

ମୋର ସେ କାଳ୍ପନିକ ପୁଲିସ୍ ବୁଟ୍‌ରେ ହିଁ ସେଦିନ ସେଇଠି ତାକୁ ଗୋଟିଏ ଶକ୍ତ ଗୋଇଠା ମାରିବାକୁ ମୋତେ ଇଚ୍ଛା ହେଉଥିଲା। କିନ୍ତୁ ବାପା, ବୋଉଙ୍କ ଭୟରେ ଖାଲି ତାକୁ ନାଲି ଆଖି ଦେଖାଇ ଜବାବ ଦେଲି- 'ଆଉ କ'ଣ ମୋଟା ହୋଇ ପେଟା ଅଫିସରଟାଏ ହେବି? ପୋଲିସର ସେ କଡ଼ା ୟୁନିଫର୍ମର ମର୍ଯ୍ୟାଦା ନଷ୍ଟ। ପେଟା ପୋଲିସ ଅଫିସର୍? ଏହେ, ଛି! ଛି!! ଜୋକର।'

କିନ୍ତୁ ମୋରି ଭାଗ୍ୟ, ମୋରି ଭବିତବ୍ୟ ଯେ ରୀନା ମୁହଁରେ ଏ କଥା କହି ମୋତେ ସାବଧାନ କରାଉଥିଲା, ସେ କଥା ମୁଁ ଜାଣନ୍ତି କିପରି?

ବି.ଏ. ପାଶ୍ କଲାପରେ ଯେତେବେଳେ ମୁଁ ସବ୍‌ଇନ୍ସପେକ୍ଟର ପଦବୀ ପାଇଁ ପଡ଼ିଆରେ, ପ୍ରତିଯୋଗିତାରେ ଠିଆ ହେଲି ମୋର ହୋସ୍ ଉଡ଼ିଗଲା! ଗାଁର ହାଇସ୍କୁଲରେ ହେଉ, କି ଗାଁ ପାଖ କଲେଜରେ ହେଉ, ଦଶ ପନ୍ଦରଟା ପିଲାଙ୍କୁ ହରାଇ ଦୌଡ଼ରେ, ଖେଳରେ ଚମ୍ପିଆନ ହେବା ଏକ କଥା ଓ ସବ୍‌ଇନ୍ସପେକ୍ଟରର ପ୍ରତିଯୋଗିତା ପାଇଁ ମୈଦାନରେ ଠିଆ ହେବା ସମ୍ପୂର୍ଣ୍ଣ ଅଲଗା କଥା।

ଏଣୁ ଏହି ପ୍ରତିଯୋଗିତାର ଫଳାଫଳ ମୋ ହୃଦୟକୁ ଭାଙ୍ଗି ଖଣ୍ଡଖଣ୍ଡ କରିଦେଲା।

କାହିଁକି ନ କରନ୍ତା ଯେ?

ଆରେ, ପୋଲିସ ଅଫିସର ହେବି ବୋଲି ମୁଁ କ'ଣ କ'ଣ ତପସ୍ୟା ନ କରିଛି ! ସାଙ୍ଗସାଥୀଙ୍କ ଥଟ୍ଟାପରିହାସକୁ ବେଖାତିର କରି ପାନ, ବିଡ଼ି, ଗୁଟ୍‌କା, ସିଗାରେଟ୍ ଓ ମଦର ସବୁ ସିଡ଼ିମାନଙ୍କୁ ଗୋଇଠା ମାରି ଭାଙ୍ଗି ପାରିଛି। ଏମାନଙ୍କୁ ଘୃଣା କରିବା ଶିଖି ପାରିଛି। ସୁନ୍ଦରୀ ଝିଅମାନଙ୍କ ପ୍ରତି ମୋର କାଣିଚାଏ ଦୁର୍ବଳତା କେବେ ବି ହୋଇନି। ଚୋରି, ଡକାୟତି ଆଦି ଅପରାଧ ପ୍ରତି ମୋର ଘୋର ବିଦ୍ୱେଷ ତ ଜନ୍ମଗତ। ଆଉ ସବୁଠାରୁ ବଡ଼ କଥା ହେଲା, ମୁଁ ତୀକ୍ଷ୍ଣ ବୁଦ୍ଧିସମ୍ପନ୍ନ।

ଏସବୁ ଯୋଗ୍ୟତା କୁଆଡ଼େ ଗଲା, ମୋର ସାମାନ୍ୟ ଶାରୀରିକ ଦୁର୍ବଳତା ହିଁ ବଡ଼ ହୋଇଗଲା ?

ହେଉ ଯାଉ, ମୋର କ'ଣ ଗଲା ?

ମୁଁ ତ ଆଉ ଯେ କୌଣସି ଚାକରିଟିଏ କରିପାରିବି।

କିନ୍ତୁ ପୋଲିସ ଡିପାର୍ଟମେଣ୍ଟର ହିଁ ଦାରୁଣ କ୍ଷତିଟାଏ ହେଲା ନା। ସେମାନେ ମୋ ପରି ଏକ ଦକ୍ଷ, ନିଷ୍ଠାପର, ସଚ୍ଚୋଟ ଓ ଦେଶଭକ୍ତ ବ୍ୟକ୍ତିକୁ ହରାଇଲେ !

ଯାଆନ୍ତୁ, ମରନ୍ତୁ ସବୁ। ଦେଶକୁ ଚୋର, ଖଣ୍ଟ, ଡକାୟତମାନେ ଲୁଟି ନିଅନ୍ତୁ।

ମୋର କ'ଣ ଅଛି ?

ମୋର ମନକଥା ବୁଝିବା ପରି ବଛାବଛି ଦାୟିତ୍ୱରେ ଥିବା ଉଚ୍ଚ ପୋଲିସ ଅଧିକାରୀ ଜଣକ ହସିହସି ମୋ ପିଠି ଥାପୁଡ଼େଇ କହିଲେ, 'ବମ୍ବେ ! ଫର୍ ୟୁ, ବମ୍ବେ ଇଜ୍ ଦ ବେଷ୍ଟ ପ୍ଲେସ୍ !'

ଅନ୍ୟମାନେ ହୋ ହୋ କରି ହସି ଉଠିଲେ। ମୋର ସୁନ୍ଦର ଚେହେରା ଲକ୍ଷ୍ୟ କରି ଯଦିଓ ସେ କଥା ସେ କହୁଥିଲେ, କିନ୍ତୁ ମୋତେ ଲାଗିଲା, ସେ ଠିକ କଥା ହିଁ କହୁଛନ୍ତି। ଏଠି ସିନା ମୋର ଆଦର ହେଲା ନାହିଁ, ସେଠି ନିଶ୍ଚୟ ସୁଯୋଗ ମିଳିବ।

ବମ୍ବେ ପୁଲିସ !!

ମୋ ଆଖି ଆଗରେ ଲକ୍ଷେ ତାରା ଚକ୍‌ମକ୍ ହୋଇ ଫୁଟି ଉଠିଲେ।

ବୋଉକୁ ଫୁସୁଲା ଫୁସୁଲି କରି, ତା'ଠାରୁ ତା'ର ସୁନା କାନଫୁଲ ପାଇଁ ସେ ସଞ୍ଚିଥିବା ପଇସାର ସରାଗାତକୁ ଭାଙ୍ଗି, ସର୍ବମୋଟ ପାଞ୍ଚଶହ ଟଙ୍କା ଧରି ମୁଁ ବମ୍ବେ ବାହାରି ପଡ଼ିଲି। ବାପା, ବୋଉଙ୍କୁ କହିଗଲି- 'ମୁଁ କଟକ ଯାଉଛି। ଗୋଟାଏ ସାଙ୍ଗଘରେ ରହିବି। ଚାକିରି ପାଇଲେ ହିଁ ଫେରିବି। ଏଣୁ ମୋତେ କେହି ଅପେକ୍ଷା କରିବ ନାହିଁ।'

ବଡ଼ ଅନିଚ୍ଛା ସତ୍ତ୍ୱେ ଓ ବହୁ କଷ୍ଟରେ ବାପା ଦୁଇଶହ ଟଙ୍କା ଓ ତା'ଠାରୁ

ବହୁଗୁଣରେ ମୂଲ୍ୟବାନ ତାଙ୍କ ଅନୁମତି ସହ ମୋର ସ୍ୱାଧୀନତାକୁ ମଧ୍ୟ ମୋ ହାତରେ ଟେକିଦେଲେ ।

ମୁଁ ନିଶ୍ଚିନ୍ତ ହୋଇ ବାହାରି ପଡ଼ିଲି । ଘର ଚିନ୍ତାରୁ ମୁଁ ମୁକ୍ତ । ସେ କଥା ଦେଖିବାକୁ ବାପା, ବୋଉ ଅଛନ୍ତି । ବାପା, ବୋଉଙ୍କୁ ଦେଖିବାକୁ ମୋର ଅନ୍ୟ ଭାଇଭଉଣୀମାନେ ଅଛନ୍ତି ।

ମୋ ପରି ମୁକ୍ତ, ଏଣୁ ସୁଖୀ ଆଉ କିଏ ଅଛି ?

ଏଥର ମୁଁ ନିଜକୁ ଦେଶର ମଙ୍ଗଳ ପାଇଁ ହିଁ ଉତ୍ସର୍ଗ କରିଦେବି । ଡାକୁ, ଅପରାଧୀମାନଙ୍କୁ ରୋକିବା ମଧ୍ୟ କ'ଣ ସହଜ କଥା ? ସେମାନେ ସମାଜର ଶତ୍ରୁ । ମୁଁ ସେମାନଙ୍କ ଶତ୍ରୁ । ଏଣୁ ମୋ କାମରେ ମୁଁ ଏଥର ଲାଗିଯିବି ।

କିନ୍ତୁ ମୋର ଏ ସନ୍ଦେଶ ବୋଧହୁଏ ତଡ଼ିତ ଗତିରେ ଚୋର ଡାକୁଙ୍କ ପାଖରେ ପହଞ୍ଚିଗଲା ! ଏଣୁ ବମ୍ବେ ପହଞ୍ଚିବାର ବହୁ ଆଗରୁ, ସକାଳୁ ମୋ ନିଦ ଭାଙ୍ଗିବା ବେଳକୁ ମୋ ସୁଟ୍‌କେଶ୍‌ଟି ନଥିଲା କି ମୋ ପର୍ଶ ମଧ୍ୟ ନଥିଲା ।

ଭୋକିଲା ପେଟରେ ଦାନ୍ତ କଡ଼ମଡ଼ କରି ମୁଁ ଟ୍ରେନ୍‌ରୁ ଓହ୍ଲାଇଲି । ହଉ, ଏ ଆହ୍ୱାନର ଜବାବ ମୁଁ ନିଶ୍ଚୟ ଦେବି । ଶତ୍ରୁଙ୍କୁ ସମୂଳେ ବିନାଶ କରିବି ।

ଷ୍ଟେସନ ପାର ହୋଇ ବମ୍ବେ ସହର ଭିତରେ ପଶିବା ବେଳକୁ ସନ୍ଧ୍ୟା ହୋଇ ସାରିଲାଣି । ସାତଶହ ଟଙ୍କାରେ ବମ୍ବେ ! ସେଥିରୁ ଅବଶ୍ୟ ଗାଁରୁ ବମ୍ବେ ପର୍ଯ୍ୟନ୍ତ ବାଟଖର୍ଚ୍ଚ ଓ ଖିଆପିଆରେ ପ୍ରାୟ କିଛି ସରିଥିଲା । ତଥାପି ଯାହା ବାକି ଥିଲା, ଆଜିରାତ୍ରିର ରାତ୍ରଭୋଜନ ତ ହୋଇପାରିଥାନ୍ତା । ସେତକ ଖାଇ ପ୍ଲାଟ୍‌ଫର୍ମରେ ରାତିଟା କଟାଇ ଦେଇଥିଲେ ସକାଳୁ ଉଠି କିଛି ଗୋଟାଏ ଯୋଜନା କରିଥାନ୍ତି । ଯିଏ ପର୍ଶ ସହିତ ମୋ ସୁଟ୍‌କେଶ୍‌ଟିକୁ ଚୋରାଇ ନେଲା, ସେ କ'ଣ ଭାବିଲା ? ବମ୍ବେକୁ ମୁଁ ଭିକ ମାଗିବାକୁ ଯାଉଛି ? ଅତିକମ୍‌ରେ ପର୍ଶଟିକୁ ତ ବାଦ୍ ଦେଇ ପାରିଥାନ୍ତା ? ଏଗୁଡ଼ାକ ଦେଶର ଶତ୍ରୁ ନୁହନ୍ତି ତ ଆଉ କ'ଣ ? ଏମାନଙ୍କ ଦାଉରେ ଭଦ୍ରଲୋକ ଆଉ ତିଷ୍ଠି ପାରିବେ ନାହିଁ ପରା । ଏମାନଙ୍କ ସର୍ବନାଶ କରିବାକୁ ମୋ ଜୀବନର ପଣ କରି ମୁଁ କ'ଣ ଭୁଲ କରିଛି ?

ଭାବିଭାବି ମୁଣ୍ଡ ତଳକୁ ପୋତି ମୁଁ ଚାଲିଥାଏ, କୁଆଡ଼େ କେଉଁ ଲକ୍ଷ୍ୟ ନେଇ ଚାଲୁଛି, ଜାଣିନଥାଏ । କିନ୍ତୁ ମୋର ଏ ଶପଥର ଜବାବ ପରି ହଠାତ୍ ଅସରାଏ ବର୍ଷା ଆରମ୍ଭ ହୋଇଗଲା । ରାସ୍ତାର ଲୋକମାନେ ଛିନ୍ନଭିନ୍ନ ହୋଇ ଏଣେତେଣେ ଆଶ୍ରୟ ପାଇଁ ଦୌଡ଼ିଲେ । ମୁଁ ବି ସେମାନଙ୍କୁ ଅନୁସରଣ କରି ଗୋଟାଏ କୋଠାଘର ଆଡ଼କୁ ଦୌଡ଼ିଲି ।

ଚୋର ମହାଶୟ ମୋ ପକେଟ୍‌ରୁ ମୋର ମଫସଲିଆ ରୁମାଲଟିକୁ ନାପସନ୍ଦ କରି ଛାଡ଼ି ଦେଇଥିଲେ। ତାକୁ ବାହାର କରି ମୁଣ୍ଡ ପୋଛୁପୋଛୁ ଚାରିଆଡ଼କୁ ଅନାଇଲି। କୌଣସି ଏକ ଥିଏଟର ହଲ୍‌ର ବାଁ କଡ଼ର ଏକ ଲମ୍ବା ବାରଣ୍ଡା ଉପରେ ମୁଁ ଠିଆ ହୋଇଥିଲି। ବାରଣ୍ଡା ଶେଷକୁ କୋଠରିଟିଏ। କବାଟ ବାହାରପଟୁ ବନ୍ଦ ଅଛି। ଗ୍ରୀନ୍‌ରୁମ୍ ହୋଇଥିବ ନିଶ୍ଚୟ, ଥିଏଟର ସାମ୍‌ନାରେ ଲୋକ କୋଳାହଳ, ଯିବାଆସିବା, ଟିକଟ କିଣା ଚାଲିଛି।

ବେଶ୍ ଲମ୍ବା ଚଉଡ଼ା ହୋଇ ଲୋକଟିଏ, ଫେଣାଏ ପାଚିଲା କଦଳୀ ହାତରେ ଧରି ସେଥିରୁ ଗୋଟାଏକୁ ଖୋଲି ଖାଉଖାଉ ଲୋକ ଗହଳିକୁ ପାର ହୋଇ ମୋ ଆଡ଼କୁ ଆଗେଇ ଆସିଲା।

ଲୋକଟା ଉପରେ ନୁହଁ, କଦଳୀ ଫେଣାକ ଉପରେ ମୋ ଆଖି ଲାଖି ରହିଲା। କଦଳୀ ମୋର ସବୁଠାରୁ ପ୍ରିୟ ଖାଦ୍ୟ। ମୋ ପେଟର ଭୋକଟା କଦଳୀ ଦେଖିଲେ ସବୁବେଳେ ହାଉଁ ହାଉଁ ହୋଇ ବଢ଼ିଯାଏ।

ଏବେ ବି ସେୟା ହେଲା।

ମୋତେ ପାର ହୋଇ ସେ ଲୋକଟା ବାରଣ୍ଡା ଶେଷରେ ସେ ବନ୍ଦ କୋଠରି ଆଡ଼କୁ ଆଗେଇଲା। କବାଟଟି ଖୋଲି ସେ ଭିତରେ ପଶିଲା। କବାଟା ଖୋଲାଥିଲା।

ମୁଁ ଆଗକୁ ଚାହିଁଲି। ବର୍ଷା ସେମିତି ଝିପିଝିପି ଚାଲିଛି। ଏବେ ଆଉ କୁଆଡ଼େ ଯିବା ସମ୍ଭବ ନୁହଁ। ବରଂ କିଛି ସମୟ ଏଇଠି ଅଟକି ଯିବା ଭଲ।

ଏମିତି ଭାବୁଭାବୁ, ସେ ପାଚିଲା କଦଳୀର ଆକର୍ଷଣରେ ସେ ଖୋଲା ଦୁଆର ଦେଇ ଭିତରେ ପଶିଲି।

ମୋ ଅନୁମାନ ଠିକ୍ ଥିଲା। ଏ ଥିଏଟରର ଏଇଟା ହେଲା ଗ୍ରୀନ୍ ରୁମ୍। ନାଟକ ଆରମ୍ଭ ହେବାର ସମୟ ହୋଇଗଲାଣି ବୋଧହୁଏ। ସେଥିପାଇଁ ବେଶ୍ ବ୍ୟସ୍ତତା, ତତ୍ପରତା ଗ୍ରୀନ୍‌ରୁମ୍‌ଟିକୁ ଚଳଚଞ୍ଚଳ କରି ରଖିଛି। ମୁଁ ଚାରିଆଡ଼େ ଆଖି ବୁଲାଇଲି। ଦୂରରେ ଗୋଟାଏ କୋଣରେ ମୋତେ ଟାଣି ଆଣିଥିବା କଦଳୀଫେଣାକ ଗୋଟିଏ ଟେବୁଲ ଉପରେ ଥୁଆ ହୋଇଛି। ତାକୁ ନେଇ ଆସିଥିବା ଯୁବକ ଜଣକ ସେଇଠି ଠିଆହୋଇ ହାତରେ ବ୍ରଶ୍ ଧରି ତା'ଆଗରେ ଚଉକି ଉପରେ ଆଖିବୁଜି ବସିଥିବା କେଉଁ ଏକ ଚରିତ୍ର ନାୟକର ମୁହଁରେ ରଙ୍ଗ ବୋଳୁଛି।

ମୁଁ ଚୁପ୍‌ଚାପ୍ ସେଇ ଟେବୁଲ ପାଖକୁ ଚାଲିଗଲି। ସେଇଠି ଠିଆ ହୋଇ କାନ୍ଥକୁ ଆଉଜି ଟେବୁଲ ଉପରୁ କଦଳୀଟାଏ ନେଇ ଖାଇବାରେ ଲାଗିଲି।

ବେଶ୍ ମିଠା କଦଳୀ !

ଦ୍ୱିତୀୟ କଦଳୀଟି ଉଠାଇବା ବେଳେ ଲୋକଟି ବୁଲିପଡ଼ି ମୋତେ ଅନାଇଲା। ମୁଁ ତାକୁ ଅନାଇ ହସିଦେଇ କଦଳୀ ଖାଇବାରେ ଲାଗିଲ। ସେ ବି ସ୍ମିତ ହସଟିଏ ହସିଲା।

ଯାହା ହେଉ !

ତୃତୀୟ କଦଳୀଟି ଉଠାଇବା ବେଳକୁ ସେ ବ୍ରଶ୍‌କୁ ଅଠା ବୋତଲରେ ପୂରାଉ ଥିଲା। ମୋତେ ନ ଚାହିଁ ବ୍ରଶ୍‌କୁ ନେଇ ଅଭିନେତାର ନାକ ତଳେ ସେ ଓଦା ବ୍ରଶ୍ ଧୀରେଧୀରେ ବୋଲୁବୋଲୁ ମୋତେ ପଚାରିଲା- 'କ୍ୟା ତୁମ୍ ମେରେ ଶାଲେ ଲଗ୍‌ତେ ହୋ ?'

ମୁଁ ଖାଉ ଖାଉ କହିଲି- 'ଐସା ହୀ ସମଝୋ। ଶାଦୀସୁଦା ତୋ ହୋ ନା ?'

ଯାହାହେଉ, ମୁଁ ତ ଆଉ କିଛି ଘଟିବାର ଆଶଙ୍କାରେ ଥିଲି !

ସେ ପୁଣି ସ୍ମିତ ହସଟାଏ ହସି, ମୁଣ୍ଡକୁ ଟୁଙ୍ଗାରି 'ହଁ' ବୋଲି ଜଣାଉ ଜଣାଉ ନିଜ କାମ ଉପରେ ଧ୍ୟାନ ଦେଲା। ଟେବୁଲ ଉପରେ ଥୁଆ ହୋଇଥିବା ଚୁନି ଚୁନି କେଶରୁ କିଛି ନେଇ ସେ ଅଠା ଉପରେ ସଯତ୍ନରେ ଥାପୁଥାପୁ ମୋତେ ନ ଅନାଇ କହିଲା- 'ଠିକ୍ ହୈ, ଆଜ୍ ହୀ ଘର ଯାକେ ବିବି କୋ ବତାନା ପଡ଼େଗା କି ତେରା ଭୈୟା ଜେଲ୍ ସେ ୱାପସ୍ ଆ ଗୟା ହୈ।' କହୁ କହୁ ହାତରେ ଛୋଟ କଇଞ୍ଚିଟାଏ ନେଇ ଅଭିନେତାଟିର ନାକ ତଳେ ଅଠାରେ ଲଗାଇଥିବା ସେ ଚୁନିଚୁନି କେଶଗୁଡ଼ିକୁ ସଯତ୍ନେ କାଟି ମାପଚୁପ କରି ସମତଳ କରିବାରେ ଲାଗିଲା।

ମୁଁ ଚତୁର୍ଥ କଦଳୀଟିକୁ ଫେଣାରୁ ଛଡ଼ାଉ ଛଡ଼ାଉ ଶାନ୍ତ ସ୍ୱରରେ କହିଲି- 'ଜେଲ୍ ସେ ନହୀଁ ଜୀଜାଜୀ, ମୈଁ ସିଧା ରେଲ ଷ୍ଟେସନ ସେ ଆ ରହା ହୁଁ। ଜେଲ୍ ମେଁ ରହେନେ ବାଲେ ଆପକା ହୀ କୋଇ ଅପନା ମୁଝେ ଟ୍ରେନ୍ ମୈଁ ଐସା ଲୁଟା... ଐସା ଲୁଟା... କୀ ବାସ୍... ଶିର୍ଫ ୟେ କପଡ଼ା ହୀ ରେହଗୟା, ଖାସ୍ ଆପକୀ ଦର୍ଶନ କେ ଲିଏ !'

ଭଗବାନଙ୍କ ଦୟାରୁ ସେ ହୋ ହୋ କରି ହସି ଉଠିଲା।

ମୋ ଆଖି କିନ୍ତୁ ଲାଖି ରହିଲା ସେ କରୁଥିବା କାମ ଉପରେ। କି ସୁନ୍ଦର ଯାକ ଯମକିଆ ନିଶଖଣ୍ଡେ ଥାପି ସାରିଲାଣି ସେ ଅଭିନେତାଟିର ମୁହଁରେ ! ଗୋଟିଏ ଦୁଇଟି ରେଖା ମଧ୍ୟ ତୁଳୀରେ ରଙ୍ଗନେଇ ସେ ମୁହଁରେ ଗାରେଇ ଦେଲା ସେ। ମୋ ଆଖି ଆଗରେ ଦେଖୁଦେଖୁ ଅତି ସାଧାରଣ ମୁହଁଟାଏ ଶୌର୍ଯ୍ୟ ବୀର୍ଯ୍ୟର ଏକ ଗମ୍ଭୀର ମୂର୍ତ୍ତି ହୋଇ ଠିଆ ହୋଇଗଲା।

ମୁଁ ତା'ର ହାତର କୌଶଳକୁ ଉଚ୍ଚ ପ୍ରଶଂସା ନ କରି ରହି ପାରିଲି ନାହିଁ। ସେ' ବି ବେଶ୍ ଆଦରର ସହ ମୋର ପ୍ରଶଂସାକୁ ଗ୍ରହଣ କଲା।

ମୁଁ ଆଗ୍ରହରେ ପଚାରିଲି- 'କ୍ୟା ଏ ସଜ୍ଜନ କୋଇ ପୋଲିସ ଅଫିସର କା ରୋଲ୍ କରେଙ୍ଗେ ?'

'ଆରେ ବାଃ ! ବହତ୍ ପେହେଚାନ ହୈ, ଅପନୀ ଶଶୁରାଲ ବାଲୋଁ କେ ସାଥ୍ ! ଲଗ୍‌ତା ହେ ୱ ଲୋଗ୍ ତୁମ୍‌ହାରା ଖୁବ୍ ଖାତିର କର୍‌ତେ ହେଁ ?'

ଆଖିର ଇସାରାରେ ମୁହଁକୁ ନଚାଇ ହସିହସି ସେ କହିଲା।

ପେଟର ଭୋକ ତ ଶାନ୍ତ ହୋଇ ସାରିଥିଲା। ମୋ ମନର ସ୍ୱପ୍ନ ପୁଣି ସଜାଗ ହୋଇ ଉଠିଲା। ପୁଣି ସେ କଡ଼ା ୟୁନିଫର୍ମ, ଭାରୀ ବୁଟ୍ ପିନ୍ଧି ବୀର ଦର୍ପରେ ଚାଲିଯାଉଥିବା ଚେହେରା ସବୁ ମୋ ମନର ସବୁ ଚିନ୍ତାଧାରାକୁ କାବୁ କରିନେଲା। ମୁଁ ହଠାତ୍ କହି ପକାଇଲି- 'ଭୈୟା ! ମୁଝେ ଭୀ ଏକ ପୋଲିସ କି ରୋଲ ଦିଲ୍‌ୱା ଦୋ ନା ?'

'ଏୟ, ଏୟ, କ୍ୟା... କଭୀ ଜୀଜାଜୀ, କଭି ଭୈୟା ? ୟେ ଦୋନୋଁ ମେଁ କିତ୍‌ନା ଫରକ୍ ହେ ସମଝତେ ହୋ ନା ? ଆରେ, ଭୈୟା ତୋ ଲାତ୍ ମାର୍‌ତା ହେ, ଔର ଜୀଜାଜୀ ହାତ୍ ବଢ଼ାତା ହେ। ତୁଝେ ଲାତ୍ ଚାହିୟେ ୟା ହାତ୍ ? ୟେ ତୋ ପହଲେ ଠିକ୍ କର୍।'

ମୁଁ ନ ହସି ରହିପାରିଲି ନାହିଁ। ହେଉ, କଥାରେ ଅଛି, ଭଗବାନ ଯଦି ଗୋଟିଏ ଦୁଆର ବନ୍ଦ କରିଦିଅନ୍ତି, ତେବେ ଝରକାଟିଏ ଅବଶ୍ୟ ଖୋଲନ୍ତି ମଧ୍ୟ। ମୋର ଯଦି ଆଜି ସବୁକିଛି ଚୋରି ହୋଇ ନଥାନ୍ତା, ଏ ଦିଲ୍‌ଦାର ଲୋକଟି ସହିତ ଭେଟ ହୁଅନ୍ତା ବା କେମିତି ? ଏବେ ଏ ଲୋକଟି ଦୟାରୁ ରାତ୍ରି ଭୋଜନଟି ତ ହୋଇଗଲା, ସେ ଚାହିଁଲେ ଏଇଠି କୋଉଠି ଶୋଇବାଟା ବି ହୋଇଯିବ। ରାତିଟା ଆଗେ କଟିଯାଉ, ସକାଳର ଆଲୋକ ଆପେ ପୁଣି ବାଟ ଦେଖାଇବ ଯେ !

ତା' କଥାର ଜବାବ୍ ଦେଇ ହସିହସି ଉତ୍ତର ଦେଲି- 'ଠିକ୍ ହେ ଜୀଜୁ, ଲାତ୍ ତୋ ବହୁତ ଖା ଚୁକା ହୁଁ। ଅଭି ମୁଝେ ଆପ୍‌କା ତାକତ୍‌ବାର୍ ହାତ୍‌କା ସାହାରା ଚାହିଏ। ମୁଝେ ଭୀ ଏକ ପୋଲିସ୍ କା ରୋଲ ଦିଲ୍‌ୱା ଦୋ ନା ?'

'ବଚ୍ଚୁ ! ତୁମ ତୋ ଏକ ହୀରୋ ବନନେ କେ ଲିଏ କାବିଲ ହୋ !' ସେ ମୋ ମୁହଁକୁ ଥରେ ଅନାଇ ହସିହସି କହିଲା। ତା'ପରେ ଯାହା କହିଲା ସେ ହେଲା- 'ଲାଗୁଛ ତ କୌଣସି ଭଲ ଘରର ପିଲା ପରି। କ'ଣ ଫିଲ୍ମରେ କାମ କରିବା ପାଇଁ ଘରୁ ଲୁଚି ପଳାଇ ଆସିଛ ?'

ମୁଁ ଉତ୍ତର ଦେଲି, 'ହଁ, କିନ୍ତୁ ଅନେକ ପ୍ରଖ୍ୟାତ ଅଭିନେତାଙ୍କ ପରି ଥିଏଟରରୁ ହିଁ କାମ ଆରମ୍ଭ କରିବି ଭାବୁଛି।'

ଆଉ ଜଣେ ଅଭିନେତା ସେତେବେଳକୁ ମେକ୍‌ଅପ୍ ହେବା ପାଇଁ ଚଉକୀରେ ଆସି ବସି ସାରିଥିଲେ। ତାଙ୍କ ମୁହଁରେ ଗ୍ରୀଜ୍ ବୋଳୁବୋଳୁ ମୋର ଏହି ସଦ୍ୟ ପରିଚିତ ଭିଣୋଇଟି କହିଲେ- 'ଠିକ୍ ଅଛି। କିନ୍ତୁ କଥାଟା ବି ଏତେ ସହଜ ନୁହଁ। ତୁମେ କିଛିଦିନ ଆଗେ ମୋର ସହଯୋଗୀ ଭାବେ ଏଇଠି ରହ। ସୁବିଧା ଦେଖି ଆମ ନିର୍ଦ୍ଦେଶକଙ୍କ ଦୃଷ୍ଟି ଆକର୍ଷଣ କରି ତୁମକୁ ଚିହ୍ନା କରାଇଦେବି। ସେ ହିଁ ତୁମକୁ ସୁଯୋଗ ଦେବେ। ଆଚ୍ଛା, ତୁମ ବୟସ କେତେ ? ବାଇଶ୍ ?'

'ନା। କୋଡ଼ିଏ'

'ଗଲା।' ସେ ମୋ ମୁହଁକୁ ଘଡ଼ିଏ ଚାହିଁ ନିଜ କାମ ଉପରକୁ ଦୃଷ୍ଟି ଫେରାଇ କହିଲେ- 'ତୁମ ପାଖରେ ବୟସ ବି ଅଛି, ଚେହେରା ବି ଅଛି। ଧୈର୍ଯ୍ୟହରା ନହୋଇ ଏଇଠି ମୋ ପାଖରେ ମୋର ସହଯୋଗୀ ହୋଇ ରହ। ଏଇଥିପାଇଁ ଆମେ ଲୋକଟିଏ ଖୋଜୁଥିଲୁ। ଏଣୁ ତୁମର ରହିବା ଓ ଖାଇବାର ବନ୍ଦୋବସ୍ତ ତ ହୋଇଗଲା। ଦେଖିବ, ମାସ ଦୁଇଟାରେ ତୁମକୁ ସୁଯୋଗଟାଏ ବି ମିଳିଯିବ।'

କିନ୍ତୁ ସେ ସୁଯୋଗ ମୋର ଆସିନଥିଲା।

ଅନ୍ୟ ପକ୍ଷରେ କହିବାକୁ ଗଲେ ମୁଁ ସେ ସୁଯୋଗ ଆସିବା ପର୍ଯ୍ୟନ୍ତ ପ୍ରତୀକ୍ଷା କରିନଥିଲି।

ଏଇ ନାଟକ ଦଳଟି ଉତ୍ତରପ୍ରଦେଶର କେଉଁ ଏକ ଦୂର ଜାଗାରୁ ଆସି ଏଇଠି ଡେରା ପକାଇ ଥିଲେ। ଯାଯାବର ନାଟକ ଦଳଟିର ନିଜର ରୋଷେଇ, ରହିବା, ଖାଇବା ସବୁ ବନ୍ଦୋବସ୍ତ ନିଜ ଅଧିନରେ ରଖି ଗୋଟିଏ ଜାଗାାରେ ତିନି ମାସରୁ ଅଧିକ ରହୁନଥିଲେ।

ମୁଁ କିଛିଦିନ ମୋର ଏଇ ସଦ୍ୟପରିଚିତ ବନ୍ଧୁ ଦିଲ୍‌ବରର ସହଯୋଗୀ ହୋଇ ରହିଗଲି, ମୁଁ ତ ଖୁସୀ ଥିଲି ଯେ, ମୋ ବିଷୟରେ ମୁଁ କିଛି ଗୋଟାଏ ଯୋଗାଡ଼ କରିବା ପର୍ଯ୍ୟନ୍ତ ମୋର ରହିବା, ଖାଇବା ଚିନ୍ତା ଚାଲିଗଲା। ଆଉ ଦିଲ୍‌ବର ବି ଖୁସୀ ହେଲା ଯେ, ମୁଁ ଚାହୁଁ ଚାହୁଁ ଦିନ କେଇଟାରେ ଜଣେ ଦକ୍ଷ ରୂପକାର ହୋଇଗଲି।

ଏଇ ତ... ତା'ର ହାତର ତାଲିମ ଚଉଦ ବର୍ଷ ପରେ ଏବେ ବି ମୋ ଦେହରେ ଏଇ ମାତ୍ର ଘଣ୍ଟାଏ ତଳେ ପ୍ରତିଫଳିତ ହେଉଥିଲା। ଏ ଅଟ୍ଟାଳିକାର ଗୁର୍ଖା ୱାଚ୍‌ମେନ୍‌ଟି ଘଣ୍ଟାଏ ତଳେ ଯେତେବେଳେ ମୋ ସହିତ କଥାବାର୍ତ୍ତା କରୁଥିଲା, ସେ ତ ଭାବିଥିବ

ସେ ଜଣେ ବୁଢ଼ା କାବୁଲି ପଠାଣ ସାଙ୍ଗରେ କଥା ହେଉଛି। ମୋର ସେତେବେଳର ପାଚିଲା ନିଶ ଦାଢ଼ୀ, ମୋଟାମୋଟା ପାଚିଲା ଭ୍ରୁଲତା, ଆଉ ବେଶ ପୋଷାକ ଦେଖି ସେ କ'ଣ କେବେ ଭାବିଥିବ, ମୁଁ ମାତ୍ର ଚଉତ୍ରିଶ ବର୍ଷ ବୟସର ଜୁଆନ୍ ଭେଣ୍ଡାଟାଏ ବୋଲି ? ନା ଏବେ ଯଦି ସେ ମୋତେ ଦେଖନ୍ତା, ଚିହ୍ନିପାରନ୍ତା ମୁଁ ଘଣ୍ଟାଏ ତଳର ସେଇ ବୁଢ଼ା ବୋଲି ?

ନା, ଆଜିଯାଏ ମୋରି ଛଦ୍ମବେଶକୁ କେହି ସନ୍ଦେହ କରିନାହାନ୍ତି।

ଏ ତ ସେଇ ଦିଲ୍‌ବରର ଅବଦାନ।

କିନ୍ତୁ ମୋର ସ୍ୱପ୍ନ ?

ନା। ମୋର ସେ ସ୍ୱପ୍ନ ଆଉ ସାକାର ହୋଇପାରିଲା ନାହିଁ। ମୁଁ ନା ଏକ ଦକ୍ଷ ପୋଲିସ ଅଫିସରଟାଏ ହୋଇ ପାରିଲି ନା ଏକ ଦକ୍ଷ ଅଭିନେତା ?

ତେବେ ମୋ ଶପଥ କିନ୍ତୁ ମୁଁ ପୂର୍ଣ୍ଣ କରିପାରିଛି। ମୋରି ଯୋଗୁଁ ଅଗଣିତ ବଛାବଛା କୁଖ୍ୟାତ ଚୋର, ଡାକୁ, ଦସ୍ୟୁ, ଖୁନୀ ଆଜି ଜେଲ୍‌ରେ ଷଡ଼ୁଛନ୍ତି। ଦୁଇଜଣ ଦୁର୍ଦ୍ଦଷ କୁଖ୍ୟାତ ନାନା ଅପରାଧରେ ଜଡ଼ିତ ଅପରାଧୀ ଫାଶୀ ମଧ୍ୟ ପାଇଛନ୍ତି। ମୁଁ ପୋଲିସ ହୋଇ ପାରିଲି ନାହିଁ ସତ, କିନ୍ତୁ ପୋଲିସର ଇନ୍‌ଫର୍ମର ହୋଇପାରିଛି। ପୋଲିସର ଡାହାଣ ହାତ। ଅପରାଧୀମାନଙ୍କୁ ଖୋଜି ବାହାର କରିବା ମୋ କାମ। ଜଘନ୍ୟ ଅପରାଧ ଘଟାଇ ଲୁଚି ରହିଥିବା ଅପରାଧୀଙ୍କୁ ଧରାଇ ସାରିବା ପରେ, ମୋତେ ଅପରାଧର ଗୁରୁତ୍ୱ ଅନୁସାରେ ଗୋଟାଏ ପାରିଶ୍ରମିକ ମିଳେ। ସେଥିରେ ମୁଁ ବେଶ୍ ଚଳିଯାଏ।

ଆଉ ଅଭିନେତା ?

ମୁଁ ଜାଣିବାରେ ମୋ ପରି ଦକ୍ଷ ଓ ସଫଳ ଅଭିନେତା ଆଉ ଜଣେ କେହି ନାହିଁ !

ତେବେ ସବୁଠାରୁ ମଜାକଥା ହେଲା, ପୋଲିସ ମଧ୍ୟ ଆଜିଯାଏ ମୋର ପ୍ରକୃତ ଚେହେରା ଦେଖିନାହିଁ। ଆଉ ମୁଁ କେବେ ବି ବିନା ଛଦ୍ମବେଶରେ ଚଲାବୁଲା କରିବାର ସାହସ କରିନାହିଁ। ଅପରାଧୀଙ୍କ ଖବର ପୋଲିସକୁ ଦେବା କିଛି ଗୋଟାଏ ଥଟ୍ଟା ତାମସାର କଥା ନୁହଁ। କୋଉ ମୁହୂର୍ତ୍ତରେ ମୋ କାନ ମୂଳରେ ଢାଏ କରି ଆସି ଗୁଳିଟାଏ ବାଜିବା କିଛି ବିଚିତ୍ର ବା ଅସ୍ୱାଭାବିକ ନୁହଁ। ଏଣୁ ମୁଁ ପୋଲିସକୁ ମଧ୍ୟ ବିଶ୍ୱାସ କରିପାରେନା। ଅପରାଧୀମାନଙ୍କ ଅସଲ ଇନ୍‌ଫର୍ମର ତ ଏଇ ଖାକି ପୋଷାକ ଭିତରେ ! ଏଣୁ ମୁଁ ଯେକୌଣସି ଖବର ଦେବାକୁ ହେଲେ କିଛି ନା କିଛି ଛଦ୍ମବେଶରେ ହିଁ ପୋଲିସ ପାଖକୁ ଯାଇଥାଏ।

ଅଥଚ ଆଜି ମୁଁ କେଉଁ ସାହସରେ ନିଜ ଚେହେରା ନେଇ ଏଇଠି ଏବେ ଠିଆ ହୋଇଛି ?

ହଁ, ମୋର ଆଜି ଏମିତି ବିଭିନ୍ନ ଛଦ୍ମବେଶ ନେଇ ବୁଲିବା କିମ୍ବା ପୋଲିସର ଇନ୍‌ଫର୍ମର ହେବା କେବେ ସମ୍ଭବ ହୋଇନଥାନ୍ତା, ଯଦି ସେଦିନ ଭୋକ ବିକଳରେ ଲାଜସରମ ଛାଡ଼ି କଦଳୀ ଖାଇବାକୁ ଯାଇ ଦିଲ୍‌ବର୍ ସଙ୍ଗରେ ମୋର ବନ୍ଧୁତା ଜମି ନଥାନ୍ତା ।

ନାଟକ ଦଳଟିର ଅଧିକାଂଶ କର୍ମଚାରୀ ଏପରିକି ଅନେକ ଅଭିନେତା ଅଭିନେତ୍ରୀ ମଧ୍ୟ ଅଶିକ୍ଷିତ ଓ ସ୍ୱଳ୍ପଶିକ୍ଷିତ ଥିଲେ । ମୋତେ ବି ଦିଲ୍‌ବର୍‌ର ଶଳା ବୋଲି ହିଁ ସତରେ ସେମାନେ ସମସ୍ତେ ଧରି ନେଇଥିଲେ । ମୋରି ହାତର କ୍ଷୀପ୍ରତା ଯୋଗୁଁ ନାଟକ ଦଳଟିର ଉପକାର ମଧ୍ୟ ହେଉଥିଲା ।

ଏଣୁ ମୁଁ ଯିବାର ଦ୍ୱିତୀୟ ସପ୍ତାହରେ ହିଁ ମୋତେ ଯଦିଓ ସମସ୍ତେ ଆଦର କରିବାରେ ଲାଗିଲେ ତଥାପି... ତଥାପି... ମୋର ପ୍ରକୃତ ନାମ, ପରିଚୟ ଓ ମୁଁ କେଉଁଠାରୁ ଆସିଛି କାହାରିକୁ ହେଲେ ଜଣାନଥିଲା, ଦିଲବରକୁ ମଧ୍ୟ ନୁହଁ ।

ତୃତୀୟ ସପ୍ତାହ ଶେଷ ବେଳକୁ ମୁଁ ଦିନେ ଲକ୍ଷ୍ୟ କଲି, ଦଳର ମୁଖ୍ୟ ରାନ୍ଧୁଣିଆ ବିନ୍‌କା ଇଂରାଜୀରେ କାହାକୁ କିଛି କହୁଛି । ଦିଲ୍‌ବର ଗୋଟାଏ ଲେମ୍ବୁ ଆଣିବା ପାଇଁ ଗ୍ରୀନ୍ ରୁମ୍‌ରୁ ମୋତେ ରୋଷେଇଘରକୁ ପଠାଇଥିଲା । ମୋତେ ଦେଖି ବିନ୍‌କା ସଙ୍ଗରେ କଥା ହେଉଥିବା ଅପରଚିତ ବ୍ୟକ୍ତିଜଣକ ଚୁପ୍ ରହିବା ପାଇଁ ବିନ୍‌କାକୁ ଇସାରା କଲା ।

ବିନ୍‌କା ଥରେ ମୋତେ ଅନେଇ ଦେଇ ବେପରୱା ଭାବରେ ସେଇ ଅପରିଚିତକୁ କହିଲା- 'ହେଃ, ୟେ ଗାଉଁଲିଆ ମୂର୍ଖ ଲୋକ ଗୁଡ଼ା ଇଂରାଜୀ ବୁଝି ପାରନ୍ତି ନାହିଁ ।'

ସେମାନେ ପୁଣି ଆପଣା କଥାବାର୍ତ୍ତା ଭିତରକୁ ନିଶ୍ଚିନ୍ତରେ ଫେରିଗଲେ ।

ଦିଲ୍‌ବର୍ ମୋତେ ଖାଲି ଲେମ୍ବୁଟାଏ ଆଣିବାକୁ ପଠାଇଥିଲା । ମୁଁ କିନ୍ତୁ ସେମାନଙ୍କ କଥା ଶୁଣିବା ପାଇଁ ଲେମ୍ବୁକୁ ସରବତ୍ କରିବାରେ ଲାଗିଲି । ସେତିକି ସମୟରେ ଯାହା ଶୁଣିଲି, ମନେହେଲା, ଏମାନେ କିଛି 'ଦେବାନେବା' ବିଷୟରେ କଥା ହେଉଛନ୍ତି ।

ଡ୍ରଗ୍‌ସ କାରବାର ନୁହଁ ତ ଆଉ !

ସମସ୍ତଙ୍କ ଅଗୋଚରରେ କିଛିଦିନ ମୁଁ ବିନ୍‌କାର ଗତିବିଧି ଉପରେ ଲକ୍ଷ୍ୟ ରଖି ଜାଣିପରିଲି ମୋର ଅନୁମାନ ସମ୍ପୂର୍ଣ୍ଣ ସତ। ଏଣେ ଦିଲ୍‌ବର୍ ଠାରୁ ବୁଝିଲି, କୌଣସି ଅସୁବିଧା ଯୋଗୁଁ ସେମାନଙ୍କ ନିଜର ରାନ୍ଧୁଣିଆଟି ଏମାନଙ୍କ ସାଙ୍ଗରେ ଆସିପାରିନାହିଁ। ଏଣୁ ଏମାନେ ଏଠାରୁ ଏଇ ନୂଆ ଲୋକଟିକୁ ଯୋଗାଡ଼ କରିଛନ୍ତି।

ବର୍ତ୍ତମାନ ଖାଲି ଦେଖିବା କଥା, ଡ୍ରଗ୍ସକୁ ଏ ବିନ୍‌କା ରଖେ କୋଉଠି?

ସାମାନ୍ୟ ପରିଶ୍ରମ ପରେ ସେତକ ମଧ୍ୟ ଜାଣିପାରିଲି।

ସେଇଦିନ ମୋ ଜୀବନରେ ପ୍ରଥମ ଅଭିଯାନ ଆରମ୍ଭ ହେଲା, ମୁଁ ଯେତେବେଳେ ସନ୍ଧ୍ୟାପରେ ନାଟକ ଆରମ୍ଭ ହେବା ପରେ, ଗ୍ରୀନ୍‌ରୁମ୍‌ରେ ପଶି ନିଜକୁ ଜଣେ ପାଦ୍ରୀ ବେଶରେ ସଜାଇ ନେଲି। କେହି କିଛି ବୁଝିବା ଆଗରୁ, ପଚାରିବା ଆଗରୁ, ଜାଣିବା ଆଗରୁ, ମୁଁ ହାଜର ହେଲି ପୋଲିସ ଥାନାରେ।

ସେମାନେ ସତରେ ମୋତେ ଜଣେ ପାଦ୍ରୀ ବୋଲି ହିଁ ଧରିନେଲେ। ବେଶ୍ ସମ୍ମାନର ସହ ଥାନା ଅଫିସର ଜଣକ ମୋତେ ଚଉକୀରେ ବସାଇ, ମୋଠାରୁ ସବୁକିଛି ଶୁଣିସାରି କହିଲେ- 'ଆପଣଙ୍କ ଖବର ଅନୁସାରେ ଆମର ଚଢ଼ାଉ ହେବ। ଯଦି ସତ ହୋଇଥାଏ, ଆପଣ କିଛି ପାରିଶ୍ରମିକ ପାଇବାର ହକ୍‌ଦାର ହେବେ। ଆପଣ ସେତକ ଆମଠୁଁ ଗ୍ରହଣ କରିବେ ତ?'

ଏଁ ପାରିଶ୍ରମିକ! ଏ କଥା ତ ମୋତେ ଜଣାନଥିଲା!

ମୁଁ ସଙ୍ଗେ ସଙ୍ଗେ ଉତ୍ତର ଦେଲି, 'ନିଶ୍ଚୟ, ସେ ମୋର ଚର୍ଚ୍ଚ କାମରେ ଲାଗିବ। ତେବେ ପାରିଶ୍ରମିକ ନେବାକୁ ମୁଁ ନିଜେ ଆସିବି ନାହିଁ, ଆଉ କାହାକୁ ପଠାଇଦେବି। ଆପଣ ତାକୁ ସେତକ ଦେଇଦେବେ।'

ସେଇ ରାତିରେ ଅଚାନକ ପୋଲିସ ଆମ ରୋଷେଇଘର ଚଢ଼ାଉ କଲା। ନାଟକ ସରିଯାଇଥିଲା। ନାଟକ ଦଳର ସମସ୍ତେ ଆଶ୍ଚର୍ଯ୍ୟ ହୋଇ କଥା କ'ଣ ବୁଝୁବୁଝୁ ରାନ୍ଧୁଣିଆ ଗରିଫ ହୋଇ ଜେଲ୍‌କୁ ଗଲା। ସବୁ ଡ୍ରଗ୍ସ ମଧ୍ୟ ରୋଷେଇଘର ରନ୍ଧାହେବା ପାଇଁ ଥିବା କାଠଗଦା ଭିତରୁ ଧରାପଡ଼ିଲା।

ତା' ପରଦିନ ମୁଁ ଏକ ନନ୍ ବେଶରେ ଥାନାକୁ ଯାଇ ମୋର ପ୍ରାପ୍ୟ ନେଇ ଆସିଲି।

ପାଞ୍ଚ ଶହ ଟଙ୍କା!

ତା'ପର ସପ୍ତାହରେ, ଦିନେ ମୋତେ ଦିଲ୍‌ବର କହିଲା- 'ଜାଣିଛ ନା? ଆମେ ଏଇଠି ଆଉ ବେଶୀଦିନ ରହିବୁ ନାହିଁ। ଖୁବ୍ ବେଶୀ ହେଲେ ଆଉ ୪/୫

ଦିନ। ତା'ପରେ ଆମେ ଏଠାରୁ ଅହମ୍ମଦାବାଦ ଚାଲିଯିବୁ। ତୁମେ ଆସିବ ଆମ ସାଙ୍ଗରେ ?'

ମୁଁ ଚମକି ପଡ଼ିଲି। 'ଏମିତି ହଠାତ୍ ? ଏଠି ପରା ତୁମର ତିନିମାସର ରହଣି ଥିଲା ? ତୁମେ ସବୁ ଆସିବା ଦ୍ୱିତୀୟ ଦିନରେ ତ ମୁଁ ଆସି ପହଞ୍ଚିଥିଲି। ଏବେ ତ ଦେଢ଼ମାସ ମଧ୍ୟ ହୋଇନାହିଁ। ନାଟକ ବି ତ ଭଲ ଚାଲିଛି ଦେଖୁଛି।'

ଦିଲ୍‌ବର ମୁହଁ ଶୁଖାଇ ଜବାବ୍ ଦେଲା- 'ହଁ ପରା, ଏମିତି ଭଲ ଆଦାୟ ବେଳେ ଯିବାକୁ ପଡୁଥିବାରୁ ମାଲିକ ମନରେ ବି ସୁଖ ନାହିଁ। କଥା କ'ଣ କି, ଆମେ ଏବେ ଶୁଣିବାକୁ ପାଉଛୁ ଯେ, ସେ ବିନ୍‌କା... ଆମର ସେ ଯେଉଁ ରାନ୍ଧୁଣିଆ ମ, ତା' ଲୋକମାନେ କୁଆଡ଼େ ସନ୍ଦେହ କରୁଛନ୍ତି ଯେ, ଆମ ଭିତରୁ ହିଁ କିଏ ଯାଇ ପୋଲିସରେ ଖବର କରିଛି। ଏଣୁ ସେମାନେ ଆମର ପ୍ରତ୍ୟେକ ଲୋକ ଉପରେ ଆଖି ରଖିଛନ୍ତି। ମାଲିକ ଏଥିପାଇଁ ଡରିଲେଣି ଯେ, କାଲେ ଅଯଥା କିଛି ଖୁନ୍‌ଖରାବ୍ ହୋଇଯିବ। ଏ ନିଶା କାରବାରୀମାନେ ଆଦୌ ଭଲ ଲୋକ ନୁହନ୍ତି ନା।'

ଆମର ବିଶ୍ରାମ ସମୟ ସରିଯାଇଥିଲା, ଗ୍ରୀନ୍‌ରୁମ୍‌କୁ ଯିବାର ସଙ୍କେତ ଦେଇ ସତର୍କ ଘଣ୍ଟି ମଧ୍ୟ ବାଜି ଉଠିଲା। ଯେଉଁମାନଙ୍କର ପ୍ରଥମ ଦୃଶ୍ୟରେ ଅଭିନୟ ଥିଲା, ସେମାନେ ଗ୍ରୀନ୍‌ରୁମ୍ ଆଡ଼କୁ ଯିବାକୁ ଆରମ୍ଭ କଲେ।

ସେମାନଙ୍କ ସଙ୍ଗରେ ଗ୍ରୀନ୍‌ରୁମ୍ ଆଡ଼କୁ ଯାଉଯାଉ ଦିଲ୍‌ବର୍ ପୁଣି କହିଲା- 'ଆମ ରନ୍ଧାଘରୁ ନିଶା ଜିନିଷ ବାହାରିବାରୁ ଏଣେ ବାହାରର ଲୋକ ମଧ୍ୟ ଆମକୁ ଆଉ ଭଲ ଆଖିରେ ଦେଖିବେ ନାହିଁ। ଏଣୁ ମାଲିକ ଏ ଜାଗା ଛାଡ଼ିବା କଥା ଭାବୁଛନ୍ତି।'

ବିନ୍‌କାର ଲୋକମାନେ ତେବେ ମୋତେ ଖୋଜୁଛନ୍ତି !

ଅପରାଧ ଜଗତ ସହ ଛକା ପଞ୍ଝାର ଖେଳ ଆରମ୍ଭ ହୋଇଗଲା ତାହା ହେଲେ !

ଉତ୍ତେଜନାରେ ମୋର ଦେହ ଟାଙ୍କୁରି ଉଠିଲା।

ନିଶା ବ୍ୟବସାୟୀମାନଙ୍କୁ ଧରାଇଦେଇ ମୋ ମନରେ ଏକ ନୂଆ ନିଶା ସତେ ଅବା ସୃଷ୍ଟି ହୋଇଗଲା। ଠିକ୍ ଅଛି। ଖାଲି ପୋଲିସ ଚାକିରି କଲେ ଯାଇ ହେଉଛି ? ୟୁନିଫର୍ମ ନ ପିନ୍ଧି ପାରିଲେ ନାହିଁ, ଗୁପ୍ତ ଗୋଇନ୍ଦା କାମ ତ କରିପାରିଛି।

ଅପରାଧ ଜଗତ ସହ ଯୁଦ୍ଧ ତ ଆରମ୍ଭ ହୋଇଗଲା !

ଦିଲ୍‌ବର ମୋତେ ବହୁତ ଅନୁରୋଧ କଲା ତା' ସହିତ ଯିବା ପାଇଁ। ଆମ ନାଟକ ଦଳ ଉପରେ ଆଖି ରଖିଥିବା ଲୋକଙ୍କ ସନ୍ଦେହ ଏଡ଼ାଇବା ପାଇଁ ମୁଁ ଟ୍ରେନ୍ ଚଢ଼ିଲି ମଧ୍ୟ। ମୋତେ ମିଳିଥିବା ପାଞ୍ଚଶହ ଟଙ୍କାରୁ ଦୁଇଶହ ମୋ ପାଇଁ ରଖି ବାକି

ଟଙ୍କାରେ ଦିଲ୍‌ବରର ସ୍ତ୍ରୀ, ମୋର ସେହି ଅଦେଖା ନାନୀଟି ପାଇଁ ଶାଢ଼ୀଟିଏ କିଣି ଦିଲ୍‌ବର୍ ହାତରେ ଧରାଇବା ବେଳେ ଦୁହିଁଙ୍କ ଆଖି ଲୁହରେ ଭର୍ତ୍ତି ହୋଇଯାଇଥିଲା। ପରବର୍ତ୍ତୀ ଦୁଇଟି ଷ୍ଟେସନ ପରେ ଗାଡ଼ି ରହିବା ପରେ ଦୁହେଁ ଦୁହିଁଙ୍କୁ ଗଭୀର ଭାବରେ ଆଲିଙ୍ଗନ କରି ସବୁଦିନ ପାଇଁ ବିଦାୟ ନେଇ ଯାଇଥିଲୁ।

ସେମାନଙ୍କ ଗାଡ଼ି ଷ୍ଟେସନ ଛାଡ଼ିବା ପରେ ମଧ୍ୟ ପ୍ଲାଟ୍‌ଫର୍ମ ଉପରେ ଲୁହଭରା ଆଖିରେ ଠିଆହୋଇ ଗାଡ଼ିଟି ଅଦୃଶ୍ୟ ହେବା ପର୍ଯ୍ୟନ୍ତ ମୁଁ ଦିଲ୍‌ବରକୁ ହାତ ହଲାଇ ବିଦାୟ ଜଣାଇଥିଲି।

ସେ ଆଜିକୁ ଚଉଦ ବର୍ଷ ତଳର କଥା।

ବମ୍ବେ ଯେପରି ଏ ଭିତରେ କେତେ ବଦଳି ଗଲାଣି, ମୁଁ ବି ସେମିତି ମୋ ପେଶାରେ ବହୁତ କିଛି ଶିଖିଗଲିଣି। ଆଜି କୁନ୍ଦନ ସିଂକୁ ପୋଲିସ ହାତରେ ଧରାଇଦେଲେ ମୋର ଗୋଟାଏ ବଡ଼ ଲକ୍ଷ୍ୟ ପୂରଣ ହେବ। ମୋରି ହିସାବରେ ମୁଁ ଆଉ ପାହାଚେ ଉପରକୁ ଉଠିଯିବି।

ଏମିତିରେ ତ ଏଇ କୁନ୍ଦନକୁ ଧରାଇ ଦେବା ପାଇଁ ଲକ୍ଷେ ଟଙ୍କାର ପୁରସ୍କାର ଘୋଷଣା ହୋଇ ରହିଛି। ତେବେ ଟଙ୍କାଟା ତ ସବୁକିଛି ନୁହଁ। ଆପଣ କାମ ଧନ୍ଦାରେ ସଫଳତା ପାଇଲେ ଯେଉଁ ଆନନ୍ଦ ମଣିଷ ମନରେ ଛାଇଯାଏ, ତା'ର ମୂଲ୍ୟ ତ କାହିଁ କେତେ ଟଙ୍କା!

ମୋତେ ଏଇ ଆନନ୍ଦର ଆକର୍ଷଣ ହିଁ ଆଜି କୁନ୍ଦନର ପିଛା କରାଇଛି।

କୁନ୍ଦନକୁ ଖୋଜି ବାହାର କରିବାକୁ ମୋତେ ଦୀର୍ଘ ଏତେଦିନ ପରିଶ୍ରମ କରିବାକୁ ଆଦୌ ପଡ଼ିନଥାନ୍ତା, ଯଦି ପୋଲିସ ପାଖରେ କୁନ୍ଦନର ଫଟୋଟିଏ ଥାଆନ୍ତା। ଫଟୋ ନାହିଁ, ଚେହେରାର କୌଣସି ସବିଶେଷ ବିବରଣୀ ନାହିଁ। କେବଳ ଅଛି ହାତ ଆଙ୍ଗୁଳିର କେତୋଟି ଛାପ ଚିହ୍ନ, ଜୋତା ଚିହ୍ନ ଇତ୍ୟାଦି, ଯାହାକୁ କୁନ୍ଦନ ଚୋରି କରିବା ବେଳେ କଦବା କେମିତି ଛାଡ଼ିଆସିଛି। ସେତକ ସାହାଯ୍ୟରେ ତଥାପି ଏକ ଆନୁମାନିକ ରୂପରେଖ, ଏପରିକି ଏହି କୁନ୍ଦନ ନାଆଁଟା ମଧ୍ୟ ତାକୁ ଦେଇ ପୋଲିସ ତାକୁ ଖୋଜି ଚାଲିଛି।

ତେବେ ତା'ର ଚୋରି ପ୍ରଣାଳୀ ସହିତ ପୋଲିସ ଧୀରେ ଧୀର ପରିଚିତ ହୋଇ ସାରିଲାଣି।

ପ୍ରଥମ କଥା, କୁନ୍ଦନର ଦଳ ତଳ ମହଲା ବା ପାଖାପାଖି ତିନି ମହଲାଯାଏ

ଆଦୌ ଯାଆନ୍ତି ନାହିଁ। ଚତୁର୍ଥ ମହଲା ଠାରୁ ଯେତେ ଉଚ୍ଚା ହେବ ତା' ଦଳକୁ ସେତିକି ଭଲ।

ଦ୍ୱିତୀୟ କଥା, ସେମାନେ ମଧ୍ୟମ ବା ଉଚ୍ଚମଧ୍ୟମ ବର୍ଗର ଘରମାନଙ୍କରୁ ଆଦୌ ଚୋରି କରନ୍ତି ନାହିଁ। ଯେଉଁମାନଙ୍କ ପାଖରୁ ଗୋଟିଏ ରାତିର ଚଢ଼ାଉରେ ପାଖାପାଖି ଦଶପନ୍ଦର ଲକ୍ଷଟଙ୍କାର ଅଳଙ୍କାର ବା ନଗଦ ଟଙ୍କା ନମିଳିଛି, ସେମିତି ଘରକୁ ସେମାନେ ଯାଆନ୍ତି ନାହିଁ।

ତୃତୀୟ କଥା, ଏମାନଙ୍କ ଶିକାର ସେଇ ଲୋକମାନେ, ଯେଉଁମାନେ ଧରାପଡ଼ିବା ଭୟରେ କଳାଟଙ୍କା ଘରେ ଲୁଚାଇଥାନ୍ତି। ଏପରିକି ଚୋରି ହେବା ପରେ ମଧ୍ୟ ପୋଲିସ ଆଗରେ ଯେଉଁମାନେ କ'ଣ ଚୋରି ହୋଇଛି ତା'ର ଏକ ସଠିକ୍ ବିବରଣୀ ନିଜେ ପଦାରେ ପଡ଼ିବା ଭୟରେ ଦିଅନ୍ତି ନାହିଁ।

ଆଉ ଚତୁର୍ଥ ଓ ସବୁଠାରୁ ଗୁରୁତ୍ୱପୂର୍ଣ୍ଣ କଥା ହେଲା, କୁନ୍ଦନର ଦଳ ତାଲା ଭାଙ୍ଗି ଘରେ ପଶନ୍ତି ନାହିଁ। ପାଣି ପାଇପ୍, ନଳା ପାଇପ୍, ପାଇଖାନା ପାଇପ୍‌କୁ ବ୍ୟବହାର କରି ଶୋଇବା ଘରେ ପଶି ନିଜ କାମସାରି ସେଇବାଟେ ପୁଣି କେମିତି ବାହାରି ଯାଆନ୍ତି ତାହାହିଁ ପୋଲିସକୁ ଚକିତ କରିଛି।

ବମ୍ବେର ସୁପରିଚିତ ଚିତ୍ର ତାରକା, ବିଦେଶୀ କମ୍ପାନୀର ବଡ଼ ବଡ଼ ଅଫିସର, ନାମଜାଦା ଜାହାଜ କମ୍ପାନୀର ମାଲିକ, ରାଜନେତା, ଦୁର୍ନୀତିଗ୍ରସ୍ତ ସରକାରୀ କର୍ମଚାରୀ ଓ ଏମିତି ଅନେକ ଯେଉଁମାନଙ୍କ ପାଖରେ ହିସାବ ନଥିବା କଳାଧନର ସମ୍ଭାବନା ବହୁତ ବେଶୀ ସେମାନଙ୍କ ଘରକୁ ଏଇ ଦଳଟି ବେଶ୍ ଚତୁରତାର ସହ ଚଢ଼ଉ କରି ସଫଳ ହୋଇ ଆସିଛନ୍ତି।

ପୋଲିସ ଠାରୁ କୁନ୍ଦନର ଦଳ ବିଷୟରେ ଏତେସବୁ କଥା ସଂଗ୍ରହ କରିବା ପରେ ତାକୁ ଧରାଇବା ପାଇଁ କିପରି ଏକ ଶକ୍ତ ଆହ୍ୱାନ ମୋ ଭିତରେ ଅନୁଭବ କଲି। ସେଥିପାଇଁ ବିଭିନ୍ନ ପ୍ରକାରେ ନିଜକୁ ପ୍ରସ୍ତୁତ କରି ଅନୁସନ୍ଧାନ କରୁକରୁ ବର୍ଷଟାଏ ବିତି ଯାଇଥିଲା। ଏଇ ବର୍ଷକର ପରିଶ୍ରମ ଓ ଚଉଦବର୍ଷର ଅନୁଭୂତିର ଜ୍ଞାନ ନେଇ ମୁଁ ଯାହାକୁ ଏହି ଡାକୁ ଦଳର ସର୍ଦ୍ଦାର କୁନ୍ଦନ ସିଂ ବୋଲି ଅନୁମାନ କରି ବର୍ଷେ ତଳେ ଏଠାକୁ ଆସିଥିଲି, ଆଜି ସେ ଯେ କୁନ୍ଦନ ଏଥିରେ ମୋର ଆଉ ସନ୍ଦେହ ନାହିଁ।

କାରଣ 'ସୋନାଲିକା'ର ସବୁ ମହଲାର ସବୁ ବାସିନ୍ଦାମାନଙ୍କ ଖବର ମୋର ଏଇ ପାନ ସିଗାରେଟ୍ ଦୋକାନଟିର ଦୟାରୁ ମୁଁ ପାଇ ସାରିଲିଣି। ଏବେ ଏହାର

ତେଇଶଟି ମହଲାରେ ରହୁଥିବା ତେଇଶଟି ପରିବାରର ସବୁ ସଦସ୍ୟଙ୍କ ନାମ, ବୟସ ଓ ଜୀବିକା ନିର୍ଭୁଲରେ ମୁଁ କହିଦେଇ ପାରିବି।

ବାକି ଆଉ ଦୁଇଟି ମହଲା- ଏଗାର ଓ ଏକୋଇଶ।

ଏଗାର ମହଲାରେ ରହୁଥିବା ପରିବାର ବିଷୟରେ ଲୋକେ ଯାହା ସାମାନ୍ୟରେ କହନ୍ତି ସେ ହେଲା, ଏହି ମହଲାର ମାଲିକ ଓ ତାଙ୍କ ପରିବାର କିଛି ବର୍ଷ ହେଲା ବିଦେଶରେ ରହୁଛନ୍ତି। କେବେ କେମିତି ସେମାନଙ୍କୁ ଏଠାରେ ଦେଖିବାକୁ ମିଳେ।

କିନ୍ତୁ ବଡ଼ ବିଚିତ୍ର ଭାବରେ ଏକୋଇଶ ମହଲା ବିଷୟରେ ସମସ୍ତେ ନୀରବ। 'ଘରଟି କିନ୍ତୁ ଖାଲି ନାହିଁ, ସେଥିରେ ତା'ର ମାଲିକ ଏକୁଟିଆ ରହନ୍ତି'- ବାସ୍ ସମସ୍ତେ କେବଳ ଏତିକି ଉତ୍ତର ଦେଇପାରନ୍ତି।

ସେଥିପାଇଁ ମୋତେ ଦିନେ ଏକ ବୁଢ଼ା କାବୁଲି ପଠାଣର ଛଦ୍ମବେଶରେ, ବଜାରରୁ ବେଶ୍ କିଛି ପେସ୍ତା, କାଜୁ ଇତ୍ୟାଦି କିଣି ନେଇ ମୁଁ ସୋନାଲିକାର ବନ୍ଦ ଗେଟ୍‌ର ଆରପଟେ ଥିବା ପ୍ରହରୀମାନଙ୍କୁ ଡାକି ଅଧା ଦାମ୍‌ରେ ସେସବୁ ସେମାନଙ୍କୁ ବିକି ସେମାନଙ୍କ ସହ ବନ୍ଧୁତା ଜମାଇଥିଲି। ଏଇ ବର୍ଷକ ଭିତରେ ସେଇ ବନ୍ଧୁତା ବିଶ୍ୱାସରେ ପରିଣତ ହୋଇସାରିଛି। ଏଇ ବର୍ଷକର ଦଶବାର ଥର ଦେଖାରେ କେବଳ ଏତିକି ଜାଣିପାରିଛି ଦିନର ପହରାରେ ଥିବା ପ୍ରହରୀମାନଙ୍କର ସେ ଏକୋଇଶ ମହଲାର ସାହେବଙ୍କ ବିଷୟରେ କୌଣସି ଧାରଣା ନାହିଁ। କିନ୍ତୁ ରାତି ଜଗୁଆଳୀମାନଙ୍କ ଭିତରେ ଗୋଟିଏ ବୁଢ଼ା ଗୁର୍ଖା ପାଓ୍ୱନ ଥାପା ମୋତେ ଏଇ ଏକୋଇଶ ମହଲାର ବାସିନ୍ଦା ବିଷୟରେ ସାମାନ୍ୟ ସୂଚନା ଦେଇ ପାରିଥିଲା।

ସେ କହିଥିଲା- 'ତାଙ୍କ ଘର ବିହାରରେ। ଏ ସହରରେ ଏ ଘରକୁ ଛାଡ଼ି ତାଙ୍କର ଆଉ ଚାରୋଟି ଘର ଅଛି। ସେ ସବୁଥିରୁ ଭଡ଼ା ବରାବର ଆସେ। ସା'ବ କେବେ ଦିନରେ ବାହାରନ୍ତି ନାହିଁ।'

'କାହିଁକି ?'

ସେ ମୋ ମୁହଁକୁ ଚାହିଁଲା, 'କାହିଁକି ? କାହିଁକି ନା ସା'ବ୍ ସାରା ରାତି ଶୋଇ ନଥାନ୍ତି। ଦିନରେ ଶୁଅନ୍ତି।'

'ରାତିରେ କାହିଁକି ଶୁଅନ୍ତି ନାହିଁ?' ମୋ ଛାତି ସେଦିନ ଧପଧପ୍ ହେଲା। ତାହାହେଲେ କୁନ୍ଦନ ରାତିରେ ନିଶ୍ଚୟ ଚୋରି କରିବାକୁ ଯାଉଥିବ!

ଶୁଣିଲି ପାଓ୍ୱନ ଥାପ୍ପା ମୋତେ ଧମକାଇବା ପରି ସ୍ୱରରେ କହୁଛି- 'ଆରେ ବାବା, ଏମାନେ କ'ଣ ତୁମ ଆମ ଭଳିଆ ଲୋକ ହୋଇଛନ୍ତି? ଏମାନେ ସବୁ

ବହୁତ ବଡ଼ ଲୋକ। ଆଉ ଇଏ ହେଲା ବମ୍ବେ। ଏଇଠି ବଡ଼ଲୋକମାନେ ଦିନରେ ଶୁଅନ୍ତି, ଆଉ ରାତିରେ କ୍ଲବ୍, ରେଷ୍ଟୋରାଁ, ପବ୍‌କୁ ଯାଆନ୍ତି। ସାଙ୍ଗସାଥୀଙ୍କୁ ଭେଟନ୍ତି।'

'ଭାଇ, ମୁଁ ଟିକିଏ ତାଙ୍କୁ ମୋର ଏ ବାଦାମ୍, ପେସ୍ତା ତାଙ୍କ ଘରକୁ ନେଇ ବିକନ୍ତି ନାହିଁ?'

ସେ ଜିଭ କାମୁଡ଼ି ପକାଇଲା। 'ନାଇଁ ରେ ଭାଇ, ମୋର ଚାକିରି ଚାଲିଯିବ। ଆମକୁ ସେ ହୁକୁମ୍ ନାହିଁ। ସମସ୍ତଙ୍କ ଟେଲିଫୋନ୍ ନମ୍ବର ଏଇଠି ଅଛି। କେବଳ ତାଙ୍କର ନାହିଁ। ସନ୍ଧ୍ୟାରେ ଖବରକାଗଜ ନେଇ ଯେଉଁ ଲୋକଟି ତାଙ୍କ ଘରେ ଦେଇ ଅସେ ସେ ତ ଦିନେ କହୁଥିଲା ଏତେଦିନ ଖବରକାଗଜ ଦେଇ ମଧ୍ୟ ସେ ତାଙ୍କୁ ଦିନେ ଦେଖିନାହିଁ।'

'କେମିତି? ମାସ ସରିଲେ ପଇସା ତ ପୁଣି ଦେଉଥିବେ?'

'ନାହିଁ ପରା, ସେ କହୁଥିଲା ସନ୍ଧ୍ୟାର ଖବରକାଗଜ ସବୁ ସନ୍ଧ୍ୟାରେ ସେ ନେଇ ବନ୍ଦ କବାଟ ତଳ ଦେଇ ଠେଲିଦିଏ। ଆଉ ଦୁଇ ତାରିଖ ଦିନ ସନ୍ଧ୍ୟାରେ ସେଇ କବାଟ ତଳେ କୋଣକୁ ଲଫାପାରେ ଟଙ୍କା ରଖା ଯାଇଥାଏ।'

'ଆଶ୍ଚର୍ଯ୍ୟ'

'କିଛି ଆଶ୍ଚର୍ଯ୍ୟ ନୁହଁ।' ମୋ ମୁହଁକୁ ଅନାଇ ପଓ୍ବନ ଥାପ୍ପା କହିଲା, 'ଏଇ ବଡ଼ଲୋକମାନେ ତୁମ ଆମ ପରି ଲୋକଙ୍କ ମୁହଁ ଦେଖିବାକୁ ପସନ୍ଦ କରନ୍ତି ନାହିଁ।'

'ତୁମେ ତାକୁ କେବେ ଦେଖିଛ?'

ଗର୍ବରେ ଛାତିଫୁଲାଇ ସେ କହିଲା- 'ଦେଖିଛି? ମୁଁ ସା'ବ୍‌ଙ୍କ ସଙ୍ଗରେ କଥା ବି ହୋଇଛି। କେତେଥର ସେ ମୋତେ ବକ୍‌ସିସ୍ ବି ଦେଇଛନ୍ତି। ବହୁତ ଭଲ ଲୋକ, ସା'ବ୍ ତ ସବୁଦିନ ରାତିରେ ବାହାରକୁ ଯାଆନ୍ତିନାହିଁ, ଯେବେ ଯାଆନ୍ତି ଫେରିବା ବେଳକୁ ପ୍ରାୟ ମୁଁ ହିଁ ଗେଟ୍‌ରେ ଥାଏ।'

ମୁଁ ସେଦିନ ଯିବାକୁ ବସିଲା ବେଳେ ପଚାରିଥିଲି- 'ଆଚ୍ଛା, ଏଇଠି କିଏ କିଏ ଭଡ଼ାରେ ଅଛନ୍ତି?'

ସେ ହସିଦେଇ କହିଥିଲା, 'ନାଇଁ ଭାଇ, ଏଇଠି କିଏ ଭଡ଼ାରେ ନାହାନ୍ତି। ଏ ସମସ୍ତଙ୍କର ଏଇସବୁ ନିଜ ଘର।'

ସେଦିନ ତା'ଠାରୁ ମୁଁ ବିଦାୟ ନେଇ ଆସିଥିଲି।

ବାଃରେ କୁନ୍ଦନ ସିଂ! ମୁଁ ମନେମନେ ତାକୁ ତାରିଫ୍ ନ କରି ରହିପାରି ନ ଥିଲି। କୋଟିପତିଙ୍କୁ ଲୁଟି ସେଇ କୋଟିପତିଙ୍କ ପଡ଼ୋଶୀ ସାଜି ଏଇଠି ଭଦ୍ରଲୋକ

ପାଲଟି ରହିଛୁ ? କୋଉ ପୋଲିସ କାହିଁକି ତୋତେ ସନ୍ଦେହ କରି ଏଇଠି ଆସି ଖୋଜିବ ? ସେ ତ ତୋତେ ସହରତଳି ବସ୍ତି ଅଞ୍ଚଳରେ, ସାନବଡ଼ ମଦଶାଳାରେ, ଜୁଆ ଆଡ୍ଡାରେ ଖୋଜିବାରେ ଲାଗିଛି !

ଆଜି ମୋ ପାଇଁ ଏକ ବଡ଼ ଗୁରୁତ୍ୱପୂର୍ଣ୍ଣ ଦିନ !

ମୋର ବର୍ଷକର ପରିଶ୍ରମର ଆଜି ଯବନିକା ପତନ ହେବ।

ଆଜିର ଦିନକୁ ଆଖି ଆଗରେ ରଖି ଦୁଇଦିନ ତଳୁ ମୁଁ ଏଠାରୁ ମୋର ପାନ ସିଗାରେଟ୍ ଦୋକାନଟିକୁ ଉଠାଇ ନେଇଥିଲି। ବର୍ଷେ ତଳେ ଜଣେ ଦାଢ଼ୀବାଲା ମୁସଲମାନ ଯୁବକ ଏଇଠି ଯେ ଦୋକାନଟିଏ ଖୋଲିଥିଲା ଏବଂ ବର୍ତ୍ତମାନ ସେ ଦୋକାନଟି ଯେ ଏଇଠି ଆଉ ନାହିଁ, ଏ କଥା ଲକ୍ଷ୍ୟ କରିବା ପରି ସମୟ କିମ୍ବା ନଜର ଏ ଅଞ୍ଚଳର ଅନ୍ୟାନ୍ୟ ବାସିନ୍ଦାମାନଙ୍କର ସିନା ନାହିଁ, କିନ୍ତୁ କାଲି ଯେତେବେଳେ କୁନ୍ଦନ ଗିରଫ ହୋଇଯିବ ଏବଂ ତା'ପରେ ଯଦି ସେ ଦୋକାନ ମୁଁ ଉଠାଇ ନିଏ, ଏ ପରିବର୍ତ୍ତନଟି କୁନ୍ଦନର ସହଯୋଗୀମାନଙ୍କ ନଜର ଏଡ଼ାଇବ ନାହିଁ। ସେତେବେଳେ ସେମାନଙ୍କ ବନ୍ଧୁକର ଗୁଳି ମୋତେ ହିଁ ଖୋଜି ବସିବ।

ଏଣୁ ଏତେକଥା କାହିଁକି ? ଦୋକାନଟି ଉଠାଇ ନେଲେ ଗଲା।

ବର୍ତ୍ତମାନ ମୁଁ ମୋର ଦୁଃସାହସିକ ଯୋଜନାଟିକୁ ଖାଲି ରୂପ ଦେବା କଥା।

ମୋର ଯୋଜନା ଥିଲା- ପ୍ରଥମେ କୁନ୍ଦନ ଷ୍ଟାଇଲରେ ତା' ଘରକୁ ଝରକା ଦେଇ ପଶିବି। ତା'ପରେ ତା'ସହିତ ବନ୍ଧୁତା ଜମାଇ ତା' ଦଳରେ ମୋତେ ନେବାପାଇଁ ଅନୁରୋଧ କରିବି। ଏହାପରେ ତା'ପାଖରୁ ବିଦାୟ ନେଇ ଛଦ୍ମବେଶରେ ସିଧା ପୋଲିସ ପାଖକୁ ଯାଇ କୁନ୍ଦନର ସଠିକ୍ ଠିକଣାଟା ପୋଲିସକୁ ଦେଇ ସେ ଏବେ ସେଠାରେ ଥିବା ଜଣାଇଦେବି। ତା'ପରେ ନା ଏ ଅଞ୍ଚଳ ମୁଁ ଆଉ କେବେ ମାଡ଼ିବି ନା କୁନ୍ଦନ କି ତା'ର ସହଯୋଗୀ କିଏ ମୋତେ ଆଉ ଦେଖିବେ ? ଏଥର ଲକ୍ଷେ ଟଙ୍କା ପାଇଲେ ମୁଁ ସିଧା ଗାଁକୁ ଚାଲିଯିବି।

ଚଉଦ ବର୍ଷ !!

ଚଉଦ ବର୍ଷ ହେଲା ମୁଁ ମୋ ପରିବାରକୁ ଦେଖିନାହିଁ। ଯଦିଓ ଆଗର ପୁରସ୍କାରମାନଙ୍କର ଅଧିକାଂଶ ମୁଁ ସେମାନଙ୍କ ପାଖକୁ ପଠାଇଛି ଏବଂ ସେମାନେ ଜାଣନ୍ତି ଯେ ମୁଁ ବମ୍ବେରେ କିଛି ବ୍ୟବସାୟ ଆରମ୍ଭ କରିଛି, କିନ୍ତୁ ନା ସେମାନେ ମୋତେ, ନା ମୁଁ ସେମାନଙ୍କୁ – ଏ ଚଉଦ ବର୍ଷରେ ଦେଖିବାର ସୁଯୋଗ ଆସିନାହିଁ।

ସମୟ ବି ପାଇ ନାହିଁ, ମୁଁ ଆସିବା ବେଳେ ଛ'ବର୍ଷର ମୋର ସେ ସାନଭଉଣୀଟି ଆଜି କୋଡ଼ିଏ ବର୍ଷର ହେବଣି !

ଠନ୍‌ଠନ୍ ହୋଇ ଘଣ୍ଟାରେ ବା'ର ବାଜିବାର ଶବ୍ଦ ମୋତେ ମୋର ବର୍ତ୍ତମାନକୁ ଫେରାଇ ଆଣିଲା ।

'ସୋନାଲିକା'ର ପଛପଟକୁ ଯାଇ ପାଚେରୀ ଡେଇଁ ଭିତରେ ପାଣିପାଇପ୍ ପାଖରେ ପହଞ୍ଚିଲି । ଉପର ଛାତରୁ ବର୍ଷାପାଣି ଗଡ଼ିବାପାଇଁ ଯେଉଁ ପାଇପ୍ ଥାଏ, ତାକୁ ବ୍ୟବହାର କରି ପହଞ୍ଚିଲି ଏକୋଇଶ ମହଲାରେ । ଭିତରକୁ ପଶିବାକୁ ବେଶୀ ସମୟ ଲାଗିଲା ନାହିଁ । ଚୋରଙ୍କୁ ତଲାସ୍ କରିକରି ମୁଁ ବି ତ ଏ କାମରେ ପକ୍‌କା ହୋଇଗଲିଣି । ଏଣୁ ମୋ ମନରେ ଏଥିପାଇଁ କୌଣସି ଭୟ ନ ଥିଲା । କେବଳ ଗୋଟିଏ ଭୟ ହଠାତ୍ ମୋତେ ଘାରିବାରେ ଲାଗିଲା ଯେ, ମୋର ଅନୁମାନ ଯଦି କାଣିଚାଏ ଭୁଲ ହୋଇଯାଏ ଓ କୁନ୍ଦନ ଭାବି ମୁଁ କେଉଁ ଭଦ୍ରଲୋକର ଘରେ ପଶିଥାଏ, ତେବେ ?

ମୁଁ ପୁଣି ଆଜି କୌଣସି ଛଦ୍ମବେଶରେ ନାହିଁ !

କୋଠରି ଭିତରେ ପାଦ ରଖି ମୁଁ କିନ୍ତୁ ମୁଗ୍ଧ ହୋଇ ଚାରିଆଡ଼େ ଅନାଇ ରହିଲି । ସାଜସଜ୍ଜାରୁ ଜାଣି ପାରୁଥିଲି, ଏହା ଏକ ଡ୍ରଇଂରୁମ୍ । ଚମତ୍କାର ଆଭ୍ୟନ୍ତରୀଣ ସାଜସଜ୍ଜା । କାନ୍ଥରୁ କାନ୍ଥ ପର୍ଯ୍ୟନ୍ତ ମୋଟା କାର୍ପେଟ୍, ତାକୁ ଖାପ୍ ଖାଇବା ପରି ଦାମୀ ପରଦା..., ଦୃଷ୍ଟି ଆକର୍ଷଣକାରୀ, ଏକ କାଳୀନ ଦଶ ପନ୍ଦର ବସି ପାରିବା ପରି ଏକାରଙ୍ଗର ସୋଫାସେଟ୍... ଠିକ୍ ଠିକ୍ ଜାଗାରେ ଉଚ୍ଚା ଦାମିକା ମୂର୍ତ୍ତିସବୁ... କାନ୍ଥରେ ଶୋଭା ପାଉଥିବା ବେଶ୍ ବଡ଼ ବହି ଥାକ... ଏଇଠି ସେଇଠି ସୁନ୍ଦର ସୁନ୍ଦର ପେଣ୍ଟିଂ... କ୍ରୋଟନ ଗଛମାନଙ୍କର ପ୍ରାଚୁର୍ଯ୍ୟ... ଛାତରୁ ଝୁଲି ରହିଥିବା ସ୍ନିଗ୍ଧ ଆଲୋକର ସମାହାର... ଆଃ ! କେତେ କାନ୍ତ, କୋମଳ ମଧୁର ଏ ସାଜସଜ୍ଜା !

ଏପର୍ଯ୍ୟନ୍ତ ଯେତେ ଡାକୁ, ଚୋର, ବଦ୍‌ମାସ୍‌ଙ୍କ ନିକଟତମ ହୋଇଥିଲି, କେହି ବି ଏପରି ରୁଚିପୂର୍ଣ୍ଣ ଭାବେ ଆରାମଦାୟକ ଜୀବନଟାଏ ବିତାଉଥିବା କାହିଁ ମୁଁ ତ କେବେ ଦେଖିନାହିଁ !

ଭୁଲ୍‌ରେ ଆଉ କୋଉ ମହଲାରେ, ଆଉ କାହା ଘରେ ପଶିଯାଇ ନାହିଁ ତ ! ଏଡ଼େ ସୁନ୍ଦର, ଶାନ୍ତିପୂର୍ଣ୍ଣ ଚମତ୍କାର ପରିବେଶଟିଏରେ ଚୋର ସର୍ଦ୍ଦାରଟାଏ ରହୁଥିବ ! ନା, କଦାପି ନୁହଁ !

ଫେରିଯିବିକି ତା' ହେଲେ ?

କିନ୍ତୁ... କାହିଁ କିଏ କୁଆଡ଼େ ଦିଶୁନାହାନ୍ତି ଯେ ?

ନିଃଶ୍ୱାସ ବନ୍ଦ କରି ମୁଁ ଚାରିଆଡ଼େ ନଜର ବୁଲାଇଲି।

କାନ୍ଥର ସୁଦୃଶ୍ୟ କ୍ୟାବିନେଟ୍ ଭିତରେ ଟିଭି ଚାଲିଥିଲା। ନିଃଶବ୍ଦରେ। ସେଥିରେ ମାଇକ୍ ଟାଇସନ୍‌ର ବିଶ୍ୱ ଚମ୍ପିଆନ ହେବା ବେଳର ମୁଷ୍ଟିଯୋଦ୍ଧାର ଦୃଶ୍ୟ। କିଏ ତାହାହେଲେ ଏଇଠି ବସି ଟିଭି ଦେଖୁଥିଲା। ହୁଏତ କୌଣସି କାରଣରୁ ବର୍ତ୍ତମାନ ଉଠି ବାହାରକୁ ଯାଇଛି।

କୋଠରିଟିର ଗୋଟିଏ ଦିଗରେ ଧାଡ଼ିଏ ଝରକା, ଯେଉଁଥିର ଗୋଟିଏ ବାଟେ ମୁଁ ଏବେ ପଶିଲି। ତା'ର ଠିକ୍ ବିପରୀତ ଦିଗରେ ଚାରୋଟି କବାଟ। ଟିଭି କ୍ୟାବିନେଟ୍‌ର ଡାହାଣ ପଟେ ବାହାରକୁ ଯିବା ପାଇଁ ସୁନ୍ଦର ଟିକ୍ କାଠର କୁନ୍ଦକଟା କବାଟଟିଏ। ଆଉ ବାମ ପଟରେ ରାଜସ୍ଥାନୀ କାରୁକଳାର ମନୋରମ ରୋଜଉଡ୍ ପାର୍ଟିସନ୍‌ର ପଛପଟେ ଡାଇନିଂ ସ୍ପେଶ୍।

ଆଉ କ'ଣ କେହି ରୋଷେଇ ଘରେ ଅଛି ?

ଚାରିଆଡ଼େ ଆଶ୍ଚର୍ଯ୍ୟଜନକ ଭାବେ ଭୟଙ୍କର ନୀରବତା।

ସମ୍ପୂର୍ଣ୍ଣ ଶୁନ୍‌ଶାନ୍। ପୂରା ଚୁପ୍‌ଚାପ୍। ମୋତେ କିନ୍ତୁ ଚାରିଆଡ଼େ ଜଳୁଥିବା ଏକାଧିକ ଆଲୋକ ସବୁ କଟମଟ କରି ଚାହିଁଥିବା ପରି ଲାଗିଲା।

ମୁଁ ପୂରାପୂରି ଶିହରୀ ଉଠିଲି।

ପାଦ ଚିପିଚିପି ମୁଁ ରୋଷେଇ ଘରକୁ ଗଲି।

କେହିନାହିଁ।

ପୁଣି ସେଇ ଡ୍ରଇଂ ରୁମ୍‌କୁ ଫେରିଲି ପାଦ ଚିପିଚିପି।

କେହି ନାହିଁ।

ଯଦି ସତରେ କୁନ୍ଦନର ଘର ହୋଇନଥାଏ, ଘୋର ବିପଦ! ଜୀବନରେ ଦିନେ ଚୋରି କରିନାହିଁ। ନିର୍ଦ୍ଦୋଷରେ ଧରାହୋଇ ଜେଲ୍ ଯିବି!

ଆଉ ଯଦି କୁନ୍ଦନର ଘର ହୋଇଥାଏ ? ତେବେ ତ ମହାବିପଦ! ଆଉ ଜେଲ୍ ଯିବାର ପ୍ରଶ୍ନ ନାହିଁ। ମୋତେ ଏମିତି ପାଦ ଚିପିଚିପି ଏ ଘରୁ ସେ ଘର ହେଉଥିବା ସେ ଯଦି ଦେଖିନିଏ ଗୋଟେ ଗୁଳି ଚୋଟରେ ପ୍ରାଣ ଚାଲିଯିବ। ଜେଲ୍ ଆଉ କୋଉଠି ?

ପ୍ରତି ମୁହୂର୍ତ୍ତରେ ଲାଗୁଥାଏ, ରିଭଲଭରଟାଏ ଧରି ମୋ ଉପରକୁ କିଏ ଝାମ୍ପି ପଡ଼ିବ କି ଆଉ!

ପୁଣି କେତେ ସେକେଣ୍ଡ ବିତିଗଲା।

ଆଉ କ'ଣ କୁନ୍ଦନ ଶୋଇପଡ଼ିଛି ? ଏତେଗୁଡ଼ିଏ କବାଟ ଭିତରୁ କେଉଁଟା

ଶୋଇବା ଘର ତା'ବି ଜାଣିବା ମୁସ୍କିଲ। ଏକାପରି ମୋଟା ମୋଟା ସୁନ୍ଦର ଭେଲ୍‌ଭେଟ୍‌ର ପର୍ଦ୍ଦା ତ ସବୁ କବାଟ ଆଗରେ ଝୁଲୁଛି କୋଉ ପର୍ଦ୍ଦାଟା ଆଗେ ଉଠାଇବି?

ଭଗବାନଙ୍କୁ ସ୍ମରଣ କରି ପ୍ରଥମ ଦରଓ୍ୱାଜାର ପର୍ଦ୍ଦା ଅଳ୍ପ ଘୁଞ୍ଚାଇଲି। ହଁ, ଏଇଟା ହିଁ ଶୋଇବା ଘର। କିନ୍ତୁ ବିଛଣା ଖାଲିପଡ଼ିଥିଲା। ପାଦ ଚିପିଚିପି ଯିବା ଦରକାର ନ ଥିଲା। ତଳର ମୁଠାଏ ବହଳର ମୁଲାଏମ୍ କାର୍ପେଟ୍ ସବୁ ଶବ୍ଦକୁ ଶୋଷି ନେଉଥିଲା। ପାଦ ମୋର ସେ ଭିତରେ ଗଳି ଯାଉଥିଲା।

ବଡ଼ ସାହସ କରି ସେ ଭିତରେ ପଶିଲି, ସିଂହର ଗୁମ୍ଫାରେ ଯେ ଠେକୁଆଟାଏ ପଶୁଛି ଜାଣିପାରୁଥିଲି। ଖଟ ସାମ୍‌ନାରେ ପୂରା କାନ୍ଥଟା କାଠ ଆଲମାରୀ କାମରେ ସୁନ୍ଦର ଦିଶୁଛି। ଆରେ... ଏଗୁଡ଼ାକୁ ଛୁଇଁ ଦେଲେ ତ ନିଶବ୍ଦରେ ଖୋଲି ଯାଉଛି! ବୋଧହୁଏ, କୁନ୍ଦନ କେବେ କଳ୍ପନା ବି କରିନି, ତା'ଘରକୁ ମଧ୍ୟ କେହି ଚୋର ପଶିପାରେ!

କିନ୍ତୁ ଏ କୁନ୍ଦନର ହିଁ ଘର ତ?

ଆସ୍ତେ କରି ପ୍ରଥମ ଆଲମାରୀଟି ଖୋଲିଲି। ବିଭିନ୍ନ ଦାମୀ ପୋଷାକରେ ସେଇଟି ପୂର୍ଣ୍ଣ। ଦ୍ୱିତୀୟଟି ମଧ୍ୟ ଛୁଉଁଛୁଉଁ ଖୋଲିଗଲା। ଆଖିମୋର ଖୋସି ହୋଇଗଲା! ପୂରା ଆଲମାରୀ... ତଳୁ ଉପର ଥାକ ଯାଏ ଟଙ୍କା ବିଡ଼ାରେ ଖୁନ୍ଦା ହୋଇରହିଛି! କାହିଁକି? କୁନ୍ଦନ କ'ଣ ବ୍ୟାଙ୍କକୁ ଯିବାକୁ ବେଳ ପାଏନା? ଆଉ, ଏମିତି ଟଙ୍କାର ଭଣ୍ଡାର ଥାଉ ଥାଉ ପୁଣି ଚୋରି କରିବା କ'ଣ ଦରକାର?

ଥାଉ, ମୁଁ ଏମିତି ହାଁ କରି ଦେଖୁଥିବା ବେଳେ ତେଣେ ମୋ ମୁଣ୍ଡଟା ଉଡ଼ି ଯାଇଥିବ ଯେ! ଆଉ ସବୁ ଆଲମାରୀରେ କ'ଣ ଅଛି, ତାକୁ ଦେଖିବାର ସମୟ କି ସାହସ ମୋର ନ ଥିଲା।

ଯାହାପାଇଁ ଜୀବନକୁ ପାଣିଛଡ଼ାଇ ମୁଁ ଏ ଗୁମ୍ଫାରେ ପଶିଛି, ସେ କାହିଁ?

କୋଠରିଟିର ଗୋଟାଏ କୋଣରେ କବାଟଟିଏ। ଆସ୍ତେ କରି ହାତ ମାରିବାକ୍ଷଣି ସେ ବି ଠିଆ ମେଲା ହୋଇଗଲା। ମୋ ନିଃଶ୍ୱାସ ବନ୍ଦ ହୋଇଗଲା ପରି ଲାଗିଲା। ନା, ଭିତରେ କେହି ନାହିଁ। ସେଇଠି ଆଲୋକ ନ ଥିଲେ ବି ଜାଣିପାରିଲି, ଗୋଟିଏ କମୋଡ଼ ଓ ଗୋଟିଏ ୱାଶ୍ ବେସିନ୍ ଥିବା ଖୁବ୍ ଛୋଟ ୱାଶରୁମ୍‌ଟାଏ, ବାଥରୁମ୍ ନୁହଁ।

ନିଃଶ୍ୱାସ ଚାପିଚାପି, ଦୀର୍ଘ ଦଶମିନିଟ୍‌ରୁ ଅଧିକ, ଏଘରୁ ସେଘର ହୋଇ ମୁଁ କ୍ଳାନ୍ତ ହୋଇ ଯାଇଥିଲି। ଚୁପ୍‌ଚାପ୍ ଶୋଇବା ଘରୁ ବାହାରି ଆସି ଡ୍ରଇଂ ରୁମ୍‌ରେ ପାଦ ଦେଲି। ଟିଭିରେ ମୁଷ୍ଟିଯୁଦ୍ଧ ତଥାପି ଚାଲିଥାଏ। ତା' ସାମ୍‌ନାରେ ଥିବା ଜଣକିଆ

ସୁନ୍ଦର, କୋମଳ, ଆରାମଦାୟକ କାଉଚ୍‌ଟି ମୋତେ ହାତଠାରି ଡାକିଲା ଯେମିତି। ମୁଁ ସିଧା ଯାଇ ତା ଉପରେ ବସିପଡ଼ିଲି। ତା'ର କୋମଳତା ନା ମୋର ବିଫଳତାରେ କେଜାଣି, କ୍ଳାନ୍ତ ଆଖି ମୋର ମୁଦି ହୋଇଗଲା।

ଆଃ! କି ଆରାମଦାୟକ ସେ କାଉଚ୍!

କିନ୍ତୁ ସେଥିରେ ବସୁବସୁ କାହିଁକି କେଜାଣି ମୋର ବିଗତ ଚଉଦବର୍ଷର ଜୀବନ ଅକସ୍ମାତ ମୋ ବନ୍ଦ ଆଖି ଆଗରେ ଚଳଚ୍ଚିତ୍ର ପରି ନାଚିବାରେ ଲାଗିଲା। କ'ଣ ପାଇଛି ମୁଁ ଏ ଚୋର ଡକାୟତଙ୍କ ପଛରେ ଦୌଡ଼ିଦୌଡ଼ି? ପୋଲିସ ଚାକିରିରେ ଥିଲେ ହେଲେ, କେଜାଣି ଗୋଟିଏ ଦୁଇଟି ପ୍ରମୋଶନ ହେଲେ ମିଳିଥାନ୍ତା, କିଛି ମେଡ଼ାଲ କିଛି ବାହାବାହା ସହିତ ମୋର ଏ ପରିଶ୍ରମ ସୁନାମ ମଧ୍ୟ ଆଣିଥାନ୍ତା। ଆଉ କେଉଁ ଚାକିରି କି ବ୍ୟବସାୟରେ ପଶିଥିଲେ ବି ହୁଏତ ଏଇ ସମୟରେ ମୁଁ ଘୁଙ୍ଗୁଡ଼ି ମାରି ସ୍ତ୍ରୀପିଲାଙ୍କୁ ନେଇ ସୁଖରେ ଶୋଇଥାନ୍ତି।

ଏବେ କାହାର କୋଉ ଉପକାର ମୁଁ କରୁଛି ଏମିତି ଯାଯାବର ଅନିଶ୍ଚିତ ଜୀବନଟାଏ ବିତାଇ? ବାପା, ବୋଉ ମୋ ପାଇଁ କେତେ ବ୍ୟସ୍ତ, କେତେ ଚିନ୍ତା କରୁଛନ୍ତି! ନା ମୁଁ ସେମାନଙ୍କ କିଛି କାମରେ ଲାଗିଲି ନା ମୋ ନିଜକୁ ହେଲେ ଦେଖିଲି। କ'ଣ ମୋର ରୋଜଗାର, କ'ଣ ବା ମୋର ଭବିଷ୍ୟତ?

କେଉଁ ବେତାଳ ରାଜାର ସିଂହାସନ ପରି କ'ଣ ଥିଲା ସେ କାଉଚ୍‌ରେ କେଜାଣି, ସେଥିରେ ଆଉଜି ବସୁବସୁ ସମ୍ପୂର୍ଣ୍ଣ ବିପରୀତ ଭାବନା ସବୁ ମୋ ମୁଣ୍ଡରେ ଏମିତି ଉଙ୍କିମାରି ମୋତେ ବିବ୍ରତ କରି ପକାଇଲେ ଯେ, ଇଚ୍ଛା ହେଲା ଏଇ ମୁହୂର୍ତ୍ତରେ ଘରକୁ ଫେରିଯାଇ ବାପାବୋଉଙ୍କ କଥା ମାନି କିଛି ଗୋଟାଏ ଚାକିରି ବା ବ୍ୟବସାୟରେ ପଶିଯିବି। ସତେ ତ, ମୁଁ ସିନା ଭାବୁଛି, ମୁଁ ଦେଶସେବା, ଜନସେବା କରୁଛି ବୋଲି, ସତରେ ମୁଁ କ'ଣ କରୁଛି? କ'ଣ କେବଳ ମୋ ଯୋଗୁଁ ଦେଶଟାକୁ ଚୋର ଡକାୟତମାନେ ଲୁଟିପାରୁନାହାନ୍ତି? ମୁଁ ଏମିତି ରକ୍ଷା କରି ପକେଇଛି ଦେଶଟାକୁ?

କରନ୍ତୁ। ଯିଏ ଯାହା କରିବାର କରନ୍ତୁ। ମୁଁ କାହିଁକି ମୋ ଜୀବନଟାକୁ ଏମିତି ଲକ୍ଷ୍ୟହୀନ ଭାବରେ ଏମାନଙ୍କ ପଛରେ ଦୌଡ଼ାଇ ଦେଉଛି?

ଆଖିବୁଜି ସମ୍ପୂର୍ଣ୍ଣ ସମ୍ମୋହିତ ଭାବରେ ମୋର ବିଗତ ଚଉଦବର୍ଷ ଧରି ବିତାଇଥିବା ଜୀବନର ସ୍ୱାର୍ଥହୀନ ଯନ୍ତ୍ରଣାର ଧିକ୍‌କାରକୁ ଚୁପ୍‌ଚାପ୍ ଶୁଣିବାରେ ଲାଗିଲି।

ଖୁଟ୍ କରି ଶବ୍ଦଟାଏ ହେଲା।

ଚମକି ପଡ଼ି ମୁଁ ଠିଆ ହୋଇଗଲି। ମୋରି ସ୍ୱାସ୍ଥ୍ୟ, ମୋରି ଉଚ୍ଚତାର, ପାଖାପାଖି

ମୋରି ରଙ୍ଗର କିନ୍ତୁ ୪୮/୪୯ ବର୍ଷର ଲୋକଟାଏ ବାଥ ରୋବ ପିନ୍ଧି ଗୋଟାଏ କବାଟର ପରଦା ଆଡ଼େଇ ବାହାରି ଆସୁଆସୁ ହାତରେ ପରଦାକୁ ଟେକିଧରି ମୋତେ ହତଚକିତ ଆଶ୍ଚର୍ଯ୍ୟ ହୋଇ ଅନାଇ ରହିଛି! ପରଦା ପଛରୁ ଆଲୋକିତ ଟାଇଲ୍‌ବସା କାନ୍ଥରୁ କିଛି ଓ ବାଥଟବ୍‌ରୁ କିଛି ଅଂଶ ପରିଷ୍କାର ଦେଖାଯାଉଥିଲା।

ଓଃ! ମହାଶୟ ତେବେ ଗାଧୋଉଥିଲେ! ସେ ମଧ୍ୟ ବାଥ୍ ଟବ୍‌ରେ, ଏଣୁ ମୁଁ ଶବ୍ଦ ସୁରାକ୍ କିଛି ଶୁଣିପାରି ନଥିଲି। କିଏ ଜାଣିଛି! ମୂଳ ଗାଧୁଆ ଘରଟି ଏଇଠି ରହିଛି ବୋଲି!

କିନ୍ତୁ ସତରେ ଯେ କୁନ୍ଦନ ତ!

ଦୁହେଁ ଦୁହିଁଙ୍କୁ ହାଁ କରି ଅନାଇ ରହିଥିଲୁ।

କିଛି ସେକେଣ୍ଡ ବୋଧହୁଏ ଚୁପ୍‌ଚାପ୍ ଚାଲିଗଲା।

କାନ୍ଥ ଘଡ଼ିରେ ଟଂ କରି ଆୱାଜ୍ କରି ରାତି ଗୋଟାଏ ହେଲା।

ଏକା ସାଙ୍ଗରେ ଆମେ ଦୁହେଁ ଚମକି ପଡ଼ିଲୁ।

ସେ ବିଦ୍ୟୁତ୍ ବେଗରେ ମୋ ଆଗରେ ଠିଆହୋଇ ମୋ ଗଳାଟିକୁ ଚିପି ଧରିଲା।

ବାପ୍‌ରେ! କେତେ ବଳ ସେ ହାତରେ!

ତାକୁ ମୁକାବିଲା କରିବାର ଶକ୍ତି ମୋର ବା କାହିଁ! ମୁଁ କୌଣସିମତେ ମୁକୁଳିବାକୁ ଚେଷ୍ଟା କରୁକରୁ କହିପକାଇଲି- 'ଶୁଣ ଶୁଣ, ମୁଁ ତୁମର ଶତ୍ରୁ ନୁହଁ!'

ହାତ ତା'ର ହୁଗୁଳା ହୋଇ ଆସିଲା। 'କୋଉ ବାଟେ ଆସିଲୁ?' ମୋତେ ଝାଙ୍କିଦେଇ ସେ ରୁକ୍ଷ କଣ୍ଠରେ ଆଖି ଲାଲ୍ ଲାଲ୍ କରି ପଚାରିଲା। ବାପ୍‌ରେ ବାପ୍! ସେ ଝଙ୍କାରେ ମୋତେ ଲାଗିଲା, ମୋର ନାକ, କାନ, ଆଖି ସମେତ କିଛି ଦାନ୍ତ ମଧ୍ୟ ମୁହଁରୁ ଖସି ତଳେ ବିଞ୍ଚି ହୋଇ ପଡ଼ିଗଲାକି ଆଉ!

ମୁଁ କାତର କଣ୍ଠରେ କହିପକାଇଲି- 'ଏଇ... ଏଇ... ଝରକା ବାଟେ। ଯେମିତି ତୁମେ ପଶ।'

ହାତ ତା'ର ପୂରା ଖୋଲା ହୋଇଗଲା। ତଥାପି ସେଇ ରୁକ୍ଷ ସ୍ୱରରେ ଧମକ ଦେଇ ସେ କହିଲା- 'କିଏ ତୁମେ? ପୋଲିସ?'

ମୋ ମନରେ ରକ୍‌ରକ୍ ହେଉଥିବା ସାମାନ୍ୟ ସନ୍ଦେହଟି ତା'ର ଏ ଗୋଟିଏ ପ୍ରଶ୍ନରେ ହୁସ୍ କରି ମୋ ମୁଣ୍ଡରୁ ବାହାରି ଦୂରକୁ ଉଡ଼ି ପଳାଇଲା।

ଏଥର ମୁଁ ନିଶ୍ଚିନ୍ତ ହେଲି ଯେ- ହଁ, ଯେ ହିଁ କୁନ୍ଦନ!

ହୁ ହୁ ହୋଇ ପୋଡୁଥିବା ମୋର ଗଳାଟାକୁ ଆଉଁସୁ ଆଉଁସୁ ମୁଁ କହିଲି 'ନା ଭାଇ! ମୁଁ ତୁମ ପରି ଆଉ ଏକ ଚୋର।'

'ଏଇଠି କ'ଣ ଚୋରି କରିବାକୁ ପଶିଥିଲୁ?'

'ରାମ! ରାମ! ତୁମଘରେ ପୁଣି ଆଉ କିଏ ଚୋରି କରିବାକୁ ପଶିପାରିବ?'

ସେ ଟିକିଏ ଥତମତ ହୋଇ କହିଲା- 'ତୁମେ... ତୁମେ କେମିତି ଜାଣିଲ... ମୁଁ... ମାନେ... ଏଇ... ମାନେ... ମୁଁ...

ତା'ର ଭାଷାରେ 'ତୁ'ରୁ 'ତୁମେ'ର ଯାତ୍ରାକୁ ଲକ୍ଷ୍ୟ କରୁକରୁ ମୁଁ ଚଟ୍‌କରି କହିଲି- 'ମୁଁ ତୁମକୁ କେମିତି ଜାଣିଲି, ଏୟା ତ? ଆରେ ଭାଇ, ତୁମେ ତ ସବୁ ଚୋରଙ୍କ ଗୁରୁ। ସମସ୍ତେ ତୁମକୁ ଜାଣନ୍ତି। ମୋର ସାଙ୍ଗମାନେ ତ କାଗଜରେ 'କୁନ୍ଦନ' ବୋଲି ଲେଖି, ତାକୁ ବନ୍ଧାଇକରି ଫୁଲ ଚନ୍ଦନ ଦେଇ ପୂଜା କରୁଛନ୍ତି। ସମସ୍ତଙ୍କର ବିଶ୍ୱାସ, ତୁମ ନାଁ ନେଇ ଚୋରି କରିବାକୁ ଗଲେ, ପୋଲିସ ହାତରେ ଧରା ପଡ଼ିବାର ଦୁର୍ଯୋଗ ଆସେନା।'

ସେ ଏଥର ଠୋ ଠୋ ହସିଲା, ମୁଁ ଆଶ୍ୱସ୍ତ ହେଲି। ରୁକ୍ଷ ଲୋକଙ୍କୁ ହସାଇବା ଏକ କଠିନ ବ୍ୟାପାର। କିନ୍ତୁ ମୁଁ ତ ସେଥିରେ ଦକ୍ଷ ହେଲିଣି!

ପୁଣି ଥରେ, କଳ୍ପନାରେ ମୁଁ ମୋ ପିଠିରେ ହାତମାରି 'ସାବାସ୍' କହିଲି।

ସେ କିନ୍ତୁ ଟିକିଏ ବିଚଳିତ ଦେଖାଗଲା। ହଠାତ୍ ହସ ବନ୍ଦ କରି ପଚାରିଲା 'ସମସ୍ତେ ମୋତେ ଜାଣନ୍ତି? ମାନେ... ମୁଁ ଏଠାରେ... ଅଛି-'

'ଆରେ ନା ନା,' ମୁଁ ତା' କଥାକୁ କାଟି କହିଲି। 'ତୁମର ଏଇ ଠିକଣା କେବଳ ମୁଁ ଜାଣେ।'

ସେ ସାମାନ୍ୟ ଆଶ୍ୱସ୍ତ ଦେଖାଗଲା।

'ତୁମେ କେମିତି ମୋ ଠିକଣା ଜାଣିଲ? ମୁଁ ତ ତୁମକୁ ଜାଣେନା?'

'କହିଲି ନା, ବଡ଼ମାନଙ୍କର କଥା ସାନମାନେ ଜାଣନ୍ତି। ତୁମ କଥା ଦିନ ରାତି ଖବରକାଗଜରେ ବାହାରୁଛି। ମୁଁ ତ ତୁମପରି ଆଉ ବିଖ୍ୟାତ ନୁହଁ। ମୋ କଥା ତ ପୋଲିସ ପର୍ଯ୍ୟନ୍ତ ଯାଇ ପାରୁନି, ତୁମେ ବା କେମିତି ଜାଣିବ?'

'ହୁଁ। କ'ଣ ମୋର ପ୍ରଶଂସା କରିବାକୁ ରାତିଅଧରେ ମୋ ଘରର ଘରକା ଦେଇ ପଶିଛ? ପକେଟ୍‌ରେ କ'ଣ ଅଛି? ଛୁରୀ ନା ରିଭଲଭର?'

'ରାମ୍! ରାମ୍! ସେ ଦୁଃସାହସ ତୁମ ପାଖକୁ ଆସିବାବେଳେ କେହି ବି କରିବେ ନାହିଁ। ମୁଁ ତ ଛାର!' ଏହା କହି ମୋ ଜ୍ୟାକେଟ୍‌ଟିକୁ ଦେହରୁ କାଢ଼ି ତା'

ସାମ୍ନାକୁ ଫୋପାଡ଼ି ଦେଲି। ସେ ମୋ ଉପରେ ଆଖି ସ୍ଥିର ରଖି ଆଦୌ ନ ନଇଁ ଗୋଡ଼ରେ ହିଁ ତାକୁ ଉଠାଇ ନେଲା, ଦେଖିଲି ପାଦରେ ତା'ର ଦାମିକା ବାଥ୍‌ରୁମ୍ ସ୍ଲିପର୍।

ହୁଁ, ଖାଣ୍ଟି ନବାବଟିଏ। ହ୍ୟାପ୍, ପରଧନ ଲୁଟି କେତେ ମଉଜ କରୁଛୁ କର ବେ! ଆଉ ତ ଅଳ୍ପସମୟ ରହିଲା!

ଜ୍ୟାକେଟ୍‌ଟିକୁ ପରଖି ନେଇ ସେ ମୋ ପେଣ୍ଟ ପକେଟ୍ ଆଡ଼କୁ ଅନାଇଲା। ମୁଁ ଦୁଇପାଦ ଆଗକୁ ଯାଇ, ଦୁଇ ହାତ ଟେକି ତା' ଆଗରେ ଠିଆ ହୋଇଗଲି। ସେ ମୋ ପାଦର ମୋଜା ଠାରୁ ଅଣ୍ଟାର ବେଲ୍ଟ, ବେକର କଲର ପର୍ଯ୍ୟନ୍ତ ହାତ ମାରି ପରଖି ନେଲା।

ଏଥର ମୁହଁରେ ତା'ର କାଣିଚାଏ ହସ ଉକୁଟିଲା। ଫ୍ରିଜ୍ ଖୋଲି ହ୍ୱିସ୍କି ବାହାର କରି ଏକ ସୁନ୍ଦର ବୋନ୍‌ଚାଇନାର ଗ୍ଲାସ୍‌ରେ ଢାଳିଲା। ମୋତେ ବୋତଲ ଦେଖାଇ ପଚାରିଲା- 'ତୁମେ ପିଇବ?'

'ନା ଭାଇ, ଏ ଗରିବର ସେ ବଡ଼ଲୋକୀ ଅଭ୍ୟାସ ନାହିଁ।' କହି ମୁଁ ଭାବିବାରେ ଲାଗିଲି- ମୋର ତ ଉଦ୍ଦେଶ୍ୟ ସଫଳ ହେଲା। ଯେ ତ କୁନ୍ଦନ, ପୁଣି ଘରେ ହିଁ ଅଛି। ବୋଧହୁଏ ଏବେ ଶୋଇବ କି କ'ଣ। ମୁଁ କେମିତି ଏଇଠୁ ଖସି ପୋଲିସ୍ ପାଖକୁ ଗଲେ କାଲି ଏତିକି ବେଳକୁ କୁନ୍ଦନ ଜେଲ୍‌ରେ ଓ ମୁଁ... ସତରେ ଫେରିଯିବି ଗାଁକୁ!!

ସେ ମୋ ଆଡ଼କୁ ଚାହିଁଥିବାର ଦେଖି କହିଲି- 'ତା ଛଡ଼ା ଆପଣଙ୍କ ଆଗରେ ବସି ପିଇବାର ଯୋଗ୍ୟତା ମୋର ନାହିଁ? ମୋତେ ବରଂ ପାଣି ଗ୍ଲାସେ...' ସେ ଯେତେବେଳେ 'ତୁ'ରୁ 'ତୁମେ'ରେ ପହଞ୍ଚିଲାଣି, ମୁଁ ବି 'ତୁମେ'ରୁ 'ଆପଣ'କୁ ଯିବା ଉଚିତ। ବମ୍ବେ ହିନ୍ଦୀରେ ତ 'ଆପଣ'ର ମୂଲ୍ୟ ବେଶ୍ ଅଧିକ!

ସେ ସତରେ ଖୁସୀ ହେବାପରି ଦେଖାଗଲା। ହସିଦେଇ କହିଲା- 'ଆରେ ନା, ନା, ମୋ ଘରକୁ ଆସି ପାଣି କ'ଣ ପିଇବ? ହଉ ଏ ଫଳରସ ପିଅ।' ଏହା କହି ଗୋଟାଏ ଟିଣ ଡବା ମୋ ଆଡ଼କୁ ଫୋପାଡ଼ି ଦେଇ କହିଲା 'ୟାକୁ ପିଅ', ମୁଁ ତାକୁ ଧରିନେଇ ଖୋଲି ପିଇବାରେ ଲାଗିଲି, କେତେ ଜନ୍ମର ତୃଷାର୍ତ୍ତ ପରି।

ସେ ସେଇ କାଉଚରରେ ଯାଇ ବସିଲା। ମୋ ଆଡ଼କୁ କାଉଚ୍‌ଟିକୁ ବୁଲାଇ ଦେଇ ମୋତେ ତା' ଆଗରେ ଏକ ସୋଫାରେ ବସିବାକୁ ସଂକେତ ଦେଲା। ମୁଁ ସେୟା କଲି। ମୋର ପିଇବା ଠାଣୀ ଦେଖି ସେ ସ୍ମିତ ହସିଥିବା ମୁଁ ଦେଖିଥିଲି। ଏବେ ତା' ମୁହଁକୁ ଅନାଇ ମୁଁ ଭାବୁଥିଲି ଏହାପରେ ସେ କ'ଣ କହିବ?

ହ୍ୱିସ୍କିକୁ ଟିକିଏ ଟିକିଏ କରି ପିଉପିଉ ସେ ମୋତେ ଅନାଇ କହିଲା - 'ମୋତେ ଖାଲି ଆଶ୍ଚର୍ଯ୍ୟ ଲାଗୁଛି, ତୁମେ ମୋତେ ଜାଣିଲ କେମିତି ? ତା'ଛଡ଼ା, ଯଦି ଚୋରୀ କରିବାକୁ ଆସିନାହଁ, ତେବେ ଆଉ କେଉଁଥିପାଇଁ ଆସିଛ ?'

'ମୁଁ କହିଲି ନା, ଆପଣଙ୍କୁ ସମସ୍ତେ ଜାଣନ୍ତି। ଆପଣଙ୍କୁ ତ ପୋଲିସ କୁନ୍ଦନ...

'ହାଃ ! ହାଃ ! ହଁ ପୋଲିସ୍ ମୋତେ କୁନ୍ଦନ ସିଂ ନାମ ଦେଇଛି।' ହ୍ୱିସ୍କିର ପ୍ରଭାବ ତା'ମନକୁ କିଛିଟା ବଦଳାଇ ଥିଲା ବୋଧହୁଏ। ସ୍ୱରରେ ଆଗର ରୁକ୍ଷତା ନଥିଲା। 'ମୁଁ ନିଜେ ଖବର କାଗଜରୁ ଏକଥା ପଢ଼ି କେତେ ହସିଛି। ମୋ ନାଁ କିନ୍ତୁ ଖ୍ରୀଷ୍ଟଫର।'

'ଖ୍ରୀଷ୍ଟଫର ?'

'ହଁ, କିନ୍ତୁ ଏ ଘରଟା କିଣିବାବେଳେ ମୁଁ ମୋ ନାଁକୁ କରିଛି ଜଗନ୍ନାଥ ମିଶ୍ର।'

ମୁଁ ହତବାକ୍ ହୋଇଗଲି। ଆରେ ଏ ନାଁ ଟା କ'ଣ ଆପଣାର ଆପଣାର ଚିହ୍ନା ଚିହ୍ନା ଲାଗୁଛି !

ହଁ, ଚଉଦ ବର୍ଷ ତଳେ ମୋ ନାଁ ଟା ବି ତ ଥିଲା ଜଗଦୀଶ ମିଶ୍ର ! ଆଜି ମୋର ସେ ନାମ କାହିଁ ? ଆଜି ଏ ନାଁରେ ତ କାଲି ଆଉ କୋଉ ନାଁରେ, ଚୋର ନ ହୋଇ ମଧ୍ୟ ମୁଁ ଚୋର ପରି ହିଁ ଚଳୁଛି ! ଅଥଚ ଏ ଚୋର ଖ୍ରୀଷ୍ଟଫର...ଭଦ୍ରଲୋକ ଜଗନ୍ନାଥ ମିଶ୍ର !!

ପଚାରିଲି - 'ଏମିତି ନାଁ ଟେ ?'

'୧୯୭୬ରେ ମୁଁ ଭାରତରେ, ପ୍ରଥମେ ବିହାରରେ ପହଞ୍ଚି କିଛିଦିନ ସେଇଠି ଥିଲି। ସେତେବେଳକୁ ଜଗନ୍ନାଥ ମିଶ୍ର ବିହାର ମୁଖ୍ୟମନ୍ତ୍ରୀ। ଭାରତରେ ମୋର ବହୁତ ଲାଭ ହୋଇଛି। ସେଥିପାଇଁ ପାଞ୍ଚବର୍ଷ ତଳେ ଏ ଘରଟା କିଣିବା ବେଳେ ମୁଁ ଖାଣ୍ଟି ଭାରତୀୟ ନାଁ ଟେ ବାଛି ନେଲି। ଏଇଠି ସମସ୍ତେ ମୋତେ ଏ ନାଆଁରେ ହିଁ ଜାଣନ୍ତି।'

'ଆପଣ ଏତେ ଅନାୟାସରେ ଏତେ ଉପର ମହଲାକୁ ଚଢ଼ିଯାଆନ୍ତି କେମିତି ?'

'ତୁମେ ବି ତ ଆସିପାରିଛ ?'

'ସେ କେବଳ ଆପଣଙ୍କୁ ପ୍ରଭାବିତ କରିବା ପାଇଁ...ବଡ଼ କଷ୍ଟରେ ଚଢ଼ିଛି...ଏହାଠାରୁ ଉପରକୁ ଯିବା ତ ଅସମ୍ଭବ...' ଲଜ୍ଜିତ ହେବାର ଅଭିନୟ କରୁ କରୁ କହିଲି।

ମୋ ଭିତରେ ବ୍ୟସ୍ତତା କିନ୍ତୁ ବଢୁଥିଲା। ନିଜର ସଫଳତାରେ ମନ ଚଞ୍ଚଳ ହେଉଥିଲା ମଧ୍ୟ। ମୋ କାମ ଏଥର ସରିଲା। ଏଇଠୁ ଏବେ ଖସିବା ଦରକାର। ଯେ

ତ ଏବେ ଶୋଇବାକୁ ଯିବ ନିଶ୍ଚୟ। ଉଠୁ ଉଠୁ ସକାଳ ଦଶଟା ହେବ। ମୁଁ ଏଇଠୁ ଯାଇ, ଛଦ୍ମବେଶଟାଏ ପକାଇ, ପୋଲିସ୍‌କୁ ଖବର ଦେବାକୁ ଯଥେଷ୍ଟ ସମୟ ମୋତେ ମିଳିବ। ତା'ପରେ ପୋଲିସ୍ ଆସି ଏ ନବାବର ନିଦ ଭାଙ୍ଗିବ।

ଆଉ ଏଇଠି କେଡ଼େ ହୈ ଚୈ ଟାଏ ନ ହେବ ସତେ! ମୋ ଆଖି ଆଗରେ ପାଓ୍ୱନ ଆସ୍ଥାର ବଶମ୍ବଦ ମୁହଁଟା ଭାସି ଉଠିଲା।

କିନ୍ତୁ ବିଦାୟ ନେଇ କୋଉବାଟେ ଯିବି? ଯେମିତି ଆସିଥିଲି ସେମିତି? ନା ଭଦ୍ର ଭାବରେ ସାମନା ଦୁଆର ଦେଇ?

ନା, ତା' କେମିତି ହେବ? ଓ୍ୱାଚ୍‌ମେନ୍ କୁ କ'ଣ ଜବାବ ଦେବି?

ଶୁଣିଲି ଖ୍ରୀଷ୍ଟଫର କହୁଛି – 'ମୁଁ କିନ୍ତୁ ତିରିଶ ପଞ୍ଚତିରିଶ ମହଲା ମଧ୍ୟ ଆରାମ୍‌ରେ ଚଢ଼ିଯାଇପାରିବି। ଯେ ଆଜିକାଲିକା ନୁହଁ, ପିଲାଦିନର ଅଭ୍ୟାସ। କଲମ୍ବିଆର କୋକରା ଉପତ୍ୟକାରେ ମୋର ଜନ୍ମ। ସେଇଠି ଏକ ପ୍ରକାର ଗୁଆଗଛ ପ୍ରାୟ ୨୦୦ ଫୁଟ ଲମ୍ବା ହୋଇଥାଏ। ପୂଜାଦିନରେ ଏହାର ପତ୍ର ମହଙ୍ଗା ଦରରେ ବିକ୍ରି ହୁଏ। ଏଣୁ ଏହି ପତ୍ର ତୋଳିବା ପାଇଁ ଆମେ ଏ ଗଛରେ ଚଢ଼ିଥାଉ। ତୁମେ କିନ୍ତୁ ଭାରୀ ଦୁଃସାହସ ଦେଖାଇଛ!'

ମୁଁ ମୁଣ୍ଡ କୁଣ୍ଡାଇ କୁଣ୍ଡାଇ ହସିଦେଲି।

'ହଉ କହ, ଏତେ କଷ୍ଟ କରି କାହିଁକି ଆସିଛ?'

'ଆପଣଙ୍କ ମା' ବାପା, ଭାଇ ଭଉଣୀ ସ୍ତ୍ରୀ... ପରିବାର?'

'ନା, କେହି ନାହାନ୍ତି। ସେ ଦୃଷ୍ଟିରୁ ଏକବାରେ ଦରିଦ୍ର। ସଂପୂର୍ଣ୍ଣ ଏକା। ହଉ କହ, କାହିଁକି ଆସିଛ?'

'ଆପଣଙ୍କ ଦଳରେ ମୋତେ ମିଶାନ୍ତୁ ନା, ଦେଖିଲେ ତ ମୁଁ ଆପଣଙ୍କ ଘର ପର୍ଯ୍ୟନ୍ତ ଚଢ଼ି ଆସି ପାରିଲି।' ମୁଁ ବିନୟ ହୋଇ କହିଲି,

ସେ ଆଶ୍ଚର୍ଯ୍ୟ ହୋଇ ମୋ ମୁହଁକୁ ଚାହିଁଲା ଓ ପରେ ପରେ ହୋ ହୋ ହୋଇ ହସିଉଠିଲା। ହସ ବନ୍ଦ କରି କହିଲା- 'ମୋ ଦଳରେ ମିଶିବ ବୋଲି ଏ ଏକୋଇଶ ମହଲା ଚଢ଼ି ପରୀକ୍ଷା ଦେଇଛ? ଶୁଣ, ମୋର ଦଳ ଫଳ କିଛି ନାହିଁ, ଏ ପୋଲିସ, ଏ ଖବର କାଗଜ ବାଲାଙ୍କୁ ତୁମେ ବିଶ୍ୱାସ କରୁଛ?'

ମୁଁ ଖ୍ରୀଷ୍ଟଫର କଥାକୁ କେମିତି ବିଶ୍ୱାସ କରିବି ଜାଣି ପାରୁନଥିଲି। ମୋର ପାଟିରୁ କେବଳ ବାହାରିଲା – 'ମାନେ?'

'ମାନେ ମୁଁ ସଂପୂର୍ଣ୍ଣ ଏକୁଟିଆ। ଧନ୍ଦାରେ ସାଙ୍ଗସାଥୀ କରିବା ହିଁ ବିପଦ।

ସମୟ କଟାଇବା ପାଇଁ ଯେଉଁ ସାମାନ୍ୟ କେତେଜଣ ବନ୍ଧୁ ବାନ୍ଧବୀ ଅଛନ୍ତି, ମୁଁ ସେମାନଙ୍କ ପାଖକୁ ଯାଏ, ଭୁଲରେ ବି କେବେ କାହାକୁ ଘରକୁ ଆଣେନା। ଘର ତ ଦୂରର କଥା, କେହି ମୋର ଟେଲିଫୋନ୍ ନମ୍ବର ସୁଦ୍ଧା ଜାଣନ୍ତି ନାହିଁ। ଆଉ ଦଳ କୁଆଡୁ ଆସିବ ?'

ଟେଲିଫୋନ୍ !! ଏଇଠି ତାହାହେଲେ ଫୋନ୍‌ଟାଏ ଅଛି। କେଉଁଠି ଅଛି ସେଇଟା ? ମୁଁ ଉଚ୍ଚକିତ ହୋଇ ପଡ଼ିଲି।

ସେ କିନ୍ତୁ କହି ଚାଲିଥାଏ। 'ମୁଁ' କାହାରିକୁ ବିଶ୍ୱାସ କରେନା। କିଏ ଜାଣେ ? ସେ ଯଦି ପୋଲିସର ଇନ୍‌ଫର୍ମର ହୋଇଥାଏ ?'

ମୁଁ ଚମକି ପଡ଼ିଲି। ପୁରାପୁରି ଦୋହଲି ଗଲି ଯେପରି। ହାତରେ ସେତେବେଳେ ଯାଏ ଧରିଥିବା ଫଳରସ ଡବାଟା ହାତରୁ ଖସୁଖସୁ ମୁଁ ତାକୁ ଧରି ପକାଇଲି।

ତା'ର ଦୃଷ୍ଟି କିନ୍ତୁ ଭାଗ୍ୟବଶତଃ ମୋ ଉପରେ ନଥିଲା। ଏହା ଜାଣି ମୁଁ ତାକୁ ଆଉ ଟିକିଏ ଖୁସୀ କରିବାକୁ କହିଲି, 'ଆପଣ ଚାହିଁଲେ, ମୁଁ ବହୁତ କଥା ଆପଣଙ୍କ ଠାରୁ ଶିଖନ୍ତି, ମୋତେ ପାଖରେ ରହିବାକୁ ଦିଅନ୍ତୁ ନା।'

ସେ ମୋ ମୁହଁକୁ ଚାହିଁ କିଛି ଚିନ୍ତା କଲା। ମୁଁ ଜାଣି ପାରିଲି, ସେ ସତରେ ଭାବୁଛି ମୁଁ ତାକୁ ଦେଖାଇବାକୁ ହିଁ ଝରକା ଦେଇ ଏକୋଇଶ ମହଲା ଚଢ଼ି ଆସିଛି। ଯାହାହେଉ, ସାମନା ଦରବାଜା ଦେଇ ଆସିଥିଲେ ସେ ମୋତେ ଘରେ ପୁରାଇ ଥାନ୍ତା ନା ?

ସେ ଗ୍ଲାସ୍‌ଟିକୁ ଟି'ପୟ ଉପରେ ରଖି କହିଲା - 'ମୋ କାମ ଭାରୀ ବିପଦ ଜନକ। ସେଥିରେ ଆଉ କାହାକୁ ନେବା ସୁବିଧା ଜନକ ନୁହଁ।'

ମୋର ମୁହଁରେ ନିରାଶାର କାଳିମା ଦେଖି ସେ ପୁଣି କହିଲା 'ଆଜି ତ ଗୋଟିଏ ଜାଗାକୁ ଯିବାର ଅଛି। ଏଇ ବର୍ତ୍ତମାନ ମୁଁ ବାହାରିବି। ଆଚ୍ଛା, ଠିକ୍ ଅଛି। ତୁମେ ଚାହିଁଲେ ଆସିପାର।'

ମୁଁ ଅବାକ୍ ହୋଇଗଲି। ଏପରି ପରିସ୍ଥିତି ଆସିବ ବୋଲି ତ ମୁଁ ଭାବି ନଥିଲି ! ଏବେ ତାହାହେଲେ ଯାର ଶୋଇବାର ନାହିଁ ! ଆଉ ଏମିତି ସ୍ୱଚ୍ଛନ୍ଦରେ ମୋତେ ଡାକୁଛି, ଯେମିତି କି ସିନେମା ଦେଖିବାକୁ ଡାକୁଛି !

ମୋର ହତଭମ୍ବତା ଦେଖି ତାକୁ ଅଡୁଆ ଲାଗିଲା ବୋଧହୁଏ। ବାଥରୋବ୍‌ର ବେଲ୍ଟକୁ ଖୋଲୁ ଖୋଲୁ କହିଲା - 'କ'ଣ ହେଲା ?'

ମୁଁ ନିଜର ମନୋଭାବକୁ ତା' ଆଗରେ ବାଢ଼ିଦେଇ କହିଲି- 'ମୁଁ ତ ଆଦୌ ବିଶ୍ୱାସ କରିପାରୁନାହିଁ। ମୁଁ ତ ଭାବିଥିଲି'-

ସତରେ ମୋ ଯୋଜନା ତ ଏବେ ଚୌପଟ୍ ହୋଇଗଲା !

ସେ ହସି ଉଠିଲା, ତା'ପରେ ଗମ୍ଭୀର ହୋଇ କହି ଉଠିଲା- 'ସତ କହିବାକୁ ଗଲେ, ମୁଁ ବି ନିଜେ ଆଶ୍ଚର୍ଯ୍ୟ ହେଉଛି। ମୁଁ ତ ଏତେ ସନ୍ଦେହୀ ଯେ ଧରା ପଡ଼ିବା ଭୟରେ ଘରେ ଚାକରାଣୀ ସୁଦ୍ଧା ରଖୁନାହିଁ।'

ହଁ, ତା'ତ ମୁଁ ଜାଣେ। ଘରେ ଚାକରାଣୀ ଥିଲେ, ଆଲମାରୀ ଭର୍ତ୍ତି ଟଙ୍କା ଏମିତି ଖୋଲା ଆଲମାରୀରେ ଥାଆନ୍ତା ? ହଉ, ଏଣିକି ଏ ମଉଜ ସରିଲା, କାଲି ଏତେବେଳକୁ ଏ ଖ୍ରୀଷ୍ଟଫର ଜେଲ୍‌ରେ ଥିବ, ଆଉ ଏ ଟଙ୍କା ସରକାରୀ ଖଜଣା ଖାନାରେ।

କିନ୍ତୁ ମୁହଁ ଖୋଲି କହିଲି 'ତେବେ ମୋତେ କାହିଁକି ବିଶ୍ୱାସ କଲେ ?'

ସେ ମୋତେ ଘଡ଼ିଏ ଚାହିଁ କହିଲା – 'କାହିଁକି କେଜାଣି ତୁମକୁ ଦେଖିଲେ ଆପଣାର ଆପଣାର ଲାଗୁଛି। ମନରେ ମାୟା ଆସୁଛି।'

ହାୟ ବିଧାତା ! ମୁଁ ଖୁସୀ ହେବି ନା ଦୁଃଖି ହେବି ? କୁନ୍ଦନକୁ ଠାବ କରି ତାକୁ ପୋଲିସ୍ ହାତରେ ଧରାଇବା ପରି ଗୋଟିଏ କଠିନ କାମରେ ସଫଳ ହୋଇ ମୁଁ ତ ଖୁସୀ ହେବା କଥା ! କିନ୍ତୁ ଖ୍ରୀଷ୍ଟଫରର ମନ ଖୋଲା କଥା, ବନ୍ଧୁତ୍ୱର ଏ ନିଷ୍କପଟ ଆହ୍ୱାନକୁ ଧୋକା ଦେଇ ମୁଁ ତ ତା' ପିଠିରେ ଛୁରା ଭୂଷିବାକୁ ଯାଉଛି !

ଏକ ବିଚିତ୍ର ଆନ୍ଦୋଳନରେ ମୋର ହୃଦୟ ମନ୍ଥିହେବାକୁ ଲାଗିଲା। ମନ ଉଦାସ ହୋଇଗଲା।

କଥା ବଦଳାଇ ବାକୁ କହିଲି, 'ଆପଣ ବାହା ହେଉ ନାହାନ୍ତି ?'

'ସେ ଆଶ୍ଚର୍ଯ୍ୟ ହୋଇ କହିଲା – 'ହଠାତ୍ ବିବାହ କଥା ? ତୁମେ ବିବାହ କରିଛ ?'

ମୁଁ ଅପ୍ରସ୍ତୁତ ହୋଇ କହିଲି – 'ନା'।

'ନିଜେ ହୋଇ ନା, ଆଉ ମୋତେ କେମିତି କହୁଛ ? ସତ କହିଲେ ଏ ବୟସରେ ବିବାହ କରି ଛୁଆଜନ୍ମ କରି ସେମାନଙ୍କ ପଛରେ ଧନ, ସମୟ, ପରିଶ୍ରମ ଖର୍ଚ୍ଚ କରିବାର ଇଛା ମଧ୍ୟ ମୋର ନାହିଁ। କିନ୍ତୁ ତୁମେ ତ ତରୁଣ, ରୋଜଗାର ତ କରିବଣି। ଏଥର ବାହା ହୋଇପଡ଼। ହଉ, ଚାଲ ବାହାରିବା ?"

ମୁଁ ନିଜ ପୋଷାକ ଆଡ଼େ ଚାହିଁଲି। କଳା ଜୀନ୍ ପ୍ୟାଣ୍ଟ ଉପରେ କଳା ଟି ସାର୍ଟଟାଏ ମୁଁ ପିନ୍ଧିଥିଲି। ତା' ଉପରେ ପିନ୍ଧିଥିବା ସେଇ କଳା ଜ୍ୟାକେଟ୍ ଟିକୁ ପୁଣି ତଳୁ ଗୋଟାଇ ନେଇ ପିନ୍ଧି ପକାଇଲି।

'ବାଃ ! ତୁମେ ତ ପୁରା ପ୍ରସ୍ତୁତ ହୋଇ ଆସିଛ ! ହଉ, ମୁଁ ଦୁଇ ମିନିଟ୍‌ରେ ବାହାରି ପଡୁଛି।' କହିଦେଇ ସେ ବୁଲିପଡ଼ି ତା' ଶୋଇବା ଘରେ ପଶିଗଲା।

ଏଇ ତ ସୁଯୋଗ !

ମୁଁ ତୀର ବେଗରେ ଘର କୋଣରେ ଥିବା ପର୍ସଲୀନର ନାରୀ ମୂର୍ତ୍ତି ପାଖକୁ ଦଉଡ଼ିଗଲି। ଗୋଟାଏ ହାତରେ ଫୁଲଭର୍ତ୍ତି ଡାଲାଟିଏ ଓ ଆର ହାତରେ ପୂଜାଥାଳୀଟାଏ ଧରି ଏକ ଅପୂର୍ବ ଆକର୍ଷଣୀୟ ଠାଣୀରେ ଠିଆ ହୋଇଛି, ଦୀର୍ଘ ଛଅଫୁଟ ଉଚ୍ଚା ଏହି ଗ୍ରୀକ୍ ଶୈଳୀରେ ନିର୍ମିତ ମୂର୍ତ୍ତିଟି। ଆଉ କେଉଁଦିନ ହୋଇଥିଲେ ମୁଁ ଘଡ଼ିଏ ଠିଆହୋଇ ଶିଳ୍ପୀର କଳା କୌଶଳର ପ୍ରଶଂସା କରିଥାନ୍ତି। ଆଜି କିନ୍ତୁ ମୋର ଦୃଷ୍ଟି ଥିଲା ମୂର୍ତ୍ତିଟିର ହାତରେ ଥିବା ଫନ୍ଦବାଲା ଥାଳୀଟି ଉପରେ। ଫୋନ୍‌ଟି ତା'ରି ଉପରେ ଶୋଭା ପାଉଥିଲା।

ଠିକ୍ ଫୋନ୍‌ଟି ପାଖକୁ ହାତ ବଢ଼ାଇଛି, ପରଦା ଠେଲି ପଶି ଆସିଲା ଖ୍ରୀଷ୍ଟଫର। କ'ଣ ଗୋଟାଏ ସେ କହି ଆସୁଥିଲା ବୋଧହୁଏ। ମୋତେ ମୂର୍ତ୍ତି ପାଖରେ ଦେଖି ତା'ର କଥା ମୁହଁରେ ଅଟକି ଗଲା। ମୁଁ ବି ଚମକି ପଡ଼ି ହାତଟିକୁ କେମିତି ଫେରାଇ ଆଣିବି ଭାବୁଭାବୁ ସେ ଥାଳୀରୁ କିଛି ଗୋଟାଏ ରେ ହାତ ବାଜିବାରୁ ତାକୁ ଉଠାଇ ଆଣି ଧରି ପକାଇଲି !

ମୋ ହାତରେ ସେଇଟା କ'ଣ, ମୁଁ ଦେଖିବା ଆଗରୁ ଖ୍ରୀଷ୍ଟଫର ତାକୁ ଦେଖି ମୋ ଆଡ଼କୁ ଛୁଟି ଆସିଲା। ମୋ ହାତରୁ ତାକୁ ଝାମ୍ପି ନେଉ ନେଉ କହି ପକାଇଲା – 'ହେ ଭଗବାନ, ଏ ଚାବି ଟା !'

ମୁଁ ସେତେବେଳେ ଦେଖିଲି ତା' ହାତରେ ଚାବିଟିଏ।

'ଏ ଚାବିଟା ମୋ ଲକରର ଚାବି। ସେଇଠି ମୋ ନାଁରେ ଥିବା ଘରମାନଙ୍କର ଓ ଆଉ କେତୋଟି ଗୁରୁତ୍ୱପୂର୍ଣ୍ଣ କାଗଜପତ୍ର ମୁଁ ରଖିଛି। କିନ୍ତୁ ଯାକୁ କୋଉଠି ରଖିଛି ମୁଁ ଭୂଲି ଯାଇଥିଲି। କେତେ ନ ଖୋଜିଛି !' କହୁ କହୁ ସେ ମୋତେ କୁଣ୍ଢାଇ ପକାଇଲା।

ମୁଁ ସ୍ୱସ୍ତିର ନିଃଶ୍ୱାସ ଟାଏ ପକାଇଲି।

'କିନ୍ତୁ ତୁମେ ସେ ମୂର୍ତ୍ତି ପାଖରେ ... ସେ ଥାଳୀରେ ...କ'ଣ ଦେଖୁଥିଲ ?' ମୋତେ ଛାଡ଼ିଦେଇ ସେ ପଚାରିଲା।

'ମୁଁ...ମୁଁ...ଦେଖୁଥିଲି...ଥାଳୀଟା କେଉଁଥିରେ ତିଆରି ?' ମୋ ଗଳା ଶୁଖି ଆସିଲା।

'ଓହୋ ହୋ'... ସେ ହସି ହସି କହିଲା, 'ଥାଳୀଟା ରୂପାର...ହେଉ ଏ

ଚାବିଟା ବର୍ତ୍ତମାନ ପାଇଁ ସେଇଠି ହିଁ ଥାଉ। ମୁଁ ତ ଜାଣିଲି ଏଇଠି ଅଛି।' କହି ଚାବିଟାକୁ ପୁଣି ସେଇଠି ରଖିଦେଲା। ବୁଲିପଡ଼ି କହିଲା – 'ତୁମେ ମୋ ଘରେ ପାଦ ଦେଉ ଦେଉ ମୋ ପାଇଁ ଭଲ ଘଟଣାଟିଏ ଘଟିଲା। ତୁମ ବନ୍ଧୁତ୍ୱ ମୋ ପାଇଁ ନିଶ୍ଚୟ ଶୁଭଙ୍କର। ଆଚ୍ଛା, ତୁମ ନାଁ କ'ଣ ?'

'ଜଗଦୀଶ ମିଶ୍ର।'

'ଏଁ, କ'ଣ ଅସଲି ନା ମୋ ପରି ନକଲି ନାଁ-

'ନା, ନା। ପୁରା ଅସଲି, ମା' ବାପା ଦେଇଥିବା ନାଁ।'

'ତୁମେ ବିହାରର ?'

'ନା'

'ଓଃ, ଉତ୍ତର ପ୍ରଦେଶର ?'

'ନା'

'ତେବେ ?'

'ଓଡ଼ିଶା।'

'ଓଃ ! ଆଚ୍ଛା। ଆଚ୍ଛା।' ସେ ଆଉ କ'ଣ କହିଥାନ୍ତା, ଢଂ ଢ଼ଂ କରି ଦୁଇଟା ବାଜିଲା।

'ହଉ ଚାଲ ଭାଇ, ଏଥର ଯିବା।' ସେ ମୋ ପିଠିରେ ହାତମାରି କହିଲା। ଟେଲିଭିଜନ ଅଫ୍ କରି ଗୋଟିଏ କ୍ୟାବିନେଟର ଡ୍ରୟର ଖୋଲି କିଛି ବାହାର କଲା। ଦେଖିଲି ଏକ ଜର୍ମାନ ରିଭଲ୍‌ଭର।

ଦେହ ମୋର ଶିହରୀ ଉଠିଲା। ଯଦି ସେ ସମାନ୍ୟ ସୁରାକ ପାଏ ଯେ, ତାକୁ ପୋଲିସ୍‌ରେ ଧରାଇବା ପାଇଁ ହିଁ ମୁଁ ଏଠାକୁ ଆସିଛି, ସତରେ ଜଣେ ଖବରିଆ,...

ସେ ମୋତେ ଚାହିଁବା ଦେଖି ମୁଁ କହିଲି, 'କ'ଣ ଝରକା ଦେଇ ଯିବା ?'

– 'ନା ମୋ ଗାଡ଼ି ନେଇଯିବା। ଆଜି ମୁଁ ଯେଉଁଠିକି ଯାଉଛି – ମାନେ ଆମେ ଏବେ ଯେଉଁଠିକି ଯିବା, ସେ ତ ଏଠାରୁ ସାମାନ୍ୟ ଦୂରରେ। ତଥାପି ମୁଁ ଗାଡ଼ି ନେବି। ତୁମେ ଗାଡ଼ି ଚଳାଇ ଜାଣ ତ ?'

ମୁଁ ମୁଣ୍ଡ ଟୁଙ୍ଗାରି 'ହଁ' କଲି।

'ଆଜି ଆମର ଲକ୍ଷ୍ୟ ଏକ ଚିତ୍ରତାରକା – ଆଚ୍ଛା ଫିଲ୍ମଷ୍ଟାର୍ ସୀମା ଶାବରୀଙ୍କ ନାଁ ଶୁଣିଛ ?

'ଆରେ, ତାଙ୍କୁ କିଏ ନ ଜାଣେ ? ମୁଁ ତ ତାଙ୍କର ବଡ଼ ପ୍ରଶଂସକ' ମୁଁ ଆଗ୍ରହରେ କହି ଉଠିଲି।

'ଆଚ୍ଛା ? ହଉ ଚାଲ, ଆଜି ତୁମକୁ ତାଙ୍କ ଘର ଦେଖାଇ ଆଣିବି । ସେ କିନ୍ତୁ ସୁଟିଂ ପାଇଁ ମରିସସ୍‌ରେ ।' ସେ ହସିହସି କହିଲା ।

'କିନ୍ତୁ ଆପଣଙ୍କ ଗେଟ୍‌ର ପ୍ରହରୀ, ସେ'ତ ମୋତେ ଦେଖିନେବ ।' ମୁଁ ପ୍ରତିବାଦ କଲି ।

'ଆରେ ଦେଖ ମୁଁ କ'ଣ କରୁଛି । କାମ ଶିଖିବ ପରା ? ଆମର ଏ କାମ ତ ବୁଦ୍ଧିରେ ଚାଲେ, ଆଉ ଯୋଜନା ତତ୍‌କ୍ଷଣାତ ବି କରିବାକୁ ହୁଏ, ଏଣୁ ତୁମକୁ ଦେଖି ମୁଁ ଯୋଜନା ବଦଳାଇଛି ।' କହି କହି ଆଉ ଏକ ଡ୍ରୟର ଖୋଲି ସେ ଗାଡ଼ିର ଚାବି ବାହାର କଲା ।

'ବାଃ ସୁନ୍ଦର ଚାବି ରିଂ ଟିଏ ତ !' ମୁଁ କହିଲି । ଭଲ କରି ଦେଖିବା ପାଇଁ ସେ ମୋ ହାତକୁ ବଢ଼ାଇ ଦେଲା ।

କଳା କ୍ରିଷ୍ଟାଲ ବିଡ଼ରେ ତିଆରି ମାଙ୍କଡ଼ଟାଏ ବସି ହଳଦିଆ ପୁଷ୍ପରାଗରେ ତିଆରି ଫେଣାଏ କଦଳୀ ଖାଉଛି । ସେ ଚାବି ରିଂକୁ ଦେଖୁ ଦେଖୁ ହଠାତ୍ ମୋତେ ଭୀଷଣ ଭୋକ ଲାଗିଲା । ସତେ ତ ! କୋଉ ସନ୍ଧ୍ୟାବେଳେ କପ୍ ଟେ ଚା' ଛଡ଼ା ମୁଁ ତ କିଛି ଖାଇବାର ସୁଯୋଗ ପାଇନି । ଏଇଠି ଯାହା ସେ ଫଳରସ ତକ ପିଇଥିଲି । ସେ ତ ସମୁଦ୍ରକୁ ଶଙ୍ଖେ ପାଣି ପରି !

ଦାମୀ କାନଭାସ ଯୋତାର ଚେନ୍ ଭିଡ଼ି ନେଇ କୁନ୍ଦନ ଠିଆ ହୋଇ ପଡ଼ିଲା ।

ଦୁହେଁ ସାମନା ଦୁଆର ଦେଇ ବାହାରି ଆସିଲୁ । ସେ ଦୁଆରରେ ତାଲା ପକାଇଲା । ସେ ତାଲାର ଚାବି ମଧ୍ୟ ସେଇ କାର ରିଂରେ ଲାଗିଥାଏ ।

ଖ୍ରୀଷ୍ଟଫର କୁ ଦେଖି ୱାଚମ୍ୟାନ ପାଓ୍ୱନ ଥାପ୍ପା କଡ଼ା କରି ସାଲ୍ୟୁଟ ଟେ ପକାଇ ମୋତେ ଅନାଇଲା । ମୁଁ ବି ତାକୁ ଅନାଇବାରେ ଲାଗିଲି । ବିନା ଛଦ୍ମବେଶରେ ମୁଁ ଏବେ ତା' ଆଗରେ ଠିଆ ହୋଇଛି । ମାତ୍ର କିଛି ଘଣ୍ଟା ତଳେ ମୋତେ ସେ କାବୁଲି ପଠାଣ ବୁଢ଼ା ରୂପେ ଦେଖିଥିଲା । ଖୁବ୍ ଗପିଥିଲା ମଧ୍ୟ । ମୋତେ ଏବେ ଚିହ୍ନିନେବ କି ଆଉ !

ସେ ମୋତେ ଅନାଇବା ଦେଖି ଖ୍ରୀଷ୍ଟଫର ମୋର ପିଠି ଥାପୁଡ଼େଇ ତାକୁ କହିଲା - 'ମୋର ସାନ ଭାଇ ଜଗଦୀଶ । ଆଜି ଗାଁରୁ ଆସି ପହଞ୍ଚିଛି । ସେ ଏଣିକି ମୋ ପାଖରେ ରହିବ । ସେ ଆଜି ଆସିଲାବେଳେ ତୁମେ ତାକୁ ଦେଖିଥିବ ତ ?'

'ସାନ ସାହେବ ବୋଧହୁଏ ଦୁଇ ପହର ବେଳେ ଆସିଥିବେ । ସେତେବେଳେ ତ ମୋର ଡ୍ୟୁଟି ନଥିଲା ସାହେବ । ରିଆଜ୍ ଖାଁ ଦିନବେଳେ, ମୋର ଡ୍ୟୁଟି ତ ରାତି ୯ଟାରୁ ସକାଳ ୫ଟା ସାବ୍ ।' ସେ କହିଲା

'ଆଚ୍ଛା, ଆଚ୍ଛା।' କହି ଗାଡ଼ି ଆଣିବାକୁ ଖ୍ରୀଷ୍ଟଫର ବେସ୍‌ମେଣ୍ଟ୍‌କୁ ଗଲା।

'ତୁମ ନାଁ କ'ଣ?' ମୁଁ ତାକୁ ମୋର ସ୍ୱର ଶୁଣାଇବାକୁ ଚାହୁଁଥିଲି।

'ପଓ୍ୱନ ଥାପ୍ପା ସାବ୍‌। ଆପଣମାନେ ଏବେ ରେଳଷ୍ଟେସନକୁ ଯିବେ ବୋଧେ?'

'ରେଳଷ୍ଟେସନ୍? ଓଃ ହଁ ହଁ...ତୁମେ ତ ବେଶ୍ ଜାଣିପାରୁଛ!'

'ଆପଣଙ୍କ ବଡ଼ ଭାଇ ସାବ୍‌ଙ୍କୁ ମୁଁ ଜାଣେ ସାବ୍‌। ସେ ଭାରୀ ଜ୍ଞାନୀ ଲୋକ। ରାତିରେ ଆଲୁଅ ଜାଳି ବହୁତ ବେଳଯାଏ ପଢ଼ାପଢ଼ି କରନ୍ତି। କ୍ୱଚିତ୍ ବାହାରକୁ ଯାଆନ୍ତି। ଆଜି ଯେତେବେଳେ ବାହାରିଛନ୍ତି, ଆଉ କୁଆଡ଼େ ଯିବେ? କହୁଥିଲେ ତ ଗାଁକୁ ଯାଇ ବାପା ମା' ପରିବାରଙ୍କୁ ଏଠାକୁ ନେଇ ଆସିବେ। ସେଥିପାଇଁ ଭାବିଲି-

ଖ୍ରୀଷ୍ଟଫରର ଗାଡ଼ି ଆସୁଥିବା ଦେଖି ସେ ଦଉଡ଼ି ଯାଇ ଗେଟ୍ ତାଲା ଖୋଲି ମେଲାଇ ଦେଲା। ମୁଁ ଗାଡ଼ିରେ ବସିଲି।

ଖ୍ରୀଷ୍ଟଫର ପ୍ରତି ଥାପ୍ପାର ସମ୍ମାନ ତ ଆଗରୁ ଦେଖିଥିଲି। ଏବେ ପୁଣି ଥରେ ତାକୁ ଦେଖି ମୋ ମନ ମଧ୍ୟ ତା'ର ବ୍ୟକ୍ତିତ୍ୱରେ ଆକର୍ଷିତ ହେଉଛି, ତାକୁ ଅନୁଭବ କରି ମୁଁ ଆଶ୍ଚର୍ଯ୍ୟ ହେଉଥିଲି।

କିନ୍ତୁ ଏ ଆକର୍ଷଣର ମୂଲ୍ୟ କ'ଣ? ଆମେ ଦୁହେଁ ସଂପୂର୍ଣ୍ଣ ଦୁଇ ବିପରୀତ ପନ୍ଥୀ ଚିନ୍ତାଧାରାର। ସେ ହୁଏତ ଅପରାଧ ଜଗତରୁ ଅବସର ନେଇପାରେ। କିନ୍ତୁ ମୁଁ ତ କେବେ ବି ଅପରାଧ ଦୁନିଆଁରେ ପାଦ ଥାପି ପାରିବି ନାହିଁ। ଆଜି ଯଦି ମୁଁ ସତରେ ପୋଲିସ୍ ଅଫିସର ଟାଏ ହୋଇଥାନ୍ତି, ଖ୍ରୀଷ୍ଟଫରର ମୋ ପ୍ରତି ଏ ଆତ୍ମୀୟତାରେ କ'ଣ ତରଳି ଯାଇଥାନ୍ତି? ତାକୁ ଗିରଫ ନକରି ଚୁପ୍‌ଚାପ୍ ଘରକୁ ଫେରିଥାନ୍ତି?

କିନ୍ତୁ ଏବେ ତା'ଠାରୁ ମୁକୁଳିବି କେମିତି? କେତେ ଭଲ ହୋଇଥାନ୍ତା। ସେ ଚୋରୀ କରିବା ବେଳେ ହିଁ ଯଦି ପୋଲିସ୍ ଆସି ସେଇଠି ପହଞ୍ଚିଯାଆନ୍ତା।

କିନ୍ତୁ କେମିତି? ସେ ତ ମୋତେ ମୂହୁର୍ତ୍ତେ ପାଖରୁ ଅଲଗା କରୁନି। ପୋଲିସ୍ ଆଜିଯାଏ ମୋତେ ମୋର ଏ ନିଜ ଚେହେରାରେ କେବେ ଦେଖିନି। ଆଜି ଖ୍ରୀଷ୍ଟଫର ସଙ୍ଗେ ମୋତେ ଦେଖି ସେ କେତେ ଦୂର ବିଶ୍ୱାସ କରିବ ଯେ ମୁଁ ଚୋରୀ କରିବାକୁ ଆସି ନଥିଲି?

ମୁଁ ତା'ଠାରୁ ଖସିବାର ବିଭିନ୍ନ ରାସ୍ତା ଖୋଜୁଥିବା ବେଳେ ଗାଡ଼ି ଚାଲିବାକୁ ଆରମ୍ଭ କଲା। କିଛି ବାଟ ଗଲାପରେ ବନ୍ଦ ହେଲା ମଧ୍ୟ। ଦେଖିଲି ଗୋଟିଏ ଏକ ମହଲା ଘରର ପାଚେରୀକୁ ଲାଗି ଗାଡ଼ିଟି ପାର୍କିଂ କରି ଖ୍ରୀଷ୍ଟଫର ଧୀର ସ୍ୱରରେ କହୁଛି-

'ଏଇଠୁ ଚାଲିକରି ଯିବା । ଆମର ଲକ୍ଷ୍ୟ ତ ଏଇଠୁ ଡାହାଣପଟ ଗଳିରେ ମୋଡ଼ିଗଲେ ମାତ୍ର ଶହେ ମିଟର ଦୂର । ଗାଡ଼ି ଏଇଠି ଥାଉ । ଯଦି ହଠାତ୍ ପୋଲିସ୍ ୟାକୁ ଦେଖେ ବି ଭାବିବ ଏଇଟା ଏଇ ଘର ମାଲିକଙ୍କର । ଆଚ୍ଛା, ତୁମେ ସେ ୱାଚମେନ୍‌କୁ କହିଲ କି ଆମେ କୁଆଡ଼େ ଯାଉଛେ ?

'ଏ ହଁ! ଆରେ ନା, ନା, । ମୁଁ କିଛି କହିବା ପୂର୍ବରୁ ସେ ତ ନିଜେ କହିଲା - ଆପଣ ମାନେ ବୋଧହୁଏ ରେଳଷ୍ଟେସନ ଯାଉଛନ୍ତି ?'

'ଦେଖିଲ, ସବୁବେଳେ ଆଗରୁ ଏମିତି ଧାରଣା ସୃଷ୍ଟି କରିଥିବ ଯେ, ତୁମେ କିଛି କହିବା ଦରକାର ହେବନି । ଲୋକେ ତୁମ ବିଷୟରେ ଭଲ ହିଁ ଭାବୁଥିବେ ।' ମୋତେ ଶିଖାଇବା ସ୍ୱରରେ ଖ୍ରୀଷ୍ଟଫର କହିଲା ।

'ହଁ, ତା' ତ ଦେଖୁଛି ।' ମୁଁ ସ୍ୱୀକାର କଲି ।

ଆମର ଲକ୍ଷ୍ୟ ଅଟ୍ଟାଳିକାଟି ବି ବେଶ୍ ସଂଭ୍ରାନ୍ତ ଅଞ୍ଚଳରେ । କିନ୍ତୁ ନିଜ ପଛପଟକୁ ନିଜ ଛାଇରେ ଅନ୍ଧାର କରିଛି । ସାମ୍ନାର ଚାରି ଚାରିଟା ୱାଚ୍‌ମେନ୍, ସାମାନ୍ୟ ତ୍ରୁଟି ହେଲେ ଧରା ପଡ଼ିବା ସୁନିଶ୍ଚିତ ।

'କୋଉ ମହଲାରେ ଘରଟା ?' ମୁଁ ଅସ୍ପଷ୍ଟ ସ୍ୱରରେ ପଚାରିଲି ।

'ସତର । ସତର ସଂଖ୍ୟାଟି ମୋ ପାଇଁ ଆଦୌ ଶୁଭଙ୍କର ନୁହଁ । କିନ୍ତୁ ଆଜି ତୁମେ ତ ସାଥିରେ ଅଛ ।' ତା' କଣ୍ଠରେ ଭରସା ଥିଲା ।

ମୋତେ କିନ୍ତୁ ଏ ଭରସା ଚାବୁକ ମାଡ଼ ପରି ଚାଉଁ ଚାଉଁ ଲାଗିଲା । ନିଜ ବିବେକ ବିଶ୍ୱାସଘାତକତାର ଅପରାଧ ବୋଧରେ ଝାଉଁଳି ପଡ଼ିଲା, ପୁଣି ଦୁର୍ବଳତା ? ନିଜକୁ ଆଉ ଥରେ ଧମକାଇଲି । କର୍ତ୍ତବ୍ୟ ପାଖରେ ସମ୍ପର୍କର ସ୍ଥାନ କାହିଁ ?

ଅନାୟାସରେ ଦୁହେଁ ସତର ମହଲାର ଝରକା ଦେଇ ପଶିଲୁ । ଖ୍ରୀଷ୍ଟଫର ଠାରୁ ବଡ଼ ଅପାର୍ଟମେଣ୍ଟ ଟାଏ । କିନ୍ତୁ ସୌନ୍ଦର୍ଯ୍ୟରେ କାହିଁ କେତେ ତଳେ । ଚାରିଆଡ଼େ ଅସାମଞ୍ଜସ୍ୟତା ଏ ସାଜସଜ୍ଜା ଭିତରୁ ଖତେଇ ହେଉଛି । କେବଳ ଧନ ଥିଲେ କ'ଣ ହେବ, ରୁଚି ତ ସୌନ୍ଦର୍ଯ୍ୟର ମୂଳକଥା । ଖ୍ରୀଷ୍ଟଫରର ରୁଚିର ଔଜଲ୍ୟ ଏଇଠି କାହିଁ ?

ମୁଁ ଖ୍ରୀଷ୍ଟଫରକୁ ଚାହିଁଲି । ସେ କିନ୍ତୁ ଆଉ କିଏ ପାଲଟି ସାରିଥିଲା । କୁଆଡ଼େ ନ ଚାହିଁ ସିଧା ଶୋଇବା ଘର ଆଡ଼କୁ ଚାଲିଲା । ସେଇଠି ତାଲା ଝୁଲୁଥିବାର ଦେଖି ଏକ ବିଦ୍ରୂପର ହସ ତା' ମୁହଁରେ ଖେଳିଗଲା । ପକେଟରୁ ଗୋଟିଏ ଛୋଟ ଯନ୍ତ୍ରପାତି କ'ଣ କାଢ଼ି ତାଲା ଖୋଲିବାରେ ଲାଗିଲା ।

ମୁଁ ଏଣେ ତେଣେ ଅନାଇଲି । ଫୋନ୍ କେଉଁଠି ଦିଶିଲା ନାହିଁ । ବୋଧହୁଏ

ସେଇ ଶୋଇବା ଘରେ। ଥାଉ, ଆଜି ଆଉ ପୋଲିସ୍‌କୁ ଖବର ଦେବା ପରି ଦିଶୁ ନାହିଁ। ଏଠାରୁ ଗଲାପରେ ଯାହା ହେବ।

ହଠାତ୍ ଡାଇନିଂ ଟେବୁଲ ଉପରେ ଥିବା ଫେଣାଏ କଦଳୀ ଉପରେ ମୋର ନଜର ପଡ଼ିଲା। ମୋର ସବୁ ଭାବନାକୁ ଭୋକ ମାଡ଼ି ବସିଲା। ସେଥିରୁ ଏକା ସାଙ୍ଗରେ ଚାରି ପାଞ୍ଚଟା କଦଳୀ ଉଠାଇ ଆଣି ଝରକା ପାଖରେ ଠିଆ ହୋଇ ଖାଇବାରେ ଲାଗିଲି। କଦଳୀ ଚୋପାଗୁଡ଼ିକ ଘର ଭିତରେ କାହିଁକି ପକାଇବି ? ସେ ସବୁ ଝରକା ଦେଇ ବାହାରକୁ ଗଳାଇ ଦେଲି।

ଖ୍ରୀଷ୍ଟଫର ମୋତେ ଅନାଇ ଦେଇ ହସିଦେଲା ଓ ନିଜ କାମରେ ଲାଗିଗଲା।

ଚାହୁଁ ଚାହୁଁ ଠୁକ୍ କରି ତାଲାଟି ଖୋଲିଗଲା ମଧ୍ୟ।

ଠିକ୍ ସେତିକି ବେଳେ ହଠାତ୍ ଘରଟିର ପ୍ରବେଶ ଦ୍ୱାର ପାଖରେ ଆଲୋକ ଜଳି ଉଠିଲା। କିଏ ଯେପରି ଦ୍ୱାର ଖୋଲିବା ପାଇଁ ଆରମ୍ଭ କରୁଥିବା ପରି ଜଣା ପଡ଼ିଲା।

ଆଉ କୋଉଦିନ ହୋଇଥିଲେ ହୁଏତ ଗୋଟିଏ ଡିଆଁ ମାରି ମୁଁ ସେଇଠୁ ଆଗେ ପଳେଇ ଯାଇ ଆତ୍ମରକ୍ଷା କରିଥାନ୍ତି। କିନ୍ତୁ ବର୍ତ୍ତମାନ ଖ୍ରୀଷ୍ଟଫରକୁ ବିପଦ ମୁହଁକୁ ପେଲି ଦେଇ ପଳାଇବାକୁ ମୋର ପାଦ ଉଠିଲା ନାହିଁ। ଚାପା ଗଳାରେ ଚିତ୍କାର କରି ଉଠିଲି 'ଖ୍ରୀଷ୍ଟଫର!!' ଭୂଲିଗଲି ଯେ, ତାକୁ ଧରା ପକାଇବା ପାଇଁ ହିଁ ଏ ଯାବତ୍ ମୁଁ ଚିନ୍ତାକରି ଆସିଛି, ଭୂଲିଗଲି ଯେ ତାକୁ ପୋଲିସ୍ ହାଜତରେ ରଖିବା ପାଇଁ ମୁଁ ଦୀର୍ଘ ବର୍ଷେ ହେଲା ଅକ୍ଲାନ୍ତ ପରିଶ୍ରମ କରିଛି, ଭୂଲିଗଲି ଯେ ଖ୍ରୀଷ୍ଟଫର ମୋର ଭାଇ, ବନ୍ଧୁ, କୁଟୁମ୍ବରୁ କେହି ନୁହଁ, ବରଂ ମୋର ଘୋର ଘୃଣାର ପାତ୍ର- ଚୋର, ଦସ୍ୟୁଙ୍କ ଭିତରୁ ଜଣେ।

କିନ୍ତୁ...କିନ୍ତୁ...କିନ୍ତୁ ବର୍ତ୍ତମାନ ତ ମୋତେ ଲାଗିଲା, ତାକୁ ରକ୍ଷା କରିବା ହିଁ ମୋର ସବୁଠାରୁ ବଡ଼ କର୍ତ୍ତବ୍ୟ।

ସେ ଶୋଇବା ଘରେ ପଶି ସାରିଥିଲା। ମୁଁ ଦଉଡ଼ି ଯାଇ ତାକୁ ଏକରକମ ଓଟାରି ଡ୍ରଇଁ ରୁମ୍‌କୁ ନେଇ ଆସିଲି। ମୁଁ କିଛି କହିବା ଆଗରୁ ମୁଖ୍ୟ କବାଟ ପାଖର ବାହାର ପଟେ ଆଲୁଅ ଜଳୁଥିବା ସ୍କାଇ ଲାଇଟ୍ ପଟୁ ଦେଖି ସେ ଚମକି ପଡ଼ିଲା। ବାହାରେ ଯେଉଁ ଦୁଇ ଚାରିଜଣଙ୍କ କଥା ଶୁଣାଯାଉଥିଲା, ସେଥିରୁ ଜଣାଗଲା - ଭ୍ୟାନିଟି ବ୍ୟାଗରୁ ଘରର ଚାବିଖୋଜା ଚାଲିଛି !

କୃତଜ୍ଞତାର ଚାହାଣୀଟିଏ ସେ ମୋ ଉପରେ ଫିଙ୍ଗି ସେ ମୋ କାନ୍ଧ ଦୁଇଟିକୁ

ଥାପୁଡ଼ି ଦେଲା । ପରମୁହୂର୍ତ୍ତ ରେ ହିଁ ତୀରବେଗରେ ଗୋଟିଏ ଝରକାଆଡ଼େ ନିଜେ ଆଗେଇ ଯାଉ ଯାଉ, ମୋତେ ଅନ୍ୟ ଝରକାଟି ଆଡ଼େ ଇସାରା କରି ଦେଖାଇ ତତ୍‌କ୍ଷଣାତ ସେଠାରୁ ଓହ୍ଲାଇ ତଳକୁ ଚାଲିଯିବାକୁ ସଙ୍କେତ ଦେଲା । ତା'ର ନିର୍ଦ୍ଦେଶ ମାନି ମୁଁ ଆର ଝରକାଟି ଦେଇ ବାହାରକୁ ବାହାରି ଆସି ପାଣି ପାଇପକୁ ହାତଟା ବଢ଼ାଇଛି, ହଠାତ୍ କାହାର ଏକ ବୁକୁଫଟା ଆର୍ତ୍ତ ଚିତ୍କାର ରାତ୍ରିର ଶୁନ୍‌ଶାନ୍ ପ୍ରହରକୁ ଚିରିଦେଇ ଏକ ଭୟାନକ ପରିବେଶ ସୃଷ୍ଟି କଲା । ମୁଁ କିଛି ବୁଝି ପାରିଲି ନାହିଁ । ଯେଉଁ ମୁହୂର୍ତ୍ତରେ ମୁଁ ତଳକୁ ଖସି ବା ଆରମ୍ଭ କଲି ସେଇ ମୁହୂର୍ତ୍ତରେ ବି ସେ ସତର ମହଲାର ଘରର ସବୁଯାକ ଆଲୋକ ଜଳିଉଠିଲା ।

ତଳକୁ ପହଞ୍ଚିବା ପରେ ଦେଖିଲି ଖ୍ରୀଷ୍ଟଫର ମୁହଁମାଡ଼ି ତଳେ ପଡ଼ିଛି ।

ମୋର ହୃତ ସ୍ପନ୍ଦନ ବନ୍ଦ ହୋଇଗଲା ।

'ଖ୍ରୀଷ୍ଟଫର !!' ମୁଁ ଚିତ୍କାର କରି ଉଠିଲି ।

ନିକଟରେ କିଛି ଦ୍ରୁତ ପଦ ଶବ୍ଦ ଏ ଆଡ଼କୁ ଆଗେଇ ଆସୁଥିବାର ମୋତେ ଶୁଣାଗଲା । ମୁଁ ଖ୍ରୀଷ୍ଟଫରକୁ ହଲାଇବାକୁ ଚେଷ୍ଟା କରି ଦେଖିଲି ତା'ଦେହରେ ପ୍ରାଣ ନାହିଁ । ତା' ଦେହର ରକ୍ତ ମୋ ହାତକୁ ଓଦା କରିବା ଜାଣି ପାରିଲି । ଅନ୍ଧାରରେ କିଛି ଦିଶୁନଥାଏ, କିନ୍ତୁ କେତୋଟି ମହଲାର ଆଲୋକ ସବୁ ଟୁପ୍‌ଟାପ୍ ଜଳି ଉଠି ଝରକା ଦେଇ ଏପଟକୁ ଧୀରେ ଧୀରେ ଆଲୋକିତ କରିବାକୁ ବସିଲାଣି । ଖ୍ରୀଷ୍ଟଫରକୁ କାନ୍ଧରେ ପକାଇ ପାଚେରୀ ଡେଇଁ ଚାଲିଯିବାର ଆଶା ନିରର୍ଥକ ।

ୱାଚମେନ୍ ମାନଙ୍କ ପାଦଶବ୍ଦ ଏଥର ପାଖେଇ ଆସିଲା । ମୁଁ ସେଠାରୁ ଉଠି ଦୌଡ଼ିବାକୁ ଆରମ୍ଭ କରୁଛି, କିଛି ଗୋଟାଏ ଶକ୍ତ ଜିନିଷରେ ଗୋଡ଼ ପଡ଼ି ଝଣ୍‌ଝଣ୍ ଶବ୍ଦ ହେଲା । ତାକୁ ଉଠାଇ ପକେଟରେ ପୁରାଇ ସଙ୍ଗେ ସଙ୍ଗେ ପଡ଼ୋଶୀ କାନ୍ଥ ଉପରେ କୁଦାମାରି ସେମାନଙ୍କ ବାରିପଟ ଦେଇ ସେଇଠୁ ଆଉ ଏକ କୁଦାରେ ପଛପଟର ରାସ୍ତାକୁ ବାହାରି ପଡ଼ିଲି । ରାସ୍ତାର ବଙ୍କାଟଙ୍କା ଗଳି ଦେଇ ଉର୍ଦ୍ଧ୍ୱଶ୍ୱାସରେ ଶୀଘ୍ର ଶୀଘ୍ର ଚାଲି ଚାଲି କୁଆଡ଼େ କୁଆଡ଼େ କେଜାଣି ବୁଲିବାରେ ଲାଗିଲି ।

ମୋତେ ଆଶ୍ଚର୍ଯ୍ୟ କରି ଆଖିରୁ ଧାର ଧାର ଲୁହ ବୋହିବାରେ ଲାଗିଲା ।

'ତୁମ ମୁହଁକୁ ଦେଖିଲେ ମାୟା ଲାଗୁଛି...ଆପଣାର ଆପଣାର ଲାଗୁଛି ।'

'ଏ ମୋ ସାନ ଭାଇ ଜଗଦୀଶ, ଆଜି ଗାଁରୁ ଆସିଛି ।...'

'ମୋ ପାଇଁ ସତର ସଂଖ୍ୟାଟି ଅଶୁଭ, କିନ୍ତୁ ଆଜି ତୁମେ ତ ପାଖରେ ଅଛ ।'....

ତା'ର ସ୍ନେହରେ ମୋ କାନ୍ଧକୁ ଥାପୁଡ଼ା, ପରମ ଆଦରରେ କୁଣ୍ଢାଇ ପକାଇବା ଦୃଶ୍ୟ ସବୁ ଆଖି ଆଗରେ ନାଚି ହୃଦୟକୁ ମନ୍ଥି ପକାଉଥାଏ। ଦିଲ୍‌ବର ପରେ, ଚଉଦ ବର୍ଷ ପରେ ଆଜି ପ୍ରଥମ କରି କାହାକୁ ହରାଇବାର ଦୁଃଖ ମୋତେ ଅଭିଭୂତ କରି ପକାଇଲା।

କିନ୍ତୁ ଏ ଖ୍ରୀଷ୍ଟଫର ଏତେ ଦକ୍ଷ ଚଢ଼ାଳି ହୋଇ ଖସି ପଡ଼ିଲା କେମିତି ?

ଛାତିର ନିଃଶ୍ୱାସର ବେଗ ଏତେ ଜୋରରେ ଚାଲୁଥାଏ ଯେ ଲାଗୁଥାଏ ନିଃଶ୍ୱାସ ବନ୍ଦ ହୋଇଯିବ। କେଉଁ ମୁହୂର୍ତ୍ତରେ କୋଉ ଦିଗରୁ ସାଇରନ୍ ବଜାଇ ବଜାଇ ଜୀପ୍‌ଟିଏ ଆସି ଠିକ୍ ମୋର ଆଗରେ ବ୍ରେକ୍ କଷି ଠିଆହୋଇ ଯିବ କି ଆଉ !

ଚାଲୁ ଚାଲୁ ବାଁ ପଟର ଗୋଟିଏ ଘର ଉପରେ ମୋର ନଜର ପଡ଼ିଲା। ଆରେ! ଏ ତ ଖ୍ରୀଷ୍ଟଫର ର ଗାଡ଼ି! ଚୁପ୍ ଚାପ ଠିଆହୋଇ ମାଲିକକୁ ପ୍ରତୀକ୍ଷା କରୁଛି। ଏଇଠି ତେବେ ଗାଡ଼ି ରଖି ଆମେ ଗଳି ଭିତରେ ପଶିଥିଲୁ। ଗଲାବେଳର ଅଳ୍ପ ଦୂରରେ ଛାଡ଼ିଥିବା ଏଇ ଗାଡ଼ି ପାଖକୁ ମୁଁ ତ ଏବେ କୁଆଡ଼େ କୁଆଡ଼େ ଯାଇ ଦୁଇ ଘଣ୍ଟା ଲଗାଇ ଶେଷରେ ଫେରିଛି !

ଖ୍ରୀଷ୍ଟଫରର ତଳେ ମୁହଁ ମାଡ଼ି ପଡ଼ିଥିବା ସେ ଦୃଶ୍ୟ ଆଖି ଆଗରେ ନାଚି ଉଠି ମୋର କ୍ଲାନ୍ତ ଛାତିକୁ ବିଦାରି ପକାଇଲା। ମନେ ପଡ଼ିଲା - ସେତେବେଳେ କ'ଣ ଗୋଟାଏ ମୁଁ ଗୋଟାଇ ଥିଲି। ଜ୍ୟାକେଟ ପକେଟରେ ହାତ ପୁରାଇ ତାକୁ ବାହାର କରି ଆଣିଲି।

ରାସ୍ତାର ବିଜୁଳୀ ବତୀ ଖୁଣ୍ଟରୁ ଆଲୋକ ରଶ୍ମୀ ଝରି ଆସି ମୋ ହାତର ଦ୍ରବ୍ୟକୁ ଚିକ୍‌ଚିକ୍ କଲା।

ଆରେ, ଏ ଟା ତ ସେଇ କ୍ରିଷ୍ଟାଲ ମାଙ୍କଡ଼ଟି ପୁଷ୍ପରାଗର କଦଳୀ ଖାଉଥିବା ଚାବି ରିଂ ! ସେଇଟାକୁ ଛାତିରେ ଚାପି ଧରିଲି।

ଆହା ! ଖ୍ରୀଷ୍ଟଫର !!

କିଛି ଗୋଟାଏ ବିକୃତ ଶବ୍ଦରେ ନିଦ ମୋର ଚାଉଁକରି ଭାଙ୍ଗିଗଲା।

ହଠାତ୍ ବୁଝିପାରିଲି ନାହିଁ କେଉଁଠୁ ଏ ଶବ୍ଦ କେମିତି ଆସୁଛି। ମୁଣ୍ଡ ଭାରି ଭାରି ଲାଗୁଥିଲା। ବହୁ କଷ୍ଟରେ ମୁଣ୍ଡ ଉଠାଇ ଚାହିଁଲି। ବୁଝିଲି - ଫୋନ୍ ବାଜୁଛି।

ଏଁ ! ଫୋନ ?

ହଁ ! ଫୋନ୍ !

କିନ୍ତୁ ମୋ ଘରେ ତ ଫୋନ୍ ନାହିଁ!

ସାଏଁ କରି ବିଛଣାରୁ ଉଠି ମୁଁ ଠିଆ ହୋଇପଡ଼ିଲି। ହଁ ତ, ମୁଁ ତ ଖ୍ରୀଷ୍ଟଫରର ଘରେ ତା'ରି ବିଛଣାରେ ହିଁ ଶୋଇଛି!

ଓଃ.. ଏ ଫୋନ୍‌ର ଏ ବିକଟାଳ ଶବ୍ଦ!!

କିଏ ଡାକୁଥିବ?

ଉଠାଇବି ନା ନାହିଁ ଭାବୁ ଭାବୁ ସେ ଶବ୍ଦରେ ଅତିଷ୍ଠ ହୋଇ ଫୋନ୍‌ଟିକୁ ଉଠାଇଲି। 'ଆଜ୍ଞା', ଏ ମାସର ସଉଦାଟା ପଠାଇ ଦେଇଛି। ଯେଉଁ ପିଲାଟି ସବୁଥର ଯାଇ ଦେଇ ଆସେ ସେ ହିଁ ଯାଇଛି। କିନ୍ତୁ ସାର୍, ଏଥର ସେ ବେଲ୍ ମାରିବା ପରେ ଆପଣ ରସିଦ୍‌ର ୨୦୦୦ଟଙ୍କା ସହ ଆଉ ଶହେ ଟଙ୍କା ସେ ପିଲା ପାଇଁ ସେ ଲଫାପାରେ ରଖିଥିବେ। ସାର୍, ସେ ବିଭା ହେଉଛି ତ...ହେଁ...ହେଁ'..

'ଆଚ୍ଛା ହେଉ, ରଖିଦେବି।' ମୁଁ ଫୋନ୍ ରଖିଲି। ଶହେ ଟଙ୍କା! ବକ୍‌ସିସ୍! ପୁଣି ମୁଁ ଦେବି! ଶହେ ଟଙ୍କାରେ ମୋର ମାସକର ଜଳଖିଆ ଖର୍ଚ୍ଚ ହୋଇଯାଏ।

କିଛି ଭାବିବାକୁ ଅବସର ନଦେଇ କଲିଂବେଲ୍ ଓ କାନ୍ଥଘଡ଼ି ଦୁଇଟା ଯାକ ଏକା ସଙ୍ଗରେ ବାଜି ଉଠିଲେ। ଗୋଟା ପଣେ ଶିହରୀ ଉଠିଲି ମୁଁ।

ପୋଲିସ୍!!

ଘଡ଼ିକୁ ଅନାଇଲି। ଏଁ ସଂଧ୍ୟା ଆସି ସାତଟା ବାଜିବାକୁ ବସିଲାଣି! ମୋ ପୋଷାକକୁ ଚାହିଁଲି। କେଜାଣି କେତୋଟି ପାଚେରୀ ଊର୍ଦ୍ଧ୍ୱଶ୍ୱାସରେ କାଲି ରାତିରେ ମୁଁ ଡେଇଁ ଆସିଛି। ପୋଷାକ ପତ୍ର ଚିରା, ପାଦର ଶସ୍ତା କାନଭାସ ଯୋତା ଏ ପର୍ଯ୍ୟନ୍ତ ଖୋଲା ହୋଇନି।

ତରତର ହୋଇ ଉପାୟ ଶୂନ୍ୟଭାବେ ସେଇ ଚିରା ମଇଳା ପୋଷାକ ଉପରେ ଖ୍ରୀଷ୍ଟଫରର ଲମ୍ବା ସ୍ଲିପିଂ ଗାଉନ୍‌ଟି ପିନ୍ଧି କବାଟ ଖୋଲିଲି।

ଜଣେ କିଏ ଲିଫ୍ଟ ଆଡ଼କୁ ଆଗେଇ ଯାଉଥିଲା। କବାଟ ଖୋଲିବା ଶବ୍ଦରେ ଆଶ୍ଚର୍ଯ୍ୟ ହୋଇ ମୋତେ ଚାହିଁ ଫେରି ଆସିଲା।

ମୁଁ ପଚାରିଲି- 'କ'ଣ?'

ସେ ସେମିତି ମୋ ମୁହଁକୁ ଚାହିଁ ମୁଣ୍ଡ କୁଣ୍ଡାଇ କୁଣ୍ଡାଇ କହିଲା- 'ଖବର କାଗଜ ଟା ଏବେ ଦେଇ ଦେଇଛି।'

ମୁଁ ଗୋଡ଼ ପାଖରୁ ଖବର କାଗଜଟା ଉଠାଇ ତା' ମୁହଁକୁ ଚାହିଁଲି।

'ସା'ବ, ଆଜି ଦୁଇ ତାରିଖ। କବାଟ ପାଖରେ ଲଫାପା ନଥିଲା ସେଥିପାଇଁ... ବେଲ୍ ମାରିଦେଲି। ଭୂଲ୍ ହୋଇଗଲା ସାବ୍!'

'ହଉ ଠିକ୍ ଅଛି। କେତେ ଟଙ୍କା ?'

'ଷାଠିଏ ଟଙ୍କା ସାବ'।

ନିତିଦିନିଆ ଅଭ୍ୟାସ ବଶତଃ ପାଟିରୁ ବାହାରି ପଡ଼ିଲା 'ହେଉ ଯାଅ, କାଲି ଆସି ନେଇଯିବ।'

ସେ ସଙ୍ଗେ ସଙ୍ଗେ ବୁଲି ପଡ଼ି ଚାଲିଗଲା।

କବାଟ ବନ୍ଦ କରି କ୍ଳାନ୍ତ ପାଦକୁ ଘୋଷାରି ଘୋଷାରି ଡ୍ରଇଂ ରୁମ୍‌ରେ ପଶିଲି। ଶୋଷରେ ତଣ୍ଟି ଅଠା ଅଠା ହୋଇଯାଉଥିଲା।

ଯାହା ହେଉ, ମୁଁ ତ ଭାବିଥିଲି ପୋଲିସ୍!

ଓଃ!! ମଣିଷ ବର୍ତ୍ତମାନ ପାଇଁ ରକ୍ଷା ପାଇଲା! କିନ୍ତୁ କାଲି ଖ୍ରୀଷ୍ଟଫରର ଶବ ପାଖରେ ଯିଏ ମୋତେ ଦେଖିଥାନ୍ତା, ସେ ତ ମନେ କରିଥାନ୍ତା ମୁଁ ହିଁ ତାକୁ ସେ ସତର ମହଲା ଉପରୁ ତଳକୁ ଠେଲି ଦେଇଛି। ସେୟା ଭାବି କିମ୍ବା କେହି ଜଣେ ବି ଯଦି ମୋତେ ପାଚେରୀ ଡେଇଁବା ବେଳେ ଦେଖିଦେଇଥାଏ ତେବେ ତା'ରି ବୟାନକୁ ଭିତ୍ତିକରି କିମ୍ବା ମୋର ପାଦଚିହ୍ନ ବା ଆଙ୍ଗୁଳି ଚିହ୍ନ ଯଦି କୋଉଠି ଥାଏ ତାକୁ ଧରି ପୋଲିସ୍ ଯେ ମୋର ପିଛା କରି କରି ଏଇଠି ଆସି ପହଞ୍ଚି ନ ଯିବ କିଏ କହିପାରିବ ?

ନା, ଏଇଠୁ ଯେତେ ଶୀଘ୍ର ସମ୍ଭବ ପଳେଇ ଯିବା ହିଁ ଉଚିତ୍।

ବାହାରକୁ ଝରକା ଦେଇ ଚାହିଁଲି। ରାତ୍ରି ହେବା ଆରମ୍ଭ ହେଇଛି। ଆଉ ଘଣ୍ଟାଏ ପରେ ବାହାରି ସେଇ ପାଇପ୍ ଧରି ତଳକୁ ଓ କାନ୍ଥଡେଇଁ ବାହାରକୁ ଚାଲି ଗଲେ ହିଁ ଜୀବନଟା ରହିବ।

କିନ୍ତୁ ଖ୍ରୀଷ୍ଟଫର...

ଏ ଖ୍ରୀଷ୍ଟଫର ଏତେ ପାରଙ୍ଗମ ହୋଇ ଏମିତି ଖସି ପଡ଼ିଲା କେମିତି, ମୁଁ ବୁଝିପାରୁ ନଥିଲି।

କିନ୍ତୁ ଏତିକି ବୁଝୁଥିଲି ଯେ, ମୋର ବର୍ଷକର ପରିଶ୍ରମ ମାଟିରେ ମିଶିଲା। ଲକ୍ଷେ ଟଙ୍କାର ପାଉଣା ଭସ୍ମୀଭୂତ ହୋଇଗଲା। ଆଉ ତା' ସହିତ ଗାଁକୁ ଯିବାର ସବୁ ଇଚ୍ଛା ଓ ଉଦ୍ଦୀପନା ମଧ୍ୟ। ଚଉଦ ବର୍ଷ ବାହାରେ ରହି ଶେଷରେ ଖାଲି ହାତରେ

ଗାଁକୁ ଫେରିବି ? ଦୁଇବର୍ଷ ତଳେ ଏକ ଦୁର୍ଦ୍ଦଷ ଅପରାଧୀକୁ ଧରାଇ ଦେଇ ଦୁଇଲକ୍ଷ ଟଙ୍କାର ପାଉଣା ପୋଲିସ୍ ଠାରୁ ପାଇଥିଲି । ପୁରା ଟଙ୍କାଟା ଗାଁକୁ ପଠାଇ ଦେଇଥିଲି । ବାପା କେତେ ଆଶୀର୍ବାଦ କରି ଚିଠି ଦେଇଥିଲେ । ବ୍ୟବସାୟ ଆହୁରି ବଢ଼ିବାର ଆଶୀର୍ବାଦ ଦେଇଥିଲେ ।

ଏବେ ବି ସେଇ ଆଶା ଥିଲା ।

କିନ୍ତୁ... ଖ୍ରୀଷ୍ଟଫର ସାନ୍ନିଧରେ ଆସିବା ପରେ କାହିଁକି କେଜାଣି ଆଉ ତାକୁ ପୋଲିସ ହାତରେ ଧରାଇବା ଇଚ୍ଛା ମରିଯାଇ ଥିଲା । ଏଣୁ ଏହି ଲକ୍ଷେ ଟଙ୍କା ପାଉଣା ହରାଇବାର ଦୁଃଖ ଆଦୌ ନଥିଲା । କିନ୍ତୁ ମୁଁ ହଠାତ୍ ଯେ ପୋଲିସ ଖବରିଆରୁ ଜଣେ ଅପରାଧୀ ପାଲଟିବାକୁ ଯାଉଛି ସେ ପୁଣି ବିନା ଅପରାଧ କରି, ସେ ଚିନ୍ତା ହିଁ ମୋତେ ଘାରୁଥିଲା ।

ମୋ ମୁଣ୍ଡ ଝାଇଁ ଝାଇଁ ହେବାରେ ଲାଗିଲା । ନା । ଏଠାରେ ଆଉ ମୁହୂର୍ତ୍ତେ ରହିବା ନିରାପଦ ନୁହଁ ।

କାନ୍ଥ ଘଡ଼ିକୁ ଚାହିଁଲି । ଦଶ ମିନିଟ୍ ଭିତରେ ଏଠାରୁ ବାହାରି ଯିବା ଉଚିତ୍ ।

ଫ୍ରିଜ୍ ଖୋଲି ପାଣି ଖୋଜିବା ବେଳେ ଫଳରସର ଡବା ଉପରେ ଆଖି ପଡ଼ିଲା । ସେଥିରୁ ଗୋଟିଏ ଧରି ସେଇ କାଉଚ୍ ଆଡ଼କୁ ଆଗେଇ ଯାଉ ଯାଉ ଭାବୁଥିଲି, ଘରକୁ ରାତିରେ ଫେରି ସଙ୍ଗେ ସଙ୍ଗେ ଛଦ୍ମ ବେଶଟାଏ ପକାଇ ପୋଲିସ୍ ପାଖକୁ ଗଲେ ନୂଆ କାମଟାଏ ମିଳିଯିବ ।

ଫଳରସ ଡ଼ବାଟିକୁ ଖୋଲି ସେଇ କାଉଚ୍ ଉପରେ ବସି ଧୀରେ ଧୀରେ ପିଇବାକୁ ଲାଗିଲି । ଦିନସାରା ଶୋଇଛି, ଖାଇ ନାହିଁ । ଏଣୁ ଗୋଟିଏ ନିଶ୍ୱାସରେ ତାକୁ ପିଇ ପାଖର ଛୋଟିଆ ସାଇଡ ଟେବୁଲ ଉପରେ ରଖିଦେଲି । ଟେବୁଲ ଉପରେ ପଡ଼ିଥିବା ଖବର କାଗଜ ଉପରେ ଦୃଷ୍ଟି ପଡ଼ିଲା ।

ଆରେ ଏ କ'ଣ ?

ଖବର କାଗଜର ପ୍ରଥମ ପୃଷ୍ଠାରେ ତଳକୁ ବଡ଼ ବଡ଼ ଅକ୍ଷରରେ ଲେଖାଥିଲା-

ପ୍ରସିଦ୍ଧ ଚିତ୍ରତାରକା ସୀମା ଶାବରୀଙ୍କ ଘରେ ଚୋରୀ :

କୁଖ୍ୟାତ ଡାକୁ କୁନ୍ଦନ ସିଂର ମୃତ୍ୟୁ !

ଉତ୍ତେଜନାରେ ଠିଆ ହୋଇପଡ଼ି ପୁରା ସମ୍ବାଦଟା ପଢ଼ିଲି । ଯାହା ଲେଖାଥିଲା ସେ ହେଲା- ଗତରାତିରେ ସୀମା ଶାବରୀଙ୍କ ଘରୁ ଚୋରୀ କରିବା ପାଇଁ ଯାଇଥିବା ବେଳେ ତାଙ୍କ ସତର ମହଲାସ୍ଥ ଘରୁ ତଳକୁ ଯାଇଥିବା ପାଣି ପାଇପ୍ ଉପରେ

ପଡ଼ିଥିବା କଦଳୀ ଚୋପାରେ ଗୋଡ଼ ଖସିବାରୁ କୁଖ୍ୟାତ ଦସ୍ୟୁ କୁନ୍ଦନସିଂ ତଳେ ପଡ଼ି ପ୍ରାଣ ହରାଇଛି। ପୋଲିସ୍ ସୂତ୍ରରୁ ପ୍ରକାଶ-ଏକ କଳଙ୍କିତ ଅଧ୍ୟାୟ ଏଇଠି ଶେଷ ହେଲା। ଇତିମଧ୍ୟରେ କୁନ୍ଦନର ପୂର୍ବଚୋରୀ ଇତିହାସରୁ ପୋଲିସ ଜାଣିପାରିଛି ଯେ, ସେ ଏକାକୀ ହିଁ ଚୋରୀ କରେ। ତା'ର କୌଣସି ଦଳ ବା ସହଯୋଗୀ ନାହାନ୍ତି। ଏଣୁ ପୋଲିସ ଆଶା କରୁଛି ଜନସାଧାରଣ ଏଣିକି ସ୍ୱସ୍ତିର ନିଶ୍ୱାସ ନେବେ।

ଲଥ୍ କରି ସେ କାଉଚ ଉପରେ ମୁଁ ପୁଣି ବସିପଡ଼ିଲି।

ମୁଁ... ମୋତେ... ମୋତେ ତେବେ କେହି ଖୋଜୁନି? ମୁଁ ଯେ ପୋଲିସ୍‌କୁ ଖବର ଦେବା କଥା ତା'ର ତ ଆବଶ୍ୟକତା ଆଉ ନଥିଲା, ଏବେ ପୋଲିସ୍ ବି ମୋତେ ଖୋଜୁନି, ମୁଁ କେଉଁଠି ଥିଲେ ବି ପୋଲିସର ସେଥିପାଇଁ ମୁଣ୍ଡବ୍ୟଥା ବି ଆଉ ନାହିଁ!

ତା'ହେଲେ ମୋର କାହିଁକି ହେବ ଯେ?

ଓଃ କି ଶାନ୍ତି!

ମୁଁ ଧୀରେ ଧୀରେ କାଉଚ୍‌ରେ ଆଉଜି ପଡ଼ି ଦୁଇ ଆଖି ବନ୍ଦ କରିଦେଲି। କିଏ ଯେମିତି ମୋ କାନରେ ଧୀରେ ଧୀରେ କହିଲା- 'ଆରେ, ଏଇଟା ଯେ କୁନ୍ଦନର ଘର ସେ କଥା ତ ପୋଲିସ୍ ଜାଣିନି!'

ଏଁ? ସତ କଥା ତ!

କଲିଂ ବେଲ୍ ପୁଣି ଥରେ ବାଜି ଉଠିଲା।

ମୁଁ ଚମକି ପଡ଼ିଲି।

'ନା ନା ଆଉ ପୋଲିସ୍‌ର ଚିନ୍ତା ନାହିଁ ପରା!'

ହଁ... ଏଇଟା ତେବେ ସେ ଦୋକାନୀର ସଉଦା ନେଇ ଆସିଥିବା ପିଲା ହୋଇଥିବ।

ମୁଁ କାଉଚରୁ ଉଠିବାକୁ ଲାଗିଲି।

'ଏମିତି ବେଶରେ?'

ଏଁ! ମୁଁ ନିଜ ଦେହକୁ ଚାହିଁଲି। ସ୍ଲିପିଂ ଗାଉନ୍‌ଟାକୁ ଦେହରୁ କାଢି ଦେଇଥିଲି। ମୋ ଦେହରେ କାଲିର ସେ ଚିରା ପୋଷାକ। ସେ ଚିରା ପୋଷାକକୁ ଦେହରୁ କାଢି ଖଟ ତଳକୁ ଫୋପାଡ଼ି ପୁଣି ସେ ସ୍ଲିପିଂ ଗାଉନ୍‌ରେ ନିଜକୁ ଢାଙ୍କି ଦେଲି। ଆଲମାରୀ ଖୋଲି ବିଦେଶୀ ପରଫ୍ୟୁମ୍‌ରୁ ବୋତଲଟିଏ ଆଣି ଦେହରେ ସ୍ପ୍ରେ କଲି।

କଲିଂ ବେଲ୍ ପୁଣି ଥରେ ବାଜି ଉଠିଲା, ବାଜୁଥାଉ।

ଦର୍ପଣ ଆଗରେ ଠିଆ ହୋଇ ମୁଣ୍ଡ କୁଣ୍ଡାଇ, ମୁହଁକୁ ନାପକିନ ଥାକରୁ ଗୋଟିଏ ଟାଣି ଆଣି ମୁହଁ ପୋଛି ପରିଷ୍କାର କଲି। ଦର୍ପଣକୁ ପୁଣିଥରେ ଚାହିଁଲି।

ଏଃ!! ଲୋମଶ ଛାତିଟା ମୋର କେତେ ଫାଙ୍କା ଫାଙ୍କା ଦିଶୁଛି। ସୁନା ହାରଟାଏ ଏଇଠି କୋଉଠି ଥିବ, କାଢି ବେକରେ ପକାଇବାକୁ ପଡ଼ିବ। ଆଲମାରୀରୁ ଗୁଡ଼ାଏ ଟଙ୍କା କାଢି ଗାଉନ୍ ପକେଟ୍‌ରେ ପୁରାଇଲି।

କଲିଂ ବେଲ୍ ପୁଣିଥରେ ବାଜିଲା।

ମୋତେ କିନ୍ତୁ ଆଦୌ ବିରକ୍ତ ଲାଗିଲା ନାହିଁ।

ଏ ତ ଜଗଦୀଶ ମିଶ୍ର ଘରେ ପ୍ରଥମ ଆଗନ୍ତୁକ!

ମୁଖ୍ୟକବାଟ ପାଖକୁ ଯାଇ କବାଟ ଖୋଲିଲି। ଆଗରେ ତରୁଣଟିଏ। ଏକ ବଡ଼ କାର୍ଟୁନରେ ଜିନିଷପତ୍ର ସଉଦାନେଇ ଠିଆ ହୋଇଛି।

'କିରେ? ଟିକିଏ ଅପେକ୍ଷା କରି ପାରୁନୁ? ବାହା ହେବୁ ବୋଲି ଆଜିଠୁ କ'ଣ ଉଚ୍ଛନ୍ନ ହେଲୁଣି?' ମୁଁ କହିଲି।

ସେ ଦାନ୍ତ ନିକୁଟି ହସିଦେଇ ତଳକୁ ଚାହିଁ ମୁଣ୍ଡ କୁଣ୍ଡାଇଲା।

'ଠିଆ ହେଇଛୁ କ'ଣ ? ତାକୁ ନେଇ ସେ ଟେବୁଲ ଉପରେ ରଖୁନୁ?' ମୁଁ ପୁଣି କହିଲି।

ସେ ତତ୍‌କ୍ଷଣାତ୍ ପେଟିଟିକୁ ତଳୁ ଉଠାଇ ନେଇ ସାମନାରେ ଟେବୁଲ୍ ଉପରେ ରଖିଲା। ଫେରି ଆସି କହିଲା- 'ଆପଣ କହିବା ଯାଏ ଥାଆନ୍ତା କି ସାହେବ? ମୁଁ ତ ଆପଣ ଦୁଆର ଖୋଲିବା କ୍ଷଣି ତାକୁ ନେଇ ରଖି ଦେଇ ଆସନ୍ତି। କିନ୍ତୁ ଆପଣଙ୍କ ବଡ଼ ଭାଇ ସାହେବ? ସେ ତ ଦୁଆର ବି ଖୋଲନ୍ତି ନାହିଁ। ସତେ ଯେପରି ଆମେ ସବୁ ଚୋର, ଖଣ୍ଟ। କବାଟ ତଳବାଟେ ସେ ଲଫାପାରେ ପଇସା ଦିଅନ୍ତି। ମୁଁ ତ ଆଜି ପ୍ରଥମ କରି ଏ କବାଟ ଖୋଲିବା ଦେଖିଲି। ୱାଚ୍‌ମେନ କହିଲା, ସେ ଗାଁକୁ ଚାଲିଗଲେ। ଭଲ ହେଲା।'

'ବହୁତ କଥା କହୁଛୁ। ହଉ, ଏ ୨୦୦୦ଟଙ୍କା ତୁ ଆଣିଥିବା ଜିନିଷର ଦାମ୍। ରସିଦ କାହିଁ?' ତାକୁ ଟଙ୍କାଟା ବଢ଼ାଇଦେଲି।

'ସେ ପେଟି ଭିତରେ ଅଛି ଆଜ୍ଞା।' ସେ ଟଙ୍କାକୁ ଗଣି ରଖିଲା।

'ଆଚ୍ଛା ହେଉ, ଆଉ ଏ ନେ ତୋର ବକ୍‌ସିସ୍। ବିଭା ହେବୁ ପରା?' ଏହା କହି ପାଞ୍ଚଶ ଟଙ୍କିଆ ନୋଟ ଖଣ୍ଡେ ତାକୁ ବଢ଼ାଇଲି। ସେ ଆଶ୍ଚର୍ଯ୍ୟ ହୋଇ

ମୋ ମୁହଁକୁ ଚାହିଁଲା । ସଙ୍ଗେ ସଙ୍ଗେ ଟଙ୍କାକୁ ନେଇ ମୋର ପାଦ ଛୁଇଁ ପ୍ରଣାମ କଲା ।

ମୁଁ କବାଟ ବନ୍ଦ କରି ପୁଣି ସେଇ କାଉଚ୍‌ରେ ଯାଇ ବସିଲି । ରିମୋଟ୍ ଆଣି ଟିଭି ଅନ୍ କଲି । ଟିଭି ପରଦାରେ ଅନୁପ ଜଲୋଟାଙ୍କ ସଙ୍ଗୀତ ପରିବେଷଣ ଚାଲିଥିଲା-

'ପ୍ରଭୂଜୀ ! ଆପ୍ ସବ ସେ ବଡ଼ା ହେ ଦାନୀ...'

କାଉଚ୍‌ରେ ଆଖିବୁଜି ବସି ଚିନ୍ତା କଲି । ଏତେ ବଡ଼ ଘର, ରନ୍ଧାବଢ଼ା ସବୁ କାମତ ଆଉ ମୁଁ ନିଜେ କରି ପାରିବି ନାହିଁ । ଘରୁ ବାପା, ବୋଉ ଓ ସବୁ ଭାଇ ଭଉଣୀଙ୍କୁ ଏଥର ପାଖକୁ ନେଇ ଆସିବି ।

ହଁ.... ଖ୍ରୀଷ୍ଟଫର ଠିକ୍ କହୁଥିଲା-

ମୁଁ ଏଥର ବାହା ହୋଇଯିବା ଉଚିତ୍...

■

BLACK EAGLE BOOKS

www.blackeaglebooks.org
info@blackeaglebooks.org

Black Eagle Books, an independent publisher, was founded as
a nonprofit organization in April, 2019. It is our mission to
connect and engage the Indian diaspora and the world at large
with the best of works of world literature published on a
collaborative platform, with special emphasis on
foregrounding Contemporary Classics and New Writing.

www.ingramcontent.com/pod-product-compliance
Lightning Source LLC
Chambersburg PA
CBHW020133120726
47903CB00007B/2227
* 9 7 8 1 6 4 5 6 0 3 9 7 9 *